PUBLISHING

www.fiendspublishing.de

Erhalten Sie ein kostenloses Buch, wenn Sie sich für den Fiends Publishing LitRPG-Newsletter anmelden:

fiendspublishing.de/newsletter-litrpg

Erhalten Sie frühen Zugang, um Übersetzungen einiger der führenden LitRPG-Titel zu bewerten. Für unser Beta-Team anmelden:

fiendspublishing.de/beta-team

Alle Bücher in der Serie Der Pfad des Aufstiegs:

Der Pfad des Aufstiegs Buch 1
Der Pfad des Aufstiegs Buch 2
Der Pfad des Aufstiegs Buch 3
Der Pfad des Aufstiegs Buch 4
Der Pfad des Aufstiegs Buch 5

* * *

Übersetzung: Tamara Peiter

FIENDS
PUBLISHING

Kapitel 1

Matt schaute zu Liz und Aster, sie levelten im Gleichklang auf. Es war nicht nötig, einen höherrangigen Rift aufzusuchen und dessen Essenz zu verwenden, um bei der Kompression zu helfen. Schließlich waren sie bereits in einen Tier 7-Rift gedelvt. Ihre Kerne waren so stark verdichtet, wie es auf Tier 5 möglich war.

Er kehrte in sich und überprüfte seine jüngste Kultivierung. Er hatte den größten Teil seiner gezielten Kultivierung auf Geist, Sinne und Propriozeption verwendet. Sein größtes Problem war jetzt, mit der Verstärkung durch [Magier-Rückzug] Schritt zu halten. Fortan würde es nur noch schwieriger werden, denn er würde mit zunehmendem Tier mehr Mana in den Skill leiten können.

Im letzten Monat hatte Matt den Skill in seinen Kerngeist aufgenommen und baute dessen Funktionen langsam aus, um seine Ausdauer beim Gebrauch des Skills zu erhöhen. Sobald er damit fertig war, würde er den Skill aus seinem Kerngeist herausnehmen und damit beginnen, die anderen gesammelten Skills zu absorbieren. Er wollte versuchen, sie günstiger zu gestalten, damit er sie früher einsetzen konnte.

Nachdem sie nun alle drei auf Tier 6 waren, packten sie schnell ihr Lager zusammen und erhoben sich in die Lüfte. Matt warf einen letzten Blick auf die Insel, auf der sie ihr Lager aufgeschlagen hatten, sowie auf die benachbarte Insel, auf der sie ihre Rift-Experimente durchgeführt hatten.

Es war ein bittersüßer Anblick. Er hatte das Gefühl, dass er einen entscheidenden Punkt in seinem Leben gemeistert hatte. Geld und Essenz bedeuteten ihm nicht mehr so viel, wie vor diesem Augenblick. Seine Zeit des Experimentierens hatte ihm auch einen besseren Eindruck von Verzauberung und ihren Vorteilen vermittelt.

Er hatte das Gefühl, ein ganz anderer Matt geworden zu sein als bei seiner

Ankunft auf diesem Planeten vor nur wenigen Monaten. Es genügte ein Blick, um das halbe Dutzend Rifts zu sehen, die er hinterlassen hatte. Sie waren die besten seiner Kreationen und es befriedigte ihn ein wenig, wenn er daran dachte, wie wertvoll die Insel in Zukunft sein würde. Vor allem, wenn die Leute sahen, dass es sowohl einen Tier 7-Rift als auch einen Rift gab, der endlose Tier 5-Naturschätze für die Mana-Kultivierung produzieren konnte.

Der eine würde den Planeten aufleveln und der andere würde nahezu unendlichen Reichtum hervorbringen.

Die anderen Rifts waren jene, die am häufigsten Wachstumsgegenstände produzierten oder durchweg wertvolle Belohnungen boten. Der Kräuter-Rift von Liz würde in Zukunft wahrscheinlich eine begehrte Ressource für eine Alchemiegilde sein.

Er lächelte, als er sich die Gesichter der Leute vorstellte, die ihren kleinen Rückzugsort finden würden.

Mit einem Gedanken und dem Ansporn seines Geistes drehte sich Matt um und flog in Richtung des Sammelplatzes. Dieser lag mitten im Nirgendwo auf dem vierten Kontinent des Planeten. Es war ein merkwürdiger Ort, aber er nahm an, dass er von der kaiserlichen Armee und nicht vom Königreich ausgewählt worden war. Sonst würde er sich in einer der beiden Teleporterstädte befinden.

Sie würden ein paar Stunden bis zu ihrem Ziel benötigen, aber die Nachricht, die sie zusammengerufen hatte, enthielt einen Countdown. Sie hatten fast einen ganzen Tag Zeit, bis der Countdown bei Null stehen würde. Weder er noch Liz wussten, was der Countdown bedeutete, aber sie wollten sich nicht außerhalb der Stadt erwischen lassen, sollte er den Invasionspunkt und den Kriegsbeginn signalisieren.

Matt hielt das für unwahrscheinlich, da dies eher ein Übungsplatz als ein echter Krieg war, aber sie beeilten sich trotzdem.

Während sie flogen, erhöhte Matt seinen maximalen Mana-Pool auf 80 und nahm dann sofort einen von Tante Helens Mana-Konzentrationstränken zu sich. Er stürzte beinahe, konnte aber sein fliegendes Schwert mithilfe seiner KI auf Kurs halten. Als er feststellte, dass seine Mana-Konzentration nun bei 1,3 lag, war er etwas erstaunt. Der Trank hatte seine Mana-Konzentration um 0,15 erhöht, sogar mehr als die 0,08, die ihm der erste Trank auf Tier 4 geliefert hatte.

Wenn er darüber nachdachte, war es nur logisch, dass ein Trank mit einer Mana-Konzentration von über Tier 30 mehr bewirken würde, als er mit seinem maximalen Mana von 20 bewältigen konnte. Mit der Erkenntnis, dass er mehr aus Tante Helens Tränken herausholen würde, wenn er mehr maximales Mana zur Verfügung hätte, beschloss er, die Tränke für die höheren Tiers aufzusparen und bereute seine Entscheidung, den Trank schon jetzt genommen zu haben.

Er verwarf den Gedanken daran und konzentrierte sich darauf, sein maximales Mana wieder auf die neue Obergrenze von 80 zu bringen. Die Verdoppelung des Manas verschaffte ihm einen enormen Spielraum bei seinen Zaubern.

Ein schneller Test von [Hagel] zeigte seiner KI, dass er einen viel größeren

Abdeckungsbereich erzeugen konnte. Wenn er mehr MPS erhielt, erzeugte er auch mehr Eis. Durch die Verdopplung der anfänglichen Mana-Kosten verdoppelte sich die Fläche nahezu, die von dem Zauber abgedeckt wurde. Das war schön, aber das Erstaunliche daran war, dass die erhöhte Eisdichte erhalten blieb, ohne dass die Erhaltungskosten anstiegen. Als er das kanalisierte Mana auf seine volle Mana-Regeneration von 80 MPS erhöhte, wirkte der Skill eher wie eine Wand aus Eis als ein natürlicher Sturm.

Aster übernahm die Kontrolle aus seinem Rucksack und erschuf ein paar Eisskulpturen, die um das fliegende Trio herum schwebten. Ihm entging nicht, dass die meisten davon Kaninchen und Herzen waren, und er lachte über ihren Schabernack. Durch ihr mentales Drängen wusste er, dass er jedes Mal, wenn sie sich länger an einem Ort aufhalten würden, Rifts für sie erschaffen würde.

Es war auch verlockend, [Feuerball] sofort zu absorbieren, nur damit er einen Skill hatte, den er wie ein normaler Magier wirken konnte, obwohl er dazu den Manastein-Trick anwenden müsste, den er mit [Hagel] verwendet hatte. Schließlich beschloss er zu warten, bis [Magier-Rückzug] vollständig modifiziert war und seinen Kerngeist verlassen hatte.

Es wäre immer noch viel schneller, den Skill zu modifizieren, wenn er ihn absorbiert hatte, als es auf die langsame Art zu tun. Die kleine Stimme, die ihm sagte, dass er einen weiteren [Feuerball] kaufen könnte, wurde schnell abgewimmelt. Selbst wenn er das tun könnte, wäre es zu verschwenderisch. Der Skill, den er einmal benutzt hatte, war für immer verschwunden, und so sehr er sich auch verändert hatte, erinnerte er sich immer noch an den Mangel an Skills auf seinem Heimatplaneten Lilly.

Das kann ich ändern.

Matt wusste nicht, was er in naher Zukunft tun würde, da das Managementteam noch zusammengestellt wurde. Doch er begann, in seiner KI Gründe aufzulisten, warum es eine gute Sache wäre, nach Lilly zu gehen und ein paar niederrangige Rifts für die Bevölkerung herzustellen.

Er konzentrierte sich wieder auf seine Skills. [Magier-Rückzug] war bereits berechnet worden, aber mit seiner erhöhten Mana-Konzentration war er fast dreißig Prozent effektiver bei der Erhöhung seiner Stärke für dieselben Mana-Kosten. Die gleiche Logik galt auch für [Gecrackte Phantomrüstung]. Matt seufzte, als ihm klar wurde, dass er zwar auf den niedrigeren Tiers einen Vorteil bei der Mana-Konzentration hatte, auf den höheren jedoch in Rückstand geraten würde, weil er auf Tränke angewiesen war. Zumindest, wenn seine Berechnungen korrekt waren.

Matt suchte schnell nach der tatsächlichen Skalierung für die Mana-Konzentration. Als er nichts fand, wandte er sich an Liz und fragte: „Weißt du, wie die Mana-Konzentration bei Skills tatsächlich funktioniert?“

Sie schüttelte den Kopf. „Nein, ich weiß nur, dass sie funktioniert.“

Er wandte sich wieder dem KingdomNet zu und fand schließlich eine Quelle, die gut bewertet zu sein schien, und gab das Geld aus, um konkrete Zahlen für seine Berechnungen zu erhalten.

Wie sich herausstellte, war seine Vorstellung von der Funktionsweise der Mana-Konzentration nicht ganz richtig. Sie war kein direkter Multiplikator für Effektivität, sondern logarithmisch und verdoppelte die Stärke der Skills für jede zehnfache Konzentration, die er erreichte. Anstelle von dreißig Prozent wären seine Skills also etwa elf Prozent stärker als „normal". Das bedeutete auch, dass Magier seines Tiers stärker waren, aber *nicht* wesentlich.

Ehe er sich versah, näherten sie sich dem markierten Ort, und sowohl er als auch Liz verharrten in der Luft. Angesichts des beeindruckenden Anblicks, der sich ihnen bot, taten die anderen, die in ihrer Nähe geflogen waren, dasselbe.

Wo eigentlich nur ein unerforschter Kontinent und eine grasbewachsene Fläche sein sollte, wartete eine ausgewachsene Stadt auf sie, wenn auch aus Stein und nicht aus Metall. Sie war ein Dutzend Mal größer als die Städte, die die Sieben Sonnen um die Teleporter herum gebaut hatten.

Matt schluckte. Wenn dies die Invasionstruppe des Königinnentums war, waren sie wirklich aufgeschmissen. Er bemerkte jedoch schnell, dass die fliegenden Patrouillen alle die farbwechselnden Uniformen der Armee trugen. Selbst bei deaktivierter Tarnung schienen sie mit dem Hintergrund zu verschmelzen, weshalb sie auf den ersten Blick schwer zu erkennen und noch schwerer zu verfolgen waren.

„Was ist das?"

Liz war nah genug dran, um seine Frage zu hören, und rief: „Ich weiß es nicht, aber es ist beeindruckend. Ich kann mir nicht vorstellen, wie schwierig es sein muss, eine so große Stadt in diesem Zeitraum zu errichten, das konnte nur die Armee schaffen. Sieh dir die Mauer an. Sie ist mit Verteidigungsanlagen übersät."

Matt nahm das schwache Schimmern der Verzauberungen wahr und nickte, als sein Auge noch etwas anderes entdeckte. „Und sieh dir ihre Kanonen an. Die sind riesig. Ich glaube, ich könnte darin aufrecht stehen. Was erwarten sie?"

Liz wandte sich wieder ihm zu und zuckte mit den Schultern. „Vielleicht ist es eine Machtdemonstration gegenüber den Vasallen. So etwas wie: ‚Seht, wie stark wir sind, versucht nicht, euch mit uns anzulegen.' Ich weiß es aber nicht genau."

„Also, bei mir funktioniert es. Die Mauern sind bestimmt sechzig Meter hoch, und die Gebäude lassen sie klein wirken."

Matt war schwer beeindruckt. Selbst von hier aus war die Stadt in einem einheitlichen Braun gehalten, das darauf schließen ließ, dass sie mit [Erdmanipulation] erschaffen wurde. Bevor er sich näher damit befassen konnte, sah er, dass seine KI ein EmpireNet registriert hatte. Seit sie die Hauptstadt des Vasallenkönigreichs verlassen hatten, hatten sie keinen Zugang mehr gehabt.

Sie folgten dem Menschenstrom, der in die Stadt ging, und Matt betrachtete die drei Mauerschichten, die jeweils über zehn Meter dick waren. Aufgrund der Wassergeräusche in der Umgebung nahm er an, dass sich oberhalb des Tunnels und zwischen der ersten und zweiten Mauer ein Graben befinden musste.

Das wäre alles sinnlos gewesen, wenn da nicht die flughemmende Formation über der ganzen Stadt gewesen wäre. Liz versuchte, über die Menge hinweg zu spähen, und stellte fest, dass ihr Fluggerät zwar funktionierte, sie aber nur wenige Zentimeter über den Boden hob, bevor sie wieder nach unten stürzte.

Die Kosten waren unvorstellbar hoch. Nach den Berechnungen seiner KI musste allein der Betrieb der Formation Tausende Mana pro Sekunde für eine Stadt von über tausend Quadratkilometern Fläche kosten, alles andere nicht mitgerechnet. Matt war nicht begeistert davon, dass er eine so große Stadt benötigte, aber er fragte Liz trotzdem danach, während sie in dem Gedränge der Menschen an ihn gedrückt wurde.

„Wie viele Leute erwarten sie denn?"

Er musste sich noch dreimal wiederholen, bevor sie ihm fast ins Ohr brüllte: „Es müssen zehn Millionen oder mehr sein. Hast du das CityNet überprüft?"

Matt hatte es noch nicht getan, also überprüfte er es auf Liz' Vorschlag hin, und er merkte schnell, was sie meinte. Das CityNet war mit dem EmpireNet verbunden, aber es enthielt mehr lokale Informationen. Alles schien sich um Leute zu drehen, die im bevorstehenden Krieg Partei ergriffen oder versuchten, von diesem Krieg zu profitieren. Es gab Tausende Geschäfte und einzelne Handwerker, die versuchten, ihre Waren oder Dienstleistungen anzupreisen.

Was seine Aufmerksamkeit besonders erregte, waren die Informationen, die die Einsatzregeln des Krieges auflisteten.

Diese Stadt war ein ausgewiesener neutraler Ort, und alle Kämpfe waren nach kaiserlichem Recht verboten, außer in ausgewiesenen Kampfarenen. Niemand durfte den Frieden brechen, und die Armee war dazu da, die Einhaltung der Regeln zu gewährleisten.

Weiters würden alle Neuankömmlinge vom Pfad des Aufstiegs über die Stadt einreisen, bevor beide Seiten ihre Leute rekrutieren oder transportieren konnten. Hier wurden auch die Belohnungen für alle Teilnehmer verteilt.

Als Matt nach weiteren Informationen suchte, erhielt er eine Nachricht von Juni mit einem Treffpunkt. Wenn er die Nachricht richtig gelesen hatte, hatten das Königreich und das Königinnentum gegenüberliegende Gebäude errichtet.

Das schrie förmlich danach, Konflikte zu schüren und dafür zu sorgen, dass die Menschen miteinander kämpften, aber Matt nahm an, dass das Imperium wusste, was es tat. Schließlich war es nicht das erste Mal, dass sie so etwas taten.

Der Ort, den sie erreichen mussten, lag so tief in der Stadt, dass sie beschlossen, ein Taxi zu nehmen. Der Preis von einem Tier 6-Manastein für eine Fahrt in der Stadt ließ Matt erschaudern, aber er bezahlte trotzdem. So konnten sie den Menschenmassen entkommen, anstatt zu versuchen, sich durch die Straßen zu bewegen oder auf öffentliche Verkehrsmittel zu warten. Sobald sie in der Luft waren, konnte er sehen, wie sich die Menschenmenge schnell in der riesigen Stadt verteilte, als das Gebiet um das Tor geräumt wurde. Während sie zwischen den Hochhäusern hindurchflogen, wurde ihm das wahre Ausmaß der Stadt bewusst, und Matt sah über die Kosten für das Taxi hinweg.

Die Stadt war wunderschön. Es gab fliegende Inseln, die wie Parks und Meditationsplätze aussahen. Einige schienen sogar nach den Elementen ausgerichtet zu sein, und er merkte sich, dass er eine finden musste, auf der Aster spielen konnte. Auch wenn die Aura nicht dazu geeignet war, ihr Mana zu verfeinern, so würde sie sicher gerne Zeit mit anderen eisaffinen Wesen verbringen.

Als sie weiterflogen, sah er riesige schwebende Plattformen, die eindeutig Kampfarenen waren. Im Gegensatz zu den normalen Standardarenen, die er gesehen hatte, waren dies szenariobasierte Arenen. Von den wenigen, die er sah, konnte er erkennen, dass es eine Vielzahl von Kampfarenen gab, von falschen Stadtlandschaften bis hin zu elementaren Schlachtfeldern. Jede dieser Arenen war Hunderte Meter breit, und in mehreren von ihnen waren Menschen gerade dabei, aktiv zu kämpfen. Er versuchte, einen besseren Blick zu erhaschen, aber das Taxi bewegte sich zu schnell, und die Gebäude versperrten ihm die Sicht, während sie weiter beschleunigten.

Die Nutzung des gesamten verfügbaren Raums war beeindruckend, und Matt konnte nicht anders, als zu staunen.

Als sie zu sinken begannen, bemerkte er etwas, das er für einen riesigen Teleportationsbereich hielt. Doch statt der Runen war eine freie Fläche vorhanden, die in der Mitte fast einen Kilometer breit war. Keine Teleportationsplattform konnte so groß sein. Je größer sie waren, desto höher waren die Kosten, und diese war tausendmal größer als die, die zum Springen zwischen Planeten diente. Eine solche Teleportationsplattform würde selbst den Kaiser in den Ruin treiben.

Er stupste Liz an, um zu fragen, was das wohl sein konnte, und sie sah ihn seltsam an. „Das ist ein Raumhafen. Oh, richtig. Du hast wahrscheinlich nicht viele davon gesehen. Teleportationsplattformen werden ab Tier 15 immer seltener benutzt, weil man sich dann besser im chaotischen Raum bewegen kann, was ohne ein Konzept unmöglich ist. Ohne ein Konzept kann man nicht einmal richtig sehen, also braucht man jemanden, der einen hohen Tier hat, um ein Passagierschiff durch den chaotischen Raum zu fliegen, ohne einen Teleport einzurichten, und diese Leute haben in der Regel Besseres mit ihrer Zeit anzufangen, als tagein, tagaus Leute durch die Gegend zu befördern."

„Teleportationsplattformen sind großartig für kleine Menschenmengen, aber sie sind viel zu teuer für große Distanzen oder den Transport von hunderttausend Menschen auf einmal. Wenn sie Pfadgänger aus dem ganzen Imperium herbringen, ist es logisch, dass sie sie einfliegen, anstatt sie durch das Teleportationsnetz zu schicken. Es ist eigentlich ... frag mich später. Sieht aus, als wären wir angekommen."

Das Gebäude, das sie betreten sollten, war offensichtlich, sobald er es sah. Es war ein Abbild des Gebäudes auf der anderen Seite des geräumten Bereichs und in den Farben des Sieben-Sonnen-Königreichs (Gold und Dunkelrot) gehalten, während das Gebäude der Königin in Silber und Hellviolett gehalten war.

Es gab auch Wachen in den jeweiligen Farben der Fraktionen, von denen Matt annahm, dass sie von den jeweiligen Königreichen stammten. Die Tatsache, dass es auf der Seite des Königinnentums Wachen gab, war etwas beunruhigend. Hatte die Invasion bereits begonnen, oder handelte es sich um einen vorgeschobenen Trupp, der als Abgesandter geschickt wurde?

Die Tatsache, dass es sich nicht um eine echte Invasion handelte, brachte Matt immer wieder aus dem Konzept. Wenn es sich um einen echten Krieg handeln würde, würden sie an der Teleportstelle durchbrechen und einen eigenen Teleporter bauen, damit mehr Truppen schnell auf den Planeten geschleust werden könnten.

Oder Moment, nach dem, was Liz über Schiffe gesagt hatte, würden sie Schiffe benutzen, anstatt einen Teleporter zu bauen? Oder würden sie einfach direkt durch den chaotischen Raum reisen? Er wusste, dass die höheren Tiers so etwas konnten, warum sich also überhaupt mit Schiffen abmühen? Oder ...

Matt rüttelte sich aus seinen unnützen Grübeleien und kletterte aus dem Taxi, um zum Gebäude der Sieben Sonnen zu gehen. Es war ja nicht so, dass das Imperium in einem echten Krieg bekannt geben würde, wie sie Menschen angriffen, also war es sinnlos, das zu überprüfen.

An der Treppe wurden sie von den Wachen aufgehalten und sollten warten, bis sich jemand für sie verbürgen konnte. Nach einer Nachricht an Juni wurden sie mit einer Entschuldigung sofort durchgelassen.

Man wies ihnen den Weg zu einem Raum in der Mitte des riesigen Gebäudes, der so ungünstig gelegen war, dass Matt sich fragte, ob Juni einen Streit mit dem Fürsten gehabt hatte. Zu seiner Überraschung fanden sie eine riesige topografische Tischkarte des Planeten mit Hunderten Festungsanlagen in verschiedenen Designs und Farben vor, auf denen ein Dutzend oder mehr kleine Gruppen verschiedene Teile der Karte inspizierten.

Matt und Liz liefen um das Objekt herum, während Aster sich im Rucksack zusammenrollte und kein Interesse an dem langweiligen menschlichen Treiben zeigte. Juni kam schnell herüber und schüttelte den beiden die Hand.

„Danke, dass ihr so früh gekommen seid. Die Dinge sind im Moment etwas verrückt."

„Ja, haben wir gemerkt, wegen der Abgelegenheit."

Juni zuckte zusammen und sagte: „Erwähnt das bloß nicht. Auch wenn der Fürst nicht hier ist, ist er ein bisschen empfindlich, was das angeht. Wir hatten auch ein paar ...", er machte eine Pause, „Zwischenfälle. Prinzessin Sara, die Anführerin des Königreichs, ist wie der Fürst Tier 7."

Matt war darüber schockiert und checkte Juni. Er stellte fest, dass die rechte Hand des Fürsten inzwischen ebenfalls Tier 7 war.

Er unterbrach ihn mit der Frage: „Entschuldigung, aber du bist aufgelevelt? Ich dachte, ihr hättet beide noch einiges vor euch."

Juni lachte: „Der König gibt uns alles, was wir verlangen können, und die Armee hat gesagt, wir könnten nicht noch mehr Tier 7 auf den Planeten bringen. Sie sagten nichts davon, dass wir sie hier mit Essenzsteinen herstellen könnten. Anscheinend erstattet das Imperium alles, was sie dafür ausgeben, und je besser die Schlachten und der Krieg sind, desto mehr wird das Königreich dafür belohnt. Wenn die Gerüchte wahr sind, geht es sowohl um persönliche Belohnungen für den König als auch um Belohnungen für das gesamte Königreich. Er scheut keine Kosten und gibt alles, was er kann, und plant, eine Menge Leute zu befördern. Das Letzte, was ich gehört habe, ist, dass der König etwa zwanzig Millionen Tier 5 und 6 befördern will."

Liz pfiff. „Das sind eine Menge Leute. Was werden die wohl alle machen?"

„Kämpfen, nehme ich an. Ich bin sicher, der König würde mehr schicken, aber das ist die Grenze, die das Königreich senden kann. Alle anderen müssen von den Pfadgängern rekrutiert werden. Apropos Tier, wie ich sehe, habt ihr alle hart gearbeitet. Vom mittleren Tier 5 auf Tier 6 bedeutet, dass ihr euch den Arsch aufgerissen habt."

Juni sah sich um und zog sie dann zur Seite. „Aber zurück zu meinem Punkt: Die Anführerin des Königinnentums ist eine Tier 7, Prinzessin Sara. Sie hatten letzte Woche ein Treffen, bei dem sie sofort und sehr öffentlich erklärt hat, dass sie den Fürsten heiraten wird."

Der Mann sah unglaublich unbeholfen aus, als er fortfuhr. „Der Fürst hat versucht, es als Scherz abzutun, aber sie hat mit ihm gewettet, dass er mindestens ein Dutzend Verabredungen mit ihr haben muss, wenn sie den Krieg gewinnt. Zum Entsetzen des Fürsten stimmten die Eltern beider Seiten dieser Bedingung zu. Ich glaube, der König will den Fürsten unter Druck setzen, damit er nicht verliert, und das funktioniert auch. Das Problem ist, dass Prinzessin Sara nicht nur ein körperliches Monster ist, sondern auch unerwartet gerissen."

„In der letzten Woche hat sie bereits zweimal Pakete in das Schlafzimmer des Fürsten geschmuggelt und ist *viermal* mit extravaganten Geschenken zu Treffen wie diesem hier hereingeplatzt. Erst heute Morgen wachte der Fürst auf und fand sein Zimmer bis zum Rand mit Rosen gefüllt." Der Mann wirkte immer erschöpfter, je länger er redete. „Wir haben immer noch keine Ahnung, wie sie das geschafft hat."

Matt musste Anerkennung zollen, wo sie angebracht war. „Das ist beeindruckend."

„Das ist es, aber es ist auch ein wunder Punkt für den Fürsten, also haben wir die Treffpunkte in zufällige Räume verlegt, und es scheint funktioniert zu haben. Zumindest bis jetzt. Aber erwähne sie bitte nicht. Vor allem nicht in Gegenwart des Fürsten, wenn du ihn später triffst."

Um das Gespräch fortzusetzen, zeigte Matt auf die Karte und fragte: „Was sind die kleinen Schlösser?"

Juni begrüßte den Themenwechsel und lächelte. „Also, obwohl das Imperium noch keine offiziellen Informationen herausgegeben hat, wissen wir ein paar Dinge. Die Armee ist mit dem Bau von Orten beschäftigt, die einen strategischen Wert haben, oder zumindest einen simulierten strategischen Wert. Allerdings sind sie mit ein paar Orten noch nicht fertig. Es wird an ein ‚Capture the Flag'-Spiel erinnern, bei dem man umso mehr Punkte erhält, je länger man den Ort hält. Technisch gesehen ist es ein zweitrangiges Ziel, aber nicht für den König. Für ihn hat es sogar oberste Priorität. Der Krieg endet, wenn eine Seite den gesamten Planeten einen ganzen Monat lang kontrolliert. Aber einigen Gerüchten zufolge sind einige der Preise für das Königreich angeblich mehr wert als ein Tier 20-Planet, weshalb es von entscheidender Bedeutung ist, die Positionen zu halten. Der König hat sogar gesagt, dass er den Krieg lieber verlieren würde, wenn wir ihm nur genug Punkte verschaffen."

„Gibt es keinen Bonus für den Sieg?" Juni nickte als Antwort.

„Natürlich, aber das Problem ist, dass niemand weiß, wie viel er wert ist. Er könnte Millionen oder auch nur fünf Manasteine wert sein. Doch das liegt weit über uns. Wenn ihr damit einverstanden seid, werdet ihr wieder zu dem Team gehören, das die Golem-Festung angegriffen hat. Wir werden die Gruppe in den nächsten Monaten auf etwa fünfhundert Mann aufstocken, mit den besten Pfadgängern und Kämpfern aus dem Königreich. Wir werden als schnelle Eingreiftruppe fungieren und einen großen Teil der harten Arbeit übernehmen, wenn es darum geht, wichtige Orte einzunehmen und zu halten. Ich habe dem Fürsten vorgeschlagen, dass wir die Kämpfer aus dem Golem-Krieg nehmen und sie zu unseren Teamleitern für die besten Kämpfer ernennen. Wir möchten also, dass ihr drei ein Team anführt."

Matt zuckte mit den Schultern. Es schien eine gute Gelegenheit zu sein, mehr Punkte zu sammeln. Er sagte: „Wir übernehmen gerne die Leitung eines Teams." Er sah Liz an, die auf seine unausgesprochene Frage hin nickte. „Es fühlt sich nur falsch an. Ich verstehe, dass es sich um einen kuratierten Krieg handelt, aber es fühlt sich zu sehr wie ein Spiel an. Das Königinnentum ist bereits hier. Warum sollte es nicht einfach angreifen?"

Juni sah müde aus und seufzte auf die Frage hin. „Ja, aber wir können nichts dagegen tun. Wenn der Countdown morgen endet, wird der Krieg offiziell beginnen. Die Königin wird in der Stadt auftauchen, die mit ihrem Teleportort übereinstimmt, und sie werden anfangen, dort einzumarschieren. Wir wissen allerdings noch nicht genau, wo das sein wird. Und wir sind nicht in der Lage, präventiv die Kontrolle über einen der wertvollen Standorte zu übernehmen. Wir haben uns auf die Gebiete in der Nähe unserer Städte beschränkt, aber damit bleiben fast zwei Drittel des Planeten unbesetzt. Sobald der Krieg beginnt, werden wir versuchen, das Königinnentum abzuwehren, und das wird nicht einfach sein. Sie können überall auftauchen und einen einzigen Ort mit ihrer ganzen Macht angreifen, aber zumindest wird unser Verteidigungsvorteil durch die Beschränkungen des Imperiums nicht völlig zunichte gemacht."

Matt warf einen Blick auf die Karte und stellte fest, dass die Städte mit den Teleportern von blauen Festungen umgeben waren, während der Rest der Karte grau war. Es gab auch größere, stadtähnliche Strukturen, die verstreut lagen. Davon lag jeweils eine auf jedem der fünf Kontinente und eine weitere in der Nähe einer isolierten Archipelkette auf der anderen Seite des Planeten.

„Was sind die? Scheinstädte?"

Juni schüttelte den Kopf. „Nein, das sind Städte, die die Armee wie diese hier gebaut hat, nur deutlich kleiner. Außerdem sind sie mit Teleportationsanlagen ausgestattet, die es den Städten ermöglichen, sich zu verstärken. Wir gehen davon aus, dass die Teleportation des Königinnentums sie von ihrem Planetenstrang aus in eine der Städte bringen wird. Leider kann man sich nur dorthin teleportieren, wenn der Krieg beginnt, und eine Seite hat sie bereits eingenommen."

Matt versuchte, alles zu erfassen, wurde aber durch das schiere Ausmaß des Ganzen abgelenkt. Zwanzig Millionen Menschen wurden für die erste Welle herbeigeschafft, und da waren noch nicht einmal die Pfadgänger eingerechnet, die das Imperium *buchstäblich* anliefern würde.

Zu seiner Überraschung war er tatsächlich aufgeregt und brannte auf einen Kampf. Anders als bei den Golemkämpfen standen hier keine Leben auf dem Spiel, und es gab Ziele, für die man kämpfen konnte. Er hatte nicht die Festungen übersehen, die um Rift-Cluster und natürliche Ressourcen herumlagen. Wenn seine Vermutung richtig war, gab es einige künstliche Ressourcenknotenpunkte in Gebieten, die sonst eher unwichtig waren.

Sein Konkurrenzdenken kochte, und er wollte raus und den Kampf mit würdigen Gegnern aufnehmen. Matt hatte keinen Zweifel daran, dass es sowohl bei den Vasallentruppen als auch bei den außergewöhnlichen Pfadgängern starke Leute geben würde.

Juni erzählte ihnen immer wieder, was sie zu erwarten hatten, aber das war alles nicht viel wert. Sie würden bis zum morgigen Tag warten müssen, um die Wahrheit zu erfahren. Dann würde der Krieg offiziell beginnen.

„Was sollen wir jetzt tun?" Liz' Frage brachte ihn wieder ins Grübeln, nachdem Juni sich entschuldigt hatte, um weitere Vorbereitungen zu treffen.

„Nun, wir haben keine Verpflichtungen, bis der Krieg beginnt, und unser Team ist noch nicht zusammengestellt, deshalb bezweifle ich, dass wir morgen etwas tun werden. Das alles scheint viel langsamer voranzugehen, als ich erwartet hätte. Wir haben einen eigenen Raum, aber ich würde gerne einen der Zauberer im Gebäude aufsuchen. Ich möchte eine zweite Meinung zu dem Muster einholen, das ich für mein Schwert angefertigt habe, damit ich es verzaubern kann, bevor der Kampf morgen beginnt."

„Na dann los, gehen wir. Unser Zimmer scheint nicht in einem Schlafsaal zu sein, also können wir wenigstens unsere Zeit zwischen den Kämpfen genießen."

Sie streckte sich, wobei ihr Shirt hochrutschte und sie ein wenig von ihrer Taille offenbarte. „Das heißt, falls wir viel Freizeit haben. Irgendwie erwarte ich, dass es hier eher wie im Golemkrieg zugeht und wir von Ort zu Ort rennen, um Brände zu löschen."

Matt lachte und schüttelte den Kopf. „Ja, aber ohne das Todesrisiko dürfte es ziemlich unterhaltsam werden. Es wird viele andere Pfadgänger geben, gegen die wir kämpfen können, und jede Menge Vasallen, die unsere Gruppe abrunden."

Liz zuckte mit den Schultern, und sie machten sich auf den Weg aus dem Gebäude, um einen der Tier 7-Zauberer zu finden. Da sie keinen in ihrer Nähe ausmachen konnten, wanderten sie in Richtung des Handwerkerviertels, bis sich Aster aus Matts Armen löste und in die Menschenmenge huschte.

Er folgte der Verbindung zu seiner Gefährtin und fand sie an dem roten, buschigen Fuchsschwanz eines Mannes hängen, der den Polarfuchs belustigt ansah.

Er traf Matts Blick und gluckste über Asters Knurren. Er schüttelte seinen Schwanz, wodurch der Fuchs ins Schwanken geriet. Der Mann hob seinen Schwanz auf Hüfthöhe an und zog den Störenfried mit sich.

„Ich nehme an, sie ist deine Gefährtin."

„Ja, es tut mir sehr leid. Ich habe keine Ahnung, was in sie gefahren ist. Sie hat so etwas noch nie getan, ich schwöre es."

Matt bewegte sich, um seine Gefährtin vom Schwanz des Mannes zu lösen, und bemerkte, dass er eine Armeeuniform trug und mit einer Gruppe anderer Soldaten unterwegs war. Natürlich musste Aster einen Soldaten angreifen, der mindestens Tier 15 war.

„Es ist in Ordnung. Ich nehme an, ich bin der erste Feuerfuchs, dem sie begegnet, und unsere Elemente sind aufeinandergeprallt. Ich kann es ihr nicht verübeln. Ich wäre ein Heuchler höchsten Grades."

Matt bohrte seinen Finger in den knurrenden Kiefer seiner Gefährtin und befreite schließlich den buschigen roten Schwanz des Mannes von ihren Zähnen. Auch wenn Aster den Mann nicht verletzen konnte, war es unglaublich unhöflich, jemanden zu beißen, also schimpfte er telepathisch mit Aster, während er sich laut bei dem Mann entschuldigte.

„Wirklich, es tut mir sehr leid." Als Matt fortfahren wollte, zuckte der Mann mit den Schultern und kraulte Aster an den Ohren.

„Mach dir nichts draus. Wenn sie sich erst einmal beruhigt hat, wird sie sich beim nächsten Mal besser beherrschen können. Ich erinnere mich an meine erste Begegnung mit einem anderen Element. Ich habe ihm in den Knöchel gebissen und wollte nicht mehr loslassen. Das waren gute Zeiten."

Damit ging der Mann, und Matt blickte zu einer beschämten Liz.

„Weißt du, was das war?"

„Traurigerweise, ja. Gegensätzliche Elemente können Reaktionen von Hass und Wut hervorrufen. In diesem Fall Feuer und Eis, aber ich hätte nicht gedacht, dass Aster so reagieren würde. Sie hat noch nie auf mich reagiert, und meine Blutlinie basiert auf Feuer. Tut mir leid, daran habe ich gar nicht gedacht."

Als er seine Gefährtin untersuchte, konnte er feststellen, dass das Problem hauptsächlich daher rührte, dass der Mann ein feueraffiner *Fuchs* war, und nicht so sehr ein feueraffines Individuum im Allgemeinen. Sie war eindeutig der Meinung, dass alle Füchse Eisaspekte haben sollten, und alles andere sei schlecht. Das war alles, woran sie dachte.

Matt beruhigte seine Gefährtin, bis sie sich soweit abgeregt hatte, dass er eine Nachricht an sie übermitteln konnte.

„Aster, das darfst du nicht tun. Du könntest dich verletzen oder in Schwierigkeiten geraten. Ich habe mir Sorgen gemacht!"

„Fuchs, Eis. Feuer, schlecht. Fuchs, Eis!"

Mit so viel Ernsthaftigkeit, wie er es ihr aufzwingen konnte, sagte er: „Aster nein. Füchse können alles sein. Sie müssen nicht eisaffin sein."

Er wurde mit einem neugierigen „Aster, Fuchs. Aster, Eis. Eis, gut", unterbrochen. Als hätte sie die offensichtlichste Sache der Welt erklärt.

Matt hätte sich am liebsten die Haare ausgerissen.

Fühlt es sich so an, ein Kind großzuziehen?

Plötzlich war er froh, eine Geldstrafe für das Fehlen seines Verhütungsimplantats erhalten zu haben. Es wäre unglaublich unwahrscheinlich gewesen, aber wenn es so war, ein Kind aufzuziehen, wollte er nichts damit am Hut haben.

Seufzend versuchten Matt und Liz ihr zu erklären, dass nicht alle Füchse wie sie seien und dass sie sie alle mit Respekt behandeln und vor allem nicht beißen solle.

Die Füchsin beharrte darauf, dass sie recht hatte, und wiederholte ihre Meinung unablässig.

Es war ein langer Weg zum Gebäude des Zauberers.

Kapitel 2

Matt trug eine schmollende Aster zum Verzauberungsladen und stellte fest, dass das Gebäude räumlich auf mindestens das Dreifache seiner normalen Größe gedehnt war. Es war so groß, dass er die gegenüberliegende Wand des Gebäudes nicht sehen konnte, obwohl sie nur ein paar Meter entfernt sein sollte. Es hätte ihn nicht überraschen sollen, da es sich um einen Tier 10-Verzauberungsladen handelte, aber es erschien ihm etwas übertrieben.

Als sich Matt auf den Weg nach hinten machte, um mit einem Verkäufer zu sprechen, wurde er von den Reihen der verzauberten Gegenstände abgelenkt. Sie waren alle in schützendes Glas gehüllt, und einige Vitrinen blockierten seine geistigen Sinne, während er andere deutlich spüren konnte. Nachdem er einen der geschützten Gegenstände gescannt hatte, sagte ihm seine KI, dass es sich um einen besonderen Gegenstand handelte, der vom Besitzer des Ladens hergestellt worden war.

Matt wusste nicht, ob das bedeutete, dass der Besitzer die Verzauberung von Grund auf neu entworfen hatte, oder ob er nur etwas Vorhandenes modifiziert hatte, aber es war interessant.

Bei dem besagten Gegenstand handelte es sich um eine fliegende Haarnadel, die mit einem panzerbrechenden Zauber versehen war. Die Haarnadel wurde mithilfe einer Perücke auf einem Puppenkopf ausgestellt. Sie fixierte das Haar in einem Dutt, sodass der lange Hals der Schaufensterpuppe frei lag. Mit einem plötzlichen Gedanken sprang Matt auf und spähte über die Regalreihen hinweg. Zwei Gänge weiter erhaschte er einen flüchtigen Blick auf seine rothaarige Freundin, die immer wieder ins Blickfeld geriet, und rief nach ihr.

„Hey, komm und schau dir das an. Ich glaube, das würde dir gefallen."

Liz kam herüber, umkreiste den Gegenstand und nickte halb, halb schüttelte sie den Kopf.

„Hübsch ist sie ja, aber unpraktisch. Wenn wir kämpfen, trage ich eine Rüstung, die meinen Kopf bedeckt."

„Ich dachte dabei an Momente, in denen wir uns nicht auf einen Kampf vorbereiten. Ich habe zumindest mein Schwert in einem Raumring. Damit hättest du etwas, womit du dich in der Stadt oder wo immer wir sind, verteidigen kannst."

Matt verzog keine Miene. Das Argument war nicht falsch, aber es war nicht sein Hauptmotiv. Liz trug ihr rotes Haar normalerweise in einem langen Zopf, der seitlich herabfiel. Sie trug ihr Haar selten hochgesteckt, was eine Schande war, denn sie hatte einen langen, eleganten Hals, dem er nicht widerstehen konnte. Liz war an sich schon eine Waffe und benötigte keinen weiteren Schutz, aber wenn sie ihm seine Ausrede abkaufte und die Haarnadel kaufte, würde er den Anblick ihres selten sichtbaren Halses genießen können.

Liz fuhr mit einem Finger über das Glas und begann dann, mit ihrem Haar zu spielen, es hochzustecken und zu einem Dutt zu flechten, bevor sie mit den Schultern zuckte.

„Ja, das kann funktionieren. Es ist keine schlechte Idee. Sie scheint nur etwas teuer zu sein. Das ist ein Tier 7-Manastein für einen Tier 6-Gegenstand."

„Ich glaube nicht, dass wir in den nächsten Monaten so schnell Fortschritte machen werden, also ist es eine gute Investition."

Matt erwähnte nicht, dass es ihnen nicht an Geld mangelte, aber das tat es wirklich nicht. Jetzt, da sie Tier 6 waren, war es für sie nicht mehr wirtschaftlich, in Tier 5-Rifts für Wachstumsgegenstände zu delven. Dennoch hatten sie immer noch mehr verdient, als die meisten Gilden in einer vergleichbaren Zeit hätten verdienen können. Sie waren also für ihren Tier ausgesprochen wohlhabend, sowohl was Manasteine als auch Beitragspunkte zum Imperium anging.

Mit einem geistigen Handschlag an sich selbst sah dabei Matt zu, wie Liz den kleinen Zettel neben dem Glasbehälter aufhob und ihn in ihren Einkaufswagen steckte.

Während sie gemeinsam durch den Laden schlenderten, machte Matt ein paar gedankliche Notizen zu Dingen, die er nachbauen wollte. Ein Armband, das eine Blase erzeugte, die beim Fliegen den Regen abschirmte, schien einfach und nützlich zu sein, also stellte er seine KI auf die Suche nach dem Design ein. Mit seiner zusätzlichen Mana-Regeneration von 80 MPS hatte er genügend Mana zur Verfügung. Er dachte sich, solange er nicht kämpfte, war das eine gute Möglichkeit, produktiv zu bleiben.

Er erreichte den Verkäufer, setzte sein bestes Lächeln auf und fragte: „Hallo, ist der Verzauberer da?"

Der Mann schien unbeeindruckt und starrte Matt einen Moment lang ausdruckslos an, bevor er fragte: „Warum?"

Matt, der diese schroffe Haltung nicht gewohnt war, zog eine Augenbraue hoch, antwortete aber wahrheitsgemäß: „Laut eurem LocalNet-Eintrag gibt es hier einen Tier 10-Verzauberer, der sich auf dem Pfad befindet. Ich wollte seine Hilfe in Anspruch nehmen und eine Verzauberung für eine Waffe überprüfen lassen, die ich gekauft habe."

„Du willst also eine Waffe verzaubern lassen," antwortete der Verkäufer mit einer gelangweilten, monotonen Stimme. „Leg es in den Behälter dort drüben, und Kelley wird sich in den nächsten Wochen darum kümmern. Für einen zusätzlichen Tier 6-Manastein kannst du eine höhere Priorität erhalten."

Matt lächelte den Mann verständnisvoll an, als er das Missverständnis bemerkte. „Nein. Ich muss die Waffe selbst verzaubern, aber ich möchte sehen, ob ich noch etwas anderes aus der Waffe herausholen kann, und möglicherweise den Verzauberer dabei zuschauen lassen, wie ich die Verzauberung anbringe."

„Du willst also Unterricht?"

Da der Mann nicht zu verstehen schien, was er wollte, oder es ihn zumindest nicht interessierte, nickte Matt nur. „Klar. Wann kann ich mich mit ihm treffen?"

Der Mann wischte gefühlt ein Jahr lang träge über den Block vor ihm und sagte schließlich: „Für einen Tier 7-Manastein kann er jetzt eine Stunde Unterricht geben. Es gilt der Standard-Haftungsausschluss. Er wird dir beibringen, was er will, egal, wie viel oder wenig das ist. Allerdings wird er sich an deinen Wünschen orientieren."

Um diese sinnlose Diskussion zu beenden, nickte Matt und schickte die Zahlung mit seiner KI rüber. So viel Geld hatte er bar nicht bei sich; sie bewahrten es aus Sicherheitsgründen auf dem Gemeinschaftskonto auf.

Der Angestellte sah äußerst desinteressiert aus, als er Matt hinter den Schalter und in einen Raum mit einer metallbeschlagenen Holztür führte. Mit einem lauten Klopfen wartete er. Als nichts geschah, begann er, gegen die Tür zu hämmern und zu treten, bis sie sich plötzlich öffnete.

Der Angestellte sagte nur: „Unterricht", bevor er wegging.

Der Mann, Kelley, wie Matt annahm, sah mit seinem Bart und den in alle Richtungen abstehenden Haaren recht wild aus.

„Du bist wegen einer Unterrichtsstunde hier?"

„Eigentlich nicht, aber das war der beste Weg, um am Rezeptionisten vorbeizukommen."

Kelley starrte an die Wand und knurrte: „Tut mir leid, er ist das Kind meiner Schwester. Also, was willst du, wenn nicht Unterricht?"

Matt kam gleich zur Sache und holte seine Waffe aus dem Ring und hielt sie parallel zum Boden, damit der Verzauberer sie inspizieren konnte.

„Ich habe ein Wachstumsschwert, das nur ich verzaubern kann, aber es hat ein paar Vorteile."

Er kam nicht weiter, bevor der Tier 10-Mann sich die Waffe schnappte, zurück in sein Zimmer ging und rief: „Mach die Tür zu, wenn du reinkommst!"

Matt tat wie ihm geheißen und schickte Liz eine Nachricht, um sie auf dem

Laufenden zu halten. Aster, die noch immer in seinen Armen lag, hörte auf zu schmollen und begann zu schnüffeln, während sie noch immer festgehalten wurde.

Der Verzauberer legte Matts Schwert auf einen Tisch mit einem so hellen Licht, dass Matt die Augen zusammenkneifen musste. Er zückte seine und Asters Sonnenbrille, um ihre Augen zu schonen.

Kelley brummte eine Weile über seiner Klinge und fragte dann, ohne aufzublicken: „Es ist einen Tier höher als du? Ist das beabsichtigt?"

„Ja, ich kann mit dem physischen Gewicht umgehen, und ich dachte mir, dass das geistige Gewicht kein großes Problem ist, wenn ich die Verzauberungen auf meinem eigenen Tier halte."

Kelley klopfte auf die Klinge und fuhr dann mit dem Finger über die Fläche, als ob er etwas abtasten würde.

„Du kannst die Verzauberungen entfernen, richtig? Hmm. Ja, das kann ich spüren. Ich spüre auch, dass nur der Besitzer die Arbeit erledigen kann."

Er sah zu Matt auf und zuckte mit den Schultern. „Die ganze Sache ist zwar interessant, aber was willst du?"

„Ich habe hier einen Entwurf, den ich auf dem Markt des Imperiums gekauft habe, und wollte ihn begutachten lassen. Er wurde von einem niederrangigen Verzauberer angefertigt, der nicht so gut ist wie du. Wenn ich gewusst hätte, dass diese Stadt hier sein würde, hätte ich die Beitragspunkte nicht verschwendet."

Kelley sah Matt aus einem anderen Blickwinkel an. „Du hast bereits Zugang zum Markt des Imperiums? Hm, du musst ein Sucher sein."

„So etwas in der Art, ja. Kannst du mir helfen?"

Der Tier 10 blickte auf einen Stapel Rüstungen und nickte dann entschlossen. „Solange du nicht völlig unbegabt im Verzaubern bist, denke ich, dass ich dich durch den Prozess führen kann. Ich habe etwas Eisenschrott, an dem du üben kannst. Und ich habe keine Lust mehr, an dieser Rüstung zu arbeiten, also bist du eine nützliche Ablenkung."

Kelley bat um den Entwurf, sah ihn sich an und fragte schließlich: „Kannst du dir diese Verzauberungen leisten? Sie sind ziemlich standardmäßig, aber dieses Schwert hat keine Aussparung für einen Manastein, wie es bei einem handgefertigten Schwert der Fall wäre, also kann es keine eigenen Reserven besitzen."

Matt sagte vorsichtig: „Mana ist für mich kein Problem. Stell dir einfach vor, ich hätte einen praktisch unbegrenzten Vorrat für die Verbesserungen und Skills des Schwertes."

Das brachte ihm einen weiteren seltsamen Blick ein, aber der Mann war Teil des Pfades, also wusste er, dass jeder seine eigenen Geheimnisse verbarg. Matt hatte nicht erwartet, dass er noch mehr fragen würde, aber als er es doch tat, war es eine Frage, mit der er nicht gerechnet hatte.

„Wenn du von unbegrenztem Vorrat sprichst, meinst du dann einen Strom? Oder wie ein Pool? Je nach Antwort kann ich einige interessante Dinge anstellen."

„Wie ein Strom. So wie Regeneration, nicht Kapazität."

Das war mehr, als er sagen wollte, aber Matt war von dem Verzauberer fasziniert. Außerdem hatte er sich bereits damit abgefunden, dass der Mann eine ziemlich gute Vorstellung von seinem Talent bekommen würde, wenn er Matt beim Verzaubern zusah. Das war ein Preis, den er für sein neues Schwert zu akzeptieren bereit war, und da der Verzauberer ein Pfadgänger war, war er damit einverstanden. Kelley würde durch nichts eingeschränkt sein, aber Matt war der Meinung, dass jeder, der es als Handwerker bis zu Tier 10 geschafft hatte, wusste, wie man den Mund hielt.

Wenn es sein müsste, würde Matt Liz bitten, die Namen ihrer Eltern zu nennen, falls Kelley versuchen sollte, ihn zu erpressen.

„Oh, das ist interessant. Du willst die Standardrunen für Reparatur, Haltbarkeit und Schärfe. Das hier hat alle drei als Hauptrunen. Ich würde die Reparaturrune zu einer Nebenrune machen, um Platz zu sparen."

Als er Matts skeptischen Blick sah, erklärte der Verzauberer: „Alle Wachstumsgegenstände können sich bis zu einem gewissen Grad selbst reparieren. Solange sie weitgehend intakt sind, können sie sich selbst wiederherstellen. Ich habe gesehen, wie Schwerter zerbrochen wurden und sich dann mit ein wenig Zeit und Metall selbst repariert haben, wenn die meisten Teile wieder zusammengefügt wurden. Der Punkt ist, dass wir etwas Platz freimachen und entweder eine weitere Rune oder einen Skill hinzufügen können. Ein zweiter Vorteil ist, dass es sich um einen Wachstumsgegenstand handelt. Es braucht die Rune nicht, um dein persönliches Mana aufzunehmen, was uns gerade genug Platz gibt, um etwas anderes einzubauen."

Der Mann schob alles umher, bis er einen Papierblock entdeckte, der als Schreibunterlage diente. Er riss das oberste und fleckige Blatt ab und begann mit einem Bleistift, den er aus dem Nichts hervorholte, zu skizzieren.

Als er Matts verwirrten Blick bemerkte, lächelte der Mann frech. „Auf Tier 10 kannst du mit einem kleinen, speziell angefertigten Raumring umgehen. Wenn du einen Tier 30-Verzauberer kennst, können sie einen Kubikmeter Raum in einen Ring verwandeln, wenn sie gut sind. Mach dich aber darauf gefasst, dass du viel Geld für Beitragspunkte ausgeben musst. Der einzige Grund, warum sie das tun, ist, dass niederrangige Leute Dinge für sie kaufen."

„Warte, was?"

Der Mann sah sich Matts Kerne an und fragte: „Bist du gerade aufgelevelt?"

„Ja, warum?"

„Sieh dir etwas auf Tier 5 an, dessen Preis du kennst."

Matt überprüfte seine KI und fand einen Wachstumsgegenstand, von dem er wusste, dass er siebentausend Beitragspunkte kostete. Er war schockiert, als er sah, dass sich der Preis verdoppelt hatte.

„Warum zum Teufel sind es vierzehntausend Beitragspunkte?"

Kelley grinste ihn bösartig an. „Wenn du auf dem Markt des Imperiums einen Gegenstand kaufst, der unter deinem Tier liegt, musst du einen Aufpreis zahlen. Der Preis für den Gegenstand verdoppelt sich für jeden Tier, unter dem er liegt. Dadurch wird verhindert, dass höhere Tiers den Markt an sich reißen. Aber es bedeutet auch, dass einige Dinge für höhere Tiers unglaublich teuer werden können. Zumindest für niederrangige Dinge, wie Wachstumsgegenstände, die nur auf dem Markt verkauft werden. Die meiste Zeit über kann man Dinge mit Manasteinen kaufen. Aber wenn man einen bestimmten Gegenstand braucht, kann es sich lohnen, Dienstleistungen im Austausch für einen Gegenstand anzubieten, wenn man es mit einer niederrangigen Person zu tun hat. Ich musste etwa vierzigtausend für einen seltenen Tier 8-Gegenstand ausgeben, um diesen Ring zu bekommen. Sein ursprünglicher Preis betrug nur zehntausend, aber er war zwei Tiers niedriger als ich. Ein Tier 30, der ihn auch haben wollte, müsste fast eineinhalb *Milliarden* Beitragspunkte ausgeben."

Matts Kinnlade fiel herunter, „Das ist ja völlig absurd."

„Ja, das ist absurd, aber genau deshalb hat er ja auch gegen einen Gegenstand getauscht. Diese kleine Schönheit ist etwa hunderttausend Beitragspunkte wert, aber niemand stellt sie her. Es ist unglaublich schwer, sie herzustellen, und man braucht mindestens Tier 30. Aber wer gibt schon so viel für einen Gegenstand aus, den er höchstens fünf Tiers lang benutzen kann? Ich hatte das Glück, jemanden zu finden, der mir anbot, einen solchen Gegenstand im Tausch gegen einen anderen zu fertigen."

„Was für ein Gegenstand war es?" Matt fiel nichts ein, das so selten war, dass es die Kosten für einen Ring wie diesen wert war, und gleichzeitig interessant genug für einen Tier 30, um es zu kaufen.

„Eine Tier 8-Rift-Belohnung. Das ist alles, was ich sagen kann. Der Tier 30 hat es zur Bedingung für den Deal gemacht. Doch erwarte nicht, dass das immer der Fall sein wird. Wenn es nicht einzigartig oder so selten ist, dass man es nicht kaufen kann, dann viel Glück. Ein Tier 30 würde lieber Manasteine als Beitragspunkte für etwas ausgeben, das unter seinem Tier liegt. Und die meisten Leute hätten lieber das Geld, denn man bekommt nicht zehnmal mehr Beitragspunkte, wenn man an jemanden verkauft, der einen Tier höher ist. Der Mehrwert geht einfach verloren."

Matt wollte sich selbst ohrfeigen, weil er aufgelevelt war. Er hatte andere Dinge kaufen wollen und hatte das nicht als Problem angesehen. Aber jetzt war alles, was Tier 5 und darunter war, unglaublich teuer. Er wusste nicht, was er tun sollte.

„Verdammt noch mal. Das habe ich nicht gewusst. Ich hätte noch mehr Zeug gekauft, während ich noch Tier 5 war."

Kelley hatte sich wieder dem Skizzieren zugewandt, antwortete ihm aber trotzdem. „Ach, so schlimm ist das nicht. Tier 5 ist der niedrigste Tier, auf dem man wirklich Zeug auf dem Markt kaufen kann, und das gilt für Wachstumsgegenstände. Danach wird nicht mehr so viel verkauft, da die meisten Dinge nicht so wertvoll sind, dass es keinen normalen Markt dafür gibt. Die meisten wollen sowieso lieber die Manasteine kaufen. Bis Tier 14 dominieren Dienstleistungen den Markt."

Der Mann hielt inne: „Nun, auf Tier 10 gibt es die speziellen Konzeptflaschen zu kaufen, aber die sind teuer. Aber wenn du auf Tier 10 auf dem Pfad bist und dein Konzept nicht hast, hast du wahrscheinlich nicht genug Beitragspunkte."

Kelley riss das Blatt Papier, auf dem er gezeichnet hatte, ab und warf es zur Seite, dann fuhr er fort: „Jeder auf dem Pfad hat ab Tier 10 Zugang zum Markt. Tier 5 für Handwerker auf dem Pfad. Daher wusste ich, dass du ein Sucher bist. Die bekommen immer früh ihren Zugang, was uns Handwerkern einen Markt gibt, auf dem wir kaufen und verkaufen können."

„In Ordnung, schau dir das an." Der Verzauberer hielt eine Zeichnung seiner Schwerter mit Runen und Formeln hoch, die er nur halb verstand, „Wenn wir die Vorschläge machen, die ich vorhin erwähnt habe, können wir entweder die Runen überladen, um mehr Mana zu verarbeiten, indem wir sie ein wenig erweitern, oder etwas anderes hinzufügen. Eine Feuerverzauberung ist immer beliebt."

Matt dachte darüber nach. Aus Respekt vor seinem Fuchs, der immer noch alles mit leuchtenden Augen beobachtete, würde er das Feuer vermeiden. Aber die Idee gefiel ihm generell nicht wirklich. Er fügte seiner Waffe bereits [Mana-Ladung] und [Mana-Hieb] hinzu. Er würde lieber ihre Effizienz erhöhen und sich auf das konzentrieren, was er gut konnte.

Er könnte sich überlegen, eine weitere Rune hinzuzufügen, und er hatte diese Möglichkeit bereits erkundet. Er war immer noch der Meinung, dass die Erweiterung seines Schwertes eine schlechte Fähigkeit war, da die Erweiterung aus Mana und nicht aus echtem Metall hergestellt wurde. Das Hinzufügen eines Elements zu seinen Angriffen hatte seine Vorteile, da es seinen Gesamtschaden erhöhen konnte. Wenn es etwas gab, das er wollte, dann war es eine Möglichkeit, die Dinge für Liz noch blutiger zu gestalten.

Aber das war keine Standardrune in irgendeiner Datenbank, die er gesehen hatte.

„Kannst du der Klinge einen Blutungseffekt geben?"

Kelley hielt einen Herzschlag inne, bevor er den Kopf schüttelte. „Nein. Ich kenne eine Rune dafür, aber sie ist mindestens Tier 20. Zumindest war das die Waffe, die ich mit ihr gesehen habe. Auch in keiner der Datenbanken, die ich besitze, ist eine Blutungsrune enthalten."

„Das habe ich erwartet. Können wir die beiden Skills dann effizienter gestalten?"

„Vielleicht. Aber das würde bedeuten, dass wir einen höherrangigen Skill darauf setzen und dann den Skill verkrüppeln. Es wird besser sein als das Muster des Tier 6-Skills, da es technisch gesehen immer noch ein Tier 7-Skill wäre. Das ist übrigens nur möglich, weil die Waffe bereits Tier 7 ist. Aber klar, das kriegen wir hin."

„Dann lass uns das tun."

Daraufhin zeigte Kelley Matt eine Seite mit einer Zeichnung seiner Klinge, zusammen mit den Runen und ihrer ungefähren Position. Er erhielt eine Nachricht mit einer viel detaillierteren Version des Entwurfs, die das Zusammenspiel der Runen in drei Dimensionen zeigte.

Es war weitaus komplizierter als alles, was er bisher angefertigt hatte.

„Ich weiß nicht, ob ich das kann."

Kelley sah ihn überrascht an. „Ich dachte, du hättest schon mal verzaubert?"

„Ja, ein paar Dinge, die meine KI geschaffen hat, aber nichts so Kompliziertes."

„Darf ich mal sehen?"

Matt sah keinen Grund, der dagegen sprach, also schickte er dem Mann eine Aufzeichnung seiner wenigen Tests, einschließlich seiner verzauberten Waffen aus der Golemfestung.

„Hm. Das ist eine interessante Lichtrune. Kannst du mir mehr darüber erzählen?"

Sie unterhielten sich darüber, wie KIs ihre eigenen Runen testeten und versuchten, sie zu erschaffen.

Sie kamen völlig vom Thema ab, als Kelley versuchte, Matts Lichtrune schnell nachzubauen.

„Sie ist nicht sehr effizient, aber sehr einfach. Außerdem erzeugt sie ein bisschen mehr Licht als die, die wir benutzen."

Matts Rune erhellte den ganzen Raum auf eine blendende Art und Weise. Selbst als Kelley eine Decke über die Rune warf, erhellte sie die Umgebung noch immer.

Kelley war ein erstaunlich sachkundiger Mensch, aber Aster wurde von seinem Gerede schnell gelangweilt. Also ließ Matt sie raus und sagte Liz, dass er noch eine Weile hierbleiben würde. Sie hatten die Stunde, die der Unterricht dauern sollte, bereits überschritten und es gab keine Anzeichen dafür, dass sie bald aufhören würden.

Er und Kelley unterhielten sich noch drei Stunden lang über Runen, bis sie anfingen, Matts Fähigkeit des Verzauberns zu testen.

Matt dachte, er sei gar nicht so schlecht, aber Kelley hätte ihn fast aus dem Laden gelacht, als er Matts Mana-Kontrolle sah. Es war ihm peinlich, denn er hatte in den Pausen daran gearbeitet. Aber offensichtlich lag er erbärmlich hinter dem zurück, was ein normaler Handwerker auf Tier 6 drauf hatte.

Es brauchte fünf Versuche mit Rohlingen, bis Kelley ihm erlaubte, es mit der Klinge versuchen. Die ersten beiden schlugen fehl und zerstörten den Rohling, aber die letzten drei waren erfolgreich. Sie waren laut Kelley sogar passabel.

Matt war nervös, als er seine Klinge verzauberte, und verpatzte den ersten Versuch fast sofort. Im Gegensatz zu normalen Gegenständen zerfiel sie nicht, wenn ihr Geist beschädigt wurde. Stattdessen weigerte sich die Klinge, ihm zu erlauben, ihren Geist zu verändern, bis er sie mit ein paar tausend Mana fütterte. Es war, als würde man einen Riss in einer Wand beobachten, der sich ausdehnte, nur in umgekehrter Richtung. Der Riss schloss sich langsam und glättete sich. Es war, als wäre er nie da gewesen.

Bei seinem zweiten Versuch vollendete Matt den gesamten Verzauberungsvorgang in einem einzigen Durchgang. Es dauerte fast vierzig Minuten und fast 200.000 Mana, um die Klinge zu verzaubern. Er hatte halb erwartet, dass Kelley etwas über die absurde Menge an Mana sagen würde, die in die Klinge geflossen war, vor allem, ohne die Reserven der Stadt anzuzapfen. Aber der Mann tat so, als sei nichts passiert, was Matt beruhigte.

Als die Waffe fertig war, verwarf er die Idee, die Skills zu testen, und begnügte sich damit, die Runen zu prüfen. Als sie zu seiner und Kelleys Zufriedenheit Mana enthielten, schickte er etwas Mana in die Skills, nur so viel, dass er sehen konnte, ob das Mana durch die richtigen Kanäle floss. Er ließ es verpuffen, anstatt die Skills freizugeben.

Matt schüttelte die Hand des Mannes und fragte: „Was schulde ich dir für die Verzauberungsarbeit und die Hilfe?“

Kelley sah leicht beleidigt aus, als er Matt abwinkte. „Mach dir nichts draus. Es war eine lustige Ablenkung, und ich habe mit dieser Lichtrune etwas Neues gelernt, das viel mehr wert ist. Sagen wir einfach, der Tier 7-Manastein, den mein Neffe dir berechnet hat, reicht. Aber komm gern mal wieder. Wenn du fachsimpeln willst, komm vorbei oder schreib mir eine Nachricht.“

Matt lächelte den Tier 10-Mann an. Sie kannten sich erst seit kurzer Zeit, aber er hatte das Gefühl, dass er bereits mit dem Mann befreundet war.

Es war also nicht schwer, ihm zuzustimmen, und er beeilte sich, Liz zu finden.

Zu seinem Entsetzen war sie am anderen Ende der Stadt und hatte sich gerade mit Aster zum Abendessen hingesetzt.

Er gab es auf, sich zu ihnen zu gesellen und sagte ihnen, dass sie sich amüsieren sollten. Dann holte er sich an einem Imbissstand etwas zu essen und ging zurück in ihr Zimmer im Gebäude der Sieben Sonnen.

Auf dem Weg dorthin wurde Matt von Juni abgefangen, der eine Tasche bei sich trug. „Jeder soll anscheinend die Farben der Sieben Sonnen tragen, willst du dir also einen kompletten Anzug anfertigen lassen? Oder deine Rüstung färben lassen?“ Als er Matts Desinteresse sah, fügte er hinzu: „Wir haben auch Arm- oder Stirnbänder.“

Das machte die Wahl leicht, aber Juni sah enttäuscht über Matts Entscheidung aus.

Die goldenen und dunkelroten Armbänder waren einfach genug und schienen groß genug, um sie auch an Asters Rüstung zu befestigen. Er fragte sich, ob er sie dazu bringen könnte, sie als Stirnband zu tragen, und lachte bei dem Gedanken daran.

Wenn er seine Karten richtig ausspielte, könnte er sich vorstellen, dass sie sich sogar darauf einlassen würde. Ein wenig Schmeichelei wirkte wahre Wunder. Außerdem fand er wirklich, dass sie darin süß aussehen würde.

Er zog sich schnell um, bevor er einen Trainingsraum fand, um sein neues Schwert zu testen.

* * *

Matt stand mit fast vierhundert anderen Menschen auf einem Feld, gegenüber einer ebenso großen Anzahl von Menschen des Königinnentums. Sie waren nicht aus freien Stücken hier, sondern weil sie hergerufen worden waren, als der Countdown gegen Null lief. Matt war froh, dass er sein Schwert gestern verzaubert hatte und sich nicht entschlossen hatte zu warten.

Es handelte sich um eine Versammlung, die von der Armee des Imperiums einberufen worden war, und Colonel Thorne sprach zu allen, während er fünf Meter über der Menge schwebte. „Heute ist der Tag, an dem die Hauptstreitkräfte des

Königinnentums den Planeten betreten, was fast mit der ersten Welle der Pfadgänger zusammenfällt. Es wird fünf Wellen von Pfadgängern aus dem gesamten Imperium geben, die in den nächsten drei Monaten eintreffen werden. In dieser Zeit werden etwa fünfzehn Millionen Pfadgänger zu uns stoßen. Aber da der Krieg beginnt, wenn das Königinnentum in den realen Raum einbricht, möchte ich ein paar Dinge klarstellen."

Matt versuchte, dem Mann zuzuhören, aber etwas störte ihn. Es gab eine Resonanz mit seinem Konzept, als der Mann dort stand und über allen schwebte.

Seine Überlegungen wurden unterbrochen, als der Tier 33 fortfuhr: „Da es sich hier um ein Training und nicht um ein wirkliches Blutvergießen handelt, werden meine Soldaten die Leute aus dem Kampf herausziehen. Wir werden von einer zweiten planetarischen KI unterstützt, die sich mit euren eigenen KIs verbinden wird. Wir werden nur auf die Information reagieren, ob ihr einen Angriff überleben könnt oder nicht. Wenn ihr etwas geheim halten wollt, könnt ihr eure KI gerne einschränken. Aber beschwert euch nicht bei mir, wenn ihr wegen eines Angriffs, von dem ihr glaubt, dass ihr ihn überlebt hättet, abgezogen werdet. Es. Ist. Mir. Egal."

Daraufhin ging ein Gemurmel los, und während der Colonel die Menge summen ließ, spürte Matt etwas zu den Füßen des Mannes. Es schien seinem Konzept nahe zu sein, also nutzte er sein eigenes, um den Bereich abzutasten. Das veranlasste den Tier 33, ihn sofort anzuschauen. Er hatte Angst, den Mann zu verärgern, aber stattdessen grinste er. Plötzlich wurde seinen geistigen Sinnen klarer, was der Colonel tatsächlich tat.

Der Mann benutzte sein Konzept, um die Luft zu härten, damit er schwebte. Es *fühlte* sich an wie eine Standardfähigkeit, die alle Konzepte beherrschten, ähnlich wie Monster Kämpfer in einem Rift festhalten konnten, wenn sie über allgemeine Konzepte verfügten.

Matt wendete sein eigenes Konzept an, aber anstatt den Menschen um ihn herum Mana-Regeneration zukommen zu lassen oder Objekte abzustoßen, wollte er, dass sich die Luft vor ihm verhärtete. Er berührte sie mit einem Finger und spürte einen leichten Widerstand, bevor etwas zerbrach, das sich wie eine Glasscheibe anfühlte, und seine Hand hindurchging.

Er blickte auf und sah, wie der Colonel ihm zunickte, während er weitersprach. „Dies ist ein Spiel, das dazu dient, die Waffen zu schärfen, die ihr werden wollt. Zu diesem Zweck werdet ihr wie in jedem echten Krieg Punkte sammeln. Aber anders als in einem echten Krieg könnt ihr, wenn ihr all eure gesammelten Kriegspunkte opfert, euer ‚Leben' zurückkaufen und wieder in den Kampf eingreifen."

Thorne hob die Hand und sagte: „Ihr könnt euch dafür entscheiden, *nicht* wieder ins Spiel einzusteigen und eure Punkte einzulösen, aber bedenkt Folgendes. Wenn ihr tot seid, könnt ihr eure Punkte nicht mehr ausgeben, es sei denn, ihr löst sie ein. Solange ihr lebt, könnt ihr eure Punkte jedoch ausgeben, wie ihr wollt. Ja, das bedeutet, dass ihr eure Punkte direkt vor einer großen Schlacht ausgeben *könnt*. Das Imperium unterstützt das sogar. Das hat aber auch einen zweiten Nachteil. Wenn ihr keine Punkte mehr habt, könnt ihr nicht mehr an den Kämpfen teilnehmen. Ihr müsst mindestens einen Punkt aufgeben, um wieder teilnehmen zu können. Diejenigen, die auf dem Pfad sind, können die Seite, die sie gewählt haben, für zwanzigtausend Punkte verlassen. Viel Glück für diejenigen, die diesen Weg wählen."

Der Mann blickte in den Himmel. Die versammelte Menge wurde Zeuge von Schiffen, die durch den Weltraum rasten, als kämen sie hinter einem verborgenen Schirm hervor. Matt zählte vier verschiedene Modelle, aber während er zusah, rasten Hunderte und dann Tausende Schiffe auf die freie Fläche vor den beiden Gebäuden zu.

Direkt vor ihren beiden Gruppen.

„Das sind unsere Pfadgänger. Heißt sie willkommen, versucht sie zu rekrutieren, kämpft auf eurer Seite für Reichtum und Ruhm. Viel Glück."

Und schon war der Mann verschwunden.

Juni rief allen zu: „In Ordnung. Wir haben Zugang zu den Logbüchern des Schiffes und haben sie mit den ankommenden Personen abgeglichen. Wir werden jeden, der sich für unsere Seite entschieden hat, blau markieren und jeden, der nicht gewählt wurde, grün. Tut euer Bestes, um sie auf unsere Seite zu bringen. Das Königreich hat zu Beginn eine bestimmte Anzahl von Spendenpunkten verteilt, sodass jeder, der jemanden zu einem der Vertreter des Königreichs bringt, einen Punkt erhält. Jeder, der jemanden direkt anwirbt, erhält zehn Punkte."

Er wandte sich ab und bewegte sich in die Masse der entgegenkommenden Menschen.

Matt sah Liz nur an. „Das sieht lästig aus. Sollen wir das hier auslassen und am Rande warten?"

Sie wartete nicht einmal, bis er fertig gesprochen hatte, sondern verschwand bereits in der Menge.

Kapitel 3

Matt saß mit Liz und Aster auf einer nahe gelegenen Steinmauer, während alle anderen umherwuselten und die wenigen in seinem HUD grün markierten Personen ansprachen. Es war mehr wie ein Fischschwarm, der um seine Beute kreiste, als eine normale menschliche Interaktion.

Da er nichts Interessantes sah, begann Matt wieder mit der Arbeit an seinem Konzept. Mit einiger Willensanstrengung verhärtete er die Luft vor sich und klopfte dagegen, wodurch die Ebene aus fester Luft knackte.

„Was zum Teufel, Matt!?"

Mit einem fragenden Blick drehte er sich zu Liz um, die an ihren Haaren zog, während sie auf die Fläche vor seiner Hand starrte.

Sie stupste ihn in die Rippen und knurrte ihn an: „Wie machst du das?"

Er versuchte, sich vor ihr und ihrem piksenden Finger davonzustehlen, aber als er sich wegdrehte, huschte sie hinter ihm her.

„Das tut weh! Und kitzelt. Stopp! Das ist nicht fair! Mir geht die Wand aus."

Liz hörte endlich auf, schmollte aber immer noch.

„Wie machst du das?"

Matt bemerkte, dass sie trotz ihrer scherzhaften Haltung ihre Frage ernst meinte.

„Ich habe gefühlt, was der Colonel macht und versucht, es zu spüren. Als er mich spürte, wurde es deutlicher, also habe ich es kopiert. Es ist noch nicht stark genug, um darauf zu stehen, aber schwer scheint es wirklich nicht zu sein."

Liz mischte einen finsteren Blick mit einem Schmollmund und bot einen wirklich seltsamen Anblick.

„Das kann man aber erst ab Tier 10 ..." Sie ließ die Aussage sacken, während sie ihm dabei zusah, wie er die Ebene aus fester Luft wiederherstellte. „Zumindest ist das die übliche Praxis."

Sie begann, in die Luft vor ihr zu stochern, aber er spürte nichts mit seinem Konzept.

Nach zwei weiteren Versuchen gab Liz auf. „Ich weiß nicht, ob es daran liegt, dass mein Konzept intern ist oder was, aber ich finde hier nichts. Was machst du da?"

Matt dachte kurz darüber nach, bevor er antwortete: „Ich mache nur nach, was der Colonel gemacht hat. Ich habe gespürt, wie er die Luft gehärtet hat, also wollte ich ebenfalls, dass die Luft verfestigt wird. Ich fand das nicht wirklich schwierig. Warum eigentlich? Ist es normal, dass Menschen das nicht können?"

Liz lehnte sich zurück und fing an, Asters Fell zu kraulen, während sie spielerischen Bissen auswich, die auf ihre Finger zielten.

„Ja, die meisten Menschen in unserem Tier können es nicht, weil sie nicht die Willenskraft dazu haben. Vielleicht profitierst du von deinem Bild, aber ich weiß es ehrlich gesagt nicht. Es ist aber beeindruckend, dass du das schon kannst. Ich bin stolz auf dich."

Matt ließ sich von dem Kompliment bestärken, als er Liz und Asters Spiel aufmischte, aber er wollte Liz trotzdem helfen. Zu diesem Zweck versuchte er, weiter zu erklären. „Ich mache das, was man macht, wenn man sich in Rifts gegen Monster wehrt, die versuchen, die Bewegung einzuschränken. Es ist so ähnlich, aber anstatt ihrem eigenen Willen über einen Wirkungsbereich entgegenzuwirken, stelle ich das nach, was sie getan haben. Ich *bringe* die Luft dazu, sich zu verfestigen."

Liz blickte von ihrem Spiel ‚Neck den Fuchs' auf und stocherte noch einmal in die Luft, bevor sie eine Augenbraue hochzog. „Aber ich mache das nicht. Wenn ich mich dem Konzept eines Monsters mit meinem eigenen entgegenstelle, dann mit meinem Körper. Ich bahne mir einen Weg durch sie hindurch, damit sie mich nicht aufhalten oder einschränken können. Ich wehre mich nicht gegen ihr Konzept, ich kämpfe mich hindurch."

„Hm. Das wusste ich nicht." Er hatte tatsächlich nicht gewusst, dass sie ihr Konzept nicht auf diese Weise eingesetzt hatte. Er war immer davon ausgegangen, dass sie es genauso benutzte wie er.

In seiner Vorstellung leistete man, wenn jemand versuchte, einen zu Boden zu drücken, in gleicher und entgegengesetzter Weise Widerstand, oder man lenkte die Kraft um. Auf diese Weise würde die Kraft nicht die beabsichtigte Wirkung erzielen können. Genau so würde man sich gegen einen körperlichen Schlag wehren, dem man nicht ausweichen konnte.

Er tat das bei jedem seiner Kämpfe.

In diesem Moment wurde ihm klar, warum er die Änderung vornehmen konnte. Mit einem Gedanken verwandelte er das Konzept von der bloßen Verhärtung der Luft in den Willen, eine Ebene zu erzeugen, die seinem Druck standhielt. Je fester er drückte, desto mehr Widerstand war zu spüren. Es war wie die abstoßende Wirkung seines Konzepts, nur gegen ihn gerichtet.

Der neue Widerstand war im Vergleich dazu auch viel leichter zu erzeugen. Mit der flachen Handfläche stieß er kräftig zu und rutschte nach hinten, bis seine Kniekehlen gegen die Wand drückten. Das kostete etwas Willenskraft, aber da es sich um eine kleine, flache Fläche handelte und nicht um eine Kugel, die seinen ganzen Körper umschloss, war es nicht so schlimm. Die Kosten stiegen zwar immer noch mit seiner Kraft, aber es war ein guter Ausgangspunkt.

Aster biss sich in einen zu langsamen Finger und Matt richtete seine Aufmerksamkeit wieder dorthin, wo sie hingehörte. Zu seiner Familie.

* * *

Von einem verborgenen, verzerrten Bereich aus, den er mit seinem Intent gebildet hatte, beobachtete Colonel Thorne, wie der Junge mit seinem Konzept und seinen Freunden spielte. Er wollte gerade aufbrechen, als er im Geiste feststellte, dass der Junge gut, aber nicht außergewöhnlich war. Doch dann *änderte* sich die Methodik des Jungen.

Plötzlich tat der Junge etwas, was bei seinem Alter und seiner Erfahrung nicht möglich sein sollte.

Schnell rief er das Profil des Jungen auf und wollte gerade ein Angebot für die Rekrutierung der Armee und die persönliche Betreuung unterbreiten, als sein Körper erstarrte. Es war kein Angriff, sondern ein überwältigender Druck eines größeren Kultivierendens. Eine Sekunde später rief sein Geist eine Warnung aus, dass ein Monster mit weit aufgerissenem Maul über ihm schwebte.

Seine Instinkte, die er in den letzten neuntausend Jahren in der Armee auf unzähligen Schlachtfeldern trainiert hatte, schrien danach zu fliehen, aber er wurde von einem Willen beherrscht, der stärker war als sein eigener. Sein Wille wurde sanft zurückgewiesen und unterdrückt. Es war eine erschreckende Erkenntnis, die aber auch einen gewissen Trost innehatte, denn wenn jemand, der so stark war, ihn töten wollte, hätte er sein Sterben nicht einmal bemerkt. Der Schrecken, einem Monster so nahe zu sein, war etwas, das er seit seinen Zwanzigern nicht mehr erlebt hatte.

Eine lilahaarige Frau schwebte vor ihm, und er erhielt eine Nachricht, die die Identität der Frau als Luna bestätigte. Sie war von zwei weiteren Personen umgeben, die in der Nähe standen, aber nichts sagten.

Mit einem Anflug von purer Autorität erhob sie ihre Stimme: „Das sind meine. Geh und finde deinen eigenen Lehm zum Formen."

Dies war ein Pfadmanager in Fleisch und Blut. Er war noch nie einem begegnet und wünschte sich jetzt schon, dass es so geblieben wäre.

„Ich wollte mich nicht einmischen, Ma'am. Ich kann ..."

Sie schien ihn nicht zu hören und fuhr fort, ihm eine zweite Nachricht mit Koordinaten zu schicken. „Und mach diese Insel zu deiner Basis. Aber wenn du die Rifts dort zerstörst, werde ich dir das Fell über die Ohren ziehen."

Thorne erschauderte innerlich bei diesem Befehl, denn er würde seine gesamte Operation verlegen müssen. Doch diese Frau war mindestens Tier 40 und genoss das Vertrauen des Kaisers. Technisch gesehen war er nicht verpflichtet, ihre Befehle zu befolgen, aber bei einer so kleinen Sache wäre es dumm, sie abzuweisen. Es handelte sich um eine harmlose Änderung, die ihre Pläne nicht beeinträchtigen würde, also würde er es tun, um späteren Ärger zu vermeiden.

Er wartete in aller Ruhe auf eine Entlassung. Er wollte nicht gehen, bevor er entlassen wurde, denn das könnte die große Dame verärgern. Es war unwahrscheinlich, dass sie ihm etwas antun würde, aber selbst im Imperium war es für die Karriere nicht förderlich, sich den Zorn einer so hochgestellten Person zuzuziehen.

Als Thorne zuhörte, wurde seine Miene immer verwirrter.

„Dieser idiotische Junge. Was macht er nur? Er könnte vierzehn Prozent mehr aus seinem Konzept herausholen, wenn er hinter seiner Abwehr ein wenig Festigkeit zeigen würde. Eine Lektion in Physik wäre angebracht. Das ist beschämend, ihr Liebhaber benutzt Konzeptmanipulationen, und sie kann es nicht."

Der Mann reichte der schimpfenden Frau etwas, das wie ein Stück Papier aussah, während er auf einem schwebenden Notizblock schrieb. Die Frau las es einen Moment lang, dann verschwand es in einem Hauch von Leere. „Es ist mir egal, ob sie ein internes Konzept hat. Es ist nur schwieriger für sie. Sie könnte es schaffen, wenn sie sich anstrengen würde."

Thorne war fassungslos. Interne Konzepte machten es fast unmöglich, die Luft zu härten oder sich ohne Flugzauber selbst zu tragen. Fast jeder, der wirklich mit seinem internen Konzept fliegen wollte, musste auf Minkalla warten. Nach den Berichten, die er gehört hatte, hatte es auf natürliche Weise eine Ewigkeit gedauert, bis man herausgefunden hatte, wie man seinen Körper in die Luft bringen konnte. Es war mindestens hundertmal schwieriger als der Flug mit einem äußeren Konzept, was an sich schon ziemlich schwierig war.

Diese Frau wollte, dass das Mädchen etwas tat, was bisher nur zwei interne Konzeptanwender ohne Minkalla geschafft hatten? Die Schwierigkeit der Aufgabe wurde nur von der Belohnung übertroffen, die man erhielt, wenn man die Methodik tatsächlich beherrschte. Interne Konzepte opferten die Fähigkeit, solche Manipulationen anzuwenden, um die Macht des Benutzers zu erhöhen. Wenn sie jedoch lernten, *außerhalb* ihres Körpers zu wirken, hatten sie das Beste aus beiden Welten.

Der Mann wandte sich ihm zu und nickte abweisend.

Thorne wirkte [Teleport] und flüchtete vor der verrückten Managerin. Wer seine Schützlinge so sehr unter Druck setzte, war jemand, dessen Aufmerksamkeit er nicht erregen wollte.

Diese armen Kinder.

Vorsichtshalber markierte Thorne das Trio, um sie im Auge zu behalten. Jede

Sonderbehandlung würde ihm aufgrund ihres Pfadgänger-Status einige Nachteile einbringen, aber er wollte sich nicht über ihre Bewegungen wundern.

Mit einem stillen Seufzer machte er sich an die mühsame Aufgabe, den Armeestützpunkt auf die ausgewählte Insel zu verlegen. Er würde die Rifts persönlich inspizieren, denn sie mussten einzigartig sein, damit die Tier 40 sich dafür interessierten. Außerdem wollte er keine potenziellen Gefahren in der Nähe seines Lagers haben, egal wie unwahrscheinlich es war, dass ein paar Tier 1- bis Tier 7-Rifts eine Bedrohung darstellten. Der Tier 1-Rift war für eine Tier 6-Welt besonders ungewöhnlich, aber kein wirklicher Grund zur Sorge. Auch der Tier 7-Rift war bemerkenswert. Rifts, die einen höheren Tier hatten als der Planet, waren relativ normal und deuteten darauf hin, dass der Planet in ein oder zwei Generationen aufleveln würde. Aber er würde beide trotzdem als Ausnahmefälle überprüfen müssen.

* * *

Sie spielten mit Aster, bis ein Tumult ihre Aufmerksamkeit erregte und sie alle zu dem Geräusch hinüberguckten.

„Albie! Albie, hierher!“

Eine riesige Frau mit einer unglaublich muskulösen Statur, die etwas mehr als einen Meter achtzig groß war, schritt durch die Menge zu Fürst Albert, der an einem Rekrutierungspult saß. Sie rief so laut, dass es bis zu Matt und Liz drang: „Hast du meine Blumen bekommen? Warst du überrascht?“

Sie trug eine leuchtende, bedrohliche Lanze, mit der sie die beiden Wachen, die sie aufhalten wollten, umstieß. Matt entging nicht, dass Juni sich hinter ihr bewegte, aber in der Menge blieb.

Fürst Albert verschränkte die Arme und erwiderte mit steifer Miene: „Ja, ich habe sie bekommen. Sehr ...“, er hielt einen langen Moment lang inne und überlegte, was er sagen sollte, „sehr rücksichtsvoll von dir. Allerdings wäre es mir in Zukunft lieber, wenn du das Zeug an der Rezeption abgibst und nicht in unser Hauptquartier einbrichst. Ich sollte dich beim Colonel melden, weil du unser Hoheitsgebiet verletzt hast, bevor die Feindseligkeiten beginnen.“

Prinzessin Sara lachte. „Bei euren veralteten Sicherheitsvorkehrungen war das wohl kaum ein Einbruch. Aber die Blumen gefallen dir? Das ist großartig. Mein Team hat diesen grandiosen, abgelegenen Rift gefunden, der voll davon war. Dort gab es diese fantastischen Rankenmonster, die Samen verbreiteten, wenn man sie nicht schnell genug tötete. Nach dem, was mein Team mir erzählt hat, sollten sie einen guten Kampf liefern. Wenn du willst, kann ich dich zu dem Rift bringen. Abgesehen von den Rankenmonstern ist er sehr romantisch. Schön abgelegen, am Rande einer Klippe mit einer tollen Aussicht. Was hältst du davon? Könnte lustig werden.“

Während die Prinzessin sprach, bahnte sie sich einen Weg durch die Menge, bis sie vor dem Fürsten stand und auf ihn herabblickte, der nervös aussah.

Der Fürst verschränkte die Arme, stand auf und trat einen Schritt zurück. „Wenn du mit deinen Spielchen fertig bist, solltest du gehen. Wie du siehst, sind wir sehr beschäftigt... Hey!! Hör auf, mich zu piksen!!"

„Was? Ich dachte, du magst es, wenn man dich mit einem Stock pikst! Du weißt schon, wenn man den Stock bedenkt, der tief in deinem Arsch steckt."

Liz zog ihn nach vorne und sagte: „Oh, ich mag sie. Oder zumindest mag ich es, dass sie den Fürsten ärgert. Der Kerl ist ein verklemmtes Arschloch."

„Ja, es ist irgendwie schön zu sehen, wie er sich aufregt, nach der ganzen Scheiße, die er während des Golem-Zwischenfalls abgezogen hat." Matt genoss den verzweifelten, unbeherrschten Blick des Fürsten in seinem gläsernen Gesicht.

Sie drängten sich rechtzeitig durch die Menge, um zu sehen, wie Prinzessin Sara mit dem Kolben ihrer Lanze auf den Boden stieß. „Komm schon! Lass uns von hier verschwinden. Wie wäre es damit? Du kommst mit mir zum Rift, und ich sage dir, wo wir den Planeten betreten."

„Als ob du dein Reich oder deine Mutter verraten würdest. Sie würde dir die Haut abziehen."

Sara zuckte mit den Schultern. „Sie würde mir den Kopf abreißen, aber ich habe schon öfter den Kopf abgerissen bekommen. Es kann sich lohnen, wenn die Sache gerecht ist oder wenn die Person, die die Strafe kassiert, die richtige Person ist. Willst du das sein? Du könntest deinen scharfkantigen Kiefer zunutze machen."

Matt wollte über sie alle lachen. Er war sich nicht sicher, ob es ein Trick war, um den Fürsten aus der Fassung zu bringen, oder echte Zuneigung. Aber die Frau rüttelte den Fürsten regelrecht auf. Der König sah nicht so aus, als wüsste er, wie er mit den Avancen der Frau umgehen sollte.

Wenn sie es ernst meinte, war Matt von ihrer Entschlossenheit und Offenheit beeindruckt. Wenn sie den Fürsten wirklich mochte, machte sie sich direkt an ihn ran. Ob das mit der scheinbar rückständigen Moral des Königreichs vereinbar war oder nicht, blieb abzuwarten, aber es war ein unterhaltsamer Anblick, der sich ihnen bot.

„Ich möchte dich bitten, deine Mätzchen zu unterlassen und zu gehen. Wider besseres Wissen habe ich deinem Vorschlag bereits zugestimmt, wenn du den Krieg gewinnst, und das ist das Letzte, was ich davon hören werde, bis ein Sieger feststeht. Denk daran, dass ich im Falle eines Sieges zwölf Prozent deiner Delve-Einkünfte für ein Jahr erhalte. Ich würde es auch zu schätzen wissen, wenn du aufhörst, in das Gebiet meines Königreichs einzudringen, bevor wir beginnen."

Sie zuckte mit den Schultern und rief den Zuschauern zu: „Dann sorg für mehr Sicherheit! Wir haben hier eine ganze Reihe von Pfadgängern ohne Vertrag. Warum zeigen wir ihnen nicht mit einem Sparring ihre potenziellen Anführer? Wenn du den Krieg gewinnen willst, musst du mehr leisten als deine derzeitigen Rekrutierungsversuche. Ein guter Kampf, der beste von zehn Gefechten."

Der Fürst lachte. „Und dir den Vorteil mit deinen stärkeren Angriffen überlassen? Nein, wenn wir kämpfen, dann so lange, bis einer aufgibt. Ich werde nicht zulassen, dass du deinen Vorteil daraus ziehst."

„Du willst mehr Zeit mit mir verbringen? Perfekt!“ Sie klatschte die Hände zusammen und wirbelte leicht herum. „Dann lass uns kämpfen.“

Matt rechnete damit, dass sie gleich hier ein Gebiet räumen und loslegen würden, aber eine der schwebenden Plattformen bewegte sich auf sie zu. Es war eine flache Wiese mit einem einzelnen Baum, der mit braunen Blättern bedeckt war. Sein dicker, grüner Stamm stand im Kontrast zu dem verbrannten Orange des Grases.

Selbst die Prinzessin betrachtete die seltsame Flora der Arena mit gesenktem Kopf, als sie sanft auf der Wiese landete. Der Fürst schüttelte sich zuerst aus seiner Trance, dann kletterte er auf die grasbewachsene Arena und stellte sich auf eine Seite des Kreises. Zu Matts Überraschung war er fast halb so groß wie er sein sollte, und das Gras reichte ihm bis zu den Knien.

Ist hier alles räumlich ausgedehnt?

Die Kosten erschienen extravagant, aber Matt achtete auf die Bewaffnung des Fürsten. Seit dem letzten Mal, als das Trio ihn kämpfen gesehen hatte, hatte er aufgerüstet. Inzwischen besaß der Fürst eine Kombination aus blauem Schwert und gelbem Schild, die mit der Rüstung zu verschmelzen schien, die ihm wie flüssiges Metall aus der Haut wuchs.

Es war allerdings kein Metall, wie Matts KI feststellte, als der Skill aufhörte, sich aufzubauen. [Lebender Kristall] war nicht schlecht, aber auch nicht überragend. Der größte Nachteil war, dass der Kristall spröde war und den Körper des Anwenders in seinen Bewegungen einschränkte. Er hatte den Vorteil, dass er Hiebangriffe und die meisten magischen Attacken nahezu unbrauchbar machte. Der Skill war im Wesentlichen denen vorbehalten, die sich nichts Besseres leisten konnten, oder denen, die entweder einen seiner Vorteile nutzen oder seine Nachteile ausgleichen konnten.

Der Fürst gehörte eindeutig zur zweiten Kategorie. Sein Talent war offensichtlich etwas, das ihn kristallisieren ließ. Aber das Seltsame, zumindest für Matt, war, dass der Skill des Mannes eindeutig mit seinem Talent verschmolzen war. Es machte ihn massiger, aber ohne die Steifheit, die der Skill normalerweise mit sich brachte.

Prinzessin Sara sprang in den Ring und trug viel weniger Rüstung als ihr Kontrahent. Ihre Arme und Schultern waren mit einer schweren Rüstung bedeckt, aber der Rest ihrer Rüstung bestand entweder aus Leder oder leichtem Kettenhemd. Ihre Schulterpanzer reichten fast einen Meter in die Höhe und waren so angewinkelt, dass sie Angriffe über ihren gepanzerten Kopf ableiten konnte. Matt nahm das zur Kenntnis, denn so etwas hatte er noch nie in einem echten Kampf gesehen.

Es war eine interessante Kombination, die sich um ihre Lanze zu drehen schien.

Lanzen gehörten nicht zur Standardausrüstung für den Bodenkampf. Normalerweise wurden sie von reitenden Kämpfern verwendet, oder von solchen, die sehr schnell waren. Da die Prinzessin kein Reittier besaß, erwartete Matt, dass die Realität die zweite Option sein würde, und er sollte Recht behalten, sobald der Kampf begann.

Sara stürmte mit einer unglaublichen Geschwindigkeit vorwärts, die eine Schneise durch das seltsam gefärbte Gras schlug. Sie stürmte in gerader Linie auf den Fürsten zu.

Ihre leuchtende Waffe wies ihr den Weg, aber der Fürst brachte sich einfach in Verteidigungsposition, offensichtlich bereit, dem Angriff zu trotzen, anstatt ihm auszuweichen. Seine Überlegung erwies sich als richtig, denn als die Prinzessin bis auf wenige Meter an den Fürsten herangekommen war, tauchte sie mit unvermindertem Schwung an seiner rechten Seite auf.

Matt war sich nicht sicher, ob es sich um eine Teleportvariante oder etwas Einzigartiges handelte, aber seine KI nahm einen wichtigen Hinweis zur Kenntnis. Ihre derzeitige Position im Verhältnis zum Fürsten war im Vergleich zu ihrer vorherigen Position perfekt kreisförmig geblieben.

Albert trat daraufhin vor und drehte sich, wobei er mit seiner Klinge auf Saras Halshöhe einschlug und mit seinem Schild die glühende Lanze abblockte.

Sowohl das Schwert als auch die Lanze wurden von den jeweiligen Rüstungen blockiert. Saras Schulterpanzer verschmolzen perfekt mit ihrem Helm, als sie ihren Arm ausstreckte, und sorgten dafür, dass Alberts Angriff über ihren Kopf hinweg abgeleitet wurde. Gleichzeitig wurde ihre glühende Lanze von dem Schild des Fürsten zur Seite geschleudert.

Sara bewegte sich aus der Reichweite des Fürsten heraus, aber es war zu spät für sie, um dem von Albert erzeugten [Erdspieß] vollständig auszuweichen, mit dem er sie angriff, als sie sich zurückzog.

Als sie die drei Meter Entfernung hinter sich gelassen hatte, verschwand Sara und stürmte ein zweites Mal auf Albert zu. Jetzt kam sie dem Fürsten frontal entgegen. Er hatte nicht mit einem Frontalangriff gerechnet, und sein Ausweichen in die falsche Richtung in Erwartung des Angriffs war kostspielig. Er drehte seinen Kopf gerade noch rechtzeitig zur Prinzessin, um zu sehen, wie die glühende Lanze ihn in die Seite traf und seine durch den Skill verbesserte Haut auf die Probe stellte.

Zu Matts Überraschung wurde der Anführer des Königreichs weder niedergestreckt noch vom schwebenden Kampfrichter aus dem Ring gezogen. Er hatte lediglich eine tiefe Schnittwunde an seiner Kristallrüstung, die langsam zu heilen begann.

Dieses Mal bewegte sich Sara durch den drei Meter großen Radius und ging weiter, bis sie fünfzehn Meter entfernt war.

„Mhmm, das ist so heiß, Albie. Noch nie hat jemand in meinem Tier einen meiner Angriffe so lässig weggesteckt." Selbst unter ihrem Helm grinste sie frech und fragte: „Warum willst du mich nicht heiraten? Wir könnten das jeden Tag machen."

„Ich kenne dich kaum!? Ich bin mir sicher, dass du jemand anderen mit einer starken Verteidigung finden kannst, wenn das dein wichtigstes Kriterium ist."

„Ja, aber keiner von ihnen hätte dein gemeißeltes gutes Aussehen", erwiderte die Prinzessin mit einem Grinsen.

Der Fürst wirkte nun kühl und gefasst im Angesicht der Frau, die außerhalb seiner Reichweite stand.

Liz flüsterte: „Oh, jetzt hat sie ihn."

Matt drehte sich gerade zu Liz um, als eine Explosion das Stadion erschütterte.

Als sich der Staub gelegt hatte, stürmte der nun rußgeschwärzte Fürst mit seinem Schild an der Spitze aus einem Krater heraus.

Sara schien darauf nicht vorbereitet zu sein und war nicht in der Lage, genügend Abstand zu schaffen, um ihre Lanze effektiv einzusetzen.

Albert ging es nicht besser, denn die Hälfte der kristallinen Rüstung an seinem Unterkörper war zertrümmert. Er hatte gerade erst begonnen, die freiliegende Haut zu bedecken, als er seinen Angriff startete.

Sara wich einen Schritt zurück und warf [Wirbel], wodurch ein Trichter aus wirbelnder Luft auf den Fürsten geschleudert wurde. Er hielt gerade lange genug inne, damit sie den drei Meter großen Radius um Albert durchqueren konnte, und sie tauchte mit einem weiteren Angriff an seiner Schwertseite wieder auf.

Ihre Angriffe erwiesen sich als unwirksam, aber keiner der beiden versuchte, mehr als die Skills einzusetzen, die sie bereits gezeigt hatten. Es gab genug fehlgeschlagene Aktionen von beiden Königen, die darauf hindeuteten, dass jeder von ihnen eindeutig Reserven an Skills und Fähigkeiten hatte.

Das war klug, aber es führte dazu, dass der Kampf ziemlich schnell ins Stocken geriet und der Ringrichter den Kampf nach ein paar weiteren ineffektiven Auseinandersetzungen als unentschieden erklärte.

Keine der beiden Seiten schien mit dem Ergebnis zufrieden zu sein, aber sie waren auch nicht verärgert. Der Fürst und die Prinzessin setzten beide ein charmantes Lächeln auf und kehrten zu ihren jeweiligen Seiten zurück. Die Prinzessin versuchte nicht, noch weitere Streitereien anzufangen, sondern ging einfach weg.

Der angeschlagene und rußverschmierte Fürst lächelte, während er rief: „Ein guter Kampf! Ah, ja, wo war ich? Mr. Polovesnty, wir sprachen darüber, was Sie davon hätten, wenn Sie meiner Fraktion beitreten würden."

Matt und Liz drehten sich um, als Albert von grün gekleideten Leuten umschwärmt wurde, die sich der Seite des Königreichs anschließen wollten. Offenbar war seine kleine Show effektiver gewesen, als Matt vermutet hätte.

Es entging ihm nicht, dass sich Sara auf der anderen Seite des Geländes in einer ähnlichen Situation befand.

Matt und Liz kehrten in ihr Zimmer zurück, und bei Einbruch der Dunkelheit gesellten sich noch drei weitere Personen zu ihrer Gruppe.

Sie saßen alle in dem kleinen Gemeinschaftsraum, der ihre fünf Türen zu einer Suite verband.

Der erste unter ihnen war ein Mann, der etwas älter aussah als Matt und Liz und im Gesicht die ersten Stoppeln hatte.

Er stellte sich vor: „Mein Name ist Conor. Ich bin an der Spitze von Tier 6 und zweiundzwanzig Jahre alt. Ich bin hauptsächlich ein Tank, mit ein paar besonderen Eigenschaften, die es mir erlauben, [Dämonenzone] zu benutzen, ohne mich zu verletzen. Ich bin ein Solo-Pfadgänger, also werde ich einige Dinge ändern müssen, um mit euch zusammenzuarbeiten, aber das kriege ich schon hin."

Matt sah den Mann genauer an und nickte, er kannte den Skill und dessen Einschränkungen, da er selbst versucht hatte, ihn auf der Trainingswelt zu erlernen, aber das hatte bisher nicht geklappt. Es war ein unglaublich seltener Tier 8 Skill, da er nicht wertvoll genug war, um Rifts dafür zu bewirtschaften.

Liz nickte und sagte: „Wir sind mit dem Skill vertraut, und Matt kann zumindest ohne Probleme damit arbeiten."

Das veranlasste Conor, sich Matt genauer anzusehen. Sie würden sich ein gutes Sparring liefern und einander austesten müssen. Nahkämpfer mussten mit dem Kampfstil des anderen vertraut sein, wenn sie effektiv in der Nähe des anderen arbeiten wollten. Der beste Weg, dies zu erreichen, war natürlich ein guter Kampf.

Matt wandte den Blick ab und nickte den nächsten beiden Personen zu, die dicht beieinander saßen.

Sie waren eineiige Zwillinge. Selbst Matts KI hatte Mühe, sie auseinanderzuhalten, wenn sie nicht in seinem Blickfeld waren. Es half auch nicht, dass sie sich absichtlich gleich kleideten, aber sie verstanden und stellten sich vor.

„Ich bin Emily."

„Und ich bin Annie."

Emily fuhr fort: „Ich bin eine Sprengmagierin, die hauptsächlich Wasser- und Blitzzauber einsetzt."

Annie fuhr nahtlos fort: „Ich bin eine Assassine mit Unsichtbarkeit."

Und schon war sie verschwunden. Sogar die Einkerbung, die ihr Gewicht auf die Couch drückte, war weg.

Matt drehte sich und schützte seinen und Liz' Rücken, bereit, bei der kleinsten Vertiefung im kurzen Teppich [Gecrackte Phantomrüstung] zu aktivieren.

Von hinten fragte Annie: „Was machst du da?"

Matt drehte sich um und sah, dass sich die Frau nicht bewegt hatte.

„Ich habe halb mit einem Teleport oder [Blinzeln] gerechnet, bei so einer Bewegung."

Die Frau sah wehmütig aus, als sie sagte: „Nein. Ich wünschte, es wäre so. Das wäre eine tolle Kombination. Leider sind wir einfach zu arm, um uns so einen Skill zu leisten."

Der andere Zwilling, Emily, fuhr fort: „Wir sind beide auf Tier 6 und fünfundzwanzig. Wir wollten schon früh auf Tier 7 aufsteigen, um einen Vorsprung zu haben, aber wir haben uns zurückgehalten wegen dieses kleinen Krieges. Wir hatten die Zeit, und selbst ohne die Belohnungen ist es nicht leicht, Kampferfahrung zu sammeln."

Matt winkte leicht und sagte: „Matt. Niedriger Tier 6. Ich habe [Hagel] als einzigen echten offensiven Skill. Ich bin ein Langschwert-Nahkämpfer mit Rüstungstalent, mit dem ich Treffer einen Tier über mir einstecken kann. Außerdem wird meine Stärke durch den Skill erhöht."

Conor und Annie sahen ihn interessiert an, also aktivierte er kurz seine Rüstung, um ihnen einen Blick zu gewähren. Er benutzte dieselbe Ausrede wie beim Golemkampf, denn er war sich sicher, dass Juni das registriert hatte. Es gab keinen Grund, eine Tarnung auffliegen zu lassen, die ihm bereits gewährt worden war.

Liz fuhr fort: „Ich bin Liz. Blutmagierin, die wie die meisten Wassermagier agieren kann, wie ihr sicher schon wisst. Emily, wir sollten sehen, wie dein Blitz mit mir funktioniert. Ich habe etwas Bluteisen absorbiert, also können wir dort vielleicht ein paar Kombinationsangriffe ausprobieren. Ich bin gut in anhaltenden und langen Kämpfen, denn je mehr Leute bluten, desto mehr freies Blut kann ich verwenden. Mit meinen Skills kann ich Tier 7-Feinde ausschalten."

Matt hielt Aster hoch, die an ihm vorbeigelaufen war, und stellte sie vor: „Das ist Aster, meine Gefährtin und die dritte im Bunde. Sie ist ein Polarfuchs, der Eiszauber benutzt. Sie fängt gerade an zu sprechen, aber sie kann nur Zwei-Wort-Sätze, also seid etwas nachsichtig mit ihr. Sie isst gerne Eis und Herzen."

Letzteres ließ alle ein wenig innehalten, aber niemand stellte es in Frage. Er hatte auch bewusst nicht ihr Alter erwähnt. Liz war zwar sechs Monate älter als er, aber immer noch nicht neunzehn Jahre alt. Das war zwar nicht ungewöhnlich, aber es war ein unglaublich hohes Tempo, um Tier 6 zu erreichen. Sie hofften, dass diese Kleinigkeit übersehen werden würde.

Aster schaute sich um und fragte alle Anwesenden: „Eiscreme? Wo? Kein Geruch."

Die anderen lächelten darüber, aber Emily fragte: „Ich habe zwar an sich kein Problem damit, aber warum habt ihr drei das Sagen? Ihr seid schwächer als wir und um einiges jünger."

Liz antwortete darauf. „Nun, zunächst einmal sind wir schon eine Weile im Königreich. Wir kamen im Rahmen der Mission zur Unterwerfung dieses Planeten hierher. Als wir Tier 5 waren, haben wir an den Golemschlachten teilgenommen und bei der Einnahme der Festung sowohl den ersten als auch den zweiten Platz für unseren Beitrag belegt." Sie ließ das einen Moment wirken, bevor sie hinzufügte: „Wir waren damals erst Mitte Tier 5 und griffen Monster im höchsten Tier 6 an. Wir sind auch auf dem Pfad."

Der letzte Satz kam fast wie ein nachträglicher Einfall, aber Matt musste darüber lächeln, dass diese Information sie alle dazu brachte, ihre Wahrnehmung des Trios neu zu bewerten. Liz, so sehr sie auch über die High Society schimpfte, hatte ein Händchen für den Umgang mit Menschen.

Conor nickte. „Das ist beeindruckend genug. Ich werde mich nicht beschweren."

Annie fragte: „Ihr seid also schon länger hier. Warum zieht ihr das Königreich dem Königinnentum vor?"

Matt zuckte lässig mit einer Schulter. „Wir waren schon hier und mögen eigentlich Juni, die rechte Hand des Fürsten. Außerdem wollten wir uns in der Zeit zwischen der Ankündigung und dem Angriff in Ruhe umsehen."

Inzwischen hatten sie festgestellt, dass es eine gute Entscheidung war, denn jeder,

der die Seite wechselte, wurde für die Dauer des Countdowns in den Städten eingesperrt. Sie saßen dort fest, bis die neutrale Stadt errichtet worden war. Matt wollte nicht wissen, wo sie jetzt wären, wenn sie nicht die Zeit gehabt hätten, vor der Ankündigung des Krieges ihren Reichtum und ihre Kraft zu mehren.

Liz schaute auf ihre Uhr und sagte: „Man hat uns gesagt, dass wir erst morgen eingesetzt werden, aber ich würde heute Abend gerne ein bisschen Sparring und Team-Taktik-Training machen. Nichts Verrücktes, da wir keinen Heiler haben. Aber genug, damit wir, wenn es losgeht, nicht blindlings zusammen kämpfen müssen."

Niemand widersprach, also gingen sie auf die Suche nach einem Trainingsraum und sahen, dass fast alle genau die gleiche Idee hatten. Alle Trainingsräume, die sie fanden, waren bereits besetzt.

Das Golem-Bataillon war mit der Ankunft der Pfadgänger fast vollständig besetzt worden. Es war niemandem entgangen, dass es keine Teams gab, die aus Kultivierenden auf dem Pfad und Kultivierenden aus dem Königreich zusammengesetzt waren. Sie waren immer in getrennten Gruppen.

Sie standen fast zehn Minuten lang herum, bis Conor fragte: „Weiß jemand, wie die Herausforderungsbereiche funktionieren?"

Liz begriff schneller als Matt und rief: „Genial! Ich fordere euch drei zu einem Duell heraus."

Matt lachte, als ihre KI um eine Bestätigung bat. Als sie zustimmten, bekamen sie einen Hinweis, dass in Kürze eine Plattform zu ihrem Standort geschickt werden würde, und es wurde ein Vier-Minuten-Timer angezeigt.

Annie sah den anderen Mann an und nickte. „Gute Idee. Von allein wäre ich nicht darauf gekommen."

Conor sah unbeeindruckt aus. „Ich habe es in einem Film gesehen, also kann ich die Lorbeeren nicht einheimsen."

Sie schlenderten umher und bestiegen zum Entsetzen der anderen Teams in der Nähe die Plattform, als sie herunterkam. Sie landeten in einem sumpfigen Gebiet; Matt hatte Mitleid mit allen, die keinen Skill hatten, um trübes Wasser und üblen Gestank fernzuhalten.

Die Teams, die sich um den Vordereingang des Gebäudes des Königreichs versammelt hatten, zählten eins und zwei zusammen, als sie die sechsköpfige Gruppe beobachteten. Sobald sich ihre Plattform erhob, konnte Matt vier weitere Plattformen ausmachen, die sich in ihre Richtung bewegten.

Er beschwor sein Schwert und begann, sich vorwärtszubewegen, hielt aber inne, als eine schwebende Frau auftauchte und fragte: „Worum geht es bei dieser Herausforderung, und welche Siegbedingungen wollt ihr haben?"

Matt sagte schnell: „Wir werden die Plattform für ein rundenbasiertes Drei-gegen-Drei mit Teamtausch und Pausen nutzen."

Die Frau zuckte mit den Schultern und verschwand, während sie sagte: „Sagt mir Bescheid, wenn ihr fertig seid."

Fast im Nachhinein fügte sie hinzu: „Macht es euch etwas aus, wenn die Leute euch sehen oder beobachten können?“

Liz fügte schnell hinzu: „Wir hätten gerne unsere Privatsphäre, bitte. Vor allen außer dir, natürlich.“

Der Rand des Geländes schien in der Luft zu schimmern wie ein Hitzeschleier. Als sie sahen, dass sie geschützt waren, zog Liz ihren Speer zurück und sagte: „Gut, dann wollen wir uns mal austesten, was?“

Matt bereitete seine Klinge vor. Sie mussten sich auf einen Krieg vorbereiten.

Kapitel 4

Matt flog in Formation mit seinem Team zum Ziel. Es war eine Festung, Teil einer größeren Reihe von Befestigungen, die eine Bergkette schützten. Sie waren um vier Uhr morgens zu ihrer Zeit gerufen worden, aber die Sonne stand dort, wo sie sich hinteleportiert hatten, bereits hoch am Himmel.

Ihre Seite hatte drei der neutralen und neu gegründeten Städte erobert, sodass sie insgesamt fünf auf ihrer Seite hatten. Die anderen beiden standen unter der Kontrolle des Königinnentums. Ihre Städte wurden mit Personal überflutet, welches die Stadt betreuen und verteidigen sollte, da das Königreich sie als Teleportationsplattformen nutzte.

Es war unglaublich teuer, die Teleports innerhalb der Stadt durchzuführen, aber das Königreich schickte seine Streitkräfte dennoch so schnell durch, wie es sie auf die Plattformen laden konnte.

Ihr Team wurde einberufen, kurz nachdem sie sich für die Nacht schlafen gelegt hatten. Zum Glück hatten sie als Tier 6 ein geringeres Schlafbedürfnis als Unerwachte.

Ihre fortgeschrittenen Späher hatten bemerkt, dass das Königinnentum Kräfte zu der Festungen mobilisiert hatte. Aus ihrem Missionsbericht ging das Königreich davon aus, dass die feindlichen Truppen versuchten, eine Lücke in die äußere Verteidigungsschicht der Stadt zu reißen. Es schien, als wollten sie einen Stützpunkt erobern, um von dort aus zukünftige Operationen zu starten und die Verteidigungsschichten zu durchbrechen. Es war die Entscheidung der Kriegs-KI des Königreichs, diesen Stützpunkt vor dem Königinnentum zu verteidigen. Sie waren sich nicht ganz sicher, warum gerade dieser Stützpunkt ins Visier genommen wurde, aber ihre Flugroute ließ nicht viel Spielraum für Diskussionen.

Laut Juni mussten sie sich schnell bewegen, und so waren sie nur wenige Minuten nach dem Aufwachen auf ihren verschiedenen Fluggeräten unterwegs.

Sie mussten die Festung halten, bis Verstärkung eintraf und übernehmen konnte.

Matt verstand nicht, warum das Königinnentum versuchte, den Stützpunkt einzunehmen, ohne das umliegende Gebiet zu kontrollieren. Nach den wenigen Informationen, die er über den laufenden Krieg hatte, ging es vor allem darum, kleine Streitkräfte auszusenden, um so viel Gebiet wie möglich unter Kontrolle zu bringen.

Jede Seite erhielt Punkte, je nachdem, wie viel Gebiet sie besaß. Der Wert des Territoriums wurde durch den Wert der verfügbaren Rifts und natürlichen Ressourcen wie Metalle in dem kontrollierten Gebiet bestimmt. Beide Seiten waren aktuell überfordert damit, so viel Land wie möglich zu erobern, und hatten gleichzeitig mit Teleportationskosten und traditionellen Reisezeiten zu kämpfen.

Das Königinnentum war nicht sehr weit über die Einnahme der benachbarten Stadt hinausgekommen, aber sie mussten ihre Streitkräfte schließlich in ihrem eigenen Gebiet sammeln. Ihre interplanetarischen Teleporter waren ständig aktiv, um ihre Kräfte zu bündeln. Das Fehlen eines anfänglichen Vorstoßes des Königreichs bedeutete, dass sie zu Beginn weniger als ein Viertel der Fläche des Planeten unter ihrer nominellen Kontrolle hatten. Das Königreich hätte seinen anfänglichen Vorteil ausbauen können, aber es wurde als Ressourcenverschwendung angesehen, sich mit dem Königinnentum um das Gebiet direkt um dessen Städte herum anzulegen.

Der Angriff, den Matts Team abfing, war nur ein Teil einer größeren Offensive des Königinnentums. Als Eröffnungszug empfand er dies als etwas glanzlos, aber er wusste nicht, was der größere Plan dahinter war.

Selbst wenn sie diese Festung einnehmen würden, wäre sie von anderen kontrollierten Gebieten umgeben, und sie hatten keinen Teleporter, um Verstärkung zu holen.

Am Ende entschied Matt, dass es keine Rolle spielte. Sie mussten lediglich die Festung halten und verteidigen, während sie Kriegsbeitragspunkte sammelten.

Jeder erhielt zehn Punkte für die Eroberung und das Halten der Festung und einen zusätzlichen Punkt für jede Stunde, die sie das Gebiet hielten. Das war zwar nicht viel, aber besser als nichts, was der aktuelle Punktestand des Teams war.

Matt warf einen Blick auf die Karte, die sich über sein Sichtfeld legte, und sprach über die Voice Coms mit dem Team. „Wir sind einen Kilometer entfernt. Ich gehe voraus."

Sein fliegendes Schwert war das schnellste Gerät der Gruppe, also bewegte er sich in der Luft vorwärts und drehte eine große Runde um die Festung. Die Landschaft bestand hauptsächlich aus Gestrüpp, das wenig Deckung bot, aber er hielt sich einige hundert Meter über dem Boden, nur für den Fall, dass er in einen Hinterhalt geriet. Der Himmel war klar, was ihn vor Überraschungsangriffen von oben schützte.

Als er nichts Bemerkenswertes vorfand, gab er seinem Team Entwarnung. Er landete in der dreistöckigen Festung und begann, sie auf versteckte Feinde zu untersuchen.

Er stieß auf keinen Widerstand, als er ein leeres Stockwerk nach dem anderen durchkämmte. Die Festungen, die die Armee gebaut hatte, waren bloße Steinfestungen und sollten später von der jeweiligen übernehmenden Streitmacht ausgebaut werden.

Im untersten Stockwerk fand Matt den Gegenstand, den er suchte. Nach einem kurzen Rundgang durch den Raum ging er zu dem kopfgroßen Kristall und begann, Mana hineinzupumpen. Ein paar Sekunden und 1.000 Mana später zog er seine gepanzerte Hand vom Kristall weg, als die Systeme der Basis online gingen. Einen Moment später aktivierten sich der vorläufige Schutzschild und die Flugabwehrformationen.

Es dauerte nur einen Herzschlag, bis Matt ein Ping erhielt, in dem er gefragt wurde, ob er die Basis für das Königreich beanspruchen wolle. Als er zur Tür ging, wählte er im Geiste „Ja" und trat zurück ins Licht.

Sein Team landete auf der Lichtung um die Festung und er sah, wie Conor von seinem fliegenden Teppich stieg. Er bewegte sich, um die Türen der Festung zu überprüfen, während sich sein Teppich zusammenrollte und in seine Tasche verschwand.

Liz und Emily begannen, die Turmtreppe hinaufzusteigen, um sich in eine Position zu bringen, in der ihre Fernkampfangriffe am besten wirkten. Annie zog einen Stuhl hervor und setzte sich hinter die Brüstung, um das offene Land um sie herum zu überblicken.

Conor bewegte sich zur gegenüberliegenden Wand, um dasselbe zu tun, also ging Matt wieder hinein. Nachdem er seine Rüstung deaktiviert hatte, begann er, die in der Festung eingebauten Mana-Reserven aufzuladen.

Sie waren mit fünfzig Tier 7-Manasteinen geschickt worden, um die Festung schnell aufzuladen. Das war ein Tier 8-Manastein wert, aber der Haufen kleiner Kristalle hatte insgesamt 40.000 Mana. Es erstaunte ihn immer wieder, wie viel Wert eine Erhöhung des Tiers ausmachen konnte. Von Tier 7 zu Tier 8 stieg die Mana-Kapazität nur von 400 auf 500 Mana, aber die Kosten waren fünfzigmal höher.

Selbst wenn man ihm die wirtschaftlichen Zusammenhänge während seiner Ausbildung erklärt hatte, kam ihm eine solche Erhöhung seltsam vor. Der Wert des Manasteins wurde von oben nach unten festgelegt, wobei der Wert des Steins mit zunehmenden Tiers immer mehr anstieg.

Matt lud den Stein selbst auf und steckte die restlichen Manasteine ein. Der Job war so oder so erledigt, und er fühlte sich nicht schuldig, weil er die Steine für sich selbst nahm. Für das Königreich war der Wert eines einzelnen Tier 8-Manasteins nichts Besonderes, aber für Matt, Aster und Liz bedeutete er ein paar Nächte in einem wirklich schönen Hotel.

Fünf Minuten später verließ er die Festung und nahm seine Position auf der Mauer ein. Da er als Letzter herauskam, erhielt er den schlechtesten Platz von allen. Dieser war an der Seite des Berges, und Matt musste seinen Hals überstrecken, um seinen Abschnitt der Mauer zu überblicken. Zum Glück war das nicht so schlimm, denn er lehnte seinen Stuhl einfach gegen die Innenwand.

Nicht einmal zehn Minuten später kam eine Nachricht von Juni, der sich nach ihrer Situation erkundigte. Liz antwortete schnell. Es gab nichts zu sehen und sie sollten abwarten, bis sie abgelöst wurden oder andere Befehle erhielten.

Da es nichts anderes zu tun gab, ließ Matt seine KI den größten Teil seines verfügbaren Manas für Simulationen von Kämpfen gegen verschiedene Gegner oder für zufällige Aufgaben verwenden. Während seine KI arbeitete, übte er abwechselnd seine Mana-Manipulation und nutzte sein Konzept, um Plattformen zu erschaffen, auf denen er stehen konnte. Bei der ersten Aufgabe lief es im Grunde ganz gut. Obwohl seine neue Mana-Regenerationsrate seine Mana-Kontrolle beeinträchtigte, verbesserte er sie wieder.

Auf der anderen Seite war es fast unmöglich, mit seinem Konzept die Luft dazu zu bringen, ihn zurückzustoßen. Wenn er mit seinem Gewicht auf eine Plattform drückte, sank er einfach durch den geringen Widerstand, den er mit seinem Konzept aufbringen konnte. Es war, als stünde er auf Treibsand. Es reichte aus, um seinen sinkenden Fuß zu verlangsamen, aber nicht, um ihn in der Luft zu halten.

Während er weiter übte, konzentrierte er sich vor allem auf die Umgebung vor seiner Position. Sogar seine KI analysierte seine Sicht auf Anomalien. Zwei Stunden später war er immer noch in seine Ablenkungen vertieft, als Annie sie über den Teamkanal benachrichtigte.

„Ich habe etwas auf meiner Seite. Das Gestrüpp hat sich für einen Moment senkrecht zum Wind bewegt."

Matt wollte sich umdrehen und nachsehen, aber stattdessen behielt er seinen Blick auf seinen Bereich gerichtet. Er sprang von seinem Stuhl und änderte seine Position. Wenn es versteckte Späher gab, wollte er kein leichtes Ziel für einen Bogenschützen sein.

Liz' nächste Worte gaben ihm ein wenig mehr Aufschluss über die Situation. „Das, was ich hervorgehoben habe?"

„Ja."

„Okay. Wir sehen es."

Eine Sekunde später ertönte ein Donnerschlag, der von den Bergklippen und Festungsmauern widerhallte.

Jemand zuckte vor Matt zusammen und ein Pfeil schlug neben ihm in die Zinnen ein. Er und alle anderen riefen „Versteckte Feinde!"

Matt beschwor sein Schwert mit einem Gedanken und lud es mit Mana auf. Als es fast bei 2.000 Mana war, schwang er sein Schwert nach vorn und aktivierte [Mana-Hieb]. Der sichelförmige Mana-Angriff schoss nach vorne, löste sich aber auf, bevor er die hundert Meter zwischen ihm und seinem zurückweichenden Angreifer überwinden konnte. Er verfluchte seinen impulsiven Einsatz des Skills. Hätte er seine Armbrust benutzt, hätte er sein Ziel vielleicht getroffen, als ihre Tarnung durchbrochen wurde.

Conor fragte über den Voice-Chat: „Greifen wir an?“

Liz antwortete sofort: „Unser Befehl lautete, nur anzugreifen, wenn wir glauben, dass wir eine Chance haben.“ Sie machte eine Pause, bevor sie fortfuhr: „Außerdem scheinen sie sich zurückzuziehen. Lasst mich nachfragen.“

Während der Pause suchte Matt die Gegend um den Felsvorsprung ab, hinter dem sein Angreifer verschwunden war. Er hatte keine Lust, auf so engem Raum zu kämpfen. Fliegen wäre problematisch, denn die Antiflugformation erstreckte sich über fast einen halben Kilometer, und anders als die Formation in der Stadt konnte diese Freund und Feind nicht voneinander unterscheiden. Das war ein Kompromiss für die günstigeren Betriebskosten.

Nach einer weiteren Minute meldete sich Liz wieder und sagte: „Wir sollen die Angreifer verfolgen und versuchen, sie gefangen zu nehmen. Beachtet, dass sie, wenn ihr ihnen zu viel Schaden zufügt, sterben, von der Armee abgezogen werden und wir sie nicht befragen können. Nehmt euch vor Selbstmord in Acht. Das ist eine gängige Taktik von ihnen, um einer Gefangennahme zu entgehen.“

An diesem Punkt übernahm Matt die Führung. Seine KI hatte seit den Sparringrunden gestern Abend Millionen Mana verbrannt. Er hatte eine Simulation nach der anderen mit ihrer Gruppe in jedem erdenklichen Szenario durchgeführt.

„Annie, mach dich unsichtbar und schau, was du finden kannst. Halte nach Fallen Ausschau, um ihren Rückzugsort zu decken. Wir formieren uns und bahnen uns einen Weg hinter dir.“

„Ich weiß, worauf ich achten muss.“ Ihr Ton war nicht schnippisch, aber es erinnerte ihn daran, dass sein Team seine Aufgaben besser kannte als er und seine KI. Er machte sich keine großen Sorgen um die Frau. Nach dem, was er nach ihrem Sparring herausgefunden hatte, glaubte er nicht, dass ihr Talent ausschließlich in der Unsichtbarkeit lag. Egal, was sie sagte, [Unsichtbarkeit] und dessen niederrangige Varianten hinderten weder Wasserwellen noch das Gewicht, das Abdrücke im weichen Schlamm hinterließ.

Als sie auf dem Sparringplatz trainierten, hinterließ die Frau jedoch weder diese noch andere Hinweise auf ihre Anwesenheit, sobald sie unsichtbar war. Egal, was sie sagte, er glaubte ihr nicht. Aber das war in Ordnung. Sie hatte das Recht auf ihre Geheimnisse. Es war ja nicht so, als hätte er nicht auch über sein eigenes Talent gelogen.

Wenn seine KI richtig lag, könnte sie eine gecrackte Skill-Variante haben, die ihr eine Art Unsichtbarkeit und Unantastbarkeit verlieh. Oder aber ihr Talent hat etwas noch Ungewöhnlicheres bewirkt, beispielsweise dass sie völlig unbemerkt blieb. Die letzte Möglichkeit hielt er für unwahrscheinlich. Als er eine Stunde später einen Bereich überprüfte, durch den sie gegangen war, gab es immer noch keine Anzeichen für eine Störung.

So oder so würde es ihr gut gehen, wenn sie nicht in einen Hinterhalt lief. Das war es, was sie in den meisten seiner Simulationen ausschaltete. Er hatte nicht genug Daten über ihre Fähigkeit, Fallen zu erkennen, um ihre Handlungen genau nachzuverfolgen. Das war ein Versehen, das er korrigieren wollte, wenn sie in die neutrale Stadt zurückkehrten. Es gab Trainingsräume, die speziell für Tarnung und Aufklärung eingerichtet worden waren, und er hätte nichts dagegen, sich selbst ein paar dieser Skills anzueignen.

Die anderen versammelten sich am Vordereingang und entriegelten die Tür. Damit waren sie ungeschützt, aber jeder, der nach ihnen eindringen wollte, brauchte einen Weg, um die drei Meter hohe Mauer zu überwinden. Selbst mit ihren verbesserten Körpern war es fast unmöglich, diese Distanz ohne ein Kletterseil oder eine Leiter zu überwinden.

So oder so würde es Zeit brauchen, und sie hatten den Befehl, sich auf den Weg zu machen.

Annie schickte zehn Minuten später eine Nachricht, dass sie den Rückzugsort gefunden hatte, zu dem ihre Angreifer geflohen waren. Er war einen halben Kilometer entfernt und lag direkt außerhalb der Flugverbotszone. Matt nickte und ließ das Tor hinter seinem Team herunter, als sie die Festung verließen. Laufend stieg er die Treppe hinauf und sprang mit einem Aufprall von Staub von der Mauer herunter.

Sie bewegten sich in einem Tempo, das nur durch die Optimierung ihrer Körper durch Kultivierung möglich war. Als sie sich dem von Annie markierten Ort näherten, wurden sie langsamer und beobachteten die KI-Updates ihrer Teamkollegin. Es war zwar unwahrscheinlich, dass sie die versteckten KI-Frequenzen aufspüren konnten, aber nicht unmöglich. Jedes Mal, wenn sie eine Nachricht schickte, wechselte sie den Standort.

Matt war beeindruckt, dass er sie nicht warnen musste. Er hatte bis zu seinem Treffen mit dem Pfad-Ermittler nicht einmal gewusst, dass es so etwas gab.

Sie erblickten drei Leute mit Armbrüsten, die in aller Eile ihre Taschen beluden und ihre Fluggeräte startklar machten. Es sah nicht so aus, als hätten sie Zeit, mehr zu tun, als herbeizueilen, wenn sie eine Chance haben wollten, das sich zurückziehende Team aufzuhalten.

Matt gab seinem Team einen schnellen Angriffsbefehl und stürmte nach vorne, während er den Durchsatz von [Magier-Rückzug] auf 50 MPS erhöhte, um einen fünfundsiebzigprozentigen Boost zu erhalten. Das dreiköpfige Team sah ihn an und erstarrte für einen Moment. Dieser Moment kostete sie ihre Freiheit.

Als Matt und Conor losstürmten, griffen die Magier die Fluggeräte an. Es war unwahrscheinlich, dass sie sie zerstören würden, aber es veranlasste die fliehende Gruppe, von ihrem Fluchtweg abzuweichen. Conor warf eine Frau zu Boden, während Annie aus dem Nichts auftauchte und dem zweiten Mann ein Seil um den Hals schlang.

Matt schlug nach dem letzten Mann, der einen glühenden Dolch erhob, um sich zu verteidigen. Der Mann sackte unter dem Schlag in einem Maße zusammen, dass es selbst Matt schauderte. Er *spürte,* wie die Rippenknochen des Mannes unter dem Schlag nachgaben und brachen. Bevor er angriff, hatte er nachgesehen und festgestellt, dass der Mann ein Tier 6 war. Er ging davon aus, dass er mit seiner vollen

Kraft zuschlagen musste, damit er Schaden anrichten konnte. Doch bevor er sich Gedanken darüber machen konnte, ob er den Mann töten würde, tauchte eine Frau in Armeeuniform auf und verschwand zusammen mit dem am Boden liegenden Mann.

Matt weigerte sich zuzusehen, wie der Mann zur medizinischen Behandlung weggezogen wurde, und half Annie, ihren Gefangenen zu bändigen. Sie kämpften einen Moment lang, aber der Mann wurde zu Boden gebracht, nachdem Matt ihm von hinten gegen die Kniekehle getreten hatte.

Diesmal ging er viel vorsichtiger mit seiner Kraft um und stellte sicher, dass er den Mann nur auf den Boden schickte und nicht in das Armee-Krankenhaus.

Conor hatte seine Gefangene bereits gefesselt und ihre Hände und Füße auf dem Rücken gebunden, was sie dazu zwang, sich in einer unbequemen Position zu bücken.

Die Magier trafen kurz darauf ein und Liz fing an, Worte zu murmeln, um bereits mit jemandem in der neutralen Stadt oder einer der eroberten Städte kommunizierten.

Sie kehrte in die Realität zurück und sah die beiden Gefangenen am Boden an. „Okay, ihr habt zwei Möglichkeiten. Erstens."

„Fickt euch. Tötet uns einfach und bringt es hinter euch."

Liz nickte nur, während Matt darüber nachdachte, ob es ethisch vertretbar wäre, einen gefangenen Mann zu treten. Er beschloss, dass es grausam und ungewöhnlich wäre, aber jemanden beim Reden zu unterbrechen, war ihm ein Dorn im Auge. *Vor allem*, wenn die Person, die unterbrochen wurde, Liz war. Außerdem hatte er, dem Gesichtsausdruck des Mannes nach zu urteilen, vor, es wieder zu tun.

Liz zuckte mit den Schultern. „Nein. Das tun wir nicht. Das Königreich weiß, dass eure Seite hinterhältige Dinge tut, weil ihr weniger Gebiet zu verteidigen habt und solche Truppen aussenden könnt."

„Wir werden euch nichts sagen." Diesmal war es die Frau.

„Hört mir bitte erst zu. Wenn ihr mich noch einmal unterbrecht, mache ich etwas nicht lebensnotwendiges kaputt."

Beide Gefangenen erschraken darüber, aber als der Mann den Mund öffnen wollte, um Liz' Bluff zu entlarven, stellte Conor seinen Fuß leicht auf die gebundenen Hände des Mannes. Das brachte den Gefangenen zum Schweigen, und Matt nickte seinem Teamkollegen zu.

„Wir werden euch nicht töten. Wir werden euch gefangen nehmen und für Punkte oder einen Gefangenenaustausch festhalten."

Sie ließ die Erkenntnis sacken, dass ihre Gefangennahme Wochen oder sogar Monate außerhalb des Kampfes bedeuten würde. Als sich die Verzweiflung bemerkbar machte, bot Liz ihnen einen Rettungsanker an.

„Wenn ihr uns sagt, was ihr wisst, sind wir bereit, euch nach ein paar Tagen gehen zu lassen. Wenn das, was ihr uns sagt, wirklich gut ist, werden wir euch jetzt töten und versuchen, das zu verhindern, was eure Seite plant."

Der Mann brach zuerst, als die Frau versuchte, ihn anzuschreien, er solle schweigen.

„Sie greifen auch eine andere Festung tiefer in den Bergen an, um abzulenken. Mehr weiß ich nicht, ich schwöre."

Matt sah Liz an und schickte ihr eine Nachricht: „Er lügt nicht, aber ich glaube es nicht. Es scheint zu einfach zu sein. Scheiße, wir kennen nicht einmal die Bewegungen der anderen Gruppen."

Liz spielte mit den beiden mit und nickte, während sie ihren Speer leicht in die Brust der beiden stieß. Es wurde als eine Möglichkeit aufgezeichnet, jemanden zu „töten", ohne die Heiler unnötig zu belasten. Sie würden aus dem Kampf ausscheiden, als hätten sie einen Speer durch die Brust bekommen, was mindestens zwei Wochen Ausfallzeit bedeutete, aber ohne die Heilungskosten einer massiven und tödlichen Wunde.

Einen Herzschlag später wurden sie beide gepackt und ihre verstreuten Habseligkeiten verschwanden ebenfalls.

Matt wollte gerade den Mund öffnen, als eine Reihe von Benachrichtigungen von der planetarischen KI in seinem Nachrichtenfenster erschien.

Gesamt zuvor (zuletzt aktualisiert vor 0 Tagen): 0 Punkte.

TEAMVERDIENSTE:
(Berechnet für Tier 6-Kämpfer).

- **Feindlicher Vasall getötet, Tier 5. 1 Punkt wert. 0 Mal ausgeführt.**
- **Feindlicher Vasall getötet, Tier 6. 5 Punkte wert. 1 Mal ausgeführt.**
- **Feindlicher Vasall getötet, Tier 7. 25 Punkte wert. 0 Mal ausgeführt.**
- **Festung vor Angreifern verteidigt. 4 Punkte.**
- **Feindlicher Vasall gefangen genommen und verhört, Tier 6. Wert: 8 Punkte. 2 Mal ausgeführt.**

PERSÖNLICHE VERDIENSTE:
(Berechnet für Tier 6-Kämpfer).

- **Feindlicher Vasall getötet, Tier 5. 1 Punkt wert. 0 Mal ausgeführt.**
- **Feindlicher Vasall getötet, Tier 6. 5 Punkte wert. 1 Mal ausgeführt.**
- **Feindlicher Vasall getötet, Tier 7. 25 Punkte wert. 0 Mal ausgeführt.**

ARMEEVERDIENSTE:

- **Geplünderte, aber zurückgegebene Gegenstände und Ausrüstung. 4 Punkte wert.**

UNERREICHTE VERDIENSTE: Nur zu Referenzzwecken.

- **N/A**

ZUSAMMENFASSUNG DER GEWINNE:
Verdienste des Teams:

- **Rohdaten Gesamt: 25**
- **Team-Multiplikator: 1x**
- **Kategorie Gesamt: 25**

Persönliche Verdienste:

- **Rohdaten Gesamt: 5**
- **Persönlicher Multiplikator: 1x**
- **Kategorie Gesamt: 5**

Kombinierte Verdienste:

- **Zwischensumme: 30**
- **Gesamtmultiplikator: 1x**
- **Gesamtsumme: 30**

Neue Zugewinne: 34 Punkte.
Neue Summe: 34 Punkte.
Pfadgänger Team Ranking (Königreich der Sieben Sonnen): Platz 20.781.
Geschätztes Tagesstipendium: N/A.

34 Kriegsbeitragspunkte waren nicht schlecht, wenn man bedachte, dass sie zu den 10 Punkten, die sie für die Eroberung des Forts erhalten hatten, und den zusätzlichen 3 Punkten, die sie für die Bewachung in der Zwischenzeit verdient hatten, hinzukamen.

Es war ein guter Start, wenn Matt das selbst so sagen konnte. Ihm gefiel auch, dass er mit persönlichen Leistungen und Teampunkten doppelt punkten konnte.

Annie pfiff leise. „Wow. Ich muss mehr verdeckte Sachen machen. Ich habe 10 Punkte für die Entdeckung des Hinterhalts erhalten und weitere 40 für das Aufspüren und Entdecken der Basis.“

Matt musste zustimmen. Es war eine schöne Ausbeute und 10 Punkte mehr als das, was er insgesamt erhielt, wovon er annahm, dass sie das meiste auch bekam.

Liz unterbrach ihr Gespräch und sagte: „Juni will, dass wir in die Berge vordringen und die anderen Festungen überprüfen, aber hütet euch vor Fallen. Er stimmt uns zu. Irgendetwas ist hier faul."

Matt nutzte seine KI und scannte das Gebiet, bemerkte aber nichts Auffälliges. Es war schließlich nicht so, als ob es eine offensichtliche Stelle gab, die sagte: „Hier ist eine Falle!" Also beschlossen sie, einfach herumzufliegen und nach offensichtlichen Veränderungen im Gelände Ausschau zu halten. Wenn sie Glück hatten, konnten sie vielleicht Feinde finden.

Sie holten alle ihre Fluggeräte aus den Raumbeuteln und hoben ab, ohne weiterzusprechen. Sie inspizierten die anderen unbesetzten Festungen fast zwei Stunden lang und fanden nichts. Die einzige andere vom Königreich besetzte Festung in der Kette war angegriffen worden, aber nachdem zwei der Verteidiger verwundet worden waren, zogen sich die Truppen des Königinnentums zurück, ohne zu versuchen, die jetzt nur mehr leicht verteidigte Festung einzunehmen.

Gemeinsam schwebten die sechs in der Luft, hoch in der spärlichen Wolkendecke, wo sie weder beobachtet noch so einfach angegriffen werden konnten.

Matts KI hatte eine kleine Diskrepanz in der Abdeckung der Festung festgestellt. Es war nicht offensichtlich, da die Flugabwehrformationen der Festung nicht aktiv waren, aber die geplante Überlappung wies eine kleine Lücke auf. Die Lücke befand sich in einem Tal, das an einem Ende durch einen Erdrutsch versperrt worden war. Wenn die Formationen durch Felsen hindurchgehen könnten, wären sie abgedeckt, aber ihre Wirkung wurde durch physische Materie, die den Weg versperrte, verringert. So schufen die Trümmer des Erdrutsches eine kleine Lücke.

Die Lücke wäre offensichtlich gewesen, wenn die Formationen in Betrieb gewesen wären, aber da sie noch abgeschaltet waren, hätte keiner von ihnen die Diskrepanz bemerkt. Es war der beste Ort für Hinterhaltstruppen, um sich zu verstecken. Sie waren bei einem Test daran vorbeigeflogen, aber sie hatten keine Anzeichen für die Anwesenheit von Menschen oder für eine versteckte Basis gesehen.

Emily sagte über ihre Voice Com: „Die Logik stimmt. Das *ist* ein guter Ort für einen versteckten Stützpunkt, aber sie scheinen keinen eingerichtet zu haben." Ihre Schwester wollte sich einmischen, bekam dafür aber einen Hieb auf die Schulter. „Und nein, ich glaube nicht, dass es eine gute Idee ist, wenn meine Schwester den Ort allein auskundschaftet. Wir wären so weit weg, dass sie keine Rückendeckung hätte."

Conor nickte zu allem, was die Zwillinge sagten, und fügte seine eigene Meinung hinzu. „Ich denke, wir sollten uns melden und das Gebiet schnell und hart angreifen. Wir sollten den Ort auseinandernehmen. Entweder wir finden einen Feind und bekämpfen ihn, oder wir finden nichts. Wenn sie zahlenmäßig im Vorteil sind, können wir uns immer noch zurückziehen, und wenn wir nichts finden, verlieren wir nichts außer etwas Zeit."

Matt gefiel die Idee des Mannes, aber so wie Liz ihre Hände in Hüfte stemmte, war sie damit nicht einverstanden. Während Liz ihm erklärte, wie das Ganze nach hinten losgehen könnte, spielte er das Szenario mit seiner KI durch.

Ihr improvisiertes Team war stark für ihr Tier, und die anderen drei hatten alle Tier 7-Rifts mit Tier 6 problemlos geschafft. Solange der Stützpunkt nicht mit Tier 7 vollgestopft war, sollten sie klarkommen. Wenn die Königin dasselbe wie das Königreich getan hätte, hätten sie ihre Tresore geöffnet und jedem Tier 7 eine komplette Ausrüstung mit Waffen und Rüstungen für deren Tier gegeben, mit einem einzigen Tier 8-Gegenstand für Angriff oder Offensive, je nach Person.

Diejenigen, die sich auf dem Pfad des Aufstiegs befanden, konnten zwar nicht von der kostenlosen Ausrüstung profitieren, aber da sie alle über ihrem Tier lagen, sollten sie in der Lage sein, mit einem gut ausgerüsteten Tier 7-Kämpfer fertig zu werden. Sie würden nur dann Probleme bekommen, wenn sie auf jemanden treffen sollten, der über ihrem Tier lag und ebenfalls gut ausgerüstet war. Wenn sie gegen jemanden auf dem Niveau der Prinzessin kämpfen würden, wären sie eindeutig im Nachteil. Es gab keine Regel, die besagte, dass alle mächtigen Kämpfer auf dem Pfad sein mussten.

„Ich glaube, wir können es schaffen. Das Risiko ist minimal.“ Als Liz aufhörte zu reden, nutzte Matt seine Chance, etwas zu sagen. „Es gibt ein Risiko. Aber es ist unwahrscheinlich, dass das Königinnentum eine große Truppe für einen kleinen Stützpunkt wie diesen entsendet. Im schlimmsten Fall werden wir es mit einem durchschnittlichen Tier 7 zu tun haben, der eine Gruppe von Tier 6 beaufsichtigt. Es ist nicht unmöglich, dass wir eine Gruppe dieses Kalibers bekämpfen und besiegen können.“

„Es besteht immer noch die Möglichkeit, dass es sich um eine größere Aktion des Königinnentums handelt. Sie haben nicht so viel Territorium und sind nicht so weit verstreut, also haben sie mehr Spielraum, um stärkere Truppen zu schicken. Wir könnten sehr wohl gegen ein ganzes Team starker Tier 7 kämpfen. Ich glaube nicht, dass es sich lohnt, wenn wir jetzt sterben. In den ersten Wochen gibt es eine Menge Punkte zu sammeln.“

Matt hatte kein wirkliches Gegenargument dafür. Es war riskant, aber es war nicht garantiert, dass sie nicht in eine Situation geraten würden, die sie überforderte.

Matt konnte sie überstimmen, wenn er wollte, aber so etwas Drastisches wollte er nicht tun. Sie hatten bereits beschlossen, dass er das Kommando über alle Kampfeinsätze hatte. Seine KI war in der Lage, jederzeit mehr Informationen zu verarbeiten als ihre, wodurch er Kämpfe besser planen konnte. Liz war für ihre Interaktionen mit dem Königreich zuständig und die offizielle Anführerin.

Er schaute auf ihre gepanzerte Gestalt, zuckte mit den Schultern und überließ ihr das Reden.

Schließlich sagte Liz: „Lasst es uns tun, aber wir müssen vorsichtig sein. Wir fliegen zuerst rüber. Dann können wir im Schwebeflug reingehen. Die Flugabwehr-Formationen sind nicht aktiv, sie kommen sowieso nicht bis hierher. Wir sollten also in der Lage sein, schnell zu fliehen, wenn es sein muss.“

Dann fielen sie wie Felsen mit der Kraft ihrer Fluggeräte. Matt blieb bei seinem Team, als sie in einem Bogen ins Tal flogen.

Sie taten, was Liz sagte, und suchten langsam und vorsichtig das Tal ab. Als sie wieder nichts fanden, suchten sie näher am Boden.

Sie hatten ihren Rundgang fast beendet, als Aster etwas bemerkte. Matt wurde nur durch seine Gefährtin gewarnt, da sein Fuchs eine Nachricht an alle anderen in ihrem Chat schickte.

„Menschen, riechen."

Alle waren in Alarmbereitschaft und Annie flog hinter einen Baum. Mit einem Aufprall verschwand sie in den lichten Bäumen.

Liz schaute über ihre Schulter und fragte: „Wo ist der Duft am stärksten?"

Aster schnüffelte herum und führte sie zu einem Baum, der wie jeder andere in der Gegend aussah. Zumindest dachte Matt das, bis er genauer hinsah. Die Bäume in der Umgebung zeigten mit ihren kleinen grünen Knospen die ersten Anzeichen des Frühlings, während dieser bereits in voller Sommerblüte zu stehen schien.

Matt rief im gleichen Moment, in dem sich eine Luke in der Seite des Baumes mit einem klingelnden Metallgeräusch öffnete.

Conor fiel auf den Boden, was ihn davor bewahrte, wie der Rest von ihnen zu stürzen, als eine Anti-Flug-Formation aktiviert wurde. Matt landete mit einem dumpfen Aufprall, rollte sich aber ab und schloss sich Conor an, um den Eingang zu halten.

Die [Dämonenzone] des Mannes war ein roter Schleier, der den Eingang einhüllte.

Matt ging im Geiste die Beschreibung des [Dämonenzonen]-Skills durch: 5 MPS-Grundkosten. Ein Teil des Schadens, der im Wirkungsbereich verursacht wird, wird als physischer Schaden an den Schadensverursacher zurückgesendet. Es bestand eine prozentuale Chance, dass jeder Schaden, der in dem Gebiet verursacht wurde, alle Bewohner betrifft. Dabei wird nicht zwischen Freund oder Feind unterschieden. Der Benutzer würde fünfzig Prozent des reflektierten Schadens erleiden. Der Skill konnte zwei Stunden lang nicht erneut eingesetzt werden, und die Kanalisierungszeit wurde nicht auf die Abklingzeit angerechnet.

Der Skill schleuderte Energiestöße gegen Matts [Gecrackte Phantomrüstung], während er den Angriff einer Frau abwehrte. Sie entsprang dem Baum und bewegte sich um Conor herum, um die beiden zu flankieren.

Matt lächelte, als etwas, das sich wie ein Hammerschlag anfühlte, auf seinem Bein landete. Seine Rüstung absorbierte den Schaden vollständig, aber die Haltung der Frau sackte in sich zusammen, als die unerwartete Reflexion jeden in der Zone traf.

Matt war nicht gewillt, die Gelegenheit verstreichen zu lassen, stach zu und traf die Frau mit einem Stoß in ihren leicht gepanzerten Bauch. Als er sein Schwert zurückzog, war sie plötzlich verschwunden.

Matt drehte sich um und ging direkt neben Conor, um den Eingang zu sichern. So ungern er es auch zugeben mochte, sein neuer Nahkampf-Kamerad war ein besserer Kämpfer mit mehr Waffen als Matt. Er war zwar geschickter mit dem

Langschwert, aber der Mann vollbrachte wahre Wunder, wenn er eine einhändige Waffe mit seinem Schild benutzte.

Ob es ein Streitkolben, ein Kurzschwert oder etwas dazwischen war, der Mann schlug mit blitzschnellen Hieben zu. Jeder hatte die Chance, jeden in der Aura zu treffen. Die leichten Schläge sollten keinen wirklichen Schaden anrichten, sondern nur verwirren. Jedes Mal, wenn [Dämonenzone] einen Angriff auf die Kämpfer des Königreichs reflektierte, setzte Conor [Impulsschlag] ein, um den nächsten Gegner in dem Moment der Desorientierung zu erledigen.

Bei ihrem Sparring hatte Matt nur mäßig mithalten können, aber ohne den Mann mit einem Zauber nach dem anderen niederzustrecken, war er gezwungen gewesen, den Kampf unentschieden zu beenden. Solange sie nicht bereit waren, aufs Ganze zu gehen, gab es keinen klaren Sieger in ihren Kämpfen.

Das machte sie zu einem erstaunlichen Frontlinien-Duo. Matt störten die leichten, reflektierten Angriffe mit [Gecrackter Phantomrüstung] nicht, und Conor war noch nie jemandem begegnet, der seine Seite mit aktivem Skill effektiv schützen konnte.

Sie schlugen zwei weitere Tier 6 nieder, bevor sich eine größere Gestalt wie ein angreifender Stier aus dem Eingang heraus bewegte. Conor zog sich zurück und ließ den Mann aus der Enge des Baumes entkommen.

Der Tier 7 versuchte, sich umzudrehen und Conor anzugreifen, aber Matt stieß sein Schwert in die Seite des Mannes, sodass er den Angriff abbrach. Die Rüstung, die er trug, war Tier 7, was bedeutete, dass Matts Klinge dasselbe Tier hatte und in der Lage war, die Rüstung zu durchbohren.

Der Mann war nicht gewillt, den Angriff einzustecken, und wollte selbst ebenfalls einen landen.

Matt zog den Mann von Conor weg und griff den Tier 7 allein an. Er schwang einen weißglühenden Kriegshammer, der mit einem blau leuchtenden Stachel ausgestattet war. Er fühlte sich schwerer an als der Mann, was darauf hindeutete, dass es sich um eine Tier 8-Waffe handelte.

Das schlimmste Szenario verfluchend, richtete sich Matt darauf ein, sich gegen den Mann zu verteidigen, und suchte nach einer Gelegenheit, den Kampf mit einem einzigen, entscheidenden Treffer zu beenden. Entweder das oder er musste den Mann mit ein paar Dutzend [Mana-Hieben] und [Mana-Ladungen] niederstrecken.

* * *

Liz duckte sich unter einem Sperrfeuer von [Wasserkugeln], die aus der Nähe der Baumkrone geworfen wurden, und stieß ihren Speer in einen angreifenden Tier 6. Der Mann blutete sehr stark, bevor er verschwand und nur noch mehr Blut übrigblieb, das sie verwenden konnte.

Aster sprang aus ihrem Rucksack und bevor Liz sich um sie kümmern konnte, wurde die Welt weiß.

Plötzlich war alles wie eingefroren. Von den Bäumen, über die Feinde bis hin zum Gras. Alles war mit Frost bedeckt, aus dem langsam Rosen wuchsen.

Als sie einen Blick zurückwarf, sah sie, dass Aster in Eis verankert war, das ihre Beine bedeckte, während noch mehr Eis ihren Körper mit Stacheln bedeckte. Die neun Feinde um sie herum hatten es noch viel schlimmer erwischt als die Umgebung. Jeder war von dornigen, blühenden Ranken umgeben, die ihnen Leben und Mana entzogen. Es war ein sichtbarer Prozess, der sie und das ganze gefrorene Laub zu Nichts verdorren ließ.

Emily sah genauso geschockt aus, wie Liz sich fühlte. Sie wusste, dass [Winterumarmung] stark war, aber das übertraf ihre Erwartungen.

Als Liz sah, dass es ihrem Partner gut ging und er sich um die kleinen Fische kümmerte, sammelte sie das Blut ein. Sie zog es ganz zu sich heran. Hätte sie Aster damals zum ersten Mal getroffen, wäre sie nicht in der Lage gewesen, gefrorenes Blut zu kontrollieren, aber jetzt war es nur etwas schwieriger als die flüssige Variante. Schließlich war es immer noch Blut.

Mit vereinten Kräften erschuf Liz eine modifizierte Version ihres Blutgolems, während Emily eine Gruppe von Tier 6 frittierte, die versuchten, Aster und ihre immer größer werdende Zone des gefrorenen Todes anzugreifen. Die nun leeren Ranken erinnerten sie daran, dass trotz des vergossenen Blutes heute niemand sterben würde.

Nachdem Matt die Brust des Tier 6 mit einem einzigen Treffer zertrümmert hatte, zögerte sie, ihre ganze Kraft einzusetzen. Sie wusste, dass er das auch tat.

Mit einem Sperrfeuer von Skills auf den Kopf ihres schwer gepanzerten Golems schlug sie die gehärteten Arme und Füße in den Metallbaum und begann zu klettern. Es dauerte nur eine Minute, bis sie die Schreie über ihr erreichte. Oben angekommen, entdeckte sie eine grob gebaute Palisade, die als Äste getarnt war.

Liz ließ Ranken von Blut los, die Knochen brachen und mehr von ihrer roten Herrschaft verschütteten. Sie wurde fast vom Baum geschleudert, als eine mit einem Konzept versehene [Windklinge] sie in die Seite traf. Der Mann war Tier 7 und hatte einen Tier 8-Stab, der mit hellgrüner Energie glühte, während sich mehr Wind um den Stab aufbaute.

Sie hatte keine Zeit, seinen schockierten Gesichtsausdruck zu genießen, als er bemerkte, dass sein hinterhältiger Angriff nicht funktioniert hatte. Sie ließ ihr eigenes Konzept in ihr Blut fließen und griff an, um den Mann wegzuschlagen, aber er wurde von einer Kraft weggezogen, die größer war als ihre eigene.

Als sie merkte, dass sie vielleicht etwas zu hart trainiert hatte, schaltete sie einen Gang zurück, während sie den Rest der Magier auf dem Baumturm erledigte. Sie war zwar eine Magierin, aber sie baute ihren Körper mehr auf als die meisten Magier. Sie ging von einer Aufteilung von vierzig zu sechzig aus, wobei die Magie den größeren Teil ausmachte, aber sie erhielt mehr Schaden durch die Kultivierung ihres Blutes als die meisten. Nachdem sie das Bluteisen hinzugefügt und verbessert hatte, überlegte sie, ob sie zu einer gleichmäßigen Aufteilung der Essenz übergehen sollte.

Denn je stärker ihr Körper wurde, desto stärker war auch ihre Hauptwaffe.

Sie zog ein wenig Blut aus ihrem Handschuh, übertrug es auf die Spitzen ihrer Arme und begann, ihre Gliedmaßen wie Bohrer zu drehen. Es dauerte nur eine Minute, bis sie die Spitze des Baumes abreißen konnte und in die Menschenmasse stürzte, die immer noch versuchte, aus dem Vordereingang des Baumes zu entkommen.

* * *

Annie bewegte sich mit ihrem Talent durch den Wald, um sich vor allen zu verstecken.

Als sie die Hintertür gefunden hatte, schlüpfte sie hinein und schlängelte sich vorsichtig durch die flüchtenden Menschen aus dem Königinnentum.

Sie war hier, um Informationen zu sammeln und die Anführer in der versteckten Basis zu ermorden, die die Show leiteten.

Es war ein Schock, als sie eine in den Boden eingelassene Teleporterformation entdeckte. Dort standen zwei Tier 7 an einer Reihe von Pads und unterhielten sich, während sie die Kämpfe draußen beobachteten. „Wir müssen das als Verlust betrachten. Sowohl Adam als auch Bret wurden ausgeschaltet."

Die andere Frau fluchte: „Verdammt nutzlos. Keiner von ihnen hat länger als eine Minute standgehalten. Eine Schande."

Die erste Frau zuckte mit den Schultern. „Das ist eindeutig ein sehr starkes Pfadgänger-Team. Es ist besser, bereits jetzt etwas über sie zu erfahren, als in einem wirklich kritischen Moment. Jetzt wissen wir, wie stark sie sind, und können planen, wie wir sie bekämpfen können."

Die zweite Frau spuckte auf den Boden, nickte aber. „Ziehen wir mit dem Teleporter ab, oder zerstören wir ihn?"

„Stell die Bombe ein und wir teleportieren uns raus, bevor sie hochgeht."

Da ihr das nicht gefiel, überlegte Annie, ob sie die beiden Frauen mitnehmen sollte. Sie waren Tier 7 und könnten sie aufspüren, wenn sie nicht aufpasste, aber die Vorstellung, hier zu sein, wenn eine Bombe hochging, gefiel ihr noch weniger.

Sie machte vorsichtige, leise Schritte, bevor sie ihren Dolch in die Achselhöhle der Anführerin stieß und die Verzauberung im letzten Moment aktivierte. Sie drehte sich und riss den Dolch heraus, bevor sie sich duckte und um ihr Opfer herumschritt. Als die zweite Frau angreifen wollte, stieß Annie die Anführerin mit der Hüfte, wodurch die zweite Frau leicht stolperte.

Das war alles, was Annie brauchte, um der Frau einen Dolch in die Kehle zu stoßen. In weniger als vier Sekunden waren beide Frauen verschwunden, entfernt von den unsichtbaren Ringrichtern.

Annie begann, alle Informationen auf den Pads auf ihre KI herunterzuladen und scannte die Teleporterformation sorgfältig. Sie könnte zu anderen versteckten Basen führen, und das könnte eine riesige Ladung Punkte wert sein.

Sie überprüfte die KI ihrer Schwester und sah, dass es ihnen oben gut ging. Es war seltsam, in einem Team mit anderen zu sein. Annie hatte damit gerechnet, das Team tragen zu müssen, aber nach dem gestrigen Sparring musste sie feststellen, dass ihre neuen Teamkameraden es wirklich draufhatten.

Conors [Dämonenzone] konterte sie perfekt, was an und für sich schon ärgerlich war. Wenn sie die Zone betrat und sich zu schnell bewegte, konnte er die Störung spüren. Wenn sie ihn angriff, musste sie im Gegenzug einen Treffer einstecken. Wenn der Treffer stark genug war, um ihn zu töten, würde er wahrscheinlich dasselbe bei ihr bewirken, da sie viel weniger in schwere Rüstung und Haltbarkeit investiert hatte. Sie arbeitete daran, ihr Talent zu verbessern, um dem entgegenzuwirken, aber es war ein langsamer Prozess. Wenn der Mann auf seine ruhige Art nicht so attraktiv wäre, wäre sie noch wütender.

Matt, Liz und Aster, der Fuchs, waren eine andere Geschichte. Annie hatte es zuerst nicht bemerkt, aber Emily war aufgefallen, dass sie mit Wachstumsgegenständen ausgestattet waren. Es wäre nicht verdächtig, wenn sie nicht auf dem Pfad wären, aber so wie es aussah, wusste sie, dass mindestens einer von ihnen über sein Talent log. Sie hatte schon einmal einen Sucher getroffen, der als Einziger auf dem Pfad so viel Reichtum anhäufen konnte.

Weder sie noch ihre Schwester konnten es jedoch herausfinden. Matts Talent schien einfach zu sein, und seine Auswirkungen waren offensichtlich. Blut war so selten, dass es unwahrscheinlich war, dass es Liz war, aber damit blieb nur noch der niedliche Fuchs übrig. Das Problem dabei war, dass der Fuchs ein Tier war und daher nur bis Tier 25 über die normalen Rassentalente verfügen würde.

Insgesamt war ihre beste Vermutung, dass sie wohl irgendwann ein viertes Mitglied gehabt hatten, oder eines, das nicht an der Front des Krieges teilnahm.

Sie hatte mit Papiertigern gerechnet, die sich im Kampf auf ihre Gegenstände verlassen, aber das Trio war genauso stark wie sie und ihre Schwester, wenn man von ihrem Trainingsduell absah.

Bis jetzt war sie zufrieden damit, wie die Dinge in diesem kleinen Krieg liefen. Sie und ihre Schwester hatten noch etwas mehr als ein Jahr Zeit, um auf Tier 7 aufzusteigen und auf dem Pfad zu bleiben. Aber mit diesen vier neuen Teamkameraden schien es eher eine Gewissheit als eine Möglichkeit zu sein, die nötigen Punkte zu sammeln, um den Pfad zu beschreiten.

Als Duo kamen sie gut zurecht, aber beide sahen dies als Chance, Skills und Gegenstände zu sammeln, die für die unteren Tiers normalerweise unerreichbar wären. Das Imperium war großzügig mit den Belohnungen für Kriegsbeitragspunkte. Und sie hatten vor, diese Belohnungen zu nutzen, um das Ende des Pfades des Aufstiegs zu erreichen.

* * *

Matt gab nach den ersten beiden Treffern auf und lud sowohl [Mana-Hieb] als auch [Mana-Ladung] auf. Den ersten Treffer ließ er in einer hellblauen Mana-Sichel auslaufen, bevor er das gespeicherte Mana in [Mana-Ladung] auf den Stulpenarm des Tier 7 losließ.

Bevor er sehen konnte, wie viel Schaden er angerichtet hatte, war der Mann verschwunden. Daher ging Matt nach vorn, um Conor erneut zu helfen. Der Mann hielt immer noch den Eingang, als die Massen versuchten, hinauszudrängen.

Der Kampf endete, als Liz auf den Baumturm kletterte, sich durch das Metall schnitt und wie eine Blutgöttin auf ihre Feinde herabfiel.

Nur eine Minute später rief sie eine Entwarnung aus, der alle anderen schnell folgten. Es waren keine Feinde mehr übrig. Sie hatten gewonnen.

Um nicht enttäuscht zu werden, sah Matt die Benachrichtigungen.

Gesamt zuvor (zuletzt aktualisiert vor 0 Tagen): 34 Punkte.

TEAMVERDIENSTE:

(Berechnet für Tier 6-Kämpfer).

- **Feindlicher Vasall getötet, Tier 5. 1 Punkt wert. 0 Mal ausgeführt.**
- **Feindlicher Vasall getötet, Tier 6. 5 Punkte wert. 30 Mal ausgeführt.**
- **Feindlicher Vasall getötet, Tier 7. 25 Punkte wert. 4 Mal ausgeführt.**
- **Feindliche Basis erobert. 150 Punkte wert. 1 Mal ausgeführt.**

PERSÖNLICHE VERDIENSTE:

(Berechnet für Tier 6-Kämpfer).

- **Feindlicher Vasall getötet, Tier 5. 1 Punkt wert. 0 Mal ausgeführt.**
- **Feindlicher Vasall getötet, Tier 6. 5 Punkte wert. 5 Mal ausgeführt.**
- **Feindlicher Vasall getötet, Tier 7. 25 Punkte wert. 1 Mal ausgeführt.**

Armeeverdienste:

- **Verschiedene Informationen aus der gegnerischen Basis gesammelt. 100 Punkte wert.**
- **Geplünderte, aber zurückgegebene Gegenstände und Ausrüstung. 87 Punkte wert.**

. . .

UNERREICHTE VERDIENSTE: Nur zu Referenzzwecken.

- **N/A**

ZUSAMMENFASSUNG DER GEWINNE:
Teamverdienste:

- **Rohdaten Gesamt: 300**
- **Team-Multiplikator: 1x**
- **Kategorie Gesamt: 300**

Persönliche Verdienste:

- **Rohdaten Gesamt: 50**
- **Persönlicher Multiplikator: 1x**
- **Kategorie Gesamt: 50**

Kombinierte Verdienste:

- **Zwischensumme: 350**
- **Gesamtmultiplikator: 1x**
- **Gesamtbetrag: 350**

Neue Zuwächse: 537 Punkte.
Neue Gesamtzahl: 571 Punkte.
Pfadgänger Team Ranking (Königreich der Sieben Sonnen): Platz 12.312.
Geschätztes Tagesstipendium: N/A.

Matt lächelte. Das nannte er mal eine Ausbeute. 537 Punkte für den Kampf, 487 Punkte für das Team und 50 Punkte für den persönlichen Verdienst. Der Vorteil des Double-Dippings zwischen Team- und Einzelpunkten zeigte sich wieder einmal.

Nicht schlecht für einen halben Tag Arbeit.

Kapitel 5

Matt kämpfte sich durch die Trümmer, während er eine müde Aster in der Hand hielt. Seine Gefährtin war erschöpft, weil sie während des Kampfes das halbe Tal eingefroren hatte. Er erinnerte sich im Geiste daran, Emily persönlich zu danken, nachdem alles erledigt war. Sie hatte Aster beschützt, während eine Reihe von Feinden versucht hatte, sie anzugreifen.

Ihr Schutz dauerte lange genug, damit sich [Winterumarmung] ausbreiten und ein paar weitere Feinde erwischen konnte und Aster die wenigen, die sich aus dem Griff des Eises befreit hatten, wegpusten konnte. Emilys Blitze waren doppelt so stark, wie sie hätten sein sollen, was seine KI anhand von Asters Aufzeichnungen des Kampfes feststellte. Außerdem fiel seiner KI auf, dass die Magierin immer zwischen ihren Wasser- und Blitzzaubern wechselte.

Es war zwar seltsam, aber nichts, was nicht durch ein Talent oder einen gecrackten Skill erklärt werden könnte.

Wie auch immer, er war dankbar für ihre Hilfe.

Er ging gerade mit Liz durch die versteckte Basis und füllte ihre Mana-Reserven mit seinem Konzept auf. Wenn ihm jemand zu nahe kam, schaltete er es aus, aber nach zehn Minuten waren ihre Reserven immer noch fast voll.

Liz begutachtete gerade ihr Werk aus der Schlacht, als er fragte: „Gab es irgendetwas, das du nicht kaputt gemacht hast?“

Sie sah zutiefst selbstgefällig aus, als sie sagte: „Ich habe den Boden unbeschädigt gelassen.“

Matt sah sie ausdruckslos an, während er eine umgestürzte Metallwand zur Seite kickte. Zum Vorschein kamen vier Kratzspuren in einem Kreis.

Es ließ ihn innehalten, während er sich fragte, woran ihn das erinnerte.

Als er begriff, lachte er und fragte: „Wirst du ein bisschen flatterhaft mit deiner Golemform?“

Sie schaute verwirrt, was ihn noch mehr zum Lachen brachte. „Merkst du denn gar nicht, was du tust?“

Liz sah immer noch verwirrt aus, was ihn zum Äußersten trieb.

„Liz, dein Golem hat Vogelfüße.“

Sie errötete stark und starrte zwischen dem Boden und ihren Füßen hin und her.

Ihr Stottern brachte ihn nur noch mehr zum Lachen. „Das h- h- habe ich nicht! Das war ähh ...ähh ... jemand anderes! Ja, das war jemand anders. Das ist eine gute Methode, um sich auf einem rutschigen Boden zu halten! Ja, das ist es.“

Sie versuchte, sein Lachen zu stoppen, indem sie ihm den Mund zuhielt, aber es war einfach zu lustig. So sehr sie auch über ihre vogelhirnige Mutter schimpfte, so unbewusst schlüpfte sie in diese Form. Er konnte es kaum erwarten, bis sie auf Tier 15 ihre Bestienform erhielt. Er bereitete bereits Vogelwitze vor, mit denen er sie necken wollte.

Eine halbe Stunde später herrschte reges Treiben, als vierzig Menschen in einer Welle vom Himmel herabkamen. Juni war einer der Ersten, der landete. Als er Matt sah, ging er mit einem süffisanten Grinsen auf ihn zu und schüttelte ihm die Hand.

„Du überraschst mich immer wieder, Matt. In deiner Nähe passieren die seltsamsten Dinge.“

Er kraulte Aster am Kopf und schüttelte ihre Pfote, bevor er seine Handlungen mit dem Rest von Matts Team wiederholte. So zwiespältig Matt gegenüber dem Fürsten auch war, Juni war charismatisch und wusste, wie man sich in eine Gruppe integrierte.

Matt folgte dem Mann in den unterirdischen Bunker und beobachtete, wie die Leute, die mit Juni gekommen waren, anfingen, verschiedene elektronische Geräte anzuschließen.

Juni kickte ein Stück der Baumattrappe um, während er fragte: „Wie habt ihr diesen Ort überhaupt gefunden?“

Liz nahm das als ihr Stichwort und erklärte alles, was passiert war.

Als sie fertig war, fragte er: „Könnt ihr eine Eskorte zu den anderen Festungen schicken? Wir brauchen sie eher früher als später.“

Annie trat vor und ergriff zum ersten Mal das Wort: „Wie sieht unsere Belohnung dafür aus?“

Leicht lachend wich Juni der Frage aus: „Das werden wir sehen, wenn wir diesen Ort plündern. Ich habe wenig Zweifel daran, dass die Teleporterformation so gut wie nutzlos sein wird. Ich bin mir sicher, dass sie alle Stützpunkte, mit denen dieser Ort verbunden war, verlegt haben, oder zumindest die, von denen wir Informationen hätten bekommen können.“

„Also sollten wir für all diese Dinge Anerkennung erhalten, richtig?“ Conors Frage überraschte die rechte Hand des Fürsten für einen Moment.

„Das ist ein gutes Argument. Das Problem ist, dass wir nicht wissen, wie viel das wert ist. Ich könnte euch 500 Punkte geben, aber am Ende ist das alles nur Spekulation. Vielleicht habt ihr die große Bedrohung aufgehalten, die zum Zusammenbruch unserer gesamten Verteidigung geführt hätte. Vielleicht war dies nur ein Außenposten, der Spionen den Zugang zu unserem Gebiet erleichtern sollte. Ich habe nur begrenzte Mittel, die ich ausgeben kann, und eurem Team 3.000 Punkte zu geben, übersteigt bereits meine Kompetenzen. Wenn wir alles überprüft haben, kann ich euch vielleicht mehr geben. Der Fürst hat die Kontrolle über die Geldbörse des Königreichs, nicht ich."

Matt zuckte mit den Schultern; das war ein gutes Argument. Die Informationen waren schwer zu beziffern, und sie hatten mit den Punkten, die sie bisher verdient hatten, bereits ein Vermögen.

Juni fuhr fort, während er eine Klappe aufbrach und mit seinem Licht in das Innere der Konsole leuchtete. „Das waren eure ersten Punkte, oder? Ihr solltet auf dem Marktplatz nachsehen. Ihr solltet alle mindestens eintausend Punkte haben. Ihr könnt euch schon einige der günstigeren Sachen leisten, denn ihr habt einen kleinen Vorsprung, wenn es um euren Verdienst geht."

„Moment mal, andere haben es schon besser gemacht als wir? Wie das?" Emilys Frage spiegelte Matts eigene Gedanken wider.

Juni zog sich zurück und warf ihnen einen komischen Blick zu. „Eure Gruppe ist bestenfalls unter den ersten dreißig. Ein anderer Pfadgänger, ein Tier 5, hat die Hauptstadt des Königreichs gestürmt und ein Dutzend Tier 7 getötet, bevor er vertrieben wurde. Nicht getötet, wohlgemerkt. Nur vertrieben. Das Töten von zwei Tiers mehr brachte ihm 125 Punkte pro Person. Matt, Liz, Aster, ich weiß, dass ihr verdammt stark seid, aber in diesem Krieg treiben sich ein paar *Monster* herum."

Er glitt zurück unter die Konsole, warf ihnen eine kleine Tasche zu und entließ sie mit einem einfachen: „Wenn ihr mehr Punkte wollt, begleitet die Teams bitte zu den anderen Festungen in der Kette. Dort gibt es die Kristalle, die ihr braucht. Das ist das Beste, was ich im Moment anbieten kann. Ich würde mir aber nicht zu viele Gedanken darüber machen. Dieser Krieg wird voraussichtlich nicht nur ein paar Monate dauern, sondern eher ein paar Jahre."

Sie brachen auf und eskortierten die Teams zu den Festungen im gesamten Gebirge, und Matt wiederholte seinen Trick, die Festungen mit seinem Mana zu füllen, anstatt die bereitgestellten Manasteine zu benutzen. Er wandelte immer einen Stein um, damit er etwas Staub aufwirbeln konnte, aber das war alles.

Zwischen den Festungen stöberte Matt im Imperiums-Beitragspunkte-Markt.

Jetzt, wo er Punkte hatte, hatte er Zugang zu den Listen der Gegenstände in der Kriegsversion des Imperiumsmarkts.

Matt durchsuchte das Verzeichnis, in der Hoffnung, ein gutes Gefühl dafür zu bekommen, welchen Wert alles hatte. Er war überrascht, dass Tier 8-Skills für 2.500 Punkte pro Stück aufgelistet waren. Das schien teuer zu sein, aber wenn man bedachte, wie großzügig das Imperium Punkte für Kämpfe vergab, waren sie für die meisten Menschen erreichbar. Selbst für Tier 6 waren die Skills nur schwer zu bekommen.

Sogar Wachstumsgegenstände waren erhältlich, allerdings für 25.000 Punkte statt der normalen 5.000 Punkte auf dem regulären Imperiumsmarkt. Aber Matt konnte sich vorstellen, dass es nicht unmöglich war, in ein paar Monaten so viel zu verdienen, während die Kämpfe immer härter wurden. Eine einzige Schlacht hatte ihnen 500 Punkte eingebracht, und das war nur ein kleiner Kampf gewesen. Wenn sie eine Stadt belagern mussten, konnte Matt sich vorstellen, dass die Zahlen massiv ansteigen würden.

Die Sortierung nach Kosten zeigte, dass es Tier 14-Skills gab, und Matt überlegte, welche sie als Team nutzen konnten. Für Liz und Aster waren Skills leichter zu finden als für ihn selbst, da seine Mana-Reserven die Skills einschränkten, die er nutzen konnte. Die Tier 14-Skills hatten meist höhere Grundmana-Kosten, die für ihre größeren Effekte verantwortlich waren.

Er wollte immer noch [Flammenwerfer] haben. Es war ein Kanalzauber, und er konnte sich vorstellen, alles, was ihm nahe kam, endlos zu verbrennen. Aster würde es hassen, aber er war bereit, sie zu bestechen, damit sie es dulden würde. Der Tier 14-Skill, wie auch die meisten anderen Skills der höheren Tiers, kosteten doppelt so viel Punkte wie die Tier 8-Skills, was sie zwar teuer, aber durchaus erschwinglich machte.

Er stieß auf eine scheinbar versteckte Sammlung von Runen, die von den Handwerkern des Imperiums nur für den internen Gebrauch hergestellt worden war. Es war allein schon eine halbe Million Punkte wert, aber es würde ihm das Runenhandwerk sehr erleichtern, wenn er es in einem Fach aufbewahren würde. Er konnte alles tun, was ein Tier 25-Verzauberer tun konnte, wenn es um die Planung von Runenlayouts und deren praktische Anwendung ging. Die meisten Gilden hatten bereits eine Version davon, aber er erwartete, dass die des Imperiums die beste sein würde.

Das Lager war die einzige Möglichkeit, über die Tier 5 hinauszukommen, die allgemein verfügbar war. Und laut Beschreibung konnte es nicht mit anderen geteilt werden.

Eines der teuersten Dinge, die zum Verkauf standen, war [Seiten-Slide], ein Tier 14-Teleporter mit kurzer Reichweite. Der Skill war so selten, dass er mehr Mythos als alles andere war, was den Preis von einer Million Punkten erklärte. Wenn er und Liz ihre Ringe nicht hätten, wäre Matt versucht, ihn zu kaufen, aber der Skill konnte nichts, was sie nicht schon so konnten. Vorausgesetzt, sie waren bereit, ihren Trumpf auszuspielen.

Der zweitteuerste Gegenstand war der Tier 20-Skill [Gecrackter Durchbruch]. Durch den gecrackten Effekt wurden die Mindestkosten des Skills drastisch gesenkt, sodass er sogar von jemandem auf Tier 6 genutzt werden konnte. Die gecrackte Version machte es jedoch unmöglich, die Kosten weiter zu senken. Der ursprüngliche Zauber war ein Belagerungszauber, der gegnerische Festungen angreifen und Schilde zerstören sollte.

Die ursprünglichen Grundkosten von 500 Mana wurden auf 100 reduziert, aber dafür konnte sie hundertfach aufgeladen werden, um zusätzlichen Schaden zu verursachen. In der gecrackten Version konnte sie bis zu 10.000 Mana für einen verheerenden Fernangriff verbrauchen.

Matt wurde bei dem Gedanken an diesen Skill ganz heiß. Er schien perfekt für ihn zu sein. Die Kosten von anderthalb Millionen Kriegspunkten waren zwar scheinbar unerschwinglich, aber nichts, womit er nicht zurechtkommen würde.

Der teuerste Gegenstand, der verkauft wurde, war ein Leere-Gefährten-Ei für satte fünf Millionen Punkte.

Der letzte Eintrag war ein Schock, denn Matt hatte erwartet, dass so etwas stets benutzt wurde und nicht zum Verkauf stand. Ein Gefährten-Ei bekam man immer als Belohnung von einem Rift. Wie konnte man etwas so absurd Seltenes erhalten und es dann verkaufen wollen?

Ganz zu schweigen davon, dass der Preis genauso absurd war wie der Gegenstand selbst.

„Liz, ist es in Ordnung, ein Ei auf diese Weise zu verkaufen? Ich habe das Gefühl, dass das Bestienreich das nicht gutheißen würde.“ Matt stellte seine Frage auf einem privaten Kanal und fing Liz’ Achselzucken auf, als sie vor ihm herflog.

„Warum sollte uns das interessieren?“

„Da ist ein Gefährte gelistet! Was ist, wenn ein Arschloch ihn bekommt? Was ist mit der Person, die ihn gefunden hat?“

„Ein Arschloch wird das nicht bekommen. Ich bin mir sicher, dass das Ei auch von einer hochrangigen Bestie bewacht wird. Ich bin sicher, dass sie den zukünftigen Besitzer überprüfen werden. Und wenn die Person, die es verkauft hat, tatsächlich dazu bereit war, bedeutet das, dass sie nicht die richtige Person für den Gefährten war. Wenn die Person, die den Gefährten ausbilden soll, hier ist, wird sie die nötigen Punkte erreichen. Es besteht auch keine Eile, die kleine Eidechse auszubrüten. Gefährten aus Rifts können ohne Probleme eine ganze Weile im Ei bleiben.“

Matt war eine ganze Minute lang benommen, als er versuchte, diese lächerliche Aussage zu verarbeiten. „Schicksal? Willst du mir sagen, du überlässt es dem Schicksal? Etwas, von dem schon millionenfach bewiesen wurde, dass es *nicht* existiert?“

„Diese Dinge funktionieren, Matt. Die Bestien machen das schon länger, als es das Bestienreich überhaupt gibt. Es ist nicht perfekt, aber ziemlich gut. Ich habe allerdings keine Ahnung, warum jemand keinen Leere-Drachen als Gefährten haben will. Kannst du mit dem Potenzial dieser kleinen Echse umgehen?“

Matt fand die Praxis immer noch seltsam, aber ihm fiel nichts Besseres ein. Jemand musste sich an das Ei binden, damit es schlüpfen konnte, doch er fand, dass der Verkauf des unausgeschlüpften Drachens nicht die moralischste Sache der Welt war.

Er schwieg, als sie sich durch die Festungen bewegten. Es war ein kleines Problem, aber es störte ihn trotzdem. Liz' blinde Akzeptanz dessen, „was sie schon immer taten", ging ihm ebenfalls auf die Nerven.

Liz, die neben ihm flog und seine Schulter berührte, sagte: „Matt, du denkst darüber nach wie ein Mensch. Ich weiß, dass du dich sorgst, was süß ist, aber denk an Aster. Was wäre mit ihr passiert, wenn du nicht aufgelevelt wärst?"

„Sie wäre …" Matt brach ab, als er darüber nachdachte. „Sie wäre ein normaler Fuchs geblieben."

„Oder sie hätte dich verlassen, sobald ihre Instinkte sie dazu getrieben hätten, weiterzukommen. Wenn du das Ei jemandem gibst, der genug Antrieb hat, eine so absurde Anzahl von Punkten zu sammeln, ist sichergestellt, dass der Drache einen Partner hat, der mit seinen absurden Kräften mithalten kann. Leere-Bestien sind selten und nicht wie die normalen verwandten Bestien. Leere frisst alles auf. Und wenn ich sage alles, dann meine ich das auch so. Solange die Bestie unter Tier 15 ist, braucht sie besondere Heilung, damit sie nicht von innen heraus ausbrennt. Solange sie schnell vorankommt, kann sie es überstehen. Aber mehr als ein Leere-Nutzer hat einige fragwürdige Persönlichkeitsmerkmale entwickelt, weil er darum kämpft, ein Ventil für die zerstörerischen Kräfte in seinem Inneren zu finden. Ab Tier 15 ist das kein Problem mehr, aber Menschen und Tiere, die mit der Leere verbunden sind, zahlen für diese Kraft."

„Was ist mit der Heilung?"

„Heilen funktioniert, ganz sicher. Aber wie lange kann sich ein Heiler um eine Person kümmern, wenn diese sich weigert, sich weiterzuentwickeln und ihr eigenes Problem zu lösen? Vielleicht ist die Person, mit der der kleine Drache verbunden wird, ein Arschloch, aber zumindest wird sie stark sein und ihre Verbindung halten können. Wenn die Person, die sie bekommt, auf dem Pfad ist, wird sie den stärksten Vorteil bekommen, den du schaffen kannst."

Nur leicht besänftigt, setzte Matt die Arbeit fort und eskortierte die Teams ohne weitere Beschwerden zu den Festungen.

Nachdem sie fertig waren, flogen sie zurück in die von der Armee errichtete Stadt, um den Teleporter zurück in die neutrale Stadt zu nehmen. Auf dem Weg dorthin schickte Liz ihm eine private Nachricht. „Du hast gehört, was Juni über die Kriegspunkte des Königreichs gesagt hat, oder?"

„Ja, und?"

„Ich denke, wir sollten versuchen, beide Vasallen für ihre Punkte auszuquetschen."

Matt war interessiert, also signalisierte er ihr, weiterzumachen.

„Wir haben noch ein paar Dutzend Tier 5-Tränke zur Mana-Kultivierung übrig. Und ich habe noch einen Raumbeutel voller getrockneter Zutaten, die nur darauf warten, dass ich sie zu etwas Nützlichem verarbeite. Wir könnten sie mit Samuel als Mittelsmann verkaufen. Wenn wir sie in einer Auktion verkaufen, werden beide Seiten gezwungen sein, für sie zu bieten. Sie sind zwar nur für Tier 5-Leute gut, aber wenn eine Seite sie hat, hat sie eine stärkere Basis. Das würde einen Bieterkrieg auslösen. Wir könnten alle Punkte bekommen!"

Matt fand die Idee ganz gut. Es gab eine ganze Reihe von Dingen, die sie kaufen konnten, um ihre Kampfkraft zu erhöhen, wenn sie clever waren.

Liz fuhr fort: „Hast du die Skills zum Heilen gesehen? Da sind ungefähr dreißig gecrackte Heilzauber aufgelistet. Einige sind ziemlich gut. Überleg mal, was wir mit ein oder drei Heilzaubern anstellen könnten."

Mit einem schnellen Gedanken war er auf der Seite und sah, wovon Liz sprach. Es war ehrlich gesagt absurd, wie viele verschiedene gecrackte Skills es gab. Matt stellte sich vor, wie jemand einen Haufen Heilungs-Skills hatte, die er nacheinander mit einem Hammer zerschlug und dann wegwarf. Er schüttelte den Kopf, um den albernen Gedanken zu vertreiben, und sah sich dann noch einmal die Optionen an.

[Distanzheilung], der häufigste Heilzauber, kostete normalerweise 100 Mana und lag damit knapp außerhalb von Matts Möglichkeiten, ihn zu wirken. Aber mit Tier 7 konnten sie einen Heilzauber in Reserve haben, was zukünftige Delves viel sicherer gestalten würde. Sie mussten zwar immer noch die Abklingzeit der magischen Heilung in Kauf nehmen, aber das war besser, als einen Heiler zu bezahlen oder sich in einem Kampf mit Verletzungen durchzukämpfen.

Idealerweise würden sie die billigeren gecrackten Versionen nehmen und für jede von ihnen einen Skill-Splitter bekommen, aber die waren teuer. Wenn sie [gecrackte Distanzheilung] nehmen würden, die nur Haut heilte, wäre das eine Verschwendung. Warum das überhaupt eine Option war, wusste Matt nicht. Aber er vermutete, dass es irgendwo da draußen jemanden gab, der diesen Skill gut gebrauchen konnte.

Als der Plan feststand, ging Liz los, um einen Alchemieraum zu mieten, und Matt fand Samuel in einem Auktionshaus.

Als Matt ihm seine Idee erklärte, zögerte der Mann, bis er ihm ein Fläschchen mit dem Zaubertrank hinhielt, um es zu untersuchen.

Da wurde dem Mann schwindelig.

Er hielt den trüben Trank gegen das Licht und sagte: „Die Auktionshäuser haben so etwas bereits geplant. Sie wollten eine große Auktion für die Leute veranstalten, die diese Woche kommen, gleich nachdem die zweite Welle von Pfadgängern ankommt."

Er zwinkerte Matt zu. „Apropos, ich weiß, dass ihr ein paar Skills in petto habt. Habt ihr noch mehr Sachen, die ihr verkaufen wollt? Ich gehe davon aus, dass die Dinge bei der ersten Auktion einen hohen Preis erzielen werden."

„Wir haben noch welche, aber ich denke, wir wollen sie aufheben. Im Moment sind wir eher an dem Verkauf der Tränke interessiert. Was glaubst du, was wir mit ihnen machen können?"

Samuel wackelte mit der Hand hin und her. „Ich wette, das Startgebot liegt bei mindestens 100 Kriegspunkten. Ich bin mir nicht ganz sicher. Wenn sie Tier 6 wären, wäre es mehr, aber bei Tier 5 sind sie für die Futtertruppen. Vielleicht wollen sie auch mit Geld statt mit Punkten kaufen."

„Wir brauchen das Geld nicht. Wir würden gerne nur für Punkte verkaufen."

„Tut mir leid, Matt. Wenn du garantieren willst, dass sie für Punkte verkauft werden, musst du sie auf den Markt bringen. Aber es gibt nicht so viele Tier 5 im Krieg. Wenn du sie verteilst, kannst du wahrscheinlich ein paar mehr Punkte bekommen, aber das Auktionshaus kann die Vasallen nicht dazu zwingen, mit Punkten zu bieten. Ein bestimmter Prozentsatz der Massengüter muss für Manasteine verkauft werden."

Samuel zuckte mit den Schultern. „Wie viele wollt ihr denn verkaufen? Das ist das, was wirklich die größte Wirkung haben wird."

Matt war sich nicht sicher, aber er versuchte, eine Schätzung abzugeben. „Vielleicht so um die zweihundert."

„Hmm. Vielleicht können wir das in einen reinen Punkteverkauf einbauen. Wenn wir einen Haufen, vielleicht fünfzig, aussetzen und den Rest über die nächsten Auktionen verteilen, könnten wir sie dazu bringen, Punkte auszugeben. Du solltest aber mindestens weitere fünfzig auf dem Imperiumsmarkt selbst anbieten."

Matt droppte die fünf Tränke, die Liz bei Samuel hatte, und machte sich auf den Weg, um am Teamtraining teilzunehmen.

In der nächsten Woche übernahmen sie verschiedene kleine Missionen, doch mit der Verstärkung des Königreichspersonals waren die einfachen Aufgaben wie das Stärken der Tausenden Festungen weggefallen. Es war eine kleine Einnahmequelle, über deren Wegfall sie traurig waren, aber mehr als eine Festung wurde erobert oder es wurde zumindest versucht, sie einzunehmen, was allen Beteiligten, die überlebt hatten, Punkte einbrachte.

Es gab weitere Gespräche über eine Ausweitung der Operationen, aber die Nachricht, dass alle Auktionshäuser eine gesammelte Auktion abhalten würden, machte die Pläne beider Seiten zunichte. Die durchgesickerten Gegenstände hatten alle in Aufregung versetzt, und niemand wollte seine Punkte riskieren, wenn so etwas bevorstand, also waren alle übervorsichtig.

Matt und Liz waren verärgert darüber, dass sie fast die Hälfte der Gegenstände bereits in großen Mengen an das Auktionshaus verkauft hatten. Sie dachten darüber nach, ihr eigenes Auktionshaus zu gründen und alle anderen aus dem Geschäft zu drängen, aber ihre Scherze fielen schnell in sich zusammen, als sie anfingen, sich tatsächlich damit zu beschäftigen. Es gab einfach viel zu viele logistische Probleme, um auch nur daran zu denken. Vor allem für etwas so Belangloses wie die Rache für den Weiterverkauf von Gegenständen, die sie nicht einmal interessierten.

Als Matt im Fitnessstudio ein paar Gewichte stemmte, piepte ihn seine KI an. Er war so überrascht, dass er fast das Gewicht fallen ließ.

Melinda und ihr Team waren angekommen. Er war sich nicht sicher gewesen, ob sie kommen würden, aber die Freude, seine Freunde nach so langer Zeit wiederzusehen, ließ ihn unter die Dusche rennen und ihnen eine Nachricht schicken.

„Ihr seid angekommen? Ich hoffe, ihr habt euch nicht für das Königinnentum entschieden! Haha!"

Selbst wenn sie sich für das Königinnentum entscheiden würden, war das keine große Sache, aber es wäre schön, gemeinsam mit seinen Freunden zu kämpfen. Gegen sie zu kämpfen, konnte auch Spaß machen, aber mit ihnen als Kameraden zu arbeiten, war eindeutig die bessere Option.

* * *

Liz war gerade dabei, einen Zaubertrank zu mischen, als Matt ihr mitteilte, dass seine Freunde auf dem Planeten angekommen waren, um am Krieg teilzunehmen, und er sich mit ihnen zum Abendessen verabredet hatte.

„Abendessen mit Melindas Gruppe. Sie sind gerade angekommen. Sie sagen, sie können in einer halben Stunde fertig sein."

„Scheiße!" Ihre Überraschung führte dazu, dass sie zu viel hinzufügte und den Trank ruinierte. Das machte ihr nichts aus, aber die Tatsache, dass dadurch ein bittersüßer Geruch über sie und den Tisch wehte, war eine andere Sache. Sie wusste, dass sie keine Zeit mehr haben würde, um aufzuräumen und sich dennoch zu der verabredeten Zeit mit ihnen zu treffen.

Fluchend putzte sie schnell den Tisch, während sie ihre geliehenen Gläser in die Reinigungsstation warf. Sie würde zwar einen Aufpreis für die Reinigung zahlen, aber der Tier 7-Manastein bedeutete ihr viel weniger, als dafür zu sorgen, dass sie bei Matts Freunden einen guten Eindruck hinterließ.

Sie waren das, was seiner Familie am nächsten kam. Sie tauschten mindestens einmal im Monat Nachrichten aus, und sie war fest entschlossen, sich ihre Anerkennung zu verdienen.

Wenn sie Matts Freunde sind, dann könnten sie auch meine *Freunde sein.*

Der Gedanke ließ sie gegen einen Tisch stolpern. Aster sah mit einem fragenden Kläffen von ihrem kühlen Bett auf.

„Neue Freunde! Das ist aufregend, Aster. Menschen, die mich um meiner *selbst* willen mögen können und nicht wegen meiner Eltern."

Aster rollte sich wieder zusammen, aber Liz gab ihr nicht die Chance, wieder ein Nickerchen zu machen. Aster hatte es leicht und musste nur ein wenig auf der Eisdecke schlafen, um ihren Eisaspekt passiv zu erhöhen. Doch Liz hatte keine Zeit, die Füchsin weiter faulenzen zu lassen. Sie musste sich mit Matts Leuten anfreunden.

Sie rannte mit Aster auf dem Arm aus dem Zimmer, blieb jedoch stehen, als sie an einem Glas vorbeikam und ihr Spiegelbild sah.

Ihr Haar war ein einziges Durcheinander und sie war rußbedeckt um ihre Augen.

Als sie auf die Uhr sah, fluchte sie erneut. „Scheiße! Matt, warum hast du mir nicht mehr Zeit gegeben?"

Sie rannte zur nächsten öffentlichen Toilette und schrubbte sich das Gesicht, während sie mit nassen Fingern durch ihr dickes, widerspenstiges Haar fuhr, bevor sie aufgab und beschloss, es zu flechten, sobald sie in ein Taxi steigen würde.

Aster rief nur wenig hilfreiche Ratschläge wie „Entspannen." Und ihren ständig überstrapazierter Wortwitz: „Cool bleiben."

Woher sie das kannte, wusste Liz nicht. Aber jeder, der dem Eisfuchs einen so flachen Witz beigebracht hatte, stand auf ihrer schwarzen Liste. Die kleine Schwindlerin weigerte sich zudem, es vor Matt zu sagen, was Liz als Verschwörung gegen sie ansah.

Als sie in ihrem Zimmer ankam, kam Matt aus der Dusche und sah sie an, als ob sie verrückt wäre.

„Warum hast du es so eilig?“

Liz wollte schreien. „Ich habe zwei Minuten, um mich fertig zu machen! Darum die Eile!“

Seine Augen bewegten sich hin und her, und sie erkannte, dass er dachte und nicht seine KI benutzte.

„Kein Grund zur Eile“, antwortete er vorsichtig. „Wir haben noch anderthalb Stunden Zeit, bevor wir uns mit ihnen zum Abendessen treffen. Hast du meine zweite Nachricht nicht gesehen?“

Liz überprüfte ihre Nachrichten und sah eine, die keine Minute später eingetroffen war und in der stand, dass er den Termin verschoben hatte, damit alle Zeit hatten, anzukommen.

Sie küsste ihn im Vorbeilaufen auf die Wange und atmete erleichtert auf. Wäre sie nicht so froh über die zusätzliche Zeit, um sich fertig zu machen, wäre sie sauer gewesen, dass er ihr das alles nicht in einer einzigen Nachricht mitgeteilt hatte. Er hatte sie umsonst in Panik versetzt.

Aster hatte es langsam schwer, als sie bemerkte, dass Liz das heiße Wasser voll aufgedreht hatte. Sie hatte keine Zeit für ein separates Bad für den Fuchs, der offensichtlich Eisbäder bevorzugte.

Sie würden gemeinsam baden.

* * *

Matt seufzte, als er die jüngste Katastrophe des Hurrikans vermied, zu dem eine nervöse Liz wurde. Er ging davon aus, dass sie sich fertig machen wollte, weshalb er ihre Reservierung für das Abendessen nach hinten verschoben hatte. Er ging auch davon aus, dass Melindas Team sich erst einmal im Königinnentum einleben musste. Er hatte nicht damit gerechnet, dass Liz seine zweite Nachricht übersehen und sich selbst in Panik versetzen würde.

Er hob ihre ausrangierte Rüstung auf, die in einer Reihe im Raum verstreut lag, und begann, sie zu reinigen. Sie roch süßlich, und er wusste, dass sie das hassen würde. Außerdem hatte er kaum etwas anderes zu tun, während er wartete.

Zehn Minuten später kamen Liz und eine schmollende und nasse Aster aus dem Bad. Aster rannte zu ihm und ärgerte sich darüber, dass sie gezwungen worden war, ein *heißes* statt ein kaltes Bad zu nehmen. Er aktivierte die [Gecrackte Phantomrüstung] und trocknete seine mürrische Gefährtin ab, während er ihr ein

Kompliment machte, wie schön ihr Fell aussah. Das änderte ihre Stimmung sofort und sie strahlte, als er ihr Fell abtrocknete.

Eine Stunde später waren sie fertig. Liz trug die schönsten neuen Klamotten, die sie hatte. Matt fand, dass sie fantastisch aussah, aber sie war besorgt über die leichte Abnutzung des dehnbaren Materials.

Ihre Rüstung war in seiner Tasche, zusammen mit seinen Geschenken für sie, für den Fall, dass er seine Freunde zu einem Sparring überreden konnte. Er hielt es für unwahrscheinlich, aber er wollte ihnen zeigen, wie sehr er gewachsen war und er wollte sie herausfordern. Er erwartete nicht, dass er gewinnen würde, da sie ein erstaunlich ausgeglichenes Team hatten. Doch es würde wie in alten Zeiten sein, was für ihn Grund genug war.

Sie hatten beschlossen, sich zwischen den Gebäuden der gegnerischen Fraktionen zu treffen, am Rande der Landeplattform. Aster bemerkte sie zuerst, als sie aus Matts Armen sprang und durch die Menge auf sie zustürmte.

Anders als das letzte Mal, als sie das tat, machte er sich keine Sorgen. Er fand sie glücklich in den Armen einer großen Blondine vor, während sie von fünf weiteren Personen gestreichelt wurde.

Er rief: „Hey, Leute!“ und schloss sich der Gruppenumarmung an. Er bemerkte, dass Liz einfach nur dastand, fast mit der Hand wringend und offensichtlich unsicher, was sie tun sollte.

Er zog sich zurück, legte einen Arm um ihre Taille und stellte sie vor.

„Leute, das ist Liz. Liz, das sind Melinda und Mathew.“ Er zeigte auf das inzwischen ältere Paar. Mathew war fast so groß wie er und wirkte kräftiger. Der Mann war an den Schultern so breit wie eine Tür und hatte kräftige Oberschenkel und Waden. Matt notierte sich, dass er nach seinem Trainingsprogramm fragen musste. Seine Waden könnten ein wenig Training gebrauchen.

Als er mit der Vorstellungsrunde fortfuhr, zeigte er abwechselnd auf die Leute rechts von Melinda. „Das sind Sam und Kyle.“ Kyle sah schlank aus, strotzte aber vor Kraft. Matt wollte mit dem Mann ringen und sehen, wie es ihm erging. Mit [Magier-Rückzug] glaubte er, dass er eine Chance haben könnte, anders als früher, als er bei jedem Kampf in eine Brezel verwandelt worden war.

Sam war immer noch kleiner als alle anderen und lächelte, als er auf sie zeigte. Ihr Haar war jetzt leuchtend grün und wellig, wobei eine Seite länger als die andere war.

Sie unterbrach ihn: „Ist das Seeteufelreagenz, das ich rieche?“

Liz lief rot an, aber bevor sie etwas sagen konnte, fuhr Sam fort: „Ich hasse es, damit zu arbeiten. Ein Tropfen verschüttet, und du riechst tagelang.“

„Oh, du praktizierst also auch Alchemie? Darüber müssen wir uns unterhalten.“ Diese Gemeinsamkeit schien Liz zu beruhigen, also ging er weiter zu den letzten beiden Personen in Melindas Team.

„Die letzten beiden sind Tara und Vinnie.“ Tara war immer noch so dünn wie im PlayPen, aber Vinnie war etwas schlanker geworden und hatte mehr einen Whipcord-Build.

Sie sahen gut und gesund aus.

Eine Welle der Erleichterung überschwemmte ihn, als er sehen konnte, dass es ihnen wirklich gut ging. Nur eine gelegentliche Nachricht war nicht genug.

„Kommt schon. Ich habe einen Tisch für uns zum Abendessen reserviert. Lasst uns gehen."

Er rief schnell ein Taxi und flog sie zu einem der schönsten Restaurants der Stadt, das keine Unsterblichen bewirtete.

Als sie in das fliegende Auto stiegen, sagte Melinda, während sie Mathews Arm hielt: „Matt, du siehst wirklich gut aus. Zu gut, wirklich."

Als sie seinen verwirrten Blick sah, klärte sie ihn schnell auf: „Ich kann den Schaden sehen, den mein Konzept bei Menschen anrichtet. Es ist wie bei Monstern aus dunklem Nebel. Die einzigen, die keinen Schaden davontragen, sind diejenigen, die Tier 15 oder höher sind. Du siehst aus, als wärst du halbwegs durchgebrochen. Das ist seltsam. Ich kann es nicht wirklich erklären."

Matt lachte. „Wir haben einen Sucher getroffen, der uns einen Baum der Vollkommenheit gezeigt hat, nachdem wir ihm ein bisschen geholfen haben. Er bringt einen einzelnen Aspekt deines Körpers auf Tier 15, oder fast so weit. Ich habe die Körperwurzel gegessen. Ich schätze, das siehst du."

„Das ergibt Sinn. Aber lasst mich euch alle heilen."

Liz protestierte: „Oh, es gibt keinen Grund, dein Mana so zu verschwenden."

Melinda zuckte mit den Schultern und richtete ihren Zauber zweimal auf die beiden und dann auf Aster, die sich auf ihrem, Sams und Taras Schoß ausgebreitet hatte. Ihre Gedanken drehten sich um ihre Zeit als Welpin und darum, wie sie früher Streicheleinheiten von ihnen bekommen hatte. Sie befand sich in einem Zustand geistiger Glückseligkeit, der sich auch auf Matts Gefühle übertrug.

„Ich helfe euch gerne. So könnt ihr sicher sein, dass euch nichts fehlt. Ich sehe zwar nichts, aber eine Heilung am Tag hält die Krankheit fern."

Das veranlasste alle Mädchen zu plaudern, also rutschte Matt zu Mathew hinüber und fragte: „Was machst du denn für deine Waden? Was auch immer es ist, ich muss auch damit anfangen."

Also fingen sie an, ihre verschiedenen Workout-Routinen zu beschreiben. Sie unterhielten sich, bis sie das Restaurant erreichten, und Melinda begann sofort zu protestieren.

„Matt, wir können uns diesen Ort nicht leisten."

Er wischte ihre Bedenken beiseite. „Ich bezahle. Und es ist nur ein Abendessen. Wir haben hier in den letzten Monaten mehr verdient, als du dir vorstellen kannst."

Als Sam protestieren wollte, sagte Liz: „Wir haben mehr als einen Wachstumsgegenstand verkauft, als wir auf Tier 5 waren. Lasst uns euch zu einem schönen Abendessen einladen. Schade, dass meine Tante nicht hier ist. *Das* wäre doch mal ein gutes Abendessen."

Tara teleportierte sich scheinbar neben Liz und rief fast: „Ich werde sie heiraten!"

Während er und Liz sie verwirrt ansahen, stöhnte der Rest der Gruppe. Melinda packte die Bogenschützin am Arm und begann, sie mit sich zu ziehen.

„Ignoriere sie. Sie hat Wahnvorstellungen."

Tara protestierte, als sie zur Tür gezerrt wurde. „Das habe ich nicht! Wirklich, das habe ich nicht. Sie ist fantastisch und ich werde sie eines Tages heiraten!"

Matt fand die Idee lächerlich, aber Liz sah amüsiert aus. „Du wirst viel zu tun haben. Tante Helens Verehrerliste erstreckt sich wahrscheinlich über die ganze ... na ja, Welt. Sie hat im Laufe der Zeit viele Herzen mit unerwiderten Gefühlen gebrochen und ich bin mir ziemlich sicher, dass sie mindestens einmal versehentlich einen Krieg ausgelöst hat."

Als sie Liz' Bemerkung hörte, sah Tara noch entschlossener aus und schien weiter argumentieren zu wollen. Liz fuhr fort: „Aber versuch es doch einfach mal. Vielleicht bist du ja die Richtige. Aber wie habt ihr sie kennengelernt?"

Das führte dazu, dass ihre Prozession auf halbem Weg durch die Tür wieder stoppte, aber Kyle, der vorne stand, packte Melinda und zog sie beiseite, sodass die Hälfte ihrer Gruppe eintrat. Als sie Platz genommen hatten, bedankte sich Melinda bei ihnen.

„Wie ich schon zu sagen versuchte, danke für den Splitter. Er hat alle anderen auf den richtigen Weg gebracht, ihre Konzepte zu entdecken. Ich weiß nicht, wie ich mich bei euch revanchieren kann."

Als er und Liz protestieren wollten, hielt sie eine Hand hoch und stoppte sie. „Das ist eine große Sache für uns. Es ist kein kleines Schmuckstück, sondern das Ticket meiner Familie zur Unsterblichkeit. Nicht jeder kann diesen ersten Schritt machen und wird schließlich sterben. Ich bin einfach in meinen gefallen, ohne zu wissen, was ich da tue und wie sehr mich das von ihnen trennen würde. Einfach nur ... Danke."

Vinnie lächelte und sagte: „Ich war der Erste, der meinen Satz bekommen hat. Diese Dummies haben viel länger gebraucht."

„Das war einen Tag vor dem Rest von uns, also über ein Jahr hinter Melinda, du Trottel." Sams Kommentar brachte Vinnie aus dem Konzept, und in der üblichen Theatralik der Gruppe fiel er um und begann, mit ihr zu rangeln.

Ihr Kellner kam vorbei und als sie nicht genug bestellten, bestellte Matt einfach die größeren Partyteller zusätzlich zu ihren Mahlzeiten. Als sie protestierten, wiederholte er seine Aussage von vorhin.

Liz aktivierte ihren Ohrring, der ihnen Privatsphäre verschaffte und dafür sorgte, dass der gesamte Tisch abgedeckt war.

Sobald sie nicht mehr in Gefahr waren, belauscht zu werden, griff Matt in seine Tasche und holte die beiden Wachstumsgegenstände heraus, die er für Melindas Team aufgehoben hatte.

„Ich bin froh, dass ich sie euch nicht auf dem langsamen Weg geschickt habe. Sonst wären sie vielleicht nie angekommen."

Tara sah sich den Köcher an und fragte: „Ich kann immer einen neuen Köcher gebrauchen, aber der hier fühlt sich komisch an. Was kann er? Und danke übrigens.“

Er versuchte, seine Selbstgefälligkeit und seinen Stolz nicht in seine Stimme einfließen zu lassen, und sagte: „Ich bin stolz darauf, euch beiden Wachstumsgegenstände zu geben, die perfekt zu euch passen.“

Vinnie ließ fast sein Armband fallen, als Matt das sagte.

„Mann, das ist zu viel. Ich kann mir das nicht leisten.“

„Das ist keine große Sache. Ich habe nicht gescherzt, als ich sagte, dass wir mehr als einen Wachstumsgegenstand gefunden haben.“

Er und Tara schoben die Gegenstände gemeinsam über den Tisch. Tara sagte: „Das ist zu viel, wirklich. Du solltest sie verkaufen und dein Team zu mehr Macht verhelfen. Kaufe mehr Skills oder so.“

Matt rollte mit den Augen und versuchte, die Geschenke herunterzuspielen. „Leute, hört euch wenigstens erst mal an, was sie können.“

Tara schaute sehnsüchtig auf den Köcher und sagte: „Nein, tu das nicht! Es wird noch mehr wehtun, wenn ich es weiß.“

„Okay. Denkt mal einen Moment darüber nach. Ihr wisst, was mein Tier 1-Talent kann. Habt ihr jemals mein Tier 3-Talent überprüft?“

Alle murmelten „Ja“, aber niemand schien es zu verstehen, und er konnte sehen, wie jeder seine KI überprüfte. Mathew pfiff und sagte: „Genau wie beim letzten Mal. Es ist verdammt beeindruckend, aber ich verstehe es nicht.“

„Wie werden Rifts erzeugt und mit Energie versorgt?“

Es dauerte einen Moment und er spürte eine Mischung aus Stolz und Genugtuung, als er die ungläubigen Blicke der Gruppe sah, als sie begriffen, was er meinte.

„Also, du kannst einfach ...“ Sam fuchtelte mit der Hand herum und zeigte auf die beiden Wachstumsgegenstände.

„Jep!“

„Und es ist wirklich so einfach?“ Kyle schien Matt keine Minute lang zu glauben.

„Jep!“

„Das ist erstaunlich ...“ Melinda hielt inne, aber sie wurde überrumpelt, als Tara und Vinnie sich gleichzeitig auf ihre Gegenstände stürzten.

„Okay, was können sie? Ich muss es wissen!“

Matt lachte. Solche Geschenke zu machen, machte süchtig. Zu sehen, wie glücklich sie waren, ließ ihn auf eine Weise fühlen, die er noch nie zuvor gespürt hatte.

Er deutete auf Vinnie: „Dieses Armband erhöht die Reichweite aller Erd-Skills, die du damit wirkst.“

Vinnie fiel fast darüber her, als er das Metall- und Seilband um seine Hand legte. Es schlang sich um sein Handgelenk, bis es perfekt passte.

Tara umarmte ihren Köcher und schaute ihn mit Hundeblick an.

„Das“, er zeigte auf sie und sie nickte schnell. Er schwieg lange, und als sie sich von ihrem Stuhl zu erheben schien, fuhr er schließlich fort: „Das ist ein Köcher, der wie ein räumlicher Gegenstand wirkt und mit der Zeit auch Pfeile erzeugen kann. Er verzaubert sie auch, wenn die Pfeile im Köcher bleiben, während er mit Mana versorgt wird. Ich dachte, er wäre perfekt für deinen Stil."

Tara hüpfte herum und stürzte über den Tisch, wobei sie zwei zum Glück leere Becher umwarf.

„Oh, danke! Ich danke dir! Der ist perfekt! Ich liebe ihn!"

Die anderen freuten sich für ihre Freunde und hatten nicht den geringsten Anflug von Unmut im Gesicht, was Matt nur darin bestärkte, dass sie gute Menschen waren.

Zum Schluss holte er noch ihr Skill-Arsenal hervor.

„Wir haben auch eine Menge Skills, falls ihr etwas braucht. Die meisten davon sind recht gewöhnlich, aber ein paar könnten hilfreich sein. Nehmt und tauscht alles, wenn ihr wollt. Wir haben schon behalten, was wir brauchen."

Mathew lächelte und klopfte ihm auf die Schulter. „Du weißt wirklich, wie man Hochzeitsgeschenke macht!"

„Moment, ihr habt *geheiratet*?"

Kapitel 6

Matt war überrascht, dass seine Freunde geheiratet hatten, aber ihr offensichtliches Glück reichte ihm. Er war leicht eifersüchtig und musste sich bewusst bemühen, Liz nicht anzusehen. Heiraten war ein schöner Gedanke, wenn auch etwas beängstigend.

Melinda stotterte: „Matt, das ist zu viel. Das ist ... das ist ..."

Ihre Stimme verstummte, als er gleichgültig mit den Schultern zuckte. Es war wirklich keine große Sache für ihn.

„Leute, nehmt, was ihr wollt. Wir haben schon einen Haufen an das Auktionshaus verkauft. Wir brauchen sie nicht wirklich. Das sind nur die einfacheren, die wir behalten haben, um weitere Rift-Experimente durchzuführen, wenn wir die Chance dazu haben."

Als er ihre Verwirrung sah, erklärte er: „Ein Rift wird nicht einfach durch das Einbringen von Mana in einem Gebiet erzeugt. Aber wir haben gelernt, dass man Dinge hineinlegen und das Mana nutzen kann, um den Rift und dessen Belohnungen zu beeinflussen."

Als er nach einem Beispiel suchte, zeigte er auf Taras Köcher. „Den haben wir mit Windmana und einem Pfeil und Bogen an der Stelle hergestellt, an der wir den Rift erzeugt hatten."

Liz stupste ihn an und sagte: „Du wirst ein bisschen laut, Matt".

Matt grinste leicht verlegen und sagte, nachdem er seine Lautstärke angepasste hatte: „Aber ja, wir haben eine Menge gelernt, während wir experimentieren konnten. Wir haben eine Menge Gegenstände und Geld gewonnen. Sogar Skills."

Liz fügte mit einem schiefen Lächeln hinzu, als sie sich an ihn lehnte: „Und wurden auf Schummeleien überprüft."

Er freute sich über den kleinen Schreck, der seinen Freunden ins Gesicht geschrieben stand. Das war es, was er in dem Moment gefühlt hatte, aber jetzt, nachdem alles in Ordnung war, war es eher lustig als beängstigend.

Kyle platzte heraus: „Warte, was?“

Matt winkte ab. „Oh, damals war es verdammt beängstigend, aber wir haben Zugang zum Imperiumsmarkt erhalten. Der ist wie der Markt für die Kriegsbeitragspunkte, aber mit einer scheinbar universelleren Währung. Man kann dort erstaunliche Dinge kaufen. Der Ermittler war vernünftig und hat uns zugehört.“

Er wollte noch mehr erklären, aber die Luftblase zerplatzte, als der Kellner mit zwei riesigen Tabletts voller Essen hereinkam. Er ließ das Thema erst einmal ruhen.

Es roch köstlich und für den absurden Preis sollte es auch besser so gut schmecken, wie es roch. Es tat immer noch weh, so viel Geld auszugeben, aber er tröstete sich mit der Erinnerung daran, dass es ein besonderer Anlass war. Das hielt ihm den Schmerz über seinen etwas leichteren Geldbeutel vom Leib.

Während des Essens erzählte er der Gruppe von den Abenteuern, die er mit Liz und Aster erlebt hatte. Das meiste davon wussten sie bereits, da er ihnen per Nachricht immer wieder Geschichten erzählt hatte, doch es machte mehr Spaß, es noch einmal persönlich zu erzählen. Es war schön zu hören, wie einfach und ruhig ihr Leben gewesen war. Es hat Spaß gemacht, die andere Seite des Lebens auf dem Pfad zu sehen.

Als sich das Abendessen dem Ende zuneigte und die meisten Teller halb leer waren, schlug er vor, dass sie in einen Park gehen und das Gespräch dort fortsetzen sollten. Er hatte den Kellner zweimal vorbeigehen sehen, und das Restaurant war voll. Er wollte den Tisch nicht in Beschlag nehmen, wo sie doch bis tief in die Nacht hinein in der angenehmen Stadtluft reden konnten, ohne jemand anderen zu stören.

Sie unterhielten sich bis tief in die Nacht hinein und als der Abend zu Ende ging, streckte sich Melinda mit einem übertriebenen Seufzer. Ihre Gruppenmitglieder schienen es ihr gleich zu tun, denn sie machten sich zum Aufbruch bereit.

Matt sagte: „Wir sollten morgen früh Sparring machen. Wie in alten Zeiten. Es wäre toll zu sehen, wie ihr alle gewachsen seid.“

Melinda lächelte. „Wir werden dir den Hintern versohlen, so wie wir es bei Tier 3 gemacht haben.“

Er wackelte mit den Augenbrauen und sagte: „Ah, aber da war ich doch erst Tier 2.“ Mit übertrieben pompöser Stimme fügte er hinzu: „Wir sind jetzt auf dem gleichen Tier. Jetzt habe ich die Macht, dich zu besiegen!“

Als sie sich ein letztes Mal gute Nacht sagten, lächelte er und dachte daran, wie schön es war, jemanden von zu Hause zu sehen. Es war so lange her, und sie waren alle so sehr gewachsen.

Aster war fast eingeschlafen, als er sie hochnahm, und er ging Arm in Arm mit Liz zurück in ihr Zimmer. Sie lehnte sich dabei an seine Schulter.

Als sie auf halbem Weg waren, sagte sie: „Deine Freunde scheinen wirklich nett zu sein.“

Matt widerstand dem Drang, die Faust in die Luft zu stoßen. Er hatte versucht, Liz während des Essens in die Gespräche einzubeziehen, aber als er sah, wie sie mit Sam intensiv über Alchemie sprach, hörte er damit auf.

Er konnte nicht verhindern, dass sich seine Aufregung in seiner Stimme widerspiegelte. „Du magst sie? Wirklich?“

Er musste sich vergewissern, war aber zuversichtlich, dass er eine positive Antwort bekommen würde.

„Ja, sie scheinen freundlich und intelligent zu sein. Sie haben mich auch wie eine von ihnen behandelt, das war Wahnsinn!“

Sie schrie den letzten Teil geradezu, woraufhin Aster im Schlaf um sich trat. Matt fühlte sich wie auf Wolke sieben, als er den Bürgersteig hinunterging. Die Dinge entwickelten sich auf die bestmögliche Weise.

* * *

Liz war sich nicht sicher, ob Sparring für Freunde, die sich seit Jahren nicht gesehen hatten, die beste Idee war, aber da sie alle so lässig wirkten, sagte sie nichts.

Sie hielt sich zurück, während sie sich unterhielten, und beobachtete die Gruppe. Sie schienen alle so glücklich zu sein. Sam lächelte sie sogar an, als die anderen sich bereit machten, die Kampfplattform zu betreten.

Die Frau kannte sich mit Alchemie aus und Liz wollte mit ihr zusammenarbeiten, um die Reste aus dem Kräuterrift zu verwenden, den Matt für sie zum Üben gemacht hatte.

Sie überlegte gerade, wie sie die Frau am besten fragen sollte, als jemand neben dem Ringrichter auftauchte und ihn verscheuchte.

Diese Seltsamkeit ließ Liz sofort in Alarmbereitschaft wechseln.

Der unbekannte Mann sagte: „Ich werde dieses Match beaufsichtigen.“

Matt schaute irritiert, als er fragte: „Und du bist?“

Seine Haltung entsprach Liz’ eigener. Sie mochte solche unerwarteten Vorkommnisse nicht. Etwas stimmte nicht, sie konnte es riechen.

Liz bellte fast gleichzeitig: „Welche Befugnis hast du, das zu tun?“

Der Mann schien nicht beunruhigt und antwortete ruhig: „Ich bin Baxter. Ich bin über Tier 40 und ein Heiler im Dienste des Kaisers. Ich kann alle Geheimnisse, die ihr in einem Kampf preisgebt, genauso bewahren. Ein Geheimnis.“

Liz war kurz davor, wegen dieser unverhohlenen Lüge zu schreien und Nachrichten zu schicken. Der Kaiser hatte nur einen persönlichen Heiler, nicht so viele, wie dieser Mann andeutete, und sie kannte die Heiler des Kaisers. Er war *ihr* Heiler gewesen, als sie aufwuchs.

Dieser junge Mann war *nicht* der Harvest Moon. Moon war alt und faltig. Sie kannte ihn nur aus ihrer Zeit im Palast, die nicht sehr lang war, aber sie hatte Onkel Manny ab und zu ein paar Wochen lang besucht. Sie hatte Moon oft genug getroffen und mit ihm interagiert, um zu wissen, dass er es nicht war.

Als sie eine Nachricht erstellte, um Hilfe zu rufen, erhielt sie eine Nachricht von Moon: „Ich bin undercover, also vermassele es nicht für mich."

Liz hielt inne. Er klang wie der Moon, den sie kannte, und Nachrichten zu fälschen war unglaublich schwierig. Eine schnelle Überprüfung ergab, dass die ID mit der alten ID von Moon übereinstimmte, also schickte sie ihm eine Testfrage.

„Wie oft habe ich mir den Arm gebrochen, und wie oft hast *du* mich geheilt?"

Die Lippen des Mannes zuckten, als er antwortete: „Du hast dir zweimal das Bein gebrochen, als du vom selben Dach gefallen bist und versucht hast zu fliegen. Einmal mit einem Bettlaken, nachdem der erste Versuch ohne gescheitert war. Und du bist in meinem Garten im kaiserlichen Palast gelandet. *Zweimal*. Versuch nicht, *mich* auf die Probe zu stellen, Kind."

Liz schwor sich, dass sie einen Hauch Spaß aus der Nachricht herauslas.

Sie lächelte bei der Erinnerung daran. Sie hatte gedacht, wenn Mama ein Vogel war, dann müsste sie auch fliegen können. Als der erste Versuch nicht klappte, wurde ihr klar, dass sie keine Flügel hatte. Das *musste* das Problem sein. Also schnappte sie sich ein Bettlaken, um den Sprung ein zweites Mal zu wagen. Ihre Logik im Alter von drei Jahren war einwandfrei gewesen.

Moon war einer der wenigen, die wussten, dass sie sich beim Fliegen das Bein gebrochen hatte. Onkel Manny und ihre Eltern wussten es ebenfalls, aber sonst niemand. Er könnte zwar immer noch ein Betrüger sein, wenn auch einer mit einer guten Informationsquelle, aber sie hielt es für höchst unwahrscheinlich.

Seine Sprachnachrichten klangen echt, und sie vertraute ihrem kleinen Test.

Sie sagte laut zu den anderen: „Oh, okay. Das ist in Ordnung."

Liz konnte sich das Grinsen nicht verkneifen, das sich auf ihr Gesicht schlich.

Moon, oder *Baxter*, korrigierte sie sich, starrte sie an. Sie schickte ihn zur Seite: „Ich lasse Papa deinen Garten fluten, wenn du gemein zu mir bist."

Seine Lippen zuckten zum zweiten Mal. Aber er ging nicht darauf ein und fragte sie stattdessen: „Jetzt, wo du weißt, wer ich bin, überzeuge deinen Freund, dass er tun muss, was ich verlange."

Matt lachte, als er etwas zu seinen Freunden sagte, das sie nicht mitbekam, während sie mit Baxter sprach, aber Liz wandte sich an ihren Teamkollegen: „Du kannst ihm vertrauen."

Er hielt inne und sah Baxter fragend mit einer hochgezogenen Augenbraue an.

Liz zuckte mit den Schultern und schickte eine weitere Nachricht: „Sag es niemandem sonst, aber das ist wirklich einer der persönlichen Heiler des Kaisers, der verdeckt arbeitet. Sprich mit niemandem darüber, der nicht hier war. Aber du kannst ihm vertrauen."

Erst einen langen Moment später schien er widerwillig zu nicken und schaute Liz an.

Sie nahm ihren Platz an Asters Seite ein, winkte den anderen mit der Fuchspfote zu und rief: „Viel Spaß!"

Sie sah zu, wie Matt nach vorne stürmte, während er [Hagel] wirkte und mit seiner Armbrust auf einen seiner Freunde schoss. Der Armbrust-Golem-Arm hatte Matts Freizeit in Anspruch genommen, während er in der letzten Woche getüftelt hatte, und er war so stolz wie ihre Mutter nach dem Wechseln ihres Federnkleides.

Sie hatten vor, die Armbrust bei der Auktion zu verkaufen, aber sie wollten damit warten, bis er sie wenigstens einmal im Kampf eingesetzt hatte. Sie wollten dem Königinnentum den Wert ihrer Kreationen zeigen und einen Bieterkrieg auslösen, da das Königreich, genauer gesagt Juni und der Fürst, ihr Potenzial bereits kennen würden.

Matt hatte sich ein paar Dutzend Waffen geschnappt. Aber anscheinend war es nicht einfach, sie für den menschlichen Gebrauch zu modifizieren und gleichzeitig die Verzauberung zu erhalten. Trotzdem hatte er es nach einigem Herumprobieren herausgefunden.

Liz war überrascht, als ihr Partner Matthew mit seinem Schwert durchbohrte und wollte ihn anschreien, weil er es zu weit getrieben hatte, doch dann stellte sie fest, dass sie sich in einer Konzeptblase befand. Sie wütete gegen Moon durch die schalldichte Wand des Willens. Sie versuchte, sich mit ihrem eigenen Konzept zu wehren, bekam aber nur Kopfschmerzen für ihre Bemühungen.

Wenn sie gewusst hätte, dass er das von Matt wollte, hätte sie nicht zugestimmt, Matt dazu zu drängen. Das erklärte auch, warum er so unsicher aussah.

Da sie keine Möglichkeit hatte, diese miese Show zu stoppen, zwang sie sich, sich zu beruhigen, und sah zu, wie Matt seine Freunde dezimierte.

Sie fluchte erneut über den Heilungsausfall, den er verursachte, während er sich seinen Weg durch sie hindurchschlachtete.

Liz wäre beeindruckt gewesen, wie stark Matt war, aber das schien eher auf einen Mangel an Koordination und Training seitens ihrer neuen Freunde zurückzuführen zu sein.

Ein einfacher [Hagel] konnte ihre Bogenschützin Tara fast den ganzen Kampf über außer Gefecht setzen, und Sam konnte mit ihrem Dolch nicht einmal Matts Rüstung durchbohren. Sie wusste, dass die [Gecrackte Phantomrüstung] stark war, aber dieses Ergebnis blieb weit hinter ihren Erwartungen zurück. Matt hatte sie und ihre Leistungen den ganzen Abend über angepriesen. Sie hatte erwartet, zu sehen, wie Matt verprügelt wurde, und nicht, wie er mit ihnen spielte.

Und wie er mit ihnen spielte. Sie sah es, als er mit Sam und Kyle kämpfte. Warum Kyle eine lächerliche Metallplatte zum Kämpfen benutzte, wusste sie nicht. Sie sah unglaublich unhandlich aus, auch wenn er das Gewicht besser zu bewältigen schien, als sie es gekonnt hätte.

Sie wusste von anderen Kämpfern, die solche massiven Schwerter benutzten, aber nicht ohne einen Flug-Skill oder ein Konzept, um sich zu verankern. Man brauchte Gegenkräfte, um so viel Gewicht herumzuschwingen, was bedeutete, dass es bis zu den späteren Tiers ein ineffektiver Stil war.

Matt brauchte viel länger, um das Duo auszuschalten, als sie erwartet hatte, wenn man seine frühere Leistung betrachtete. Mit den Skills, die er in seine Klinge gezaubert hatte, hätte er den Kampf mit zwei Treffern beenden können.

Als er Tara verfolgte, erlebte Liz ihre erste und einzige Überraschung. Tara konnte ihn verletzen, was an sich schon beeindruckend war, da er mit Tier 5 schon fast mit Tier 7-Angriffen umgehen konnte. Jetzt, wo er Tier 6 war, hatte sie nicht erwartet, dass ein Tier 6 seine Rüstung durchdringen konnte.

Sie hielt Tara für die Stärkste im Team.

Als der Kampf zu Ende war, rannte sie hinaus und trat Matt in den Hintern und Baxter gegen das Schienbein.

„Was zum Teufel!? Du hast sie schwer verletzt!" Der Rotschopf wandte sich an Baxter und schrie: „Und du! Was soll der Scheiß!? Du hättest nicht zulassen dürfen, dass ihnen Gliedmaßen abgetrennt werden. Sie werden wochenlang außer Gefecht gesetzt sein, weil sie nicht heilen können! Wie dilettantisch bist du? Du solltest es besser wissen! Idiot!"

Sie hatte die Idee, seinen Garten bei der ersten Gelegenheit abzufackeln, bereits in ihrem Kopf zementiert. Das war unglaublich unprofessionell von ihm. Melindas gesamtes Team würde wochenlang außer Gefecht gesetzt sein, selbst nachdem Baxter sie geheilt hatte.

Melinda trat vor und sagte beschwichtigend: „Keine Sorge, mein Talent verleiht allen Heilzaubern, die ich wirke, Übergesundheit. Wir kommen schon klar."

Liz hielt inne und erinnerte sich daran, was Matt über seine Freunde und Manny gesagt hatte. Einer von ihnen hatte ein Talent, das er so sehr wollte, dass er ihnen am PlayPen eine Nachricht geschickt hatte. Sie konnte ihr Gesicht nicht neutral halten, als sie darüber nachdachte, was dieses Talent war.

Ein Talent, das jeden Heilungs-Skill mit Überheilung versorgte, erklärte sowohl sein persönliches Interesse als auch, warum er die beste Heilerin als Mentorin für Melinda geschickt hatte.

Übergesundheit war einfach zu nützlich, und dass man damit jeden Zauber wirken konnte, war unerhört. Sie war sich sicher, dass Manny Melinda mit Argusaugen beobachtete. Wahrscheinlich aktualisierte er seine Kopie ihres Talents jedes Mal, wenn sie ein Tier aufstieg.

Liz zögerte einen Moment lang, nachdem sie aus ihrer Trance erwacht war. Sie überlegte, ob sie ihnen von ihren Eltern erzählen sollte, aber ein kleiner Teil von ihr hatte Angst, dass sie sie anders sehen würden. Sie hatte nur eine einzige Nacht, in der sie von ihnen als Freundin behandelt wurde, und wollte das nicht so schnell aufgeben.

Es war nicht fair, diese Information nach einer Enthüllung wie der von Melinda zurückzuhalten, aber die Angst ließ sie über ihre Eltern schweigen. Sie war sowohl auf sich selbst als auch auf Moon wütend. Sie starrte ihn an – das war schließlich viel einfacher als Selbstreflexion.

Er konnte ihr nicht von seinem Plan erzählen, aber er hätte ihr sagen können, dass sie sich keine Sorgen machen solle.

„Matts Freunde sind auf dem Papier das perfekte Team. Sie haben alle traditionellen Rollen des Rift-Delve, aber mit Melindas Talent haben sie ihr Potenzial verschenkt. Sie mussten wachgerüttelt werden, und genau darum habe ich Matt gebeten. Ich habe ihn auch gebeten, diese Rolle zu spielen. Ich muss sagen, du hast da einen tollen Freund gefunden. Ich habe aufgrund des riesigen ‚Nicht anfassen' auf euren Profilen angenommen, dass er stark ist, aber selbst ich bin überrascht."

Seine Nachricht war in einem beruhigenden Ton geschrieben, der jedoch keine Wirkung auf sie hatte. Liz ließ sich auch nicht von Moons Lob für ihren Matt ablenken.

Sie könnte später stolz auf ihn sein. Sie erwiderte: „Und wenn sie ihn jetzt hassen? Das ist nicht in Ordnung!"

„Das werden sie nicht. Ich habe darauf geachtet, das Gespräch darauf zu lenken, wie sie besser werden können. Und nach dem, was ich gehört habe, hat es funktioniert."

Matt sah zögernd aus, als sie um eine Revanche baten.

Liz ging zur Seite und beobachtete eine Wiederholung des letzten Kampfes. Matt ließ einen Pfeil vom Boden abprallen und traf Vinnie, der sich zum Schutz seines Oberkörpers hinter einer erhöhten Erdplatte versteckte. Nachdem die einzige Person, die ihn in die Falle locken konnte, verschwunden war, war dieser Kampf genauso schnell erledigt wie der vorherige.

Baxter nickte Liz zu und schickte ihr eine Nachricht. „Du musst ihnen klarmachen, dass sie hart arbeiten müssen. Ein Kampf, bitte, und ich lasse euch alle trainieren oder tun, was auch immer ihr sonst wollt."

Liz übergab Aster an einen verlegenen Matt und übernahm das Feld.

Ihre Rüstung war mit Rissen und Blutspritzern übersät, aber ihre Haut war vollkommen intakt. Liz verstand, wie sie so mittelmäßig sein konnten, während sie der Kurve so weit voraus waren.

Melindas Talent war auf so vielen Ebenen absurd. Sie wusste alles über Überheilung und wie selten und mächtig dieses Talent war.

Liz schloss für einen Moment die Augen und beruhigte ihre Gedanken. Nach ihrem Kampf würde sie ihnen zurückzahlen, was sie vorhatte. Sie konnte die Hoffnung in ihren Augen sehen. Sie dachten, Matt sei die Ausnahme und der härteste Brocken im Team.

Sie hatten Unrecht.

Wenn sie lernen und wachsen sollten, musste sie ihnen zeigen, dass es auf Tier 6 mehr Macht gab, als sie derzeit besaßen.

Sie öffnete die Augen, als der Countdown bei Null angelangt war, und zog ihren Handschuh an. Die Blutquelle war wie eine Lache, und sie zog alles in einer Welle heraus.

Die erste Welle lenkte den ersten Pfeil ab, den Tara abfeuerte, und sie floss mit ihm, während sie das Blut und sich selbst vorwärtstrieb. Schnell überspülte sie Mathew und lenkte das Blut, um ihm mit einer sanften Hand die Kehle aufzuschlitzen.

Er war raus, bevor sie mehr als einen halben Zentimeter tief schneiden konnte, wofür sie dankbar war. Sie wäre stinksauer auf Moon gewesen, wenn er sie gezwungen hätte, ihnen wirklich weh zu tun.

Weitere Pfeile versuchten, ihr eisenverstärktes Blut zu durchschlagen, aber mit einem Gedanken formte sie ihr Blut zu einer menschlicheren Form und schleuderte fünf [Blutkugeln] auf die übrigen Mitglieder des Teams. Ohne zu zögern, ließ sie fünf [Blutspeere] folgen, die dorthin zielten, wo sie erwartete, dass jeder von ihnen ausweichen würde.

Zwischen den beiden Angriffen waren sie alle „tot" und wurden weniger als fünfzehn Sekunden nach Beginn des Kampfes herausteleportiert.

Sie zog ihr gesamtes Blut zurück in ihren Handschuh und stand still da. Keiner sagte etwas, bis Baxter ankündigte, dass er sie privat trainieren lassen würde.

Hoffentlich hat sie das nicht entmutigt.

Melinda rief mit einer Entschlossenheit, die Liz als grimmig empfand, etwas zu tun, dessen Ausgang sie bereits kannte.

„Wir müssen auch gegen Aster kämpfen."

Aster schaute verwirrt, aber nachdem Matt ihr etwas zugeflüstert hatte, huschte sie auf das Feld.

Als der Countdown bei Null angelangt war, sprang sie auf und nach vorne und wirkte Eis vor sich her. Sie kopierte Matts Einsatz von [Hagel], um Taras Pfeile zu blockieren. Sie nutzte ihre kleine Gestalt und Beweglichkeit, um sich in die Mitte der Formation vorzuarbeiten. Als sie die Mitte erreichte, gab es einen Frostblitz, und das gesamte Team wurde von den dornigen Ranken eingeschlossen und eingefroren. Rosen blühten auf, als das Leben aus ihnen herausgesaugt wurde. Es war ein wunderschöner Anblick.

Sie waren nicht mehr auf dem Eis und bliesen Trübsal, als Aster herüberlief und versuchte, ihre Stimmung mit ihren üblichen Mätzchen aufzuheitern.

Matt gesellte sich zu Liz und fragte leise: „Es macht dir doch nichts aus, ihnen zu helfen, oder?"

Sie starrte ihn an, milderte aber ihren Blick. Er war nicht derjenige, auf den sie wütend war. Diese Person war verschwunden, als sie das Ende des Kampfes sah. Sie war sich sicher, dass er irgendwo auf der Lauer lag, aber sie würde ihn nie finden, wenn er sich verstecken wollte.

Liz marschierte hinüber und wurde von einer sehr streng dreinblickenden Melinda empfangen.

Sie sprach, bevor Liz es tun konnte: „Wir sind scheiße im Vergleich zu euch."

Liz wollte nicht zustimmen, denn das wäre geschmacklos gewesen, aber es stimmte.

„Wir sind so weit gekommen, weil wir einander gepusht und trainiert haben."

Matt machte ohne Pause da weiter, wo sie aufgehört hatte. „Und wir können helfen. Wir können Sparring machen, ohne uns Gedanken über Verletzungen oder Mana-Kosten zu machen."

Liz inspizierte die Gesichter von Melindas Team und seufzte innerlich, als Mathew als Erster aufstand. Er sagte: „Das ist eine gute Sache. Wir haben eine Schwachstelle gefunden und eine perfekte Gelegenheit, sie zu beheben. Dieser Krieg wird nicht kurz sein, also solange wir uns bemühen, besser zu werden, wenn wir Freizeit haben, können wir das in Ordnung bringen."

Er sah unbeholfen aus, als er fragte: „Ich will mir ja nichts anmaßen, aber wir können doch danach sparren, oder?"

Liz schenkte ihm ihr sanftestes Lächeln, als sie sagte: „Wozu sind Freunde da, wenn nicht, um einander zu helfen?"

* * *

Luna sah zu, wie ihre Schützlinge mit einer Liste von einer Million Vorschlägen und Kritikpunkten kämpften. Für einen Moment war sie beeindruckt von Matts Umgang mit seinem Konzept. Das hatte er im Kampf noch nicht geübt.

Aber dann übernahm der Drang, ihre Schützlinge zu verbessern, die Oberhand und sie begann, die Schwächen in der Nutzung seiner Skills zu bemerken. Moonie sagte ihm, er solle mit ihnen spielen, also bemerkte sie nicht, wie er den Kampf verlängerte, aber er hätte es geschmeidiger gestalten können.

Ordentlicher.

Mit der anderen Hand schrieb sie eine Liste von Dingen auf, an denen das andere Team arbeiten könnte. Sie benötigten Hilfe, und das Bedürfnis, ihnen zu helfen, ihr Potenzial auszuschöpfen, nagte an ihr.

Nur ihre lange Übung darin, ihre Zwänge zu kontrollieren, erlaubte es ihr, sich zurückzuhalten und sie zu zwingen, besser zu werden.

Als der letzte Kampf zu Ende war, hielt sie inne und hörte, was Liz sagte.

„Wozu sind Freunde da, wenn nicht, um einander zu helfen?"

Sie hörte für einen Moment auf zu schreiben. Harvest betrat ihren Wirkungsbereich und setzte sich still neben sie, damit sie einen Moment der Ruhe genießen konnte.

Sie waren alte Freunde, und er kannte sie gut genug, um einen seltenen Moment der Ruhe zusammen zu genießen.

„Übernimmst du den Posten des Managers?", fragte sie.

„Wenn sie es bis Tier 10 schaffen, vielleicht. Wo ist der Rest deines Teams?"

„Kurt und das neue Mädchen machen eine Pause."

Luna schüttelte den Kopf. Sie musste dem Drang widerstehen, sich in die Gestalt eines Tieres zu verwandeln. Der Heiler neben ihr strahlte das gleiche Gefühl aus, das Monde ausstrahlten, und sie wurde nach ihrer Liebe zu diesem Gefühl benannt.

Sie hatte ihre Gefährtin Nora an das Alter verloren, weil sie nicht schnell genug vorangekommen war und sich nicht genug angestrengt hatte. Das trieb sie an, dafür zu sorgen, dass andere ihr Potenzial ausschöpften.

Mit einer Willensanstrengung hielt sie sich davon ab, sich in die Vergangenheit zurückzuziehen und konzentrierte sich auf die Gegenwart.

Sie *musste* verhindern, dass andere denselben Fehler machten wie sie und Nora. Deshalb setzte sie ihre Teams so sehr unter Druck. Nora war daran gestorben, dass sie kein Konzept hatte und nicht in der Lage war, Tier 15 zu erreichen. Zu Beginn ihrer Karriere reichte das aus, um bei Verstand zu bleiben. Aber als sie in bessere Teams aufstieg, reichte es nicht mehr dazu, das Biest in ihrem Inneren zu beruhigen, das von allen die größten Anstrengungen verlangte.

Nein, sie musste von ihnen verlangen, härter und schneller zu werden. Je besser sie waren, desto mehr konnten sie sich weiterentwickeln und desto stärker konnten sie werden.

Vergeudetes Potenzial zu sehen, war wie ein Messerstich, und das Team der kleinen Heilerin zu sehen, war wie eine Zerreißprobe. Die Verschwendung von Potenzial war *so* schlimm. Sie hatten so viel zu bieten, aber sie warfen es weg, als wäre es nichts wert.

Sie wussten nicht, dass es alles und noch viel mehr wert war.

Die Tatsache, dass ihr Team die Initiative ergriff, um zu helfen, und dass das Team der Heilerin ebenfalls versuchte, ihren Fehler zu korrigieren, beruhigte sie etwas. Freunde waren das Einzige, was einen am Leben hielt, sobald man unsterblich geworden war, und zu viele Menschen verloren ihre Freunde auf diesem Weg. Zu viele waren zu sehr mit sich selbst beschäftigt, um über ihren eigenen Tellerrand zu blicken. Sie war froh, dass ihre Schützlinge bereit waren, zu helfen.

Sie sah Harvest an und sagte: „Du siehst dumm und jung aus.“

Er rollte mit den Augen. „Es ist zu anstrengend, hin und her zu wechseln. Find dich damit ab.“

Es war schwierig für ihn, einfach zu ändern, wie alt er aussah? Der Mann war Tier 47! Kosmetische Veränderungen an seinem Körper zu machen, hätte so einfach sein müssen wie Atmen. Möglicherweise sogar einfacher, falls er überhaupt noch atmete. Luna dachte über einige Übungen zur Körperveränderung nach, von denen er profitieren könnte, und entschied sich dann für eine, von der der Mann *am meisten* profitieren würde.

Als sie ihm das Papier reichte, schaute er es nur kurz an, und in einem Blitz des Mondlichts war es weg. Er zeigte ihr den Mittelfinger und sagte: „Du bist obsessiv.“

Darauf hatte sie keine Antwort parat.

Sie sahen zu, wie die Kinder zu sparren begannen, während sie von Matt und Liz korrigiert wurden. Ihre Korrekturen waren nicht perfekt, aber Melindas Team brauchte keine Perfektion. Sie konnte die Mischung aus Verlegenheit und Wut sehen, die sie antrieb, und machte sich eine Notiz, um zu überprüfen, ob sie weiter vorwärts kamen. Sie musste wissen, ob sie sich so verbessern würden, wie sie es für möglich hielt.

„Sie wird die Kriegsführung für das Imperium verändern, nicht wahr?“

Er seufzte neben ihr. „Sie hat das Potenzial. Mehr als wir es hatten.“

Luna dachte darüber nach. Sie hatte Tausende Kraftwerke erschaffen, und er hatte die anderen Großmächte zu einem neuen Abkommen über Heilstationen gezwungen, nachdem seine angegriffen worden war. Er schlachtete die angreifende Armee in einer einzigen Nacht während der Herbsttagundnachtgleiche des Planeten ab. Daher auch der Spitzname.

Harvest Moon war wortwörtlicher gemeint als die meisten annahmen.

„Ich hoffe, dieser kleine Weckruf wirkt wie beabsichtigt. Sie hat ein unglaublich nützliches Konzept, das sie sich weigert, zu benutzen. Ich hoffe nur, dass sie es nutzen kann, um zu wachsen."

Luna schob sie vorwärts, bis sie im Gesicht der Blondine war. Sie untersuchte sie sowohl mit ihren geistigen Sinnen als auch mit ihren Augen.

„Sie sieht getrieben aus. Zumindest im Moment. Wir werden sehen, ob sie das beibehalten können. Der Krieg kommt, und sie könnte nützlich sein."

Harvest sah sie an und klopfte ihr auf die Schulter. „Deine Neuen sind genauso beeindruckend. Vielleicht sogar noch mehr. Ich kann mir eine *endlose* Liste von Dingen vorstellen, für die sein Talent genutzt werden könnte, wenn es so funktioniert, wie ich denke. Auch das Potenzial außerhalb des Kampfes ist wild."

Sie ignorierte seinen schlechten Versuch, einen Witz zu reißen, und brachte sie zurück zu einem höheren Aussichtspunkt.

„Er könnte großartig sein. Ich werde dafür sorgen, dass er dem gerecht wird."

„Hast du Mara und Leon erzählt, dass du ihre Tochter betreust?"

Das brachte sie zum Lachen. „Die Hohlköpfe sind mir aus dem Weg gegangen, nachdem ich ihre Spielkämpfe kritisiert hatte, als sie über mein Haus gezogen sind. Sie bedeckten meinen Platz zum Sonnenbaden, also ging ich hinauf und machte dem ein Ende. Ich ließ Mara eine Woche lang als meine Wärmelampe fungieren. Anscheinend weckte das schlechte Erinnerungen an ihre Zeit unter meiner Anleitung und seitdem meiden sie mich."

Darüber lächelte sie. Sie war stolz auf ihre Arbeit mit dem Duo. Sie war stolz auf das, was sie aus ihnen erreicht hatte. Ihre Tochter schien alles zu sein, was sie waren und mehr. Trotz ihrer gegensätzlichen Neigungen verfügten sie über ein erstaunliches Kampfpotenzial, aber in ihren Köpfen war kaum Platz für etwas Ernstes.

Ihre Tochter war sowohl stark als auch eine Denkerin.

Luna wollte das ihren ehemaligen Schützlingen und jetzigen Freunden unter die Nase reiben.

Sie verwandelte sich in ihre Katzengestalt und rollte sich unter Harvests Aura zusammen. Zu sehen, wie Freunde einander halfen, reichte aus, um das rasende Verlangen lange genug für etwas Schlaf zu beruhigen.

Schlaf war so selten für sie, aber sie schätzte ihn. Wenn sie schlief, träumte sie, und wenn sie träumte, hatte sie Nora.

* * *

Matt wich Kyles Angriff aus und schlug ihm mit der flachen Seite seiner Klinge gegen den Innenschenkel. Kyle schrie nicht auf und versuchte stattdessen, Matt mit einem aggressiven Rückschwung zu treffen.

Sie machten Sparring und arbeiteten an seinem Stil, denn Matt war der Einzige, der es mit seiner reinen Kraft aufnehmen konnte.

Er fühlte sich immer noch schlecht dafür, was er ihnen angetan hatte, und hatte sich bei jedem von ihnen entschuldigt. Keiner von ihnen schien wütend auf ihn zu sein, sondern vielmehr auf sich selbst.

Das rückte für ihn auch ihre Fortschritte in ein anderes Licht. Sie hatten sich zurückgehalten, und obwohl sie ihm in der Kultivierung etwas voraus waren, sollten sie mit ihren Talenten bereits wie Tier 7 kämpfen. Er wusste, dass es nicht fair war, wenn man bedachte, dass sie nur begrenztes Mana für das Delve ausgeben konnten. Doch sie hätten eigentlich einen Tier höher kämpfen können, wenn sie an ihren Kampfkünsten gearbeitet hätten.

Ihr Kampf hatte ihm die Augen für die harte Realität geöffnet. Als er das Duell begann, erwartete er einen herausfordernden Kampf, in dem er sich nur mit Mühe behaupten konnte. Als sein erster Armbrustschuss und [Hagel] sowohl Vinnie als auch Tara aus dem Kampf genommen hatte, war er überrascht, dass sie nicht mit einer schnellen Eröffnung gerechnet hatten.

Als es ihm gelang, Mathew zu besiegen, und das Talent des Mannes zu negieren, war er enttäuscht.

Als Melinda wie erstarrt dastand, verstand er, was Baxter von ihm wollte.

Er hatte dem Mann nicht wirklich geglaubt, als er sagte, dass sie einen Weckruf brauchten, und hatte es nur getan, weil Liz sich für den Mann verbürgt hatte. Baxter hatte es zwar nicht gesagt, aber Matt ging davon aus, dass er für dasselbe einsprang wie sein eigenes, noch im Aufbau befindliches Managementteam und versuchte, sie unter Druck zu setzen.

Also versuchte er, ihnen zu zeigen, wie weit sie wirklich hinter der Leistungskurve lagen. Er spielte mit Sam, Kyle und Tara. Es gefiel ihm nicht, zu spielen. Er hasste es sogar. Aber er hatte gehofft, dass es ihnen die Sache genau verdeutlichen würde.

Er musste nicht einmal seine KI benutzen, um ihre Angriffe vorherzusagen, da sie nie von den offensichtlichsten Entscheidungen abwichen. Nach den ersten paar Kämpfen schaltete er die KI aus und stellte fest, dass er sie überhaupt nicht brauchte.

Zum Glück schien die Gruppe ihre Lektion gelernt zu haben und versuchten, sich zu verbessern. Das Team hatte die Initiative ergriffen und seine Talente und Skills mit Liz geteilt, die dasselbe tat. Sie war genauso schockiert wie er, wie harmonisch ihre Fähigkeiten waren, trotz aller Schwäche.

Sie waren sich einig, dass Melindas Team sie theoretisch öfter schlagen sollte als andere. Sie hatten so viel Nutzen und Schaden, den sie ausnutzen konnten. Sie verließen sich einfach zu sehr auf ihre Kultivierung und Melindas Heilung. Sie hatten die Essenz, aber nicht die Erfahrung.

Matt war entschlossen, ihnen dabei zu helfen, weiterzukommen. Er stellte das

Team, das im PlayPen so hart gearbeitet hatte, dem Team gegenüber, das gegen sein eigenes nichts ausrichten konnte. Er sah die verletzten Blicke in Sams und Vinnies Augen und die Wut und den Schmerz in den Augen des restlichen Teams. Da war etwas, das er für Entschlossenheit hielt, aber er war sich nicht sicher, ob er nur hoffte, das zu sehen.

Dennoch war er entschlossen, ihnen zu helfen, wo er nur konnte. Er dachte darüber nach, sie in die frisch entstandenen Rifts zu schicken, damit sie sich daran gewöhnten, ohne Leitung zu kämpfen. Er verstand, dass sie damit die Gefahr verringern wollten, aber anscheinend *brauchten* sie jemanden, der sie leitete.

Dass sie auf der anderen Seite des Krieges standen, schien plötzlich eine gute Sache zu sein. Er wusste, dass es auf ihrer Seite einige Kraftpakete gab, allein durch den Golem-Krieg. Auf beiden Seiten gab es viele Menschen, an denen Matt sehen konnte, wie sie ihre Fähigkeiten und Skills trainierten.

Er und Liz beschlossen außerdem, den Rest ihres neuen Kriegskommandos zu einem oder zwei Sparrings einzuladen. Das würde zwar bedeuten, dass er und Melinda ihre Talente verstecken müssten, aber es wäre gut, ihnen andere starke Pfadgänger zu zeigen.

Sie kämpften stundenlang, wobei sie sich darauf verließen, dass Matt alle mit Mana auffüllte und [Ausdauer] nutzte, um weiterzumachen, wenn die Erschöpfung sie normalerweise zum Aufhören gezwungen hätte.

„Lasst uns duschen gehen und uns für die Auktion treffen. Ich habe gehört, dass es verrückt werden soll."

Vinnie starrte auf den Boden und sagte: „Wir haben nicht einmal Punkte zum Ausgeben. Was soll das bringen?"

Matt gefiel der besiegte Tonfall seiner Freundin nicht. „Gegenstände werden auch für Manasteine verkauft. Außerdem ist es nützlich, wenn man sieht, was zum Verkauf steht. Unser Kontaktmann und Anführer hat angedeutet, dass das Königreich Gegenstände kauft, um sie gegen Missionen einzutauschen, bei denen eine hohe Wahrscheinlichkeit des Todes besteht, als eine Art Entschädigung. Vielleicht seht ihr etwas, das euch gefällt."

Er stieß Vinnie an und grinste ihn an. „Komm schon, das wird bestimmt eine nette kleine Party."

Melinda stand auf und streifte ihre Rüstung ab. „Wir haben nur die Skills, die du uns zum Tauschen gibst, und das können wir auch tun, ohne persönlich anwesend zu sein. Ich glaube, wir brauchen die Nacht für uns."

Sie sah ihn an, und obwohl es ihr leid tat, sah sie dennoch entschlossen aus. „Tut mir leid, Matt. Nächstes Mal. Und lass uns für morgen ein weiteres Sparring planen. Okay?"

Matt wollte sagen, dass er ihnen alles kaufen könnte, was sie brauchten, aber er war sich ziemlich sicher, dass er nahe an das herankam, was er als Sucher-Äquivalent geben durfte. Außerdem glaubte er nicht, dass sie sein Geld brauchten oder gar wollten. Ihnen bei der Ausbildung zu helfen, schien die deutlich bessere Option zu sein.

So wie Tara und Vinnie ihre Gegenstände ansahen, bereute er seine Geschenke zwar nicht, aber sie fühlten sich dadurch nur noch schlechter, weil sie nicht mithalten konnten.

Das Letzte, was Matt tun wollte, war, eine Schwäche durch Abhängigkeit von ihm zu ersetzen, um sie kompetent zu halten. Er wusste, dass sie auch allein großartig sein konnten.

Matt hoffte nur, dass er mit seinen Geschenken nicht mehr Schaden als Nutzen angerichtet hatte. Seine Freunde sahen nach ihrem Kampf aus wie aufgeblasene Luftballons, und sie schienen sich nach dem Sparring nur wenig zu erholen.

Nachdem das geklärt war, gingen er und Liz leise zurück in ihre Zimmer. Ihre Stimmung war düster, als sie sich von dem Ort entfernten, an dem die Plattform der Arena sie abgesetzt hatte. Sogar Aster schien die Stimmung zu spüren; sie bettelte nicht einmal um ein Eis, als sie an einem Laden vorbeikamen.

Keiner von beiden sagte etwas, bis Liz fragte: „Glaubst du, das könnte uns auch passieren?“

Matt sah verwirrt aus. „Was meinst du?“

„Ich meine, wenn wir nicht überprüft worden wären und das Managementteam nicht bekommen hätten. Wären wir dann stagniert?“, klärte Liz mit einem besorgten Gesichtsausdruck auf. Matt wollte es sofort verneinen, aber er hielt inne.

Wären wir das?

Wegen Melindas Talent waren sie nachlässig geworden. Er erinnerte sich an die Zeit, bevor sie ihre Tier 3-Talente hatten. Da waren sie viel fleißiger gewesen. Matts Talent machte Verletzungen zwar nicht überflüssig, aber es ermöglichte ihnen, in kürzester Zeit eine große Menge an Essenz zu gewinnen, und das bei minimalem Risiko, wenn sie nur in ihrem Tier delvten.

Jetzt, wo er darüber nachdachte, hatten sie sich bereits schlechte Angewohnheiten angeeignet. Wenn der Manager sie nicht gezwungen hätte, hätten sie sich aus diesem Krieg herausgehalten. Sie wären auf Tier 5 geblieben, hätten mit Rifts experimentiert und nach Wachstumsgegenständen gedelvt, nur um reich zu werden.

Matt antwortete langsam: „So sehr ich es auch leugnen möchte, ja. Während unserer Pause fing ich schon an, nachzulassen. Ohne den Manager wären wir länger auf Tier 5 geblieben, als wir es hätten sein sollen. Bei Melindas Talent wäre es tatsächlich von Vorteil, einen Manager zu haben. Baxter scheint diese Rolle ausfüllen zu wollen, aber vielleicht hat er nicht die Autorität, ihnen zu sagen, was sie tun sollen? Warum würde er uns sonst um Hilfe bitten?“

Nach einem Moment des Nachdenkens antwortete Liz: „Ja. Du hast wahrscheinlich recht. Ich habe es auch gespürt. Die Untersuchung war ein größerer Segen, als ich dachte.“

Sie gingen noch einen Moment schweigend weiter, als Liz sagte: „Weißt du, ich wollte etwas über meine Eltern sagen, als Melinda von ihrem Talent erzählte. Ich bin einfach erstarrt und der Moment schien an mir vorbeizuziehen. Tut mir leid."

Er ergriff ihre Hand. Er hatte nicht erwartet, dass sie etwas sagen würde, bevor sie sich wohlfühlte, und auch nicht, dass sie es so bald tun würde. Sie arbeitete daran, aber es war nicht so, als wäre sie von ihrer Angst geheilt, nur weil sie ihm von ihnen erzählt hatte.

„Es muss dir nicht leid tun, also mach dir keine Sorgen. Das ist verständlich. Wenn du dich bereit fühlst, ist das der beste Zeitpunkt, es ihnen zu sagen. Außerdem ist es ja nicht so, dass sie es wirklich wissen müssen."

„Ich weiß, aber es schien mir unfair zu sein. Melinda hat ihr großes Geheimnis mit mir geteilt und ich konnte mich einfach nicht dazu durchringen, das zu erwidern. Aber sie sind gute Menschen. So viel kann ich schon sagen. Ich werde es ihnen auf jeden Fall sagen. Ich muss nur erst den Mut dazu aufbringen." Liz drückte daraufhin seine Hand und nahm Aster aus seinen Armen.

In ihrer Suite angekommen, fanden sie Emily, Annie und Conor vor, die sich entspannten.

Als sie hereinkamen, rief Emily: „Wir haben auf euch gewartet. Geht ihr zur Auktion?"

Liz nickte und sagte: „Wir haben mit ein paar alten Freunden Sparring gemacht. Wir sind in zehn Minuten fertig."

Conor blickte auf seine Uhr: „Es sollte genug Zeit sein. Ich habe gehört, dass die Veranstaltung an einem besonderen Ort stattfindet und die Transporte zur vollen Stunde starten werden. Das ist aber erst in fünfzehn Minuten. Ich will nicht der Letzte sein, der ankommt."

Annie sprang auf und fügte hinzu: „Ja! Das ist unsere erste Auktion dieser Art. Ich habe gehört, wenn man mehr als 1.000 Punkte hat, kann man ein Zimmer für sich allein haben. Wir können unsere Punkte zusammenlegen, um zusammen zu wohnen, oder?"

Emily rollte mit den Augen und Matt bemerkte, dass Annie ihren Blick nicht von Conor abgewandt hatte, der immer noch den distanzierten Blick von jemandem hatte, der mit seiner KI interagierte.

Matt beschloss, ihr bei ihrem Versuch zu helfen, die Aufmerksamkeit des Mannes zu gewinnen.

„Ich finde, das ist eine tolle Idee."

Annie grinste ihn an und zeigte vor Conors Augen verborgen den Daumen nach oben.

„Dann beeilt euch und geht duschen. Wir haben keine Zeit mehr!"

Kapitel 7

Conor hatte recht gehabt: die Gegend war überfüllt. Der gesamte riesige Landeplatz, auf dem die Shuttles der Pfadgänger landeten, war voller Menschen.

Es warteten bestimmt zehntausende. Matt warf einen kurzen Blick auf die Straßen und konnte nichts anderes sehen als noch mehr dicht gedrängt stehende Menschen. Wenn man bedachte, dass sie gerade erst durch diese Straßen gelaufen waren, verblüffte ihn das plötzliche Auftauchen der Menschenmenge.

Sie gingen die Stufen hinunter und kämpften sich bis zum Rand der Grasplattform vor. Annie versuchte, etwas zu sagen, aber der Lärm des Mobs um sie herum war zu laut, um ihn zu übertönen.

Sie gab auf und zuckte mit den Schultern. Offenbar war es nicht wichtig genug, um sie über ihre KI zu informieren.

Sie warteten fast zehn Minuten, bevor alle aufblickten und Matts Aufmerksamkeit auf sich zogen. Ein Schwarm flacher Shuttles flog durch die Luft. Sie sahen aus wie fliegende Steinplattformen mit Geländern.

Die steinernen Plattformen schwebten über der Menge, und es ragten Leitern heraus, auf denen die Leute hochklettern konnten. Matt tastete die Plattformen mit seinen spirituellen Sinnen ab und stellte fest, dass die Aura jeder Plattform so dicht war wie die eines Tier 15. Diese Teile waren geistig schwer.

Er und sein Team waren fast die Letzten, die die Plattform betraten, und sie wurden gegen das äußere Geländer gepresst. Die fliegende Plattform hob mit einer Geschmeidigkeit ab, die Matt überraschte. Es gab ein Schild, das den turbulenten Wind zu stoppen schien, aber auch den Luftwiderstand beseitigte. Es war eine interessante Formation. Matt versuchte herauszufinden, wo sich die Runen befanden, um zu sehen, ob er sie vielleicht entziffern konnte.

Zu seiner Überraschung fand er sie tatsächlich, aber sie waren von einer Art Sicherheitsschicht verdeckt, die ihre Form jedes Mal zu verändern schien, wenn er sie ansah. Als er versuchte, durch die verdunkelnde Schicht zu blicken, bekam er sofort Kopfschmerzen und ein flaues Gefühl im Magen.

Er merkte, dass es sinnlos war, weiterzumachen, also lenkte er seine Aufmerksamkeit wieder darauf, über den Rand der Plattform zu schauen und den Blick auf das vorbeiziehende Meer zu genießen.

Er rief: „Ich bin in einer Küstenstadt aufgewachsen. Die Wohnung meiner Eltern lag direkt am Wasser. Ich liebte es, die Wellen zu beobachten. Das war immer beruhigend."

Der Rest seines Teams nahm nicht viel Notiz davon, als er das erzählte, aber ihm entging Liz' überraschter Blick nicht. Er sprach nie über seine Eltern. Er lächelte sie an und schaute wieder auf das vorbeiziehende Wasser. Die Zeit auf den Inseln hatte ihm eine neue Wertschätzung für die Aussicht gegeben, von der er gar nicht wusste, dass er sie vermisst hatte.

Emily fügte hinzu, während sie Matts Blick folgte: „Wir sind oft zum Spielen an den Strand gegangen. Wir sind auf einem Planeten aufgewachsen, der mehr Inseln als alles andere hat. Ein bisschen wie ein Urlaubsplanet. Das Wasser hat etwas Friedliches an sich. Meistens schliefen wir ein, während wir dem Wasser zuhörten, das gegen die felsigen Strände prasselte."

Annie schaute zu Conor, der nach einem Moment hinzufügte: „Ich bin auf einem Tier 25-Planeten aufgewachsen, also habe ich in einer Stadt im Landesinneren gelebt. Ich habe den Ozean erst gesehen, als ich mich dem Pfad angeschlossen habe, nachdem ich auf eine Planeten gekommen war, in der die Städte nicht verteidigt werden konnten. Ich habe ein halbes Jahr damit verbracht, einen Wassergraben mit vielen kleinen angreifenden Fischen zu erforschen. Allerdings gab es dort eine unglaubliche Fischsuppe. Ich glaube, ich habe sie einen Monat lang jeden Tag gegessen."

Die große Frontlinerin seufzte, und alle sahen Liz an. Auch Matt. Er war gespannt, was sie sagen würde.

„Ich bin in der Hauptstadt aufgewachsen."

Annies und Emilys Augen wurden groß, als sie sie fast gleichzeitig unterbrachen.

„Die *Hauptstadt*? Wie die des Imperiums?"

„Wow. Das ist eine Tier 47-Welt."

Conor hob nur eine Augenbraue und stellte die gleiche Frage. Matt war gespannt, wie sie die Sache angehen würde. Er hätte nicht gedacht, dass sie ihnen von ihrer Herkunft erzählen würde. Er war überrascht, dass sie überhaupt so viel erzählt hatte.

Liz zuckte mit den Schultern, als wäre das nicht wichtig.

„Wenn du nicht das Kind eines Machtzentrums bist, ist der größte Teil des Planeten ausgespielt und abgeschottet."

Conor nickte, als hätte er verstanden, aber Annie und Emily sahen interessiert aus, also erklärte Liz: „Es gibt die drei großen Gilden, die jeweils zwei Tier 47-Rifts haben. Das Imperium kontrolliert den Rest, sechs davon sind für die Unabhängigen, die sich weigern, sich an den weltlichen Angelegenheiten zu beteiligen, und der Rest steht unter dessen direkter Kontrolle. Selbst dann ist es immer noch ein Tier 47-Planet. Es gibt einfach keine Rifts unter Tier 40. Es ist zu schwer, das Mana und die Essenz aus ihnen herauszuhalten, also kannst du nicht wirklich vorankommen, wenn du jung bist und nicht die Umgebungsessenz absorbieren willst. Die meisten Kinder werden auf einen anderen Planeten im Soren-Sternensystem gebracht."

Sie fuchtelte mit ihren Händen herum, als wüssten sie nicht, wie Planeten kreisten.

„Die Hauptstadt wird von einem Dutzend Planeten umkreist, die alle versuchen, Tier 47 zu erreichen, indem sie die Essenz nutzen, die von der Hauptstadt selbst abstrahlt. Einer von ihnen ist erst Tier 15, was ihnen erlaubt, systeminterne Teleporter zu benutzen, und das bietet den Kindern Rifts zum Delven. Aber selbst das ist für die meisten nicht wirklich zugänglich. Es gibt einfach zu viele Leute und nur eine begrenzte Anzahl von Rifts, also werden die meisten Kinder auf nahegelegene Planeten mit niedrigeren Tiers geschickt. Ich hatte das Glück, dass mir ein Platz auf dem Pfad angeboten wurde und ich einen Platz zum Delven bekam. Als ich Tier 3 erreicht hatte, bin ich so schnell wie möglich abgehauen."

Annie sagte: „Das muss unglaublich sein. Hast du jemals den Kaiser oder einen der Royals gesehen?"

Matt musste sich sein Grinsen verkneifen. Liz verriet nichts, aber sie erstarrte für einen Moment, bevor sie sagte: „Ein oder zwei Mal. So besonders ist das nicht. Ich finde die Planeten, die nicht nur aus riesigen Städten bestehen, viel beeindruckender. Oder zumindest viel abwechslungsreicher. Es kann einsam sein, wenn man als Kind von Leuten umgeben ist, die dreißig Tiers oder höher sind als man selbst. Ich hatte nicht wirklich viele Leute in meinem Alter, mit denen ich spielen konnte."

Er griff nach ihr und streichelte ihren Rücken. Matt war stolz auf sie, dass sie so viel mit ihm teilte.

Bevor sie mehr sagen konnten, neigte sich ihre fliegende Plattform nach unten und sie tauchten sanft in die Wellen ein. Matt war überrascht, denn wenn er die Veränderung nicht gesehen hätte, hätte er nicht mitbekommen, wann sie von der Luft ins Wasser wechselten. Die fliegende Plattform änderte ihr Tempo nämlich kein bisschen.

Er streckte die Hand aus, um das rauschende Wasser zu berühren, aber Liz zog seine Hand zurück und sagte mit einem verschmitzten Lächeln: „Schau zu."

Er und sein Team gehorchten. Keine zehn Sekunden später streckte jemand anderes seine Hand durch die Barriere, nur um gewaltsam herausgesaugt zu werden.

Liz kicherte und als sie die schockierten Blicke sah, zeigte sie auf das Dutzend Leute, die dasselbe taten. „Ich habe diese Art von Shuttles schon einmal benutzt, als ich meinen Onkel besucht habe. Es gab immer ein paar Touristen, die herausgezerrt wurden. Die Shuttle-Piloten machten sogar einen kleinen Wettbewerb daraus. Sie flogen absichtlich in der Nähe von Fischschwärmen, um die Leute dazu zu bringen, die Hand auszustrecken."

Als sie die schockierten Blicke aller sah, verdrehte sie die Augen: „Die kommen schon klar. Wirklich, wenn sie uns unter Wasser bringen, haben sie das erwartet. Da, seht. Das Sammelteam."

Als die Menschen aus dem Blickfeld verschwanden, sahen sie, wie eine andere Plattform sie auffing und in Sicherheit brachte.

Jetzt, wo ihr Leben nicht mehr in Gefahr war, war es sogar irgendwie lustig. Matt lachte, während er auf seine eigenen Finger schaute. Er hätte es ohne zu zögern ausprobiert. Es wäre nur peinlich gewesen, klatschnass auf der Auktion zu erscheinen.

Schon bald sah Matt eine riesige Kuppel, die von ein paar Dutzend kleineren Kuppeln umgeben war, die durch klare Tunnel miteinander verbunden waren. Sie war ein Leuchtfeuer in den dunklen Gewässern.

Ihre Plattform passierte eine schimmernde Barriere, und sie befanden sich wieder in trockener Luft. Matt hätte eigentlich erwarten sollen, dass sich das Gebiet räumlich ausdehnte. Als sie in einer der kleineren Randblasen ankamen, schienen die äußeren Dimensionen nur die eines großen Gebäudes zu sein. Das Innere war in Wirklichkeit eine riesige, vor Luxus triefende Weite.

Die Ränder waren von Balkonen gesäumt, die die gesamte Kugel umgaben. In der Mitte befand sich ein kreisförmiger Bereich, in dem eine schwebende Statue stand, die aus Licht zu bestehen schien. Sie war in die Form einer Ballerina gemeißelt, die in einem Moment ihres Tanzes eingefroren war.

Matt war einen Moment lang fasziniert, bis die wuselige Menschenmenge gegen seinen Rücken stieß. Diesmal mussten sie nicht die Leitern hinunterklettern, denn die Kuppel hatte eigene Anlegestellen für die Shuttles. Als der Ausgang sichtbar wurde, strömten die Passagiere in einer Welle die Rampe hinunter.

Die Schilder bombardierten ihn mit Werbung für alle möglichen extravaganten Waren und Erlebnisse. Es gab alles, von seltenen Weinverkostungen bis hin zu Käsespezialitätengeschäften.

„Wow."

Conors Ausruf passte zu Matts Gedanken. Annie riss ihn mit einem Stupser in die Seite aus seiner Benommenheit.

Er schaute sie verwirrt an, bevor sie ihre Hände mit je drei Fingern zusammenpresste und sie dann trennte.

Matt grinste sie an. Er beschloss, ihr entgegenzukommen, nachdem er das Augenrollen ihrer Schwester bemerkt hatte.

„Dieser Ort sieht unglaublich aus. Wir sollten uns aufteilen, damit wir mehr davon sehen können. Die Hauptauktion beginnt in drei Stunden, wir haben also noch Zeit. Ich sorge dafür, dass wir eine Box bekommen, wie wir vorhin besprochen haben. Warum gehen Conor, Annie und Aster nicht zusammen hin und wir anderen machen unser eigenes Ding. Wir können einander über alles Erstaunliche, das wir finden, informieren."

Aster sprang in Annies Arme und kläffte, was Matt nur zu gut kannte, also sagte er: „Gib ihr nur eine kleine Schüssel Eiscreme. Ich bin mir sicher, dass sie bei dem Bankett nach der Auktion mehr will."

Die Ohren der Füchsin fielen herab, aber Annie küsste sie zwischen den Ohren und sagte etwas, das sie wieder aufrichtete.

Matt ignorierte die Vorahnung und drehte sich um, um mit Liz und Emily zu gehen. Bevor sie gingen, vergewisserte er sich, dass er Aster die Armbinde mit den Farben des Königreichs anlegte, die sie nicht als Stirnband tragen wollte.

Sie hatten alle ihre eigenen Sachen an. Das war zwar keine feste Regel, aber sie war allen Teilnehmern der Auktion dringend empfohlen worden.

Annies Schwester schnaubte, als sie außer Reichweite ihrer Schwester waren, was Liz zu der Frage veranlasste: „Magst du Conor nicht?"

Emily seufzte. „Nein, das ist es nicht. Conor ist viel besser als die letzten Typen, in die Annie sich verknallt hat. Einer hat versucht, uns zu einem Dreier mit ihm zu überreden. Ich meine, komm schon."

Matts Gesicht verzog sich daraufhin.

Liz legte einen Arm um die kleinere Frau und sagte: „Ist es dann nicht gut, dass Conor nicht so ein Typ zu sein scheint?"

Emily nickte daraufhin, zuckte aber mit den Schultern. „Ich denke schon, aber keiner von ihnen war von Anfang an seltsam. Nenn mich einfach eine Pessimistin. Ich habe zumindest nicht gesehen, dass er mich anschaut, wenn er denkt, dass ich nicht hinschaue. Das ist mehr, als ich von den meisten ihrer Schwärme sagen kann."

Die braunhaarige Frau wurde munter und wechselte das Thema. „Was wollt ihr euch ansehen? Ich habe mir einige der Einrichtungen angesehen und es gibt einen Spa-Bereich mit einem Massagesalon. Wir haben nicht genug Zeit, um ihn *wirklich* zu genießen, aber wir haben genug Zeit für eine halbstündige Massage und eine Maniküre-Pediküre."

Liz war von der Idee begeistert. „Ja! Meine Füße stecken immer in Stiefeln. Das würde mir gefallen."

Matt stimmte zu. „Es wird nicht wehtun, das steht fest. Aber die Mani-Pedi lasse ich ausfallen. Ich möchte lieber eine längere Massage genießen."

Sie bewegten sich durch die Blase hinunter in die Mitte der Halle. Sie fuhren einen Tunnel hinunter, der in einem abfallenden Winkel angelegt war, mit einem Schwerkraftaufhebungsgerät, das einen schnelleren Transport ermöglichte. Es machte Spaß, sich die Röhre hinunterzuwerfen und sich am Ende mit einem Salto abzufangen, der ihn mit einem festen *Knall* landen ließ.

Er war versucht, zurückzugehen, nur um die Schwerelosigkeit noch einmal zu erleben. Es war berauschend.

Als er sah, dass die Frauen weitergehen wollten, winkte Matt ab. Sie befanden sich in der zentralen Kuppel, und die schiere Größe des Bereichs machte ihn sprachlos.

Die gesamte Mitte war ausgehöhlt, sodass die Balkone und die immer größer werdenden Boxen, die sich an der Seite des inneren Bereichs entlangzogen, gut zu sehen waren. In der Nähe des Bodens gab es einen Bereich, der wie ein Podest aussah und auf dem Matt nicht enden wollte.

Sie fanden einen Stand, an dem sie eine private Auktionsbox reservieren konnten, nur um herauszufinden, dass sie bereits eine für sie reserviert hatten. Zumindest für Matt und Liz. Nicht für Emily, was sie seltsam fanden.

Als Matt ahnte, was passiert war, schickte er Juni eine Nachricht, in der er fragte, ob er das getan hatte, und erhielt fast sofort eine Antwort mit einem lachenden Gesicht und „Du wirst schon sehen."

Er und Liz glaubten nicht, dass sie in eine Falle gelockt wurden, also beschlossen sie, nicht auf weitere Informationen zu drängen. Nach drei weiteren Transfers durch die schwerelosen Tunnel erreichten sie ihren reservierten Massagetermin.

Die Massage war so, wie Matt sie sich vorgestellt hatte, und mehr. Der Arbeiter grub sich mit kräftigen Fingern in seinen Rücken, während zwei andere gleichzeitig seine Hände und Füße bearbeiteten.

Er war froh, dass er ein Handtuch vor dem Gesicht hatte, denn er war sich ziemlich sicher, dass er am Ende seines Termins sabberte.

Die drei setzten sich tiefenentspannt auf eine Bank in der Nähe einer Mauer und beobachteten die Fische und andere Unterwasserlebewesen, die an ihnen vorbeischwammen.

„Habe ich noch Füße?" Matt hob unter dem Gekicher der beiden Frauen seine Füße.

Er spielte mit. „Ich bin nur sauer, dass ich das noch nie gemacht habe. Ich habe immer gedacht, dass es das Geld nicht wert sein kann. Verdammt, was habe ich mich geirrt."

Als er etwas in der Spiegelung an der Wand sah, drehte sich Matt verwirrt um, bevor er eine riesige Schildkröte hinter sich herlaufen sah. Bei näherer Betrachtung wurde er ein zweites Mal überrascht, als er feststellte, dass die sich nähernde Gestalt tatsächlich eine Schildkröte *war*.

Die Schildkröte war vom Boden bis zum Panzer etwa einen Meter groß, aber stämmig. Die Teile ihres Panzers waren stacheliger als normal und sahen wie kleine, scharfe Hügel auf ihrem Rücken aus, statt wie die glatten Höcker, die er zuvor bei den gewöhnlichen Varianten gesehen hatte. Die freiliegende Haut der Schildkröte sah eher wie eine Schuppe aus und erinnerte Matt mehr an eine Eidechse als an eine Schildkröte. Als das Licht über seinen Panzer und seine Schuppen fiel, reflektierte es wie mattes Metall.

Liz bemerkte seinen Blick, drehte sich zu ihm um und sagte: „Ah, eine Berg-Metallschildkröte. Der arme Kerl wurde in Tiergestalt geboren, das ist irgendwie traurig. Wenigstens scheint er einen Freund zu haben."

Matt schaute nach und sah, dass eine Frau mit lila Haaren und einem breitkrempigen Hut mit der Schildkröte sprach. Woher Liz wusste, dass es sich um eine männliche Schildkröte handelte, wusste er nicht, aber er ging davon aus. Es war eine gute Erinnerung daran, dass das Imperium größer war, als er wirklich wusste.

„Warum tun sie das? Es scheint grausam zu sein."

Liz seufzte. „Ich persönlich würde dem zustimmen, aber es gibt auch Vorteile. Einer davon sind die Wurfgeburten. Man kann mehr Kinder bekommen, wenn man sich in Tiergestalt fortpflanzt. Außerdem ist die Fruchtbarkeit höher, wenn beide Elternteile der gleichen Spezies angehören *und* beide eine Tiergestalt haben. Zudem gibt es den Glauben, dass Kinder, die so geboren werden, stärker sind oder bessere Talente haben. Das lässt sich nicht wirklich bestätigen, aber es gibt genug Anekdoten, um aus dem Gerücht etwas zu machen."

Als er die Farben der Königin auf beiden sah, seufzte Matt verärgert. Er hatte keine Ahnung, wie man gegen eine Schildkröte kämpfte. Sein Panzer schien dick zu sein und aus Metall zu bestehen. Er war froh, dass er eine stumpfe Waffe auf seinem Tier hatte, aber er bezweifelte offen gesagt, dass sie ihm gegen einen Panzer, der zur Verteidigung gedacht war, etwas nützen würde.

„Werden ihre Talente nicht durch ihre Art bestimmt? Wie bei Aster?"

Liz bewegte ihre Hand und sagte: „Ja und nein. Sie haben einen menschlichen Verstand, also haben sie einzigartige Talente, die aber in der Regel etwas mit ihren rassischen Talenten zu tun haben. Es ist aber auch schon vorgekommen, dass ganz andere Talente aufgetaucht sind. Diese Praxis ist mittlerweile ein Tabu, aber es kommt immer noch vor."

Nachdem sie sich von ihren Massagen erholt hatten, schlenderten die drei herum und naschten von den verschiedenen Kostproben, die in den Läden angeboten wurden. Nach ein oder zwei Stunden Essen, Trinken und Faulenzen begaben sie sich in die ihnen zugewiesene Auktionsbox, und Matt wurde klar, warum sie bereits eine für sie reserviert hatten.

Als er sich aus der Box lehnte, um die Umgebung zu inspizieren, sah er, dass ihre Box und alle umliegenden Boxen mit Bildschirmen bedeckt waren, auf denen die Höhepunkte der Schlachten des Golemkriegs gezeigt wurden. Er und Liz waren auf ihrer Box zu sehen, und auf den Bildschirmen liefen kurze, sich wiederholende Szenen, in denen sie Golems zerlegten.

Matt war der Anblick zutiefst peinlich, aber er musste zugeben, dass die ganze Reihe von Kisten, die mit den besten Kämpfern des Königreichs aus dem Golemkampf geschmückt waren, einen beeindruckenden Eindruck machten.

Er zog sich in die Box zurück und aktivierte die Sichtschutzbarriere, mit der der Bereich ausgestattet war.

Emily beschimpfte sie fast fünf Minuten lang, bis Liz sie mit Wasser bespritzte und einen Minikrieg begann, bei dem der Teller mit den Hors d'oeuvres als Munition diente.

Conor, Annie und Aster kamen erst kurz vor der Startzeit herein. Als sie eintraten, sah Annie Matt an und grinste ihn an, was er erwiderte. Er hielt Conor nicht für einen Fiesling und Annie schien ihn zu mögen, also rückte er die Plätze so, dass sie nebeneinander sitzen konnten.

Während die Zeit heruntertickte, kam ein Mann mit einem prächtigen Bart auf die Bühne.

Sein Auftritt wurde auf ein kleineres Pad in ihrem Zimmer projiziert, aber von ihrer Box aus hatten sie sowieso einen uneingeschränkten Blick.

„Guten Tag, meine jungen Freunde. Ich bin Javier, Tier 29, Vertreter des Auktionshauses des Imperiums *Deep Sky Auctions*. Wir haben die Struktur geschaffen, in der ihr euch jetzt befindet."

Es gab Applaus, den er mit einem Lächeln quittierte. Als der Applaus abgeklungen war, fuhr er fort: „Wir können das nicht allein machen. Wir arbeiten mit einer Reihe von Auktionshäusern aus dem Königreich und einem aus dem Königinnentum zusammen. Bitte richtet ihnen euren Dank aus, wenn ihr die Anzahl der kleineren Auktionen nach der Hauptveranstaltung seht. Sie waren so gnädig, diese Gegenstände zur Verfügung zu stellen und haben ihre eigenen Tresore geöffnet, um ein paar wirklich *schillernde* Preise bereitzustellen."

Der Jubel wurde nach dieser Verkündigung viel lauter.

„Ah, aber lasst mich auch dem König und der Königin danken, dass sie auf meine bescheidene Bitte hin gekommen sind."

Die Ansicht auf ihrem Pad wechselte zu der Aufnahme eines Mannes in teurem Stoff, der neben Fürst Albert saß. Der Mann sah aus wie eine ältere Version des Fürsten, mit der gleichen Augen- und Haarfarbe und ähnlichen Gesichtsformen.

Die Königin war eine Frau mit silbernen und rosafarbenen Haaren, umgeben von vier anderen Frauen, die hinter ihr saßen. Prinzessin Sara saß neben ihr, was eindeutig auf ihren Status als Erbin hindeutete.

Javier fuhr fort: „Viele fragen sich, warum die Vasallenländer so viel Aufwand für diesen kleinen Tier 6-Planeten betreiben. Vielleicht dient dies als Antwort."

Zwei Kisten wurden auf die Bühne gebracht, beide bedeckt mit einer Decke in den Farben des jeweiligen Bezirks.

„In seiner Weisheit ließ der Kaiser diese Gegenstände für jeden Herrscher anfertigen, sofern dessen Seite während des Krieges genug Punkte sammelte. Sie sollten als Anreiz dienen, damit der Krieg nicht ins Stocken gerät."

Mit einer Bewegung von Javiers Fingern wurde der erste Deckel entfernt.

„Als Erstes kommt der Gegenstand der Königreiche, ein Tier 37-Stab. Er vervielfacht die Effekte aller Manipulationsskills, indem er sowohl den Schaden erhöht als auch die Mana-Kosten senkt. Außerdem dient er als Speicher für Materialien nach Wahl des Trägers."

Der Stab bestand aus Metall und etwas, das wie flüssige Dunkelheit aussah, in einem wirbelnden Muster, das Matts Blick magisch anzog.

Der Ansager tippte sich an die Nase und fügte mit einem Augenzwinkern hinzu: „Es gibt noch ein paar andere Dinge, aber die werde ich nicht verraten. Sagen wir einfach, der gute König sollte das genießen."

Der besagte König hatte sich nach vorne gebeugt, um den Stab besser sehen zu können, und hatte ein Lächeln im Gesicht, das wie gemeißelt aussah. Er warf einen Blick auf seinen Sohn, der auf den Blick seines Vaters nickte. Es war offensichtlich, dass er den Stab haben wollte und dafür sorgte, dass der Fürst das wusste.

„Der Gegenstand der Königin ist nicht weniger beeindruckend."

Ein wiederholtes Schnipsen mit den Fingern ließ den anderen Deckel verschwinden.

Unter dem Tuch befand sich ein Handschuh, der wie geschmiedetes und erstarrtes Licht aussah.

„Wir haben hier einen Tier 37-Sonnenhandschuh. Er wurde aus den Überresten einer sterbenden Sonne geschmiedet. Dieser kleine Panzerhandschuh verdichtet und speichert Licht für den zukünftigen Gebrauch. Außerdem verstärkt er alle lichtbasierten Skills und Zauber, die durch ihn kanalisiert werden. Wie die Waffe des Königs hat sie noch ein paar weitere Funktionen, aber das soll die Königin selbst herausfinden."

Prinzessin Saras Mutter leckte sich über die Lippen und bewegte ihre rechte Hand, als ob sie den Handschuh bereits tragen würde. Die nackte Begierde in ihrem Gesicht war ein klares Zeichen dafür, dass sie genauso interessiert war wie der König.

Beide Gegenstände verschwanden mit einer Handbewegung von Javier.

„Endlich, die Belohnung für den Kriegssieg."

Der durch die vorangegangenen Gegenstände entstandene Lärm verschwand, während ein schweres Gewicht auf allen Teilnehmern der Auktion zu lasten schien. Die Herrscher der beiden Vasallenreiche beobachteten aufmerksam den Auktionator, der sich von den Blicken der Tier 35 nicht stören zu lassen schien.

Mit einem schiefen Lächeln sagte der Mann: „Wie ihr seht, haben sie die Belohnungen auch noch nicht gesehen."

Als niemand lachte, fuhr er fort. „Im Gegensatz zu den anderen beiden Waffen ist diese Belohnung etwas anders. Sie ist noch nicht hergestellt worden. Nein, nein. Die Belohnung für den Sieger dieses Krieges ist ein Gegenstand, der genau nach den Wünschen des siegreichen Herrschers angefertigt wird, vollständig vom Imperium finanziert und von keiner Geringeren als Madam Renaissance selbst hergestellt!"

Matt wusste nicht, was das bedeutete, aber den Veränderungen in den Gesichtern des Königs und der Königin nach zu urteilen, schien es wichtig zu sein.

Javier lachte über ihren Gesichtsausdruck. „Für meine Freunde unter Tier 25: Madam Renaissance ist die beste Handwerkerin des Reiches. Ihre Kritiker sagen, sie sei nur die *bekannteste* Handwerkerin, aber lasst euch von dieser Kritik nicht täuschen. Versteckte Meister stellen keine Gegenstände für andere her. Madam Renaissance ist eine Tier 46-Handwerkerin, die alles vom Schmieden über das Schneidern bis hin zum Verzaubern beherrscht. Sie kann alles. Ihre Gegenstände haben einen enormen Preisaufschlag, und die Wartezeit, um überhaupt auf ihre *Liste* zu kommen, wird in Jahrtausenden gerechnet."

Matt pfiff. Das klang beeindruckend.

„Um ihr Können zu beweisen, möchte ich nur Folgendes sagen: Sie hat sich sieben Mal durch das Handwerk hochgearbeitet. Ja, ich sagte sieben. *Sieben* Mal hat sie durch Inspiration aufgelevelt. Das schließt ihre letzten beiden Tiers mit ein. Alle hat sie durch ihre Handwerkerskills erreicht. Sie ist eine Frau mit erstaunlichen Fähigkeiten!"

Auf dem Pad blickten beide Herrscher befehlend zu ihren Erben. Sie *mussten* beide den Krieg gewinnen, und Matt konnte sehen, dass keiner von ihnen eine Niederlage akzeptieren würde, vor allem jetzt nicht, nachdem die Belohnungen offengelegt waren.

Matt wandte sich an Liz und fragte: „Ist das alles so beeindruckend, wie ich denke?"

Alle drehten sich zu Liz um, und sie lachte. „Mehr, wahrscheinlich. Madam Renaissance ist in der Hauptstadt eher eine Handwerkslegende als alles andere. Ich habe Gerüchte gehört, dass sie in den Unterricht platzt und improvisierte Vorlesungen hält. Gerüchten zufolge hatte die Hälfte der Klasse eine Inspiration, als sie es das letzte Mal tat. Die andere Hälfte hatte eine innerhalb eines Jahres. Als Javier sagte, dass die Wartezeit, um auf die Warteliste zu kommen, in Jahrtausenden gemessen wird, hat er nicht gescherzt. Ich habe gehört, dass man tatsächlich in einer Schlange stehen und warten muss. Aber die Leute tun das mit Freude! Und das, obwohl die Kosten manchmal buchstäblich ins Unermessliche steigen."

Matt versuchte, sich das vorzustellen. Wenn die Frau eine so gute Handwerkerin war, überraschte es ihn nicht, dass ihre Zeit so wertvoll war. Er versuchte sich vorzustellen, wie es wäre, Jahrtausende lang zu warten, aber er konnte es nicht.

Nach einer langen Pause lächelte Javier den beiden Herrschern zu und sagte: „Lasst die Auktion beginnen!"

Eine Frau holte eine lila-gelbe Blume hervor, und Javier eröffnete die Auktion. „Unser erster Gegenstand! Die Blume des wundersamen Lebens, Tier 8. Jeder, der diese kleine Schönheit isst, erhält holzähnliches Mana. Wenn man einen fähigen Alchimisten findet, dient sie als Schlüsselzutat für einen Trank, mit dem man das viel seltenere lebensaspektierte Mana erhält. Der Aspekt ist überall bei Heilern und Wachstumsspezialisten begehrt. Wir beginnen das Gebot bei 200 Kriegsbeitragspunkten."

Das Gebot schoss schnell auf 920 Punkte hoch, bevor der Gegenstand verkauft wurde. Matt wollte ihn für Melinda kaufen, aber dann hätte er alle seine Punkte verbrannt und genau das getan, was er nicht wollte: ihnen Almosen gegeben. Er schickte ihr eine Nachricht mit dem Gegenstand und seinen angeblichen Skills, damit sie wenigstens wusste, dass es ihn gab.

Den nächsten Gegenstand erkannte Matt aus dem Stapel von Gegenständen, die sie im Auktionshaus an Samuel verkauft hatten. „Das ist ein Tier 5-Riftschwert, das die Schwunggeschwindigkeit und den Schaden massiv erhöht, wenn es mit Mana verstärkt wird. Das Schwert hat eine Stärke von Tier 7. Das Gebot beginnt bei 50 Kriegsbeitragspunkten."

Matt sah Liz an und sie lächelten sich an, weil sie wussten, wohin das führen würde. Viele der Gegenstände, die sie gesammelt hatten, waren so wie dieser hier. Sie waren nützlich, aber nicht das, was sie wollten, also verkauften sie sie in großen Mengen an das Auktionshaus. Das war etwas schmerzhaft, weil sie dafür Manasteine bekommen hatten, die viel weniger wert waren als die Kriegsbeitragspunkte, mit denen sie jetzt verkauft wurden.

Weitere Gegenstände folgten, von denen sie fast ein Viertel schon verkauft hatten. Matt bekräftigte seine Absicht, nur noch über den Imperiumsmarkt zu verkaufen, um diese Situation in Zukunft zu vermeiden. Es schmerzte ihn, zu sehen, dass seine Gegenstände so viel teurer versteigert wurden, als er sie verkauft hatten.

Sie schauten desinteressiert zu, bis ihr erster Trank für die Mana-Kultivierung zum Verkauf angeboten wurde.

„Dieses hübsche kleine Ding ist ein Trank, von dem unser Alchemist bestätigt hat, dass er jeden der drei Aspekte der Mana-Kultivierung des Konsumenten erhöht. Er ist so ausbalanciert, dass er sowohl die Mana-Regeneration als auch das maximale Mana leicht erhöht. Aber das ist noch nicht alles: Der größte Teil der Wirkung des Trankes wird genutzt, um eine Mana-Konzentration von 0,1 zu erreichen. Dies ist die erste Partie, die versteigert wird, und sie enthält 10 Tränke. Wie alle folgenden, sind sie für Tier 5. Kämpfer, wenn ihr eure Basis stärken wollt, sind diese kleinen Schönheiten genau das Richtige für euch. Der Startpreis beträgt 100 Kriegsbeitragspunkte."

Ein Raunen zog durch das Publikum.

Jemand rief: „Werden auch Einzeltränke verkauft?"

Javier deutete in die stehende Menge und beantwortete die Frage. „Ja. Die letzten und besten zehn werden am Ende einzeln verkauft. Wenn du hier keinen bekommst, werden auf dem Kriegsmarkt auch einige von ihnen zum Verkauf stehen, aber der Preis wird sich nach dem Endpreis richten."

Matt lehnte sich erwartungsvoll in seinem Stuhl nach vorn. Sie würden diese Punkte bekommen, also drückte er die Daumen und hoffte, dass ihr Preis in den Himmel steigen würde.

„125."

„150."

„180."

„210."

„250."

„300." Der Fürst rief den Endpreis, und Prinzessin Sara zückte sofort einen Zähler.

„350."

Matt rutschte nervös in seinem Stuhl umher.

Schließlich, nach einem langen Moment des Überlegens, rief der Fürst: „400."

„500!", zögerte die Prinzessin nicht im Geringsten, als sie das Gebot erneut erhöhte.

Matt fand, dass 50 Punkte pro Person für die schlechtesten Tränke, die Liz gemacht hatte, nicht übel waren. Während sich die Aufmerksamkeit der anderen auf das sich entwickelnde Drama richtete, lächelte er Liz an, die wie auf Wolke sieben schwebte.

Er war stolz auf seine Partnerin und ihre Leistungen.

Als er über die Bühne blickte, sah er Sara lächeln und wie sie einen Klaps auf den Arm von ihrer Mutter erhielt.

Sara war fast von ihrem Platz aufgestanden, während der Fürst gefasster und ruhiger wirkte, als würde ihn das alles nicht im Geringsten stören.

Ihre dritte Trankcharge mit einer Mana-Konzentration von 0,12 war gerade für 600 Kriegspunkte verkauft worden, bevor ein Skill-Splitter folgte.

Javier streichelte das Etui mit dem Skill und rief mit seiner sonoren Stimme: „Diese Schönheit ist ein [gecrackter Mana-Bolzen].“ Auf das Gemurmel hin lachte Javier und sprach über die Menge hinweg. „Das ist ein wunderbarer gecrackter Skill. Im Gegensatz zu den meisten Mana-Bolzen-Skills, die in ihrem Angriff neutral sind, ändert dieser Skill seinen Aspekt zufällig zu allem. Wenn man ihn oft genug benutzt, durchschlägt man jeden Rüstungstyp.“

Emily erhob sich von ihrem Platz und drückte ihr Gesicht gegen die Sichtschutzformation.

„Das Startgebot liegt bei 200 Punkten.“

Sie rief sofort: „1.000!“

Matt war schockiert, dass sie fast alle ihre Punkte ausgeben wollte, aber er war verblüfft, dass jemand anderes sofort höher geboten hatte.

Innerhalb kürzester Zeit lag der Preis bei 2.500 Punkten, und es wurden weiter immer kleinere Gebote abgegeben.

Emily sah sie an und sagte nach einem kurzen inneren Kampf: „Ich muss diesen Skill bekommen. Ich zahle es dir mit Zinsen zurück, aber bitte.“

Als sie sah, dass sie zögerten, platzte sie heraus: „Kurz gesagt, mein Talent ermöglicht es mir, die Wirkung eines Skills immer wieder zu verdoppeln, solange es ein anderer Aspekt ist als der, den ich in der gleichen Zauberkette benutzt habe. Sobald ich etwas wiederhole, wird er zurückgesetzt. Der ist *perfekt* für mich. Ich *brauche* ihn.“

Matt sah Liz an und beide nickten.

Fast zur gleichen Zeit wie Conor sagte er: „Wir haben 3.000, die du verwenden kannst. Du brauchst keine Zinsen.“

„Ich habe 1.000.“

Annie schaute ihren Schwarm mit Rehaugen an, und Emily drehte sich um und rief: „3.000“.

Jemand anderes rief, als der Countdown bei eins war, „4.000“.

„Verdammter Wichser. Ich brauche den. Du hirntoter Idiot.“

„5,000!“ Ihre Stimme war übermäßig kontrolliert, als sie durch den Bildschirm sprach.

Matt lehnte sich erwartungsvoll nach vorn, als der Countdown erst zwei, dann eins erreichte. Es fühlte sich wie eine Ewigkeit an, als der Countdown schließlich auf Null wechselte und Emily die Auktion gewonnen hatte.

Sie plumpste am Rand der Box auf ihren Hintern. „Ich glaube, ich muss kotzen."

Matt tätschelte den Arm der Frau und zog sie zu ihrem Stuhl, auf dem sie zittrig saß.

„Danke, Leute. Dafür schulde ich euch wirklich etwas."

Matt interessierte sich für ihr Talent, wollte aber keinen Druck ausüben. Er fragte vorsichtig: „Antworte nicht, wenn du nicht willst, aber wenn du die Wirkung eines Skills verdoppeln kannst, wenn er aus einem anderen Element besteht, warum hast du dann nicht etwas Gewöhnliches wie [Feuerball]?"

Sie streckte sich und seufzte. „Wir sind auf einer Wasserwelt aufgewachsen, und dort gab es nicht viele Feuer-Skills. Deshalb habe ich zwei Wasser-Skills und einen Blitz-Skill, die wir eintauschen konnten. Ich wollte mir hier mit ein paar Punkten [Feuerball] kaufen, aber das hat sich jetzt erledigt. Zum Glück ist er ziemlich verbreitet, also sollte ich ihn in ein paar Wochen bekommen können. Nachdem ich euch das Geld zurückgezahlt habe, versteht sich. Ich weiß das *wirklich* zu schätzen, Leute."

Matt sah Liz an und hob eine Augenbraue. Er war skeptisch, noch mehr Hilfe zu leisten, nachdem er gesehen hatte, was mit Melindas Team passiert war, aber er hatte einen zusätzlichen [Feuerball], der nicht für ihn reserviert war.

Liz zuckte mit den Schultern, aber sie nickte auch leicht.

Er dachte über ihren Vorschlag nach. Sie war einverstanden und je mehr er darüber nachdachte, desto mehr musste er zustimmen, dass es anders als bei Melindas Gruppe war. Annie und Emily waren auf ihre eigene Art stark. Sie konnten sich in ihrem Kampf behaupten. Und ein zusätzlicher Skill würde sie, wenn er ihr Talent richtig verstanden hatte, von einem vierfachen Multiplikator auf einen achtfachen Multiplikator bringen. In Kombination mit ihrem [Bolzen]-Skill als Finisher war das enorm.

In der Hoffnung, dass er keinen Fehler begann, zog er sich zurück und sandte der immer noch schwindeligen Emily einen [Feuerball]-Skill zu. „Hier ist ein [Feuerball]. Es gibt keinen Grund zu warten. Es reicht, wenn du uns den Standardwert in Manasteinen oder Punkten gibst. Es ist besser, ihn jetzt zu haben, wenn ich dein Talent richtig verstehe. Ein achtmal stärkerer [Bolzen] würde in einem Kampf viel bringen und unserem Team helfen, schneller Punkte zu sammeln."

Sie blickte von dem Skill-Splitter auf, um den sie kämpfte, und sagte mit einem harten Blick: „Ich werde ihn nicht nehmen, wenn du ihn verkaufen oder tauschen willst. Selbst wenn es mir helfen würde, werde ich dich nicht aufhalten, um das zu tun."

Matt überlegte, ob er seine Skill-Ansammlung zeigen sollte, um sie zu schocken, aber er wählte nur seinen anderen [Feuerball]. „Ich habe meinen eigenen. Wir wollten ihn eigentlich verkaufen, aber würden ihn lieber an dich statt an jemand anderen verkaufen. Am Ende bekommen wir die gleiche Bezahlung, nur etwas später."

Emily protestierte nicht weiter, sondern nickte nur ihm und dann Liz und Aster zu. „Danke. Das hilft wirklich, und du hattest recht mit deinen Berechnungen. Mit dem [gecrackten Mana-Bolzen] bekomme ich, solange ich kein Feuer, Wasser oder Blitz abbekomme, einen achtfachen Schadensbonus, wenn ich Glück habe, vielleicht sogar mehr."

Matt erschauderte bei diesem Gedanken. Bei einer so hohen Kraftsteigerung würde sie zweifellos die [Gecrackte Phantomrüstung] durchschlagen. Er schaute Annie und Conor an und sagte: „Wenn einer von euch nach bestimmten Skills sucht, lasst es uns wissen. Wir können euch helfen."

Conor hob sein Glas und sagte: „Auf neue Freunde und darauf, stärker zu werden."

Darauf tranken sie alle.

Kapitel 8

Sie begannen, beim Auktionspersonal Getränke zu bestellen, während ein Gegenstand nach dem anderen auf die Bühne gebracht wurde. Da sie nun alle pleite waren, war die ganze Sache mehr ein Spiel für sie, dabei zuzusehen, wie neue Gegenstände auf die Bühne kamen, ganz ohne Kaufabsichten. Matt hoffte, dass dies nicht das Beste war, was die Auktionshäuser zu bieten hatten, denn außer den eigentlichen Fraktionen hatte zu diesem Zeitpunkt noch niemand eine nennenswerte Menge an Punkten verdient.

Abgesehen von dem einen oder anderen Gegenstand ging das meiste an den Fürsten oder die Prinzessin, welche Zugang zu den Punkten hatten, die durch die Eroberung und das Halten verschiedener Festungen und Städte erzielt wurden.

Das machte die Auktion langweilig; nichts ging an die kleinen Leute.

Also tranken sie.

Sie bestellten Tier 6-Schnaps und waren bis zum Ende der Auktion völlig beschwipst. Keinem von ihnen musste gesagt werden, dass sie es nicht übertreiben sollten, aber sie waren kurz davor, sich gut zu fühlen und tatsächlich betrunken zu werden.

Matt versuchte, Aster von dem sauren Apfelschnaps fernzuhalten, der anscheinend zu gut roch, um zu widerstehen, als ein Gegenstand, der auf die Bühne gebracht wurde, seine Aufmerksamkeit erregte.

Während ein kleines Fläschchen auf der Bühne ausgestellt wurde, rief Javier: „Hier, als einer unserer letzten Gegenstände, haben wir ein abgefülltes Tier 10-Konzept. Anders als die meisten ...“

Matt verlor das Interesse, als er hörte, dass es sich um ein abgefülltes Konzept handelt und sagte: „Pff. Wen interessiert das schon? Es ist nur ein abgefülltes Konzept."

Annie brachte ihn zum Schweigen, ebenso wie ihre Schwester. Sogar Conor stand auf, um den Auktionator zu beobachten, wobei er nur leicht schwankte.

Als er merkte, dass er überstimmt wurde, wurde Matt leiser und hörte zu. „Sogar ein Tier 6 kann das benutzen. Ja, wirklich ein Wunder der Alchemie. Dies ist ein Konzept mit drei Attributen. Ja, *drei*."

Nach einer kurzen Pause, in der er das interessierte Gemurmel unterdrückte, hob Javier seinen Arm und beugte seinen Bizeps, während er fortfuhr: „Stärke."

Er klopfte sich leicht mit den Fingerknöcheln auf die Brust und sagte: „Ausdauer."

Er streckte lässig eine offene Hand aus und schloss demonstrativ die Faust, als er endete: „Und Regeneration. Das ist das ideale Konzept für alle, die einen eher physischen Kampfstil entwickeln wollen. Es kann die Verteidigung stärken oder einem helfen, mehr in die Offensive zu gehen. Startgebot: 5.000 Kriegspunkte!"

Matts neue Teamkollegen gaben alle enttäuschte Laute von sich, als sie den Preis hörten und kehrten zu ihren Stühlen zurück. Matt spürte, wie Aster sich aus seinen Armen löste, aber er wurde von Liz abgelenkt.

Sie schnaubte über sie und sagte: „Macht einfach euer eigenes Konzept." Sie rülpste mitten im Satz, während sie immer noch ihr Bier in der Hand hielt, fuhr aber nach einem Moment fort. „Das ist *viel* besser."

Annie schnippte das Kondenswasser von ihrem Glas auf Liz, die sich über den hinterhältigen Angriff aufregte. Der Zwilling sagte: „So einfach ist das nicht. Du brauchst ..."

Liz warf ihre Hände hoch. „Ich kann es dir beibringen!"

Matt verpasste, was als Nächstes gesagt wurde, als er das Fehlen seiner Gefährtin in seinen Armen bemerkte. Er sah sich um und entdeckte ihre Schnauze tief in seinem einst halb vollen Glas Alkohol, das er auf den Tisch gestellt hatte.

Er zog sie zurück, nur um einen Rülpser ins Gesicht zu erhalten, ein „Apfel!" hinterhergeschoben.

Oh, das ist nicht gut.

Aster begann eine Tirade über Herzen mit Apfelgeschmack und Eiscreme, die Matt ignorierte, während sie immer langsamer wurde, als der Alkohol seine Wirkung zeigte. Er warf allen einen Blick zu, die gesehen haben könnten, wie Aster sich an seinem Glas vergriffen hatte, aber dann seufzte er besiegt. Schließlich war es ja seine eigene Schuld.

Er wurde von Emily zurück ins Gespräch geholt, die gegen sein Bein trat und nach ihm schrie. „Maaatt!"

„Was!?"

„Ich habe gefragt, ob es so einfach ist. Ich will mein eigenes Konzept."

Matt dachte einen Moment lang nach, bis ihm das Gesprächsthema wieder einfiel. „So schwer ist das nicht. Hast du deinen ...?" Er sah sie ein paar Mal blinzelnd an, bis ihm das Wort einfiel. „Satz! Das ist das richtige Wort. Hast du deinen Satz? Oder zumindest eine Idee?“

Annie zuckte mit den Schultern. „Woher sollen wir das wissen, wenn du schon ein Konzept brauchst, um es zu erzählen?“

„Verdammt, das ist ein gutes Argument. Mist! Ich weiß nicht ...“ Matt zuckte mit den Schultern und schloss sich den anderen an, die Liz anschauten, die jetzt ganz brav dasaß. Wären ihre Wangen nicht so knallrot, würde sie fast autoritär wirken.

„Es ist ganz einfach. Ich sag’s dir. Ich kann dir ein Konzept besorgen. In fünfzehn Minuten.“

Sogar Matt buhte sie aus, und sie korrigierte sich. „Okay, okay, gut! Vielleicht nicht in fünfzehn Minuten, aber auf jeden Fall bevor der Krieg zu Ende ist. Ihr kämpft gut und ich wette, dass ihr es herausfindet, wenn wir euch richtig hart rannehmen.“

Annie rief: „Ich will ein stechendes Konzept!“

Alle hielten inne und sahen sie an, und sie verteidigte sich, während sie ihr Glas wie einen Schild hielt. „Was? Den hinterhältigen Teil kann ich schon. Ich muss nur noch den stechenden Teil verbessern.“

Sie tat so, als würde sie jemanden abstechen, und als ihr Getränk über ihre Hand schwappte, versuchte sie, den Alkohol davon abzulecken. Matt konnte sich ein Lachen nicht verkneifen, als Conors Blick auf ihre Handlungen fixiert war. Er errötete langsam, als er ihr wahrscheinlich ungewolltes Schauspiel beobachtete.

Er machte sich eine Notiz, um ihr später davon zu erzählen. Das war ein gutes Zeichen, aber er wurde abgelenkt, als Emily lautstark sagte: „Ich will ein Macht-Konzept!“

Sogar Conor wurde aus seiner Starre gerissen, als sie das sagte. Er konterte: „Das ist kein richtiges Konzept. Das ist zu vage. Du musst mit Zauberschaden oder so etwas anfangen.“

Emily starrte den anderen Mann an und schmollte, als er es nicht zu bemerken schien.

Liz schlug einen weiteren Nagel in ihren Sarg. „Macht ist kein Konzept, das ist ein Aspekt. Ich glaube, ich habe von jemandem gehört, der das benutzt hat, oder zumindest etwas Ähnliches.“

Sie schürzte die Lippen und wurde plötzlich von einem Käsestück abgelenkt, das Matt gerade aß. Mit einem teuflischen Grinsen schnappte sie sich die verbleibende Hälfte und fügte hinzu: „Ich glaube, sie begannen mit Körperkraft, dann mit Körperbeherrschung für ihren Intent und benutzten schließlich Körperkraft, um es abzurunden. Es spricht nichts dagegen, dass du dich für eine Zauberversion entscheidest.“

Emily wackelte mit einem verträumten Gesichtsausdruck auf ihrem Stuhl.

Conor zuckte mit den Schultern und lehnte sich mit einem großen Seufzer zurück. „Ich habe keine Ahnung, was ich für mein Konzept brauche. Erstens brauche ich einen Weg, um Treffer besser zu verkraften. Reflexion bringt mir nichts, aber mein

Tier 3-Talent gibt mir etwas Nachhaltigkeit. Soll ich das ausnutzen oder mehr aufs Tanken setzen? Vielleicht kann ich so wie du, Matt, zu einem Hybrid werden."

Matt warf ein: „Wie stellst du dir deine Arbeit vor? Gefällt es dir, an der Front zu sein?"

Conor kaute auf einer Olive, während er über die Frage nachdachte. „Ich weiß es nicht. Ich habe meine Skills von meinem Sponsor bekommen, als ich dem Pfad beigetreten bin. Sie haben mir den Weg zu meinem jetzigen Körperbau gewiesen." Der große Mann hielt noch einen Moment inne, bevor er schließlich hinzufügte: „Es macht mir nichts aus. Aber defensiv zu sein, bringt mich allein nicht sehr weit. Rifts sind für mich meistens langsame Kämpfe. Ich brauche entweder mehr Schaden oder jemand anderen in meinem Team. Ich bin so weit gekommen, weil ich die Rifts gewählt habe, die ich bewältigen kann, aber irgendwann geht mir die Zeit aus. Es ist so schön, mit euch allen zu kämpfen, wo ich einfach eine defensive Haltung einnehmen kann."

Annie sah aus, als hätte sie eine brillante Idee, aber sie wurde von ihrer Schwester zum Schweigen gebracht, die ihr schnell den Mund zuhielt. Annie sträubte sich einen Moment, bevor sie begann, die Hand ihrer Schwester zu lecken. Emily muss sich an diesen Trick gewöhnt haben, denn sie hielt ihrer Schwester den Mund zu und hielt schließlich durch. Conor schaute die beiden verwundert an, ignorierte aber ihre Mätzchen. Er wandte sich wieder an Liz und fragte: „Wie willst du uns bei unseren Konzepten helfen?"

Liz sah von dem fast leeren Tablett mit den Snacks auf und zuckte mit den Schultern, als sie sich halb über Matt und Aster beugte, um an den anderen Teller mit den Vorspeisen zu kommen.

„So schwer ist das nicht. Matt und ich – eigentlich nur Matt, denn ich habe ein internes Konzept – können dich beim Sparring mit seinem Konzept einschränken. Es ist keine Garantie, dass es funktioniert, aber es ist ein guter Anfang. Du wirst anfangen, dich auf natürliche Weise dagegen zu wehren, und das kann dir einen Einblick in deinen Satz geben."

Emily, die den Mund ihrer Schwester noch immer mit den Händen abdeckte, rief: „Ja, okay, was ist der Unterschied zu einem Kampf in einem Rift, in dem es Monster mit Konzepten gibt?"

Als hätte sie die Frage erwartet, konterte Liz: „Wie oft kämpfst du *eigentlich* gegen Monster mit Konzepten? In den Tiers 5 und 6 haben die Rifts eine Wahrscheinlichkeit von ... drei oder vier Prozent, dass es Monster mit Konzepten gibt. Es ist einfacher, sie zu meiden und die leichteren zu bekämpfen."

Das leuchtete Matt ein und er nickte zustimmend. In den Monaten, in denen sie die Rifts schnell durchlaufen hatten, hatten sie nur in ein paar Rifts gekämpft, die Monster mit Konzepten enthielten. Aber mit diesen Monstern hatten *sie* keine großen Probleme, da sie ihre eigenen Konzepte hatten.

Liz hatte etwas Ähnliches vorgeschlagen, als sie anfingen, Matt für sein Konzept zu trainieren. Sie ließ ihn während des Trainings mehr als einmal ihr eigenes fühlen, um seinen Satz in den Griff zu bekommen. Sobald Connor und die Zwillinge ihre Sätze haben würden, war es nur noch eine Frage der Zeit, bis sie ihre Bilder erstellen würden. Der schwierigste Teil würde der erste Schritt sein.

Matts Aufmerksamkeit wurde auf die Bühne gelenkt, als eine Kupferschüssel herausgeholt wurde.

„Mit dieser kleinen Schönheit könnt ihr alles im Umkreis von einer Meile sehen, aber es kostet euch 200 Mana pro Anwendung." Als die Leute desinteressiert schienen, fügte Javier hinzu: „Das ist besser, als ihr vielleicht denkt! Es ist unglaublich schwer, von einem Spähtrupp entdeckt zu werden. Wenn ihr das habt, werden eure Späher viel effektiver sein."

Ausnahmsweise ging der Gegenstand nicht an den Fürsten oder die Prinzessin. Sie ließen die Schüssel tatsächlich für nur 2.000 Punkte gehen. Matt nahm an, dass es ihnen egal war, solange die andere Seite sie nicht direkt bekam. Jeder, der so viele Punkte ausgab, würde sie nicht hergeben wollen und sie nur für sich selbst verwenden, was ihre Wirkung auf den Krieg einschränkte.

Die Anführer beider Seiten schienen zu verstehen, dass sie die Einzigen mit einer nennenswerten Anzahl von Punkten waren, und sie begannen, den unteren Tiers den Zuschlag zu geben, wenn sie anfingen zu bieten. Ihr Wohlwollen erstreckte sich nicht darauf, den Preis für einen Gegenstand zu erhöhen, von dem sie annahmen, dass die andere Seite ihn mehr begehrte.

Nicht lange danach kam das explosive Ende der Aktion. Ströme von Feuer und vielfarbigem Licht brachen von der Bühne aus. Das erschreckte sie so sehr, dass sie aus ihrem Gespräch gerissen wurden.

Matt streckte sich, als er aufstand. „Es wird Zeit für das Abendessen. Uff. Das ganze Naschen hat mich nur hungriger gemacht. Ich habe gehört, dass sie ein großes Layout geplant haben."

Annie, endlich aus den Fängen ihrer Schwester befreit, fragte: „Was ist ein Layout?"

Matt war zu angeheitert, um sich darum zu kümmern und zuckte mit den Schultern. „Layout des Essens ... Mir fällt das Wort nicht ein."

Liz hob die immer noch benommenen Aster hoch und sagte: „Wen interessiert es, wie es heißt? Ich will essen."

Als sie alle standen, murmelte Conor: „Eine Speisekarte. Das nennt man eine Speisekarte."

Sie trotteten aus ihrer Box und mischten sich unter die Menge. Den lauten Rufen nach zu urteilen, schienen sie nicht die einzige Gruppe zu sein, die sich dem Alkohol zugewandt hatte, als sie keine Punkte mehr ausgeben konnten.

Gemeinsam liefen sie die Wendeltreppe hinunter, bis sie den Stehplatzbereich erreichten. Anders als beim Betreten ihrer Logen war dieser nun völlig leer, denn die vorherigen Gruppen saßen an schwebenden Tischen, die sich abhoben, sobald sie voll besetzt waren.

Sie bekamen einen Tisch für sechs, der sich sofort in die Luft erhob, als sie alle

Platz genommen hatten. Nicht lange danach wurde das Essen geliefert. Jeder bekam einen Teller, der dem individuellen Geschmack entsprach. Es schien nicht nötig zu sein, etwas selbst zu bestellen. Matt bekam eine mit Honig gebratene Lammkeule. Aster, die gerade erst aufgewacht war, bekam einen Teller mit Kaninchenkeulen, die leicht paniert waren.

Liz hing mit dem Gesicht voran in einem Teller mit etwas, von dem Matt dachte, es sei Alfredo, was sich bestätigte, als er einen Bissen davon stahl. Die Zwillinge taten es ihm gleich und ließen Conor als Außenseiter zurück. Matt schnitt ein paar Scheiben von seinem Lamm ab und schob sie zu ihm rüber, sodass sich jeder ein paar Stücke von seinem Teller teilen musste.

Nachdem er das Essen von allen probiert hatte, musste er sagen, dass Conor das beste Essen hatte. Ihm wurde eine Art druckgegarter Vogel serviert, den er nicht kannte, den er aber noch einmal probieren wollte.

Alles in allem war die schwebende Mahlzeit erstaunlich. Matt hatte kein Problem damit, das zuzugeben. Die Idee, auf einem fliegenden Tisch zu essen, klang kitschig, aber es machte mehr Spaß, als er gedacht hätte.

Sie schwebten auf und ab durch Lichtkonstrukte, die ihren Tisch durchschnitten. Als sie mit dem Essen fertig waren, unterhielten sie sich noch eine Weile. Als das Gespräch zu Ende war, senkte sich der Tisch sanft und landete, als wüsste er, dass sie bereit waren zu gehen.

Als Gruppe folgten sie der Menge der anderen Gäste, die ihr Essen beendet hatten. Zwei Blasenwechsel später befanden sie sich in einer Blase, in der Aufnahmen der verschiedenen Kämpfe auf Bannern liefen, die von der Decke herabhingen.

Ein Banner auf einer erhöhten Plattform stach Matt ins Auge. Es wurde von einem lächelnden jungen Mann mit dunkler Hautfarbe begleitet, der nicht älter als siebzehn sein konnte. Er sah selbstgefällig aus, als auf dem Banner hinter ihm eine Aufnahme seines Kampfes abgespielt wurde. Auf der Aufnahme griff der junge Mann die Mauern einer Stadt mit Windklingen an, die eine Reihe von Menschen niedermähten, die sich auf ihn stürzen wollten. Im weiteren Verlauf der Aufnahme sah Matt, dass mehr als vier verschiedene Windzauber eingesetzt wurden. Ein kurzer geistiger Blick verriet ihm, dass der Mann neben dem Banner ein Tier 5 war. Das sagte Matt alles, was er wissen musste, nachdem er Juni von einem Tier 5 sprechen gehört hatte, der eine Stadt der Königin gestürmt hatte.

Annie schnaubte. „Idiot. Er hat am ersten Tag alles verraten, was er hatte. Wenn ihn jetzt jemand sieht, wirft er einen [Erdspieß] nach ihm, und er ist erledigt. Wenn du nur ein Element verwendest, musst du damit rechnen, dass du gekontert wirst. Es ist besser, wenn du dein Arsenal subtil einsetzt, damit die Leute dich nicht so leicht angreifen können."

Sie liefen durch das Bannermeer, trennten sich und kamen immer wieder zusammen, als sie Banner sahen, die ihre Aufmerksamkeit erregten. Matt, Emily und Conor blieben bei einer Frau in Leder mit Nieten übersät stehen, die einen beschwingten Refrain auf ihrer Gitarre spielte, während die Menge um sie herum immer größer wurde. Sie schien in der Lage zu sein, die Stimmung der Menschen um sie herum zu lesen, denn sie beugte sich vor, um eine bestimmte Gruppe anzusingen, was zu noch mehr Beifall führte.

Sie sang drei populäre Lieder, bevor sie weitergingen, um einige der anderen Highlight-Banner zu scannen.

Ein Bild, das Matt auffiel, zeigte eine Frau, die bei der Verteidigung einer Festungsmauer um Fernangriffe herumzutanzen schien. Als die Mauer durch eine eisige Explosion zerstört wurde, sprang sie blitzschnell herunter. Sie hatte etwas geworfen, das wie eine elektrische Granate aussah und Funken über den Boden fliegen ließ, die sich wie lebende Spinnen bewegten, als sie explodierten und sich ausbreiteten.

Anders als er erwartet hatte, stürzte sie sich in das Stromfeld und begann, den aufladenden Widerstand mit einem Metallstab zu zerlegen. Er schien eine Mischung aus Knüppel und Zauberverstärker zu sein, und sie schoss so etwas wie [Bolzen] aus ihm heraus. In weniger als einer Minute hatte sie allein neun Angreifer ausgeschaltet und schien die restlichen Blitze, die über den Boden schossen, zu absorbieren.

Als er sah, dass sie auf der Seite des Königreichs war, notierte er sich, dass er versuchen würde, sie ausfindig zu machen. Die Granaten, die sie benutzte, schienen effektiv zu sein, und er wollte ein paar für sich selbst haben. Wenn sie so funktionierten, wie er erwartete, konnte er sie im Voraus aufladen und während des Kampfes als Flächenverteidigungsmittel einsetzen.

Matt sagte zu Liz, die sich zu ihnen gesellt hatte: „Wie kann man so jemandem überhaupt gegenübertreten?“

„Reichweite. Aber selbst dann hat sie ein paar Treffer eingesteckt, die meiner Meinung nach tödlich hätten sein müssen. Zum Glück ist sie auf unserer Seite.“

Liz zog ihn zu einem Banner hinüber, das einen tätowierten Vierzehnjährigen zeigte. „Pass auf den auf. Er sieht jung aus, aber er ist stark. Er steht auf der Seite von Königinnentums, also sollten wir uns vor ihm in Acht nehmen.“

Er sah viel zu jung aus, um mehr als ein frisch erwachter Tier 1 zu sein, aber da es nur eine Aufzeichnung gab, konnte Matt sein Tier nicht erkennen. In der Aufnahme schien der Kämpfer in seinem Kampf mit drei Personen herumzuflimmern.

Matt beobachtete, wie der Mann an zwei Stellen auftauchte, schneller als er blinzeln konnte. Er sagte: „Das muss ein Teleport mit kurzer Reichweite sein.“

Liz fragte: „Ein Teil seines Talents? Ich kann mir nicht vorstellen, dass ein echter Teleport-Skill vergeben wird, denn der ist zu wertvoll und stark für ein Startgeschenk. Außerdem scheint die Reichweite begrenzt zu sein. Das muss ein Talent sein.“

Als sie dem jungen Mann dabei zusahen, wie er eine Gruppe, die durch dichtes Unterholz schlich, mit verheerenden Angriffen auseinander nahm, musste Matt der Idee mit dem Talent zustimmen. Wenn es ein Skill war, schienen er viel zu jung zu sein, um den Nahkampf so gut zu beherrschen. Er war ein tretendes Monster, und Matt bemerkte nicht einmal, dass ein Skill benutzt wurde. Ein verfehlter Tritt verbeulte einen Baum so sehr, dass er langsam umkippte.

Was Matt am meisten beeindruckte, war, wenn ein Kämpfer jemanden entwaffnete und dann das Schwert mit der gleichen Grazie benutzte, wie er seine Beine einsetzte. Matt war sich nicht sicher, ob er so gut sein könnte, wenn er sich auf mehr als einen Kampfstil konzentrieren würde.

„Wir können einfach Conor gegen ihn kämpfen lassen.“

Matt nickte auf Liz’ Vorschlag hin. Der Nahkampfstil würde den Mann dazu zwingen, einen Treffer mit [Dämonenzone] einzustecken, und das könnte es Conor ermöglichen, den Mann zu erledigen, sollte der Treffer das Teleportieren stoppen.

Als Matt ihren Nahkampfkollegen sah, löste er sich von Liz und beobachtete das Banner, das Conor zu zerlegen versuchte. Der Kämpfer sah vollkommen normal aus, abgesehen von den violetten Haaren und der unglaublich blassen Haut.

Die Aufnahme begann mitten in einem bereits laufenden Kampf, als der Mann sich durch eine Meute von Kämpfern mit Königreichsabzeichen bewegte, als wären sie Käse. Wenn ein Angriff auf seinem ungedeckten Rücken zu landen schien, blitzte ein Schildkrötenpanzer auf, der wie Mana aussah, um ihn zu schützen. Der Panzer schien dünner zu sein als die Dichte eines normalen Skills, also vermutete Matt, dass es sich um ein Talent handelte. Plötzlich blitzte der Kämpfer mit geisterhaften, tigerähnlichen Klauen auf und weidete den Anführer der Verteidiger mit zwei brutalen Angriffen aus.

Matt hatte erwartet, dass die Aufnahme hier enden würde, aber der Kämpfer wurde von einem humanoid aussehenden Tiger angegriffen. Sie tauschten fast ein Dutzend Klauenhiebe aus, bevor sich beide mit tiefen Schnittwunden an den Armen und auf der Brust zurückzogen. Bevor der Kampf ein entscheidendes Ende fand, sprang die Aufzeichnung wieder an den Anfang zurück.

Als er seinen Teamkollegen neben sich stehen sah, fragte Conor Matt: „Wie würdest du mit ihm umgehen? Er scheint eine defensive und eine angreifende Form zu haben. Emily könnte ihn wahrscheinlich ausschalten, aber er bewegt sich schnell. Es könnte schwierig sein, ihn aufzuhalten. Ich weiß nicht, ob ich es schaffen würde, wenn er entschlossen wäre, sich um mich herum zu bewegen.“

„Ich kann ihn vielleicht mit meinem Eiszauber verlangsamen, aber selbst das würde nicht viel mehr bringen, als ihn für ein paar Sekunden aufzuhalten. Scheiße, hier gibt es eine Menge starker Leute.“

Conor nickte daraufhin. „Ich dachte, ich wäre der heiße Scheiß, aber anscheinend nicht. Ich bin bestenfalls einer der besseren Kämpfer.“

Matt musste zustimmen. Er wusste, dass sie gut waren, aber nur die Leute in seinem Team hatten alle die Skills, um ihn zu kontern. Annie würde ihn von hinten angreifen, und wenn sie es richtig timte, konnte sie die [Gecrackte Phantomrüstung] durchdringen, während diese durch die Abwehr eines anderen Angriffs geschwächt war. Wenn sie einen Dolch-Skill hätte, müsste sie nicht einmal darauf warten. Emily könnte ihn einfach aus der Ferne pfeffern, bis ihr Skill achtmal so stark wäre, und ihn dann in Asche verwandeln.

Conor war ein leichterer Gegner, aber nur, weil seine wichtigsten Skills von Matts

Rüstung gekontert wurden. Er war immer noch ein besserer Nahkämpfer als Matt. Matt war zwar besser mit seinem Langschwert, aber Conor kannte sich mit mehr Waffen aus und war dadurch vielseitiger.

Der Krieg zeigte Matt, dass er nicht so besonders war, wie er dachte. Es war ernüchternd.

Als das gesamte Team wieder zusammenkam, einigten sie sich darauf, weiterzuziehen. Als sie gingen, kamen sie an ihren eigenen Bannern vorbei. Das erste zeigte Liz, wie sie den Metallbaum durchbrach, und sie hielten aus morbider Neugierde inne, um zuzusehen.

Die Gruppe bewegte sich unbeholfen, als auf dem nächsten Banner zu sehen war, wie Aster und Emily fast ein Dutzend Menschen in ebenso vielen Sekunden auslöschten. Zu allem Überfluss wurde Annie gezeigt, wie sie zwei Frauen von hinten niederstach, aber das Video machte sie zum Glück sichtbar, sodass die meisten ihrer Trümpfe immer noch unbekannt waren. Trotzdem fragte sich Matt, welche der anderen Banner ähnlich bearbeitet worden waren.

Die drei Banner standen in einer Reihe und sie eilten daran vorbei, nachdem sie jedes einmal angesehen hatten. Matt grinste Conor an, der dies erwiderte, als ihnen klar wurde, dass sie mit ihren weniger auffälligen Kampfstilen nichts dafür getan hatten, dass die Banner großartig beachtet wurden. Matt machte das nichts aus, und Conor schien es ebenfalls nicht zu stören, nicht im Rampenlicht zu stehen.

Es war eine gute Erinnerung daran, dass die Leute immer zuschauten, und ohne dass jemand wirklich starb, gab es keine Möglichkeit zu verhindern, dass Informationen an ihre Feinde durchsickerten.

Danach verließen sie verlegen die Blase mit den Bannern, weil es ihnen zu peinlich war, zu bleiben.

Der nächste Bereich, in den sie gingen, war ein Casino und Matt und die anderen konnten zusehen, wie Liz eine Runde nach der anderen beim Pokern gewann. Matt hatte zwar gehört, wie gut sie war, aber es mit eigenen Augen zu sehen, war etwas ganz anderes.

Annie fragte: „Wie kann sie so gut sein?“

Matt hatte keine Antwort parat, meinte aber, dass ein wenig Hintergrundwissen nicht schaden würde. „Ich weiß, dass sie ein paar Mal einen Tier 24 beim Pokern geschlagen hat. Sie ist einfach gut.“

Emily und Annie flüsterten laut, niemals mit Liz zu zocken, und überlegten dann, ob sie sie in ein richtiges Casino bringen könnten.

Am Tisch musste jeder ein AI-Blocker-Armband tragen, um Dinge wie das Kartenzählen einzuschränken, aber das schien Liz nicht zu bremsen und sie gewann weiter. Sie gewann zwar nicht jede Hand, aber wenn sie das Ante erhöhte, war es mehr als wahrscheinlich, dass sie es auch bekam.

Matt hatte schon von ihren Fähigkeiten im Umgang mit Karten gehört, aber es aus erster Hand zu sehen, war sowohl amüsant als auch erschreckend zugleich.

Leider spielten sie nicht um Punkte oder Manasteine, sondern um verschiedene

Tombolapreise, die sie versuchen konnte zu gewinnen. In Anbetracht der Tatsache, dass man sich nicht einkaufen musste, war das fair, aber Matt wollte Liz jetzt in einem echten Casino sehen und fragte sich, ob die Zwillinge damit richtig lagen.

Die anderen gingen schließlich, aber Matt war interessiert genug, um zu bleiben und zuzusehen, wie das Spiel weiterging. Er konnte sie erst wegziehen, als sich der Tisch von den verbliebenen Spielern leerte, weil sie keine Karten mehr hatten und weiterziehen mussten. Niemand war daran interessiert, ihren Platz einzunehmen, denn Liz war zu gut.

Liz kam mit einer Handvoll Lose vom Tisch und tanzte zu den Glückwünschen der anderen herum, während sie jubelte. „Lasst uns sehen, was wir kriegen können!"

Der Ticketschalter war mit einem halben Dutzend Leuten besetzt, aber sie waren trotzdem überfordert, als sie versuchten, die Einkäufe der Leute zu bearbeiten. Am Ende warf Liz alle ihre Lose in die Lotterie für das sogenannte „Alltagsleben unter rauen Bedingungen-Skillset". Es enthielt insgesamt sechs Skills, die das Leben leichter machen sollten, wenn man lange Zeit delvte oder von Annehmlichkeiten entfernt war. Es enthielt [Wasser erschaffen] für den offensichtlichen Gebrauch und [Reinigen], mit dem der Zaubernde nach eigenem Ermessen Schmutz oder Verunreinigungen von etwas entfernen konnte. Er zerstörte die Verunreinigungen nicht, sondern entfernte sie nur, aber das war einen Skill, den Matt immer noch wollte. Bei ihrem eigenen Delve hatten sie keinen gefunden.

[Alarm] weckte den Zaubernden, wenn sich etwas in einem bestimmten Bereich bewegte. Es war ein Nischen-Skill mit einer Funktion, die von der Technik erledigt werden konnte, aber zu vorsichtig zu sein, hatte noch niemanden umgebracht. Er fand, dass es nicht der schlechteste Skill war, den man bekommen konnte. [Aufleben] war ein Skill, von dem er noch nie gehört hatte, aber nachdem er dessen Beschreibung gelesen hatte, notierte er sich, dass er ihn haben wollte. Er wirkt offenbar wie Koffein, nur ohne die Nebenwirkungen. Er war viel billiger als [Ausdauer] und konnte stundenlang anhalten.

[Kochen] und [Abkühlen] waren zwei lebensmittelbezogene Skills, von denen er gehört hatte, aber kein hochmütiger Koch durfte in ihre Nähe kommen. [Kochen] erhitzte das Essen einfach, bis es für die Biologie der Wirkenden genießbar war, und tötete dabei alle Parasiten und Viren im Fleisch ab. Er kümmerte sich nicht um Finesse oder Geschmack. [Abkühlen] wurde zum Konservieren von Lebensmitteln oder zum Abkühlen von Getränken verwendet, aber die meisten benutzten es zusammen mit [Kochen], was ihm einen schlechten Ruf einbrachte.

Matts Kochlehrer hatte fast eine ganze Unterrichtsstunde damit verbracht, ihm zu erklären, warum die Skills eine Verhöhnung der Kochkunst seien und nicht verwendet werden sollten. Diese Skills konnte er nicht gebrauchen, aber die anderen waren nützlich genug, um sie zu lernen.

Sie würden die Ergebnisse der Tombola erst am Ende der Woche erfahren, also beendeten sie ihren Rundgang, nachdem sie eine der kleineren Auktionen gefunden und sich hingesetzt hatten, um das Bieten zu genießen. Es wurden verschiedene

Kleinwaffen verkauft, aber Annie sagte, dass ihr Dolch für ihr Tier in Ordnung sei. Also blieben sie nur lange genug, um zuzusehen, wie ein paar Gegenstände verkauft wurden, bevor sie zu den nahe gelegenen Duellarenen weiterzogen. Dort kämpften verschiedene Leute in anscheinend unterhaltsamen Kämpfen, wenn man die Zuschauer betrachtete.

Es brauchte nur eine kurze Suche, um zu sehen, dass der Preis für jedes Duell 100 Kriegspunkte für den Gewinner und 25 für den Verlierer betrug. Außerdem bekamen die Gewinner dreißig Prozent aller gewetteten Punkte, während die Verlierer zehn Prozent erhielten. Das war profitabel genug. Matt schaute zu seinen Mitspielern und fragte sie, ob sie ihr Glück versuchen wollten.

Emily sah interessiert aus, schüttelte aber den Kopf. „Nein. Ich möchte das, was ich kann, so lange wie möglich unter Verschluss halten. Die ersten Punkte sind schön, da bin ich mir sicher. Aber ich glaube nicht, dass die Vasallen so dumm sind, keine Leute zu haben, die die Kämpfe beobachten, um Builds und weiteres zusammenzustellen."

Conor nickte und stimmte zu. „Schade eigentlich. Ich könnte immer mehr Punkte gebrauchen."

Sie blieben, um sich noch ein paar Kämpfe anzusehen, aber nur einer stach Matt ins Auge. Es war ein stark übergewichtiger Mann, der einen Zauber nach dem anderen wirkte, während er immer dünner wurde. Schließlich beendete er den Kampf mit einer Art AOE-Skill. Er ließ seinen Gegner in eine Barriere fliegen, die die Kampfarena umgab. Die Auszahlung für seinen Kampf war gewaltig, denn die Zuschauer hatten ihm schreckliche Quoten gegeben. Ein solches Übergewicht bedeutete normalerweise, dass man unbeweglich war, aber es handelte sich eindeutig um einen Skill oder ein Talent. Wenn Matt raten müsste, würde der Mann Mana als zusätzliches Gewicht speichern. Das war interessant, und nach der Anzahl der Skills, die er während des Kampfes eingesetzt hatte, ziemlich effektiv.

Der Preis von fast viertausend Kriegspunkten war beinahe genug, um Matt dazu zu bringen, die Bühne zu betreten, aber er zog mit seinen Freunden weiter. Sie hatten die meisten der Blasen, die sie sehen wollten, durchwandert.

Da sie keine Punkte mehr ausgeben konnten und nicht bereit waren, in einem Duell Informationen über sich preiszugeben, stiegen sie auf eine Plattform und verließen das unterirdische Freizeitland. Beim Verlassen der Plattform gab es ein Banner, auf dem spezielle Tier 5- und 6-Rifts für je 1.000 Kriegspunkte zum Delve angeboten wurden. Matt verstand es zunächst nicht, bis das Banner wechselte und eine Anzeige für einen neu entdeckten Tier 7-Rift für 4.000 Punkte pro Delve-Slot beworben wurde.

Er und Liz sahen sich an und lächelten. Sie wussten, dass die Rifts, die sie hinterlassen hatten, von großem Interesse sein würden, aber er hatte nicht erwartet, dass die Armee auf ihnen kampieren und den Zugang kontrollieren würde. Als er darüber nachdachte, ergab es Sinn. Ein Rift, der einen Tier höher lag als der Planet, war ein Vorteil für die schnellere Aufwertung der Welt. Er war zwar nicht verärgert darüber, dass sie den Zugang verkauften, aber er wünschte, er könnte eine Liste der Belohnungen in die Finger bekommen, die die Leute dafür erhielten.

Sie versuchten, in die Rifts zu delven, aber sie waren nicht annähernd in der Lage, eine echte Rift-Drop-Tabelle zu erstellen, bevor sie abreisten.

Matt fuhr auf der Plattform zurück über das Meer in die Stadt und war mit den Gedanken ganz woanders. Nach einem Tag voller Sparring und hoher Emotionen, gefolgt von einer langen Nacht, war er erschöpft. Als sie zu Hause ankamen, ließ er sich mit Liz und Aster ins Bett fallen. Keiner von ihnen machte sich die Mühe, sich auszuziehen, und sie schliefen einfach auf einem Haufen ein.

Am nächsten Morgen wachte er mit einem trockenen Mund auf. Als er sah, dass alle anderen noch schliefen, begann er zu kochen. Er hatte noch etwas Monsterfleisch von ihrem Delve und das würde eher früher als später schlecht werden, denn er hatte nur einen einfachen Kühlschrank mit Manakraft in seinem Raumbeutel.

Er ging aufs Ganze, kochte ein riesiges Frühstück und bewegte sich wie ein Besessener in der kleinen Küche, fest entschlossen, mit seinem Frühstücksschmaus zu beeindrucken. Annie und Emily kamen fast zur gleichen Zeit aus ihren Zimmern, nur um sich zu streiten, wer zuerst ins Bad gehen dürfe. Sie beendeten den Streit mit einer Runde Stein-Schere-Papier, bei der Annie von einem Fuß auf den anderen hüpfte, während ihre Schwester sich im Bad Zeit ließ.

Liz und Aster kamen als Letzte an, nachdem Conor, Annie, Emily und er bereits ihre Teller leer und dann noch einen Nachschlag gegessen hatten.

Jetzt, wo Aster wach war, schickte er ihr gedanklich ein Lachen rüber, als sie ihren ersten Kater erlebte. Sie genoss es nicht. Sie jaulte ihn an, bis sich ihre Kopfschmerzen verschlimmerten und sie sich zu einer elenden Kugel zusammenrollte. Er nahm seine Gefährtin, gab ihr ein Schmerzmittel und wedelte ihr mit Speck vor der Nase, bis sie ihn aß, bevor er sie in ihr persönliches Gefrierbett legte.

Liz hatte nicht mehr ganz so starke Schmerzen, seit sie [Ausdauer] benutzt hatte, aber sie aß langsam beim Frühstück. Während sie fertig schmauste, ging Matt mit Conor ins Fitnessstudio. Die beiden stemmten nur Gewichte und vermieden Sparring. Sie waren nur dort, um etwas Krafttraining zu machen.

Ihre Belohnungen für den Verkauf von Liz' Tränken und Emilys Skill-Splitter waren eingetroffen. Nach Abzug des Auktionshauses verdienten sie satte 5.603 Kriegspunkte. Matt rieb sich angesichts der vielen Punkte die Hände und setzte sofort ein Kopfgeld auf jeden aus, der Mana-Aspekte hatte, die er noch nicht besaß, oder andere Varianten.

Er gab sich als Handwerker aus, der nach wiederaufladbaren Manasteinen Ausschau hielt. Das stimmte, auch wenn er stattdessen seinen Wachstumsgegenstand benutzen wollte.

Mit einem Blick auf Conor fragte er: „Hey, ist dein Mana aspektiert?".

Conor schaute kurz verwirrt und antwortete dann: „Nein. Ich habe darüber nachgedacht, mir Metall- oder Erdaspekte machen zu lassen, aber ich konnte mir den Trank nicht leisten. Warum? Denkst du darüber nach, dich aspektieren zu lassen?"

Matt wollte nicht lügen, aber er wollte auch nicht sein Talent oder seinen Wachstumsgegenstand verraten, also sagte er ihm einen Teil der Wahrheit. „Nein, ich beschäftige mich mit der Verzauberung. Für mein Schwert muss ich die Verzauberung selbst machen, und für andere Arbeiten empfehlen die Bücher, so viele Mana-Aspekte wie möglich zu bekommen, um Synergien zu erschaffen."

Mit einem lässigen Achselzucken fügte er hinzu: „Die aspektierten Manasteine kosten selbst für die gewöhnlichen Aspekte einen Haufen Geld. Bei den vielen Millionen Menschen, die hier sind, muss *jemand* mit einer selteneren Variante hier sein, und es kostet ihn nichts, mir ein wenig Mana zu injizieren."

„Ich habe darüber nachgedacht, mir einen Handschuh zuzulegen, den ich in einem Laden gesehen habe. Ich wollte fragen, ob du ihn dir ansehen kannst. Ich weiß nicht genug, um zu wissen, ob es ein gutes Angebot ist."

„Ich helfe dir gerne. Was ist der Gegenstand?"

„Ein Armreif, der als kinetischer Energiespeicher fungiert, der für Kurzstreckenangriffe genutzt werden kann."

Matt war überrascht und sagte das auch. „Ich hatte erwartet, dass du einen Zauber mit größerer Reichweite willst. Ich weiß, dass ich das wollte."

Conor wischte den Kommentar beiseite. „Ich sehe das nicht mehr als so wichtig an. Zumindest nicht für das nächste Jahr. Wir werden in Teams kämpfen, und obwohl es schön wäre, meinen Schaden in einem Rift abzurunden, halte ich das im Moment nicht für eine gute Möglichkeit, mein Geld auszugeben. Es ist besser, ein fähiger Frontliner zu sein und meinem Team und damit auch mir selbst mehr Punkte zu verschaffen."

Matt gefiel der Ansatz des Mannes. Wenn er noch [Kupferhaut] hätte und wüsste, dass sie keine Nebenwirkungen hatte, würde er sie dem Mann auf der Stelle geben. Er hatte recht, und je besser er als Schutzschild für die Magier war, desto mehr konnte Matt als Nahkämpfer angreifen und Schaden anrichten. Im Moment war er ein Hybrid, was ihm nichts ausmachte, aber wenn er sich auf den Angriff konzentrierte, konnten seine Skills besser zur Geltung kommen.

Sie erreichten den besagten Laden und Matt untersuchte den Armreif, für den sich Conor interessierte. Er wurde von einem Tier 7-Handwerker hergestellt, der seine Arbeit verdeckte, sodass Matt zwar keinen perfekten Blick auf die Runen des Gegenstands werfen konnte, aber ein Gefühl für die allgemeine Handwerkskunst bekam.

Er war ehrlich gesagt beeindruckt von dem Gegenstand. Er war eine gute, solide Arbeit, bei der die Runen vollständig in das Metall integriert zu sein schienen, aber nicht so, wie er es gewohnt war. Nachdem er den Preis überprüft hatte, verstand Matt, warum Conor zögerte.

Mit einem Tier 8-Manastein für einen Tier 7-Gegenstand war er sehr teuer. Matt konnte nur seine Meinung sagen und es dem anderen Mann überlassen, zu entscheiden.

„Ich denke, der Preis ist es wert. Er ist gut verarbeitet und wird eine Weile halten.

Außerdem ist es ein toller Verteidigungsgegenstand, wenn er hält, was er verspricht und Angriffe absorbiert, die auf deinem anderen Arm landen. Aber der Preis ..."

Matt schweifte ab, und nachdem Conor noch ein paar Minuten auf und ab ging, kaufte er schließlich den Gegenstand.

Als sie zu ihrem Hauptquartier zurückgingen, gab Conor eine Erklärung ab. „Ich hatte einen glücklichen Rift, bevor ich hierherkam, aber das war der größte Teil meiner flüssigen Mittel. Es ist schwer, alles auf einmal auszugeben."

„Ich verstehe. Sieh es von der positiven Seite. Er sollte dir nach diesem Krieg noch lange erhalten bleiben, und mit dessen Haltbarkeit und den Reparaturzaubern sollte er mit minimalen Ausgaben noch eine ganze Weile halten. Ich denke, das war es wert. Übrigens, wenn wir zurück sind, sollten wir mit den Mädchen ein bisschen Sparring machen."

Sie waren fast zurück in ihren Zimmern, als ihre KI angepiepst wurde. Ihre Gruppe hatte in drei Stunden einen Auftrag.

Kapitel 9

Die beiden liefen den Rest des Weges zurück und Matt bemerkte, dass auf beiden Seiten eine große Hektik herrschte. Es schien, als ob alle es eilig hatten, die verlorene Zeit wieder aufzuholen, verglichen mit der leichten Flaute vor der Auktion.

Es könnte auch sein, dass die Herrscher jede Seite dazu drängen, mehr Punkte zu sammeln. Sie müssen beide verzweifelt sein, um den Stab und den Panzerhandschuh zu gewinnen. Ich kann es ihnen nicht verdenken. Diese Gegenstände scheinen unglaublich zu sein, und sie wurden nicht einmal für mich gemacht.

Matt und Conor stürmten in ihre Suite und sahen, dass alle anderen sich bereits fertig machten. Liz warf Matt seine Unterziehsachen zu, die er sich überstreifte, und er warf sich im Nu seine Tasche über die Schultern.

Conor brauchte mit seinem Plattenpanzer länger, aber seine Teamkollegen halfen, den Prozess zu beschleunigen. In fünf Minuten waren sie auf dem Weg zum Teleporterraum, wo sie eine große Menschenmenge vorfanden, die sich um den Eingang drängte.

Die Tür öffnete sich, und eine Frauenstimme rief: „Quills Team, ihr seid dran."

Eine kleine Gruppe schrie und schubste, als sie sich einen Weg nach vorne bahnte.

Die gleiche Stimme rief wieder: „Wenn ihr nicht in der nächsten Stunde oder weniger eingeplant seid, dann geht weg. Kommt zum richtigen Zeitpunkt zurück. Der Teleporter ist besetzt, also werden wir keine frühen Sprünge machen."

„Scheiße!" Annie sah bei dieser Erkenntnis kampfbereit aus.

Liz zuckte mit den Schultern und bot an: „Willst du für die nächsten zwei Stunden oder so in unser Zimmer gehen?"

Emily trat auf den Boden und fügte ihren Senf dazu. „Oder wir stehen herum wie diese Typen. Ich schätze, das Zeitfenster von drei Stunden war eine tatsächliche Zeit, um zu gehen, und kein Vorschlag."

Matt kam sich dumm vor, als sie zurück in ihr Zimmer liefen. Er wusste, dass es nicht stimmte, aber er hatte das Gefühl, dass jeder, an dem sie vorbeikamen, sie beobachtete. Es war nur in seinem Kopf, aber er fühlte sich dumm, weil sie es so eilig hatten.

Sie saßen alle eine Weile unbeholfen in ihrem Gemeinschaftsraum herum, bevor Liz eine zufällige Show einschaltete, die sie sich ansehen sollten. Conor war der Einzige, der seine Rüstung ablegte, jedoch nur den Brustpanzer. Wie Matt aus seiner Ausbildung im Waisenhaus wusste, war dies der unbequemste Teil einer Plattenrüstung, den man über einen längeren Zeitraum tragen konnte.

Es war das erste Mal, dass Matt die Redewendung „Beeil dich und warte" aus all den Kriegsfilmen, die er gesehen hatte, richtig verstand. Sie wurden gehetzt, um sich kampfbereit zu machen, und mussten dann auf ihr Zeitfenster warten.

Zwei quälende Stunden später machten sie sich mit dem Rucksack auf den Weg zu Aster und gingen in einem ruhigeren Tempo hinunter, nur um in der Schlange zu warten, da ihre Teleportzeit näher rückte.

Sie mussten noch weitere fünfundvierzig Minuten auf ihr genaues Zeitfenster warten. Aus ihren Beobachtungen ging hervor, dass der Teleporter auf dem Planeten nur alle fünf Minuten funktionierte, was die Zahl der Teams, die hinausfahren konnten, stark einschränkte.

„Team Eimer? Ihr seid dran."

Der Name des Teams sorgte für Verwirrung, und als Liz gegen den Dreck trat, murmelte sie verlegen: „Ich dachte, das wäre lustig. Tut mir leid."

Jetzt, wo Matt Bescheid wusste, fing er an zu lachen. Es war lustig. Er mochte den Skill-Eimer, den sie hatten und wie lächerlich er war.

Sie bewegten sich vorwärts und durch die Menge, um die Tür zu erreichen und betraten denselben Teleporterraum, den sie beim letzten Mal benutzt hatten.

Eine Frau ging neben ihnen her und bellte sie hastig an: „Ziel ist es, die mittlere Festung zu besetzen und die Verteidiger am Verlassen zu hindern. Wenn ihr die Festung einnehmen könnt, werdet ihr doppelt belohnt. Weitere Informationen findet ihr in dem KI-Paket." Sie holte einmal tief Luft, bevor sie fragte: „Fragen?"

Keiner von ihnen sagte etwas und sie wurden zu dem Runenkreis geführt, der sie in die nächste Stadt teleportieren würde.

Sie kamen blitzschnell an und wurden von einem uniformierten Beamten aus dem Stadtzentrum geholt. Sie joggten schnell zum Eingang der Stadt, bevor sie ihre verschiedenen Fluggeräte bestiegen und in die Luft gingen.

Matt überprüfte, was er über die mittelgroßen Festungen wusste und verglich es mit den Daten, die seine KI gespeichert hatte. Sie waren größer als die Festungen, die sie zuvor angegriffen hatten, und schützten in der Regel einen strategischen Wert, während die kleineren Festungen wie ein Zaun die wertvolleren Gebiete schützten.

Die mittleren Festungen waren breiter und bedeckten sowohl mit ihren physischen Mauern als auch mit ihren Schutzformationen ein größeres Gebiet. Laut der Informationsübersicht gab es etwas westlich der Festung eine simulierte, hochwertige Erzader. Sie befand sich in der perfekten Position, um der besetzenden Fraktion die Kontrolle über das Gebiet zu verschaffen und die Möglichkeit, Punkte zu sammeln.

Die Festung selbst war fünfzig Prozent größer als alle anderen, auf die sie bisher im Krieg gestoßen waren, und hatte im Inneren einen zwei Stockwerke höheren Turm.

Insgesamt glaubte er, dass sie die Festung einnehmen könnten, wenn sie mit der üblichen Anzahl von Wachen besetzt wäre. Sie mussten nur die Verteidiger herauslocken und Annie ihre Unsichtbarkeit nutzen lassen, um sich einzuschleichen und Chaos zu stiften. Sie könnte sogar ganz einfach die Tore für sie öffnen. Im Idealfall würde es ihnen gelingen, zumindest eine kleine Anzahl von Verteidigern anzulocken, um die simulierte Mine zu schützen. Nach den festgelegten Regeln musste jede simulierte Ressource geschützt werden, um weiterhin Punkte zu generieren, so wie es bei jeder echten Ressource der Fall wäre.

Die Belohnung für die Einnahme einer mittleren Festung war mit 5.000 Punkten angegeben und Matt wollte diese unbedingt abkassieren. Als Soloteam erwartete Matt sogar noch mehr, wenn alles vorbei war. Dabei hatte er noch nicht einmal die Anzahl der Verteidiger berücksichtigt, die sie töten würden, oder die zusätzlichen Belohnungen des Königreichs.

Der größte Fang des Angriffs wäre mindestens ein Tier 7, der die Festung bewachte. Wenn sie Glück hatten, waren es vielleicht sogar zwei oder drei. So hatte das Königreich sie eingesetzt, und ihr Geheimdienstbericht deutete darauf hin, dass das Königinnentum dasselbe tat. Trotzdem war das nichts, womit sie nicht umgehen konnten, weshalb Matt sein Team schon während des Fluges über seine Idee informierte.

* * *

Matt lag hinter einem kleinen Busch auf dem Hügel, der die simulierte Mine überblickte. Es war etwa einen Kilometer von der Zielfestung entfernt, und die Königin hatte eine kleine hölzerne Mauer um die simulierte Mine errichtet. Er spähte durch das spärliche Unterholz und beobachtete, wie Menschen um das Gebäude neben dem Loch, das die Mine darstellte, standen.

In der kleinen bewaldeten Palisade, die die Verteidiger errichtet hatten, um nicht im Freien zu sein, gab es einen Wachposten.

Matt atmete langsam und tief, während er die Gegend beobachtete.

Ihr Plan war ausgearbeitet. Sie warteten nur noch auf das Signal.

„Ich bin in Position."

Mit dieser Nachricht von Annie schlitterte er wieder den Hügel hinunter und schob mit Conors Hilfe den Felsbrocken, den sie zuvor vorbereitet hatten. Sie brachten ihn genau unter die Kuppe des Hügels und setzten ihre Füße ab, bevor sie sich von der Rückseite des massiven Felsens aus ansahen.

„Bereit?“ Matt grunzte die Frage heraus. Selbst mit aktivem [Magier-Rückzug] war dieser Felsen immer noch etwas mehr als einen Meter hoch, fast bis zu Matts Hüfte reichend. Außerdem war er aus Tier 4-Material hergestellt. Der Felsbrocken war zwar leichter, als wenn er aus einem höherwertigen Gestein gewesen wäre, aber er war immer noch unglaublich schwer. Zum Glück handelte es sich nur um Stein und nicht um Metall, denn Stein wird mit dem Tier nicht so schwer wie Metall.

Conor reagierte nicht verbal, sondern fing einfach an zu schieben, und Matt schloss sich ihm schnell an. Sie stöhnten, als sie sich vorwärts kämpften, und langsam kletterte der zweieinhalb Tonnen schwere Felsbrocken den Hügel hinauf und begann von selbst zu rollen.

Die beiden Frontsoldaten sahen zu, wie der Felsbrocken immer schneller wurde und auf den Grund der Schlucht und die Holzwand zurollte.

Schwer atmend beschwor Matt seine Klinge und sprintete hinter dem Felsbrocken her, Conor direkt hinter ihm. Sie schrien mit dem wenigen Atem, den sie noch hatten, während sie vorwärts rannten und vergeblich versuchten, den Felsbrocken einzuholen, der mit seinem tonnenschweren Gewicht umherrollte.

Der Felsen war ihre Antwort auf die hölzernen Mauern, die sie nicht umgehen konnten, aber als Matt beobachtete, wie er den Abhang hinunterhüpfte und immer schneller wurde, machte er sich Sorgen, dass er tatsächlich jemanden töten könnte. Der Felsen sauste nun mit rasender Geschwindigkeit.

Sie hatten Mühe, nicht zu stolpern, als sie den steilen Hügel hinunterliefen, aber Matt konnte sehen, wie der Stein die Holzwand durchschlug. Er durchschlug sie, als hätte es die Barriere nie gegeben. Überall flogen Holzsplitter herum, und der Stein flog durch das Gebäude und auf der anderen Seite der Mauer wieder heraus. Er rollte und hüpfte weiter den Abhang hinauf, bevor er den größten Teil seines Schwungs verlor.

Matt verfluchte ihr Glück und die Wahl des Steins, als Liz eine Nachricht schickte. „Was zum Teufel war das?!“

„Wir haben den Fels-Plan umgesetzt.“

„Bei den Aufsteigern, das war mehr, als wir wollten!“

Matt und Conor stürmten die Festung und begannen mit dem Kampf gegen die Verteidiger, die noch standen. Von den neun, die in der Basis waren, kamen ihnen fünf mit gezückten Waffen entgegen. Die beiden humpelten mit deutlichen Verletzungen heraus und kämpften mit voller Inbrunst, während die anderen dem improvisierten Rammbock entkommen waren.

Während der Planungsphase erwähnte Emily, dass sich der Rest in der Festung verschanzen würde, wenn sie die Verteidiger der Mine sofort auslöschten, um nicht zu riskieren, noch mehr Leute in einen Hinterhalt zu schicken.

Deshalb waren es nur zwei von ihnen, die die Minenbasis angriffen. Sie wollten den Anschein erwecken, dass sie Teil eines waghalsigen Angriffs von Schurken waren, die hofften, ein paar einfache Punkte zu sammeln.

Liz, Emily und Aster warteten in einem Gebüsch, das an dem wahrscheinlichsten Weg lag, durch den die Verteidigungsverstärkung kommen würde. Am Ende hing alles von Matts und Conors schauspielerischen Fähigkeiten ab.

Durch das Geschrei und das Klirren der Waffen hindurch hörte Matt die Befehle: „Haltet sie auf und lasst sie nicht tiefer eindringen!"

„Haltet den Eingang!"

Jemand anderes rief: „Für Ingrid! Sie wurde von dem Felsbrocken dieser Bastarde zerschmettert. Lasst sie nicht entkommen!"

Matt parierte einen Angriff und erwiderte ihn mit einem, wie er hoffte, glücklichen Stoß durch die Abwehr des Speerträgers.

Sie schrien und waren plötzlich weg, als wären sie nie da gewesen.

Er sah, wie Conor seinen Gegner zu Boden brachte und drängte so weit nach vorne, dass beide einzeln umzingelt wurden. Matt versuchte, übereifrig zu wirken, nachdem er einen der Verteidiger niedergeschlagen hatte, in der Hoffnung, mehr Aufmerksamkeit auf sich zu lenken.

Endlich kam die Nachricht, auf die sie gewartet hatten. „Zehn Leute sind unterwegs. Ich bin reingeschlüpft, als sie rausgingen."

Matt grinste und stürmte mit voller Kraft nach vorn, als er spürte, dass Conors [Dämonenzone] aktiviert wurde. Er packte das Schwert des Tier 5 mit seiner gepanzerten Hand und stieß sein Langschwert durch die schwächere Brustpanzerung. Als er die Klinge zurückzog, verschwanden sie, und er stürzte sich auf seinen nächsten Angreifer, um dessen Streitkolben auf seinen Kopf zu schlagen.

Der Königinnentum-Kämpfer war zu schwach, um ihn durch die [Gecrackte Phantomrüstung] zu beschädigen, und Matt schlug ihm mit dem Knauf seiner Waffe ins Gesicht und brach ihm die Nase, während er zu einem Stoß gegen den Anführer überging.

In drei Zügen verschwanden drei weitere Personen, als sie von den Wachen der Armee mitgenommen wurden. Matt lächelte und freute sich, dass der Plan so gut funktionierte.

Conor stand über ein paar Blutflecken und sah, wie der Mann sein Grinsen unter seinem Helm erwiderte.

„Lass uns den Magiern helfen."

Conor schnaubte über Matts Vorschlag. „Sie brauchen unsere Hilfe nicht. Ich wette, sie sind schon mit der Verstärkung fertig."

Matt zuckte mit den Schultern; sein Nahkämpfer-Kollege hatte wahrscheinlich recht, aber sie eilten trotzdem zu den von der KI gemeldeten Standorten seiner Teamkollegen.

Sie waren erst auf halbem Weg, als sie die Nachricht erhielten, die sie erwarteten. „Verstärkung ist eingetroffen."

Als sie auf die Magier trafen, bewegten sie sich als Fünfergruppe an den Rand der Sichtlinie der Festung.

Matt war der Kampfleiter, also schickte er eine Nachricht an Annie. „Annie, wie lautet deine Position?“

„Ich sitze über dem Tor. Es sind fünf Leute hier und sie überlegen, was sie tun sollen, da ihre Verbindungen zu den anderen verschwunden sind. Ich kann sie übernehmen, aber es wird laut sein.“

Matt überlegte es sich und ließ seine KI die Simulationen durchführen.

„Leg los. Schalte sie aus, und wir stürmen gleichzeitig das Tor. Wir können es einschlagen, wenn es sein muss, aber die Schutzschilde werden uns verlangsamen. Wenn du das Tor öffnen kannst, können wir dich unterstützen.“

Nach einer langen Pause erhielten sie eine Nachricht. „Ich werde auf deinen Befehl hin handeln. Ich bin jederzeit bereit.“

„Du wirst uns hören.“

Matt schaute zu seinen Teamkameraden und erklärte seinen Plan. „Conor und ich gehen nach vorne und blockieren die Bogenschützen. Bleibt in der Nähe und wir stürmen sie so schnell wie möglich.“

Emily fluchte leise. „Ich hasse diese Antifluggeräte-Formationen. Es wäre viel einfacher, wenn wir von oben angreifen könnten.“

„Das wäre es, aber flieg niedrig und hinter uns.“

Matt steckte sein Langschwert zurück in den Ring und kramte in seinem Raumbeutel nach dem Schild, den er während seiner Zeit als Frontliner beim Sturm auf die Golemfestung benutzt hatte. Conor war bereits in Position und sie machten sich in gleichmäßigem Tempo auf den Weg zu dem geräumten Feld, das die Hauptfestung umgab.

Sie hatten ein Viertel der geräumten Fläche hinter sich gebracht, als die Pfeile auf sie niederprasselten. Zuerst war es nur ein gelegentliches Klirren von Metall auf Metall, aber als sie die Hälfte des Weges hinter sich gebracht hatten, wurde es zu einem Sturzbach, da die Verteidiger versuchten, sie zurückzudrängen.

Ein Feuerstoß traf seinen Schild, aber Matt drängte sich hindurch und blieb in einer Linie mit Conor. Sie waren fast an der Festung, als ein blau leuchtender Pfeil direkt durch Matts Schild schoss. Er wurde von der [Gecrackten Phantomrüstung] aufgehalten, doch seine KI berechnete, dass der Bogenschütze, egal welchen Skill er benutzte, sie durchschlagen würde, wenn er ihm freie Schussbahn ließ.

Er war zwar nicht so stark wie Taras Tier 3-Talent, das Rüstungen durchdrang, aber stark genug, um ein Problem darzustellen.

Auf einmal verschwand das Geräusch des Pfeilregens und sie befanden sich unter dem Eingang eines Tunnels, der mit Schießscharten übersät war. Die große Holztür war leicht angelehnt, und als sie sie erreichten, konnten sie von drinnen Kämpfe hören.

Matt ließ seinen Schild fallen und riss die Tür auf, während Conor mit erhobenem Schild und Kurzschwert hindurchstürmte.

Emily war die Nächste, Liz war ihr dicht auf den Fersen und Aster hatte ihren Rucksack dabei und schaute der Blutmagierin über die Schultern.

Matt nahm sein Langschwert wieder in die Hand und ging zu den anderen, nur um zu sehen, dass der Boden mit Blut bedeckt war und Annie aussah, als hätte sie gerade mit Liz gekämpft. Seine KI verriet ihm, dass sie nur einen einzigen, leichten Schnitt an der Hüfte hatte, was bedeutete, dass es das Blut ihrer Feindin war, das den Eingang bedeckte. Er wusste nicht, gegen wie viele Leute sie gekämpft hatte, aber er war sehr beeindruckt von ihren Ergebnissen.

Liz nahm sich einen Moment Zeit, um das Blut zu sammeln und ging zum Eingang, der in den freien Bereich zwischen den Festungsmauern und der Festung selbst führte.

„Ich gehe in Golemform raus und bewege mich nach rechts."

„Nimm dich vor dem Bogenschützen mit einem panzerbrechenden Skill in Acht. Er wird deinen Golem direkt durchschlagen. Benutze [Blutschild]."

„Wird dieser das blockieren?"

Matt wartete, bis seine KI die Berechnungen durchgeführt hatte, bevor er antwortete: „Nein, aber er wird es nicht tödlich wirken lassen."

„Verstanden. Ich gehe raus und versuche, die restlichen Verteidiger auf der Mauer auszuschalten."

Liz brach aus der wenigen Deckung, die sie hatten, hervor und wurde mit Pfeilen und einem [Feuerball] überschüttet.

Matt und Conor gaben Emily Deckung, als sie den Tunnel durch die Mauer verließen. Zu seiner Überraschung stellte Matt fest, dass sich die meisten Wachen der Königin bereits in die Festung zurückgezogen hatten. Liz hatte das auch gesehen und griff die fliehenden Bogenschützen an. Aster saß mit ihr im Golem und schickte Eissplitter auf alle, die versuchten, Liz' Blutgolem zu flankieren. Matt bemerkte, dass die beiden auf dem Dach der Festung die Aufmerksamkeit von zwei Bogenschützen der Königin erregten.

Matt wirkte [Hagel] auf sie, und als die fast feste Wand aus Eis fiel, zwang sie die Bogenschützen zum Rückzug. Die verbliebenen Verteidiger stürzten sich in die Masse der Menschen, die versuchten, alle durch den kleinen Eingang am Fuße der Festung zu passen. Annie hatte in dem Chaos bereits ihr Talent reaktiviert, um zu sehen, ob sie sich in das Gebäude schleichen konnte.

Es gab Geschrei und sie drehten sich um, um den Angriff von Matt und Conor zu stoppen, während Emily [Wasserkugeln] und [Bolzen] auf die Menschenmassen schickte.

Jedes Mal, wenn die Blitzlanze den Innenhof erleuchtete, wurde jemand hinausteleportiert. Matt wünschte sich, sie hätten mehr Zeit, damit Emily die beiden Skills, die sie hatte, absorbieren konnte. Damit würde sie ihren Schaden vom Zweifachen auf ein Achtfaches erhöhen. Wenn sie jetzt schon mit jedem Treffer eine Person tötete, konnte er sich nur vorstellen, was sie mit dem zusätzlichen Effekt anrichten könnte. [Bolzen] konnte sich verketten, wenn sie nach dem Aufprall noch genug Schaden hatte oder wenn sich eine große Menge Metall in der Nähe des Ziels befand. Die Mission war einfach zu früh gekommen; sie hatte ihren [gecrackten Mana-Bolzen] erst heute Morgen erhalten.

Sie stürmten in die Menschenmasse, die die Tür vor ihnen verschlossen hatte, und Matt und Conor schlugen mit großen, schweren Angriffen auf die Königinnentum-Kämpfer ein. Bei jedem Angriff floss Blut, und das Fleisch wurde aufgerissen.

Die Schreie vor Matt wurden von denen zu seiner Linken übertönt, wo Liz die Bogenschützen und andere Fernkämpfer in die Flucht schlug, sodass Matt schnell hinüberschaute.

* * *

Otto sah entsetzt zu, wie das rote Monster aus dem Wachhaus des Tores stürmte. Er wusste nicht, was es war, bis Lesley einen leuchtenden blauen Pfeil auf das Monster abfeuerte, was ihn dazu veranlasste, das Gleiche zu tun.

Ihr Pfeil bohrte sich tief in dessen Schulter, während sein Pfeil abprallte, als wäre das Monster aus Stein. Er notierte sich, dass er seine Schüsse so einstellen musste, als wäre es ein gepanzertes Ziel.

Otto war stolz darauf, der zweitbeste Bogenschütze in ihrer Gruppe zu sein, aber das Fehlen eines Bogenschieß-Skills zeigte jetzt seine Schwächen.

„Ziel auf den Kopf. Er ragt aus der Brust heraus."

Als Lesley das sagte, bemerkte Otto die Diskrepanz und schoss seinen eigenen Pfeil auf das blasse Gesicht, das von bewegendem Blut umgeben war.

Er musste seine Galle herunterschlucken, als das Monster sich durch die anderen Bogenschützen schnitt. Er kannte sie, verbrachte Zeit mit ihnen, kümmerte sich um sie. Otto sah zu, wie sie in Stücke gerissen wurden.

Als er sich zurückzog und einen weiteren Pfeil einkerbte, beobachtete er fasziniert, wie Harvies Bein durch die Luft flog und Blut spritzte, bevor es verschwand. Oder zumindest das Fleisch verschwand. Das Blut wurde in das Monster hineingezogen, als es zu ihnen hinaufschaute.

Da der Eisregen Lesley und ihn auf die Seite drückte, hatten sie den perfekten Blick auf das Monster, das auf sie zustürmte.

Otto verdrängte den Anflug von Angst, als der Blutgolem den Fuß der Festung erreichte, wo er auf den Gehweg der Außenmauer traf. Es war der zweite von fünf Stockwerken und solange sie auf dem Dach waren, konnte das Monster sie nicht erreichen.

Seine Freude wurde unterbrochen, als das Monster an der Wand zu kleben schien. Es hielt sich an etwas fest, das wie gefrorenes Blut aussah, und begann, hochzuklettern. Die ersten Schritte waren zögerlich und es rutschte zweimal ab, aber als er und Lesley Pfeil um Pfeil auf die dicken Schultern des Monsters abfeuerten, kam es immer näher.

„Wir müssen fliehen!“ Seine Stimme brach, woraufhin er die Aussage noch einmal wiederholte, nur um zu sehen, dass Lesley ihn ignorierte.

Nach fünf nutzlosen Pfeilen hatte das Monster die Mauermitte erreicht, und er wiederholte sich, damit Lesley nickte und sich der Vorderseite der Festung zuwandte.

Sie waren jeweils nur einen Schritt weit gekommen und Otto und Lesley erstarrten bei dem Anblick, der sich ihnen bot.

Sie saßen in der Falle.

Der Eis-Skill, dem sie durch ihr Zurückweichen ausgewichen waren, produzierte immer noch in rasantem Tempo und hatte einen meterhohen Eishaufen aufgetürmt, der jeden Moment wuchs, je mehr Eis fiel. Das Problem war, dass es die vordere Hälfte des Festungsdachs bedeckte. Dort, wo die Falltür war.

„Scheiße!“ Ihre Ausrufe waren im exakt gleichen Moment zu hören.

Otto zog einen weiteren Pfeil heraus, aber er verfehlte sein Ziel, als er sich vorbeugte, um ihn abzuschießen.

Das Ungeheuer war nur wenige Meter unter ihnen.

Gelbe Augen trafen auf seine.

Er stolperte zurück, aber das war das Einzige, was ihn vor einer Peitsche aus Blut bewahrte, die durch die Luft krachte. Der Knall war so hoch, dass ihm die Ohren schmerzten, und dann war es zu spät.

Das Monster war auf dem Dach.

Lesley hatte sich zurückgezogen und ihren mit dem Skill [Aufgeladener Schuss] verbesserten Pfeil abgeschossen. Der Schuss der Tier 6-Teamleiterin war tödlich und auf diese Entfernung konnte sie ihn nicht verfehlen, und der Skill stellte sicher, dass er nicht geblockt werden konnte.

Bis heute.

Der Pfeil wurde von einer flachen Ebene aus Blut und Eis abgelenkt, sodass der Schuss seitlich vom Kopf der Frau abprallte. Er sah, wie sie zusammenzuckte, als zwei Blutfäden aus ihr herausschossen und Lesley sich drehte, um ihnen auszuweichen.

Otto, der immer noch auf dem Rücken lag, kroch weg und schoss einen weiteren Pfeil, bevor seine Beine aufhörten zu funktionieren.

Er blickte nach unten, um zu sehen, warum er sich nicht bewegen konnte, und musste feststellen, dass seine Beine nicht mehr da waren.

Er schrie.

Durch den Schmerz hindurch versuchte er, den Pfeil abzufeuern, fand aber eine Vogelklaue, die sich auf sein Gesicht senkte.

Ottos letzter Anblick war, wie Lesley von hinten aufgespießt wurde, als das Eis auf dem Dach aufstieg und ein Regen aus blutigen Kugeln seine Freundin tötete.

Plötzlich hörte der Schmerz auf und er war kurzzeitig orientierungslos, da er in einem Krankenhausbett lag und Lesleys durchlöcherten Körper und ihre glasigen Augen sah, die ihn von einem anderen Bett aus anstarrten.

Er hörte beiläufig, wie jemand sagte, dass sie überwältigt wurden, woraufhin ein Fluchen folgte, aber seine Augen waren auf Lesley gerichtet.

Ihr Mund bewegte sich und sie versuchte, etwas zu ihm zu sagen, aber es ging in all dem Geschrei unter.

Otto streckte die Hand aus, um ihr zu helfen, aber sie wurde von Menschen in Arztkitteln umringt und plötzlich war auch er umzingelt.

„Alles ist gut." Ein älterer Mann stand neben ihm, nur seine Augen waren durch seinen Mundschutz zu sehen.

Sie waren von einem freundlichen Braun, das an die weiche Erde im Hinterhof seiner Familie erinnerte. Es kam ihm so entfernt und so lange her vor, dass er ihn zuletzt gesehen hatte.

Otto spürte, wie alles kalt wurde und fragte sich, ob er sterben würde.

Der Heiler sagte etwas, aber er verstand ihn nicht.

Wozu braucht ein toter Mann Worte?

Er starb nicht. Der Schmerz ließ kurz darauf nach und er schaute nach unten, um zu sehen, dass seine Beine jetzt verbunden und die Heiler weg waren. Er wackelte mit den Zehen und stellte fest, dass alles noch funktionierte.

Ein Krankenpfleger, ein müde aussehender Mann, streckte eine Hand aus und sagte etwas, das er nicht verstand.

Otto konzentrierte sich auf den unbedeckten Mund des Mannes und verstand schließlich, was er zu sagen versuchte.

„Komm mit. Wir haben einen schönen, friedlichen Ort zum Bleiben."

Er wurde in einen gemütlichen Raum geführt, der wie ein Garten mit Streichelzoo aussah.

Auf Geheiß seines Begleiters setzte er sich an einen Baum, wo ein neugieriges Kaninchen zu ihm herüberkam und dann auf seinen Schoß kletterte.

Er streichelte untätig das weiche Fell, während sich die Ereignisse immer wiederholten. Blut und Schmerz.

Otto riss sich aus seinen Gedanken und schaute sich um. Ein paar Leute in Arztkitteln gingen von Person zu Person. Er war verwirrt über ihre Absicht, denn einige blieben stehen, um zu reden, andere gingen weiter. Es dauerte nicht lange, bis ihm klar wurde, dass sie sich um die Leute kümmerten, die zusammengebrochen waren, und mit denen sprachen, die es brauchten.

Er weigerte sich, einer von ihnen zu sein.

Sein Stolz siegte, bis er sich daran erinnerte, wie der Fuß mit den Krallen auf seinem Gesicht gelandet war. Wenn die Wachen langsamer gewesen wären ...

Er schluckte schwer und konzentrierte sich auf das weiche Fell in seinem Schoß, bis Lesley hereingeführt wurde und er bemerkte, dass ihre Kleidung durch ein weißes Set ersetzt worden war, das er an sich selbst ebenfalls nicht bemerkt hatte. Das trugen alle, aber er hatte seinen Kleiderwechsel irgendwie übersehen. Er wusste nicht, warum er sich darauf konzentrierte, aber er konnte seine Gedanken nicht von der Ungereimtheit ablenken.

Das war, bis Lesley ihn sah und in Tränen ausbrach. Seine starke, entschlossene Teamleiterin sackte vor ihm auf den Boden und weinte in das weiche Gras.

Otto konnte es nicht länger zurückhalten und tat dasselbe, während er sie beobachtete. Große Schluchzer brachen aus ihm heraus.

Er wusste nicht, wer sich zuerst bewegte, aber sie umarmten sich. Sie waren keine engen Freunde, aber sie waren sich im letzten Monat der Kriegsvorbereitungen und in der Woche des Wachdienstes näher gekommen. Als ihr Stellvertreter bei den Bogenschützen verbrachten sie viel Zeit miteinander.

Am Ende fühlte es sich einfach gut an, gehalten zu werden, und das führte dazu, dass die Emotionen noch schneller herausströmten, bis sie schließlich beide erschöpft waren.

* * *

Matt holte mit seinem Schwert aus und schnitt in eine Hüfte. Die meisten der Verteidiger, die von einem ihrer schnelleren Kameraden aus der Festung ausgesperrt worden waren, waren Tier 5 und nicht in der Lage, sich gegen eine Gruppe von Pfadgängern zu wehren, die einen Tier höher war als sie. Ein paar von ihnen waren Tier 6, aber auch ihnen erging es nicht besser, denn Matt ignorierte ihre Angriffe, die einfach an der [Gecrackten Phantomrüstung] abprallten. Er nutzte die Lücken, die sich durch ihre fehlgeschlagenen Angriffe ergaben, um sie zu erledigen.

Nach einer Minute hektischen Kampfes standen sie allein da und hörten nur noch das Geräusch von Vorwürfen, die innerhalb der Festung ausgetauscht wurden.

Matt lächelte, als er die Rufe hörte. Zwei der Leute, die es hinein geschafft hatten, beschuldigten die anderen, das Tor zu früh geschlossen zu haben. Die anderen bestanden darauf, dass sie sie gerettet hatten, gerade weil sie es zu früh geschlossen hatten. Entweder sie oder die Leute draußen.

Matt stoppte [Hagel] und begann, seine Klinge mit Mana aufzuladen. Als er 1.000 Mana erreicht hatte, ließ er die glühende Klinge auf das Tor zufliegen. Kurz vor dem Aufprall ließ er [Mana-Ladung] auf das Holz und das Metall los.

Die Tür knackte und splitterte bei der lauten Explosion, hielt aber stand. Die Festung verfügte über einen Veredler, der sie widerstandsfähiger machte. Zum Glück befand sich die Schildformation nur an der Außenwand, um Fernangriffe zu verhindern. Die innere Festung musste sich mit der einfacheren Rune begnügen.

Während er einen zweiten Angriff vorbereitete, meldete sich Annie. „Ich habe eine Verbindung zum zweiten Stock."

Matt hielt für einen Herzschlag inne und sagte: „Conor geht mit ihr. Emily und ich werden hier unten für ihre Aufmerksamkeit sorgen."

Eine halbe Minute später schleuderte er eine weitere [Mana-Ladung] gegen die Tür, was eine weitere laute Explosion verursachte.

Er führte drei weitere Angriffe aus, bevor oben in der Tür ein Loch erschien und ein [Feuerball] ihn begrüßte. Mit seinen für Tier 6 überdurchschnittlich guten Reflexen konnte Matt dem Angriff ausweichen, und Emily erwiderte den Zauber mit einem ihrer eigenen.

[Bolzen] verursachte einen Schrei, der anzeigte, dass jemand anderes aus dem Kampf ausgeschieden war.

Er überprüfte die Overlays der anderen und stellte fest, dass Emily, Liz und Aster nur noch die Hälfte ihres Manas hatten. Das würde sie dazu veranlassen, ihre Zaubersprüche zu rationieren. Conor war derjenige, der ihn bei seinem Check überrascht hatte. Der Mann hatte erwähnt, dass er mit seinem Tier 3-Talent sein Mana aufrechterhalten konnte und er momentan bei etwa fünfundsiebzig Prozent lag. Seine KI merkte an, dass er die nach Mana hungernde [Dämonenzone] so lange halten konnte, was bedeutete, dass sein Talent ihm eine ganze Menge Mana zurückgab.

Der nächste Treffer seines Schwertes sprengte so viel vom Tor weg, dass er sehen konnte, dass die Verteidiger Tische und Stühle über dem Eingang gestapelt hatten. Diesmal lud Matt [Mana-Hieb] auf, mit dem er die Trümmer durchtrennte. Seine Durchschlagskraft war stärker, während [Mana-Ladung] mehr stumpfen Schaden anrichtete.

Ein weiterer Schrei kam aus dem Inneren der Festung und nachdem er sein Schwert noch einmal aufgeladen hatte, sprang Matt durch die nun aufgebrochene Tür. Sofort wurde er von einem weiteren [Feuerball] im Gesicht getroffen. Er strapazierte die Kontrolle über [Gecrackte Phantomrüstung], konnte sie aber nicht durchbrechen. Anhand der Rückmeldung, die er von seinem Skill erhielt, schätzte er, dass der Magier höchstens Tier 6 oder 7 war.

Er kam ins Schleudern, weil der Boden rutschig war, und taumelte durch den Raum, als ihn ein weiterer Flammenschwall traf. Das Öl, in dem er ausrutschte, fing mit ihm Feuer, aber die [Gecrackte Phantomrüstung] konnte mit dem langsameren Schaden viel besser umgehen. Die Flammen des Öls waren nichts im Vergleich zu den Skills, die sich durch das Mana fraßen, das durch die Struktur der [Gecrackten Phantomrüstung] floss.

Er stand auf und während das Feuer seine Sicht behinderte, verließ er sich auf seinen spirituellen Sinn, um den nächsten Feind zu orten. Seine KI zeigte an, dass es der Magier war, der ihn angezündet hatte, also beschloss er, sich zu revanchieren und stürzte sich in das noch immer brennende Öl. Mit einem Gedanken formte er Stacheln an seinen gepanzerten Fäusten.

Es dauerte drei Schläge, bis die Person unter ihm verschwand, und Matt ging schnell die Luft aus. Seine Rüstung würde die Flammen abhalten, aber das Feuer verbrannte den gesamten Sauerstoff um sein Gesicht herum, und seine ohnehin schon strapazierten Muskeln rangen verzweifelt nach Luft. Wenn er gewusst hätte, dass das passieren würde, hätte er ihr Unterwasseratemgerät mitgenommen. Damit hätte er seinen Skill, die Luft anzuhalten, erweitern können.

Er nutzte seinen wiederaufladbaren Manastein für einen vollen Mana-Pool und zauberte schnell [Wasser erschaffen] über seinen Kopf, bevor seine aktiven Skills ihn auf ein Prozent seines maximalen Manas herunterzogen. Dort konnte seine Regeneration die Kosten für seine Kern-Skills auffangen, die ununterbrochen liefen.

Als das Feuer gelöscht war, ließ Matt den Wasser-Skill laufen, denn die Mana-Kosten für die Fortsetzung waren ihm egal. Der erste Atemzug war süß, als seine Rüstung den Rauch herausfilterte und er schließlich das ausgebrannte untere Stockwerk der Festung sah.

Matt wollte die Treppe hinaufgehen, als er fast gleichzeitig Nachrichten von Liz und Annie erhielt, was ihn zum Innehalten veranlasste.

„Das obere Stockwerk ist geräumt."

„Conor und ich haben das mittlere Stockwerk geräumt."

Matt schickte zurück: „Das untere Stockwerk ist ausgebrannt, aber geräumt. Damit bleibt ein Stockwerk zwischen uns beiden." Er dachte kurz nach, bevor er fragte: „Hat jemand die Tier 7 getötet?"

Nach einem verneinenden Chor sagte er: „Annie und Liz, räumt das Stockwerk zwischen euch beiden. Emily und ich räumen das zwischen euch und uns. Ich erwarte, dass die Tier 7 zwischen dem obersten und dem mittleren Stockwerk sind."

Emily war nun im Zimmer und hatte ein nasses Tuch über Mund und Nase gewickelt.

Sie schickte ihm eine private Nachricht: „Woraus bist du eigentlich gemacht? Ich habe dich brennen sehen."

Laut antwortete er: „Meine Rüstung ist großartig für geringen Schaden über eine lange Zeit. Womit sie nicht umgehen kann, sind einzelne große Treffer."

Sie nickte daraufhin und wandte sich der Treppe zu, die in das zweite Stockwerk führte.

„Bereit?"

Matt antwortete nicht, sondern ging einfach weiter, nachdem er seine Klinge an der hinteren Wand gefunden hatte. Die Treppe verlief an der Außenwand entlang, und sie eilten hinauf zur Tür, die nicht verriegelt war. Er brach hindurch und fand keine einzige Person im Inneren. Aufgrund der Kämpfe, die er von oben hören konnte, nahm er an, dass Liz, Conor und Annie gegen die restlichen Verteidiger kämpften.

Er und Emily rannten die Treppe hinauf, aber als sie ankamen, waren die Kämpfe bereits vorbei. Ihr Team stand einfach nur herum, während der Boden mit Blut und Trümmern bedeckt war.

Matt ging zu Liz und Aster hinüber und fragte: „Was ist passiert?"

Als er sich ihnen unter dem Vorwand, seine Gefährtin zu kraulen, näherte, aktivierte er sein Konzept, aber Liz packte ihn am Handgelenk und schickte ihm eine private Nachricht.

„Nein. Tu das nicht. Das ist im Moment zu offensichtlich."

Er tat, worum sie ihn bat. Sie hatte recht. Die anderen konnten den Prozentsatz ihres Mana-Pools sehen, und wenn er sich schnell füllte, wäre das viel zu offensichtlich. Er seufzte, als Liz ihm erklärte, was sie und Aster vorhatten.

„Aster und ich haben an der Mauer entlang gekämpft und sind dann auf das Dach geklettert, wo wir gegen die beiden anderen Bogenschützen kämpfen konnten.

Der Schild-Skill war eine gute Wahl. Der Bogenschütze war auf dem Dach und hat mit einem guten Veredler geschossen, aber da mein Konzept den Zauber verstärkt, hat es den Pfeil abgeblockt. Danach habe ich das Dach leergeräumt und Annie, Conor und ich kämpften gegen fast ein Dutzend Leute in diesem Raum. Der Tier 7 war ein Nahkämpfer, also war es nicht so schwer. Ich habe nur den Bereich des Raumes geflutet, in dem er war."

Er schaute zu Annie und Conor, um etwas über ihr Stockwerk zu erfahren.

„Wir hatten ein paar Leute im mittleren Stockwerk, da es eine Tür in der Wand gab, aber nichts Verrücktes. Es war einfach genug, dass es nichts zu berichten gibt."

Matt nickte. „Liz, melde dich für uns, während Annie ihre Hüfte untersuchen lässt. Conor und ich werden die Verteidigungsanlagen reparieren, soweit wir können. Ich denke, man wird uns sagen, dass wir diesen Ort halten sollen, also lasst uns darauf vorbereitet sein."

Emily sah sich bereits die Wunde ihrer Schwester an und ging mit Conor in das untere Stockwerk, während Liz und Aster auf das Dach stiegen, um jemandem im Hauptquartier Bescheid zu geben.

Matt konnte sich das Grinsen nicht aus dem Gesicht wischen. Sie sollten die Festung nur unter Beschuss halten, aber sie hatten es geschafft, sie einzunehmen.

Als er und Conor das Pförtnerhaus wieder aufbauten, stellten sie fest, dass die Tür gebrochen war und nicht mehr richtig im Rahmen hing. Keiner von ihnen wusste, wie das passiert war. Sie konnten nur vermuten, dass Annie es geschafft hatte, die Tür für sie zu öffnen. Die Tür aufzubrechen wäre kein schlechter Zug für die Verteidiger gewesen, wenn sie dadurch draußen bleiben konnten.

Nachdem das so gut wie möglich erledigt war, überließ Matt es Conor, den Manastein im zweiten Stockwerk der Basis aufzuladen. Er hatte noch eine halbe Ladung, aber er füllte sie mit seinem eigenen Mana auf. In der Zwischenzeit entleerte er einen einzelnen Manastein, damit er verbergen konnte, dass er die Energiereserven der Festung selbst aufgefüllt hatte. Das war zumindest eine plausible Erklärung.

Liz wandte sich an alle, während er um den Manastein der Festung herumstand. „Sie wollen, dass wir die Festung halten. Sie haben nicht damit gerechnet, dass wir sie einnehmen, und versuchen, Verstärkung zu schicken."

„Hatten sie eine geschätzte Zeit?"

„Frühestens in drei Stunden."

Das war gar nicht so schlimm und Matt ging wieder nach draußen, um sich zu Conor zu gesellen und ihre Umgebung zu beobachten.

Während er Wache hielt, überprüfte er seine Nachrichten von der Armee-KI und lächelte über die Punkte, die er verdient hatte.

Gesamt zuvor (zuletzt aktualisiert vor 3 Tagen): 537 Punkte.

TEAMVERDIENSTE:

(Berechnet für Tier 6-Kämpfer).

- **Feindlicher Vasall getötet, Tier 5. 1 Punkt wert. 40 Mal ausgeführt.**
- **Feindlicher Vasall getötet, Tier 6. 5 Punkte wert. 11 Mal ausgeführt.**
- **Feindlicher Vasall getötet, Tier 7. 25 Punkte wert. 1 Mal ausgeführt.**
- **Bergbaustelle erobert. 500 Punkte.**
- **Mittlere Festung erobert. 5.000 Punkte. Für die Eroberung einer Festung im Alleingang gibt es das Doppelte der normalen Punkte. 10.000 Punkte.**

PERSÖNLICHE VERDIENSTE:
(Berechnet für Tier 6-Kämpfer).

- **Feindlicher Vasall getötet, Tier 5. 1 Punkt wert. 19 Mal ausgeführt.**
- **Feindlicher Vasall getötet, Tier 6. 5 Punkte wert. 7 Mal ausgeführt.**
- **Feindlicher Vasall getötet, Tier 7. 25 Punkte wert. 0 Mal ausgeführt.**
- **Mittlere Festung erobert. 5.000 Punkte.**

ARMEEVERDIENSTE:

- **Geplünderte, aber zurückgegebene Gegenstände und Ausrüstung. 624 Punkte wert.**

UNERREICHTE VERDIENSTE: Nur zu Referenzzwecken.

- **N/A**

ZUSAMMENFASSUNG DER GEWINNE:
Verdienste des Teams:

- **Roh Gesamt: 10.580**
- **Team-Multiplikator: 1x**
- **Kategorie Gesamt: 10.580**

Persönliche Verdienste:

- **Roh Gesamt: 5.035**
- **Persönlicher Multiplikator: 1x**
- **Kategorie Gesamt: 5.035**

Kombinierte Verdienste:

- **Zwischensumme: 15.615**
- **Gesamtmultiplikator: 1x**
- **Gesamtzahl: 15.615**

Neue Zuwächse: 16.239 Punkte.
Neue Gesamtzahl: 16.776 Punkte.
Pfadgänger Team Ranking (Königreich der Sieben Sonnen): 132 Platz.
Geschätztes Tagesstipendium: N/A.

Matt konnte sein Grinsen nicht mehr aus seinem Gesicht verbannen. Allein durch diese Mission hatte er 16.239 Punkte verdient. Darüber hinaus hatte er wenig Zweifel daran, dass das Königreich sie für ihre überraschend erfolgreiche Operation zusätzlich belohnen würde.

Die Tatsache, dass sie doppelt so viele Punkte wie erwartet für die Einnahme der Festung erhielten, brachte ihn zum Tanzen, während er Wache hielt. Die Belohnung für die Einnahme der Festung als Team und als persönlicher Verdienst war interessant, aber es reichte aus, um ihn dazu zu bringen, die nächste Mission zu planen.

Wenn sie dieses Kunststück noch ein paar Mal wiederholen würden, hätten sie mehr als genug Punkte, um die Tier 14-Skills zu bekommen, die sie sich wünschten, sowie einige der Top-Tier-Gegenstände im Preisbereich von Hunderttausenden Punkten.

Er sprach mit Conor, als sie sich bei ihrem Rundgang auf der Mauer begegneten.

„Wir haben uns dabei wie Banditen aus dem Staub gemacht.“

Conor grinste und stieß mit Matt im Vorbeigehen die Fäuste zusammen. „Wir müssen sehen, ob wir das noch einmal machen können. Ich könnte die Punkte gebrauchen.“

Matt lachte darüber und rief über seine Schulter: „Da denken wir dasselbe. Ich kann der Verlockung dieser Punkte nicht widerstehen.“

Die sechs bewachten die Festung vier Stunden lang in der Erwartung, dass ihre Verstärkung bald eintreffen würde. Man hatte ihnen gesagt, dass es länger dauern würde, aber sie waren bereits eine Stunde verspätet.

Keiner von ihnen störte sich an der zusätzlichen Wartezeit. Immerhin gab es Gratispunkte.

Liz, die mit Emily auf der Spitze der Festung stand, rief: „Ich sehe etwas.“

Matt schaute in die Richtung, in die sie zeigte, aber sie kam nicht aus dem Südosten, wie er erwartet hatte. Nein, sie kam aus dem Norden, aus dem Gebiet des Königinnentums.

„Wie viele?“

„Das kann ich nicht sagen. Ich habe nur einen flüchtigen Blick erhascht. Sie flogen tief.“

Matt dachte angestrengt nach. „Kontaktiere die Basis und erkundige dich nach dem Stand unserer Verstärkung."

Einen Moment später sagte Liz: „Wir haben den Befehl, die Stellung zu halten. Die Verstärkung kommt in fünfzehn Minuten."

Matt nickte. Das schien eine vernünftige Entscheidung zu sein. Die herannahenden Feinde würden Zeit brauchen, um hierherzukommen, und er bezweifelte, dass sie sofort angreifen würden, damit ihre Verstärkung sie abschrecken konnte. Er bezweifelte, dass beide Seiten mehr als die fünfzig Leute schickten, die normalerweise eine mittlere Festung hielten.

Sie würden die Festung nur eine kurze Zeit lang verteidigen müssen.

Er und Conor gingen zum Eingangstor, um die herannahenden Angreifer zu sehen. Es waren fast einhundert Leute. Weit mehr, als er erwartet hatte, aber angesichts des Vorteils der Verteidiger ging er davon aus, dass sie sie aufhalten konnten, bis ihre Verstärkung eintraf.

Es lag eine besondere Ironie darin, die Festung zu verteidigen, die sie gerade erst übernommen hatten, aber er umklammerte seine Klinge fester und beobachtete, wie die Gruppe der Königinnentums-Kämpfer vorrückte.

Er schaute zu Conor, der neben ihm stand, und sagte: „Weißt du, was die Verteidiger des Königinnentums getan haben?"

„Ja?" Conor schaute nicht weg, aber er klang verwirrt, als er antwortete.

„Gut, wir werden das übernehmen und das Gegenteil machen."

Kapitel 10

Die herannahende kleine Armee hielt am Rand der Baumgrenze an und verteilte sich. Es war keine volle Mauer aus Menschen, aber sie war breit genug, um die Angreifer zu alarmieren, falls Matt und sein Team versuchten, aus der Festung zu fliehen, indem sie über die Rückwand kletterten.

Es war eine gute strategische Entscheidung, von der er sich wünschte, sie wäre nicht getroffen worden. Wenn sie inkompetent wären, wäre das alles viel einfacher.

Wenigstens war ihre Verstärkung nur wenige Minuten entfernt. Matt schaute nach Norden und sah nichts, aber er wusste, dass sie irgendwo sein mussten und über den Horizont rasten. Sie mussten die Kerle nur eine Weile aufhalten, dann würden sie von hinten angegriffen und in die Enge getrieben werden. An diesem Punkt hoffte er, dass die Königin aufgeben würde, die Festung zurückzuerobern.

Annie rannte zu ihnen hinüber, unter die Stelle, an der sie an der Außenmauer standen.

„Gibt es eine Chance, dass ich mich rausschleichen kann?"

Matt schaute sich um und fragte: „Kannst du herunterspringen, ohne dass deine Unsichtbarkeit unterbrochen wird?"

Annie war eine Minute lang still. „Nicht, wenn sie einen Tier 7 bei sich haben. Und das Fallen wäre schwer zu verbergen."

Matt griff in seine Tasche und holte seine modifizierte Golem-Armbrust heraus, zusammen mit den drei Köchern mit Bolzen, die er für die Waffe aufbewahrte.

„Vielleicht kannst du das gebrauchen."

Er hielt inne und fragte: „Warte. Kannst du mit Fernkampfwaffen umgehen?"

Annie zuckte mit den Schultern und sagte: „Es ist nicht meine Lieblingskampfart, aber ich habe das Fernkampfmodul für meine KI und es gibt nicht viel Wind, also sollte es gut gehen.“

Matt fluchte innerlich, aber sie hatten kaum eine andere Wahl. Er musste zusammen mit Conor das Tor der zerstörten Festung bewachen. Sie war offensichtlich kaputt, und er bezweifelte, dass die Angreifer von der Verstärkung überrascht werden würden. Das würde nur dazu führen, dass sie einen einzigen, starken Vorstoß unternahmen, um die schwächste Stelle zu durchbrechen. Sie würden hoffen, die Festung zu sichern, bevor noch mehr Kämpfer des Königreichs eintreffen konnten.

Es war ein Glücksspiel, ob sie sie mit ihrer schieren Anzahl überwältigen konnten. Mit Annie auf den Mauern und den drei Magiern, die von der Anhöhe auf dem Dach der Festung angriffen, hoffte er, dass sie eine oder zwei Wellen überstehen würden.

Die Angreifer würden die Festung schnell mit allem, was sie hatten, stürmen müssen, wenn sie sie überwältigen wollten. Es sei denn, sie hatten ein Belagerungsgerät dabei. Dann würden die Dinge ein wenig brenzlig werden. Vor allem, wenn sie die Möglichkeit hätten, die sechs Meter hohen Steinmauern zu erklimmen. Wenn sie keine Leitern mitgebracht hatten, würde es wegen des begrenzten Platzes in den Raumbeuteln der unteren Tiers einige Zeit dauern, sie herzustellen. Enterhaken waren schwieriger zu benutzen, aber leichter zu transportieren, also war die Wahrscheinlichkeit groß, dass sie mit ein paar davon ausgestattet waren. Er notierte sich in seiner KI, dass sie Enterhaken hätten mitnehmen sollen. Damit hätten sie den Vordereingang umgehen können.

Als er sah, wie Annie im Licht der untergehenden Sonne verschwand, erhielt er eine Nachricht von Emily. „Mein [Bolzen] hat eine zu geringe Reichweite, um ihn von der Spitze der Festung aus zu benutzen. Ich muss auf der Mauer sein.“

Matts wollte zuerst fluchen, aber als er seine Umgebung noch einmal überprüfte, stellte er fest, dass die Situation gar nicht so übel war. Sie bräuchten jemanden auf ihrer linken Flanke, der sie vor Angriffen schützte, die es einer kleinen Truppe ermöglichten, die Mauern zu überwinden. Annie konnte sich um die eine Seite kümmern, da sie sowohl unsichtbar war als auch Fernkämpferin, aber die andere Seite blieb unverteidigt. Das könnte funktionieren.

„Nimm die linke Flanke.“ Er führte die Simulationen durch und fügte dann zu seinem Missfallen hinzu: „Nimm Aster mit.“

Seine Gefährtin arbeitete zwar besser mit Liz und der Synergie zwischen Blut und Eis zusammen, aber sie hatte nicht ganz Liz' Reichweite. Aber selbst dann war die Situation noch nicht ideal. Liz war im Grunde eine Wassermagierin, die bestenfalls eine mittlere Reichweite hatte. Ein Bogenschütze wäre ideal, um sie von oben zu decken, während Liz ihre Rückseite bewachte, aber sie müsste beide Rollen übernehmen.

Aster wäre besser an der Wand und würde die Leute davon abhalten, sie zu erklimmen.

Er überprüfte seine KI und ihre interne Uhr. Vierzehn Minuten und sieben Sekunden. So lange konnten sie durchhalten.

Die erste Reihe der Angreifer bewegte sich mit schnellen Schritten vorwärts und baute etwas auf, das wie ein Stummelrohr aussah. Matt war verwirrt, bis sich das Bild mit seinen Erinnerungen an die Kriegsfilme, die er gesehen hatte, verband. Es war eine Belagerungskanone.

Zu seinem Entsetzen schütteten sie Manakristalle aus einem Raumbeutel in die hintere Halterung, als ob sie Wasser wären.

Er und Conor schienen das gleichzeitig zu bemerken, und sie verschwanden von der Wand. Nur den Bruchteil einer Sekunde, nachdem sie die Chance hatten, sich zu bücken, zerschmetterte die Wucht des Zaubers die Luft. Die Welt schien zu beben, als sich der Staub legte. Matt stand vor Conor, und die Welt um ihn herum war verschwommen und unscharf. Der Mann murmelte etwas, während er seinen Kiefer zusammenpresste. Matts Ohren waren durch seine Rüstung weitgehend vor der Wucht des Aufpralls geschützt, aber Conor hatte nicht so viel Glück.

Mit zwei Schritten war er in dem kleinen Torhaus und starrte auf das Tor, von dem nur noch die Reste der Scharniere am geschwärzten Stein klebten.

Seine KI hatte bereits das Modell der Kanone identifiziert und die Berechnungen durchgeführt. Sie hatten bei dieser Explosion mindestens 10.000 Mana verbraucht. Das waren fünfzig Tier 5-Manasteine, was in etwa dem Wert eines Tier 6-Steins entsprach, wenn nicht sogar dessen Mana-Äquivalent.

Matt war fassungslos. Er erzeugte Mana in einer absurden Geschwindigkeit, aber dieser eine Angriff entsprach der Produktion eines Tier 5-Rifts, der achtmal ausgeführt wurde, wenn man die durchschnittliche Belohnung zugrunde legte. Es schien einfach Verschwendung zu sein, wenn so viel Mana einen Handwerker bei der Herstellung einer dauerhaften Waffe hätte unterstützen oder eine Stadt stundenlang mit Energie versorgen können. Wenn sie dieses Mana in persönliches Mana für die Mana-Pools ihrer Magier umgewandelt hätten, hätten sie damit vier oder fünf Magier vollständig aufladen können.

Matt war nicht mehr in der Lage zu denken, denn der Feind war im Gleichschritt in der ersten Welle nach vorne gestürmt und war nun nur noch wenige Schritte von dem zerstörten Eingang entfernt.

Er klärte seinen Kopf und erkannte, dass er instinktiv [Mana-Hieb] aufgeladen hatte. Die blaue Sichel erschien schnell mit einem eifrigen Schnitt. Zwei Menschen verschwanden, als sie in einer Gischt aus Blut und sich noch immer absetzendem Staub stürzten.

Conor erschien neben ihm, als die Angreifer die Tür erreichten. Der andere Mann stand an seiner Schulter und stieß seinen Schild vor, um einen herabfallenden Streitkolben abzuwehren. Ein unaufmerksamer Teil von Matt bemerkte, dass der Mann einen kurzen Metallknüppel anstelle seines Schwertes oder eines längeren Streitkolbens benutzte.

Matt trat einem Angreifer gegen das Knie und bemerkte sofort, dass er nur Tier 6 war. Die Art, wie er unter seiner vollen Kraft zusammenbrach, ließ ihn fast innehalten, aber er hatte keine Zeit zum Nachdenken, er konnte nur mit Kraft und Geschwindigkeit handeln.

Durch die Tür passten vier Personen gleichzeitig, was ihm erlaubte, sein Langschwert ungehindert zu schwingen, aber es bedeutete auch, dass er immer gegen mindestens drei Personen kämpfte, während sie sich hindurchzwängten. Ein Schild spaltete sich unter seiner Tier 7-Klinge, als er sich abstützte und auf den nächstbesten Gegner einschlug.

Der schrille, heulende Wind versuchte, ihn von den Füßen zu reißen, aber Matt benutzte instinktiv sein Konzept, um sich am Boden zu verankern. Das warf alle anderen gleichzeitig um, und Matt bemerkte den Magier und fünf Bogenschützen, die hinter ihren gefallenen Verbündeten standen. Er wusste nicht, wann sie sich nach vorne bewegten, aber sie waren jetzt nur noch fünfzehn Meter entfernt, also stürzte sich Matt auf sie.

Als er über die aufsteigenden Leichen der Truppen der Königin schritt, trat er gegen einen gepanzerten Kopf und zuckte zusammen, bevor der Mann verschwand. Kopfwunden waren gefährlich, er versuchte, sie zu vermeiden, wann immer er konnte, und hoffte nur, dass der Mann herausgezogen worden war, bevor er größeren Schaden erlitten hatte.

Die Bogenschützen und der Magier hatten die Gelegenheit, die sich ihnen durch den Sturz ihrer Kameraden bot, nicht verpasst, und die Bogenschützen schossen ihre Pfeile ab. Er wusste nicht, ob es sich um ein Missverständnis handelte oder nicht, aber sie zielten alle auf Conor, der immer noch am Boden lag, anstatt ihre Ziele aufzuteilen.

Das war ihr letzter Fehler.

Matt war nah genug dran, um [Mana-Hieb] zu landen, was er erst bemerkte, als er schon fast die Hälfte der Distanz zwischen ihnen überwunden hatte. Eine [Windmauer] erhob sich und schützte den Magier in der Mitte und einen Bogenschützen auf beiden Seiten von ihm. Die anderen waren einfach verschwunden, und als Matt seine immer heller werdende Klinge in den Verteidigungszauber schlug, verstand er auch, warum.

Sie waren nur Tier 5.

Er kam sich fast wie ein Tyrann vor, aber sie waren Teil einer gemischten Truppe und daher Freiwild. Seine Gefühle ließen seine Klinge nicht langsamer werden, als er sie zurückschnellen ließ und mit einer hellen Explosion aus blauem Licht die Verteidigung des Magiers durchbrach.

Der Windmagier fiel einfach zu Boden, wobei ihm das Blut aus der Nase lief, weil sein Zauber gewaltsam zerbrochen worden war. Aber Matt musste sich noch um zwei Bogenschützen kümmern. Sie waren nicht dumm und wussten, dass sie hinter der [Windmauer] festsaßen, aber sie hatten nicht stillgehalten.

Sobald die Barriere fiel, schossen beide Pfeile auf Matt. Sie waren gut gezielt. Einer zielte auf Matts Gesicht, der andere auf seine Brust, sodass es aus dieser Entfernung äußerst schwierig war, ihnen auszuweichen oder sie abzublocken.

Matt ignorierte die Pfeile, die an seiner Rüstung abprallten, und bewegte sich auf seine Angreifer zu. Er durchtrennte beide mit einem schweren horizontalen Hieb.

Als sie fielen, bemerkte er eine weitere Gruppe von Angreifern, die sich am Waldrand formierte, und weitere Leute, die sich um die Kanone herum tummelten. Matt sprintete zurück in die Sicherheit des Nahkampfes mit seinen Feinden und schlug von hinten auf sie ein.

Conor war wieder aufgestanden und hatte die meisten von ihnen bereits ausgeschaltet. Vier Pfeile ragten aus seinem Schild, ein weiterer steckte in seiner Schulter.

Sie zogen sich in die Halle zurück und spähten hinaus, während die Angreifer ihre Kanonen vorbereiteten.

„Kannst du diesen Pfeil herausziehen? Er steckt in meinem Schultergelenk und ich kann ihn nicht erreichen."

Matt griff nach oben und zog den Pfeil heraus, nachdem er die Richtung des Pfeils überprüft hatte. Zu seiner Überraschung befand sich nur ein kleiner Blutstropfen darauf.

„Wieso ist dir das nicht aufgefallen?"

Conor zuckte mit seiner nun beweglichen Schulter. „Keine Ahnung, ich kauerte gerade hinter meinem Schild, als ich die hintere Reihe sah. Ich hatte Glück, schätze ich."

Matt warf den Pfeil beiseite und bat die anderen Teammitglieder um einen Bericht.

Annie antwortete zuerst. „Zwei kleine Gruppen haben versucht, die Mauer zu überwinden. Sie wollten sich eher tarnen, also war es einfach, mit ihnen fertig zu werden."

Emily sagte: „Ein ganzes Team mit Leitern hat versucht, meine Mauer zu erklimmen, aber ich konnte sie töten und die Leitern zerstören."

Matt fluchte und fragte: „Sahen die improvisiert oder professionell gemacht aus?"

„Improvisiert, mit Stöcken und Schrott zusammengezurrt."

Matt atmete ein wenig auf. Es war zwar nicht ideal, dass sie sie herstellten, aber wenigstens hatten sie die Leitern nicht mitgebracht.

Liz bemerkte: „Die Leute schnüffelten an der hinteren Mauer, wo sie auf die Festung trifft, aber ich konnte sie ohne große Mühe fernhalten."

Matt spähte aus dem Tunnel und sah, dass die Feinde tatsächlich ihre Kanonen zurückzogen und eine größere Streitmacht zusammenstellten. Es sah so aus, als würden sie alle versammeln, die nicht beim letzten Ansturm oder bei der Umzingelung dabei gewesen waren.

Erschrocken, wie viel Zeit vergangen war, überprüfte Matt seinen Countdown. Noch sieben Minuten und siebenundfünfzig Sekunden.

Matt seufzte. Sobald die Verstärkung eintraf, war ihnen der Sieg praktisch sicher.

Wenn seine anfängliche Schätzung von hundert Leuten richtig war, schätzte er, dass sie etwa fünfundzwanzig Leute geschickt hatten, um sie zu umzingeln, und weitere fünfundzwanzig beim letzten Angriff durch die drei Orte, an denen sie versucht hatten, Zugang zu erhalten. Wenn sie mit allem angriffen, was sie hatten, waren es höchstens fünfzig Leute, wenn sie ihre Umzingelung aufrechterhalten wollten.

Wenn sie zu fünft versuchen würden, durch den Vordereingang zu kommen, könnten sie das wahrscheinlich schaffen. Sie mussten nicht alle töten, sondern sie nur ausreichend schwächen. Wenn ihre Verstärkung eintraf, würden die Kämpfer des Königinnentums entweder fliehen oder zwischen zwei angreifenden Truppen eingeklemmt bleiben.

Die Gruppe von fünfzig Leuten bewegte sich in einer zerlumpten Formation vorwärts, mit den Schilden an der Spitze und den Bogenschützen und Magiern hinter ihnen.

Matt klopfte Conor auf die Seite, um seine Aufmerksamkeit zu erregen, und sie bewegten sich zu beiden Seiten der Öffnung. Ein kurzer Blick auf seine KI zeigte ihm, dass Emily und Aster etwas weiter vorne standen, aber immer noch ihre Seite bewachten. Annie hatte es ihnen gleichgetan und Matt beruhigte seine Atmung, während er um die Ecke spähte.

Die anrückende Einheit beschoss den Tunnel mit Pfeilen und versuchte, sie in Schach zu halten. Doch aufgrund der Dicke der Mauer und der Konstruktion des Torhauses war die Wahrscheinlichkeit, dass er oder Conor getroffen wurden, gering.

Matt schaute zu seiner Linken und nickte seinem Nahkämpfer-Kollegen zu, als die Gruppe die fünfzehn Meter-Marke erreichte. Sie stürmten beide nach vorne, als die Angreifer dasselbe taten.

So nah, wie die Gruppen beieinander waren, gab es keine Chance, dass verirrte Pfeile sie ausschalten konnten, und sie wollten den ganzen Eingang für den Rückzug nutzen.

Gemeinsam nahmen sie den Angriff frontal und hielten ihn auf, aber es war nicht ohne Kosten. Matt wurde von einem Speer in die Brust getroffen, der zwar nicht seine Rüstung durchschlug, aber den Schwung seines Schwertes abbremste. Der geschwächte Schlag schnitt nur in einen Schild und blieb auf halber Strecke stecken. Er holte aus und befreite sein Schwert, musste aber drei Hiebe einstecken, um sich zu revanchieren.

Als er eine mit [Mana-Ladung] gestärkte Klinge herumführte, spürte er einen Phantomschlag an seiner Schulter. Da alle in Conors [Dämonenzone] gleichzeitig zusammenzuckten, wusste er, dass dies die Chance war, dass ein Angriff in der Zone auf alle zurückgeworfen wurde. Mit seiner [Gecrackten Phantomrüstung] blieb er von dem schwachen Angriff verschont, aber alle anderen waren auf einen plötzlichen Angriff nicht vorbereitet und stolperten unter der Wucht.

Als seine Klinge auf einen ungesicherten Schild aufschlug, waren der Soldat, der ihn schwang, und die beiden Leute hinter ihm in einem Lichtblitz verschwunden. Sie hätten vielleicht 10.000 Mana gebraucht, um mit der Kriegskanone eine Mauer einzureißen, aber Matt benötigte 1.000 Mana, um drei Menschen mit seiner verzauberten Waffe zu vernichten.

Mit Conor an seiner Seite kämpfte Matt weiter. Die meisten Kämpfe fanden im Nahkampf statt, nur wenige Zauber wurden dabei gewirkt. Die meisten Skills, die sie einsetzten, waren Waffenverzauberungen oder Nahkampfskills. Alles, was Reichweite benötigte, war auf so engem Raum einfach zu schwer anzuwenden. Nach einer gefühlten Stunde Kampf ging dieser immer mehr in die Defensive über, je länger er dauerte.

Er atmete schwer. Selbst wenn [Ausdauer] mit vollen 2 MPS lief, war das Kämpfen harte Arbeit. Und bei einem so hohen Einsatz gab Matt alles, was er hatte.

Ein Blick auf seine KI verriet ihm alles, was er wissen musste.

Zeit bis zur Verstärkung: minus drei Minuten und vier Sekunden.

Sie zogen sich zurück, weil die Rückeroberung der Festung ein Fehlschlag war.

Matt überprüfte den Status seines Teams und stellte fest, dass alle außer ihm und Aster leichte Verletzungen hatten.

Conors Bein leuchtete rot auf, woraufhin Matt nach ihm griff und ihn tiefer in den Tunnel zurückzog.

„Was ist passiert?"

„Eine scharfe, verzauberte Klinge hat meinen Oberschenkel erwischt. Sie hat nichts Wichtiges getroffen, aber ich kann nicht viel Gewicht darauf stemmen."

Matt fluchte innerlich, während er einen Gerinnungstrank herauszog und ihn einfach auf das blutende Bein kippte. Er hatte eine betäubende Wirkung, die Conor helfen würde, aktiv zu bleiben. Ohne die volle Funktion seines Beins würde der Mann jedoch für alles, was sie als Nächstes tun mussten, unbeweglich sein.

Annie, Emily und Liz hatten oberflächliche Schnittwunden am Oberkörper und Matt fragte sich, wie sie überlebt hatten. Was aber noch mehr Sorgen bereitete, war ihre Manasituation. Alle Magier hatten nur noch etwa ein Viertel ihres Maximums.

Matt ließ Conor auf dessen Drängen hin an einer Wand am Eingang des Tunnels stehen und ging zur Mauer, um einen besseren Blick auf das Geschehen zu haben.

Er erwartete, dass sich der Feind zurückziehen oder weitere Truppen abwehren würde, aber sein Gehirn setzte aus, als er nichts von alledem sah. Sie zogen sich einfach mit etwa zwanzig Leuten auf ihre Umzingelungslinie zurück.

Im Gruppenchat fragte er: „Was ist hier los?"

Liz schnappte zurück: „Unsere verdammte Hilfe ist ausgefallen, und niemand kann sie erreichen, aber sie wissen, dass sie nicht tot sind."

Matt erstarrte angesichts der unerwarteten Situation. Er hatte keine Ahnung, wie er das verstehen sollte. Hatten sie Angst, eine verwundete Gruppe von ungefähr gleich vielen Gegnern anzugreifen? Wer würde so eine Entscheidung treffen? Selbst wenn sie nur auf Nummer sicher gehen wollten, hätten sie sich bis zur Festung durchkämpfen und sich dann Matts Gruppe in den Mauern anschließen können.

„Was?"

Es war nur halb zusammenhängend, aber Liz schien es zu verstehen.

„Ich habe mit Juni gesprochen, und er ist genauso wütend wie wir. Meine Vermutung ist, dass die Verstärkungsgruppe von einem Feigling angeführt wird. Das Hauptquartier versucht, uns Hilfe zu besorgen, aber sie mussten sich schon abmühen, um uns diesen Idioten zu besorgen."

Annie sagte: „Okay, dann sind wir am Arsch. Das gilt auch für diese Festung. Ich bin dafür, dass wir von hier abhauen."

Matt nickte. „Das ist der beste Plan. Ich sterbe nicht, nur damit das Königreich die Festung trotzdem verliert."

Sie mussten immer noch herausfinden, was sie mit Conor anstellen sollten, aber der Mann schien zu verstehen und sagte: „Ich kann nicht rennen, um mitzuhalten, und ich bin froh, wenn ich euch etwas Zeit verschaffen kann."

Matt hatte die Simulationen bereits durchgeführt und eine Vorgehensweise gefunden, bei der das nicht nötig war. Sie mussten sich nur aus der Festung herauskämpfen, bis sie eine Meile entfernt waren, wo die Anti-Flug-Formation keine Wirkung hatte. Wenn er die Formation hätte ausschalten können, hätte er das getan, während er noch drin war, und sie einfach von hier wegfliegen lassen. Aber das war leider unmöglich.

„Ich glaube nicht, dass das nötig sein wird. Wir können dich mit Liz' Blut tragen und uns alle hier rausholen."

Matt sah sich um und sagte: „Wie geht es den anderen? Gibt es Probleme?"

Als er ein „Nein" hörte, spähte er über die Mauer zu den Angreifern. Sie versorgten ihre Verwundeten, obwohl es gar nicht so viele waren. Die meisten waren entweder „gestorben" und wurden wegteleportiert oder hatten nicht viel Schaden abbekommen.

Sie mussten fliehen. Und sie mussten es jetzt tun.

Zu Matt gesellten sich schnell Annie, Emily und Aster, während Liz sich ebenfalls auf den Weg zu ihnen machte. In knapp zehn Minuten waren sie bereit zum Aufbruch. Conors große Gestalt legte einen Arm über Liz, während er von Ranken aus Blut gehalten wurde.

Die sechs wollten sich gerade aus dem Staub machen, als eine weitere Gruppe von Königinnentum-Truppen durch den Wald kam.

Diesmal waren es weit mehr als die hundert, die zuerst zur Festung gekommen waren. Matt sah ihre Chance zu entkommen schwinden, als er bemerkte, dass die weit entfernten Gestalten sich verteilt hatten, um die Umzingelung zu verstärken.

Er fluchte: „Scheiße! Zurück in die Festung."

Das war ihre einzige Chance, und sie war schlecht. Zu diesem Zeitpunkt mussten sie hoffen, dass sie die kleinere und besser zu verteidigende Festung selbst halten konnten.

Matt hatte eine Idee, war aber nicht zufrieden damit. Trotzdem war es ihre einzige Chance.

Er war nicht bereit, irgendjemandem von seinem Talent zu erzählen, das würde eine zu große Zielscheibe auf ihn werfen. Aber er *konnte* sein Konzept verraten. Mana zu geben war zwar selten, aber nicht unbekannt, und es war durch Willenskraft begrenzt. Es war keine unbegrenzte Ressource, also war es nicht so gefährlich, das preiszugeben.

Mit ein paar sorgfältig ausgeklügelten Lügen konnte er sie auf Trab halten und ihnen gleichzeitig eine Chance geben, auf weitere Verstärkung zu warten. Solange sie die innere Festung hielten, musste das Königinnentum eine große Streitmacht aufbieten, um sie daran zu hindern, auszubrechen und von hinten anzugreifen. Hundert Kämpfer des Königreichs, die nicht von einem Feigling angeführt werden, könnten diese Grenzfestung leicht so stark belagern, dass es für das Königinnentum zu kostspielig wird, weiterhin Truppen in einer aussichtslosen Position ausbluten zu lassen.

Es war eine schwache Hoffnung, aber es war alles, was sie hatten, und Matt weigerte sich, aufzugeben. Wenn ein Rückzug keine Option war, mussten sie stehen und kämpfen.

Sie betraten die Festung und knallten die verbliebene Hälfte des Tors zu.

* * *

Emily verspürte Schmerz. Alles tat weh, aber ihr Geist wurde durch den wiederholten Einsatz ihres Talents immer wütender. Es war nicht so, wie sie es auf der Auktion erzählt hatte. Das war zwar nicht gelogen, aber es war auch nicht die ganze Wahrheit.

Ihr Talent verdoppelte *zwar* nicht die Kraft der Zaubersprüche, aber es war nahe dran, besonders zu Beginn.

Sie schaute auf ihr Handgelenk, als sie die Festung betraten. Wenn sie aufhörte, den [gecrackten Mana-Bolzen] zu absorbieren und ihn in ihren Geist eindringen ließ, würde ihr [Bolzen] viermal so viel Schaden anrichten. Das Problem war nur, dass sich der Skill dann in ihrem äußeren Geist befinden würde und die Mana-Kosten des Skills steigen würden. Sie konnte zwar den Ort festlegen, aber es würde Monate der Meditation brauchen, um den Skill durch ihren Geist zu bewegen, sobald die anfängliche Aufnahme des Skills beendet war.

Wenn das Leben von ihr und ihrer Schwester tatsächlich in Gefahr wäre, würde die Entscheidung leicht fallen. Doch für einen vorgetäuschten Tod schien es das nicht wert zu sein. Sie würden zwar ihre Punkte verlieren, aber dieser Krieg würde nicht kurz sein, und sie könnten leicht zurückgewonnen werden.

Sie verfluchte sich wieder einmal dafür, dass sie mit [gecracktem Mana-Blitz] statt mit [Feuerball] begonnen hatte. Es würde ihr nichts ausmachen, diesen Skill in ihren äußeren Geist zu stecken. Sie würde ihn nur in Verbindung mit dem Rest benutzen, nicht wegen des Schadens. Sie hatte mehr Wasserzauber, die sie später besser einsetzen konnte.

Die Wirkung von [Wasserblase] wurde ebenfalls verstärkt und sie war eine hervorragende Verteidigungsmöglichkeit, wenn sie sie brauchte.

Sie waren dabei, über den Tisch gezogen zu werden, weil irgendein Anführer des Königreichs ein Feigling war. Wären sie vor einer Stunde eingetroffen, als sie es hätten tun sollen, wäre das kein Problem gewesen. Wären sie angekommen und hätten den Feind von hinten angegriffen, hätten sie mit fünfzig Mann die Festung gegen zweihundert Leuten leicht halten können.

Matt erregte ihre Aufmerksamkeit, als die Tür zuschlug. Er sprach schnell: „Mein Konzept gibt Mana. Das meiste davon ist nach innen gerichtet."

Sie hätte ihm fast nicht geglaubt. Nahkampftypen wie er schlugen immer am liebsten hart zu. Das war der beste Weg, um den Schaden zu erhöhen, aber als sie darüber nachdachte, ergab es Sinn. Das Mana des Mannes war immer fast leer, doch das ergab Sinn, wenn sein Konzept ihn mit Mana versorgte.

Sie spürte, wie ihr Geist aufgewühlt wurde, als von irgendwoher Mana in sie hineinfloss. Es war, als würde Wasser über ihre metaphysische Wirbelsäule gegossen werden. Das war nicht unangenehm, aber ein völlig neues Gefühl.

„Ich kann das nicht ewig machen, aber ich kann euch alle wieder auf Vordermann bringen, dann bin ich am Ende. Ich wäre euch dankbar, wenn ihr das für euch behaltet, aber ich kann uns nicht sterben lassen, wenn ich vielleicht etwas bewirken kann."

Emily nickte vor sich hin. Das war ein Zeichen von Vertrauen. Es erklärte auch, wie er Dinge wie [Hagel] wirken konnte, ohne dass sein Mana sich veränderte. Aber mit einem Rüstungstalent, das es kostenfrei machte, konnte sie die logischen Schritte erkennen, um sein überschüssiges Mana an seine Magier zu geben und es in ein Konzept zu verwandeln. Nein, jetzt, wo sie darüber nachdachte, war es ein perfekter Schachzug.

Sie wusste, dass der Mann klug war, aber das war wahrlich unkonventionelles Denken.

„Ich werde nichts sagen."

Ihre Schwester stimmte ihr zu, und Conor nickte. Er benutzte eindeutig [Ausdauer] mit dem kostenlosen Mana, um schnell zu heilen, und rieb mit geschlossenen Augen seine Wunde.

Annie, die als erste ihr volles Mana erreicht hatte, sagte: „Ich werde mich nach draußen schleichen und versuchen, etwas Chaos zu stiften."

Emily wollte protestieren, aber Matt kam ihr zuvor. „Nein. Es ist besser, wenn du das hier drin erledigst."

Emily gefiel das auch nicht, aber es war eine Verbesserung, also hielt sie den Mund.

Sie spähten durch das zerstörte Tor und sahen, wie sich die Kämpfer der Königin nach vorne bewegten.

Liz sagte: „Wir haben die Tür im zweiten Stockwerk bereits mit Steinbrocken blockiert. Wir können sie halten und ausbluten lassen, während wir nach oben klettern, wenn wir zurückgedrängt werden. Das Hauptquartier scheint diesen Ort halten zu wollen, und sie wollen, dass wir durchhalten, während sie ein anderes Team her schicken."

Ihre Schwester spottete: „Ja, weil das vorher *so* gut lief. Die können mich mal. Wenn wir zurückkommen, werde ich diesen Feigling von Anführer finden und abstechen."

Emily stimmte dem zu, und Liz' gekräuselten Lippen und Matts gepanzerter Haltung nach zu urteilen, schienen sie das auch.

Auf das Stampfen der Füße hin drehte sich Emily zur Tür und schoss eine [Wasserkugel] ab, schnell gefolgt von einem [Bolzen]. Ihr Talent verstärkte die Wirkung des letzten Skills, und [Bolzen] hatte normalerweise eine geringe Chance, von Person zu Person zu springen, wenn noch Energie übrig war. Wenn er doppelt so stark war, tötete der Zauber fast immer zwei Menschen. Sie war sich nicht sicher, ob das daran lag, dass die Wachen der Armee vorsichtig waren, oder ob es mehr Treffer benötigte, um jemanden wirklich zu töten.

Es war kein schöner Gedanke, aber sie war sich ziemlich sicher, dass sie mit [Feuerball] und [gecracktem Mana-Blitz] siebenmal härter angreifen würde. Das war ein Sprung von fast eineinhalb Tier. Das war ein beängstigender, aber auch aufregender Gedanke. Sie musste einen Weg finden, um das Problem der geistigen Belastung und der Mana-Kosten zu lösen.

Ihr geistiges Auge wanderte zu dem blau gepanzerten Mann vor ihr, der ihre Front bewachte. Mit Matts Konzept konnte sie zwar nicht unbegrenzt zaubern, aber sie konnte so weit kommen, wie es ihr Geist zuließ. Der Gedanke, dass sie in seiner Nähe bleiben musste, wurde rücksichtslos unterdrückt. Sie war nicht wie ihre Eltern, die jeden in ihrer Nähe ausnutzten. Sie mochte Matt und nahm sich fest vor, den Mann niemals um Mana zu bitten.

Er war ein Freund, kein Hilfsmittel.

Es war trotzdem eine willkommene Neuerung, denn sie stürzte ohne Rücksicht auf ihre Reserven. Sie kümmerte sich nicht darum, ihre Angriffe für den optimalen Angriff aufzusparen, und warf einfach [Wasserkugel] und [Bolzen] so schnell, wie es ihr Geist zuließ.

Zwei Königinnentum-Kämpfer drängten sich durch das Tor, und Matt und Conor hielten stand und steckten einen Angriff nach dem anderen ein. Sie waren eher eine behelfsmäßige Wand aus Skills und Stahl, aber sie schlugen sich tapfer.

Sie wirkte ihre Kombination erneut und die beiden Frontleute verschwanden.

Sie waren gerade dabei, ihren Rhythmus zu finden, als Annie ihnen allen mitteilte: „Sie brechen ins zweite Stockwerk ein. Erdmagier oder so."

Alle fluchten und ein Regen von [Hagel] prasselte auf die Tür nieder und verursachte eine Massenkarambolage, während sie alle die Treppe hoch rannten.

Matt warf sich auf einen Mann, der, obwohl er fast in zwei Hälften geschnitten wurde, nicht verschwand, sondern mit einem Blitz zusammenschoss. Sie waren ineinander verschlungen und Emily hatte keine Ahnung, wer am Ende die Oberhand behalten würde. Sie warf ihre Kombination auf zwei weitere Personen und sah zu, wie sie verschwanden.

Conor fing einen Mann in einer Rüstung mit einem rosa Unterhemd ab, der einen [Kraft-Bolzen] auf die Gelenke der Frontmanns warf. Conor überstand den Treffer lautlos, auch wenn sie Blut spritzen sah. Sie wollte ihm zur Hand gehen, als die Welt weiß wurde.

Alle froren ein, und alle Feinde wurden in Weiß gehüllt, während Aster im Zentrum des wachsenden Eisangriffs stand. Die anderen Kämpfer waren mit Frost bedeckt, der zuerst Eis und dann zu Rosen wurde. Es war so schön, aber obwohl sie selbst nicht betroffen war, erinnerte sie das Schauspiel daran, dass ihre Fuchskameradin nicht nur ein süßes Maskottchen war, sondern eine gefährliche Magierin.

Matt löste sich von seinem Gegner, und als alle in Eis gehüllten Personen verschwanden, betrat Liz das zweite Stockwerk. Sie wurde von ihrer Position zurückgedrängt, als sie die Angreifer im ersten Stockwerk abwehrte.

Aster löste sich aus ihrem Bann und sie rannten alle ins dritte Stockwerk, wo sie nur einen einzigen Eingang verteidigen mussten, anstatt der zwei ein Stockwerk tiefer.

Die Tür wurde zugeknallt, als Emily bemerkte, dass ihre Schwester nirgends zu sehen war. Sie fluchte und wollte gerade zu ihr zurückgehen, als Conor sie mit einer Hand auf der Schulter aufhielt.

Wäre jemand anderes mit dem Talent ihrer Schwester zurückgeblieben, hätte sie erwartet, dass er weglaufen und sie im Stich lassen würde, aber nicht ihre Schwester. Annie hatte ihr immer die Last abgenommen.

* * *

Annie drückte sich in die Raumecke und wartete. Es war beeindruckend zu sehen, wie Aster ein halbes Dutzend Leute einfror, aber sie sah trotzdem, wie die Dinge liefen. Sie wurden im Stich gelassen und waren alle am Arsch, wenn sie nicht *etwas* taten.

Matt hatte recht mit dem Durchhalten, aber sie hielt es nicht für wahrscheinlich. Der Kommandant setzte alles ein, was er hatte, und so wie die Kämpfe verliefen, sah sie, dass mindestens zwei Gruppen von Pfadgängern vorausgeschickt wurden, um die Festung zu räumen.

Nein, wenn irgendjemand von ihnen hier lebend rauskommen wollte, musste ein bisschen Chaos verbreitet werden.

Sie wartete, bis eine Masse von Königinnentum-Kämpfern kam, und schlüpfte dann ins erste Stockwerk hinunter, während die Treppe frei war.

Sie wusste nicht, was Liz getan hatte, aber der Raum war rot angestrichen. Das von der Decke tropfende Blut war ein ekelhafter Anblick.

Annie wählte ihre Schritte sorgfältig aus. Ihr Talent erlaubte es ihr zwar, unsichtbar und größtenteils ungreifbar zu bleiben, aber es war nicht perfekt, und blutige Fußspuren würden sie verraten. Auch wenn sie durch die meisten weichen Gegenstände hindurchgehen konnte, ohne sie zu stören, waren Flüssigkeiten für sie vorerst noch unerreichbar.

Vorsichtig bahnte sie sich ihren Weg aus der Festung und fand einen verwundeten Mann, den sie aufhob, während sie seinen Körper benutzte, um ihre Armschärpe zu verdecken. Sie hatte schon vor langer Zeit gelernt, dass es mehr bedeutet, sich unauffällig zu verhalten, als nicht gesehen zu werden. Manchmal war es besser, gesehen zu werden, und so ließ sie ihr Talent ohne zu zögern inaktiv.

Sie stolperte, als würde ihr Bein schmerzen, und begann, den Mann aus der Festung zu bringen, wo eine Triage-Station eingerichtet war. Keiner wollte getötet werden und seine Punkte verlieren, wenn er es vermeiden konnte. Sie bemerkte auch das Lager der Anführer direkt neben der Versorgungsstation.

Als sie näher humpelte, untersuchte sie den Heiler. Es war ein Gruppenheiler, was bedeutete, dass sie Freiwild waren. Sie schmiedete einen Plan, und als der Heiler ihr und dem Mann, um den sie sich kümmerte, helfen wollte, stieß Annie dem Mann ein Messer in die Brust und riss die drei zu Boden.

Sie griff nicht nach dem Herzen, sondern der Lunge. Ohne den Skill, die Luft anzuhalten, konnte der Mann nicht schreien. Der Mann neben ihr wurde erledigt, indem sie ihren Dolch an seine Kehle setzte. Sie verschwanden beide.

Annie reaktivierte ihr Talent und kroch halb weg und unter einen Tisch. Sie wartete, bis jemand das Verschwinden des Heilers bemerkte und zum Anführer rannte, um Bericht zu erstatten. Als sie den Anführer erkannte, machte sie sich bereit, sich davonzuschleichen.

Nach ihrem spirituellen Gespür war die Anführerin ein Tier 7 und könnte ihr Talent durchschauen. Also trat sie direkt hinter eine Tier 6-Frau, die den Anführer einen blutigen Stoffffetzen als Beweis für den Tod des Heilers brachte.

Als die Frau einen Schritt von der Stelle entfernt war, an der Annie dachte, dass sie stehen bleiben würde, trat sie gegen den Fuß der Helferin.

Als die Frau um sich schlug, streckte der Anführer instinktiv die Hand aus, um die fallende Frau zu beruhigen.

Annie sprang in Aktion und hatte gerade noch genug Zeit zu sehen, wie sich die Augen des Mannes weiteten, als ihr Dolch ihn an der Kehle traf.

Annie machte sich nicht die Mühe zu rennen. Sie war von Menschen umringt und schlug mit ihrem Dolch auf die anderen ein, die ihr wichtig genug erschienen.

Ihre Klinge traf auf Fleisch, bis sie zu langsam war und eine dunkle, schwarze, aus Mana gefertigte Kette durch die Brust nahm.

Sie schleuderte ihren Dolch in einem letzten trotzigen Angriff, doch noch bevor sie das Ergebnis sah, lag sie in einem Krankenhausbett.

* * *

Matt holte mit seiner Klinge aus und stieß zu.

Sein Kopf hämmerte und er hatte das Gefühl, seine Rüstung zu deaktivieren und sich einfach den Kopf aufschlitzen zu lassen, um den Druck zu lindern. Er hatte sein Konzept noch nie so sehr überstrapaziert und konnte die Magier nur bei ihrem halbem Mana halten.

Das war der einzige Grund, warum sie noch kämpften. Emily schoss ständig Leute weg, und wenn die Leute nicht von hinten drängten, wusste Matt, dass niemand bereit wäre, sich der Verkörperung eines Blitzes zu stellen.

Liz und Aster stürzten sich auf sie, während Emily zu Atem kam. Sie keuchte, als würde sie Sprints laufen und umklammerte ihre Rippen, während sie einen Zauber nach dem anderen wirkte.

Matt war wütend.

Sie waren nur deshalb in dieser Situation, weil das Königreich einen Feigling an die Spitze gestellt hatte, und Matt hatte die Absicht, ihm ein paar Wochen lang die Knochen zu brechen.

Eine [Windklinge] schoss die nun geräumte Treppe hinauf, und erwischte Matt mit einem Zucken auf der Brust. Das war kein normaler Tier 6-Angriff. Das durchbrach seine Rüstung für eine Sekunde, konnte aber seine leichtere innere Rüstung nicht mit einem einzigen Angriff durchschlagen.

Im Geiste dankte Matt Keith für sein Training zum Zerbrechen von Rüstungen und formte den Zauber schnell in seinem Geist um, um ihn für den nächsten Angriff bereit zu haben.

Der Magier merkte, dass sie nach drei weiteren Angriffen nicht weiterkamen und gab auf.

Das Einzige, was Matt hören konnte, war das schwere Atmen um ihn herum und im Stockwerk unter ihm.

Ein Schrei hinter ihm ließ ihn herumwirbeln, nur um zu sehen, was wie ein leibhaftiger Schatten hinter ihnen aussah und wie eine blutige Emily verschwand.

Matt schlug mit einer [Mana-Ladung] zu, aber Liz kam ihm mit einem Regen von [Blutkugeln] zuvor. Die Blutattacken konnten dem lebenden Schatten nicht viel anhaben, aber Matts mit Manakraft ausgestattete Klinge schnitt in den Mann, und er verschwand.

Doch da war es schon zu spät. Der Mann hatte seine Arbeit vollendet, und die Leute strömten um den verschwundenen Conor herum und überfluteten den Raum.

Liz schlug mit blutigen Peitschen nach ihm, aber ein glühendes Sperrfeuer von Pfeilen nahm sie aus dem Kampf. Matt hörte ein Jaulen und spürte einen Schmerz, der seine Wut nur noch mehr anheizte.

Er stand allein in einem Meer von Körpern und schlug mit großen, zerreißenden Hieben zu. Die Körper verschwanden, aber es tauchten immer neue auf, um die Lücken zu füllen.

Matt kämpfte allein. Es fühlte sich wie Jahre an, aber seine KI sagte, dass es eher eine Viertelstunde war. Sie schickten immer wieder Körper auf ihn, ohne eine Strategie zu verfolgen, und die Kämpfe wurden immer brutaler. Strategie und

Technik wurden zugunsten von Kraft und Blutvergießen über Bord geworfen. Die Königinnentum-Kämpfer traten vor und einer nach dem anderen wurde von ihm niedergestreckt, während Matt langsam gegen eine Wand zurückgedrängt wurde.

Seine Rüstung wurde mehr als einmal durchbrochen, aber er konnte sie immer wieder reparieren, bevor er mehr als nur oberflächliche Schnitte erlitt. Die Wut trieb ihn mehr an, als es Ausdauer oder Mana könnten. In seiner Wut deaktivierte er [Ausdauer] und steckte alles, was er hatte, in [Magier-Rückzug] und [Gecrackte Phantomrüstung]. Sie hatten seiner Familie Schaden zugefügt, und er wollte sichergehen, dass sie dafür bezahlten.

Mit dem Rücken zu einer Ecke schlug Matt ein Dutzend Menschen in Königinnentum-Uniformen nieder. Als sie sich zurückzogen, trat ein kleinerer Mann mit dunklem Haar und blauer Hautfarbe an ihre Stelle.

Matt keuchte schwer, als eine Welle aus etwas, das wie Tinte aussah, auf ihn zugeflogen kam. Matt versuchte, ihr auszuweichen und nach vorne zu stürmen, aber er spürte, wie er von den Füßen gehoben wurde und der Druck auf seine Rüstung zunahm. Der dunkle Wassermagier drückte ihn zusammen, bis er platzte.

Er ignorierte es und versuchte zu denken. Er hatte kein Druckmittel und seine einzige Möglichkeit war, seinen Teleportationsring zu benutzen. Aber es kam ihm wie eine Verschwendung vor, seine Trumpfkarte so einfach aufzugeben.

Während er über einen Ausweg nachdachte, schwang er sein Schwert erfolglos durch das Wasser. Die leuchtende Klinge brachte ihn auf eine Idee, aber da es nichts zu treffen gab, konnte er das in [Mana-Ladung] gespeicherte Mana nicht freisetzen.

Matt führte seine Klinge an sein Bein und ließ die Manaexplosion los. Es war bedauerlich, aber ohne etwas zu treffen, konnte der Skill nicht ausgelöst werden – eine Sicherheitsmaßnahme, die er nach dieser Aktion abschaffen wollte.

Sie zerbrach die [Gecrackte Phantomrüstung] und zerfetzte sein Bein, aber sie zerbrach auch den Zauber um ihn herum, und er fiel in eine Wasserpfütze. Matt stürzte ungeschickt nach vorne, aber jemand anderes trat vor, um den Magier zu schützen, und stach auf ihn ein, während seine Rüstung noch zurückkam.

Das Bein, das er mit [Mana-Ladung] belastet hatte, funktionierte nicht richtig, aber Matt kämpfte sich durch den Schmerz und riss den Schild mit einem gutturalen Brüllen nach vorne.

Er schlug mit der Faust auf einen gepanzerten Kopf ein, während er spürte, wie sich Metall tief in seinen Rücken und seine Brust bohrte.

Mit einem letzten Schlag und Gebrüll verschwand der Mann unter ihm.

Einen Moment später und mit einem immer stärker werdenden kalten Gefühl in der Brust, tat Matt das auch.

Kapitel 11

Ash stand keuchend da und starrte auf die Blutlache, die der Mann zurückgelassen hatte. Genau deshalb sollte der direkte Kampf vermieden werden; Taktiken aus dem Hinterhalt waren viel *raffinierter*. Ashs Tier 1-Talent erlaubte es ihnen, jeden Skill so zu benutzen, als wäre es Schwarzwasser-Affinität, ein hochrangiger Mana-Aspekt, der hauptsächlich Wasser und Schatten enthielt.

Das Rüstzeug, das sie damit bekamen, tendierte sehr stark zu Hinterhalten und zum Kampf aus dem Schatten heraus und machte sie bei Attentaten viel besser als alles andere. Das war der Grund, warum Ash sich für diesen kleinen Krieg mit Thayden zusammengetan hatte, um schwer zu treffende Ziele zu erledigen.

Warum die beiden mitten in einer Belagerung eine Festung zurückerobern sollten, war ein Rätsel. Sie funktionierten besser als Stoßtrupp, der vor dem Hauptangriff infiltriert wurde und sich darauf konzentrierte, einen Anführer auszuschalten oder Ausrüstung und Verteidigung zu sabotieren.

Ein Frontalangriff war dumm, aber sie hatten ihre Befehle und mussten sie ausführen, wenn sie von der Kriegs-KI des Imperiums belohnt werden wollten. Rein selbstmörderische Missionen waren nicht erlaubt, aber anscheinend reichte „dieses monströse Team zu töten" nicht aus, um als Selbstmord zu gelten.

Ash hielt es ebenfalls nicht für selbstmörderisch, bis sie alle fast gestorben waren. Thayden hatte die geniale Idee, durch das Fenster zu gehen, indem sie ihre Skills mit den Schatten mischten, um den Mann ungreifbar werden zu lassen.

Leider hatte der Angriff nicht ganz geklappt und Thayden war tot. Zudem war die angreifende Truppe auf etwa zwanzig Kämpfer geschrumpft.

Trotzdem hatten sie gewonnen, und die Belohnung für die Einnahme einer mittleren Festung würde hoch ausfallen.

Den letzten gepanzerten Mann zu töten, war jedoch eine Aufgabe, von der sie nicht sicher waren, ob sie es überhaupt wert war. Der Mann hatte gekämpft wie ein Monster in Menschengestalt. Oder vielleicht besser gesagt, in einer undurchdringlichen Skill-Rüstung. Die Bogenschützen konnten den Mann wegen des engen Raums nicht töten, und die Nahkämpfer wurden völlig zerlegt, als sie in die Reichweite der Klinge des Mannes kamen. Aber sie hatten den Auftrag, die Festung einzunehmen, und das taten sie auch, obwohl es sie viel gekostet hatte.

Trotzdem musste Ash einen Tier 7-Manastein verbrennen, um ihren schnell umwandelnden Manastein aufzuladen. Der Stein war ein Ass im Ärmel für Notfälle, das von ihrem Sponsor empfohlen wurde. Er konnte Mana fast sofort umwandeln, aber die Effizienz war furchtbar. Aus 400 investierten Mana wurden weniger als 30, aber sie dachten, dass es reichen würde, um den gepanzerten Mann zu bändigen und den Kampf zu beenden.

Sie hatten nicht damit gerechnet, dass der Königreichskämpfer sein eigenes Bein absprengen würde, nachdem er vom Boden hochgehoben wurde. Ash wusste nicht einmal, dass es möglich war, einen Schwarzwasser-Skill auf diese Weise zu unterbrechen.

Ash hatte nur überlebt, weil eine zufällige Wache des Königreichs dem letzten Angriff des gepanzerten Mannes in den Weg gesprungen war. Ash war sich nicht sicher, ob sie den Mann besiegt hatten, bis er herausteleportiert wurde. Und das war erst, nachdem jeder dem Mann in den Rücken gestochen hatte. Wiederholt.

Schreie unterbrachen Ashs Gedanken, und durch das Fenster sahen sie einen Strom von Truppen in den Farben des Königreichs, die gegen die Umzingelungsgruppe außerhalb der Festung kämpften, während eine zweite Gruppe von mindestens zwanzig Personen in das Gebäude eindrang. Bevor die Verteidiger des Königreichs draußen etwas Nützliches tun konnten, wie sich zu gruppieren, wurden sie schnell in kleinen Gruppen überwältigt. Sie waren nicht in der Lage, ihre fast gleiche Anzahl von Männern effektiv einzusetzen.

Alle, die in Ashs Stockwerk noch lebten, ließen einfach ihre Waffen fallen, zu müde, um sich zu wehren, als eine lächelnde Frau mit stumpfem braunem Haar den Raum betrat. Hinter ihr drehte sich ein regenbogenfarbener Sonnenschirm. Ihre Fröhlichkeit passte nicht zu dem Blut und den Blutspritzern, die alles zierten.

Ihr gepanzertes Kleid war ein modisches Statement, das Ash so noch nie gesehen hatte, und es sah ebenso unpraktisch wie auffällig aus. Abgesehen von ihrem Kleid war sie so schlicht wie nur möglich.

Die Frau musterte die Kämpfer und sprach mit klarer, glockenheller Stimme: „Felix, mein Lieber, schick die bitte weg. Danke.“

Einer der überlebenden Tier 6-Nahkämpfer spuckte der Frau vor die Füße und sagte: „Fick dich!“

Bevor er zu Ende sprechen konnte, drehte sich die Anführerin um und verpasste ihm einen brutalen Tritt ins Gesicht. Das Blut schoss aus der Nase des Mannes durch die Luft und spritzte den anderen Gefangenen ins Gesicht. Das Kleid der Frau hatte es verdeckt, aber unter all dem Schmuck trug sie praktische Kampfstiefel. Das musste wehgetan haben.

„Das lasse ich mir nicht bieten", sagte sie mit einem sanften Lächeln im Gesicht. Sie schaute nach unten und sah das Blut, das auf ihrem Kleid gelandet war: „Als ob dieser Tag nicht noch schlimmer werden könnte."

Mit einem Blick auf die Kämpfer fuhr sie seufzend fort: „Ehrlich gesagt, hätte ich von den Besten und Klügsten, die das Imperium zu bieten hat, etwas Besseres erwartet. Es ist wohl nicht alles Gold, was glänzt. Also, ich danke euch für eure Bemühungen, so minderwertig sie auch waren." Mit diesem letzten Satz klappte sie den Schirm zu, setzte die Spitze auf die Stirn des Mannes und schob ihn zurück. Mit einem kurzen Aufblitzen von Blut und Licht verschwand der Mann.

„Ich muss jetzt los. Ich bin mir sicher, dass der arme kleine Albie ein paar Worte mit mir wechseln will, und es ist das Beste, wenn ich vorher noch ein paar Pläne machen kann." Die Frau drehte sich weg und winkte den anderen mit der Hand zu.

Ash sah den bulligen Mann hinter der Frau an, als er sanft ein Schwert an Ashs Brust legte, und schon war sie weg. Das Letzte, was sie hörte, war das Öffnen eines Sonnenschirms.

* * *

Luna sah sich die Show an, die ihre kleinen Pfadgänger aufführten. Sie war beeindruckt.

Andere Manager waren je nach ihren Idealen mehr oder weniger *zupackend* als sie, aber ihre Herangehensweise war es immer, im Schatten zu bleiben, bis sie ihre Zöglinge gründlich verstanden hatte. Kein Team war wie das andere. Diese Lektion hatte sie schon vor Jahrtausenden gelernt.

Sie hatte beobachtet. Bewertet. Geplant.

Sobald das erledigt war, machte sie den Kindern, die ihr anvertraut wurden, Vorschläge für fast alles. In den ersten Jahren hatte sie viele Teams, die sich nicht an ihre Ratschläge hielten und meistens einfach verschwanden. So lernte sie, bei der Auswahl ihrer Teams wählerisch und strenger zu sein.

Aber manche Teams *hielten* das aus, und sie machte immer mehr Druck, bis sie alles aus ihnen herausgeholt hatte.

Heutzutage war es so selten, dass sie die wahren Juwelen fand. Das war der Grund, warum sie aufgehört hatte, Kinder in ihre Obhut zu nehmen.

Nach allem, was sie beobachtet hatte, musste es Luna jedoch zugeben. Sie war beeindruckt.

Die drei waren stark und hatten gut gekämpft, obwohl sie nichts von dem Verrat wussten, der im Spiel war. Ein Kampf zwischen intelligenten Kämpfern war immer ein Schock für Leute, die nur an das Delven gewöhnt waren.

Sie fielen den normalen Machenschaften zum Opfer, die diese kleinen Kriege hervorbrachten. Sie hatte diese Scharmützel immer wieder beobachtet. Meistens waren Verratsszenen wie die, die der kleine Regenbogenpfau Alyssa gerade ausheckte, die ersten Schritte eines Befehlshabers der mittleren Ebene.

Das Mädchen hielt sich für schlau, denn das war schon Millionen Mal passiert. Es war bereits fünf Mal auf diesem Planeten geschehen und geschah gerade auf drei weiteren Schlachtfeldern.

Sie notierte sich, dass sie auf das erste Treffen von Alyssa und Liz achten würde. Es würde das erste Mal sein, dass sie außerhalb des Schutzes ihrer Eltern jemanden mit einer reineren Blutlinie als ihrer eigenen treffen würde. Das konnten nicht viele von sich behaupten, aber es gab einige wenige da draußen. Hochreine, hochexistente Kultivierenden wie Drachen und Phönixe, die von Eltern mit zwei Bestien geboren wurden, waren selten, aber es gab sie.

Lunas Sinne reichten locker über den ganzen Planeten, sodass sie alles sehen konnte, was in diesem ... *Spiel vor* sich ging.

Würde Liz nachgeben? Oder aufstehen und kämpfen? Könnte Liz damit umgehen, nicht die Beste zu sein, wenn es um etwas so Wesentliches wie die Reinheit der Blutlinie ging?

Ihre Krallen versuchten, sich aus ihren humanoiden Fingern zu strecken, als sie an das kommende Drama dachte.

Welche Richtung würden die jungen Pfadgänger mit der Misshandlung der beiden Vasallenstaaten einschlagen?

Am liebsten mochte sie es, wenn die Pfadgänger eine dritte Fraktion gründeten und damit begannen, Chaos zu stiften. Es war immer sehr lustig zu sehen, wie sich diese Kriege entwickelten. Leider bezweifelte sie, dass das dieses Mal der Fall sein würde. Die beiden königlichen Bälger ergriffen Maßnahmen, um genau dieses Szenario zu verhindern, also konnte Luna nur hoffen.

Sie schickte über ihre verhasste KI eine Nachricht an April und Kurt. Sie ließ die beiden die verschiedenen Materialien und Trainingseinrichtungen vorbereiten. In Kurts Fall ging es darum, die Leute ausfindig zu machen, die Luna für die beste Ausbildung des Trios hielt. Ihr stummer Schützling machte eine Liste mit den Orten, an denen sie sich aufhielten, und mit der besten Reihenfolge, in der die Kinder sie besuchen sollten.

Luna musste sich dagegen wehren, mit dem Schwanz zu wedeln, als sie an die Gesichter der Kinder dachte, wenn ihnen die Preise für diese Einrichtungen genannt wurden.

Als sie eine junge Verbindungsfrau war, fand sie es dumm, die Pfadgänger-Kinder mit Management-Teams für alles bezahlen zu lassen, was sie benutzen sollten. Aber nach einiger Zeit verstand sie es.

Die Ressourcen, die ihr und ihren Kollegen zur Verfügung standen, konnten einen Scheißhaufen in einen Diamanten verwandeln, wenn sie die richtige Führung hatten. Von jedem, der seine Ausbildung erfolgreich abschließen konnte, wurde kompetente Stärke erwartet. Der Erfolg bei den Herausforderungen, denen sie sich auf dem Weg stellen würden, wäre kaum beeindruckend, wenn man ihnen alles geben würde.

Die *wahren* Monster kamen zum Vorschein, als die zusätzlichen Anreize, die ein Managementteam bieten konnte, genutzt wurden. Sie trieben die Kinder härter an und halfen ihnen, schneller voranzukommen. Das hatte das Beste aus ihnen herausgeholt.

Sie hatte eine junge Frau, die draußen schlief, um auch diese kleine Ausgabe zu sparen. Annabelle hatte sich gut geschlagen und war bereits aufgestiegen. Sie hatte den Pfad zwar nicht vollendet, aber sie war nahe dran und hatte sich in den Erkundungsgemeinschaften einen Namen gemacht.

Einer von Lunas frühesten Erfolgen. Einer ihrer besten.

Sie berechnete bereits die Kosten, um Matts Talent zu berücksichtigen, aber das würde die Preise nur aufblähen. Es würde nichts an dem relativen Zeitplan ändern, den sie einhalten sollten. Sie sollten mit den anderen Pfadgängern mithalten können. Die Hilfe sollte mit Anstrengung verdient werden. Selbst wenn sie den Preis erhöhen würde, würden sie weniger bezahlen, als es normalerweise kosten würde, Tier 25 oder höher für persönliches Training einzustellen. Das Imperium gewährte schließlich Steuererleichterungen für diejenigen, die Pfadgängerteams halfen. Das war weitaus mehr wert als die armselige Summe, die die Teams zahlten.

Lunas größte Einschränkungen waren Gegenstände und Skills. Sie konnte ihnen beides nicht geben. Sie mussten sich diese selbst verdienen.

Mit Matts Skills sollte das kein Problem sein, aber ihre Verdienstmöglichkeiten waren mit Tier 6 deutlich geringer geworden. Sie würde empfehlen, dass sie vollständige Tier 5-Rifts an einige ausgewählte Gilden verkauften, um bei Erreichen von Tier 10 oder 15 als Erste auf Wachstumsgegenstände zugreifen zu können.

Sie war sich nicht sicher, welche. Es würde von ihnen abhängen.

Luna schwebte noch einen Moment in der Festung umher und sah sich die Schlacht noch einmal aus der Erinnerung heraus an.

Liz dabei zuzusehen, wie sie dreizehn Leute im unteren Stockwerk zerfetzte, war ein besonderes Vergnügen. Eine gut ausgelegte Falle war immer ein Vergnügen zu beobachten. Der Schaden, den ihre kleine Blutmagierin angerichtet hatte, war weit über ihr Tier hinaus.

Es war auch das erste Mal, dass sie gezwungen war, den Armeeangehörigen zu helfen, die für die Schlacht eingeteilt waren. Sie waren überwältigt von der schieren Zahl der Opfer, die ihr Team zugefügt hatte. Dass Liz mehr als ein Dutzend Menschen auf einmal abschlachtete, war mehr, als sie bewältigen konnten. Ein Tier 15 konnte höchstens zwei Menschen bewältigen, und bei der Geschwindigkeit, mit der ihr Team Menschen tötete ...

Wenn Luna nicht eingeschritten wäre, hätte jemand tatsächlich sterben können.

Der Blutmixer war gar keine so schlechte Falle und Liz hat ihn mit gutem Erfolg eingesetzt.

Sie machte sich eine Notiz, um Liz daran zu erinnern, dass sie mit etwas mehr Geduld vierzehn Leute hätte erledigen können. Hätte sie die erste Person die Treppe hochkommen lassen, hätten zwei weitere Personen das untere Stockwerk betreten können. Nachdem sie alle im ersten Stockwerk getötet hatte, hätte sie die verbleibende Person auf der oberen Treppe leicht erledigen können.

Ihr Plan war nicht schlecht gewesen, aber er war auch nicht perfekt. Die kleine Liz hatte noch Luft nach oben, aber Luna konnte das Juwel sehen, das nur darauf wartete, poliert zu werden. Sie brauchte lediglich Zeit und etwas Druck.

Matt hatte sie überrascht. Sie hatte nicht erwartet, dass er seinem Team von seinem Konzept erzählen würde, während er sein Talent weiterhin verbarg. Nach dem, was sie bisher von ihm gesehen hatte, war das ein überraschender Schritt.

Sie machte sich eine Notiz, dass er verschlagener war, als ihr erster Eindruck vermuten ließ. Das war gut. Sie hasste das Klischee des hirnlosen Nahkämpfers, dem zu viele verfielen.

Nachdem sie gesehen hatte, wie er fast dreißig Menschen im dritten Stockwerk angegriffen, befürchtete sie, dass das auch bei ihm der Fall sein könnte.

Er hatte seinen Skill [Hagel] nicht so eingesetzt, wie sie es erwartet hatte. Er hätte damit einen ganzen Raum mit Eis füllen und ihn effektiv abriegeln können. Oder er hätte den Skill während seines Nahkampfes einsetzen können, als er gegen eine Wand zurückgedrängt wurde.

Beide Verwendungen hätten durch die Enthüllung seines Konzepts erklärt werden können. Er hat bereits gesagt, dass es hauptsächlich ihn selbst betraf.

Sie schickte eine weitere Nachricht an Kurt, um ein paar Spionagespezialisten zu finden. Sie könnten für alle drei nützlich sein, aber Matt dazu zu bringen, etwas mehr quer zu denken, hätte für sie oberste Priorität. Seine Manasituation gab ihm zu viel Abwechslung und das könnte in Zukunft ein Problem werden, wenn er nicht lernen würde, mehr als eine Handvoll Zauber zu benutzen.

Das meiste Lob von Luna erhielt heute jedoch Aster. Die Füchsin hat ihre wachsende Intuition und Intelligenz genutzt, um die Magierin Emily zu schützen. Und sie hat den kleinen Möchtegern-Bienenstock ausgeschaltet, Nael. Ohne einen Feuerzauber hätte er sie alle in wenigen Minuten erledigt, während der Schaden, den sie ihm zufügten, seine Regeneration nicht stoppte.

Sie hoffte, dass Liz in Zukunft gegen den jungen Mann kämpfen konnte, denn er war ein guter Gegner für sie. Blut zählte als biologisches Material, und er würde alle ihre Angriffe einfach absorbieren.

Aber nein. Aster bemerkte, was alle anderen übersehen hatten, und fror den ganzen Raum ein. Das war schlau. Der Fuchs handelte so schnell, dass Matt nicht einmal bemerkte, wie seltsam der Pfadgänger war, gegen den er kämpfte.

Jeder von ihnen brauchte Hilfe und Führung, aber sie hatten Potenzial. Oh, so viel Potenzial.

Als sie das Gemetzel sah, machte sie sich eine Notiz, um ihren mentalen Zustand danach zu überwachen. Es war das erste Mal, dass einer von ihnen schwer verwundet wurde, und sie wären gestorben, wenn die Armee nicht eingegriffen hätte. Sie hatte ein paar Experten, die sie anrufen konnte, wenn sie in eine Art Depression abzurutschen drohten. Harvest Moon wäre ihr letzter Ausweg, aber er kannte sich im Kopf aus.

Sie würde nicht zulassen, dass ihr neues Spielzeug wegen falscher Handhabung kaputt ging. Es wäre nicht das erste Mal, dass sie ihre „Hände weg"-Regel brach, bevor sie sich vorstellte. Sie hatte es schon einmal getan und würde es wieder tun. Die langfristigen Vorteile überwogen immer den Schaden, den sie beim Sammeln von Informationen anrichtete.

Luna überprüfte den Rest der Schlacht und machte sich Hunderte Notizen, wo sie es besser machen konnten.

Ein Schauer lief ihr über den Rücken. Ein köstlicher Schauer, wie sie ihn seit mindestens ein paar tausend Jahren nicht mehr gespürt hatte. Das würde ihr bisher bestes Werk werden.

Sie konnte es schmecken.

* * *

Albert beobachtete die Projektion des Planeten, als würde er sich auf sein Kommando hin drehen. Verschiedene Upgrades, die er für Minen oder Festungen kaufen konnte, erschienen in seinem Blickfeld, während sich der Globus drehte – alles Dinge, für die er die Reichsstufenpunkte ausgeben konnte.

Er ignorierte sie.

Er war wütend. Nein, er war stinksauer.

Er dachte einen Moment lang nach. Nein, es war sogar schlimmer als das. Er kochte vor Wut.

Zuerst zwang sein Vater ihn, die Hälfte der Punkte zu sammeln, die ihre Mannschaft erzielte. Sein Vater vertraute ihm nicht, also behinderte er seine Fortschritte und nutzte das als Beweis dafür, dass er recht hatte. Zum Glück war es nur für die ersten paar Monate, aber es machte den defensiven Vorteil, den er hatte, komplett zunichte. Hätte sein Vater das nicht getan, würde er jetzt die Königswürde erringen, anstatt nur knapp zurückzuliegen.

Albert konnte sich über die Befehle seines Vaters hinwegsetzen, und der König konnte nichts tun, solange die Armee hier war. Aber sie würden nicht ewig hier sein, also musste er sich den Befehlen seines Vaters fügen.

Das hatte ihn bereits wütend genug gemacht, aber der Tag war noch schlimmer geworden.

Das eigentliche Problem war, dass die Pfadgänger zu gut in ihrem Job waren und zu viele seiner Befehlshaber auf mittlerer Ebene nur an ihre eigenen Punkte dachten. Die übergeordnete Strategie des Krieges als Ganzes war ihnen entgangen.

Es war das verdammte Punktesystem der Aufsteiger. Es belohnte den Einzelnen mehr dafür, eine Festung *einzunehmen*, als sie *zu halten*. Das Königreich als Ganzes erhielt jedoch hundertmal mehr Punkte für das Halten der Festung. Die Anreize waren *verdammt* widersprüchlich.

Das veranlasste seine Ablösungstrupps, sich zurückzuhalten, bis sie eine Festung für sich selbst zurückerobern und eine größere Anzahl von Punkten unter ihren Trupps aufteilen konnten. Das Brechen einer Belagerung war nur ein Viertel der Punkte wert, die eine Eroberung einbrachte.

Eine Nachricht piepte ihn an.

Alyssa hatte eine Festung übernommen.

Er überprüfte die Protokolle und schlug mit einer Kristallfaust auf den Tisch vor ihm.

Das laute Geräusch erschreckte ein paar der Helfer, die sich hin und her bewegten, also murmelte er schnell eine Entschuldigung.

Ein anderes Pfadgänger-Team hatte eine Festung eingenommen, aber die Verstärkung wurde absichtlich aufgehalten, damit sie die Festung selbst zurückerobern konnten.

Je mehr er las, desto schlimmer schien es. Die Anführer des Teams waren Teil seines Golem-Desasters gewesen.

Matt, Liz und Aster. Er erinnerte sich vage an sie, und seine KI lieferte ihm die relevanten Details. Sie waren während des Endspurts die Spitzenverdiener gewesen, obwohl sie nur Tier 5 waren.

Jetzt waren sie Tier 6 und hatten mit drei anderen eine mittelgroße Festung im Alleingang eingenommen und sie dann fast vor einem Angriff von dreihundert Leuten gehalten.

Ein kurzer Blick auf die Opferzahlen zeigte, dass die Angreifer etwas mehr als zweihundert Menschen verloren hatten, wobei Alyssa die anderen ausschaltete. Er las zwischen den Zeilen und durch die bereitgestellten Metadaten und fand heraus, dass die meisten der von ihr getöteten Menschen einfach Tier 5-Wachen der Umgebung waren.

Ausschließlich zu ihrem persönlichen Vorteil hatte sie eines seiner zehn besten Teams beschissen.

Er konnte sich eigentlich nur selbst die Schuld geben. Da dies der erste Tag nach der Auktion war und die Feindseligkeit auf beiden Seiten begann, waren die Aufträge zu optimistisch gewesen.

Dass die Teams vom Pfad Festungen angreifen, war eine Sache, von der sie erwartet hatten, dass sie einfach sein würde. Sie hatten den Zusatz „Festungen einnehmen, wenn möglich“ nur in der Hoffnung, dass ein oder zwei erfolgreich sein würden.

Aber nein. Die Pfadgänger waren Überflieger auf beiden Seiten. Neun Festungen waren eingenommen worden, und sie hatten nur für die ersten drei Verstärkungsteams vorbereitet. Danach mussten sie immer tiefer in die Tasche greifen, um mehr zu finden. Nach der siebten Festung kratzten sie nicht mehr nur am Boden des Fasses. Sie drehten es auf den Kopf und schüttelten es.

Hier kam Alyssa ins Spiel. Albert hasste die selbstgefällige Frau und hatte angeordnet, dass sie nur im Notfall eingesetzt werden sollte. Diese Anweisung hatte er nur zur Hälfte aus persönlichen Gründen gegeben und zur anderen, weil sie wirklich die schlimmste Mischung aus kompetent und rachsüchtig war. Es war das Beste, ihre Beteiligung auf ein Minimum zu beschränken.

Die Tatsache, dass es so weit gekommen war, machte die Verzweiflung des Königreichs nur noch deutlicher. Sie und ihre kleine Schar von Adligen waren die meiste Zeit über mehr als nutzlos, wie sie so bereitwillig bewiesen hatten.

Wenn sie nicht immer so egozentrisch und hinterhältig gewesen wäre, hätte er seine politischen Rivalen verdächtigt, den Krieg beeinflussen zu wollen. Er hielt das für unwahrscheinlich, denn sein Vater würde jeden köpfen, der seine Chancen auf den großen Preis ruinieren würde. Aber es war eine Möglichkeit.

Sein einziger Trost war, dass die Königin das gleiche Problem hatte. Albert musste innerlich grinsen. Während das Königinnentum fast sechzig Prozent der Pfadgänger-Kämpfer, die aus dem Großreich kamen, aufnahm, hatte das Königreich eindeutig mehr hochwertige Truppen bekommen.

Das Königinnentum hatte unerwartet nur sechs Festungen eingenommen, während sie neun für sich beansprucht hatten. Seine Seite war zwar zahlenmäßig leicht unterlegen, aber Kraftpakete konnten Kriege gewinnen, wenn der Mengenunterschied nicht zu groß war.

Albert wurde durch das Geräusch der sich öffnenden Tür aus seinen Grübeleien gerissen. Nach einem kurzen Blick zurück fand er Juni, der seinen Kopf hereinsteckte und ihm zunickte.

Das war nicht gut. Das war es nie.

Albert ging in ein privates Besprechungszimmer und fand Juni über einem Tisch zusammengesunken, den Kopf in den Händen.

„So schlimm?“

Albert wollte es eigentlich gar nicht wissen. Aber er musste es tun. Seine Position verlangte es.

Juni murmelte in seine Hände: „Es ist schlimm. Wirklich schlimm.“

Albert setzte sich neben seinen Freund. Es war ein Bruch mit dem königlichen Anstand, aber sie waren allein und das war der einzige Grund, warum Juni so etwas tun würde.

Schließlich drückte sich Juni vom Tisch hoch und hielt inne. „Die acht übergangenen Teams sind sauer.“

„Es sind jetzt neun. Alyssa.“

Juni erstarrte für einen Moment, dann drehte er sich um und schlug gegen die Wand. Ein Aufflackern der Schwerkraft sorgte dafür, dass sich die Wand für einen Moment verzerrte, als Juni anfing, auf die Wand zu schlagen.

„Diese dumme Schlampe! Ich wusste, dass sie untergetaucht ist, aber ich hatte gehofft, dass sie in einen Hinterhalt geraten ist oder so. Ich habe wochenlang an dieser Beziehung gearbeitet und versucht, sie nach dem Schlamassel mit Zoey wieder in Ordnung zu bringen. Scheiße! Und ich wette, jetzt geht alles den Bach runter."

Auch wenn Juni es nicht gesagt hatte und auch nie sagen würde, konnte Albert zwischen den Worten seines Freundes lesen. Er wollte den Golemkampf als Vorwand nutzen, um einige politische Schlangen und Spione in seinem Gefolge zu beseitigen, doch Juni hatte ihm davon abgeraten.

Albert hatte darauf bestanden und diese Entscheidung biss ihm heute noch in den Hintern. Sie war der Grund dafür, dass er nicht die volle Autorität hatte, wertlose Anführer ohne Fragen zu entfernen, was seine Probleme auf einen Schlag gelöst hätte. Aber wegen seines Fehlers hatte er jetzt adlige Familien, die jedes Mal, wenn eine Kommandantenposition geändert wurde, Fragen stellten. Sie fragten ihn, ob er ihre Jungen ausmerzen wolle. Oder, noch schlimmer, ob er ihre Ehre verletzen wollte.

„Wie hoch schätzt du die Chancen ein, dass sie gehen werden?"

Im Gegensatz zu allem anderen, was im Laden zum Verkauf stand, waren die 20.000 an Kosten für den Seitenwechsel der einzige Posten, der auf Kredit erworben werden konnte. Der zynische Teil von Albert wusste, dass die Vasallenstaaten die Pfadgänger so nicht als Geiseln nehmen konnten, aber es war trotzdem ärgerlich.

„Lysandras Team wechselt definitiv die Seite. Aber die anderen sind in der Schwebe. Ich denke, ich kann das ausgleichen, indem ich das Team, das Kelsors Festung übernommen hat, dazu bringe, das Schiff zu verlassen. Sie wurden von der Königin übers Ohr gehauen. Alle anderen sind unentschlossen und warten ab, wie wir reagieren."

Albert dachte darüber nach. Er hatte vor, dem Ganzen ein Ende zu setzen, aber wie genau er das anstellen würde, bedarf großer Vorsicht. Vor allem, wenn er nicht wollte, dass noch mehr seiner besten Teams überliefen.

„Was ist mit ...", seufzte er, „Team Eimer?" Warum, bei allen Aufsteigern, musste eines ihrer Spitzenteams so einen dummen Namen wählen?

Juni ließ sich zurück auf den Stuhl fallen und drehte sich.

„Ich habe mir nur den kurzen Rückblick angesehen, aber es scheint sie ziemlich hart getroffen zu haben. Schlimmer als wir erwartet haben."

Albert sah seine rechte Hand an und wartete darauf, dass er fortfuhr. „Dir ist sicher aufgefallen, dass die Zahlen nicht stimmen?"

„Ja. Ist es das, was du erwartet hast?"

Juni hörte auf, sich zu drehen: „Das muss ich bestätigen, aber ihre Magier haben viel länger durchgehalten, als sie sollten. Vor allem, nachdem sie die Festung eingenommen hatten. Ich habe bereits einige Informationen von unseren Quellen in der Krankenstation erhalten. Sie griffen schnell und hart an und hielten sich nicht zurück. Auf keinen Fall hätten sie den Manaverbrauch aufrechterhalten können. Selbst mit den schnell umwandelnden Manasteinen hätten sie Zehntausende Mana verbrauchen müssen, um wieder voll zu werden. Auf keinen Fall verbrennen sie Geld für uns."

Nach einem Moment fuhr Juni fort: „Ich glaube, Alex' Gefühl, dass Matt ein

Manakonzept hat, ergibt Sinn. Er hat nur einen Satz, aber er sagte, dass er etwas gespürt hat, als alle während des Golem-Kampfes schliefen und sein Mana schneller zurückkam. Er wachte auf, um zu pinkeln und spürte es, das ist etwas, das die Kriterien erfüllen würde."

Sie hatten während der Golem-Belagerung Informationen über alle Schwergewichte gesammelt und Matts Team hatte mehr Mana-Nachhaltigkeit als erwartet. Bis jetzt war das nur ein versteckter Leckerbissen gewesen.

„Das bedeutet aber, dass es auf eine kleine Gruppe beschränkt ist." Albert brach ab. Ein Konzept, das Mana spendete, erklärte auch, wie der Mann [Hagel] so lange wirken konnte. Es war die perfekte Unterstützungsskill. Es war außergewöhnlich, dass ein Nahkämpfer sie hatte, aber nichts Ungewöhnliches. Konzepte entsprachen nicht immer den normalen Team-Archetypen. Und ein Mana-Konzept war nicht neu. Es war nur unglaublich selten.

Es könnte aber bei Belagerungen nützlich sein, also notierte Albert es sich.

Juni unterbrach ihn in seinen Gedanken. „Wir müssen sie behalten. Was gedenkst du zu tun, Albie?"

Albert dachte einen Moment länger darüber nach und sagte: „Wir haben die Punkte nicht, aber wir entschädigen die Teams, die betrogen wurden. Das wird unsere Kassen belasten, aber es ist besser, das jetzt zu regeln, als später, wenn es zu einem größeren Problem wird. Sag ihnen auch, dass ich die verschiedenen Teamleiter dazu bringen werde, sich persönlich zu erklären. Meinst du, das reicht aus?"

Da sein Vater verlangte, dass die Hälfte aller Punkte beiseitegelegt werden, wurde es eng, aber Albert konnte es schaffen, wenn er seine persönlichen Punkte für den Gesamtkommandanten ausgab.

Juni war schon auf dem Weg zur Tür. „Ich werde es schaffen. Ich muss vielleicht ein bisschen an die Grenzen gehen. Ich habe gerade einen Bericht erhalten, dass Amber ebenfalls versucht, unsere Teams abzuwerben."

Als Juni verschwand, dachte Albert lange nach, bevor er einen Entschluss fasste. Amber war die rechte Hand von Prinzessin Sara, aber er persönlich fand, dass sie weniger effizient war als Juni.

Nein, das war nicht sein Problem.

Er hatte die Berichte über alte, vom Imperium sanktionierte Vasallenkriege für die Pfadgänger gelesen und wollte die schlimmsten Szenarien abwenden. Wenn sie die Kontrolle über die Pfadgänger verloren, könnten beide Seiten alles verlieren.

Das war schon einmal passiert.

Wenn die Dinge schlimm genug würden, würde die Armee eingreifen, aber er hatte ein paar Pläne. Einer davon war, die Zahlungen des Königreichs für korrekt ausgeführte Aufgaben zu erhöhen. Wenn er die Beiträge des Reiches angleichen würde, wäre das ein Anreiz für die Menschen, taktisch und nicht emotional zu denken.

Er könnte auch Leute öffentlich dafür bestrafen, dass sie ihre Verbündeten zu ihrem persönlichen Vorteil über den Tisch gezogen hatten.

Er könnte sogar die Punkte erhöhen, die man für das Halten von Festungen erhielt. Er war sich sicher, dass er damit ein paar Pfadgänger-Teams dazu bringen könnte, Wache zu halten.

Das Problem war, die Punkte auszugeben. Es würde helfen, Probleme zu lösen, sicher. Aber er musste trotzdem darauf achten, dass er dem Königinnentum nicht erlaubte, allein durch strategische Ausgaben einen Punktevorsprung zu erlangen. Ein paar aufgerüstete Festungen könnten ihre Position auf dem Planeten erheblich verstärken und es fast unmöglich machen, den Krieg zu gewinnen.

Aber wenn er sie vor seinen Absichten warnte, konnte er sie dazu zwingen, dasselbe zu tun, und sei es nur, damit er nicht als die bessere Seite dastand. Wenn sie es gemeinsam taten, würde das dafür sorgen, dass sie fast gleich viele Punkte verloren.

Mit einem Seufzer startete er einen Videoanruf mit Sara.

* * *

Matts Blick wechselte vom Steinboden zu einem blendenden Licht.

Er versuchte, nach oben zu greifen, um das Licht abzuschirmen, aber unsichtbare Bänder widerstanden seiner Bewegung.

„Du bist in Ordnung, mein Junge. Bleib einfach da liegen, während wir dich heilen."

Matt überprüfte seine KI, um sicherzugehen, dass es seinen Teamkollegen gut ging. Genauer gesagt, Liz und Aster.

Seine Gefährtin bewegte sich gerade im Kreis, aber Liz war still. Da er keine Karte der Gegend hatte, konnte er ihre Situation nur erahnen, aber ihre KI zeigte, dass sie am Leben war und geheilt wurde.

Ein zweiter Check zeigte, dass alle seine Teamkameraden geheilt wurden oder bereits geheilt waren. Annie und Emily waren schon wieder auf den Beinen.

Matt zuckte zusammen, als er spürte, dass etwas in seinem Rücken zu jucken begann. Als es zu kitzeln begann, wehrte er sich gegen seine Fesseln.

„Versuch, dich nicht zu bewegen."

Zwischendrin brachte Matt heraus: „Es kitzelt."

„Oh, Entschuldigung."

Das Kitzeln hörte auf und er spürte wieder nur dieses seltsame Jucken. „Tut mir leid. Das passiert nur einigen wenigen Menschen. Ich muss meine Methode ändern."

„Wie schlimm ist es?"

Der Heiler schaute auf Matts Bauch, aber selbst mit der Maske sah er, wie sich seine Augen zusammenzogen.

„Schlimm genug, dass ich das Urteilsvermögen der Armeeangehörigen infrage stelle. Du bist *im Arsch*, Junge. Du hast fast kein Fleisch mehr an deinem Bein. Ganz zu schweigen von einem halben Dutzend Stichwunden."

Matt war etwas überrascht. Er war zwar schwer verletzt, aber er hatte nicht erwartet, dass es so schlimm sein würde.

„Ich glaube, sie haben mich zuerst jemanden zu Tode prügeln lassen?"

Er trällerte es als Frage. Er war sich nicht ganz sicher.

„Bist du der gepanzerte Kerl? Mehr als ein paar Leute haben dich und deinesgleichen seit einem Dutzend Generationen verflucht."

Ein brennendes Gefühl begann durch Matts Magen zu krabbeln, aber nach einem Moment hatte er es unter Kontrolle und antwortete: „Vielleicht. Wir saßen in einer Festung fest, die wir gerade eingenommen hatten, und mussten uns dann weiter nach unten kämpfen. Schließlich haben sie uns rausgeholt."

Der Heiler nickte nur. „Ja, ihr seid nicht das erste Team, dem das passiert ist. Anscheinend ist das ein häufiges Ereignis zu Beginn der Trainingskriege."

Es fühlte sich an, als würde sich eine Blase in seinen Eingeweiden füllen und ein lauter Furz brach ungewollt aus ihm heraus.

Matt wäre es peinlich gewesen, aber der Heiler nickte und sagte: „Okay. Ich habe deine Eingeweide genäht."

Er sah Matt an und fragte: „Wie fühlst du dich?"

„Nicht so schlimm. Es juckt nur und es fühlt sich an, als würde heißes Wasser da drin herumlaufen."

Der Mann nickte. „Gut. Gut. Der Schmerzblocker wirkt. Wie geht es dir mental mit deinem Tod?"

Matt zuckte mit den Schultern. „Es war kein echter Tod. Ich bin mehr wütend als alles andere."

„Oh?"

Als Matt merkte, dass der Mann mehr wollte, wechselte er halb das Thema. „Was ist das Schlimmste, mit dem man während der Heilung konfrontiert wird, wenn man auf dem Trockenen sitzt? Vielleicht eine besonders schmerzhafte Sache, die man sich bricht?"

Der Heiler lachte. „Ich werde dir nicht helfen, dich zu rächen. Ich mache mir Sorgen um deinen mentalen Zustand. Viele Menschen kommen mit dem Wissen, dass sie ohne den Eingriff gestorben wären, nicht sehr gut zurecht. Es kann ein ziemlich schwieriger Moment sein, wenn man gezwungen ist, seine Sterblichkeit anzuerkennen."

Matt dachte darüber nach, während etwas, das sich wie Käfer anfühlte, sein rechtes Bein hinunterkrabbelte. Es gab einen Knall, der sich anhörte, als würde ein Ast zerbrechen, aber er spürte kaum etwas.

„Ich glaube, ich bin schon vor langer Zeit zu der Erkenntnis gekommen, dass ich sterben könnte."

Auf die einzelne hochgezogene Augenbraue hin fuhr Matt fort: „Auf meinem Planeten und in meiner Stadt gab es viele Rifts und viele Menschen starben. Ich wusste schon vor langer Zeit, dass ich nur überlebt habe, weil ich Glück gehabt hatte. Heute hatte ich kein Glück. Das könnte wieder passieren. Gegen Menschen zu kämpfen ist viel schwieriger als gegen Riftmonster. Die Skills ..."

Matt brach ab. Der Kampf war mehr als ein Sparring oder irgendetwas anderes gewesen. Sogar mehr als der Kampf in der versteckten Basis. Nein, das hier war brutal und ursprünglich.

Er machte einen Zug, aber seine Gegner machten bei jeder Gelegenheit einen Gegenzug. Er musste stärker, schneller und schlauer sein. Alles Dinge, die er in der Festung nicht gewesen war.

Matt verspürte das brennende Verlangen, dem Anführer der Verstärkung nicht nur den Arsch zu versohlen, sondern allen zu beweisen, dass sie nur gestorben waren, weil sie unvorbereitet waren. Wenn er das gewusst hätte ...

Er verdrängte diesen Gedankengang. Er hätte vorbereitet sein und mit allem rechnen müssen ...

Wenn dies ein echter Krieg wäre, wäre er tatsächlich gestorben und nicht in einem Heilerzimmer aufgewacht. Matt brauchte diese Erfahrung gegen Leute mit Skills und Taktik.

In die Defensive gedrängt zu werden, war hart. Er hatte versucht, Pläne zu schmieden, aber der feindliche Kommandant war ihm die ganze Zeit einen Schritt voraus gewesen. Er hatte sich bei der Einnahme der Festung clever gefühlt, aber jetzt verstand er, wie sich die Verteidiger gefühlt hatten. Er wurde ausmanövriert und war nicht in der Lage, die Strategie des Feindes zu planen. Selbst die Dinge, die sie geplant *hatten,* gingen nicht so gut aus, wie sie hätten sollen.

„Das war eine gute Lernerfahrung."

Damit war Matt fertig und der Heiler ließ ihn von der Angel. Er begann, Geschichten über seine Jugend zu erzählen.

Er dachte gerade darüber nach, wie viel schwieriger es war, mit denkenden Menschen umzugehen, als eine der Geschichten seine Aufmerksamkeit erregte: die Geschichte, wie er versuchte, einen Oberschenkelknochen zu heilen. Der betreffende Mann hatte so starke Schmerzen, dass der Heiler ihn betäuben musste, um den Knochen zu heilen. Anscheinend war das der schlimmste Knochen, den man sich brechen konnte, und die Schmerzen waren so stark wie nirgendwo sonst im Körper.

Matt überlegte, wie er jemandem beide Oberschenkel auf einmal brechen könnte.

Er musste darüber lächeln, dass der Heiler ihm auf Umwegen zu einer kleinen Rache verhalf.

Bevor er sich versah, wurde er nach oben geführt, als sich das Bett nach vorne beugte.

„Zurück zu den Rechten. Du bist für zwei Wochen aus allen Kämpfen raus." Der namenlose Heiler nahm seine Maske ab und sah Matt in die Augen. „Ich meine es ernst. Keinerlei Kämpfe. Wenn du erneut geheilt werden musst, kann es sein, dass dein Körper das nicht schaffen wird. Die Mana-Kosten stiegen schon zum Ende hin an. Was auch immer du mit deinem Körper gemacht hast, es macht dich stärker, aber schwerer zu heilen. Gib mir dein Wort."

Ein kleiner Teil von Matt wollte sagen, dass er den Heilungsausfall mit einem einzigen Zauberspruch beheben könnte, aber er nahm die guten Absichten des Heilers so, wie sie gemeint waren. Niemand sonst wusste von Melindas Talent, und selbst wenn er von ihr geheilt werden würde, würde ihn das nicht schneller ins Feld zurückbringen.

Er notierte sich jedoch, dass sie zumindest Liz und Aster heilen sollte. Nur für den Fall, dass es ein bleibendes Problem gab. Es war auch gut zu wissen, dass sein nahezu perfekter Körper die Heilung erschwerte. Das war ein Nebeneffekt, an den er nicht gedacht hatte.

„Ich verspreche es. Danke für die Aufmunterung."

Matt streckte seine Hand aus und schüttelte die des Heilers. Der Mann ließ sie erst los, als Matt hinzufügte: „Und ich werde mich erst nach der zweiwöchigen Ruhephase der Heilung auf einen Kampf oder ähnliches einlassen."

Der Heiler grinste, dann ließ er ihn gehen und sagte: „Mein Assistent wird dich in einen Ruheraum führen. Nimm dir Zeit und lass deine Gedanken ein wenig schweifen. Du solltest mindestens eine Stunde dort verbringen. Genieße es. Es gibt Kaninchen und alle möglichen süßen Tiere zum Kuscheln."

Matt erstarrte.

„Hast du Kaninchen gesagt? Und alle mussten da drin sein?"

„Ja?" Der Heiler schien verwirrt.

Matt rannte dorthin, wo seine Gefährtin noch ihre Kreise zog.

Er konnte sich nur vorstellen, was seine verspielte Gefährtin mit einem Raum voller traumatisierter Menschen und süßer Plüschtiere anstellen würde.

Aster! Bitte, verstümmle nicht die Hilfstiere!

Als er ankam, fand er eine Waldwiese vor, auf der Ziegen, Schafe und Kaninchen herumhüpften. Sie war voller Menschen in weißen Kleidern, die zu denen passten, die er trug. Was er nicht sah, war seine Gefährtin und auch kein Blutvergießen.

Nachdem er seiner KI gefolgt war, fand er Aster, die sich mit ihren Zähnen am Schwanz eines Kaninchens versuchte festzuhalten, während das pummelige Kaninchen im Kreis herumhüpfte. Seine Gefährtin hüpfte hinter dem Kaninchen herum und bekam bei jedem Sprung einen Tritt gegen den Kopf.

Er wäre besorgt gewesen, wenn seine Gefährtin nicht gezeigt hätte, dass sie die Zeit ihres Lebens mit einem Kaninchen hatte, das nicht zu schwach zum Spielen war.

Matt verzog das Gesicht.

Kapitel 12

Matt schnappte sich schnell seine Gefährtin und das misshandelte Kaninchen. Es brauchte mehr als nur ein bisschen Überredungskunst, um sie dazu zu bringen, den flauschigen Puschel loszulassen. Als er das Kaninchen befreit hatte, sprang es aus seinen Armen und Matt erwartete, dass es in die Freiheit, weg von seinem Peiniger eilen würde.

Stattdessen sprang es auf und trat seiner Gefährtin gegen den Kopf, bevor es zweimal hüpfte, sich dann umdrehte und mit der Nase wackelte.

Aster flog aus seinen Armen und rannte auf den flüchtenden Hasen zu.

Während er die beiden spielen ließ, wandte er sich wieder Liz' KI-Markierung zu. Er fand sie im Gespräch mit einer anderen Gruppe von Delvern und wurde zu ihr rüber gewunken, als sie seine Annäherung bemerkte.

„Matt, das sind Amy, Gerald, Franklyn und Dee. Sie wurden auch verarscht."

Während sie sprach, verschränkte Liz ihre Finger, ein bisschen fester als beim üblichen Händedruck. Er drückte ihren Rücken. Obwohl ihm durch die KI versichert worden war, dass es ihr gut ging, war es trotzdem schön zu sehen, dass sie aufstand und sich bewegte. Ihr fester Griff verriet ihm, dass es ihr genauso ging.

Amy stand ihm am nächsten und reichte Matt ihre Hand, woraufhin sich alle die Hände schüttelten.

Amy hatte einen seltsamen Akzent, den Matt nicht zuordnen konnte, aber er konnte ihre Worte verstehen. „Wir haben einen Auftrag. Sie sagten, wir sollten die Festung einnehmen, wenn möglich, und unsere versprochene Verstärkung ist danach einfach verschwunden. Sie kam nie an. Das war verdammter Mist."

Dee lehnte sich vor und fügte hinzu: „Aber ratet mal, wen wir hier gefunden haben?"

Matt hob nur eine Augenbraue und eine Schulter, um zu zeigen, dass er keine Ahnung hatte. Er hätte erwartet, dass sie einen der Gegner, gegen die sie gekämpft hatten, meinen würde, aber sein kurzer Gang durch den Entspannungsbereich zeigte ihm, dass dieser nur mit Personal des Königreichs gefüllt war. Es war eine gute Idee, die Leute zu trennen, wenn sie sich schon fast gegenseitig umgebracht hatten.

Gerald fiel zurück und schlug in die Luft. „Ein Freund von mir, Jen. Tot wie wir. Sie gehörte zu einem zusammengeschusterten Hilfsteam, und ihr Kommandant zwang sie, sich zurückzuhalten und zu warten, bis das Team, das sie ablösen sollte, gestorben war. So konnten sie sich die Punkte für die Einnahme der Festung selbst verdienen."

Matt starrte auf die noch stehenden Teammitglieder und sagte: „Das gibt's doch nicht. Sie haben euch einfach den Wölfen vorgeworfen?"

„Ja, verdammte Wichser. Ich ..."

Matt verpasste, was Dee danach sagte, da seine Gedanken zu der Situation ihres eigenen Teams abglitten. Hitze sickerte in seine Adern wie geschmolzenes Metall. Sein Blick zu Liz wurde mit einem Nicken erwidert. Sie glaubte, dass sie genauso verarscht worden waren.

Um das ganze Ausmaß des Schadens zu sehen, rief Matt seine KI-Meldungen auf.

Gesamt zuvor (zuletzt aktualisiert vor 0 Tagen): 16.776 Punkte.
TEAMVERDIENSTE:
(Berechnet für Tier 6-Kämpfer).

- **Feindlicher Vasall getötet, Tier 5. 1 Punkt wert. 72 Mal ausgeführt.**
- **Feindlicher Vasall getötet, Tier 6. 5 Punkte wert. 130 Mal ausgeführt.**
- **Feindlicher Vasall getötet, Tier 7. 25 Punkte wert. 7 Mal ausgeführt.**
- **Mittlere Festung verteidigt. Erste Welle: sechs gegen einhundert. 2.500 Punkte. Das Fünffache der normalen Punkte wird für den Unterschied in der Anzahl vergeben. 12.500 Punkte.**
- **Mittlere Festung verteidigt. Zweite Welle: sechs gegen zweihundert. 2.500 Punkte. Für zahlenmäßige Unterschiede gibt es das Zehnfache der normalen Punkte. 25.000 Punkte. Gescheitert.**

PERSÖNLICHE VERDIENSTE:
(Berechnet für Tier 6-Kämpfer).

- **Feindlicher Vasall getötet, Tier 5. 1 Punkt wert. 13 Mal ausgeführt.**
- **Feindlicher Vasall getötet, Tier 6. 5 Punkte wert. 58 Mal ausgeführt.**
- **Feindlicher Vasall getötet, Tier 7. 25 Punkte wert. 2 Mal ausgeführt.**

- **Mittlere Festung verteidigt. 2.500 Punkte.**

ARMEEVERDIENSTE:

- **Geplünderte, aber zurückgegebene Gegenstände und Ausrüstung. 2.834 Punkte wert.**

UNERREICHTE VERDIENSTE: Nur zu Referenzzwecken.

- **N/A**

ZUSAMMENFASSUNG DER GEWINNE:
Verdienste des Teams:

- **Rohdaten Gesamt: 13.325**
- **Team-Multiplikator: 1x**
- **Kategorie Insgesamt: 13.325**

Persönliche Verdienste:

- **Rohdaten Gesamt: 2.840**
- **Persönlicher Multiplikator: 1x**
- **Kategorie Gesamt: 2.840**

Kombinierte Verdienste:

- **Zwischensumme: 16.165**
- **Gesamtmultiplikator: 1x**
- **Gesamtzahl: 16.165**

Neue Errungenschaften: 18.999 Punkte.
Neue Gesamtzahl: 35.775 Punkte.
Pfadgänger Team Ranking (Königreich der Sieben Sonnen): 52.312 Platz.
Geschätztes Tagesstipendium: N/A.

18.999 Punkte verloren. Nein, korrigierte sich Matt. Sie hatten auch die 16.776 Punkte verloren, die sie bei der Einnahme der Festung erzielt hatten. 35.775 Punkte lösten sich in Luft auf, als hätte es sie nie gegeben. Und das ohne die 25.000 Punkte, die sie hätten erhalten können, wenn sie die Festung hätten halten können.

Die Hitze, die Matt durchströmte, kreiste mit seinem Mana. Er wollte jemanden wehtun, und der Anführer ihrer Verstärkung hatte eine Menge zu erklären. Er bezweifelte, dass sie ihre Entscheidung zu seiner Zufriedenheit erklären konnten, aber er würde ihnen die Gelegenheit dazu geben. *Dann* würde er jemanden verletzen.

Matt fragte sich, wie oft er sie noch zum Duell herausfordern konnte, bevor die Armee ihn wegschicken würde.

Liz riss ihn aus seinen Rachefantasien, als sie sie aus der Gruppe entließ. Es dauerte nicht lange, bis er wusste, warum. Annie, Emily und Conor standen an der Tür und blickten sich staunend und fassungslos in der bunten, mit Tieren übersäten Gegend um.

Ihm war klar, wie seltsam die Situation war, aber das hielt ihn nicht davon ab, mit der Hand durch die seidigen Locken eines Schafes zu fahren, als es sein Bein berührte. Er wusste immer noch nicht, wie er vor ihnen allen hierhergekommen war. Sein Kampf hatte länger gedauert, und er war nach ihnen gestorben. Er konnte nur vermuten, dass ihre Wunden weniger schwer waren und sie deshalb eine geringere Priorität hatten.

Liz ergriff seine Hände und zog ihn nach vorne. „Wir müssen reden und das können wir nicht an der Tür tun."

Annie schien völlig abgelenkt zu sein, als ein Schmetterling, der größer als Matts Kopf war, sanft an ihr vorbeiflatterte. Emily musste sie mit Gewalt mit sich ziehen, damit sie nicht davonlief.

Sie fanden einen abgelegenen Hain und setzten sich alle in einen Kreis.

Liz machte den Anfang. „Wir wurden verarscht. Und zwar sehr."

Die drei Neuankömmlinge schauten verwirrt, aber das schlug schnell in Wut um, als Liz ihnen erklärte, was sie herausgefunden hatte.

„Die Kommandeure der Ablösung haben ein verdammtes Spiel mit uns gespielt. Sie ließen uns absichtlich sterben, damit sie mehr Punkte für die Einnahme der Festung bekommen konnten. Ich habe mit zwei anderen Teams gesprochen, die auf die gleiche Weise gestorben sind."

Emily sah aus, als wolle sie Feuer spucken, was Matts Gefühlen entsprach. „Was für Arschlöcher! Ich habe fünfunddreißigtausend Punkte verloren! Wenn das wahr ist, bin ich raus. Ich werde die Seite wechseln und diese Wichser so oft wie möglich umbringen."

Matt wollte gerade zustimmen, als Liz eine mäßigende Hand hochhielt. „Das habe ich auch gedacht, aber zwei Dinge halten mich davon ab, es durchzuziehen."

Als sie ihren Unmut darüber bemerkte, fuhr sie fort: „Erstens wollte Juni mit uns reden. Seine Nachricht war knapp, aber er schien genauso wütend wie wir zu sein. Zweitens, wenn wir die Seiten wechseln, verlieren wir das Druckmittel, das wir gegenüber dem Fürsten und vor allem gegenüber Juni haben."

Annie zuckte unbeteiligt mit den Schultern. „Ich glaube nicht, dass mich irgendetwas, was sie sagen, zum Bleiben überreden kann. Wenn wir bleiben, werde ich nicht die Chance haben, denjenigen zu töten, der uns im Stich gelassen hat."

Conor meldete sich überraschenderweise zu Wort: „Das stimmt nicht unbedingt. Ich habe mit dem Assistenten meines Heilers gesprochen. Deshalb habe ich auch so lange gebraucht, um hierherzukommen. Anscheinend hat die Armee ein System für Attentäter und sie haben keine Einschränkungen, wen du tötest, solange du sie vorwarnst. Du musst nur einen praktischen Test bestehen oder so. Viel mehr wussten sie nicht, aber ich denke, den Anführer wochenlang zu verfolgen und ihn dann zu töten, könnte schlimmer sein."

Sie alle sahen Conor mit leeren Blicken an. Diese dunkle Seite von sich hatte er noch nicht gezeigt.

Annie sah aus, als hätte sie eine neue Facette des Mannes entdeckt und wollte ihn am liebsten verschlingen, nachdem sie gesehen hatte, wie bereit er war, für sie die Drecksarbeit zu erledigen. Matt übrigens auch. Er hatte den stillen Mann unterschätzt.

„Ich bin auch sauer." Er beantwortete all ihre unausgesprochenen Fragen mit einem Achselzucken. Er sah nicht sauer aus, während er den Kopf eines Waschbären kraulte.

Liz nickte. „Das ist eine gute Idee, aber ich glaube nicht, dass es nur die anderen beiden Teams waren, die verarscht wurden. Ich glaube, das war ziemlich weit verbreitet. Historisch gesehen gibt es ein paar Dinge, die Pfadgänger als Vergeltung tun. Eine davon ist, dass sie ihre eigene Fraktion gründen und eine dritte oder vierte Partei im Krieg bilden."

Matt gefiel diese Idee. Und die Vorstellung, die Pläne des Fürsten niederzubrennen, bereitete ihm nach all dem, was der Mann verbockt hatte, ziemlich viel Freude.

Aber Liz lehnte das ab. „Das wird wahrscheinlich nicht passieren. Es muss viel mehr Korruption geben, damit wir an diesen Punkt kommen. Was wir tun können und sollten, ist, eine Art Gewerkschaft der Pfadgänger zu gründen, in der Pfadgänger beider Seiten vertreten sind. Wenn wir das tun, können wir mehr Verhandlungsrechte bekommen. Wenn wir das tun, können wir uns um ein paar bessere Dinge bemühen, aber ich muss mich noch etwas mehr vernetzen, bevor ich das in die Tat umsetzen kann."

Die anderen sahen Liz an, als wäre ihr ein zweiter Kopf gewachsen. Es dauerte lange genug, bis sie sich unwohl fühlte und fragte: „Was?"

Emily zuckte mit den Schultern und fragte: „Wo hast du das gelernt? Du scheinst immer zwei Schritte voraus zu sein."

Liz schnaubte. „Nein! Ich habe Ingrids Pfad der Vasallenkriege gekauft und gelesen. Es ist eine trockene Lektüre, aber es erklärt fast alles, was wir über diese Sache wissen müssen. Das alles hat sich schon dutzende Male abgespielt, und die Regeln sind absichtlich so gestaltet, dass Probleme entstehen. Sie testen nicht nur uns, sondern auch die verschiedenen Anführer auf beiden Seiten. Wenn die Dinge so schlimm würden, dass wir, die Pfadgänger, keinen guten Krieg mehr führen könnten, würde die Armee einschreiten und strengere Regeln aufstellen. Aber das ist erst einmal passiert."

Als sie immer noch seltsame Blicke erntete, schnappte sie sich einen vorbeigehenden Welpen und hielt ihn wie einen Schutzschild, während sie ihn knuddelte.

„Ich fand es interessant, okay?"

Matt wusste, dass es das nicht war, denn sie hatte ihm Teile vorgelesen, als der Krieg angekündigt wurde, aber es war die beste Schlafmedizin.

Emily sagte: „Gut, zuerst müssen wir entscheiden, ob wir in einer Gruppe wechseln oder nicht."

Conor zuckte nur mit den Schultern. Er war das einzige Solomitglied. Er konnte tun und lassen, was er wollte.

Matt warf seine Meinung in den Ring. „Ich weiß nicht, was Liz alles geplant hat, aber ich denke, wir sollten als Gruppe losziehen. Ich weiß, dass wir nach dem Krieg nicht zusammenbleiben werden, aber wir arbeiten gut zusammen. Wir haben zwar am Ende verloren, aber davor haben wir noch mal richtig Gas gegeben. Ich will nicht riskieren, dass wir getrennt werden, wenn es nicht sein muss."

Er wollte Liz nicht in die Quere kommen, fügte aber hinzu: „Ich hätte nichts dagegen, die Seite des Königreichs zu verlassen, aber ich denke auch, dass wir Juni anhören sollten. Wir kennen ihn schon eine Weile, und er hat uns bisher immer gut vertreten."

Niemand sonst hatte etwas Wichtiges zu sagen, also saßen sie einfach weiter zusammen und tauschten Geschichten darüber aus, wie es ihnen ergangen war, während sie die Tiere streichelten. Niemand störte sie, bis sie eine Nachricht erhielten, in der Juni um ein Treffen bat.

Sie akzeptierten seine Anfrage als Team und eine Telefonkonferenz begann.

„Oh, gut. Ihr seid alle wach. Ist das ein guter Zeitpunkt? Oder wäre es euch lieber, wenn ich später anrufe?"

Liz sprach zuerst. „Nein, jetzt ist alles in Ordnung. Wir haben deinen Anruf erwartet."

Juni zuckte zusammen, und seine KI übersetzte das in das Bild, das er auf sie projizierte. „Du und alle anderen. Heute war eine Katastrophe."

Liz und Emily öffneten beide ihren Mund, aber er schnitt ihnen das Wort ab.

„Ich mache euch keine Vorwürfe. Es sei denn, kompetent zu sein ist in den letzten Stunden zu einer schlechten Sache geworden und ich habe es nicht bemerkt. Aber ihr verdient eine Erklärung für den Anfang. Erstens war euer eigener Erfolg entgegen unseren Erwartungen. Oder zumindest wurden die Erfolgschancen der Pfadgänger *insgesamt* deutlich unterschätzt. Wir, der Fürst und sein Hauptquartierstab, haben den Satz über die Einnahme einer Festung nur so nebenbei erwähnt. Wir hatten erwartet, dass vielleicht ein oder zwei Teams erfolgreich sein würden, aber wir hatten neun, einschließlich euch, die ihre zugewiesenen Festungen einnahmen. Es war eine Katastrophe."

„Wir hatten drei Ablösungsteams bereitstehen, aber das war offensichtlich nicht genug. Wir waren gezwungen, bereitwillig Leute zu finden, aber es waren nicht die Anführer, die wir ursprünglich einsetzen wollten, und das aus gutem Grund. Als euer

Team Verstärkung brauchte, waren wir am Ende unserer Kräfte, und euer Team hat darunter gelitten. Ich entschuldige mich dafür."

Juni seufzte und fuhr fort: „Glücklicherweise, oder besser gesagt leider, beschränkte sich dieser kleinliche Schwachsinn nicht auf das Königreich. Wir haben Informationen, die darauf hindeuten, dass vier von sechs ihrer Pfadgänger-Teams ausgelöscht wurden, genau wie ihr. Ihre Pfadgänger waren einfach nicht so gut wie unsere und haben nicht so viele Festungen eingenommen. Wir haben von den neun Festungen, die wir erobert haben, sechs Teams verloren. Ihr solltet mit den Kämpfern des Königinnentums sprechen, die sich mit euch erholen, um das zu überprüfen."

Emily nutzte die Pause des Mannes, um zu fragen: „Also, wie willst du das in Ordnung bringen? Ich nehme an, das ist deine Absicht. Und wenn du dachtest, dass unsere Verstärkung verschwinden könnte, hättest du uns sagen können, dass wir abhauen sollen, um das Risiko zu vermeiden."

Juni schien die Unterbrechung nicht zu stören und fuhr fort. „Der Fürst hat vor, euch alle verlorenen Punkte zu erstatten, wenn ihr euch entscheidet, wieder in den Krieg zu ziehen. Und ja, wir hätten einen Rückzug anordnen können, aber Alyssa sollte viel früher ankommen, was eine Gefangennahme wahrscheinlich gemacht hätte."

Annie öffnete den Mund, aber Juni sprach schneller: „Auch wenn ihr unsere Seite verlassen wollt, werden wir euch entschädigen."

Annie schüttelte den Kopf. „Gut zu wissen, aber das ist nicht das, was ich wissen wollte. Ich will wissen, wer uns verarscht hat."

Juni schaute kurz überrascht, beantwortete ihre Frage dann aber bereitwillig: „Alyssa. Sie ist die Tochter eines Barrons und hat eine unglaublich reine Blutlinie. Sie ist ein manipulatives Stück ... nun, sagen wir einfach, sie ist ein Stück Arbeit. Glaubt mir, sie ist die letzte Person im ganzen Königreich, die wir schicken wollten, aber wir wurden in die Enge getrieben."

Er schaute nach rechts und sagte etwas zu jemand anderem, das nicht durch die Konferenz übertragen wurde, bevor er zu ihnen zurückschaute. „Tut mir leid. Ich habe gerade ein Dutzend Dinge auf einmal zu erledigen und wollte mit einigen bekannten Gesichtern beginnen. Der Fürst wird auch Änderungen in der Art und Weise durchsetzen, wie Punkte vergeben werden. An der KI der Armee kann er nichts ändern, aber er will diejenigen belohnen, die strategisch denken und das große Ganze im Blick behalten."

Liz nickte und gab eine unverbindliche Antwort. „Wir müssen es uns noch einmal überlegen. Unsere Punkte zurückzubekommen hilft, aber wir sind immer noch zwei Wochen krankgeschrieben. Das ist nicht nichts."

„Das ist es nicht. Und wenn ihr im Hauptquartier oder auf einer Station mitarbeiten wollt, freuen wir uns über zusätzliche Hände. Aber das ist freiwillig und nicht wirklich viel wert. Viel mehr kann ich im Moment nicht tun. Ich bitte euch nur darum, dem Fürsten zuzuhören, bevor ihr eine Entscheidung trefft. Ich weiß, dass er ein paar Ideen im Kopf hat, und ihr könnt euch danach immer noch entscheiden."

„Wenn jemand von euch noch Fragen hat, lasst es mich bitte wissen. Ich habe gerade erfahren, dass Fürst Albert in zwei Tagen ein Treffen abhalten wird, wenn alle das Krankenhaus verlassen können. Und die Verantwortlichen werden anwesend sein, damit ihr eure Chance auf Rache bekommt. Wir können sie zwar nicht zu einem Duell zwingen, aber vielleicht könnt ihr sie dazu bringen, eine Herausforderung anzunehmen. Vielleicht könnt ihr ihnen sogar ein ausreichend hohes Bestechungsgeld anbieten, um sie dazu zu bringen, es zu riskieren. Ihr könnt zwei Wochen lang nicht kämpfen, also habt ihr genug Zeit, euch etwas einfallen zu lassen."

Nach ein paar weiteren Höflichkeiten beendete Juni das Gespräch.

Emily sagte zähneknirschend: „Ist dir aufgefallen, dass er nicht gesagt hat, dass es persönliche Strafen für die Penner geben wird?" Sie streckte die Hand aus und erwürgte die imaginäre Person vor ihr, bevor sie sich an ihre Schwester wandte.

„Wie stehen deine Chancen, eine Lizenz zum Töten zu bekommen, von der Conor gehört hat? Wenn du den Test bestehst oder so."

Annie schaute sich um, und zu Matts Überraschung sah sie leicht panisch aus. „Ich weiß es nicht. Ziemlich gut, wenn es ein praktischer Test ist. Aber ich weiß nicht so recht. Die Idee klingt toll, aber ich will nicht, dass der ganze Druck auf mir lastet."

Matt hatte die Attentäterin des Teams noch nie so verletzlich gesehen.

„Es ist schwieriger, in einer Stadt zu arbeiten, als die meisten Leute denken. Es gibt mehr Sicherheitsebenen, als nur eine Tür zu öffnen. Selbst wenn man unsichtbar ist, gibt es ein Dutzend Dinge, die man umgehen muss. Es ist nicht so einfach."

Liz lenkte die Aufmerksamkeit wieder auf das Hauptthema. „Sind wir alle mit dem Vorschlag des Königreichs einverstanden? Wir bekommen die Hälfte unserer Punkte zurück, und ..."

„Die Hälfte!?" Nicht nur Matt schrie auf. Warum sollten sie nur die Hälfte der Punkte zurückbekommen?

„Hat denn keiner von euch die aktuellen Regeln gelesen? Geht und versucht, euch wieder einzukaufen."

Matt tat, was Liz sagte, und fand eine Nachricht, die ihn begrüßte.

Du hast seit deinem letzten Tod 35.552 Punkte angesammelt.

Wenn du dich entscheidest, den Krieg zu verlassen, kannst du alle diese Punkte ausgeben, hast aber einen normalen Tag Zeit, um die Welt zu verlassen, und kannst nicht an Kämpfen teilnehmen.

Wenn du dich entscheidest, im Krieg zu bleiben, musst du alle gesammelten Punkte ausgeben. Die Hälfte geht verloren, die andere Hälfte wird aufbewahrt, bis du dich entscheidest, den Krieg zu verlassen. Auf die Hälfte, die beiseite gelegt wird, kannst du nicht mehr zugreifen, bis du dich auszahlen lässt. Wenn du noch einmal stirbst, wird die Hälfte dieser Punkte dem Auszahlungspool hinzugefügt.

Dein aktueller Auszahlungspool ist 0 (17.776).

Bitte denke sorgfältig nach. Alle Entscheidungen sind endgültig.

Im Krieg bleiben?

Ja. Nein.

Matt schaute wieder zu Liz. Als sie sah, dass sie die Aufmerksamkeit aller hatte, wiederholte sie Junis Worte. „*Der Fürst will allen die verlorenen Punkte zurückerstatten, wenn sie sich entscheiden, wieder in den Krieg zu ziehen*. Er sagte, die verlorenen Punkte, nicht die verdienten Punkte. Wenn also jemand jetzt aussteigt, bekommt er nichts. Wenn jemand zurückkommt, würde er die Hälfte der Punkte bezahlen, die wir hatten. Das macht uns wieder ganz, aber es ist auch nicht perfekt. Deshalb habe ich auch die Zeit erwähnt, die wir durch die Abklingzeit der Heilung verlieren. Es war weit hergeholt, aber ich hatte auf mehr Punkte gehofft."

Matt wollte seufzen, aber er hielt sich zurück. Diese Art von Wortspielen war genau der Grund, warum er es hasste, mit machthabenden Leuten zu tun zu haben. Ihm wäre der Unterschied, den Junis Formulierung machte, völlig entgangen.

Das war eines dieser Dinge, mit denen er sich einfach nicht beschäftigen wollte. Aber ein kleiner Teil von ihm flüsterte ihm zu, dass er zumindest *versuchen* sollte, einige von Liz' zwischenmenschlichen Fähigkeiten zu lernen. Hätte er das Buch gelesen, das sie gekauft hatte, wie sie es vorgeschlagen hatte, dann hätte er gewusst, dass sie beim Sterben die Hälfte ihrer Punkte behielten.

Er hatte die Aussage des Heerführers, dass sie alle ihre Punkte verloren hatten, für bare Münze genommen. Er ging davon aus, dass sie dauerhaft weg waren. Nicht die Hälfte war weg, und die andere Hälfte wurde auf ein Sparkonto überwiesen.

Die Enthüllung veränderte auch seine Sichtweise auf die Gesamtstrategie des Krieges. Sterben war etwas, das wahrscheinlich vermieden werden sollte, schon allein, um keine schlechten Gewohnheiten zu entwickeln. Aber es war auch kein so großer Nachteil, dass es um jeden Preis vermieden werden sollte.

Selbst wenn sie gestorben waren und die Hälfte ihrer Punkte verloren hatten, hatten sie durch ihr Durchhaltevermögen auch ein paar Punkte gewonnen. Das bedeutete vor allem, dass Teams mit weniger Punkten verzweifelter kämpfen konnten, da sie weniger zu verlieren hatten.

Matt lenkte seine Aufmerksamkeit wieder auf das Gespräch, gerade als Liz ihren Gedanken beendete, und er verpasste es. Seine Teamkollegin war auf dem Kriegspfad, stellte Teams zusammen und verhandelte um Unterstützung. Er stimmte zu, dass es ein guter Schritt war, ihre politische Macht zu bündeln. Zumindest könnten sie in Zukunft Punkte für ungerechtfertigte Tode zurückverlangen. Aber aus dem Blick in Liz' Augen ging hervor, dass sie noch mehr vorhatte.

„Was sollen wir für dich tun? Wie können wir helfen?"

Fast jeder, den sie ansprach, schien interessiert zu sein. Sogar Annie hatte aufgehört, Conor zu drängen, sich weiter zu engagieren. Emily war ebenfalls mit eingeschlossen. Sie alle waren viel mehr von Liz' Appellen eingenommen als Matt selbst.

Liz strahlte regelrecht, als sie im Mittelpunkt der Aufmerksamkeit stand. „Wir dürfen erst mit der Seite der Königin sprechen, wenn wir aus dem Ruhebereich raus sind. Das ist eine ziemlich vernünftige Einschränkung, wenn man bedenkt, dass wir uns gerade gegenseitig umgebracht haben. Aber wenn ihr alle mit den anderen Pfadgänger-Teams reden könntet, wäre das fantastisch. Aber ein Wort der Vorsicht. Als ich mich einem Team näherte, bekam ich eine Warnung von meiner KI. Doch jetzt weiß ich, dass wir diesen Schritt überspringen können. Sprecht niemanden an, der in Not zu sein scheint oder mit einem Therapeuten spricht. Ehrlich gesagt, werde ich hier eine Runde drehen und mich dann in die Aufenthaltsräume begeben. Das soll ein Erholungsraum für psychisch Kranke sein. Wenn ich so darüber nachdenke, sollten wir hier wahrscheinlich nicht mit noch mehr Teams sprechen. Damit bin ich etwas zu weit gegangen."

Sie konzentrierte sich wieder auf das eigentliche Thema. „Wie auch immer, meine Idee ist, dass wir so viele der Top-Teams wie möglich zusammenbringen. Dann fordern wir bessere Bedingungen für uns selbst und härtere Strafen für alle, die absichtlich Verbündete für Punkte im Stich gelassen haben. Wenn der Fürst ein großeres Treffen abhält, plant er wahrscheinlich schon etwas in dieser Richtung. Es wäre dumm, alle zu versammeln und dann Nachsicht mit den Verantwortlichen zu üben. Das wäre so, als würde man geradezu einen Aufstand herbeiführen. Trotzdem können wir unsere eigenen Bedingungen verlangen. Ich bin mir nicht sicher, was ich genau will, aber wenn wir mit den anderen Teams sprechen, können wir uns etwas Passendes einfallen lassen."

Die Menge schien bereit zu sein zu gehen, also forderte Matt alle auf, sich zu setzen.

„Bevor wir gehen, denke ich, dass es wichtig ist, dass wir alle darüber sprechen, wie wir uns im Kampf geschlagen haben. Wir sollten darüber sprechen, was richtig und was falsch gelaufen ist."

Annie schnauzte: „Wir wurden verarscht. Das ist sicher."

Emily berührte die Schulter ihrer Schwester mit ihrer eigenen. „Ja, aber wir waren auch abgesehen davon nicht perfekt. Ich fange mal an. Das Timing war furchtbar. Ich hatte keine Zeit, meine neuen Skills vollständig zu absorbieren, und entschied mich egoistischerweise dafür, den Skill weiter zu absorbieren, obwohl sich mein Schaden verdoppelt hätte, wenn ich aufgehört hätte. Es war mir wichtiger, meinen Kerngeist zu erreichen als das Team als Ganzes zu unterstützen. Tut mir leid."

Sie schaute nach unten und zerrte am Gras, als sie mit ihrer Kritik fertig war. Matt nahm ihr ihre Entscheidung nicht im Geringsten übel.

Conor sprach jedoch zuerst. „Ich bezweifle, dass du dich dafür entschieden hättest, wenn echte Leben in Gefahr wären. Schließlich ist das hier ein Spiel. Ich mache dir keine Vorwürfe."

Liz tätschelte ihr Knie. „Es hätte Monate gedauert, bis du das repariert hättest. Mach dir nichts draus. Sonst noch was?"

Die Magierin wirbelte noch einen Moment lang einen Grashalm herum, bevor sie hinzufügte: „Meine Synergien mit Aster waren gut, aber nicht perfekt. Das Gleiche gilt für euch alle. Der [Bolzen] ist nicht der perfekte Skill zum Zielen, aber es ist mein Skill mit dem höchsten Grundschaden. Ich bin aber zufrieden damit, wie ich mit der

Mauer umgegangen bin. So etwas hatte ich noch nie gemacht und ich konnte meine Position halten, als sie auf mich geschossen haben."

Annie kam ohne Aufforderung als Nächste dran. „Mein Mangel an Reichweite hat mich ganz schön fertig gemacht. Ich muss bald Zeit auf einem Bogenschießplatz verbringen. Früher haben wir das nie wirklich gebraucht, weil ich Em normalerweise beschütze. Aber jetzt muss ich nicht mehr für sie blocken. Ich könnte viel mehr Schaden anrichten, wenn ich eine Fernkampfwaffe hätte."

Als sie innehielt, bot Matt an: „Du kannst die Armbrust gerne behalten. Ich habe noch ein paar mehr. Außerdem sind die Bolzen Standardbolzen und ziemlich billig. Ich kann dir ein wenig Training anbieten, aber ich bin kein Experte."

„Danke." Sie grinste ihn an und sagte: „Ich glaube, ich nehme dich beim Wort, aber wir werden sehen. Was gut gelaufen ist ... Hmm. Ich würde gerne glauben, dass die Tötungen des Heilers und des Anführers wirklich gut gelaufen sind. Es wäre besser gewesen, wenn ich entkommen wäre, aber das habe ich gar nicht erwartet."

Conor, der zwischen Annie und Matt saß, nahm ihr Ende als sein Stichwort.

„Meine mangelnde Reichweite ist immer ein Problem, aber das Gleiche gilt für meine Verteidigung gegen Reichweite und Magie. Das war es, was mich letztendlich erwischt hat. Ein Pfeil ging durch meine dünne Bauchpanzerung. Apropos, weiß jemand, was mit unserer Ausrüstung passiert ist?"

Niemand wusste es, also fuhr er fort: „Ich war ziemlich zufrieden damit, wie ich mich verhalten habe. Matt und ich haben die Eingänge gehalten, auch wenn wir nicht ideal zusammenpassen. Wir haben eine gute Mauer gebildet. Selbst als er in die Offensive ging, konnte ich mich gut behaupten."

Matt nickte. „Ich hätte mein Konzept früher erwähnen können. Tut mir leid, Mana ist im Grunde genommen Geld, und die Leute werden komisch deswegen. Hätten wir am Anfang mehr Mana gehabt, hätten wir es besser machen können, denke ich."

Er hielt inne, und Emily sah aus, als wollte sie etwas sagen, also nickte er ihr zu.

„Ich will nicht pingelig sein, aber du hättest auch einen Raum mit Eis fluten können, und Aster hätte ihn einfrieren können. Wenn wir daran gedacht hätten, hätten wir uns einfach im dritten Stock aufhalten können, während der zweite und vierte Raum gefroren waren. Dann wären wir fast unangreifbar gewesen und hätten uns ausruhen und in aller Ruhe angreifen können. Irgendwann hätten sie das Gebäude in die Luft gesprengt oder das Eis durchbrochen, aber das wäre viel besser für uns gewesen."

Es dauerte nur eine Minute, bis er ihr zustimmte. Sie hatte vollkommen recht. „Du hast recht. Ich muss wie ein Magier denken, und das ist neu für mich. Ich habe eine Weile nur mit Klingen gekämpft, und wenn ich gegen Monster kämpfe, benutze ich meistens [Hagel], um Aster kostenloses Eis zu geben. Ich sollte das als vollwertigen Skill behandeln. Kann ich vielleicht etwas Magiertraining mit dir machen?"

Sie schaute überrascht, also erklärte Matt: „Liz ist eher ein Mittelstrecken-Hybrid und sie verlässt sich sehr auf ihre Manipulationsskills. Das ist nicht die Art von Kampfstil, an der ich arbeiten muss."

Emily sah erfreut aus, dass er sie um Hilfe bat. Matt hätte Liz fragen können, aber er wusste, dass sie ihre Pläne zur Gründung einer Pfadgängervereinigung vorantreiben wollte. „Ich würde gerne helfen. Ich würde auch gerne eine Armbrust kaufen und ein wenig trainieren. Es wäre gut zu sehen, ob mein Talent mit verzauberten Bolzen funktioniert. Selbst wenn nicht, könnte ich damit etwas Mana sparen."

Liz war als Letzte dran. „Meine Blutzauber waren nützlich und ich konnte unten im ersten Stock eine ziemliche Falle aufstellen."

Annie warf ein: „Ja, das wollte ich fragen. Was hast du gemacht? Sogar die Decke war mit Blut bedeckt. Scheiße, Mädchen."

Liz errötete leicht. „Ich habe Blutlachen hinterlassen und darauf gewartet, dass sie auf den Boden kommen, und dann habe ich einfach angefangen, sie so schnell zu drehen, wie ich konnte, wobei mein Konzept das Blut verstärkt hat. Ich habe es scharf gemacht. Aber es hätte noch viel besser sein können, wenn ich Skills statt [Blutmanipulation] benutzt hätte. Das ist teuer, und ich bin es nicht gewohnt, dass Skills einen Teil der Last übernehmen. Also habe ich mich auf das zurückgezogen, was ich *gewohnt* bin, anstatt das zu tun, was ich *kann*."

Die fünf unterhielten sich noch eine Weile, aber als sie ihre Vorschläge füreinander ausgeschöpft hatten, standen sie alle auf, folgten Matt und fanden Aster halb schlafend in einem Haufen Kaninchen.

Als er sie fragte, was sie ihrer Meinung nach hätte besser machen können, bekam er nur: „Keine Fehler. Gute Tötungen."

Er überlegte, ob er nach seiner Gefährtin greifen sollte, aber schließlich ließ er sie in ihrem Kaninchenhaufen zurück. Sie hatte ihren Spaß und konnte ihn immer finden, wenn sie wollte. Außerdem wusste er, dass ihr in einem Krankenhaus niemand etwas antun würde oder ihr böse sein würde, wenn sie sich aus dem Staub machte. Trotz ihrer erhöhten geistigen Intelligenz war sie immer noch ein Kind.

Matt hatte halb damit gerechnet, auf der anderen Seite des Ruheraums weitere Krankenhausbetten zu finden, aber dort gab es eine provisorische Suite, in der die Teams schlafen konnten. Es waren kleine Zimmer mit drei hohen Etagenbetten, aber sie reichten für eine Nacht aus. Er fürchtete sich davor, später in dieser Nacht darin zu schlafen. Er bezweifelte, dass er sich darin umdrehen konnte, weil sie so schmal waren.

Niemand durfte das Krankenhaus verlassen, bevor er nicht am nächsten Morgen untersucht wurde.

In diesem Wohnheim gab es eine bunte Mischung von Vasallenteams. Es gab sogar ein paar Leute, an die er sich von ihren Kämpfen her erinnerte. Meistens waren es Augen, Kinn oder Körperformen, aber wegen seiner fehlenden Rüstung wurde er größtenteils ignoriert.

Liz wiederum nicht. Anscheinend hatte sie einen bleibenden Eindruck hinterlassen, denn mehr als eine Person wich ihrem Blick aus, als sie vorbeiging.

Inzwischen rief das Fitnessstudio nach Matt. Er wollte seinen Körper trainieren und sich vergewissern, dass alles in Ordnung war, aber er schob seinen Drang beiseite und hielt Liz' Hand. Er war sich nicht sicher, wie sie auf die Aufmerksamkeit reagieren würde. Sie hatte einen besonders viszeralen Kampfstil. Aufgeschlitzt zu werden war eine Sache, aber mit dem Blut eines Kameraden ausgeweidet zu werden, war eine andere.

„Bist du okay?"

Liz stellte sich zum Glück nicht dumm. „Das tut ein bisschen weh, aber darauf war ich nicht vorbereitet." Sie tätschelte seinen Arm mit ihrer freien Hand. „Das wird schon wieder. Wirklich."

Sie aßen zusammen ein leichtes Abendessen. Keiner von ihnen wollte wirklich gehen, also blieb Matt bei ihr, während sie anfing, mit den anderen Teams zu reden. Er versuchte, sich auch bei ihnen einzuschmeicheln, aber es kostete Mühe und er war nicht halb so gut wie sie.

Liz ging auf fast jede Gruppe zu und plauderte nach einer kurzen Kennenlernphase, als wäre sie mit ihnen aufgewachsen. Sobald sie das tat, war es für ihn ein Leichtes, ebenfalls mit ihnen zu reden. Aber als sich eine zweite Gruppe neben die Gruppe setzte, mit der sie sich unterhielten, waren Matts Versuche, das Gleiche zu tun, nur von mäßigem Erfolg gekrönt. Wo Liz ein klares Ja zu ihrem Vorschlag erhielt, bekam er ein „Vielleicht".

Als er sie fragte, sagte Liz: „Du musst dir die Leute und ihre Körpersprache ansehen. Ich meide die unzugänglichen Teams. Entweder mögen sie uns nicht, oder sie sind mit unseren Ideen nicht einverstanden. Das Schlimmste, was wir tun können, ist, mit jemandem in einen Streit zu geraten. Wir brauchen nicht die Unterstützung aller, sondern nur eine angemessene Anzahl von ihnen. Also greife ich zuerst nach den niedrig hängenden Früchten."

Sie überblickte den Raum und sagte, während sie ihn nach vorne zog: „Du wirst den Dreh schon noch rauskriegen. Mach dir keine Sorgen."

Ich hoffe nicht. Dieser politische Scheiß ist anstrengend. Wann kann ich mich davonstehlen?

KAPITEL 13

Matt schwang sein Schwert hin und her. Ein Treffer nach dem anderen durchtrennte seine Feinde vor ihm. Sobald er einen tötete, wurde er durch zwei neue Feinde ersetzt. Er versuchte zu entkommen, aber seine Füße steckten im Boden fest.

Die Krabbenmonster verwandelten sich langsam in Pferde mit Feuerzähnen. Er blieb standhaft und schnitt sich weiter durch sie alle hindurch. In der Ferne hörte er einen leisen Schrei und kämpfte sich in diese Richtung. Er konnte sich einfach nicht bewegen.

Er und seine Klinge waren eins, als sie durch die tausenden geflügelten Ratten mähten, die die zu Pferden gewordenen Krabben ersetzten. Mit seinen voll aufgeladenen Skills machte Matt mit ihnen kurzen Prozess, aber je mehr Feinde er tötete, desto weiter entfernt klang die Stimme. Bald konnte er sich nicht mehr bewegen, und die Stimme schien sich von ihm zu entfernen.

Die Landschaft dahinter war nur eine flache, leere Ebene voller Monster – ein endloser Kampf gegen gesichtslose Hindernisse.

Unfähig, sich zu bewegen, blieb Matt stehen und schlachtete alles ab, was sich ihm näherte. Er suchte verzweifelt nach dem Sog in seinem Geist, der ihn in Richtung der fernen Stimme zu führen schien. Er versuchte vergeblich, sich vorwärtszubewegen und konnte die Quelle des Geräusches in dem endlosen Meer von Feinden nicht finden.

* * *

Liz zog sich in das Haus ihrer Eltern zurück. Sie waren ihr schon fast auf den Fersen. Eine scharfe Linkskurve führte sie in den Flur, der mit dem zweiten Speisesaal ihrer Eltern verbunden war. Sie keuchte und ein kurzer Blick nach hinten verriet ihr, dass sie entkommen war.

Ihre hektischen Atemzüge klangen viel zu laut in den leeren Gängen. Jeder Schritt auf dem polierten Holzboden hörte sich an, als würden Gewichte fallen. Jedes widerhallende Geräusch verstärkte Liz' wachsende Furcht, wieder gefunden zu werden.

Ein weiteres Geräusch veranlasste sie, wieder loszulaufen und sich durch die schmerzenden Muskeln zu kämpfen. Der Schmerz war nichts, und sie würde siegen. Wenn sie ihre Eltern fand, würde alles gut werden.

Sie hielt inne. Das war nicht richtig. Sie brauchte die Hilfe ihrer Eltern nicht. Sie war auch allein stark.

Liz öffnete die nächstgelegene Tür und fand Kelly, das junge Mädchen von zwei Wohnungen weiter unten.

„Kelly!!! Hast du meine Eltern gesehen?"

„Nein, aber kannst du meinen Eltern helfen? Sie brauchen nur ein bisschen Geld. Mamis Zaubertrankladen läuft nicht gut."

Sie sah sich nach ihren Eltern um. Sie hatten ihr gesagt, dass sie sie immer suchen sollte, wenn jemand Geld erwähnte. Aber sie mochte Kelly, also bot sie ihr Taschengeld von ein paar Dutzend Credits an.

„Ist das alles? Das ist nicht genug!" Tränen liefen ihr über das Gesicht. „Wenn sie nicht mehr bekommt, werden die bösen Männer ihr den Laden wegnehmen. Seid ihr nicht reich? Warum hilfst du meiner Mami nicht?"

Kelly warf die kleine, glühende Währung zu Boden und stampfte darauf herum, während sie groß und wütend wurde. Flammen traten aus ihren Augen, als sie schrie, dass es nicht genug war.

Liz rannte durch die Tür und knallte sie zu. Sie atmete schwer gegen das kühle Holz. Bevor sie verarbeiten konnte, was gerade passiert war, öffnete sie schon die nächste Tür.

Dominic, ihr Friseur, schnitt ihr Haar auf einer Seite kürzer, nachdem sie es in einem Film gesehen hatte.

„Weißt du, der Bestand an Jastor-Nath-Fischen ist fast ausgestorben. Das bedeutet, dass sie bald alle weg sein werden."

Liz keuchte in dem erhöhten Stuhl. Aussterben war schlecht. Dieses Wort hatte sie letzte Woche in der Schule gelernt!

„Das ist nicht gut!"

„Ja, es ist wirklich schlimm. Ich gehöre zu einer Hilfsorganisation, die versucht, sie zu retten."

„Das ist so cool! Kann ich dir helfen?"

„Ja. Du musst nur deine Eltern dazu bringen, zu spenden."

Liz versuchte, ihre Mutter zu finden, aber sie war weg. Sie musste sie finden. Sie stand auf und rannte zum Ausgang. Wieder fand sie sich in einem langen Flur wieder.

Die nächste Tür hatte goldene, filigrane Ränder, und als sie sie öffnete, spielte sie mit ein paar Bauklötzen, die sie am Rande einer Party gefunden hatte.

„Bist du nicht das süßeste kleine Ding!"

Liz blickte zu einer stämmigen Frau auf. „Danke!"

Sie wusste nicht, womit sie das Kompliment verdient hatte, und sie war etwas verärgert, dass es nicht um ihre Bauklötze ging. Sie hatte einen perfekt vorzeigbaren Turm, der halbwegs fertig war. Eigentlich hatte sie ein Kompliment für ihre Arbeit verdient, aber ihr Vater hatte immer gesagt, sie solle höflich sein, also bedankte sie sich bei der Dame.

„Nicht wie dieses gemeine Gesindel. Als ich in meinem Haus regierte, ließ man die dreckigen Bürger nicht in die Hauptstadt. Nein, sie war gut bewacht und nur für die Adeligen bestimmt. Diejenigen von höherem Blut und besserer Erziehung. Du solltest mit mir kommen. Ich habe einen Neffen in deinem Alter, der perfekt für dich wäre."

Die Frau griff nach Liz' Hand. Liz war verängstigt. Sie mochte diese Frau nicht.

Sie zog ihre Hand weg und rannte los. Dabei bemerkte sie, dass sie plötzlich größer war, als sie auf dem Boden eines Ballsaals in die Arme eines gut aussehenden jungen Mannes krachte.

Liz lehnte sich an die Brust des sechzehnjährigen Hedon. Sie starrte zu ihm auf und ihre Augen flatterten. Er war gutaussehend, charmant und so traumhaft. Alle anderen Mädchen waren neidisch, dass sie mit ihm tanzte. Und mit ihren zwölf Jahren war Liz ebenfalls hin und weg.

„Du kommst also mit mir zum Herbstball der Vereinsjugend?"

Liz wollte die Stirn runzeln, aber sie hielt sich zurück. Sie hasste gesellschaftliche Veranstaltungen, aber für Hedon stimmte sie zu. „Natürlich. Ich muss nur meine Eltern über die Planänderung informieren."

Hedon lachte. „Oh, nein, ist schon okay. Wir können uns rausschleichen. Das wird ein großer Spaß."

Liz drehte den Kopf, um nach ihren Eltern zu sehen, und als sie sich umdrehte, war Hedon weg. Sie war wieder auf dem Flur. Sie ging bis zur nächsten Tür, bevor sie innehielt. Sie konnte die Klinke kaum festhalten, so sehr zitterten ihre Hände. Aber sie ging weiter.

Als sie die letzte Tür öffnete, stand sie auf der Zinne und wehrte Horden von Angreifern ab. Es waren endlose Menschenmassen in den Farben der Königin: Purpur und Silber. Sie wirkte eine Blutspur und teilte ein halbes Dutzend Menschen in zwei Hälften.

Sie kämpfte, bis ihr Mana versiegte, dann griff sie zu ihrem Speer. Als ihr Speer brach, krallte sie sich mit ihren Fingernägeln an ihnen fest. Als ihre Finger abgenutzt waren, biss sie zu und riss Stücke von ihnen ab.

Alles wurde verschwommen, als sie sah, wie Matt und Aster der Horde von

Feinden erlagen. Sie sah zu, wie sie in die Tiefe gezogen wurden, um nie wieder aufzutauchen.

Trotzdem kämpfte sie gegen die Horde, auch wenn sie sie anschrie, dass sie das wahre Monster sei, weil sie sie so brutal getötet hatte. Es war ein Mantra, das sie jedes Mal wiederholte, wenn sie einen anderen Feind besiegte.

Schließlich stand sie allein auf einem Balkon, und ein Bogenschütze stand ihr gegenüber. Mit mentaler Anstrengung versuchte sie, das Blut um und auf sich zu sammeln, aber ohne Mana zur Unterstützung reagierte das Blut nicht auf ihren Ruf. Der Pfeil spaltete sich ein Dutzend Mal, als er auf sie zuflog.

Sie hatte keine Angst, denn sie wusste, dass ihre Eltern sie retten würden.

Der Pfeil kam näher.

Liz versuchte, sich abzuwenden. Sie konnte sich selbst retten. Sie konnte ihre Freunde retten. Sie konnte ...

Der Pfeil schlug in sie ein.

Liz starb.

* * *

Matt lag auf dem Rücken und hielt sich an einem riesigen Maul fest, das versuchte, auf ihn herabzustürzen und ihn zu fressen.

Mit einem Ruck sprang er in den herabfallenden Rachen, sodass er fast mit dem Kopf auf die darüber liegende Koje aufschlug, als er ruckartig erwachte.

Er schlüpfte aus dem Bett, um auf Augenhöhe mit Liz zu sein, die sich hin und her wälzte. Sie schwitzte und ihr Gesichtsausdruck reichte Matt aus, um sie wachzurütteln.

Sie schreckte mit einem leisen Keuchen auf. Aster, die neben ihr auf dem Bett lag, zuckte bei diesem Geräusch zusammen. Liz sprang auf, und Matt entging nicht, wie ihr Shirt durch den Schweiß an ihr klebte. Sogar ihr Haar war wild und klebte wirr in ihrem Gesicht.

„Tut mir leid, ich habe schlecht geträumt."

„Ja, ich auch. Ich habe dich gehört und dachte, ich sollte dich aufwecken."

Liz zog den verwirrten Fuchs in eine kurze Umarmung, als Matt sie sagen hörte: „Okay? Verängstigt, traurig, böse?"

Er kraulte ihren Kopf, während Liz sie festhielt und sagte: „Es ist okay. Es war nur ein schlechter Traum. Es ist schon besser."

Liz zupfte an dem Shirt, das an ihr klebte. „Ich brauche eine Dusche." Sie roch an sich selbst und rümpfte die Nase: „Und ich stinke verdammt noch mal. Igitt."

Matt überprüfte sich selbst und beschloss, dass es eine gute Idee wäre, das Gleiche zu tun. Auch er war klatschnass.

Die drei verließen leise das Zimmer und gingen in die Duschräume, wo sie sich die nächtlichen Schrecken von der Haut wuschen. Aster blieb außerhalb des gefürchteten heißen Wassers, schob aber ermutigende Gedanken in Matts Richtung und kläffte Liz ein paar Mal an.

Als sie mit dem Duschen fertig waren, gingen sie in den Aufenthaltsraum, wo das helle Licht die Gedanken an die Monster verscheuchte, die sich in den Nähten der Sofas manifestieren wollten.

Matt setzte sich und tätschelte die Couch neben sich und Liz saß dicht daneben, während Aster Position auf ihrem Schoß einnahm. Seine Gefährtin drehte sich zweimal, bevor sie sich zu einem Ball zusammenrollte, wobei ihr Schwanz den größten Teil des Lichts verdeckte.

Liz streichelte das runde Fuchsknäuel und sie saßen alle still da.

Sie sah so aus, als ob sie etwas sagen wollte, aber am Ende hielt sie sich zurück. Stattdessen ergriff Matt das Wort. „Vielleicht bin ich mit meinem Tod etwas zu sorglos umgegangen. Die Albträume haben mich härter getroffen, als ich erwartet hatte. Ich habe gegen endlose Gegner gekämpft. Jetzt ist es verschwommen, aber ich *musste* irgendwo hin. Doch ich konnte einfach nicht ankommen."

Bevor einer von ihnen mehr sagen konnte, kam eine ältere Frau mit einer dampfenden Teekanne und Keksen ins Zimmer.

Das wäre schon seltsam genug gewesen, aber sie trug auch noch die Robe einer Heilerin. Als sie das Tablett abstellte, bot sie an: „Wenn jemand mit einem Therapeuten sprechen möchte, haben wir immer ein offenes Ohr für euch. Ihr könnt uns im Entspannungsraum finden oder eine Nachricht an die KI des Krankenhauses schicken. Wir wissen, dass das alles schwer zu verarbeiten ist."

Damit war sie verschwunden und die drei saßen wieder schweigend da. Matt beugte sich nach vorne, schenkte den Tee ein und reichte die kleinen Tassen herum. Er wusste nicht, um welche Art von Tee es sich handelte, aber als er trank, hatte die heiße Flüssigkeit eine beruhigende Wirkung. Bald entspannte er sich auf der Couch. Er fragte sich unwillkürlich, ob der Tee manipuliert war, aber er fühlte sich gut an. Einfach nur ruhig.

Matt sah zu Liz, die anscheinend die härteste Nacht hinter sich hatte.

Sie schüttelte den Kopf, nachdem sie aus ihrer eigenen Tasse getrunken hatte.

„Es waren hauptsächlich Erinnerungen. Aber in seltsamen Mustern. Dinge, über die ich ehrlich gesagt lieber nicht nachdenken möchte."

Sie hielt eine lange Minute inne, während sie den kleinen Keks in den Tee tunkte, bevor sie fragte: „Was ist mit dir?"

„Mein Traum war verschwommener. Etwas darüber, dass ich mich nicht bewegen konnte. Ich bin mir nicht sicher. Vielleicht war da auch eine Stimme. Es verblasst alles."

Matt rieb ihr den Rücken, während er die Kontrolle über den Wandbildschirm im Zimmer übernahm und eine alte Comedy-Show abspielte. Es war belanglose Hintergrundbeschallung, aber es reichte, um sie zum Lachen zu bringen.

* * *

Liz stand auf einer Couchlehne und hielt Matts Hand, um sich zu stabilisieren. Wahrscheinlich brauchte sie das nicht, aber er fühlte sich besser, ihr das anzubieten. Sie befanden sich wieder in einem neutralen Sitzungssaal, in dem sie sich auf Wunsch von Liz früh versammelt hatten, um ihr Vorgehen bei den Verhandlungen der verschiedenen Seiten zu planen.

„Ich habe eine Nachricht für ein privates Treffen vor der großen Versammlung erhalten. Ich bin mir sicher, dass sie versuchen werden, uns eine kleine Entschädigung für unsere Entbehrungen anzubieten. Wenn alle den Höchstbetrag fordern, wissen sie, dass wir nicht gehen, bevor wir nicht unseren Anteil bekommen haben."

Ein Raunen zog durch die etwa hundert versammelten Pfadgänger auf beiden Seiten.

Liz nickte. „Sie sind nicht dumm und versuchen schnell, uns davon abzuhalten, genau das zu tun, was wir vorhaben. Wenn wir zusammenhalten und in der großen Versammlung als Gruppe argumentieren, können wir viel mehr erreichen. Gebt nur nicht den kurzfristigen Belohnungen auf Kosten der langfristigen nach."

„Aber sie haben uns unsere Punkte zurückgegeben!", sagte jemand aus der Menge.

Liz hätte sie fast angefaucht. „Sie haben uns die Hälfte unserer verlorenen Punkte gegeben, um ihren Mist auszugleichen. Nein. Wir sollten uns nicht mit beschissenen Almosen zufriedengeben, die als Belohnungen getarnt werden. Belohnungen sollten an und für sich schon Preise sein."

Liz sah so aus, als wollte sie noch mehr sagen, bevor Matt die Nachricht erhielt, dass der Termin für ihr Treffen vorbei war.

Als sie in ihren Sitzplatz zurücksank, erinnerte Liz alle daran: „Nehmt ihre Almosen nicht an. Argumentiert, dass ihr mehr wollt, und dass wir nur als Gruppe verhandeln werden."

Die sechs wurden in einen Besprechungsraum mit Juni gezogen, der dort saß und sie freundlich anlächelte, als sie eintraten. Er stand auf und schüttelte jedem von ihnen die Hand, als sie aneinander vorbeigingen, und nahm auf der gegenüberliegenden Seite des langen Tisches Platz.

Matt klopfte darauf, während sie saßen. Das Holz des Tisches fühlte sich stark und stabil an. Nachdem er es mit seinem Geist untersucht hatte, schätzte er, dass das Material mindestens Tier 10 war.

Teuer für einen Tagungsraum. Oder nur ein Statement.

„Das alles tut uns leid. Wir wollten nur vor dem großen Treffen mit den einzelnen Teams sprechen und sehen, wie wir die Dinge in Ordnung bringen können. Das ist eure Chance, eure Beschwerden vorzubringen."

Matt und die anderen überließen Liz das Reden, als sie sich nach vorne lehnte und sagte: „Ich bin mir nicht sicher, ob du das kannst. Uns fehlen zwanzigtausend Punkte und zwei Wochen Zeit, was weit mehr Punkte bedeuten könnte, als wir bereits verloren haben. Das ist ein bedeutender Rückschlag für unsere Punktegenerierung."

Juni nickte und sagte: „Wir bestrafen die Schuldigen so gut wie möglich. Zu unserem Bedauern erlaubt uns das Imperium nicht, Strafpunkte von irgendjemandem abzuziehen. Nicht einmal von unseren eigenen Leuten."

Liz schien genauso unbeteiligt zu sein wie Juni, während sie konterte: „Nimm sie aus dem Krieg. Das wäre die richtige Botschaft an alle potenziellen Straftäter."

Die rechte Hand des Fürsten runzelte daraufhin die Stirn. „Wir würden es tun, wenn wir könnten, aber die Armee beschränkt die Anzahl der Tier 7, die wir haben dürfen, stark ein und die Plätze sind nicht übertragbar. Sosehr wir es auch bedauern, was dir und deinem Team angetan wurde, ist es nicht möglich, unsere begrenzte Tier 7-Machtbasis zu schwächen. Also wurden nur zwei von jeder Seite komplett entfernt. Das wurde als fair angesehen, da sie keine Reue zeigten und offen erklärten, dass sie es wieder tun würden, wenn sie die Möglichkeit dazu hätten. Aber da jede Seite die gleiche Anzahl von Leuten bestraft hat, kann keine Seite einen Vorteil erlangen."

Er gestikulierte zur Seite: „Wir haben dafür gesorgt, dass ihr mit den Leuten sprechen könnt, die euch geschadet haben. Das ist das Beste, was wir im Moment anbieten können. Denkt bitte daran, dass ihr Ärger bekommt, wenn ihr sie ohne ein Duell angreift, und ihr alle eine Abklingzeit für eure Heilung habt. Außerdem gibt es keine Möglichkeit, ein Duell zu erzwingen."

Liz hielt eine Hand hoch. „Wir werden mit Alyssa reden. Daran zweifle ich nicht im Geringsten. Aber zuerst wollen wir uns dein Angebot anhören."

Junis Lächeln kehrte zurück. „Wie ich bereits erwähnt habe, werden wir die vom Imperium erhaltenen Punkte ausgleichen, wenn die Punkte das Ergebnis korrekter Befehle waren und wenn keine Verbündeten während des Prozesses verraten wurden. Wir halten das für eine faire Entschädigung und einen Anreiz, damit sich alle angemessen verhalten."

Matt fand, dass sein Angebot gar nicht so schlecht klang. Wenn sie das Doppelte des ursprünglichen Betrags verdienten, könnte das eine ganze Menge Punkte bedeuten.

Liz ignorierte die Geste und sagte: „Unser Team und die anderen betroffenen Pfadgänger werden bei der gemeinsamen Sitzung über mehr als das verhandeln wollen. Aber wir werden froh sein, Alyssa jetzt zu sehen."

Juni wollte nicht weiter diskutieren, und schaute einfach zu einer anderen Tür. Die, durch die sie nicht hereingekommen waren.

Alyssa schlenderte zu ihnen hinüber und benutzte einen bunten Sonnenschirm als Stock und Schlagstock. In einem Moment stützte sie sich auf den Sonnenschirm, im nächsten wirbelte sie ihn durch die Luft. Bis auf ihre Kleidung war sie eine schlichte Frau. Ihre braunen Haare und Augen passten perfekt zu ihren unauffälligen Gesichtszügen.

Ihre Kleidung spiegelte ihren Sonnenschirm in ihren lauten und leuchtenden Farben wider.

Matt spürte, wie die Spannung im Raum durch sein Team in die Höhe schoss, und legte kurz eine Hand auf Liz' Bein unter dem Tisch, um sie zu beruhigen. Der

Rest des Teams kam zu ihnen und bildete eine Mauer vor der Frau, die sie so übel über den Tisch gezogen hatte.

Juni stellte sich vor und verließ dann den Raum. „Alyssa Clairmont, Team Eimer. Team Eimer, Alyssa Clairmont."

Alyssa kam auf sie zu und lächelte sie strahlend an. „Schön, euch alle kennenzulernen. Schade, dass es nicht schon gestern geklappt hat, aber da ihr alle im Sterben lagt, war es ein bisschen schwierig."

Annie fauchte: „Du hast Nerven, Frau. Ich werde ..."

Alyssa winkte sie ab. „Sei nicht so vulgär, Liebes. Das schickt sich nicht."

Liz, die sich nun beruhigt hatte, sagte: „Es schickt sich nicht, Verbündete für Punkte den Wölfen zum Fraß vorzuwerfen. Wenn ihr gestern euren Job gemacht und uns unterstützt hättet, hätten wir uns da getroffen, also versuch nicht, das auf uns abzuwälzen."

Alyssa schien das nicht im Geringsten zu stören und wedelte mit ihrem Sonnenschirm herum, als sie sagte: „Ach, sei doch nicht so. Wer es kann, macht es. Und ich kann es. Ich habe das getan, was das Beste für mich war." Sie zuckte mit den Schultern. „Wenn ich gewusst hätte, dass ihr so kompetent seid, hätte ich mich zwischen die beiden Wellen von Angreifern gestellt. Ich dachte, ihr würdet beim ersten Angriff sterben. Ich hätte das nicht getan, wenn ich es gewusst hätte, aber wir alle treffen unsere Entscheidungen und müssen damit leben."

Sie wirbelte noch einmal mit ihrem Sonnenschirm herum, bevor sie ihn am Ende ihrer Aussage mit einem Schwung über die Schultern warf.

Matts Aufmerksamkeit richtete sich schnell auf den bunten Regenbogen aus Licht, der von dem Stoff ausging, und er fühlte so etwas wie seinen Wachstumsmana-Ring. Ihr Sonnenschirm wurde von mehreren Aspekten des Manas durchflossen.

Er wurde von einem Zwicken in sein Bein von Liz aus seiner Inspektion geweckt.

Als er merkte, wie sein Blick rüberkam, klärte er schnell auf. „Dein Sonnenschirm fühlt sich interessant an. Er ist voll mit zufälligem, aspektiertem Mana. Er fühlt sich aber eher wie eine Waffe an."

Die Frau strahlte, als hätte sie einen Preis gewonnen: „Oh, dieses schöne Ding? Ich habe den von einem Möchtegern-Freund aus dem Imperium erhalten. Mein Schatz hier ist ein Wachstumsobjekt, das genauso hübsch ist wie ich. Wir passen so gut zusammen, findest du nicht?"

Liz war nicht beeindruckt und kam auf Alyssas letzte Aussage zurück. „Du solltest besser aufpassen, sonst bekommst du früher oder später eine Kostprobe deiner eigenen Medizin."

Alyssa schien von Liz' nicht ganz so subtiler Drohung unbeeindruckt zu sein. „Wie man in den Wald hineinruft, so schallt es heraus. Darüber mache ich mir keine Sorgen. Was sein wird, wird sein."

Emily sagte von ihrem Ende des Tisches: „Wir wollen ein Duell von dir."

Alyssa sah überfordert aus und seufzte dramatisch. „Dasselbe, worum der kleine Albie gebeten hat. Nein, ich werde mich nicht mit euch duellieren. Ich habe nichts falsch gemacht. War ich egoistisch? Ja, zweifelsohne. Ist es mir wichtig? Nicht wirklich. Es war nichts Persönliches, und ich wurde schon ziemlich hart bestraft. Es ist nur ein Spiel."

Sie seufzte dramatisch und sagte: „Wenn ihr jemandem die Schuld geben wollt, gebt der Mathematik die Schuld. Es war einfach mehr Punkte wert, euch sterben zu lassen. Wir sind noch keine Freunde, also hatte ich keinen Anreiz, euch zu helfen. Außerdem habt ihr alle Glück, dass Albie euch bestochen hat. Die meisten der anderen Pfadgänger haben nicht so viel Glück. Meine kleinen Vögel sind herumgeflogen und haben herausgefunden, dass die meisten Teams nicht annähernd so ein gutes Angebot erhalten haben wie ihr."

Sie grinste Liz an und begegnete allen ihren Blicken, bevor sie aufstand und aus der Tür schlenderte, wobei sie über die Schulter rief: „Also, ich mache mich auf den Weg. Nach dem nächsten Treffen habe ich eine Mission, bei der ich sicher in einen tragischen Hinterhalt geraten werde. Wir sehen uns dann gleich bei der kleinen Gruppentherapiesitzung. Tschüss!"

Annie zuckte mit den Schultern, als sich die Tür schloss. „Es ist mir scheißegal, was mich schlecht aussehen lässt. Ich werde sie töten, sobald ich damit durchkomme. Sie kann unsere Duelle ablehnen, so viel sie will, aber ein Attentat kann sie nicht ablehnen. Sie kann im Nachhinein so viel meckern, wie sie will, aber mit einem Dolch im Hals wird ihr das nichts nützen."

Matt war selbst ziemlich wütend. „Ich werde ihr beide Beine brechen. Der Heiler sagte, das sei das Schmerzhafteste, was man brechen kann. Kannst du das berücksichtigen?"

Annie wippte leicht mit dem Kopf und sagte: „Ja, wahrscheinlich."

Matt zeigte den Daumen nach oben.

Vielleicht ist sie, nachdem Annie sie ein paar Mal getötet hat, bereit, sich mit uns zu duellieren, damit die Attentate aufhören?

Matt war sich nicht sicher, ob es funktionieren würde, aber er mochte die Idee.

Conor riss ihn aus seiner Träumerei. „Ich unterbreche zwar nur ungern eure Rachefantasien, aber ich denke, wir sollten bei der tatsächlichen Folter eine Grenze ziehen."

Annie warf Conor einen verräterischen Blick zu, ähnlich dem Blick, den Aster Matt zuwarf, wenn er sie vom Eisessen abhielt.

Conor schaute Annie mit einem fast unmerklichen Lächeln im Gesicht an, als er erklärte: „Natürlich war sie egoistisch, aber sie hatte nicht ganz unrecht. Sie hat nur ein fehlerhaftes System ausgenutzt und hatte keinen wirklichen Grund, uns oder dem Königreich zu helfen. Nach allem, was ich gesehen und gehört habe, ist das totaler Schwachsinn. Und sie kann natürlich jederzeit aussteigen, wenn ihre Aussagen über die Bewerber wahr sind. Sie hatte keinen Grund, nett zu sein."

Er zuckte mit den Schultern. „Ich denke, ein einziger Tod wird ausreichen. Sie wird die Hälfte ihrer Punkte verlieren und für zwei Wochen aus dem Krieg ausscheiden. Genauso wie wir, nur dass sie die Punkte nicht zurückbekommt."

Annie konterte eifrig: „Sie sollte sechsmal sterben. Einmal für jeden von uns."

Matt ignorierte das Gezänk. Er wollte Alyssa hassen, aber vielleicht hatte Conor ja recht und er und Annie übertrieben es mit ihren Racheplänen ein wenig.

* * *

Juni trat an die Seite des Fürsten, als sich der Versammlungssaal füllte. „Es war schlimmer, als wir erwartet haben. Keiner hat den Köder geschluckt. Sie verlangen alle, dass wir gemeinsam über eine Entschädigung verhandeln."

Albert zuckte mit den Schultern. „Das war immer eine Option. Wir zahlen im Voraus mehr, aber schließlich können sie sich nicht jedes Mal zusammentun, wenn einer von ihnen stirbt. Das wird sich von selbst regeln."

Juni zögerte einen Moment und sagte dann: „Wir müssen den Angriff auf Alyssa abblasen. Sie weiß schon Bescheid."

Er wollte die Frau verfluchen. So sehr sie auch nervte, war sie doch gut darin, Kontakte zu knüpfen und Spione an Orte zu bringen, an denen sie nicht sein sollten. Es war gut, dass er vorher alle Besprechungsräume verwanzt hatte, sonst wäre ihm entgangen, dass sie bereits von ihrem Plan wusste.

Albert sah dabei nicht überrascht aus. „Wir wussten beide, dass es sehr riskant ist. Wenn wir die Bestellung einfach anhalten, könnten wir sie beunruhigen, und das könnte genauso schlecht für sie sein."

Juni war sich da nicht so sicher, aber als Prinzessin Sara nach vorne ging, trat er zurück und begann, die Menge für die bevorstehende Verhandlung zu beobachten. Egal, wie es ausgehen würde, er musste die Hauptakteure ausfindig machen und ihre Schwachpunkte herausfinden, damit er die richtigen Druckmittel einsetzen konnte.

* * *

Matt stand mit etwa hundert anderen in einem großen Versammlungssaal. Sie alle waren Pfadgänger, die in den letzten Tagen auf unterschiedliche Weise verarscht worden waren.

Bei den Gruppen handelte es sich nicht nur um die Teams, die Liz den ganzen Morgen lang für ihren Plan rekrutiert hatte. Nein, es gab noch mindestens ein Dutzend weiterer Teams, die von ihren Vasallenverbündeten und anderen vermeidbaren Katastrophen im Stich gelassen worden waren.

Die Stimmung im Raum war mies und wurde von Minute zu Minute schlechter, während sie auf die Ankunft des Fürsten und der Prinzessin warteten. Niemand schien den kleinen Köder zu schlucken, der in den Einzelkonferenzen angeboten wurde, was die anderen Teams nur noch mehr verärgerte.

Etwas, das Alyssa gesagt hatte, versetzte Liz in einen Mailrausch und sie verbrachte die gesamte Zeit nach ihrem Treffen damit, auf ihrem Pad zu tippen und

Nachrichten an verschiedene Gruppen zu schicken. Es war, als ob ein Feuer in ihr entfacht worden wäre.

Das führte dazu, dass sich mehr als die Hälfte des Raumes um die sechsköpfige Gruppe drängte. Beide Seiten waren anwesend und vermischten sich ohne die Feindseligkeit, die Matt vielleicht erwartet hatte.

Nachdem er eine Weile darüber nachgedacht hatte, brauchte er Liz nicht mehr zu fragen. Letztendlich war es nicht falsch, die Pfadgänger hierher zu holen, um als Söldner zu kämpfen. Ihre Kämpfe untereinander waren der Grund für den Krieg, sicher, aber es war auch ein Spiel. Und die Vasallen hatten es vermasselt.

Keiner von ihnen hatte vor dem Treffen viel schlafen können, also hatte Matt Abschnitte des Buches gelesen, das Liz ihm empfohlen hatte. Er fand es zwar nicht so interessant wie sie, aber er hatte auf jeden Fall ein paar Dinge gelernt. Vor allem lernte er, dass die Probleme, wenn die Vasallen sie jetzt nicht stoppen, zumindest historisch gesehen, außer Kontrolle geraten würden. Zumindest so lange, bis eine dritte Fraktion gebildet wurde oder die Armee eingriff und neue Regeln aufstellte.

Matt war sehr daran interessiert, wie diese neuen Regeln aussehen würden, denn er dachte, dass sie ein guter Ausgangspunkt für Verhandlungen sein könnten. Aber zwei Dinge machten diese Hoffnung zunichte. Erstens gab es keine Aufzeichnungen darüber, wie diese zusätzlichen Regeln aussehen könnten. Nirgendwo. Er hatte das EmpireNet gründlich durchsucht, aber nichts gefunden.

Zweitens hatte Liz, als er es ihr gegenüber erwähnte, gesagt, dass es aus einem bestimmten Grund der letzte Ausweg sei. Sie sollten diese Dinge selbst in die Hand nehmen. Es war ein Test für die Pfadgänger und die jungen Anführer der Vasallenfraktion.

Seine Überlegungen wurden unterbrochen, als Sara und Albert die erhöhte Bühne betraten. Matt war sich nicht sicher, was er erwartet hatte, aber die beiden schienen von den vielen wütenden Gesichtern, die sich ihnen entgegenstellten, unbeeindruckt zu sein.

„Guten Tag. Ich wünschte, dieses Treffen würde unter freudigeren Umständen stattfinden."

Die Eröffnungsrede des Fürsten wurde mit einem wütenden Zischen quittiert, woraufhin er nickte und weitersprach.

„Ja. Wie ich schon sagte, sind die Umstände keineswegs ideal. Ich hatte zwar gehofft, dass die individuellen Treffen mehr persönliche Verhandlungen ermöglichen würden, aber Prinzessin Sara und ich sind mehr als bereit, alle anzuhören."

Prinzessin Sara übernahm das Wort. „Gibt es für jeden einen Sprecher? So wäre es einfacher."

Mit ruhigem Ton rief Liz: „Das Angebot an Punkten ist ein Trostpflaster für das größere Problem. Und das ist nicht gut genug."

Überall um sie herum wurde ein „Ja" gemurmelt.

Prinzessin Sara schaute nicht überrascht, als sie fragte: „Und was willst du? Mehr Punkte? Geld? Ein Duell, das wir nicht erzwingen können?"

Liz lächelte die Frau an, die über ihr stand. „Nein. Wir …“, sie breitete ihre Arme aus und zeigte damit auf die kleine Gruppe, die sie gegründet hatte, „und ein paar Tausend unserer Freunde sind nicht damit einverstanden, wie wir behandelt werden und wollen eine Veränderung.“

„Ihr habt nicht …“

Sara begann zu sprechen, aber Liz unterbrach sie. „Oh, ich versichere dir, dass wir das haben. Wir haben sowohl die Autorität als auch das Druckmittel, um zu fordern, was wir wollen. Auf meiner Seite habe ich die obersten zehn Prozent der Pfadgänger.“ Sie hielt inne, um ihre Worte zu betonen und schloss mit: „Von beiden Seiten.“

Liz' Stimme hallte wider, als sie fortfuhr: „Wir sind alle wütend, und die meisten von uns haben zwei Wochen lang Heilungspausen. Wir haben nichts Besseres zu tun, als die Werbetrommel für unsere Fraktion zu rühren.“

Prinzessin Sara blickte verärgert, fragte aber: „Und was sind eure Forderungen? Wenn ihr glaubt, ihr könntet eine dritte Fraktion gründen, dann überschätzt ihr, wie schlecht wir die Pfadgänger insgesamt behandelt haben.“

Liz lachte und sagte: „Nein. Was wir wollen, ist ein Anteil am Gewinn und einen Platz am Tisch.“

Albert schaute aufrichtig überrascht und fragte: „Wieso?“

Liz sah aus wie ein Hai, der seine Beute gefunden hatte, und sagte mit einem verruchten Lächeln: „Wir wollen drei Prozent der Punkte, die unsere verschiedenen Fraktionen verdient haben. Die Teams, die den größten Beitrag geleistet haben, erhalten einen prozentualen Anteil. Gemäß den von der Armee veröffentlichten Punktzahlen, was eine angemessene Entschädigung sein sollte. Wenn ihr wollt, dass wir kämpfen, brauchen wir eine Beteiligung an dem Spiel. Wir wollen außerdem ein Mitspracherecht bei allen Entscheidungsfindungen und Kommandositzungen. Wir wollen, dass ein Rat für alle Kriegsentscheidungen geschaffen wird.“

Prinzessin Sara wurde bei dieser Andeutung leicht blass und Albert wirkte noch steifer aus als sonst.

Liz sprang auf ihr Zögern an. „Glaubt nicht, dass wir nicht bemerkt haben, dass nicht alle von uns eine Entschädigung erhalten haben. Mehr als einem Team wurde einfach gesagt, es solle schauen, wie es klarkommt. Das ist nicht in Ordnung. Wir hier sind eine ziemlich gute Vertretung der Besten, die der Pfad zu bieten hat. Wenn wir jetzt nicht auf die anderen aufpassen, werden wir früher oder später alle verarscht. Und in zwei Wochen können wir jeden auf dem Pfad dazu bringen, Befehle zu verweigern. Wenn ihr bereit seid, *uns so* zu behandeln, wie viel schlimmer wird es dann erst für die weniger bedeutenden Pfadgänger sein?“

Die Prinzessin sagte schließlich: „Das können wir nicht tun. Es würde unsere Pläne zu sehr durchkreuzen, und ich glaube nicht, dass ihr genug Leute zusammenbekommt, um uns zu zwingen. Das würde unsere Punkteproduktion lähmen und jede Entscheidung auf die lange Bank schieben. Das ist ein abwegiger, kindischer Wunsch.“

Liz wollte gerade das Wort ergreifen, als plötzlich Alyssas Stimme aus einer Ecke ertönte und sie in Richtung Bühne ging. Sie setzte sich an den Rand und sagte: „Ich und die Leute, die ich vertrete, sind damit einverstanden, aber wir wollen ebenfalls mitreden. Und ich will einen Sitz in jedem Entscheidungsgremium."

Sie schaute den Fürsten an, während sie ihren widerwärtigen Sonnenschirm drehte. „Ich habe mit den Handwerkern in den abgelegenen Städten gesprochen, und sie sind nicht zufrieden damit, wie die Dinge gehandhabt werden. Ich werde mich für sie einsetzen." Sie fuchtelte mit einer Hand herum und hätte mit ihrem Sonnenschirm fast jemandem den Kopf abgeschlagen. „Mana-Knappheit und so. Ich kann das lösen, wenn man mir den richtigen Anreiz gibt."

Albert sah nicht glücklich aus, aber nach einem kurzen Flüstern mit Juni nickte er. „Wie ich sehe, hattest du schon deine Finger im Spiel."

Alyssa strahlte ihn an. „Oh, ich wusste, dass du versuchen würdest, mich zu verdrängen, Albie. Ich habe meine eigenen Maßnahmen ergriffen. Aber vergiss nicht, dass ich die Manaprobleme nicht verursacht habe. Du hättest deine Punkte nicht nur für Mana für die Verteidigungsformationen ausgeben sollen. Du weißt, wie viel Mana die Handwerker verbrauchen und wie es ihnen ergehen kann, wenn sie nicht genug davon haben. Das war *deine* mangelnde Voraussicht. Ich bin nur herumgeschlendert und habe *so viel* köstlichen Klatsch gehört. Dasselbe gilt für deine Städte, Sara. Ich habe mit den armen, vergessenen Handwerkern beider Seiten Vereinbarungen getroffen, um in ihrem Namen zu verhandeln."

Liz sah aus, als wollte sie die andere Frau mit Feuer bespucken, aber sie ließ es sich nicht anmerken, sondern ballte nur die Faust. Trotzdem sah sie nicht halb so wütend aus wie Sara, die erkannte, dass eine Vertreterin des Königreichs die Fähigkeit hatte, für ihre Handwerker zu sprechen.

Prinzessin Sara fauchte „Für dich heißt es Prinzessin Sara, und ich werde dafür sorgen, dass deine Macht über mein Volk gebrochen wird, sobald ich hier weg bin, du giftige, glitschige Schlange."

Alyssa schien sich von der Drohung nicht irritieren zu lassen und lächelte nur zurückhaltend. „Ich bin *sicher,* dass du das wirst. Ich freue mich darauf, sie kennenzulernen, *Prinzessin* Sara."

Liz war völlig ruhig und gefasst und nutzte den Wechsel im Gespräch, um Alyssas Gegenangebot zuzustimmen. Sie antwortete mit klarer Stimme: „Wenn wir die Punkte auf eine so große Bevölkerung aufteilen wollen, brauchen wir einen größeren Prozentsatz. Mindestens fünf Prozent."

Matts derzeit meistgehasste Person lehnte sich mit einem aufrichtigen Lächeln auf ihrem Sonnenschirm nach vorne und fügte hinzu: „Ein Prozent von diesen fünf soll gleichmäßig auf alle verteilt werden. Die armen Handwerker kommen nicht viel raus. Es ist schwer, in einer Stadt Punkte zu sammeln. Die anderen vier werden an die verteilt, die sie verdienen."

Liz knurrte fast: *„Für die, die es verdienen."*

Als die beiden sich einig waren, konzentrierte sich der ganze Raum auf die beiden Fraktionsvorsitzenden auf der Bühne. Irgendwie hatte sich der Streit von den beiden

Anführern der Vasallen zu einem Streit zwischen Liz und Alyssa gewandelt und dann genauso schnell wieder zu den Royals.

Albert und Sara beugten sich vor und unterhielten sich im Flüsterton, was sich wie eine Ewigkeit anfühlte. Nach der ersten Minute begann die Menge zu murmeln und nach der fünften Minute lag ein hörbares Knurren in der Luft.

Die Diskussion zwischen den beiden Anführern wurde hitzig und sie starrten abwechselnd Liz und Alyssa an, bevor sie ihre Sichtschutzwand entfernten und wieder auftauchten.

Sara sprach für sie beide. „Wir können diesen Bedingungen zustimmen, allerdings mit der zusätzlichen Bedingung, dass es auf beiden Seiten kein Zögern oder Hinterhältigkeit mehr geben darf. Falls doch, wird derjenige, der gegen die Regeln verstößt, auf die Schwarze Liste des Planeten gesetzt und erhält keine Hilfe von seiner eigenen Seite. Außerdem wird denjenigen, die sie töten, eine höhere Belohnung ausgezahlt."

Albert, der Alyssa die ganze Zeit über angestarrt hatte, schaute schließlich weg und fügte hinzu: „Apropos Preise: Wir beide erstellen eine Rangliste. Oder besser gesagt, wir verwenden die Rangliste des Imperiums und werden Belohnungen an jeden vergeben, der die Leute mit dem größten Einfluss auf beiden Seiten ausschalten kann."

Liz lächelte die Royals nur an und sagte: „Die Pfadgänger stimmen zu. Wir haben nichts gegen eine Herausforderung. Uns stört es, wenn wir für unseren persönlichen Vorteil betrogen werden." Sie beendete ihre Aussage mit einem Blick zu Alyssa, die Liz nur zurückanstrahlte.

Wie aus dem Nichts erschien ein Mann, der in der Luft zwischen den beiden Seiten schwebte. Es war der Armeeführer Colonel Thorne.

Seine Stimme dröhnte in dem kleinen Gebäude, als er sagte: „Die Armee hat die Vereinbarung gesehen und gehört. Sie wird mit sofortiger Wirkung in Kraft gesetzt. Jede weitere Schlichtung muss von den drei Seiten, die das Abkommen umfassen, vereinbart werden."

So plötzlich wie er aufgetaucht war, war er auch wieder weg.

Die beiden Könige verließen nach der Verkündung rasch den Saal. Alle anderen, die in der Halle verblieben waren, taten es ihnen gleich.

Matt dachte sich, dass alle versuchen würden, zu gehen, bevor sich der Deal noch weiter änderte.

Annie sah sich um und sagte: „Ich verstehe nicht, was passiert ist."

Liz stampfte leicht auf und antwortete: „Diese Schlampe hat uns geholfen, das ist passiert."

Emily verzog das Gesicht und sagte: „Ich kann dir nicht folgen. Was bedeutet das für unsere Idee? Es scheint, als hätten wir besser abgeschnitten als mit dem ursprünglichen Angebot. Oder liege ich da falsch?"

Liz schien sich nicht um die Punkte zu kümmern und starrte immer noch auf die Tür, durch die Alyssa das Gebäude verlassen hatte. „Jetzt bekommen wir einen

Prozentsatz, was uns auf lange Sicht helfen sollte. Es wird zwar mehr aufgeteilt, aber da vier Prozent an die Spitzenverdiener gehen, sollte der Unterschied nicht so groß sein. Zumindest nach groben Berechnungen anhand der offiziellen Summen. Insgesamt haben wir, die Pfadgängervereinigung, gut abgeschnitten. Ich bin eher wütend über die Frau, die mir zu Hilfe gekommen ist. Zu allem Übel schien sie auch noch von unserer Idee zu wissen und sie zu ihrem eigenen Vorteil zu nutzen. Verdammt! Ich hasse diese Schlampe!“

Zusammen mit den anderen Pfadgängern verließen sie den stickigen Versammlungssaal und begaben sich in die kühle Stadtluft. Die meisten waren glücklich, aber Matt hörte, wie mehr als ein paar Leute Rache an ihren Verrätern planten.

Matt war es egal, wie ein Arschloch auszusehen, und er versuchte herauszufinden, wie er die offensichtlich gerissene Frau dazu bringen konnte, einem Duell zuzustimmen. Egal, was Annie ihr antat oder wie sehr Alyssa ihnen half, er würde ihr etwas brechen, bevor der Krieg zu Ende war.

Er nahm sich Conors Warnung jedoch zu Herzen und wollte verhindern, dass seine Rache zur Folter wurde.

* * *

Sara blickte von der Seitentür aus auf das sich zurückziehende Publikum. Der heutige Tag war trotz der angespannten Atmosphäre sehr vorteilhaft verlaufen und sie war mit dem Ergebnis recht zufrieden. Der kleine Trick der rothaarigen Pfadgängerin hatte gut funktioniert. Ihr Punktesystem zur Gewinnbeteiligung beseitigte effektiv die Anreize für ihre Kommandanten, gierige kleine Scheißer zu sein.

Was dem Königinnentum zugutekam, kam allen zugute. Der einzige wirkliche Dorn im Auge war, dass sie mit den Pfadgängern einen Regierungsrat bilden musste. Aber solange der Vertreter der Pfadgänger fähig war und die Dinge so sah, wie sie es wollte, sollte das kein großes Problem sein.

Ich gehe davon aus, dass die rothaarige Pfadgängerin irgendwann im Rat von Albie sitzen wird. Wie war noch mal ihr Name?

Sie überprüfte ihre KI und fand das Profil der Frau, das ihre Leute erstellt hatten. Sie sparte sich einen genaueren Blick für später auf und blickte nur auf ihren Namen.

Ah, richtig. Elizabeth Moore. Ich werde sie im Auge behalten müssen. Sie scheint vielversprechend zu sein.

Abgesehen von den positiven Regeländerungen freute sich Sara am meisten über ihre Interaktionen mit Albie. Es war perfekt, sie hatte ihn stundenlang in einem Gespräch und ganz entspannt in ihrer Nähe gehalten. Es war nur ein wenig Gejammere darüber notwendig gewesen, dass seine Pfadgänger besser waren als ihre.

Das war nicht schwer vorzutäuschen, denn sie war ziemlich sauer darüber. Sie bekam mehr Pfadgänger als er, und die Tatsache, dass sie insgesamt an Qualität verloren hatten, war beunruhigend. Außerdem hatte sie viel Spaß daran, Hinterhalte zu planen und sich um die problematischen Kommandanten zu kümmern, die sie nicht aus dem Weg räumen konnten.

Apropos, Albie hatte ihr eine Nachricht über Alyssas Überfall geschickt. Die hinterhältige Schlange wusste anscheinend von dem Überfall und musste den Termin verschieben. Angesichts dessen, was sie über sie wusste, war Sara nicht überrascht, dass sie es herausgefunden hatte.

Wie hat sie es geschafft, dass all die Handwerker des Königreichs und die Pfadgängerin ihrem Plan zugestimmt haben?

Alyssas Plan war erstaunlich gut getimt, und sie erwartete, dass Albie damit alle Hände voll zu tun haben würde. Aber auch bei ihr lief es nicht perfekt. Sie musste nun einen fähigen und loyalen Vertreter finden, den ihre Handwerker akzeptieren würden. Es ist nie einfach, einen gewählten Anführer zu ersetzen, aber sie konnte nicht zulassen, dass Alyssa das öffentliche Gesicht ihrer Handwerker blieb.

Aber insgesamt war heute ein guter Tag. Bis auf ein Problem, auf das sie Alyssa aufmerksam gemacht hatte.

Warum hat Albie so früh im Spiel all seine Punkte für Mana für defensive Formationen ausgegeben? Erwartet er eine Belagerung?

Das war nicht der Albert, den sie kannte. Sie korrigierte sich. Das war nicht der Albert, den sie *zu kennen glaubte*. Jedes Mal, wenn sie mit ihm zu tun hatte, schien er intelligent und sich seiner Situation bewusst zu sein und zu wissen, wie er sie am besten ausnutzen konnte. Das war einer der Gründe, warum sie so in ihn verliebt war. Er wäre der perfekte Mitregent.

Die Handwerker zu vernachlässigen war ein Anfängerfehler. Jeder wusste, dass es zwei Arten von Leuten gab, die man nie verärgern durfte: Heiler und Handwerker. Niemand wollte auf die schwarze Liste dieser beiden Dienste gesetzt werden. Deshalb verwirrte sie sein Verhalten.

Mit einem Fingerschnipsen schickte Sara eine Nachricht an ihr Geheimdienstteam. Mit einem letzten langen Blick auf Albies Gestalt, die sich zurückzog, ging sie mit einem nachdenklichen Gesichtsausdruck zurück zu ihrem Hauptquartier.

Oh, Albie ... Ich hoffe, du verzeihst mir, wenn wir dir alles wegnehmen.

Kapitel 14

Matt und sein Team waren am Ende des Treffens ratlos. Sie wussten nicht, was sie mit ihrer freien Zeit anfangen sollten. Sie konnten nicht einmal Sparring machen, weil sie sich sonst verletzen würden. Das kam also für mindestens eine weitere Woche nicht in Frage, und ohne die Möglichkeit, auf Missionen zu gehen, fühlte sich Matt hilflos.

Da es kaum noch etwas zu tun gab, bot Matt an: „Ich werde einen Zauberer aufsuchen, den ich kenne. Hat jemand Lust mitzukommen?"

Annie seufzte. „Es ist zu früh zum Arbeiten. Wie wäre es, wenn wir zur Pediküre gehen? Vielleicht eine ganze Massage? Gönnen wir uns ein bisschen was."

Niemand sonst wollte nach diesem Vorschlag arbeiten, und Matt wollte nicht der Außenseiter sein. Die Ablenkung störte ihn auch nicht wirklich.

Sie fanden einen netten Laden und wurden in einem absoluten Chaos von Luxus verwöhnt. Der Laden war so schick, dass sie auch zum Haareschneiden eingeladen wurden. Er hatte sich die Haare fast ganz abgeschnitten, weil er sich während eines Kampfes nicht damit herumschlagen wollte. Conor hatte dasselbe getan.

Liz und Emily hatten beide ihre langen Haare nur gekürzt, aber Annie hatte ihr schulterlanges Haar zu einem Pixiecut geschnitten. Sie sagte, dass es sie nur stören würde, wenn sie sich anschleichen wollte.

Aster ließ sich ihr Fell bürsten bis es glänzte. Der letzte Schliff waren die vielen Bänder, die sie durch ihren flauschigen Schwanz geflochten hatte, und ein passendes Paar Schleifen an ihren Ohren. Sie tänzelte herum und zeigte jedem, an dem sie vorbeikamen, ihre Niedlichkeit, während sie durch die Stadt spazierten. Schließlich kehrten sie zu einem leichten Mittagessen ein, bevor sie kurz nach Mittag getrennte Wege gingen.

Annie und Emily wollten eine Freundin besuchen, und Conor wollte dasselbe tun. Liz drängte Matt dazu, Kelley zu besuchen, den Tier 10-Zauberer, mit dem er sich angefreundet hatte. Sie wollte sich auf die bevorstehenden Veränderungen vorbereiten und versuchen, dem, was sie erwartete, zuvorzukommen.

Er bot seine Hilfe an, wurde aber sehr freundlich darauf hingewiesen, dass er ihr nicht viel nützen würde.

Das war eigentlich eine Erleichterung, denn er wollte wirklich nicht zu Leuten nett sein, die er nicht kannte. Alles, was er wollte, war, etwas zu verzaubern.

Kelley wartete neben seinem Neffen an der Rezeption, als Matt hereinkam. Matt hatte gehofft, dass er hier sein würde. Er hatte dem Mann vorhin eine Nachricht geschickt und dann noch einmal, als er auf dem Weg war.

„Oh, du bist hier, gut. Lass uns nach hinten gehen. Keine Freundin oder Aster heute dabei?"

Matt schüttelte die Hand des Tier 10 und lachte. „Nein. Wir sind gestern gestorben, und nach einem Wellness-Tag haben wir die nächsten zwei Wochen nichts zu tun, bis wir wieder sicher sparren können, was mindestens eine Woche dauert."

Der Mann freute sich riesig über diese Nachricht und zog Matt halb in seine Werkstatt.

„Das ist perfekt. Ich habe mit der Lichtrune gespielt, die du mir gegeben hast. Ich glaube, ich habe herausgefunden, wie man sie zu einem Array verbinden kann, aber der Effizienzverlust ist immer noch etwas höher als praktisch. Um sie wirtschaftlich zu gestalten, muss sie genauso hell oder heller sein als die Standardrune, und das bei gleichem Mana pro Minute. Nicht am oberen Ende der Mana-Kosten, wo sie bereits gewinnt. Aber ich glaube, ich bin nah dran."

Matt schnappte sich eine getönte Schutzbrille und spähte durch das blendende Licht, um die Runenreihe, die Kelley aufgestellt hatte, zu betrachten und aufzuzeichnen.

Bei 80 MPS begann Matts KI zu analysieren, was Kelley getan hatte, und testete die Änderungen an der Basisrune und der, die der ältere Mann angepasst hatte.

„Ich denke, wir können daran arbeiten. Das Erste, was ich sehe, ist ..."

* * *

Die Sonne schien über den Horizont und beleuchtete die riesige, ummauerte Stadt. Die Spitzen der Wolkenkratzer leuchteten wie Kerzen, als Matt die Straße hinunter zu ihren Zimmern im Hauptgebäude ging.

Auf dem Weg dorthin bestellte er Frühstück für alle und kehrte mit warmen Tüten in der Hand in ihr Zimmer zurück. Er war gerade mit dem Decken des Tisches fertig, als Liz mit einer verschlafenen Aster aus ihrem Zimmer kam. Sie hatte noch die Bänder in ihrem Schwanz, aber nicht die an ihren Ohren. Wenn man berücksichtigte, wie viel sie sich im Schlaf bewegte, war er nicht im Geringsten überrascht.

Liz gähnte ihn nur an und fragte: „Wie ist es gelaufen? Ich war überrascht, dass du gestern Abend nicht zurückkamst, also dachte ich mir, dass es entweder sehr gut oder sehr schlecht gelaufen ist."

Matt grinste sie mit dem Mund voller Ei an.

„Es lief eigentlich ganz gut. Na ja, so irgendwie. Kelley und ich haben hauptsächlich an der Lichtrune gearbeitet, die ich ihm gegeben habe, und es ist uns gelungen, das Problem der Ineffizienz zu lösen. Aber es funktioniert nur bei einzelnen Runen und nicht bei Lichtbändern. Daran werden wir später arbeiten, wenn wir beide Zeit haben, darüber nachzudenken. Danach haben wir hauptsächlich daran gearbeitet, verschiedene Dinge zu verzaubern, die er herumliegen hatte."

Liz schaute daraufhin etwas besorgt. „Er nutzt doch nicht dein Mana aus, oder?"

Matt winkte mit der Gabel: „Das tut er nicht. Und wenn doch, dann ist er entweder sehr schlecht darin oder er arbeitet an einem extrem langen Betrug. Er hat nicht gefragt, und als ich es ihm halb angeboten habe, hat er abgewunken."

Sie aßen eine Weile schweigend, bis sie beide ihre Teller leer gegessen hatten. Schließlich fragte Matt: „Wie ist die Vorbereitung gelaufen?"

Liz grinste ihn an. „*Sehr gut.* Aber du musst die erste Wache für mich übernehmen."

„Wache? Welche Wache? Und wo? Und wann?" Er zog eine Augenbraue hoch und sagte: „Ich bin willig, aber verwirrt."

Wenn Liz jemanden brauchte, der schnell etwas erledigen konnte, war es viel einfacher für ihn, für eine Weile einzuspringen, als sich auf die Suche nach jemand anderem zu machen. Die Frage war nur, was genau er für sie tun sollte.

„Wir brauchen jemanden, der den Situationsraum besetzt und nachschaut, ob sie versuchen, Pfadgänger wegen des Geländes auf Selbstmordmissionen zu schicken oder so." Als sie Matts Gesichtsausdruck sah, beeilte sie sich, hinzuzufügen: „Es soll nicht schwer sein. Wir arbeiten noch an den genauen Details, aber wir erwarten nicht, dass es mehr als das ist. Oder zumindest nicht viel mehr. Wir denken darüber nach, die gesamte Kommunikation der Pfadgänger über die Büros, die wir einrichten, zu leiten, aber das scheint etwas zu viel für eine einzelne Person zu sein."

„Warte, noch einmal von vorne. Wer ist wir?"

Liz schaute verwirrt, verstand aber schließlich. „Tut mir leid. Gestern habe ich mit Juni gesprochen und danach mit Talous. Er ist einer der führenden Pfadgänger auf der Seite des Königinnentums, und wir stellen sicher, dass wir alles von den beiden königlichen Erben bekommen, was wir können. Jedenfalls haben er und ein paar andere Interessierte auf beiden Seiten gestern eine Menge geplant. Einige von uns sind tot, andere nicht."

„Die Idee ist, dass wir immer einen der fünfzig besten Pfadgänger im Rat haben werden, den der Fürst zusammenstellt. Wenn keiner der Top Fünfzig tot ist, müssen die Top Zehn einen Vertreter schicken. Das ist nicht ideal, weil es einige Missionen vermasseln wird, aber es ist das Beste, was wir im Moment tun können. Keiner von uns will das auf Dauer machen."

Matt wischte seinen Teller mit seinem Toast ab und fragte: „Und das bedeutet, dass jemand im Situationsraum sein muss?"

„Ja! Dort werden die meisten großen Entscheidungen getroffen. Ich denke, das wird dich zumindest nicht stören, auch wenn es nicht dein Ding ist. Die Karte zeigt alles, was vor sich geht, und die verschiedenen Upgrades, die man mit den Punkten, die das Königreich verdient, kaufen kann. Wir werden bald jemand anderen damit beauftragen, aber wir müssen alle heute damit anfangen."

Er schaute sehnsüchtig auf ihr Zimmer, aber er ließ [Ausdauer] mit 80 MPS für ein paar Sekunden wirken, um seine Müdigkeit zu vertreiben. Sie stellten das Essen für die anderen bereit und gingen schnell nach unten, wo sie sich voneinander trennten.

Matt fand sich in einem hell erleuchteten Raum mit einer Reihe riesiger Bildschirme wieder, auf denen Menschen herumtippten, während sie mit ihren KIs interagierten. Er war überrascht, wie ruhig der Raum war, obwohl sich so viele Leute unterhielten, und ihren Gesten nach zu urteilen, waren einige Diskussionen ziemlich hitzig.

Eine schnelle Inspektion des Raums mit seinem spirituellen Sinn zeigte ihm eine Reihe von Verzauberungen, die jeden Arbeitsplatz umgaben. Sie wurde von einer verschleiernden Rune überlagert, was sie für seine Sinne trüb und verworren machte, aber die Anwendung war offensichtlich.

Eine zierliche junge Frau mit hellrosa Haaren kam zu ihm herüber und stellte sich vor. „Jessica, Wachführerin für die erste Schicht. Ich nehme an, du bist der hier zugewiesene Pfadgänger."

„Das bin ich. Aber ich gebe zu, dass ich nicht genau weiß, was ich tun soll oder wie das alles funktioniert. Jede Unterstützung wäre mir sehr willkommen." Er grinste sie an, um zu zeigen, dass er ihr nicht auf die Füße treten oder versuchen würde, irgendwie die Kontrolle zu übernehmen.

Wenn das Liz' Plan war, hatte er keine Ahnung, wie er das überhaupt anstellen sollte, also war er einfach ehrlich.

Jessica sah ihn fragend an und winkte dann, nachdem sie gefunden hatte, was sie suchte. „Das ist die Relaisabteilung, hier kommunizieren wir mit den verschiedenen Teams, die draußen im Einsatz sind. Von denen, die die untersten Festungen verteidigen, bis hin zu denen, die die Städte verteidigen."

„Keine KI? Ich weiß, dass wir es nicht mit einer zu tun hatten, aber das überrascht mich schon, wenn man bedenkt, wie viele Teams es mittlerweile gibt."

Die Tier 7-Frau schüttelte den Kopf. „Die hundert Leute, die wir haben, reichen in der Regel aus, um das Auftragsvolumen zu bewältigen. Normalerweise sind es viele kleine Anrufe, die nur eine Minute dauern, aber wir lassen die Kommunikation nicht von einer KI erledigen, weil die Teams das nicht mögen." Sie zuckte mit den Schultern und fuhr fort: „Anscheinend hat man das schon ausprobiert und es kam nicht gut an. Auch wenn die meisten Operatoren die Informationen weitergeben, die ihnen eine KI gibt. Frag mich nicht nach den Details. Ich kann es nicht erklären."

Matt hob seine Hände leicht an und trat einen halben Schritt zurück. „Oh, ich verstehe. Ich bin sicher, jemand hat schon vor einer Million Jahren den optimalen Weg gefunden. Ich war nur überrascht."

Jessica lachte leicht darüber. „Schon gut. Tut mir leid, aber darüber haben sich einige der anderen Adligen aufgeregt. Sie fanden es verschwenderisch, dass wir ihre Leute für so eine langweilige Arbeit angefordert haben." Sie machte Anführungszeichen mit ihren Fingern und sagte sarkastisch: „Eine Arbeit, die auch eine KI erledigen könnte. Und während meiner Schicht scheinen sie sich immer zu beschweren."

Sie führte ihn zu einem leuchtenden, projizierten Globus, der von Tafeln mit eingelegten Hebeln und Knöpfen umgeben war.

„Das ist der große Junge. Der ist nicht unser Aufgabengebiet; das Königreich hat das für uns zusammengestellt. Damit kann der Fürst Punkte auf der Reichsebene ausgeben, um verschiedene Festungen oder Städte auf der ganzen Welt zu verbessern." Sie zeigte auf einen Zähler an einer Seitenwand und sagte: „Das ist die Gesamtpunktzahl und wo wir unsere Punkte verdienen. Wenn du in diesem Raum bist, kannst du alles mit deiner KI verknüpfen. Sieh dich ruhig um. Du wirst nichts kaputt machen, denn keiner von uns hat die Erlaubnis, mehr zu tun, als die Dateien und Prozesse einzusehen. Nur der Fürst hat die Möglichkeit, die Punkte auszugeben. Und obwohl er Dinge delegieren kann, haben nur etwa drei Leute das Zugriffsrecht dazu erhalten. Aber ich bin mir ziemlich sicher, dass alle drei eigentlich nur für Juni sind."

Matt lachte über ihren Versuch, einen Witz zu reißen und sagte: „Ja, der Fürst scheint Juni zu vertrauen und er ist immer mit verschiedenen Dingen beschäftigt. Allerdings arbeite ich erst seit Kurzem mit ihm zusammen, also kennst du ihn sicher besser."

Jessica grinste und antwortete: „Die Verschwörungstheorie besagt, dass Juni dank seines Talents nicht schlafen muss, denn niemand hat ihn jemals schlafen sehen. Das würde erklären, wie er so viel erledigen kann."

Matt hielt inne und dachte darüber nach; er hatte den Mann auch nicht schlafen sehen. Juni war immer auf den Beinen und hatte während und nach den Golem-Angriffen ständig etwas zu tun. Er bezweifelte, dass es tatsächlich das Talent des Mannes war, aber es könnte wahr sein.

Sie schaute auf die Karte und sagte: „Du bist kein Teil des Königreichs, aber Juni hat einen guten Ruf. Er bringt die Dinge zum Laufen. Die Leute haben schon millionenfach versucht, ihm Attentate anzuhängen und seinen Ruf beim Fürsten zu sabotieren. Falls er solche Dinge tut, wurde er nie erwischt oder hat zumindest keine handfesten Beweise hinterlassen. Außerdem ist er dem Fürsten gegenüber wahnsinnig loyal, aber das ergibt Sinn, wenn man ihre Vergangenheit kennt."

„Oh?" Matt war offiziell interessiert und versuchte, der Schichtleiterin weitere Informationen zu entlocken.

„Ja. Der Fürst ist weggelaufen, als er etwa fünf Jahre alt war, glaube ich. Wie er seinen Aufpassern entkommen konnte, weiß niemand, und mehr als ein paar Köpfe rollten dafür. Aber er fand Junis Haus und wurde von der Familie aufgenommen. Dort lebte er ein paar Tage lang, bevor ihn jemand fand."

Als sie Matts ungläubigen Blick sah, nickte sie. „Es war eine neue, abgelegene Welt. Tier 3, und niemand dort war stark genug, um den ganzen Ort zu scannen, also dauerte es eine Weile. Auf jeden Fall wurden sie offenbar schnell Freunde, und als sie getrennt werden sollten, sagte Juni, er würde seinem Freund folgen. Etwa fünf Jahre später taucht Juni auf der Geburtstagsfeier des Fürsten auf, nachdem er die Veranstaltung durch das Herunterklettern eines Schornsteins gestört hat. Direkt vor den Augen des Königs und allem anderen. Er schwor dem Fürsten vor allen Anwesenden seine Treue und wurde vom König selbst zum Ritter geschlagen. Damit hob er seine Familie mit einem Schlag aus dem Bauernstand. Seitdem sind sie unzertrennlich."

Matt war sich nicht sicher, wie viel er davon glauben sollte, aber er nickte der Frau zu. Es klang einfach zu perfekt. Ein Fürst ohne eine Tier 25-Leibwache? Oder eine, die so inkompetent war, dass sie Tage brauchte, um ein Gebiet zu durchsuchen, in das ein unerwachtes Kind entkommen konnte? Nein, er glaubte das alles nicht.

Es war aber ein interessanter Einblick in Junis Vergangenheit, oder zumindest in die angebliche Geschichte. Er machte sich eine Notiz, dass er das alles später an Liz weitergeben würde. Sie war eher in der Lage, die wahren Informationen herauszufiltern.

Jessica drehte ihren Kopf von ihm weg und sagte über ihre Schulter: „Ich muss arbeiten. Wenn du Fragen hast, komm zu mir, sobald ich die Brände gelöscht habe."

Matt ging zu der großen Karte hinüber und betrachtete sie. Es schien eine größere Version der Karte zu sein, die er mit Juni gesehen hatte, als sie sich bei dem Mann gemeldet hatten.

Es gab fünf Kontinente mit je einer Stadt. Zwei von ihnen auf fast zusammenhängenden Landmassen waren rot, die umliegenden Festungen in einem ähnlichen Farbton. Die Karte zeigte deutlich eine Reihe von großen Festungen, die von einem Ring mittlerer Festungen umgeben waren, wobei die Mauern der kleineren Festungen so etwas wie Grenzmauern um die Städte bildeten.

Kleine Ressourcensymbole blinkten auf. Die im Gebiet des Königreichs waren nur schwach zu erkennen und enthielten kaum Informationen. Er konnte lediglich sehen, um welche Ressource es sich handelte und welchen Wert sie in Form von Punkten und Materialertrag haben würde. Dabei handelte es sich allerdings nur um eine Schätzung, die auf den Informationen beruhte, die vor der Übernahme des Landes durch die Königin gesammelt worden waren. Als er schnell zu einem vom Königreich kontrollierten Gebiet wechselte, fand er eine Tier 6-Eisenmine, die zwei Tonnen Material pro Tag produzierte. Die Mine war nicht simuliert, wie er erwartet hatte. Stattdessen sah er, dass es auf der Karte Upgrade-Pfade gab, auf denen automatisierte Bergleute gekauft werden konnten. Aber das Königreich schien in echte Bergleute investiert zu haben.

Nach einigem Herumwirbeln auf dem Globus fand er eine virtuelle Mine, indem er die mittlere Festung fand, die sein Team übernommen hatte. Sie produzierte Aluminium; oder hätte es getan, wenn es eine echte Mine gewesen wäre. Stattdessen war sie simuliert und produzierte eine bestimmte Menge an virtuellem Aluminium, das kostenlos in echtes Aluminium umgewandelt oder in Punkte umgerechnet werden konnte.

Die Mine produzierte erstaunlich viele Punkte. Im Moment waren es dreitausend Punkte pro Tag. Wenn sie sie aufrüsteten, könnten sie das verdoppeln. Es schien unglaublich unfair, wenn man bedachte, dass es sich um eine der tausenden mittelgroßen Festungen handelte, aber zwei Dinge erregten dennoch seinen Zorn.

Das Erste war, dass es sich um Königreichspunkte handelte und nicht um normale Punkte. Sie waren nicht gleichwertig und konnten nur mit einem großen Verlust umgewandelt werden. Und selbst wenn sie umgewandelt wurden, ging das nicht ohne die Zustimmung der Armee. Matt vermutete, dass dies der Grund war, warum Colonel Thorne bei dem Treffen dabei gewesen war.

Der zweite Grund war, dass die Aufrüstung absurd teuer war. Es kostete dreißigtausend Punkte, um die Aluminiummine auf die nächste Produktionsstufe zu bringen. Zehn Tage Produktion waren an sich nicht schlecht, um die Leistung der Mine zu verdoppeln, aber das war nichts, wenn man die Kosten für die Aufrüstung der Festung betrachtete.

Das billigste Upgrade für eine kleine Festung, nämlich die Verbesserung des Tores auf Tier 7, kostete achtzigtausend Punkte. Die Erhöhung der Mauer um weitere zwei Meter und die Verbesserung des Tier 7-Steins kostete zweihunderttausend Punkte. Das Hinzufügen von Mini-Ballisten auf jeder Seite des vorderen Tores kostete eine halbe Million Punkte. Die Aufrüstung zu Manakanonen kostete noch einmal eine Million Punkte.

Und diese Preise galten nur für die kleinste Festung. Die Preise stiegen mit jedem Tier der Verteidigungsanlage weiter an.

Die Erhöhung des Verteidigungswertes der Mauer um eine Stadt kostete fünfzehn Millionen Punkte pro Mauerabschnitt. Das bedeutete einhundertfünfzig Millionen Punkte für die kleinste Stadt und zweihundert Millionen für die größten Städte.

Die Städte waren das einzige Bauwerk, das das Level ihrer Verteidigung auf Tier 8 erhöhen konnte, aber die Kosten waren so absurd, dass sie fast unerreichbar waren. Upgrades für jeden Abschnitt kosteten eine halbe Milliarde Punkte.

Noch immer schockiert, wechselte Matt zu den anderen Verteidigungsverbesserungen, die verschiedene Orte erhalten konnten. Echte magische Schilde standen auf der Liste, aber die gab es nur für mittelgroße oder größere Festungen. Er hatte nicht einmal das Gefühl, dass der Preis so hoch war, zumindest nicht für den Anfangspreis. Zweihunderttausend Punkte waren relativ günstig, bis er sich die Spezifikationen für die Schilde ansah. Er kostete 15 MPS und hatte eine Batterie mit einer halben Million Mana, die verbraucht wurde, um den Schaden zu absorbieren.

Das war nicht übel. Der König war Tier 35 und hatte eindeutig in den Preis für den Sieg im Krieg investiert. Ein Tier 35-Manastein hatte zweihundertfünfzig Milliarden Mana, und der Mann hatte die Fähigkeit, sie schnell zu beschaffen, oder sollte sie zumindest haben. Es musste doch ein paar Adlige geben, die er erpressen konnte, wenn schon nichts anderes. Ein Stein konnte alles mit Energie versorgen.

Das war seine Sicht der Dinge, bis er sich die Kosten ansah, die dem Königreich entstanden waren. Fast zwei Drittel der Einnahmen wurden für Mana ausgegeben. Nachforschungen ergaben, dass das Imperium erkannt hatte, dass ein einziger Manastein eines höheren Tiers das Blatt wenden konnte, und deshalb zwang es das Königreich, Mana mit Punkten zu kaufen.

Ein einziger Punkt kostete 10 Mana. Das bedeutete, dass es fünfzigtausend Punkte kosten würde, die Reserven eines Schildes aufzufüllen. Das war keine kleine Investition. Das änderte die Sichtweise auf die Manasteine, die er gestohlen hatte. Es war keine kleine Investition, obwohl er bezweifelte, dass die Armee Manasteine der unteren Tiers verteilte. Es wäre sinnvoller, wenn sie ein paar Tier 45-Manasteine hätten und diese langsam abbauen würden. Mit fünfhundert Milliarden Mana könnte ein einziger Stein den ganzen Krieg ein paar Mal finanzieren.

Für die Vasallenkönigreiche, von denen die stärksten nicht einmal Tier 36 waren, wäre das ein Vermögen. Aber für den Kaiser, der Tier 47-Rifen zum Delven hatte, wäre das nichts.

Es war sinnvoll, die Materialien, die von außen eingeführt werden konnten, zu begrenzen, da dies die verschiedenen Minen auf dem Planeten für die Kriegsanstrengungen wirklich wertvoll machte.

Matt versuchte zu überlegen, wie er das zu seinem Vorteil und dem seines Teams nutzen könnte, und verbrachte die nächsten zwei Stunden damit, verschiedene Funktionen durchzugehen. Am Ende sah er keine Möglichkeit, seine Mana-Regeneration auszunutzen. Am einfachsten wäre es, einen Rift zu erzeugen, in dem Eisen im Boden vorhanden war, denn es gab zwei Tier 5-Rifts, in die zu diesem Zweck gedelvt wurde. Ein Team ging mit Bergleuten hinein, die, nachdem es sicher war, begannen, den Rift immer wieder abzubauen. Die Rifts hatten eine begrenzte Anzahl von Instanzen, sodass sie das Erz fachmännisch abbauten und wieder gehen konnten.

Er war sich ziemlich sicher, dass er einen solchen Rift erstellen konnte, aber wie er ihn besitzen würde, wäre ein anderes Problem. Wenn er sagte, dass er ihn erstellt hatte, wusste er nicht, was passieren würde. Die Fragen, die man ihm stellen würde, wären nicht gerade ideal für seine zukünftige Anonymität. Er wusste auch nicht, wie er überhaupt einen Rift beanspruchen konnte. Er war sich ziemlich sicher, dass sie als Teil des Planeten betrachtet wurden, es sei denn, man war Teile einer Gilde oder einer Adelsfamilie.

Es war nicht so, dass er das Geld brauchte, aber er wollte seine Punktzahl erhöhen. Die zwei Wochen erzwungener Auszeit waren ätzend, und er wollte unbedingt genug Punkte sammeln, um den Skill [Gecrackter Durchbruch] zu kaufen. Er hatte den Verdacht, dass der Skill extra für ihn dort platziert worden war. Es war einfach ein zu perfekter Zufall, wenn man bedachte, dass der Skill eine absurde Menge an Mana bei relativ geringen Anschaffungskosten aufnehmen konnte. Aber er konnte die Kosten mit Hilfe eines Manasteins des nächsthöheren Tiers decken.

Einige der Upgrades fühlten sich merkwürdig an. Warum sollte man Punkte für einen Rift ausgeben, wenn man ihn einfach ausgraben konnte? Nach einigem Nachdenken kam Matt zu dem Schluss, dass dies eigentlich die Absicht der Armee *war.* Man konnte eine absurde Menge an Punkten ausgeben oder das, was man brauchte, selbst bauen.

Dinge wie die Teleporteranlage für große Festungen schienen unmöglich selbst zu bauen, aber angesichts des strategischen Wertes von so etwas, schien es nett, dass die Armee sie überhaupt zur Verfügung stellte.

Das änderte aber nichts an der Tatsache, dass das Königreich Punkte wie warme Semmeln sammelte. Eine einzige kleine Festung brachte zehn Punkte pro Stunde, und es gab Zehntausende davon. Die mittleren Festungen brachten hundert und die großen Festungen fünfhundert Punkte pro Stunde ein. Eine Stadt brachte *zehntausend* Punkte pro Stunde ein.

Wenn er sich entschließen würde, eine Mana-Batterie zu werden, könnte er 6.912.000 Mana pro Tag verdienen.

Matt hielt inne, als ihm das klar wurde. Das waren 691.200 Königsreichspunkte pro Tag. Wenn er sein Geheimnis hier und jetzt verkaufen würde, könnte er sich im Belohnungsladen alles kaufen, was er sich nur wünschen könnte. Er müsste sich nur ein paar Tage zurücklehnen und entspannen. Er war sich sicher, dass die Umrechnung nicht eins zu eins war, aber das spielte keine Rolle, da ihm das Mana nie ausging.

Ich könnte den Verlauf des Krieges mit ein paar Tagen Mana verändern. Das ist genug, um Punkte in den Ausbau von ein oder zwei Festungen umzuleiten.

Matt war fast versucht, einen Deal auszuhandeln.

Nein. Vergiss es. Ich werde mehr Punkte sammeln, indem ich kämpfe. Ich werde durch meine Taten mehr bewirken, nicht durch mein Mana. Ich will und werde mich nie auf eine Mana-Batterie reduzieren lassen. Ich werde die Mauern einer Stadt im Alleingang einreißen, wenn es sein muss, aber ich werde nicht zu nichts weiter als meinem Talent verkommen.

Trotzdem war die Punkteanzahl verlockend.

Er erhielt einen Anruf von Liz, während er müßig durch die Nummern scrollte. Da es der erste Kontakt seit fünf langweiligen Stunden war, nahm er schnell ab. „Überprüfe, ob 54°21‘56.0 „S 36°34,45.6“W ein schlechter Ort ist, um ein Team hinzuschicken.“

Matt fand den Ort und sah, dass es sich um eine kalte und gebirgige Region in der Nähe des Pols des Planeten handelte. Dort gab es eine einzige mittlere Festung, die eine Palladiummine verteidigte. Die Festung lag weit entfernt von Städten und diente eher als Landekopf für das Königinnentum, das sich auf dem südlichsten Kontinent befand. Er war zur Hälfte von Eiskappen bedeckt, in deren Zentrum eine große Festung stand, die von einem kleinen Ring von Festungen umgeben war. Der

Kontinent und die Festung waren ansonsten von den Hauptstreitkräften der beiden Vasallen isoliert.

Nachdem er selbst darüber nachgedacht und seine KI die Situation simulieren lassen hatte, antwortete er: „Scheint in Ordnung zu sein."

Nach einem langen Moment fragte Liz schließlich: „Okay, gut. Wie sieht es da unten aus?"

Matt zuckte mit den Schultern, auch wenn sie es nicht sehen konnte. „Gut, denke ich. Meistens ist es langweilig, weil es für mich nicht viel zu tun gibt, außer zu beobachten. Da wir uns bis jetzt nicht unterhalten haben, schätze ich, dass du alles von deiner Seite aus regeln kannst?"

Liz klang entschuldigend, als sie sagte: „Wir haben ein komplettes Büro bekommen und es hat die meisten Funktionen, für die ich dachte, wir bräuchten jemanden da unten. Tut mir leid. Ich dachte, es wäre deine Zeit nicht wert."

„Mach dir keine Sorgen." Matt versuchte, Liz zu beruhigen, der er anmerkte, dass es ihr wirklich leid tat, ihn allein zu lassen.

„Ich dachte, wir bräuchten viel Aufsicht, aber das Königreich war sehr hilfsbereit und hat nicht versucht, uns über den Tisch zu ziehen oder so."

„Also, brauchst du mich hier?" Er versuchte, den Eifer aus seiner Stimme zu halten. Obwohl er nichts gegen diese kleine Pause einzuwenden hatte und einiges gelernt hatte, würde er viel lieber etwas anderes tun.

„Für den Moment, ja. Ein Ersatzmann ist auf dem Weg. Wenigstens haben wir jetzt ein Gesicht da unten, damit niemand auf die Idee kommt, Befehle zu ändern oder so. Tut mir leid, dass ich gehen muss. Jemand steht vor meiner Tür."

Matt trennte fast widerwillig die Verbindung und verbrachte die letzte Stunde seiner Schicht damit, seine nächsten Schritte zu planen. Er begann mit seiner Idee, eine Belohnung für einzigartige Mana-Aspekte auszuschreiben. Er würde 10 Punkte pro Person anbieten, die einen Aspekt hatte, der ihm fehlte.

Er war sich nicht sicher, ob es genug war, um Leute anzulocken, aber er fand, dass es mehr als fair war, wenn jemand ein paar Manapunkte ausgab, um seinen Ring ein wenig aufzuladen.

Das war eine Stunde lang Wache stehen, aber nur für ein paar Minuten Anstrengung.

Als seine Schicht zu Ende war und eine junge Frau ihn ablöste, hatte er zu seiner Überraschung ein halbes Dutzend Anfragen als Antwort auf sein Posting.

Er schickte ihnen eine Nachricht, dass sie sich mit ihm in einem öffentlichen Park treffen sollten, und beeilte sich, um sechs Leute zu finden, die sich dort tummelten.

„Wenn ihr euch aufstellen könnt, muss ich nur Mana in meine nachfüllenden Manasteine eingeben."

Das war Matts Antwort darauf, seinen Wachstumsring zu verstecken. Er kaufte zwei Dutzend kleine und ineffiziente Manasteine, die wieder aufgeladen werden konnten, und hatte vor, die Leute einfach ihr Mana in einen dieser Steine füllen zu lassen und dann weiterzuziehen.

Dampf, Wolken, Eisen, Baum, Pflanzen und schließlich Eis waren die Aspekte des Manas, die er zu seiner Sammlung hinzufügte. Er wollte den Eismenschen ablehnen, entschied sich dann aber doch, ihn anzunehmen. Der junge Mann war Tier 5 und hatte ein hageres Aussehen, das Matt noch aus seiner Zeit im Waisenhaus kannte. Er erinnerte ihn an die Kinder, die in Depressionen verfielen. Dieser gequälte Blick und der junge Mann, der versuchte, seinen Eifer zu verbergen, was ihm nicht gelang, veranlassten Matt, die Tatsache zu ignorieren, dass er Asters Eismana hatte.

„Ich danke euch allen. Wenn ihr jemanden kennt, der einzigartiges Mana hat, lasst ihn bitte wissen, dass ich eine Kopie nehme."

Die Wolkenmana-Frau war die Einzige, die in der Nähe blieb und fragte: „Ich nehme an, du bist ein Handwerker?"

Matt nickte nur auf ihre Frage. Er handwerkte ja schließlich auch.

„Wenn du etwas hast, das das Gewicht reduziert, würde ich es gerne kaufen. Niemand sonst hat etwas zu einem vernünftigen Preis."

„Geh zu Kelleys Verzauberungsladen. Er hat einen Tier 7-Ohrring, der das kann. Der Preis beträgt sieben Tier 7-Manasteine. Bei einer dreißigprozentigen Ermäßigung ist er den Preis wert." Matt wusste nur davon, weil er Kelley gestern Abend geholfen hatte, einen Ohrring zu erstellen, nachdem sie die Lichtrune hinter sich gelassen hatten. Der Ohrring, den sie gemacht hatten, war nicht derselbe, den er ihr zum Kauf empfohlen hatte, aber Kelley hatte ihm den Ohrring mit der Gewichtsreduzierung als Referenz gezeigt. Der Ohrring, den sie gemacht hatten, war eine Sonderanfertigung, um den Windwiderstand zu verringern. Er hatte die gleiche Form und denselben Stil.

Die Frau zuckte zusammen, nickte aber. „Besser als die meisten anderen, die ich gesehen habe. Noch besser ist es, wenn er Tier 7 ist. Das ist teuer. Weißt du, wie hoch der Preis in Punkten ist?"

Matt hielt inne. Kelley hatte in seinem Laden keine Punkte aufgelistet, also war er sich nicht sicher, ob der Mann überhaupt Punkte als Bezahlung akzeptierte. Aber wenn man bedachte, dass der einzige Grund, warum er auf dem Planeten war, die Beitragspunkte waren, würde er sie sicherlich annehmen.

„Ich denke schon, aber ich weiß nicht, wie hoch die Kosten in Punkten sind, tut mir leid. Ich glaube nicht, dass es mehr als ein paar hundert sein werden. Aber ich weiß es wirklich nicht."

Damit trennten sich ihre Wege und Matt holte die fast leeren Manasteine heraus.

Die ersten fünf wurden schnell in seinen Ring absorbiert und er reinigte die alten Manasignaturen, indem er dafür sorgte, dass die Steine vollständig entleert wurden.

Matt war kurz davor, das Eis zu leeren, aber er beschloss, auch dieses zu absorbieren.

Es war die Punkte wert, um zu sehen, wie wiederholte Mana-Aspekte von seinem Ring gehandhabt werden würden.

Zu seiner Überraschung absorbierte sein Ring das Mana ohne Probleme und überschrieb Asters eisartiges Mana nicht. Sie saßen wie Zwillinge nebeneinander, aber mit einem feinen Unterschied zwischen den Manatypen.

Asters Eismana war *kaltes* Eis, während das Mana des jungen Mannes eher ein *langsames* Eis war. Zumindest war das die unscharfe Interpretation, die er aus dem Vergleich der beiden zog.

Er änderte sofort sein Posting, in dem er darum bat, dass jeder mit geprüftem Mana zu ihm kommen solle, ganz gleich welcher Art.

Zehn Punkte auszugeben war nichts, um zusätzlich einzigartige Manatypen zu erhalten. Er war sich nicht sicher, ob diese Art von Unterschieden in den Mana-Aspekten einzigartige Rifts erzeugen konnte, aber es juckte ihn in den Fingern, einen abgelegenen Ort zu finden und seine Theorien auszutesten.

Für den Moment wollte er versuchen, einen neuen Gegenstand mit einem verlangsamenden Eiseffekt herzustellen, anstatt den Kälteschaden zu erhöhen. Kelley war Tier 10 und konnte wahrscheinlich noch eine Nacht durchhalten.

Wahrscheinlich …

Kapitel 15

Matt und Kelley saßen um zwei Paar Handschuhe herum. Auf dem einen war eine Kälterune in den Handrücken geätzt, auf dem anderen eine verlangsamende Rune.

Sie saßen einfach da und starrten sie gemeinsam an. Der halbe Tag des Testens hatte sich endlich ausgezahlt.

Ein und derselbe Mana-Aspekt konnte auf subtile Weise verändert werden, was zu minimal unterschiedlichen Ergebnissen führte. Mit einigen Manipulationen an der Standard-Kälterune hatten sie eine Rune geschaffen, die, wenn kältebasierte Skills gewirkt wurden, einen Verlangsamungseffekt bewirkte. Der Effekt war mit fast dreißig Prozent zudem nicht gerade gering.

Und das alles nur, weil man die Rune mit dem kalten, aspektierten Mana erschaffen hatte.

Das zweite Paar Handschuhe mit einer Verlangsamungsrune sollte jeden verlangsamen, der von ihnen getroffen wurde. Mit dem verlangsamenden kalten Mana war sie fast doppelt so effektiv wie gewöhnlich, obwohl sie immer noch auf Nahkampfangriffe beschränkt war.

„Schlag mich nochmal."

Matt tat wie ihm geheißen und klopfte den Tier 10-Verzauberer leicht.

Der Mann ließ einen Apfel mit der freien Hand fallen und versuchte, ihn mit der anderen Hand zu fangen. Für etwa eine halbe Sekunde war es, als würde er sich durch Honig bewegen, dann hörte der Effekt auf und seine Hand schoss wie eine Schlange nach vorne und fing den Apfel auf.

Es hätte länger gedauert, wenn der Tier des Mannes nicht so viel höher gewesen wäre als die Rune.

Als er den Apfel inspizierte, wiederholte Kelley sich zum sechsten oder siebten Mal. „Ich kann nicht glauben, dass wir das geschafft haben."

Matt schaute auf den mit Eis bedeckten Boden, den sie mit [Hagel], dem einzigen Kälteskill der beiden, und dem kalten, langsam verzauberten Handschuh getestet hatten. Auch er wiederholte sich. „Ich auch nicht."

Kelley bahnte sich einen Weg durch das Eis, ging zu seiner Werkbank und holte eine Flasche und zwei Gläser heraus.

„Sei vorsichtig damit. Das ist Tier 10-Alkohol und wird dich im Handumdrehen umhauen."

Er schenkte ihnen beiden einen Drink ein. Matts Glas war deutlich kleiner, eher ein Shot im Vergleich zu dem fast vollen Glas von Kelley. Der Verzauberer hob sein Glas an und sagte: „Darauf, etwas Neues zu lernen."

„Um einen Vorteil gegenüber der Konkurrenz zu haben." Matt wusste, worauf es Kelley wirklich ankam und konnte nicht widerstehen, den Mann zu necken. Er würde umsonst arbeiten, wenn ihm alles zur Verfügung gestellt würde. Der Verkauf seiner Waren war nur ein Mittel, um mehr Dinge zu kaufen und seine Projekte zu finanzieren.

Sie kippten beide ihre Gläser hinunter. Matt wäre fast gestorben, als der starke Alkohol ihn so hart traf, dass seine Zähne schmerzten. Er musste sich gegen den Tisch stemmen, während das Feuer sich seinen Weg nach unten bahnte.

Kelleys volles Glas gingen viel leichter runter als jenes von Matt, wenn man nach seiner mangelnden Reaktion urteilen konnte.

„Scheiße, das ändert alles. Ich meine, ich wusste, dass man mit aspektiertem Mana bestimmte Runen verbessern kann. Jeder Handwerker, der etwas auf sich hält, weiß das, aber ..."

Er wollte den Mann gerade ein wenig verfluchen, weil er ihn nicht vorgewarnt hatte, als er bemerkte, dass der Mann mit einem weisen Blick auf sein Glas starrte.

Matts Tier 10-Freund begann, sein Glas müßig herumzudrehen. „Aspektiertes Mana kommt aus fünf Quellen. Angeborene Blutlinien, Talente, sorgfältig zirkulierendes Umgebungsmana, spezielle Techniken, bei denen Essenz und Mana durch Materialien zirkulieren, und schließlich natürliche Schätze. Die Hauptaspekte sind leicht zu finden: Luft, Wasser, Eis, Feuer und so weiter. Es sind die sekundären Eigenschaften, die schwer zu erfassen sind. Es kommt ganz darauf an, wie jeder Mensch sein aspektiertes Mana sieht. Eine abstrakte Idee wie ‚langsam' gibt es außerhalb der Talente nicht als vollständigen Aspekt des Manas. Diese zusätzlichen Ebenen sind im Grunde genommen ‚Verständnis', das in die Realität umgesetzt wird. Es ist wie ein Konzept. Nein, ein *Konzept ...*"

Es lag ein Rauschen in der Luft, das Matt nicht zu stören wagte, und nach einer gefühlten Ewigkeit sagte er: „Scheiße! Das erklärt so viel! Konzepte machen dasselbe. Sie können dein Mana verändern, um dein Verständnis besser widerzuspiegeln. Jemand, der ein Eiskonzept hat, könnte damit sein neutrales Mana in eisaspektiertes

Mana verwandeln, aber das wäre nur der Hauptaspekt, genauso wie wenn er einen Eis-Naturschatz benutzt."

Kelley hielt einen Moment inne und griff nach einem der Handschuhe. „Es sei denn, ihr Konzept kommt in der Natur nicht vor, aber solange das Konzept der Person dasselbe ist wie das des natürlichen Schatzes, ist es nicht anders. Umgekehrt gilt dasselbe. Einzigartige Aspekte können aus den Konzepten der Menschen entstehen. Sie müssten ihr Eiskonzept verwenden, um die verlangsamende sekundäre Eigenschaft einzuführen. Damit würde ihr Mana die Fähigkeiten des Eises so widerspiegeln, wie sie es verstehen."

Kelley begann auf seiner Unterlippe zu kauen, als ein leises Klimpern durch die Luft ging.

„Wenn du das Konzept gut genug verstehst, kannst du diese sekundäre Eigenschaft hinzufügen. Der richtige …", der Verzauberer schien nach dem passenden Wort zu suchen, „*Unteraspekt* zum Hauptaspekt des Manas. Du vervielfachst die Wirkung immens. Das muss eines der Gildengeheimnisse der aufsteigenden Handwerker sein. Es erklärt, warum ihre Produkte mit denselben Runen und Materialien immer besser sind. Sie müssen riesige Bibliotheken mit aspektiertem Mana haben. Ich kann dasselbe tun."

Kelley sagte: „Ich stelle die Rune her. Ich kann den besten Aspekt und Unteraspekt für die Rune finden. Ich kann sie verändern …"

Matt spürte, wie die Luft und die Umgebung vibrierten, als ob eine Glocke angeschlagen worden wäre. Matts Konzept und seine Wesenskerne vibrierten in einer Frequenz, die nicht seine eigene war. Aber es klang trotzdem unharmonisch.

Kelley dachte sich schnell durch die Bildung seines Konzepts, aber es passierte noch etwas anderes. Matt hatte schon gespürt, wie sich seine und die Konzepte anderer während des Aufstiegs bildeten, aber er hatte noch nie gespürt, dass Essenz so reagierte.

„Ich kann den Aspekt ändern. Ich kann die Rune wählen. Ich bestimme ihre Eigenschaften. Ich kann sie verändern. Ich bin der Bildhauer und der Stein."

Mit jedem Satz, den Kelley aussprach, kamen die Schwingungen der Harmonie näher und näher. Matts Konzept vibrierte in einer Art Resonanz, die sich wie ein Mitschwingen anfühlte, aber bevor sich das Gefühl einstellte, sagte Kelley: „Ich bin die *Veränderung*."

Es war, als würde eine Bombe explodieren, als alles an seinen Platz fiel und eine sanfte Harmonie in einer melodischen Fanfare ertönte. Die Essenz begann in den Raum zu strömen, als ob ein Vakuum sie hineinpumpte. Und jetzt saugte Kelley die umgebende Essenz in einem absurden Tempo auf. Wie ein ausgehungerter Mann bei einem Festmahl zog er immer mehr ein.

Der Druck wurde immer stärker, bis Matt das Gefühl hatte, unter Wasser zu stehen, weil so viel Essenz eingezogen wurde. Als die Menge zunahm, begann sich eine Resonanz durch die Essenz auszudehnen, während immer mehr nach innen strömte und sich im Verzauberer verdichtete.

Als der ganze Raum von der Resonanz zwischen Mensch und Essenz vibrierte, gab es einen Moment, in dem der Strom zum Stillstand kam. Sein Verzaubererfreund war nicht mehr Tier 10, sondern Tier 11.

Kelleys erstes Wort war: „Huch."

Matt trat den Mann. „Huch?! Das ist alles, was du zu sagen hast!? Das war eine Inspiration! Du hattest gerade eine Inspiration! Für jeden Aufsteiger."

Er wusste ehrlich gesagt nicht, wie er reagieren sollte. Es war nicht nur verblüffend. Es war mehr als das. Inspirationen waren selten, und Matt hatte keine Ahnung, wie selten es war, dass ein Handwerker sein Konzept zur gleichen Zeit erstellte.

Matt hatte keine Ahnung, warum es so lange gedauert hatte. In den Filmen, die er gesehen hatte, dauerte eine Inspiration höchstens eine Minute, aber dieses Erlebnis hatte fünf gedauert. Das wirklich Merkwürdige war, dass dieser Planet nur Tier 6 war, während Kelley Tier 10 gewesen war. Die Essenz sollte dem Mann eigentlich nichts nützen, aber er spürte trotzdem, wie sich die Essenz verdichtete, als sie sich dem Verzauberer näherte.

Zumindest war das das Gefühl, das er von seinem spirituellen Sinn bekam. Das würde erklären, warum der Mann so viel Essenz an sich zog. Qualität musste aus Quantität entstehen.

Kelley wurde von Matts Tritt kaum gestört und fing einfach an zu lachen, bis er sich vor Aufregung die Augen wischen musste.

„Ich kann es auch nicht glauben. Scheiße! Es ist schwer zu glauben. Ich weiß es nicht."

Der frischgebackene Tier 11 vibrierte vor Aufregung, bevor er in einen furchtbaren Tanz ausbrach.

„Ich muss ... alles testen!"

Matt stimmte von ganzem Herzen zu. Er fragte nicht nach der Enthüllung des Mannes. Nach dem Wenigen, was er über Inspirationen wusste, und das beruhte nur auf ein oder zwei Filmen, galt es als unglaublich unhöflich, danach zu fragen.

Also fragte er stattdessen nach dem Konzept des Mannes. „Was ist mit deinem Konzept? Was hast du gemacht? Was denkst du, was es kann?"

Anstatt zu antworten, hob Kelley ein Stück Metall auf und betrachtete es. Matt tastete es mit seinem eigenen Konzept ab und fühlte nichts. Nach ein paar Minuten schaute Kelley auf und sagte: „Ich habe keine Ahnung. Woher hast du das gewusst?"

Matt war verblüfft, zuckte aber mit den Schultern. Er hatte gerade sein Konzept ausprobiert, und es hatte funktioniert.

„Ich weiß es nicht. Für mich hat es einfach funktioniert, als ich damit gearbeitet habe. Ich hatte das Gefühl, dass es zwei Dinge tun konnte, und das war ziemlich einfach. Wenn ich raten müsste, würde ich etwas versuchen, das mit dem Bild zu tun hat. Ich nehme an, dass es etwas mit Handwerk zu tun hat, also versuch das."

Der Stift des Tier 11 erschien in seiner Hand und er begann, in den Metallstab in seiner Hand zu ritzen. Die Rune war Matt vertraut, denn sie hatten gerade daran gearbeitet. Nach einer Minute erschien der Umriss der verlangsamenden Rune, und Kelley begann, die Rune mit seinem eigenen Mana zu durchtränken.

Matt wollte gerade anbieten, das zu tun, als Kelley stöhnte: „Mana. Bitte."

Matt warf sein Konzept auf den Mann und sah zu, wie der Verzauberer seine Rune durchtränkte und sie dann mit einem Grunzen inspizierte.

Er winkte Matt ab, der den Mann immer noch auffüllte. „Ich bin jetzt fertig, du kannst aufhören."

Matt tat es nicht und fragte nur: „Du hast etwas herausgefunden. Was war es?"

Kelley sah glücklicher aus als ein Kind an seinem Geburtstag, als er sagte: „Ich habe mir den Skill angeeignet, mein eigenes Mana mit verschiedenen Eigenschaften zu beeinflussen. Es ist fast so, als würde ich das kopieren, was ich in der Kälte gelernt habe. Aber es scheint, dass ich wissen muss, wie der Aspekt und der Unteraspekt funktionieren."

Er tippte Matt mit der Stange an und räumte dann aus Matts Perspektive schnell die Werkbank auf. Nach seiner KI-Zählung hatte der Effekt eineinviertel Sekunden gedauert, aber es hatte sich eher wie fünfzehn angefühlt.

Matt nickte dem Mann zu. „Es hat funktioniert, aber nicht so gut wie das verlangsamende eisgeprüfte Mana."

Kelley nickte. „Es hat mich auch eine Menge Mana gekostet, es in den Aspekt und den Unteraspekt umzuwandeln, und es hat mich auch eine Menge Willenskraft gekostet. Ich habe unglaubliche Kopfschmerzen, aber ich denke, wenn ich das übe, wird die Mana-Umwandlung viel besser werden. Etwas stimmt im Moment nicht, aber ich bin mir nicht sicher."

„Und was willst du jetzt machen?"

Kelley sah Matt an, als ob er dumm wäre. „Ich werde weiter testen! Zumindest werde ich deine Idee mit normalen Umwandlungsmanasteinen kopieren. Das wird mich ein Vermögen kosten, aber ich muss es zumindest testen. Ich wette, die großen Gilden haben bereits vorgefertigte Bibliotheken, aber ich nicht. Es wird nur etwas Zeit und Forschung brauchen."

Matt bot an: „Warum versuchst du nicht, ein paar Tier 5-Teams anzuheuern, die den Rift betreiben, aus dem ich das hier habe? Er droppte Manasteine mit zwei Typen, bis ich das hier bekam."

Kelley war interessiert, also erklärte Matt, wie die Armee die Rifts verkaufte.

„Das ist eine gute Idee und einen Versuch wert. Ich bezweifle, dass ich so einen Wachstumsgegenstand bekomme, aber die Chance, dass ich etwas Ähnliches erhalte, liegt bei eins zu ein paar Milliarden."

Dann machten sie sich wieder daran, verschiedene Anwendungen für das Eismana zu entwickeln. Matt wollte Asters Halsband ergänzen, damit sie mit ihrem eigenen Mana-Aspekt mehr Kälteschaden erlitt und mit dem anderen Mana-Aspekt die Dinge verlangsamen konnte.

Wenn es so funktionierte, wie er es sich vorstellte, würde er sich selbst eins bauen.

* * *

Nach drei hektischen Tagen sah Matt endlich eine erschöpfte Liz für mehr als fünf Minuten. Sie hatte zwanzig Stunden am Tag gearbeitet, um alles vorzubereiten, und war endlich mit den meisten Vorbereitungen fertig.

Er hatte ihr dreimal am Tag Essen gebracht, nachdem er bemerkt hatte, dass sie das Frühstück und das Abendessen ausgelassen hatte.

Sie war so beschäftigt, dass er sie gar nicht mehr gesehen hatte, als er ihr die Mahlzeiten brachte. Er bot seine Hilfe an, aber obwohl sie ihn bat, ein oder zwei Besorgungen zu erledigen, war das nicht viel mehr, als der Versuch, ihn zu beruhigen. Also machte er ihr einfach ein offenes Angebot und beließ es dabei, während er versuchte, dafür zu sorgen, dass sie regelmäßig aß.

Nach diesen drei Tagen war sie in der Lage, ihre Verantwortung für die Verwaltung der Pfadgänger-Seite auf etwa einen halben Tag zu reduzieren. Sie sagte, sie rechnete damit, dass es im Laufe der Zeit noch weniger werden würde, aber sie habe die Show nach wie vor noch gut im Griff.

Das Rinnsal an Punkten war zwar ganz nett, aber nicht verrückt. Als eines der fünfzig besten Teams verdienten sie etwa tausend Punkte pro Tag. Leider sanken ihre Punkte, je weiter sie in der Rangliste abrutschten. So kam es, dass sie eine Woche nach ihrem Tod nur noch mickrige siebzig Punkte pro Tag bekamen.

Es war immer noch etwas, also beschwerte sich niemand. Na ja, fast niemand. Liz hatte sich darüber aufgeregt, dass jemand angerufen hatte, um sich über das neue Punktesystem zu beschweren und darüber, dass andere Leute dadurch schneller Dinge kaufen könnten und der Erwerb der begrenzten Güter noch wettbewerbsfähiger würde. Dies und dass die Leute wütend darüber waren, dass andere Punkte bekamen, während sie nichts taten, obwohl es auf den Beitrag angerechnet wurde. Zumindest mit *dieser* Beschwerde hatten sie gerechnet.

So dumm es auch war, aber diese Beschwerde unterstrich den Grund, warum alle hier waren. Um Ausrüstung oder Skills zu verdienen, die über ihre normalen Möglichkeiten hinausgingen.

Allein die Erwähnung des Themas hat Liz schon verärgert, also wurde es von allen vermieden.

Jetzt, eine Woche nach ihrem Tod, konnten sie gefahrlos mit leichtem Sparring trainieren. Matt, Liz und Aster waren immer noch darauf bedacht, ihren Teamkameraden zu helfen, ihre eigenen Konzepte zu entwickeln.

Nach drei Tagen wäre es für sie sicher gewesen, wenn Matt Melinda vorbeikommen hätte lassen, um alle mit ihrem Talent zu „checken". Aber das konnte er Annie, Emily und Conor nicht erklären, also begnügte er sich mit dem Wissen, dass sie richtig geheilt waren.

Sie traten alle gegen Annie an, die sowohl Conors als auch Liz' Angriffe abblockte, während er und Aster versuchten, die Attentäterin mit ihren Konzepten zum Stillstand zu bringen. Für sie war es, als würde sie sich durch Melasse kämpfen, und obwohl sie alle ihre Angriffe abwehrten, war es ein verlorener Kampf.

Das war der Punkt, und je mehr ihre Verzweiflung wuchs, desto mehr hoffte sie, dass sie anfangen könnte, sich zu wehren und so ihr eigenes Konzept zu finden.

Nach einer Stunde lief das Training nicht so gut, wie Matt gehofft hatte. Er wusste, dass er die Effektivität des Standardtrainings überschätzt hatte, aber ein Teil von ihm glaubte, dass es genauso schnell gehen würde, wie das Training mit dem Realitätssplitter für Melindas Team gewesen war.

Objektiv betrachtet, wusste er, dass die Idee dumm und unrealistisch war. Wenn es so einfach wäre, jemanden ein paar Stunden lang mit einem Konzept zu bekämpfen, hätte jeder ein Konzept. Aber seine neuen Freunde waren stark und kompetent, also hatte er das Gefühl, dass es bei ihnen Klick machen sollte.

Kelley war ohne sein eigenes Konzept Tier 10 geworden und nicht nur erfolgreich, sondern wurde auch weit vor seinen Altersgenossen angesehen. Das war nur ein weiterer Hinweis auf die Wahrheit. Konzepte waren schwer zu entwickeln, und manche Menschen schafften es nie, sie zu entwickeln. Es gab einen Grund dafür, dass das Imperium das Wissen einschränkte, bis die Menschen Tier 10 erreichten und die beiden abgefüllten Konzepte bereits verwendet hatten. Es war zu ihrem eigenen Besten.

Selbst auf Tier 10 hatte ein Kultivierender eine Lebenserwartung von siebenhundertzwanzig Jahren. Bei Tier 14 war es doppelt so lange. Im Vergleich zu Tier 4 mit einer Lebensdauer von etwa einhundertdreißig Jahren war das ein gewaltiger Unterschied. Ohne die in Flaschen abgefüllten Konzepte würde sich die durchschnittliche Lebensspanne eines Kultivierenden drastisch verkürzen.

Während Matt Annie mit seinem Willen befahl, aufzuhören, dachte er darüber nach, wie es vor den abgefüllten Konzepten gewesen sein musste. Er versuchte sich vorzustellen, wie es wäre, wenn Annie, Emily und Conor alt werden und sterben würden, während sie auf dem Gipfel von Tier 4 saßen. Unfähig, sich weiterzuentwickeln, während sie immer älter wurden und noch Tiers vor sich hatten, um die Unsterblichkeit zu erreichen.

Er dachte an Melinda, Mathew, Vinnie, Kyle, Sam und Tara. Selbst mit der Hilfe des Realitätssplitters waren sie immer noch in ihren Sätzen gefangen und machten nur langsam Fortschritte.

Annie keuchte: „Pause“, und er und Aster lösten ihren Griff um sie. Aster keuchte leicht, und Matt verstand das. Es war harte Arbeit für sie, auch wenn sie auf ihren Hintern saßen, während die anderen kämpften.

Liz sackte zu Boden, als Matt aufstand. Emily stand ebenfalls auf und starrte Liz an, die ihr Blut manipulierte, um den Zwilling mit einem dünnen Film zu bedecken. Sie hatten schnell gemerkt, dass Liz nicht genau das nachmachen konnte, was er und Aster mit ihren Konzepten gemacht hatten.

Sie konnte ihnen leicht widerstehen, wenn sie versuchten, sie zu verlangsamen oder aufzuhalten, da ihr Konzept intern war. Aber sie hatte nicht die Fähigkeit, ihr

Konzept ohne ihr Blut zu projizieren. Deshalb musste sie die Person mit Blut bedecken, um sie festzuhalten.

Das Gute daran war, dass sie eine Person ganz allein festhalten konnte, was Matt und Aster eine Pause verschaffte, doch für denjenigen, der sich wehrte, war es nicht angenehm.

Als Liz mit geschlossenen Augen dasaß, wiederholte Matt ihr Mantra. „Finde heraus, was du bist und was du werden willst. Finde, was mit dir in Resonanz geht."

Er wich einem gelb-braun gefärbten Mana-Blitz aus, der sich wie ein Erdelement anfühlte. Mit einem Stock schlug er Emily in die Seite und drehte sich um sie herum.

„Denk darüber nach, wie du dich selbst siehst und wie andere dich sehen. Finde heraus, wohin du von dort aus gehen willst."

Emilys Angriff war weniger als halb so schnell, aber Matt blockte ihn mit einem erhobenen Unterarm ab. „Finde eine Idee, die dich repräsentiert, oder einen Aspekt deines Kampfstils. Finde es und visualisiere es."

Emily schoss mit grimmiger Miene einen weiteren [gecrackten Mana-Bolzen] auf ihn ab. Matt hatte versucht, das Mana aus ihrem Angriff in seinen Ring zu absorbieren, um freies Mana zu erhalten, aber er hatte keinen Weg gefunden, es effizient zu absorbieren. Der Skill löste sich bei Kontakt einfach auf, nachdem er seine Energie beim ersten Treffer verbraucht hatte.

Das war sehr enttäuschend, denn mit ihrem Skill konnte sie jeden Elementartyp erzeugen. Sie arbeiteten noch an den Zahlen, aber es schien, dass es sich in fünfzig Prozent der Fälle um einen grundlegenden Aspekt wie Wind, Wasser, Feuer oder Erde handelte. In 35 Prozent der Fälle handelte es sich um einen höheren Aspekt wie Eis, Blitz, Holz oder Metall. Bei den restlichen fünfzehn Prozent handelte es sich um merkwürdige Elemente und Effekte, die sie nicht so gut dokumentieren konnten.

Matt war sich ziemlich sicher, dass sie an einem der Bolzen einen Blasenaspekt spürten, aber wie sich diese Prozentsätze zusammensetzten, würde viel mehr Tests erfordern, als sie bisher durchgeführt hatten.

Er änderte sein Mantra zu etwas, das Emily mehr ansprach, als er wieder zuschlug: „Dein Talent lässt dich Dinge verdoppeln. Vielleicht bist du ein Bakterienwachstum in einer Petrischale, wobei der Skill Nahrung ist. Je mehr Nahrung du hinzufügen kannst, desto mehr kannst du wachsen."

Sie stieß hervor: „Ich bin keine Bakterium, Matt. Fick dich!"

Da sie die Fähigkeit hatte, zu antworten, traf Matt ihren Oberschenkel und dann ihren ausgestreckten Arm. Sie wirkte einen Bolzen auf ihn. Dieser traf seinen Schild, denn er lag innerhalb ihres Zeitfensters für die Verdopplung. Matt trat etwas Dreck nach ihr, um sich zu revanchieren.

Es war etwas gemein, sie mit Bakterien zu vergleichen, aber es war die beste Verdopplung, die ihm im Moment einfiel.

„Stell dir vor, du stehst auf einer Pyramide, auf der ..." Matt hielt in seiner Rede inne, als er etwas spürte. Es war schwach, aber sein Konzept spürte eine Resonanz von dem blutverschmierten Mädchen.

Sie alle beobachteten, wie Emily im Schneidersitz saß. Conor und Annie kletterten keuchend auf einen Platz, von dem aus sie Emily sehen konnten. Liz hörte auf, sich gegen die Bewegungen der Frauen zu wehren und sah mit allen anderen zu.

Nachdem etwa fünf Minuten lang nichts passiert war, öffnete Emily ihre Augen.

„Ich habe es verloren. Ich hatte etwas, aber ich habe es verloren."

Annie kroch hinüber, um sich direkt vor das Gesicht ihrer blutigen Schwester zu stellen. „Wie hat es sich angefühlt? Und was denkst du, was es ausgelöst hat?"

Emily öffnete die Augen und blickte Matt spöttisch an. „Es waren *definitiv* kein Bakterium. Die Pyramide hatte etwas an sich, aber ich weiß nicht, was."

Liz klopfte mit der Faust. „Na, siehst du? Ich hatte recht! Das ist der erste Schritt. Jetzt weißt du, wo du anfangen kannst. Wir müssen nur noch mehr trainieren."

Conor hüpfte auf die Füße, als Emily sich in sich selbst zurückzog, um ihren kleinen Durchbruch zu untersuchen.

Matt hoffte, dass es ein Zeichen für die Zukunft war, aber das war es nicht. Keiner machte mehr Fortschritte, auch nicht, als alle drei keine Willenskraft mehr hatten und von blendenden Kopfschmerzen geplagt wurden, die sie zwangen, das Training abzubrechen.

Es war kein großer Fortschritt, aber es zeigte, dass das Ziel erreichbar war.

* * *

Matt nahm in einer Werkstatt seinen Golem-Armbrustarm auseinander, während er halb hörte, wie Liz und Sam hinter ihm arbeiteten. Sie hatten für die Hälfte des Tages einen allgemeinen Arbeitsraum gemietet, da es so für sie alle billiger war.

Er hätte in Kelleys Werkstatt stürmen können, aber der Mann war so sehr mit seinem Konzept beschäftigt und in seine Forschung vertieft, dass er nicht einmal bemerkt hatte, als Matt auftauchte und wieder ging.

Anstatt zu riskieren, den Mann zu belästigen, mietete er eine Werkstatt, um seine Golem-Armbrüste in Versionen umzuwandeln, die von Menschen bedient werden können.

Als Liz und Sam sich schließlich trafen, um gemeinsam Alchemie zu praktizieren, brauchten sie ebenfalls einen Raum, also mieteten sie einen als Gruppe.

Matt konzentrierte sich nicht ganz auf den Gegenstand vor ihm. Nein, er war viel mehr damit beschäftigt, Liz zuzuhören, wie sie sich darüber beschwerte, dass sie die Pfadgänger-Seite des Krieges leitet.

„Ich habe immer Leute, die mit *tollen Ideen* kommen. Es ist dabei immer reiner Zufall, dass die Idee nur ihnen selbst oder ihren Freunden hilft. Diese Leute halten mich eindeutig für eine Idiotin, aber ich muss sie trotzdem anhören."

Etwas klapperte und Sam sagte: „Sag ihnen einfach, sie sollen sich verziehen."

Liz stöhnte auf und Matt musste sich weigern, sich umzudrehen. Sie hatte nichts davon mit ihm geteilt. Sie hatte so getan, als wäre sie nur mit der Arbeit beschäftigt.

„Ich kann nicht. Ich muss die Leute wenigstens ansatzweise anhören. Jetzt ist es noch schlimmer, weil sich die Leute bei mir über die Missionen beschweren, die sie bekommen. Ich genehmige die Missionen, die die KI vorschlägt, nur, wenn sie machbar erscheinen. Ich kann nichts dafür, dass die Tier 5-Teams in den meisten Dingen unterlegen sind, außer bei der Bewachung oder wenn sie Teil einer größeren Gruppe sind. Soll ich die andere Seite schwächen und auch nur Tier 5-Teams schicken? Nein, das ist bescheuert. Uff! Es ist frustrierend."

„Menschen sind scheiße."

„Ja, aber ich muss sie führen, was es noch schlimmer macht." Liz klang unglaublich müde.

Sam sagte etwas, das Matt nicht hörte, und Liz antwortete ihm.

Matt wollte zu ihr gehen und sie fragen, was sonst noch los war und versuchen zu helfen, aber es war nicht so, dass sie es ihm nicht hätte sagen können. Sie hatten sich in den letzten anderthalb Wochen nicht so oft gesehen. Es war hektisch, weil sie das Training und die Konzeptarbeit nachholen mussten.

Sie waren alle mit ihren eigenen Sachen beschäftigt, aber er versagt als Liz' Partner und Freund.

In dieser Nacht fragte Matt Liz, als sie sich schlafen legten: „Alles in Ordnung?"

„Ja, es ist alles in Ordnung." murmelte sie ihre Antwort, während sie ein Gähnen unterdrückte.

Matt wartete, aber als er nichts hörte, fragte er: „Auch mit der Anführer-Sache?"

„Es ist in Ordnung."

„Ich habe gehört, wie du mit Sam gesprochen hast."

Liz stöhnte: „Verdammt. Ich dachte, wir wären leise gewesen."

„Das warst du meistens, aber als ich die Position gewechselt habe, konnte ich mithören."

Liz kuschelte sich an ihn heran, als sie sagte: „Ich habe dich kaum gesehen und es fühlt sich an, als würde ich mich nur beschweren, wenn ich dich sehe. Ich will dich nicht auch noch belasten."

Matt stupste sie in die Rippe. „Ich helfe dir gerne."

„Siehst du, das ist die Sache. Du magst es, Dinge zu reparieren, aber das ist nichts, was man reparieren kann. Ich wollte mich nur ein wenig beschweren und bei jemand anderem meckern. Manchmal ist es beschissen, aber es ist nicht alles schlecht. Ich habe einige wirklich nette und dankbare Menschen kennengelernt. Es sind nur manchmal die Scheißhaufen, die die ganze Schüssel verderben."

„Ich wollte dir nur sagen, dass ich hier bin, um dir zu helfen."

Sie tätschelte seine Brust. „Du bist hilfreich. Die Zeit, die ich mit dir verbringe, ist Zeit, in der ich nicht an den ganzen Scheiß denken muss, den ich am nächsten Tag zu erledigen habe. Zum Glück haben wir nur noch zwei freie Tage und es geht wieder aufwärts, also werden wir bald wieder mehr Zeit miteinander verbringen."

Er küsste sie auf den Kopf und sie lagen zusammen.

Matt war nicht glücklich darüber, dass Liz mit allem allein fertig wurde, aber wenigstens hatten sie keine Probleme als Paar.

Wie kann ich helfen?

Während er einschlief, dachte Matt immer wieder über die Frage nach.

* * *

Matt schlug mit der Faust auf seinen ungepanzerten Unterarm und spürte, wie [Magier-Rückzug] leicht aufflackerte, als der Skill mehr Mana durch den Bereich bewegte, der die Ausdauer erhöhte. Er konzentrierte sich darauf, diesen Bereich zu dehnen. Ganz langsam.

Wenn er sich zu schnell bewegte, würde der Skill den Kraftschub, den er gab, abziehen. Wenn er sich aber langsam bewegte, konnte er die Struktur des Skills langsam wie Karamell dehnen. Wenn er seine manuelle Manipulation hinzufügte, während er getroffen wurde, verdoppelte sich die Effektivität seines Trainings.

Seine normale Meditation war besser, um den Skill auszuprobieren, aber er kannte [Magier-Rückzug] genauso gut wie [Gecrackte Phantomrüstung].

Matts KI piepste ihn an. Es war fast so weit.

Er schaltete ab, zog sich von der Trainingshilfe zurück und setzte sich. Zwei Stunden lang meditierte er, um [Magier-Rückzug] aus seinem Kerngeist in seinen inneren Geist zu verlagern, mit [Ausdauer] und [Hagel].

Es war genau an der Grenze, aber er brauchte den freien Platz für [Feuerball], den er gerade absorbierte. Wenn er seinen Kerngeist erreichte, würde er ihn schnell modifizieren, um die Mana-Kosten zu senken, solange er noch formbar war.

Er überprüfte den Timer seiner KI und stellte fest, dass [Feuerball] noch drei Stunden Zeit hatte, bevor er seinen Kerngeist erreichte. Dann konnte er seine Änderungen an dem Skill vornehmen.

Es war genug Zeit für ein paar weitere Tests. Er hatte die letzte Woche mit dem Würfel geübt, mit dem er und Liz für die Modifizierung von [Ausdauer] trainiert hatten, und die Zeit war fast reif.

Trotzdem würde es nicht schaden, die Modifikation noch einmal zu testen. Er hatte die Zeit dazu.

Matt schaltete seine KI ein und schickte seine geistigen Sinne in den Würfel und begann, den Prozess zu simulieren.

In der letzten Woche hatte er das Training seiner Skills verdoppelt. Normalerweise verbrachte er jeden Tag etwa eine Stunde damit, morgens oder vor dem Schlafengehen. Aber jetzt, wo er so viel Zeit hatte, konzentrierte er sich auf das reine Meditationstraining und fügte Skills hinzu, die er im Sparring einsetzte.

Er wusste, dass dies nur ein weiterer Nebeneffekt seines Talents war, den er nicht zu schätzen wusste. Annie, Emily und Conor sagten alle, dass sie durch das regelmäßige Auffüllen ihres Manas ihre Skills besser nutzen und ihre Fähigkeiten aktiv erweitern konnten.

Normalerweise waren sie gezwungen, nur über den Skill zu meditieren und zu versuchen, im Kampf oder Sparring so viel wie möglich herauszuholen. Selbst dann konnten sie das normalerweise nur einmal am Tag tun, da sie anderthalb Tage brauchten, um ihr Mana auf natürliche Weise vollständig zu regenerieren.

Dadurch, dass er sie aufgestockt hatte, konnten sie viel härter trainieren als sonst.

Es war immer noch ein seltsamer Gedanke für ihn. Ein kleiner Teil von ihm dachte immer noch, dass sein Talent nutzlos sei, obwohl es ihm und den Menschen um ihn herum Vorteile verschaffte, von denen er nie zu träumen gewagt hätte.

Mit einem leisen Glockenspiel stoppte er seine umherschweifenden Gedanken und konzentrierte sich nach innen. [Feuerball] war nahe am Rande seines Kerngeistes.

Je länger er brauchte, um die Änderungen vorzunehmen, desto länger hatte der Skill Zeit, tiefer in den Geist zu sinken.

Er wollte schnell sein.

Als der Skill die Trennlinien zwischen den Geisterschichten durchbrach, begann Matt, den gesamten Skill so weit wie möglich zu verkleinern.

Er verdichtete ihn entlang der x-, y- und z-Achse und schrumpfte die innere Röhre, die die Skills-Struktur bildete.

Der erste Teil war einfach, aber als der Skill immer kleiner wurde, war es immer schwieriger, ihn zu komprimieren. Matt spürte sogar, wie ein Teil seiner Willenskraft in die Aufgabe floss. Seine Aufgabe wurde immer schwieriger, je weiter der Skill schrumpfte.

Als sich der Skill nicht mehr bewegte und seine Formbarkeit auf ein normales Maß zurückging, untersuchte er den Skill. Er war zwar nicht so schnell, wie er wollte, aber das Ergebnis sah gut aus.

Der Skill war fast halb so groß wie sonst.

Und bei Grundkosten von 10 Mana hoffte er, den Skill auf Mana-Kosten von etwa 6 zu bringen, wenn sie aus seinem Kerngeist entfernt wurde.

Trotzdem hatte sein Umbau perfekt funktioniert.

Er stand auf, ging zurück zur Trainingshilfe und schaltete die [Gecrackte Phantomrüstung] auf die niedrigste Stufe. Er füllte einen Manakristall auf, bevor er seinen Mana-Pool wieder auffüllte. Für eine Sekunde hatte er nur noch 80 Mana, da die 1 MPS seiner Rüstung und der KI langsam seinen Mana-Pool leerten. Wenn sein aktuelles Mana mehr als zehn Prozent seines Maximums betrug, konnte er so gut wie nichts mehr regenerieren.

Trotzdem schickte er Mana in den neuen Skill in seinem Geist und beobachtete aufgeregt, wie ein faustgroßer Flammenball erschien und in die Richtung schoss, an die er gedacht hatte.

Er verfehlte die Trainingshilfe, und [Feuerball] knallte harmlos über die Rückwand.

Ohne sich im Geringsten darum zu kümmern, schoss Matt ein halbes Dutzend weiterer [Feuerbälle] ab und stieß sein bestes böses Lachen aus, als die Lüftungsanlagen die Hitze und den Rauch aus dem Raum ziehen mussten.

Nachdem er eine halbe Stunde lang seinen neuen Skill getestet hatte, überprüfte er seine KI auf die Ergebnisse.

In seinem Kerngeist kostete der Skill 4,1 Mana, mehr als die idealen 3 Mana-Kosten, die es ihm erlauben würden, den Skill auf Tier 8 endlos zu benutzen. Matt glaubte nicht, dass ein Gegenstand den Skill ausreichend reduzieren könnte. Er hatte von Kelley gelernt, dass Gegenstände, die das Mana reduzierten, schwer herzustellen waren und mit einem Prozentsatz arbeiteten. Im Grunde bräuchte er einen fantastischen Gegenstand, um unter die Kosten seines Maximalwertes von einem Prozent zu erreichen. Eine dreißigprozentige Reduzierung war nicht unmöglich, aber selten.

Auf Tier 9, bei einem Prozent seines maximalen Manas, hätte er 6 Mana, was den Skill perfekt für seinen inneren Geist machen würde. Skills im Kerngeist waren dreißig Prozent billiger und viel leichter zu manipulieren als der innere Geist, der als Basis galt.

Er beschloss, den Skill aus seinem Kerngeist herauszunehmen, bis er bei Tier 7 war, damit er weiter an [Magier-Rückzug] arbeiten konnte. Aber er wollte Kelley für einen Tier 8-Gegenstand zur Manareduzierung beauftragen. Matt ärgerte sich über sein Bankkonto. Selbst mit dem Tier 15-Manastein aus dem Verkauf des Wachstumsgegenstandes würde es ein teurer Gegenstand werden. Er brauchte mindestens Tier 9 oder 10, um die Effizienz auf dreißig Prozent zu steigern.

Das war kein großes Problem, wenn man den Wert des Tier 15-Manasteins bedachte, den er hatte. Aber Matt hasste es, Geld auszugeben, und als Tier 6 kam ihm das unglaublich teuer vor. Am Ende weigerte er sich, einen Freund auszunutzen, und das überwog.

Trotzdem funktionierte der Skill perfekt, auch wenn er nach seinen Modifikationen nur noch etwas weniger als die halbe Kraft hatte. Er konnte die Qualität mit Quantität ausgleichen.

Er beschloss, die große Entscheidungen auf morgen zu verschieben, räumte auf und machte sich auf den Weg. Heute Abend würde er mit allen den Erfolg seines neuen Feuerzaubers feiern.

Matt hielt inne. Er sollte ein Eis für Aster organisieren. Sie würde seinen neuen Zauberspruch hassen. Aber er liebte ihn.

Kapitel 16

Matt flog mit seinem Team durch die Luft, unterstützt vom Standard-Wächterteam.

Einen Monat nach ihrem Tod führten sie geheime Geleitschutzmissionen durch. Die Missionen waren zwar weder ruhmreich noch erträglich, aber sie waren notwendig. Fast die Hälfte der Rohstofflieferungen des Königreichs aus den entlegenen Festungen wurde gestohlen. Die dritte Stadt wurde von allen Seiten angegriffen, und die Diebstähle kosteten das Königreich wertvolle Ressourcen. Der Fürst hatte sie persönlich gebeten, die Ladung zu eskortieren, während er sich in ihr versteckte.

Matt trug eine eintönige Rüstung und hatte einen langen Stab im Anschlag. Die Spionagemitarbeiter des Fürsten waren sehr gut im Verkleiden und sein Gesicht war so geschminkt, dass er sich selbst nicht wiedererkannte. Seine Wangen waren aufgefüllt und sein Haar braun gefärbt, was sein Aussehen auf den ersten Blick völlig veränderte.

Liz wurde der gleichen Behandlung unterzogen und hatte nun tintenschwarze Haare, die einen Kontrast zu ihrer blassen Haut bildeten. Er liebte ihre roten Haare, aber die schwarzen Haare waren neu und aufregend. Das führte dazu, dass sie beide ihre Verkleidungen vor der Mission ziemlich durcheinanderbrachten. Die Spionagemitarbeiter, die ihr Make-up nachschminken mussten, waren nicht gerade begeistert.

Liz trug auch eine „schwere Rüstung" und einen neuen Speer. Ersteres half zu verbergen, wie dick der Rucksack war, den sie trug. Das war nur nötig, weil Aster sich strikt geweigert hatte, ihr Fell rot zu färben. Sie würde lieber sterben, als die Gestalt eines Feuerfuchses anzunehmen. Nach diesem schrecklichen Vorschlag weigerte sie sich, sich in einen Fuchs eines anderen Elements zu verwandeln, während sie hartnäckig behauptete, dass Eis das Beste sei. Sie hätten wirklich nicht mit Feuer anfangen sollen. Matt merkte sich diese Lektion für die Zukunft und bestellte stattdessen ein Illusionshalsband, das sie in einen Hund verwandeln würde.

Es war nicht das Färben selbst, das die Füchsin irritierte. Nein, sie hatten es geschafft, dass es ihr Spaß machte, und sie färbte ihre Ohrspitzen lila. Was sie ärgerte, war, dass die Leute dachten, sie würde Feuer benutzen. Das war eine zu große Demütigung, also entschied sie sich für den Rucksack, als man sie vor die Wahl stellte, ihn oder das Färben zu benutzen.

Ein großer Rucksack mit einem weißen Fuchs war ein Synonym für ihr Team, also musste er so gestaltet werden, dass er wie ein viel schlankerer Rucksack aussah, was Liz dazu zwang, das gefälschte Rüstungsensemble zu tragen.

Conor befand sich in der für Matt gefährlichsten Position. Er behielt seine Rolle als schwerer Nahkämpfer bei, aber seine Rüstung war zu auffällig, also hatte man sie gegen ein zweites Set ausgetauscht. Sie saß offenbar nicht richtig, egal wie sehr sie sie anpassten. Das war nicht gerade ideal, um in den Kampf zu ziehen, und Liz würde ihm zur Seite eilen, sobald es losging.

Annie und Emily hatten einfach dasselbe getan wie Matt und Liz. Emily verhielt sich wie eine einfache Magierin, die nur mit [Feuerball] ausgerüstet war, genau wie Matt.

Annie benutzte eine der Golem-Armbrüste, die er in großen Mengen hergestellt und bei der monatlichen Auktion verkauft hatte.

Die Verkäufe hatten ihnen fast 5.000 Punkte eingebracht, was zwar nicht viel war, aber immerhin ein paar Tage ihres Anteils an den im Königreich verdienten Punkten ausmachte. Ihr Team lag auf dem fünften Platz in der Rangliste, als sie eine große Mission nach der anderen erfüllen konnten. Ihr Tod brachte ihren Schwung fast zum Stillstand und ließ sie auf den zweiunddreißigsten Platz zurückfallen. Es war ein Rückschlag, von dem sie sich noch immer nicht erholt hatten.

Die sechs waren berüchtigt für einen garantierten Tod, also zogen es die meisten Teams vor, sich zu ergeben, anstatt den Tod in Kauf zu nehmen, wenn sie auftauchten. Die Hälfte seiner Punkte zu verlieren, um seine Freiheit zu erkaufen und einen zweiwöchigen Todestimer zu verhindern, war eine *viel* bessere Option als die Hälfte seiner Punkte zu verlieren und eine zweiwöchige Wartezeit zu verdienen, um wieder in den Krieg zu ziehen.

Sie hofften, dass dieser Hinterhalt ihnen helfen würde, wieder auf Kurs zu kommen, denn nach dem Treffen mit dem Pfadgänger gab es einen deutlichen Mangel an Festungen, die den Besitzer wechselten. Ohne den Befehl, eine Festung einzunehmen, konnten sie keine Punkte bei der Kriegs-KI der Armee sammeln.

Damit blieb ihnen nur noch eine Mission aus dem Hinterhalt.

Zwanzig Wachen waren über die gesamte Ladung verteilt. Sie flogen in Formation um einen Boten mit einem Raumbeutel, der bis zum Rand mit Tier 6-Gold gefüllt war.

Zumindest war das die Information, die das Königreich absichtlich durchsickern ließ. Normalerweise erhielt der Kurier sowohl das Paket als auch das schnellste fliegende Schwert. Aber heute war der Kurier der Köder. Er wurde gut bezahlt, vor allem für die zweite Phase des Überfalls, von der sie wussten, dass sie irgendwo in der Nähe lauerte.

Matt war der eigentliche Kurier, weil er das schnellste Schwert hatte. Sein Tier 7-Schwert war schließlich für Geschwindigkeit gemacht. Es war besser als die Schwerter, die das Königreich mitbringen durfte und die sich die meisten Leute leisten konnten. Auch seine [Gecrackte Phantomrüstung] spielte eine große Rolle, denn er konnte sie aktivieren und einen Treffer einstecken, der die meisten anderen außer Gefecht setzen würde.

Und sie hatten nicht vor, den Hinterhalt *einfach* zu überleben. Nein, Team Eimer hatte vor, die Verantwortlichen zu finden und zu töten und dann die gesamte Infrastruktur zu zerstören, die die Überfallenden errichtet hatten.

Als sie die Flugverbotszone der Zielfestung umflogen, hörten sie einen Schrei aus der neutralen Zone, und Matt hielt seinen Stab bereit, während er sich umdrehte. Bis jetzt waren die anderen Überfälle genau so abgelaufen. Sie drängten die Teams gegen die Flugsperre und stießen sie entweder hinein, wenn sie den Höhenvorteil hatten, oder jagten sie, wenn sie versuchten zu fliehen.

Drei Zehnerteams waren hinter, neben und vor Matts Team aufgeflogen. Die Angreifer dachten wohl, dass sie mit den zehn zusätzlichen Kämpfern eine sichere Wette eingegangen waren. Sie hatten sich geirrt, als sie dachten, sie könnten durch ihre schiere Anzahl gewinnen.

Matt und Emily flogen mit dem Kurier und drei weiteren Wachen noch oben, während die anderen fünfzehn Wachen vorauseilten, um die zehn vor ihnen fliegenden Kämpfer umzuschlingen. Es war so, wie jede andere Eskorte auch gehandelt hatte.

Die fünf Wachen, die den Kurier begleiteten, sollten ihm helfen, spätere Hinterhalte zu durchbrechen.

Matt wirkte einen [Feuerball] auf die nächstgelegene Gruppe von Magiern, als diese auf und über ihn hinwegflogen, und lächelte über den Stab in seinen Händen.

Ein durchschnittlicher Stab reduzierte entweder die Mana-Kosten eines Zaubers oder erhöhte die Erholungsgeschwindigkeit des Zauberdiagramms im Geist, sodass der Magier schneller zaubern konnte. Seine Waffe erhöhte den Schaden aller Feuerzauber, die durch sie kanalisiert wurden. Das ist nicht gerade ein seltener Effekt, aber er machte seinen geschwächten [Feuerball] gerade so stark wie einen normalen [Feuerball]. Der Stab ermöglichte es ihm, von einem faustgroßen Flammenball, der normalerweise neben seiner Hand erschien, zu einem kopfgroßen zu werden, der nun an der Spitze seines Stabes erschien.

Mit einem befriedigenden Zischen raste der [Feuerball] heraus und schlug in den Kopf eines Nahkämpfers ein, der nicht in der Lage war, mit den Truppen des Königreichs in Kontakt zu kommen. Der unglückliche Soldat wurde ins Freie teleportiert, und die Druckwelle der Explosion ließ die beiden nächstgelegenen Kämpfer stürzen, als sie die Kontrolle über ihre Fluggeräte verloren.

Matt behielt seinen Platz in der Formation bei, als sie zu sechst über die vordersten Angreifer und Eskorten hinwegflogen. Seine KI zeigte an, dass es Liz, Aster und Conor gut ging, aber er machte sich trotzdem Sorgen um sie in dem Wahnsinn der Schlacht.

Annie war nicht auf seinem Radar, so wie sie sein sollte. Ihre Aufgabe war es, unsichtbar zu sein und die Gruppe zu beschatten, bis die Feinde aus dem Hinterhalt geflohen waren.

Nicht einmal zwei Minuten nach ihrer Flucht flogen sie in den erwarteten zweiten Hinterhalt, gerade als sie durch eine kleine Lücke in den Flugabwehrformationen schlüpften.

Zehn weitere Personen flogen aus ihren versteckten Positionen im Unterholz auf. Acht Tier 6 und zwei Tier 7 standen nun Matt und seiner Gruppe gegenüber.

Matt schoss fünf [Feuerbälle] in schneller Folge ab und begann dann, den Manastein an seinem Handgelenk aufzufüllen, bevor er ihn leerte und weitere abfeuerte.

Die Armbänder aus Manasteinen waren die neueste Idee ihres Teams. Normalerweise hielt Matt sein dreiköpfiges Team mit seinem Konzept am Laufen oder füllte ihre persönlichen, schnell umwandelnden Manasteine manuell auf. In ihrer jetzigen Formation war das nicht möglich, also hatten sie die Idee, Armbänder mit zehn persönlichen Manasteinen herzustellen und sie vor ihren Kämpfen aufzuladen.

Mit den zusätzlichen 2.000 Mana konnten sie länger kämpfen als erwartet. Es war nicht üblich, so viele Manasteine aufzufüllen, denn ein normaler Magier brauchte etwa eineinhalb Tage, um seinen Mana-Pool wieder aufzufüllen. Die wenigsten Menschen konnten es sich leisten, so viel Zeit abseits von echten Kämpfen zu verbringen. Zumindest nicht diejenigen, die sich selbst unter Druck setzen wollten. Training war schließlich genauso wichtig wie der Kampf.

Aber da Matt die Mana-Pools seines Teams mit seinem Konzept auffüllen konnte, konnten sie eine Stunde lang rumsitzen und die 4.000 Mana für die Armbänder sammeln, während sie gleichzeitig Mana zum Trainieren hatten.

Ihre Vorbereitung hatte jedoch einige Schwachstellen. Die Manasteine im Armband konnten nicht miteinander verbunden werden, um wie eine große Batterie zu wirken. Also mussten sie jeden Stein einzeln angehen und daraus schöpfen. Bei ihren Tests konnten sie höchstens zehn Steine um ihre Handgelenke herum verwenden, bevor sie kein Mana mehr abrufen konnten. Mit mehr Training könnten sie diese Zahl wahrscheinlich erhöhen, aber im Moment waren zehn das Beste, was sie tun konnten.

Diese Strategie war immer noch unendlich viel billiger, als einen Manastein eines höheren Tiers in einen sich schnell umwandelnden Manastein zu werfen, der normalerweise eine fast neunzigprozentige Verlustrate hatte. Diese Steine sollten nur in Notfällen oder von den Superreichen verwendet werden. Selbst Matt ging sparsam mit ihnen um. Die normalen, persönlich umwandelnden Manasteine waren effizienter, wenn man die Zeit dazu hatte. Sogar die normalen, schnell umwandelnden Manasteine, die sie üblicherweise benutzten, waren besser, wenn man mindestens ein oder zwei Minuten Zeit hatte. Der schnelle Typ war nur dann von Vorteil, wenn eine fast sofortige Umwandlung von Riftmana in persönliches Mana notwendig war oder wenn einem die Kosten einfach egal waren.

Der Effekt des zusätzlichen Mana-Pools war bei Emily noch ausgeprägter, da sie ihre vier Zauber nicht mehr so stark rationieren musste. Dadurch wurde sie zu einem Schrecken auf dem Schlachtfeld. Selbst jetzt, als sie an der Seite von Matt [Feuerbälle] abfeuerte, war er von ihrer Geschwindigkeit und Genauigkeit beeindruckt. Sie traf die meisten ihrer Schüsse, sogar auf die ausweichenden Kämpfer, die er sonst immer verfehlte.

Gemeinsam schalteten sie vier der Tier 6 aus. Eine der Tier 7 flog zu ihnen, und die anderen führten ihre fünf verbliebenen Tier 6 an, um die Nahkämpfer anzugreifen.

„Ich übernehme den."

Emily nickte auf Matts KI-Sprachbefehl und zog sich mit der anderen Gruppe zurück.

Matt machte sich bereit, den kurzen Schwertschwung mit seinem Stab abzublocken und benutzte seinen Fuß, um das Ende des Stabes an seinem fliegenden Schwert abzustützen. Als der Holzstab auf Metall traf, wurde er nicht zerstört, wie der Tier 7-Nahkämpfer erwartet hatte.

Der Stab, den er benutzte, war an den Seiten mit Metallbändern versehen, um ihm mehr Stabilität zu verleihen, und er war mit Haltbarkeit verzaubert. Wäre die Waffe des Tier 7 eine Tier 8 gewesen, hätte sie vielleicht mehr Schaden angerichtet, aber da ihre Waffen gleichwertig waren, gab es ein Patt.

Der Tier 7 flog nach oben und leicht nach rechts, als er sich auf Matts leicht gepanzerten Kopf stürzte, aber Matt hatte sich bereits ebenfalls in Bewegung gesetzt.

Zu der immer größer werdenden Überraschung des Nahkämpfers flog Matt auf ihn zu und begann, ihn mit seiner freien Hand zu erwischen. Das Grinsen des Mannes verblasste schnell, als er merkte, dass Matt nicht der schwache Magier war, den er erwartet hatte. Wahrscheinlich dachte er, dass ihr erster Schlagabtausch nur ein Unterschied in der Flugausrüstung war, aber er hätte es sich zweimal überlegen sollen, ob ein *einfacher Magier* ihn zu erwischen versuchte.

Als Matt den Schwertarm seines Gegners in Schach hielt, war es bereits zu spät. Er trieb seinen Dolch in die Achselhöhle des gegnerischen Tier 7 und verdrehte die Klinge, bevor er sie entfernte. Es war nicht *sofort* tödlich. Der Mann hatte etwa eine Minute Zeit, bevor er so stark ausblutete, dass er bewusstlos wurde, und zwei Minuten, bevor er starb.

Der Tier 7 hätte gegen den Schmerz ankämpfen und sich wehren können, aber die Wunde war schädlich und schmerzhaft genug, um den Mann zu zwingen, seinen

Arm zu umklammern. Es war ein vergeblicher Versuch, die arterielle Blutung zu stoppen.

Die instinktive Bewegung des Mannes ließ ihn für einen zweiten Angriff offen. Er wurde wegteleportiert, kurz bevor Matt ihm mit einem Rückschwung die Kehle durchschneiden konnte. Als sich seine Klinge dem Hals des Mannes näherte, war der Schock auf seinem Gesicht deutlich zu erkennen. Selbst als er hinausteleportiert wurde, schien er immer noch nicht zu glauben, was geschehen war.

Die Wächter hatten offenbar beschlossen, dass es genug war, und entfernten die Tier 7, bevor die Heiler mehr Arbeit hatten.

Mit einem Hüftschwung drehte sich Matt nach hinten und begann, [Feuerbälle] zu wirken. In weniger als einer Minute entschieden die Hinterhalte, dass sich ihr Einsatz nicht lohnte. Als Einheit lösten sie sich auf und flogen davon.

Keiner der Verteidiger folgte ihnen. Matt und Emily beschlossen zu handeln, nachdem sie von Annie gehört hatten. Die Begegnung war nicht gerade ideal; sie hatten den anderen Tier 7 nicht erwischt, da er die Chance gehabt hatte, ihr Talent zu durchschauen. Trotzdem vertraute er ihr. Immerhin *hatte* sie die Attentatsprüfung der Armee bestanden, Alyssa getötet und ihren Kleiderschrank abgefackelt. Und das alles, ohne erwischt zu werden.

Zu ihrer leichten Verärgerung hatte sich die Tier 7-Frau mehr über ihre Garderobe als über ihren Tod aufgeregt, denn sie hatte offenbar damit gerechnet und ihre Punkte bereits ausgegeben. Sie hatte Liz deswegen leicht getadelt und gesagt, dass es eine Sache sei, sie zu töten, aber ihre Kleidung zu zerstören, ginge einen Schritt zu weit. Doch im nächsten Moment bedankte sie sich bei Liz für die Ausrede, neue Kleidung kaufen zu können. Am nächsten Tag tauchte sie im Hauptquartier auf und sah strahlender aus als je zuvor. Es schien, als würde sie nichts mehr lange aufhalten können.

Matt verdrängte Alyssa aus seinen Gedanken. Je weniger er an sie dachte, desto besser.

Jetzt war nur noch Warten angesagt. Annie würde die Banditen zu ihrem Versteck verfolgen. Sie würden hoffentlich einen großen zentralen Knotenpunkt ausschalten, um genug Punkte zu sammeln, damit sie wieder an die Spitze kommen konnten.

Die fünf setzten ihre Mission fort, nachdem einer der Wächter getötet und aus dem Kampf entfernt worden war. Gemeinsam flogen sie die verbleibende Strecke zur Stadt und droppten ihre Ladung ab, was ihnen eine ordentliche Menge an Punkten einbrachte. Sie hofften, dass die Punkte für die Lieferung durch die Zerstörung einer weiteren geheimen Basis in den Schatten gestellt werden würden.

Er und Emily trödelten nicht, um etwas zu sehen, und flogen sofort wieder aus der Stadt heraus in Richtung des ersten Überfalls. Liz, Aster und Conor warteten bereits auf sie.

Als sie anhielten, fragte Matt: „Wie war euer Überfall?“

Liz antwortete mit einem Achselzucken. „Gut. Sie haben nicht viel mehr versucht, als uns zurückzuhalten, genau wie es in den Berichten stand. Was ist mit eurem?"

„Alles lief so, wie erwartet. Die Angreifer zogen sich zurück, nachdem sie ordentliche Verluste erlitten hatten. Annie verfolgt sie in diesem Moment."

Sie bewegten sich in einer Gruppe, um der Spur ihrer Attentäterin zu folgen. Als sie das taten, schaltete Matt sein Konzept auf Hochtouren. Seiner KI zufolge waren alle aufgeladen, aber er konnte ihre Reserven nicht sehen.

Ihr Mana sank um etwa 200, bevor es sich wieder auffüllte, da sie in ihren Kämpfen einige Manasteine verwendet hatten. Nachdem sie ihr Mana wieder aufgefüllt hatten, schaltete er sein Konzept aus und konzentrierte sich voll und ganz auf die Verfolgung des sich zurückziehenden Teams.

Zu seiner Überraschung stürmten sie nicht plötzlich herein. Sie stiegen ab und gingen durch zwei separate Flugverbotsfelder, dann einen weiteren Kilometer in das Gebiet des Königinnentums, bevor sie wieder in das vom Königreich kontrollierte Land einbogen. Dort durchquerte Matts Gruppe einige weitere Flugverbotszonen in der Nähe einer kleinen Festung. Schließlich fanden sie den Hügel, auf dem sich Annie befand.

Trotz ihrer sorgfältigen Beobachtung sahen sie keinen Eingang, aber sie schickten eine Nachricht mit niedriger Priorität an Annie, die antwortete, dass sie sich darum kümmerte.

Zwei Minuten später tauchte sie aus einer grasbewachsenen Luke auf und winkte ihnen zu, herunterzukommen.

„Es sind schon alle erledigt. Außer den wenigen, die sich zurückgezogen haben, waren nur drei Leute drinnen. Es war einfach, sie einen nach dem anderen auszuschalten. Sie haben mich nicht einmal gesehen."

„Oh."

Matt war unglaublich enttäuscht. Sie hatten sich so viel Mühe gegeben, aber es war nicht einmal ein guter Kampf dabei herausgekommen.

Aster steckte ihren Kopf aus dem Rucksack und spiegelte Matts Meinung wider. „Kein Kampf? Kein Spaß."

Sie warf Annie einen Blick zu, die mit den Schultern zuckte. „Tut mir leid. Das war einfach. Außerdem bezweifle ich, dass dies die einzige Einsatzzentrale ist. Es ist einfach zu klein. Ich bin sicher, es gibt noch andere."

Emily sagte: „Vielleicht können wir dafür Punkte bekommen, aber das war eine kolossale Zeitverschwendung." Leise brummte sie: „Es wird eine Woche oder länger dauern, bis die Farbe ausgewaschen ist."

Matt stimmte ihm zu. Es fühlte sich beschissen an, dass sie so viele Vorbereitungen für nichts getroffen hatten.

Gemeinsam gingen sie zu der kleinen Festung und informierten den Anführer, dass es vor seiner Nase ein Banditenlager gab.

Er sah grün aus angesichts der Entdeckung, und keiner von ihnen machte sich die Mühe, ihn zu trösten. Der Mann hatte mindestens eine Standpauke zu halten, schlimmstenfalls wurde er entlassen. Seine beste und einzige Verteidigung war, dass es sich um ein hügeliges Gebiet handelte, aber ein feindliches Lager, das nicht einmal einen halben Kilometer von seiner Festung entfernt war, war unentschuldbar.

Sie waren auf halbem Weg zurück in die Stadt, als Aster anfing, heftig zu schnüffeln.

„Feuer? Feuer!"

Auf ihre Nachricht hin flogen sie höher, bis sie die Krümmung des Planeten sehen konnten. In dieser Höhe konnten sie erkennen, wie die mittleren und großen Festungen, die zum kreisförmigen Schutz um die Stadt gehörten, belagert, umgangen und in Brand gesetzt wurden.

Von ihrem Aussichtspunkt aus sahen sie auch die Masse an Menschen, die sich zu Fuß durch die Flugverbotszonen bewegten.

Es war eine vollständige Invasion.

Sie brauchten nicht zu sprechen und stürmten vorwärts zur Stadtgrenze, wo sie auf die Flugabwehrformation trafen. Sie stiegen sofort ab und sprinteten zum Eingang. Sie waren nicht die Einzigen. Es wurde eine Nachricht an alle in der Umgebung geschickt, sich entweder in die Stadt zurückzuziehen, bevor sie umzingelt wurden, oder sich in eine der großen oder mittleren Festungen zurückzuziehen.

Laut dem Pfadgänger-Netzwerk strömte bereits Verstärkung aus der neutralen Stadt herbei. Ein dringender Aufruf erging an alle, die unterwegs waren, sich zu einem Teleporter zu begeben und sich in diese Stadt zu begeben, bevor das Königinnentum die räumlichen Sperren einrichten konnte.

Sobald diese Formationen auftauchten, wurden alle Teleportationen eingestellt und der Raum innerhalb der Stadt wurde abgeriegelt. Danach wären die Verteidiger auf sich allein gestellt.

Die sechs rannten die Treppe zu den fünfzehn Meter hohen Mauern hinauf und spähten über die Zinnen hinaus. Gemeinsam standen sie da und beobachteten, wie die große Festung in ihrer Sichtweite einfach umzingelt und überwunden wurde. In einer Viertelstunde war das Haupttor umstellt und eine dünne Mauer aus Menschen umgab die Stadt. Am anderen Eingang der Stadt, den Matt von seinem Aussichtspunkt aus sehen konnte, waren sie sogar noch zahlreicher.

In der Stadt gab es vier Eingänge in jeder Himmelsrichtung, und die Truppen des Königinnentums schienen sich schnell zu bewegen, um sie alle zu blockieren. Kleine Teams rückten aus, um alle Teams des Königreichs zu verfolgen, die sich zu nahe heran wagten.

Mit einem deutlichen Rumpeln schlug die Tür unter ihren Füßen zu.

„Tja, verdammt. Das war beschissenes Timing." Annie spuckte über den Rand der Festung.

„Was?" Matt sah sie an und sagte: „Das ist großartiges Timing. Wer weiß, ob wir es noch geschafft hätten, wenn wir den Start verpasst hätten. Dafür werden wir einen Haufen Punkte erhalten."

Annie sah nicht überzeugt aus. „Das bezweifle ich. Es gibt Tausende Leute, und wir müssen sie alle übertreffen. Dafür kriegen wir etwa zwanzig Punkte."

Ihre Schwester klopfte ihr auf die Schulter. „Komm schon. Wir sind viel besser als das. Matt und ich können wahrscheinlich die ganze Stadt allein halten. Ein Kinderspiel."

Er war mit dieser Aussage nicht ganz einverstanden, aber bevor er etwas erwidern konnte, begann Conor, sich aus seiner Rüstung zu befreien. Matt und alle anderen, die mitbekamen, was er tat, folgten ihm.

Keiner von ihnen wollte einen wichtigen Kampf mit einer anderen Ausrüstung als seiner eigenen bestreiten. Matt war schneller als alle anderen, außer Annie, die ebenfalls eine leichte Rüstung trug. Also ging er auf Conor zu und half ihm mit seiner Vollplattenrüstung. Als sie fertig waren, waren auch die anderen bereit und die sechs packten ihre geliehene Ausrüstung in ihre Raumbeutel.

Sie blickten über die Mauern hinaus und sahen zu, wie am Rande der Königinnentum-Formationen ein Tribock aufgebaut wurde. Ein Teil nach dem anderen wurde aus den räumlichen Lagerbehältern geholt und schnell zusammengebaut.

In weniger als zwei Minuten erschuf ein Erdmagier einen Felsbrocken und platzierte ihn in der Schleuder. Die Rakete wurde sofort auf die Stadtmauer geschleudert.

Der erste Schuss war viel zu kurz, also kalibrierten sie die Belagerungsmaschine und schossen einen zweiten ab. Es sah so aus, als würde er sie rechts verfehlen, aber als er nur noch wenige Meter von der Mauer entfernt war, prallte er gegen eine unsichtbare Barriere. Der Schutzschild der Stadt flackerte kurz auf. Als der Felsbrocken zerbrach und fiel, löste er sich schnell wieder auf.

Alle auf der Mauer zuckten zurück und duckten sich instinktiv. Ein Magier wirkte einen [Feuerball] auf die Angreifer, aber sie waren weit außerhalb der Reichweite eines einzelnen Tier 8-Zaubers. Er flog nur dreißig Meter weit, bevor das Mana, das ihn aufrecht erhielt, schwächer wurde und er wie eine Kerze im Wind verpuffte.

Sie erreichte nicht einmal ein Viertel der Entfernung zu den feindlichen Truppen.

Als die Angreifer ihre Reichweite gefunden hatten, verstellten sie das Gegengewicht leicht und schleuderten einen brennenden Steinbrocken gegen die Mauer. Anders als beim letzten Mal schlug dieser Stein oben an der Mauer ein. Oder er hätte es getan, wenn die Abschirmung den Angriff nicht blockiert hätte.

Trotzdem musste Matt zusammenzucken. Irgendwann würde ihnen das Mana ausgehen. Es sei denn, Matt würde die Stadt aufgeladen halten ... Er schüttelte den Gedanken ab; er wollte nicht mehr als sein Konzept verraten.

Eine Balliste neben ihnen feuerte, aber der große Bolzen reichte nicht einmal bis zur Hälfte der Reihe von Triböcken, die gerade zusammengebaut wurden.

Einen Moment nach dem Aufprall erhielten sie eine Nachricht von Juni. „Ihr seid hier? Gut. Übernehmt die Kontrolle über die Pfadgänger. Bitte. Organisiert sie in

QRFs und macht sie bereit, die Mauern zu verstärken oder Wandkletterer abzuwehren."

Liz begann, Befehle zu erteilen und die schnellen Eingreiftruppen aufzustellen. Matt fragte: „Wie ist die Lage? Und mit wie viel Verstärkung können wir rechnen?"

„Das hängt davon ab, wie viele wir durchschieben können, bevor die Anti-Teleportations-Formation aufgestellt wird. Ich bezweifle, dass ihr einen Zauber habt, der so weit reicht, aber wenn ihr seht, dass sie sie aufstellen, versucht, sie zu durchbrechen."

„Was ist mit dem Fürsten?"

Vor Junis Antwort gab es eine Pause. „Er wird eine Eingreiftruppe auf dem Landweg zusammenstellen und die Angreifer von hinten attackieren."

Matt hätte fast gesagt, dass der Mann ein Feigling war, da er auch während des Golem-Kampfes in der Nachhut geblieben war. Aber dieses Mal war es anders. Wenn der Fürst starb, würden sie zwei Wochen lang keinen Befehlshaber mehr haben. Und was noch schlimmer wäre: Wenn er starb, konnten sie in dieser Zeit auch keine Punkte ausgeben. Eine Streitmacht von außen, die den Feind unter Druck setzen konnte, war keine schlechte Idee, wenn er darüber nachdachte.

Das hinterließ einen bitteren Geschmack in Matts Mund. Aber es gab ihm alles, was er wissen musste, um seine KI mit Informationen zu füttern.

Nach zwei Minuten und fast 10.000 Mana hatte er eine Antwort. Zumindest für einige ihrer Probleme.

Er rief Juni zurück. „Hol mir eine Manakanone."

„Was?"

Als er merkte, dass er gar nichts erklärt hatte, holte Matt aus. „Wenn ich eine der Belagerungskanonen habe, kann ich die Runen ein wenig verändern und die Reichweite erhöhen." Er überlegte, ob er es ganz erklären sollte, entschied sich dann aber doch für die Wahrheit. „Aber Vorsicht: Die Lebensdauer der Kanone wird dadurch erheblich verkürzt und ihre Stabilität ist nach ein paar Schüssen im Eimer."

Juni antwortete ihm nach einem beunruhigend langen Schweigen. „Von wie vielen Schüssen reden wir?"

Matt wiederholte seine Modifikationssimulationen und gab eine vorsichtige Schätzung ab. „Fünf, wenn wir Pech haben. Bei zehn würde ich sehr vorsichtig sein, sie abzufeuern. Danach werden sie zu Bomben, wenn sie mit Mana durchströmt werden."

„Ich schicke dir zwei von ihnen. Mach dir keine Sorgen um die Belagerungsausrüstung. Die Schilde können eine Weile halten. Du musst die Formationssäulen ausschalten, die aufgestellt werden, um den realen Raum abzuriegeln. Je kleiner ihr Umfang ist, desto geringer sind die Mana-Kosten. Wenn du sie größtenteils aufstellen lässt und dann abbrichst, können wir sie zwingen, alles wieder auszugraben und umzusiedeln. Das verschafft uns mehr Zeit. Je mehr Zeit wir haben, desto mehr Verstärkung können wir einschleusen und desto besser sind unsere Chancen, uns zu verteidigen."

Es gab eine Pause und er dachte, Juni sei fertig, aber der Mann fügte hinzu: „Bitte verschwende die Kanonen nicht. Sie sind verdammt teuer. Aber wenn du sie eine Weile hinhalten kannst, wird es sich lohnen.“

Matt konnte keinen Fehler in dieser Argumentation finden und meldete sich vom Kommandokanal ab.

Keine fünf Minuten später rannten zwei Leute mit einer Holzkiste auf Matt zu, die sie auf Stangen trugen.

Ihren schwitzenden Gesichtern und zitternden Muskeln nach zu urteilen, hatten sie eine ziemliche Last zu tragen. Nachdem Matt sich zu erkennen gegeben hatte, huschten sie davon. Er öffnete die Kiste und stellte fest, dass sie räumlich ausgedehnt war. Darin befanden sich eine einzelne Manakanone und ihr zerlegter Ständer, die in Stroh eingebettet waren.

Matt musste [Magier-Rückzug] aktivieren, um das schwere Metallrohr allein aus der Kiste zu heben. Als Conor sah, wie er sich abmühte, half er ihm schnell. Vorsichtig setzten sie es ab und bauten den Ständer zusammen. Als alles zusammengebaut war, untersuchte er sorgfältig die Runen auf der Waffe.

Zumindest versuchte er es. Sie war viel, viel komplizierter als alles andere, was er je gesehen hatte. Diese Tier 6-Kanone konnte auf keinen Fall von jemandem unter Tier 15 hergestellt worden sein. Matt wusste ohne Zweifel, dass nicht einmal Kelley so kleine oder verschachtelte Runen herstellen konnte.

Die Runen waren wie verdrehte Seilstränge von der Größe eines menschlichen Haares und zogen sich kreuz und quer über die gesamte Länge des Rohrs. Erschwerend kam hinzu, dass auch auf der Rückseite der Kanone, wo die Mana-Umwandlung stattfand, verdeckende Runen angebracht waren. Zum Glück brauchte er diese Runen nicht zu beeinflussen.

Sein Ziel war der Kanonenlauf.

Normalerweise bündelte das Rohr einfach das Mana für den jeweiligen Zauberspruch. Der Antrieb erfolgte an der Basis der Kanone, wo der Spruch erzeugt wurde. Er musste und wollte nicht riskieren, die Runen zu verändern. Was er vorhatte, war, den Zauber über die gesamte Länge der Kanone wirken zu lassen.

Diese Strategie war nicht neu, wurde aber selten angewandt, da sie die Mana-Kosten um das Zehnfache erhöhte *und* die Lebensdauer einer Kanone verkürzte. Sie konnte nicht mehr Tausende Schüsse aushalten, sondern nur noch ein paar Dutzend. Das war ein Paradebeispiel dafür, was man mit empfindlichen Geräten *nicht* tun sollte.

Matt war nur bereit, das zu tun, weil der Feind außerhalb der Reichweite von Kanonen und Ballisten war. Die Tier 6-Triböcke hatten eine größere Reichweite als ihre Verteidigungsausrüstung, aber das war ja auch zu erwarten. Ihre Wirksamkeit beschränkte sich im Wesentlichen auf Mauern und das Einschlagen von Mauern. Gegen kleine und mobile Ziele waren sie meist nutzlos.

Mit der Hilfe seiner KI ritzte Matt Runen in die freien Stellen zwischen den Runengeflechten, die die Waffe säumten. Er war sich recht sicher, dass er nichts vermasselt hatte, aber seine ungeschickte Arbeit war viel schlechter, als sie hätte sein können. Jede seiner Runen war in den Zwischenraum zwischen den Formationslinien gezwängt, und mehr als eine war übergelaufen. Wenn es sich bei der Veränderung nicht um eine einfache, einzelne Ermächtigungsrune gehandelt hätte, wäre er niemals in der Lage gewesen, sie zum Funktionieren zu bringen.

Die Ermächtigungsrune würde dem Angriffszauber auf seinem Weg durch den Lauf einfach mehr Mana hinzufügen. Theoretisch sollte das die Reichweite erhöhen, da der Zauber weiter wandern könnte, bevor er sich auflöste. Während er schnitzte, stellte er fest, dass er nur die Tier 5-Version der Kraftrune kannte. Das machte alles nur noch schlimmer, denn die Tier 5-Rune passte nicht zum Rest der Runen und des Materials.

Ein zweites Team brachte die zweite Kanone hoch, aber er nahm nur die Modifikationen vor und verstaute sie dann wieder in ihrer Kiste. Er würde der Einzige sein, der dieses Ding abfeuern konnte, und das nicht nur wegen der Mana-Kosten. Das konnte man mit mehr Manasteinen ausgleichen.

Er machte sich viel mehr Sorgen um die Wahrscheinlichkeit, dass die Kanone explodieren könnte, und die [Gecrackte Phantomrüstung] hatte eine ziemlich gute Chance, dem schlimmsten Fall zu widerstehen.

Eine halbe Stunde später sahen Matt und seine Gruppe zu, wie die erste Säule hochgezogen wurde. Es war eine vier Meter hohe Metallkonstruktion, die in den Boden versenkt wurde. Es gab ein leichtes Glühen, als sie aufgerichtet wurde, und es fühlte sich an, als würde die Luft dünner werden. Es kam ihm fast so vor, als würde sich die Luft seinen Bewegungen widersetzen.

Mit jedem weiteren Stützpfeiler wurde der Druck erhöht, da sie den realen Raum einschlossen.

Matt beobachtete, wie die Anzeige des Teleporters anzeigte, dass die Mana-Kosten für jede Teleportation stiegen. Als es so weit war, dass die Teleportation instabil wurde, lud er die Kanone auf und machte sie feuerbereit.

Es dauerte fast dreieinhalb Minuten und 15.000 Mana, aber die Kanone saugte alles auf und begann zu glühen. Als sich das Glühen im Lauf ausbreitete, zuckte er zusammen.

Es sollte nicht so viel Mana verschwendet werden, um das Metall so glühen zu lassen.

Nachdem er die Kanone bereits in die Richtung des Stützpfeilers gerichtet hatte, auf die sie zielten, versorgte Matt seine KI mit Mana. Er konnte sich auf keinen Fall trauen, auf ein Ziel zu schießen, das er kaum sehen konnte, schon gar nicht mit einer so instabilen Waffe. Er war nicht Tara; er hatte kein Talent für diese Dinge.

Er nahm winzige Korrekturen an der Zielvorrichtung der Kanone vor, während seine KI alles in seinem geistigen Sinn registrierte. Lufttemperatur, Luftdichte, Windgeschwindigkeit und -richtung an der Spitze der Stadtmauer. Winkel und Höhe, die Rotation des Planeten und ihr Breitengrad wurden im Laufe einer Minute berechnet.

Matt nahm die Korrekturen vor, die seine KI anzeigte, und wartete dann, bis die Bedingungen stimmten.

Liz rief ihm zu, als er wie erstarrt schien und seine Hand über der Feuerrune schwebte. „Alles in Ordnung?“

„Ich warte nur auf den perfekten Moment.“

Als der Wind nachließ, blinkte seine KI grün auf, sobald die Parameter übereinstimmten, und er schickte Mana in die Feuerfunktion.

Ein [Mana-Bolzen] von der Größe eines Pferdes raste in einem sanften Bogen aus der Kanone und in den Sockel des Weltraumsicherungsturm.

Es schien fast sanft zu sein, als die hellblaue Masse aus Mana von den Mauern der Stadt ausströmte.

Dieses Bild hielt sich nur bis zur Landung.

Die Explosion des überladenen [Mana-Bolzens] war so gewaltig, dass sie das nahe gelegene Wäldchen wegpustete, als der Aufprall die gespeicherte Energie freisetzte.

Ich hoffe, die Armee war auf diesen Fall vorbereitet.

Matt hoffte das inständig, denn im Explosionsradius war kein einziger Grashalm mehr übrig. Die Bäume, die überlebt hatten, sahen aus, als hätte ein Riese einen Wutanfall bekommen und auf ihnen herumgetrampelt. Ihre zerbrochenen und zersplitterten Stämme lagen wahllos auf einem Haufen.

Emily, die am nächsten bei ihm stand, pfiff. „Bei den Eiern der Aufsteiger, Matt. Scheiße! So eine will ich auch.“

Als er die Kanone hochhob und sich mit Conor zum nächsten Ort bewegte, grunzte Matt: „Hol dir deinen eigenen [gecrackten Mana-Bolzen], um ein paar tausend Mana zu speichern.“

„Du bist aber ein Monster. Wenn ich genug Zeit hätte, den Skill zu modifizieren, könnte ich es für die Hälfte der Kosten machen. Oder ich benutze sie für die siebte oder achte Kombination. Ohhh, das ist eine gute Idee. Ich wette, ich könnte eine größere Explosion verursachen als du, wenn ich meinen Streak hoch genug bekomme.“

Annie trennte die Truppen, die die Mauern um sie herum bewachten, und schuf so einen freien Weg für sie, durch den sie schlurfen konnten. Dank ihr kamen sie zügig zum nächsten Ort. Liz folgte Aster und half ihr, die andere Kanone mit einer Mischung aus Eis und Blut zu bewegen, um das Gewicht anzuheben und sie weiterzuschieben.

Als sie ihre zweite Position erreichten, zog Conor die Balliste aus ihrer Position, sehr zum Missfallen der Besatzung, die sie bediente. Aber als sie sahen, wie Matt die Kanone aufstellte, beruhigten sie sich und traten beiseite.

Nachdem er den Schuss berechnet und die Manakanone geladen hatte, zerstörte Matt den zweiten Stützpfeiler. Sie wiederholten den Vorgang noch dreimal und verfehlten nur einmal, bevor Matt dank seiner schlampigen Arbeit die Kanonen auswechseln musste. Das war genug Zeit für die Königin, ihre Strukturen zurückzuziehen und die Formationen weiter draußen aufzustellen.

Matt wusste nicht, was jeder dieser massiven Stützpfeiler kostete, aber er bezweifelte, dass sie billig waren. Vielleicht war es das bessere Opfer, eine Kanone für vier ihrer Formationen zu opfern.

Doch sie unterschätzten die Menge an Mana, mit der Matt die Kanonen auflud, und er konnte das Kunststück ein zweites Mal wiederholen, als sie gerade damit fertig waren, die Formation weiter weg wieder aufzustellen. Diesmal zog die Königin mit ihren raumverschließenden Stützpfeilern deutlich schneller auf und ab, und er konnte nur zwei Stützpfeiler treffen, bevor sie wirklich außer Reichweite waren.

Nun rückten sie fast sechzig Meter weiter zurück. Sein letzter Schuss mit der Kanone wurde auf einen zu langsamen Tribock abgefeuert, und selbst dieser war am äußersten Rand seiner Reichweite. Die Verteidiger um sie herum jubelten, als sie sahen, wie die Verstrebung der hölzernen Belagerungsmaschine und schließlich das ganze Ding zerbrach. Sie waren diejenigen, die zusahen, wie ein Stein nach dem anderen nur wenige Meter von ihnen entfernt zerschlagen wurde.

Er erhielt eine Nachricht von Juni, die sich fast jubelnd anhörte. „Fantastische Arbeit. Wenn wir von den Toten auferstanden sind, erinnere mich daran, dass ich dir die größte Party schmeiße, die ich planen kann."

„Wow, wow. Du erwartest, dass wir sterben?"

Juni war deutlich weniger glücklich, als er sagte: „Das war nicht beabsichtigt, aber es sind mehr als eine Million Truppen auf dem Weg, um diese Stadt einzunehmen. Ich weiß nicht, ob wir durchhalten können, aber wir haben nicht vor, aufzugeben oder einfach zu verschwinden. Es ist nicht unsere Aufgabe, nach dem Warum zu fragen, sondern zu handeln und zu sterben."

„Hör auf, Albertson zu zitieren, Juni ... Juni?"

Die rechte Hand des Fürsten hatte das Gespräch bereits beendet.

Matt knurrte die umstehenden Belagerer an. Er hatte nicht vor, schnell, einfach oder überhaupt unterzugehen.

Kapitel 17

Matt und seine Gruppe standen zusammen auf der Mauer beim Haupttor und sahen zu, wie die Dutzend Triböcke der Königin Felsbrocken auf die Schilde schleuderten.

Sie waren jetzt schon einen ganzen Tag damit beschäftigt.

Mit den Belagerungsmaschinen, die jeden Eingang stürmten, wollte das Königinnentum die Schildreserven zerstören, und das war äußerst effektiv. Bei den ersten Angriffen ging es eher darum, die Verteidiger zu erschrecken. Danach schlug die Artillerie die Mauern vorsichtig mit normalen Steinen ein und machte sich nicht mehr die Mühe, sie in Brand zu setzen.

Sie beobachteten das feindliche Kommandozelt mit dem Fernrohr, das sie mit ihren KIs verbunden hatten. Währenddessen führte Juni die Verhandlungen mit den Belagerern von der Spitze der Zinnen aus.

Die Verhandlung verlief so schlecht, wie Matt erwartet hatte. Der gegnerische General forderte die sofortige Kapitulation seiner Stadt und der gesamten Verteidigungsstreitkräfte. Juni konterte mit dem ebenso absurden Angebot, alle Standardtruppen unversehrt und ohne Risiko der Gefangenschaft gehen zu lassen, wenn die Befehlshaber der Königin kapitulierten.

Keine der beiden Seiten erwartete, dass die andere sich ergab, aber anscheinend gehörten unnötige Wettbewerbe zur Verteidigung einer Stadt dazu.

Es war bezeichnend, dass keine der beiden Seiten ihre Belagerungsvorbereitungen verlangsamt hatte. Die Angreifer bauten Belagerungstürme auf, als wären sie Kinderspielzeug. In der Zwischenzeit legten die Erdmagier glatte Bahnen für die Türme an, auf denen sie vorrücken konnten. Die Magier wagten sich so nah wie möglich an die Mauer heran, ohne dass die Verteidiger auf sie schießen konnten.

Die Miniaturstraßen waren ein beunruhigendes Zeugnis dafür, wie weit das Königinnentum bei der Einnahme der Stadt gehen würde. Es war auch ein deutlicher Hinweis darauf, dass sie nicht vorhatten, die Stadt einfach mit ihrer Artillerie in Schutt und Asche zu legen. Nein, Prinzessin Sara hatte vor, die Stadt unversehrt einzunehmen. Schließlich würden sie für alle Reparaturen aufkommen müssen, wenn sie die Stadt erst einmal unter ihrer Kontrolle hatten.

Matt blickte über die Mauer zurück in die riesige Stadt. Die Straßen waren voll mit Kämpfern. Die meisten von ihnen waren uniformierte Soldaten des Königreichs, aber es gab auch kleinere Gruppen von Kämpfern in seltsam gefärbten, unpassenden Rüstungen. Das waren die schnellen Eingreiftruppen, die Liz befehligte und die hauptsächlich aus Pfadgängern bestanden.

Er hatte mit seiner KI bereits Simulationen für die meisten Möglichkeiten durchgeführt. Um die Stadt erfolgreich zu verteidigen, mussten sie das Spiel nahezu perfekt spielen. Seine Schätzung von einer Million Truppen des Königinnentums war nicht abwegig. Um ihre Stadt herum gab es achthunderttausend Kämpfer des Königinnentums, die ihre Lager aufschlugen und ihre eigenen Befestigungen ausbauten.

Bis jetzt.

Zu seiner Überraschung hatte der Fürst getan, was er versprochen hatte. Es gab Gruppen von Kämpfern des Königreichs, die die Angreifer bedrängten und Chaos stifteten. Sie hatten zwar keine handfesten Zahlen, aber das Königinnentum hatte eine beachtliche Streitmacht aufgestellt, um die Guerillatruppen des Königreichs auszuschalten.

Es war der Fürst selbst, der einen Angriff tief in die Umzingelung des Königinnentums führte, wo das von ihm persönlich geführte Team zwei der Formationssäulen niederriss, die die Teleporter der Stadt blockierten. Mit ihrer Hilfe war es den Verteidigern der Stadt gelungen, sich zu verstärken, sodass sie nun insgesamt fast fünfhunderttausend Kämpfer zählten.

Achthunderttausend Angreifer gegen fünfhunderttausend Verteidiger war kein unmöglicher Kampf für ihre Seite. Es würde allerdings eine Herausforderung sein. Konventionellen Weisheiten zufolge war ein Verhältnis von drei zu eins das Minimum, mit dem eine angreifende Streitmacht bei der Belagerung einer Stadt dieser Größe auskommen sollte. Deshalb war die Zeit, die sie mit den Kanonen gewonnen hatten, so wichtig. Das Königreich könnte nun in der Lage sein, sich gegen diese Belagerung zu verteidigen, wenn es ihnen gelang, sie durchzuführen.

Das Problem war die Zeit. Die ging ihnen langsam aus. Laut Juni waren die Mana-Reserven der Stadt fast aufgebraucht, und die Angreifer wussten das ganz genau. Die Tribock-Befeuerung verlangsamte sich im Vergleich zu dem sintflutartigen Regen, die es vorher gewesen war, auf ein paar Felsbrocken.

Zehn Minuten später geschah schließlich das Unvermeidliche.

Ein fliegender Felsbrocken schlug ungehindert in die Stadtmauern ein. Der *nutzlose* Fürst hatte viel für die Stadtreserven ausgegeben, aber das alles erwies sich letztendlich als wirkungslos. Als Matt sich umsah, wünschte er sich, dass sein Anführer noch mehr Punkte in die Stadtbefestigung investiert hätte. Die Verteidigungsanlagen waren zwar angemessen ausgestattet, aber eindeutig nicht ausreichend.

Die angreifende Armee brüllte vor Freude, als sie sah, dass die Schilde endlich ausgeschaltet waren. In der Kommandozentrale der Verteidiger hingegen wurde die Stimmung merklich düsterer.

Ein stoischer Juni drehte sich zu allen um und sagte: „Es geht also los. Ihr habt alle eure Befehle. Diese Bastarde der Königin werden uns schnell angreifen, also geht auf eure Positionen. Wir wissen nicht, ob der erste Angriff eine Sondierung oder ein gezielter Angriff sein wird. Zeigt keine Schwäche."

Damit drehte er sich auf den Fersen um, kletterte auf die höchste Ebene der Befestigungsanlagen um das Haupttor der Stadt und begann, eine aufmunternde Rede an die unten versammelten Truppen des Königreichs zu halten.

Team Eimer drehte sich zur Seite und rannte die freie Hälfte der Mauer entlang, um ihre Positionen einzunehmen. Ihr Team war dem östlichen Stadttor zugeteilt worden, zusammen mit einer Gruppe von Pfadgängern.

Als sie sich der großen Festung am Tor näherten, schluckte Matt. Es war ein erschütterndes Bild, all die Gesichter zu sehen, die sich ihnen gemeinsam zuwandten und sie fixierten. Einige hatten einen Ausdruck von Gier und Hoffnung, aber sie waren in der Minderheit. Die überwiegende Mehrheit der Gesichter hatte einen Ausdruck voller Angst und Unsicherheit. Das waren Gefühle, die Matt nur zu gut kannte. Er bemühte sich, das zu verbergen.

Dies war kein Rift oder ein einzelner Kampf. Dies war eine Belagerung gegen fast eine Million Feinde, und sie waren ein kleiner, aber wichtiger Teil der Verteidigung.

Matt wurde von hinten mit dem gefürchteten „Finger des Verderbens" angestupst und drehte sich zu Liz um. Sie flüsterte ihm zu, er solle mit seinen Truppen sprechen. Er war immer noch der Meinung, dass sie diejenige sein sollte, die sprach, da sie die ernannte Anführerin war. Aber sie drehte die Logik um, indem sie ihn darauf hinwies, dass er ihr Befehlshaber und Stratege im Kampf sei.

Ihm fiel kein gutes Gegenargument ein.

Als er Juni nachahmte, indem er die Befestigungen hinaufkletterte, war sein Verstand leer und seine vielen vorbereiteten Reden flogen ihm aus dem Kopf. Sein Mund begann sich von selbst zu bewegen.

„Wir sind nicht hier, weil wir ein Interesse an diesem Krieg haben." Seine Kehle krampfte sich zusammen, aber er schluckte hart und zwang sich, weiterzusprechen. „Egal, welcher Krieg. Was kümmert es uns, wenn sich zwei Vasallenstaaten um einen Tier 20-Planeten streiten? Wir sind auf dem Pfad; das hier ist für uns irrelevant."

Matt hatte keine Ahnung, worauf er hinauswollte, und bemühte sich, das Thema auf etwas Sinnvolles zu lenken. Er konnte es in den Gesichtern unter ihm sehen. Die Leute zweifelten schon allein wegen dieser wenigen Worte an seiner Kompetenz.

„Das ist doch Blödsinn! Das ist für uns nicht irrelevant. Wir gehen auf dem Pfad des Aufstiegs, und dieser ganze Minikrieg wurde für uns inszeniert. Für uns! Nicht für die Vasallenkönigreiche. Was hat ein Tier 50 davon, wenn wir in einem kleinen Sandkasten Krieg spielen dürfen?"

Die Leute schauten interessiert, also beschloss er, etwas zu sagen, das er von Liz' Brüdern und verschiedenen neuen Übertragungen gelernt hatte.

„Der Krieg kommt ins Reich. Wir sind Teil desselben Pfades, der bereits ein Monster unter den Menschen hervorgebracht hat. Duke Waters. Und ein zweites Paar ist nur ein paar Jahrzehnte davon entfernt, dieses Kunststück zu wiederholen. Ich bin sicher, ihr habt alle von den Spekulationen gehört. Sobald wir zwei Aufsteigerpaare haben, werden die anderen Mächte das Imperium wegen seines Erfolgs ins Visier nehmen. Jeder von euch könnte der Dritte sein, und jetzt lässt uns der Kaiser einen Teil dessen, was kommen wird, in einer sicheren Umgebung erleben, bevor es allzu real wird."

Matt hielt inne und schaute sich bei seinen Kämpfern um. Er überlegte krampfhaft, wie weit er mit seinen nächsten Aussagen gehen wollte.

„Wie viele von euch sind schon gestorben?"

Er hob eine Hand und sah zu, wie andere die Hand hoben, einige mit Selbstvertrauen, andere mit Scham.

„Wir sind gestorben. Und ich bin froh darüber. Wenn dies ein echter Krieg wäre, dann wäre das das Ende. Das Ende. Kein Zurück mehr. Dies ist eine Gelegenheit, aus unseren Fehlern zu lernen. Hinterhalte, die einen stärkeren Feind ausschalten, können dir genauso leicht passieren wie dem Feind. Ich habe gerade einen Tier 7 niedergestochen, der dachte, ich sei ein Magier. Er war tot, bevor er wusste, dass er mit voller Kraft kämpfen kann."

Matt zuckte innerlich zusammen. Er schwafelte.

„Lasst das nicht an euch selbst aus. Nehmt es als das, was es ist – eine Lernerfahrung. *Der erste Krieg eines Babys*. Versucht nicht zu sterben, aber wenn ihr es tut, lernt aus euren Fehlern. Sorgt dafür, dass die andere Seite ebenfalls aus ihren Fehlern lernt."

Er streckte einen Arm aus und deutete auf die gegnerische Armee, die sich in endlos langen Reihen aufstellte.

„Das ist unsere Chance, gegen echte Menschen zu kämpfen und zu lernen. Wenn die Schlacht weitergeht, befolgt eure Befehle so gut ihr könnt. Und versucht, etwas zu lernen. Das nächste Mal, wenn wir das tun, könnte es echt sein."

Er hüpfte hinunter und aktivierte die [Gecrackte Phantomrüstung]. Er wollte das Zittern verbergen, das ihn überkam, als er merkte, wie furchtbar die Rede gewesen war.

Dann bemerkte er, dass seine vorbereiteten Reden in seiner KI waren. Er wollte sich selbst ohrfeigen. Er hätte einfach von seinem HUD ablesen können und alles wäre gut gewesen.

Liz rieb ihm den Rücken. „Das war gut. Die Leute sind motivierter und ein Großteil der Angst ist weg."

„Das war furchtbar. Ich habe alle meine Reden vergessen und sogar, dass ich von meiner KI ablesen kann. Dann habe ich angefangen, diesen Mist auszuspucken."

Annie stieß ihn mit der Schulter an. „So schlimm war es nicht. Wirklich nicht. Es war in Ordnung. Sieh es doch mal so: Wenn der Kampf erst einmal losgeht, wird sich niemand mehr an deine Worte erinnern."

Conor zuckte mit den Schultern. „Ich habe schon Besseres gehört. Vielleicht auch Schlimmeres. Aber wen interessiert das schon."

Das half tatsächlich.

Liz trat dem großen Mann gegen das gepanzerte Schienbein und starrte ihn an.

Er wiederholte sein Achselzucken. „Ich nenne es, wie es ist. Matt will nicht, dass wir lügen."

Matt richtete seine Aufmerksamkeit auf die Truppen des Königinnentums und beobachtete, wie die quadratischen Formationen mit erhobenen Schilden vorwärts marschierten.

Die Belagerungstürme rumpelten zwischen den einzelnen Formationen im gleichen Tempo weiter. Ihm entgingen auch nicht die Leitern und geknoteten Seile, die einige der Lakaien in der Hand hielten.

Als sich die feindliche Vorhut dem Dreiviertelpunkt näherte, rief Matt über die Kommandokanäle: „Katapulte mit Anti-Personen-Munition, zielt auf die Truppen! Die Manakanonen und Ballisten werden die Belagerungstürme zerstören! Wartet auf mein Kommando!"

Seine KI nahm alles auf und bekam Informationen von der KI der Stadt übermittelt. Eine Minute später ging seine Nachricht an die entsprechenden Teams in den Voice Chats. „Kanonen und Ballisten, Feuer!"

Er wechselte den Kanal und bellte: „Langstreckenschützen, schaltet die Erdmagier aus, wenn ihr könnt."

Wenn sie diese verdammten Erdmagier aufhalten konnten, würde der weiche Boden zumindest die massiven Belagerungstürme verlangsamen.

„Katapulte, Feuer!"

Als er beobachtete, wie die verschiedenen Zaubersprüche und weltlichen Munitionsarten verschossen wurden, spürte Matt einen Machtrausch. Das war nicht die Macht eines Einzelnen, sondern die Macht von Dutzenden koordinierter Angriffe gegen einen ebenso koordinierten Feind. Die Macht einer Armee. Es war ein ganz neue Art von Rausch, wie er ihn noch nie zuvor erlebt hatte.

Gerade als der Ansturm seinen Höhepunkt erreichte, brach er schon wieder zusammen. Er stellte fest, dass sie trotz aller Vorbereitungen zahlenmäßig und waffentechnisch unterlegen waren. Selbst als ein Dutzend faustgroße Kugellager in die Königinnentum-Formationen einschlugen, wurden nur ein paar Handvoll Leute herausteleportiert, und ihre Plätze wurden schnell mit Verstärkung aufgefüllt.

Ihre mächtigsten Waffen waren immer noch nur so, als würden sie Kieselsteine in einen Teich werfen.

Einer der Belagerungstürme blieb plötzlich stehen. Matt schaute nach und bemerkte, dass der Boden vor ihm aufhörte, sich in glatten Stein zu verwandeln. Der Erdmagier war verschwunden. Ein Turm von fünf war ein guter Anfang.

Die Angreifer erreichten bald die Hälfte der Strecke, und er gab den nächsten Befehl. „Bogenschützen, schießt auf die markierten Stellen!"

Einen Atemzug später verdunkelte sich der Himmel, als Tausende Pfeile fast gleichzeitig abgefeuert wurden. Sie flogen in einem Bogen nach oben und dann nach unten und schlugen in die erhobenen Schilde der vorrückenden Formationen ein. Die nächste Salve war etwas unregelmäßiger, aber in den feindlichen Formationen taten sich Lücken auf.

„Magier, wenn ihr in Schussweite seid, schießt. Priorisiert die Ziele, die ihr mit euren Skills am besten treffen könnt."

[Erdspieße] und [Wasserspeere] schlugen auf die Belagerungstürme zu Matts Rechten ein. Ein Sperrfeuer aus [Feuerbällen] tat das Gleiche zu seiner Linken. Sie prasselten gegen die großen, verstärkten Belagerungstürme und hatten wenig Wirkung, aber behinderten den Vormarsch der Angreifer.

Hinter der ersten Reihe der Infanterie spannte ein Kontingent Bogenschützen ihre Bögen. Matt brüllte auf den offenen Kanälen: „Bereitet euch auf Gegenfeuer vor!"

Die Verteidiger begannen, sich unter der Brüstung zu ducken, aber Matt blieb standhaft. Auf diese Entfernung gab es keine Chance, dass ein Angriff seine Rüstung durchdringen konnte.

Die Schilde seiner Jäger wurden nur wenige Sekunden, bevor die Bogenschützen das Feuer eröffneten, hochgefahren.

Nachdem er gesehen hatte, wie ihre eigenen Pfeile über seinen Kopf flogen und den Himmel verdunkelten, dachte Matt, dass er auf eine ähnliche Salve vorbereitet war. Er lag völlig falsch.

Als der Sturm von Pfeilen auf ihn zuhielt, kämpfte er gegen den Instinkt an, sich zu ducken und in Deckung zu gehen. Vor ihm war eine Welle aus glitzerndem Stahl, die auf ein Ufer aus Fleisch und Schrecken niederprasselte.

Die Geschosse landeten mit einem heftigen Luftstoß. Ein halbes Dutzend von ihnen prallte mit klirrenden Geräuschen von seiner blassblauen Rüstung ab, aber das war nicht alles, was sie trafen. Kurz danach begannen die Schreie. Einige dauerten nur wenige Augenblicke, aber andere hielten an. Die meisten Wunden waren nicht so schwer, dass sie aus dem Kampf gezogen werden mussten.

Seine KI bestätigte ihm, dass es seinem Team gut ging, und er schob die Verletzungsberichte beiseite, nachdem er einen Blick auf die Zahl der Verwundeten geworfen hatte. Die Zahlen waren nicht schön, aber besser als er befürchtet hatte.

„Heiler, fangt an, die am wenigsten Verwundeten wieder auf die Beine zu bringen."

Als er sah, dass sich die Formationen vom Gehen zum Joggen bewegten, rief er: „Anti-Personen-Trupps, ihre Formationen rücken vor. Haltet sie auf!"

Es sah nicht so aus, als ob das Königinnentum einen Sondierungsangriff durchführen wollte. Mit so vielen Ressourcen im Spiel wollten sie offensichtlich versuchen, auf der Mauer Fuß zu fassen.

Pfeile und Zaubersprüche flackerten hin und her, während Matt Befehle rief, die er von seiner KI erhielt. Die meisten waren nur das, was offensichtlich war. Es war wie bei einem Spiel. Man kontert, was der Feind zu tun versucht, und behindert ihn dabei so gut wie möglich. Es gab schließlich nur eine bestimmte Anzahl von Befehlen, die gegeben werden konnten. Der Rest der Befehle diente lediglich dazu, Probleme zu kontern oder präventiv auszuschalten.

Der erste der drei verbliebenen Belagerungstürme knallte mit einem Rumpeln gegen die fünfzehn Meter hohen Mauern. Der zweite und fünfte Turm steckten im Schlamm fest und brannten. Er wusste nicht, wann das passiert war, aber es war eine gute Nachricht.

„Macht euch bereit, Angreifer abzuwehren! Lasst euch durch die Türme nicht von den Leitern und Seilen ablenken."

Sein Kommando fühlte sich überflüssig an, aber es war besser, sicherzustellen, dass wirklich alle auf derselben Seite standen.

Riesige Türen öffneten sich nach unten und bildeten Rampen zum oberen Ende der Mauer, wo Dutzende Angreifer herausströmten.

Die erste Welle bestand hauptsächlich aus Tier 7-Nahkämpfern in schwerer Rüstung.

Matt mischte sich zum ersten Mal selbst in den Kampf ein.

Mit seinem Stab in der Hand steckte er seine vollen 80 Mana in den ersten Wurf von [Hagel] und ließ eine Eislawine vor dem Eingangstor losbrechen. Sein Stab verstärkte nicht nur einen einzigen Skill. Er befähigte alle Skills, die einen Initialzauber kosteten.

Der Rammbock, der gerade hochgefahren wurde, konnte plötzlich nicht mehr vorrücken. Vor dem Tor regnete ein immer größer werdender Haufen Eis herab und versperrte den Weg.

Der Eisberg erreichte die Spitze der Tür und wurde Dutzende von Metern dick. Matt schaltete den Skill aus und begann, [Feuerbälle] auf die Eindringlinge zu feuern. Er zielte auf die mit Leitern und Enterhaken.

Die Leute schrien und Angriffe prallten an seiner Rüstung ab, als er sich über die Brüstung lehnte, um einen besseren Blickwinkel auf die Soldaten der Königin zu bekommen.

Sie merkten schnell, dass ihre Angriffe gegen ihn wirkungslos waren und dass er diejenigen, die versuchten, die Mauern zu erklimmen, in Flammen setzte. Die Gegner konzentrierten ihre Anstrengungen schnell auf andere Bereiche.

Matt nahm sich einen Moment Zeit und schaute zu den drei Belagerungstürmen hinüber, welche die Mauern erreicht hatten. Sein Team kämpfte gegen den mittleren bis zum Stillstand. Conor stand am Fuße der Rampe, während die purpurne Farbe von [Dämonenzone] um ihn herumwirbelte und jeden in ihren Bann zog, der dumm genug war, einen Fuß auf seine grausige Tanzfläche zu setzen. Hinter ihm trugen die

Magier des Teams noch mehr zum Chaos bei, indem sie eine Symphonie von Zaubersprüchen zu einem Chor von Schreien spielten.

Ja, der Turm war gut.

Matt schaute nach links und rechts zu den übrigen Türmen.

Der dritte war größtenteils eingedämmt, aber der erste Turm fasste an der Mauer Fuß. Er war klein und wuchs, aber er durfte auf keinen Fall weiterwachsen. Um das zu wissen, brauchte er seine KI nicht in grellen roten Buchstaben anzuschreien.

„QRF-Alpha, geht zur Unterstützung gegen den linken Turm."

Er warf eine Reihe von [Feuerbällen] auf den Strom von Menschen, die aus dem Turm rannten. Nachdem er drei von ihnen verschwinden sah, überprüfte er seine Umgebung erneut.

Aus irgendeinem Grund hatte das Rammbockteam den abgedeckten Rammbock an den Rand seines Eisfeldes gebracht. Sie schienen zu versuchen, sich einen Weg nach vorne zu graben.

Achselzuckend warf er ein zweites Mal [Hagel] und begrub alles und jeden unter einem weiteren frostigen Berg.

Er musste aufpassen, dass er das Eis nicht zu hoch anhäufte. Wenn ein Eismagier da draußen war, hatte er Munition für ihn erschaffen oder Material für eine Rampe bereitgestellt. Trotzdem war es effektiv und es wert, den Rammbock daran zu hindern, das Haupttor zu erreichen.

Eine halbe Sekunde später traf Matt ein [Feuerball], schnell gefolgt von einem Pfeil. Er schoss mit einem halben Dutzend [Feuerbälle] zurück und sah zu, wie sich ein Teil der Bogenschützenabteilung in Luft auflöste.

Sein Kopf drehte sich, aber er hatte keine Ahnung, wo der lästige Magier war, der ihn getroffen hatte.

Bevor er weiter suchen konnte, schickte ihm seine KI eine Warnung, die ein kurzer Blick von ihm bestätigte. Ein paar fähige Schwertkämpfer aus dem dritten Turm überwältigten diesen Abschnitt der Mauer. Matt sprang von seinem Aussichtspunkt herunter und rannte hinüber, während er das QRF-Beta-Team aufforderte, sich an seinem Standort zu versammeln.

Er steckte seinen Stab in seinen Raumrucksack, nahm sein Schwert in die Hand und stürzte sich auf die beiden Schwertkämpfer, deren Klingen nun in einem Blutrot schimmerten.

Beide waren Tier 7 und bereit für seinen Angriff. Er begegnete ihren blitzenden Waffen mit seinem eigenen schimmernden Langschwert und nutzte dessen größere Reichweite, um die Hälfte des Mauerwegs abzudecken. Er blockte zwei Angriffe ab, bevor er einen Treffer gegen seine Rüstung einstecken musste.

Es erhöhte seinen Manaverbrauch fast auf das Maximum, das sein Rüstungs-Skill verkraften konnte, nämlich 45 MPS. So konnte er den Angriff getrost wegstecken.

Da er das wusste, begann Matt, sich etwas rücksichtsloser zu bewegen.

Er wich einem üblen Hieb aus, machte einen halben Schritt nach rechts und ließ seine Klinge unter der Deckung des rechten Angreifers hervorschnellen. Der

Schwertkämpfer drehte sich, um zu blocken, aber als ihre Waffen aufeinandertrafen, setzte Matt das in seiner Klinge gespeicherte Mana frei. Eine [Mana-Ladung] explodierte beim Aufprall und ließ den rauchenden und verkohlten Angreifer nach hinten stolpern.

Bevor Matt nachsetzen konnte, schlug der Partner seines Gegners bereits zurück. Er versetzte Matt einen vernichtenden Treffer in die linke Seite. Der Angriff durchschlug die [Gecrackte Phantomrüstung] und grub sich in die darunter liegende Lederrüstung.

Ein weiterer schwerer Treffer kam auf ihn zu, aber Matts Unterpanzer hielt diesmal stand.

„Scheiße! Warum stirbst du nicht?“ Der Angreifer heulte auf, als der dritte Treffer kam, aber Matt bereitete seinen eigenen Gegenangriff vor. Er fing den Angriff mit seinem gepanzerten Unterarm ab und schlug wild auf das Bein des Angreifers ein.

Er schnitt zwar nicht durch die Rüstung, aber sie wurde nach innen eingedrückt, und er spürte, wie die Knochen knirschten, als der Mann umkippte. Matt drehte sich schnell um, verlagerte sein Gewicht auf sein linkes Bein und verankerte es mit seinem Konzept am Boden. Er hob sein rechtes Bein an, um mit seinem ganzen Gewicht aufzutreten, und [Magier-Rückzug] verstärkte den Angriff.

Sein mit Skills besetzter Stiefel knirschte auf dem Steinweg, als der verbliebene Schwertkämpfer weggeschleudert wurde.

Mit ein paar Hieben machte er sich daran, die angreifenden Soldaten des Königinnentums niederzumähen, die hinter dem Elite-Schwertkämpferduo marschierten. Seine Verstärkung von QRF-Beta traf bald ein und überholte seine Position. Sie stürmten vor und nahmen das Gebiet in Besitz, um den regulären Truppen des Königreichs Zeit zu verschaffen, auf die Mauer zu stürmen.

Als er zu seinem Aussichtspunkt am Tor zurückkehrte, inspizierte Matt das Schlachtfeld, bevor er seine Befehle änderte.

„Team Eimer, hört auf, auf den dritten Turm vorzurücken. Betretet den Turm nicht.“

Sein Team war so weit vorgedrungen, dass er befürchtete, sie würden sich schon bald in den Turm begeben, was eine denkbar schlechte Idee war.

Sie zogen sich etwas zurück und Matt überprüfte den Rest des Schlachtfelds. „Holt die langen Stöcke, um die Leitern abzustoßen. Räumt sie nicht nur von den Männern weg. Schmeißt sie um, wenn ihr könnt. Wenn ihr sie zerbrechen oder verbrennen könnt, umso besser.“

„Hört auf, ihre Enterhaken zurückzuschleudern. Sie können das durchtrennte Seil einfach ersetzen. Werft sie auf unsere Seite der Mauer, nachdem ihr das Seil abgeschnitten habt. Zwingt sie, neue zu kaufen.“

Dann verschaffte er sich einen Überblick über seinen eigenen Zustand. Seine KI meldete klaffende Wunden in seiner Rüstung und in seinem Fleisch; oberflächliche Wunden, die er mit [Ausdauer], die er einen Moment lang auf Hochtouren laufen ließ, schnell beheben konnte. Mehr Sorgen bereitete ihm der unerwartete Schaden, den die Waffen der Schwertkämpfer an seiner Rüstung angerichtet hatten. Ihre Angriffe hatten einen Effekt, der die Rüstung sowohl körperlich als auch geistig zersetzt hatte. Die betroffenen Teile der Rüstung waren jetzt nur noch Fetzen. Also zog er die zerstörten Teile von seinen Armen ab, ließ jedoch den Brustpanzer an Ort und Stelle, da er nur auf der linken Seite beschädigt war.

Seine linke Armschiene war zerfetzt. Das war sehr ärgerlich, aber er konnte gerade nichts dagegen tun, also versuchte er, sich nicht weiter damit zu beschäftigen. Wenigstens hatte er noch die rechte Armschiene.

Der Angriff dauerte eine ganze Stunde. Matt musste seinen Kommandoposten noch zwei weitere Male verlassen, um persönlich einzugreifen und Durchbrüche zu verhindern.

Als er zum dritten Mal eingriff, benutzte Matt fünf aufeinanderfolgende [Mana-Ladungen], um die Rampe des Belagerungsturms zu durchbrechen. Ohne die Möglichkeit, nach unten zu marschieren, waren die Angreifer gezwungen, zu springen. Nur wenige testeten die Aussicht, bevor sie beschlossen, den zerstörten Turm zurückzuziehen und die beiden anderen zu verstärken.

Matt wünschte sich sehnlichst, er hätte sie daran hindern können, den Turm für Reparaturen zurückzuziehen, aber er hatte keine Möglichkeit dazu. Die Verteidiger taten ihr Bestes, um den Turm mit Zaubern und Manakanonen weiter zu beschädigen und den Handwerkern der Königin mehr Arbeit zu verschaffen. Als der Turm sich aus ihrer Reichweite zurückzog, rauchte er bereits und die beiden obersten Stockwerke stürzten ein.

Der letzte Ausgang des zerbrochenen Belagerungsturms schien auch ein Zeichen für einen größeren Rückzug zu sein. Die Truppen der Königin begannen sich zurückzuziehen.

„An alle: Feuer! Lasst sie sich nicht ungeschoren zurückziehen. Bombardiert sie mit allem, was ihr noch habt."

Die meisten der sich zurückziehenden Formationen waren zerstreut und unorganisiert im Vergleich zu ihrem ersten Vorstoß. Einige zogen sich jedoch nahezu unversehrt zurück, erhoben ihre Schilde und erwiderten das Feuer in perfekter Koordination.

Matt atmete schwer und sah sich von seinem Ausguck aus um. Der obere Teil der Mauer war mit Blut und Ruß bedeckt, aber es gab nicht so viele Verwundete, wie er erwartet hatte.

„Heiler! Bringt die Verwundeten zu den Heilern!" Matt sah sich um und fügte dann hinzu: „Lasst die zweite Schicht der Teams einrücken. Sobald die ersten Teams hier oben sind, gehen sie runter, essen etwas und regenerieren sich."

Matt ging zu seinem Team hinüber und klopfte Conor auf die Schulter, bevor er Liz und seine keuchende Gefährtin in eine Umarmung zog.

„Wie war's?"

Liz schnaufte zwischen zwei Schlucken aus ihrer Feldflasche, aber sie keuchte:

„Gut. Wir haben mit minimaler Hilfe durchgehalten. Nur ein paar Kratzer von verirrten Pfeilen. Wir sind okay."

Matt überprüfte ihre Manawerte und aktivierte sein Konzept. Während er ihnen bei der Nachbesprechung zuhörte und besprach, was sie beim nächsten Mal besser machen könnten, erteilte er Befehle und wies die neuen Truppen auf ihre Positionen an.

Sie hatten sich unter der Mauer in Sicherheit gebracht und konnten nichts sehen, aber sie konnten die Angriffe und das Abwehren der Grenzen hören. Die großen Augen jedes Einzelnen, der die oberste Stufe überwand und das Gemetzel sah, waren fast schon amüsant. Wenn Matt nicht damit zu kämpfen gehabt hätte, nicht auf seinen Hintern zu fallen und ohnmächtig zu werden, hätte er es vielleicht sogar lustig gefunden.

Als er merkte, wie müde er war, kanalisierte er [Ausdauer] und ließ den Skill seine Müdigkeit wegspülen.

Er hatte kaum fünf Minuten Zeit, bis die Berichte eintrafen, und Matt überprüfte die Opferzahlen. Die Verteidiger hatten in seinem Abschnitt etwa vierhundert Menschen verloren, während die Angreifer schätzungsweise zweieinhalbtausend verloren hatten. Das war ein gutes Verhältnis, aber die Schlacht hatte trotzdem ihren Tribut gefordert. Sie mussten zudem berücksichtigen, dass die Stadt von vornherein in der Unterzahl war und keine weitere Verstärkung bekommen würde.

Sobald sein Team mit Mana versorgt war und die Reservesteine aufgefüllt waren, ging er zum Zelt der Heiler, das in der Nähe ihrer Position aufgebaut war.

Eine gehetzte Frau mit einer Heiler-Armbinde sah zu ihm auf und sagte: „Wir haben keine Zeit für herumlaufende Verwundete. Gibt es innere Verletzungen?"

Matt schüttelte seine Hand. „Ich bin nicht deswegen hier. Hol mir die Heiler in der Auszeit."

„Wir haben nicht ..."

Matt hatte nicht die Geduld, es ihr zu erklären, also wirkte er sein Konzept. Als sich ihre Augen verständnisvoll weiteten, fuhr er fort: „Ich kann die Reichweite nicht kontrollieren, aber je mehr Leute da sind, desto weniger bekommt jeder einzelne. Ich möchte also die Heiler bevorzugen."

Die Frau sah aus, als wolle sie ihn küssen und zog ihn eifrig in einen Raum, der wie ein Aufwachraum nur für die Heiler aussah. Sie alle lagen herum und drückten sich Kühlakkus auf den Kopf. Am Eingang blickten die meisten ängstlich auf, als erwarteten sie schreckliche Nachrichten.

Bevor jemand fragen konnte, jubelte sie beinahe: „Steht auf! Der Typ kann unser Mana wieder auffüllen!" Der plötzliche Lärm ließ die verbrauchten Heiler gleichzeitig zusammenzucken.

Das war kein gutes Zeichen. Sie mussten wiederholt komplett ausgelaugt sein, um so starke Manakopfschmerzen zu haben.

Matt bemerkte die Regale mit den persönlichen Manasteinen, wo eine blasse

Krankenschwester regelmäßige Manasteine in die Ladestation zu legen schien. Die Steine wurden schnell geleert und neue ersetzten sie.

„Dafür brauche ich Nähe. Je weiter weg jemand ist und je mehr Leute dabei sind, desto weniger effektiv wird mein Konzept. Es ist bereits größtenteils intern, also muss ich jedes bisschen Effektivität herausholen, um euch zu helfen."

Matt versuchte, die Effizienz seines Konzepts so gut wie möglich zu betonen, bevor er es für die erste zusammengekauerte Gruppe auslöste. Eine Welle des erleichterten Stöhnens war zu hören. Sobald ein Heiler spürte, dass sein Mana-Pool sein Maximum erreicht hatte, löste er sich aus dem Kreis, um Platz für einen neuen Heiler zu machen.

Eine halbe Stunde später war das gesamte Heilpersonal wieder auf den Beinen. Matt ging zu dem Regal mit den Heilerkristallen. Er legte eine Hand in die Schale und schüttete Mana aus. Es musste noch von seinem persönlichen Mana in unverdächtiges Mana umgewandelt werden, bevor es in das Regal mit den persönlichen Manasteinen der Heiler aufgenommen werden konnte. Also spendete er in den nächsten zehn Minuten 10.000 Mana. Er hätte es in etwas mehr als zwei Minuten schaffen können, aber er zog den Prozess absichtlich in die Länge und taumelte dramatisch aus dem Zelt, als ob ihn die Tortur erschöpft hätte.

Er wollte helfen, aber er wollte gleichzeitig das wahre Ausmaß seiner Skills noch verbergen. Außerdem waren die 10.000 Mana schon weit mehr, als ein durchschnittlicher Mensch hätte spenden können.

Es war auch keine komplette Lüge. Er war todmüde vom Laufen, und seine Willenskraft war gering. Er musste nicht vortäuschen, wie anstrengend dieser Teil für ihn war.

Er wandte sich an die Magiergruppen und bot ihnen an, ihnen zu helfen, ihr Mana in einer weiteren halben Stunde wiederzuerlangen.

In der Zwischenzeit kehrte er zu seinem Aussichtspunkt auf der Mauer zurück, um die feindlichen Truppen zu beobachten, während sie sich neu formierten und mit der Reparatur ihrer Belagerungsausrüstung begannen.

Mit Blick auf die untergehende Sonne stieß Matt einen langgezogenen Seufzer aus. Das würde eine lange, unruhige Nacht werden.

Das war erst die zweite Belagerung.

* * *

Vier Tage. Sie hielten vier lange Tage mit Bombardierungen aus und schlugen die Angreifer immer wieder von ihren Mauern zurück. Die Vorstöße gingen so sehr ineinander über, dass Matt nicht sicher war, wann einer endete und der nächste begann. Manchmal bekam das Königinnentum einen Fuß in die Tür, aber sie konnten sie immer zurückdrängen. Es kostete nur Leben.

Die Verteidiger waren müde und verwundet.

Die Königin hatte sie zweimal täglich angegriffen, bevor sie in der letzten Nacht, als sich beide Seiten normalerweise beruhigten, einen subtileren Angriff versuchte.

Dieser hatte ebenfalls nicht funktioniert. Heute Morgen waren sie dazu übergegangen, mit ihren Tribböcken endlos gegen die Mauern zu feuern.

Das wäre an sich schon zu schaffen gewesen, aber das Königinnentum hörte damit nicht auf. Während die Teleporter in der Stadt nicht funktionierten, hatte das Königinnentum keine solchen Einschränkungen. Eine weitere Million neue Truppen trafen ein, um die Belagerung zu verstärken.

Ihr Lager sah langsam wie eine eigene Stadt aus, die sich um die Stadt schlängelte, in der Matt und sein Team sich befanden. Die Zelte waren in Reihen um die Stadt herum aufgestellt, die sich bis hinter den Horizont erstreckten. Der kleine Wald in der Nähe war abgeholzt und diente als improvisierte Unterkunft für die vielen Menschen, die um die Stadt herum ankamen.

Der Rest wurde für den Bau weiterer Triböcke verwendet, was die Zahl der Geschosse, die gegen die Mauern prallten, noch einmal erhöhte.

Im Moment versuchten die Erdmagier, dem Schaden entgegenzuwirken, aber das war ein aussichtsloses Unterfangen. Matt zog sein Konzept durch und versuchte, die Magier und Heiler funktionsfähig zu halten und gleichzeitig seinen Teil der Mauer zu kontrollieren.

Schlaf kam nur in Schüben, aber nicht für ihn. Matt verließ sich hauptsächlich auf [Ausdauer], um durchzuhalten. Andere hatten diese Möglichkeit nicht und fanden Schlaf, wann und wo sie konnten. Es waren ein paar hektische Tage gewesen, und jetzt, da die Königin es aufgegeben hatte, die Stadt sauber einzunehmen, wollten sie die Belagerung bald beenden und waren bereit, die nötige Zahl an Soldaten aufzubringen, um das zu erreichen.

Obwohl sie bereits von weit über einer Million Truppen eingekreist waren, erhielten sie Berichte von außerhalb der Stadt, dass das Königinnentum sich darauf vorbereitete, eine weitere Million Kämpfer zu schicken, um sicherzustellen, dass die Belagerung bald durchbrochen wurde. Offenbar hatten sie vor, die Stadt frühzeitig zu isolieren, bevor der Fürst die Verteidigungsanlagen ausreichend verstärken konnte. Dieser Plan war mit der frühzeitigen und unerwarteten Zerstörung so vieler Pylonen durch Matts und Alberts Bemühungen gescheitert. Gerüchten zufolge war Prinzessin Sara wütend über den Misserfolg.

Jetzt war klar, dass sie vorhatte, die Stadt schnell einzunehmen und von dort aus sofort zur Belagerung einer anderen Stadt an einem natürlichen Engpasspunkt tiefer im Königsreichsgebiet überzugehen. Jetzt wurden die zusätzlichen Kräfte des Königreichs, die sie für die nächste Belagerung direkt in die Stadt teleportiert hätten, zu Fuß in ihre Stadt umgeleitet. Matt war stolz auf ihre standhafte Verteidigung, aber als er sah, dass sie von anderthalb Millionen Menschen umringt waren, rückte er die Dinge in eine neue Perspektive.

Das Wissen, dass eine weitere Million frischer Gegner auf sie zu marschieren würde, hinterließ bei allen ein mulmiges Gefühl.

Das würde nicht gut ausgehen.

Ein Felsbrocken knallte auf die Stadtmauer rechts von Matt und er zuckte zusammen. Sie hatten tatsächlich die meisten ihrer Verteidiger von der Mauer entfernt, nachdem ein verirrter Felsbrocken die Spitze der Mauer gestreift und ein paar Dutzend Menschen getötet hatte. Aber die Königin versuchte immer noch, den Schaden an der Stadt zu begrenzen und war besonders vorsichtig, um die teure Infrastruktur im Inneren nicht zu beschädigen.

Die Anführer der Verteidiger waren dankbar dafür, denn sie hatten kaum eine andere Möglichkeit, wenn die Königin beschloss, die Mauern mit Steinen zu beschießen und die Stadt dem Erdboden gleich zu machen. Sie müssten die Triböcke näher heranbringen, damit sie nah genug dran wären, um zurückzuschlagen, aber nirgendwo in der Stadt wären ihre dicht gedrängten Truppen mehr sicher.

Für den Moment waren sie damit einverstanden, dass die Königin ihre Mauern abbaute.

Ein zerzauster Erdmagier rannte keuchend auf Matt zu. „Der tragende Pfeiler ist gebrochen. Wir wissen nicht, wie lange wir ihn noch halten können."

Matt stopfte mit seinem Konzept ein wenig Mana in den Mann und meldete Juni: „Einer unserer Stützpfeiler ist gebrochen."

„Warte? Erst jetzt?"

Der Mann klang erstaunt, also fragte Matt: „Ja. Warum fragst du?"

„Ich dachte nur, du würdest es nicht melden. Alle anderen haben bereits Risse. Bei den meisten mehr als einen."

Matt schüttelte den Kopf. „Nein, ich habe mein Konzept benutzt, um die Erdmagier am Laufen zu halten."

„Verdammt noch mal! Bei den Eiern des Kaisers, Matt, unsere Spekulationen haben ergeben, dass du nicht annähernd so viel Mana ausgeben kannst. Du hättest früher etwas sagen sollen! Verdammt!" Juni holte tief und hörbar Luft. „Das ist unfair von mir. Aber ich werde dir weitere Erdmagier schicken. Tu für sie, was du kannst. Bitte! Auch wenn die Mauern zum Einsturz verurteilt sind, ist es besser, wenn wir es so lange wie möglich hinauszögern."

Matt fühlte sich fast schuldig, aber es war sein Geheimnis, und er hatte ehrlich gesagt erwartet, dass Juni von den verschiedenen Gruppen, die er auf dem Laufenden hielt, davon erfahren hatte. Dass das Königreich nur eine begrenzte Vorstellung von seinen Skills hatte, war nicht überraschend. Zwar hatte er sein Konzept oder sein Talent nicht publik gemacht, aber in den Kampfaufzeichnungen seines Teams gab es deutliche Anomalien, die jeder entdecken konnte.

Eine halbe Stunde später versammelte sich ein Strom erschöpfter Erdmagier um Matt. Sobald sie aufgeladen waren, entfernte sich jeder von ihnen, und ein anderer wechselte an dessen Stelle. Es waren einfach so viele von ihnen. Zu viele. Schließlich musste Matt sie zur Seite schieben und ihnen sagen, dass sie warten sollten, bis seine Essenz wiederhergestellt war.

Er war völlig erschöpft und hatte keine Zeit zum Sitzen und Meditieren. Wie immer hatte er Situationen zu lösen und Befehle zu erteilen. Es hörte nie auf, nicht einmal für einen Moment.

Sie waren gerade dabei, alle Gebäude in der Nähe der wahrscheinlichsten Durchbruchsstellen abzureißen und eine Reihe von befestigten Rückzugspositionen einzurichten. Die Königin würde bald durch die Mauern brechen, und sie mussten darauf vorbereitet sein.

Matt hatte seine Teamkameraden seit zwei Tagen nicht mehr gesehen. Ihre KI-Werte zeigten, dass sie zumindest ohne ernsthafte Verletzungen am Leben waren. Das war nicht genug, er wollte sie sehen und Zeit mit ihnen verbringen, aber es war alles, was er hatte.

Die KI der Stadt schickte ihm eine Anfrage für einen Scan seines Gebiets, den er ausfüllte und dann Anweisungen für seine Bautrupps erhielt. Die KI der Stadt hatte offenbar viele ihrer Kameras während der Bombardierung der Mauern verloren. Warum das Überwachungssystem überhaupt mit den Mauern verbunden war und Informationen durch sie leitete, war Matt ein Rätsel. Es schien ein schrecklicher Konstruktionsfehler zu sein. Aus Erfahrung konnte er bestätigen, dass es so war.

Die Stadt-KI benötigte jetzt persönliche KIs, die sie mit Informationen über die Situation an den Mauern fütterten. Außerdem musste sein Arbeitsteam zwei weitere Häuserreihen räumen und Schuttbarrikaden errichten.

Er markierte die fraglichen Gebäude und gab die Befehle weiter. Er schwor, dass er ihr Stöhnen von oben auf der Mauer hören konnte, aber er war sich ziemlich sicher, dass es nur der Wind war. Er wusste, dass sie wegen der zusätzlichen Arbeit stöhnten, aber er bezweifelte, dass er es von hier oben hören konnte.

Seine KI hat ihn mit einer neuen Idee angefunkt. Er überprüfte sie und gab sie dann an Juni und die Stadt-KI weiter, die die Gesamtstrategie des Verteidigers koordinierten.

Er erhielt die Hälfte der Antwort, die er erwartet hatte.

„Nimm nur die Hälfte der Ballisten und Manakanonen ab. Lass alles andere an den Wänden hängen."

Da er nicht bereit war, die KI der Stadt zu hintergehen, ordnete er an, die Hälfte der Belagerungsausrüstung herunterzuholen und in ihre Ausweichpositionen zu bringen. Er nahm an, dass die KI vorhatte, die zweite Hälfte zurückzurufen, bevor sie sich von der Mauer zurückzogen. Es wäre unsinnig, sie den Angreifern zu überlassen.

Ein Felsbrocken knallte wieder gegen die Wand neben Matt.

Sie mussten den Angriff erst einmal überstehen.

Kapitel 18

Elf Stunden später, als die Sonne aufging, brach die erste Mauer zusammen. Es war der westliche Teil, der direkt gegenüber von Matts Position lag. Das Licht, das von Osten kam, bot ihm einen spektakulären Blick auf die Zerstörung. Die Mauer hatte jetzt einen Abhang, an dem die Trümmer herunterrutschten und eine natürliche Rampe bildeten.

Matt war nicht überrascht. Niemand war das. Sie hatten es in den letzten Stunden erwartet. In den nächsten zwei Stunden fielen die restlichen Mauern eine nach der anderen. Die Erdmagier hatten schon vor einiger Zeit damit aufgehört, sie zu verstärken. Ihnen war befohlen worden, ihr Mana und ihre Energie für den entscheidenden Moment zu sparen. Jetzt bildeten sie aus den Trümmern kleinere Klippen, die die Angreifer langsam erklimmen mussten, anstatt über den einfachen Weg zu marschieren. Während dieses Aufstiegs wären sie leichte Ziele.

Auf ihrer Seite war eine freistehende Treppe vorbereitet worden, die angebracht werden sollte, falls die Verteidiger ausbrechen wollten. Schließlich wollten sie ihren Feinden keine Treppe bauen.

Um Matt herum standen Bogenschützen und Magier dicht aneinander gedrängt. Die Angreifer würden dieses Mal wahrscheinlich keine Belagerungstürme mitbringen, da sie nun einfachere Möglichkeiten hatten. Es gab aber immer einen Spielraum für Überraschungen, also ließen sie die Mauern bemannt. Im besten Fall konnten sie die Angreifer, die durch die Bresche strömten, unter Beschuss nehmen und die Bresche in eine wirksame Todeszone verwandeln.

Wie erwartet, begannen die feindlichen Linien in einer stetigen Prozession vorwärtszustapfen. Für Matt sahen sie wie frische Truppen aus, aber er konnte sich nicht sicher sein. Das Königinnentum hatte eine beträchtliche Verstärkung herbeigeführt.

Eine Formation nach der anderen rückte mit hoch erhobenen Schilden vor. Sie hielten dem Sturm aus Pfeilen, Zaubersprüchen und Belagerungsgeräten stand, den die Verteidiger auf sie niederprasseln ließen.

Matt hoffte, dass er ihnen genug Verluste zufügen konnte, um sie zum Rückzug zu zwingen, aber das war ein vollkommen vergebliches Unterfangen. Das alles war schon einmal passiert. Nur eine Handvoll einzelner Divisionen war jemals gebrochen worden, und auch nur, nachdem sie völlig dezimiert worden waren.

Dieses Mal hatten sie kein Glück.

Die erste Formation wurde von geschickten Erdmagiern begleitet, die Rampen aus den Trümmern formten. Es war ein seltsam befriedigender Anblick. Die ungeordneten Trümmer verschoben sich und formten saubere, präzise Stufen aus dem zerklüfteten Hang. Sie waren ein Tropfen Ordnung in einer Stadt, in der seit Tagen nur Chaos geherrscht hatte.

„Kippt sie um."

Auf seinen Befehl hin wurden die Eimer mit kochendem Pech, die sie mit weltlichen Feuern erhitzt hatten, umgestoßen. Die kochende schwarze Flüssigkeit schwappte in die Öffnung, und die Schreie der Angreifer klang brutal, aber dauerten nur kurz an. Matt sah Menschen, die sich an ihr verbrühtes Fleisch klammerten, und andere, die versuchten, sich die durchnässte Kleidung vom Leib zu reißen, die an ihnen klebte und sie verbrannte.

Matt genoss ihren Schmerz nicht und ließ ihn auch nicht lange auf sich wirken. Zu diesem Zeitpunkt war er zu erschöpft, um noch etwas zu fühlen.

„Feuer!"

Jeder Magier mit einem Feuerzauber, auch er selbst, setzte seine Zauber ein, um die schwarze Flüssigkeit zu entzünden. Was vorher noch kochte, war jetzt ein wütendes Feuer.

Für einen Moment war es, als wäre eine neue Sonne geboren worden. Alle außer Matt zuckten vor dem Blitz und der Hitze zurück. Die Hitze durchdrang seine Rüstung nicht, aber er spürte den Luftzug, der an ihm vorbeirauschte.

Er hoffte, dass die Flammenwand ihnen einen Aufschub verschaffen würde, aber die Angreifer hatten offensichtlich mit etwas Ähnlichem gerechnet. Die Erde unter ihnen rumpelte und die Brände wurden schnell gelöscht, als sich das Gestein verschob und das Pech und die Flammen verschluckte.

Die nächste Welle von Angreifern marschierte die frische Steintreppe hinauf, als ob nichts geschehen wäre.

Matt meldete die erste Rückzugsposition und die dazugehörigen Fernkampfpositionen und Geschwader.

„Bereitet euch auf Feinde vor."

Er wirkte immer noch einen [Feuerball] nach dem anderen, so schnell es sein

Geist zuließ. Er hielt nur inne, um einen Manastein mit 200 Mana aufzuladen, damit er ihn gleich wieder leeren und den Prozess von vorne beginnen konnte.

Ihre Feinde bauten ihre eigene Rampe zum Boden und wagten es nicht, die behelfsmäßigen Klippen noch einmal zu überqueren. Ihre Rampe war steiler als ideal, sodass mehr als ein Angreifer ausrutschte und unter dem Pfeilregen fiel. Er wirkte einen Moment lang [Hagel], aber die Erdmagier errichteten eilig ein Dach, das ihnen Schutz vor dem Ansturm der Angriffe des Königreichs bot.

Mit einem schnellen Check vergewisserte sich Matt, dass seine Nahkämpfer die Außenmauer und die Treppe, die zu ihren Positionen führte, schützten. Gut, das verschaffte ihm etwas Spielraum. Er sprang über die Kante und landete direkt hinter der ersten Rückzugsposition. Die Männer oben sollten die Angreifer davon abhalten können, die Außenmauer zu erklimmen oder die Treppe zu benutzen. Er wollte mitten im Geschehen sein.

Er kam gerade noch rechtzeitig. Die Angreifer rannten mit ohrenbetäubendem Gebrüll vorwärts. Matt schrie zurück.

Beide Seiten prallten mit einer Kakophonie epischen Ausmaßes aufeinander. Die [Gecrackte Phantomrüstung] dämpfte den Lärm auf ein erträgliches Maß, aber mit seinem eigenen Schrei in den Ohren war das schwer zu beurteilen.

Matt beugte sich leicht nach vorne über die kleine Befestigung und schlug auf einen Kopf ein, der ihm entgegenblickte. Sein Ziel verschwand ohne einen Laut. Er schlug einen zweiten und dann einen dritten Königinnentum-Soldaten in schneller Folge nieder.

Ein Verbündeter ein paar Meter neben ihm wurde über die Barrikade gezerrt. Ein Kriegshammer zielte bereits genau dorthin, wo er hinfallen würde.

Ohne nachzudenken, stürzte sich Matt mit [Magier-Rückzug] auf den Hammerschwinger. Er stieß den Mann in den Rücken, während er mit der Axt versuchte, von der Seite in seine Rüstung zu schneiden, was ihn nur noch weiter nach vorne trieb.

Über dem Mann stehend, schwang Matt sein Langschwert in weiten Kreisen, die blaue Manaspuren hinterließen, das seine Waffe auflud. Der Druck der vorrückenden Truppen schob die vorderen Reihen nach vorne, aber Matt blieb standhaft und zerschlug Metall und Fleisch, als wären sie ein und dasselbe.

Als ein Tier 7-Schild die Dreistigkeit besaß, seinen Angriff zu blockieren, ließ er das gespeicherte Mana seines Schwertes mit [Mana-Hieb] los. Der helle Hieb entfaltete sich zu einer Mondsichel, die den Kämpfer und seinen Schild nach hinten in die Menge schleuderte.

Das verschaffte dem gefallenen Königinnentum-Soldaten, über dem er stand, genug Spielraum, um auf die Beine zu klettern, und wieder auf die Festung gezogen zu werden.

Matt bewegte seinen linken Arm nach hinten und wurde von vier ausgestreckten Händen gepackt, die ihn ebenfalls hochzogen.

„Lasst euch nicht hinunterziehen!“

Die Situation hier schien vorerst unter Kontrolle zu sein. Matt nahm sich einen Moment Zeit, um das Schlachtfeld zu überblicken und fand sein Team. Er lief zu Conor in den freien Bereich hinüber, der sich um ihn herum gebildet hatte. Die Verbündeten wussten, dass sie sich nicht freiwillig in das rote Glühen der [Dämonenzone] begeben sollten. Feinde, die das Risiko auf sich nahmen, erhielten ein kostenloses Teleportationsticket ins Krankenhaus, ebenso wie diejenigen, die durch den endlosen Marsch der Königin nach vorne gezwungen wurden.

Gemeinsam beseitigten Matt und Connor die Schwaden von Feinden, die keine andere Wahl hatten, als nach vorne zu rücken. Auch Aster, Annie und Liz sorgten dafür, dass sie die Feinde im Wirkungsbereich des Skills angriffen. Jedes getroffene Ziel hatte die Chance, den reflektierten Angriff des Skills auszulösen und auch alle anderen in der Zone zu treffen. Da sich die Magier außerhalb des Wirkungsbereichs befanden, mussten sie sich keine Sorgen um den Reflexionsschaden machen. Conor ebenfalls nicht.

Es war eine verheerende Kombination, mit der es dem kleinen Team immer wieder gelang, einen Belagerungsturm allein zu bewältigen.

In einem Moment der Klarheit verstand Matt auch, dass er sein Konzept nutzen sollte, und er ließ es um sich herum ausbreiten. Die Feinde, die in Reichweite kamen, waren innerhalb von Sekunden tot, noch bevor sie einen sinnvollen Nutzen daraus ziehen konnten.

Mit dem zusätzlichen Mana schlich sich Aster nach vorne, genau links von der [Dämonenzonen]-Aura. Dort grub sie ihre Pfoten in den Boden und holte mit Winterumarmung aus. Blitzschnell verzweigte sich das Eisdickicht, und das vorderste Dutzend Angreifer wurde zu verworrenen Eisskulpturen. Sie zerbrachen, als die Gefangenen weggezaubert wurden. Der Skill hörte nicht auf zu wachsen. Immer mehr Menschen wurden in Asters eisigen Garten gezwungen, da ihr Wirkungsbereich immer größer wurde.

Die Steine knackten laut unter der Kälte. Matt erkannte, dass Aster das Kälteschutzhalsband benutzte, das er mit verschiedenen Runen verzaubert hatte. Eine für ihr eigenes Eismana und die andere, um es zu verlangsamen. Die Rune, die aus ihrem Mana bestand, erhöhte den Eisschaden jedes Zaubers, den sie durch sie kanalisierte. Jetzt konnte er endlich die Früchte seiner Arbeit sehen, obwohl sie es schon früher getestet hatten.

Winterumarmung war zwar kein konventioneller Skill, aber der zusätzliche Schaden des Halsbandes war dennoch gerechtfertigt.

Als ihre Kameraden sie vorwärts drängten, wurden die vordersten Kämpfer des Königinnentums in einen eisigen, blühenden Dschungel gestoßen, der sie verschlang. Ihr Schicksal war besiegelt, nachdem sie zu nah gekommen waren.

Der Nachteil eines solchen Naturschatzes war, dass er Mana verschlang, als wäre es endlos.

Mit Matt als Gefährten war es das.

Er ging zu ihr hinüber und fuhr mit einer Hand durch ihre stachelige Rüstung. Er verbrauchte zusätzliches Mana, um sein eigenes Mana schneller in ihre persönliche Signatur umzuwandeln, und lud die Manasteine um ihren Hals auf. Gleichzeitig breitete sich Matts Konzept in einem engen Kreis aus, der gerade groß genug war, um nur seine Gefährtin einzuschließen.

Das Mana strömte in Aster und hielt sie auf Trab, wodurch sich die Winterumarmung ausdehnte und sie genug Eindringlinge verschlingen konnte, um sich selbst zu versorgen. Hätten die Retter der Armee die Menschen noch länger drinnen gelassen, hätte sich der Skill nur von ein oder zwei gefangenen Opfern ernähren können. Aster hätte keinen Zugang zu dem Mana gehabt, aber der Skill hätte sich von selbst fortgesetzt.

Mit einem Durchmesser von fast fünfzehn Metern waren genug Truppen in dem winterlichen Rosendschungel gefangen, um ihn mit ein wenig Hilfe von Matt aufrechtzuerhalten. Der Vorstoß der Königin führte nur dazu, dass noch mehr Soldaten zu Asters Opfern wurden. Sie waren so erpicht darauf, durch die Mauer aus dem Engpass herauszukommen, dass sie in eine weitere Zone des Todes stürmten. Und nur die Frontmänner es sehen.

Das Beste daran? Aster war ein niedlicher kleiner Fuchs und damit kleiner als die Böschung, die sie als Brüstung benutzten. Sie war vor Vergeltungsmaßnahmen geschützt.

Nach anderthalb Stunden erbitterten Kampfes ertönte ein Befehl, der Matt sofort innehalten ließ.

Alle Kräfte, Angriff!

Matt dachte, jemand sei verrückt geworden, aber er gab seine Befehle weiter, wie es seine Pflicht war.

„Aufladen!"

Er übernahm die Führung, sprang über die Böschung und schwang sein Schwert in einem Bogen nach unten. Nach einer Sekunde der Verblüffung folgten alle anderen. Sie prallten mit den Angreifern zusammen, wobei jede Seite für einen Moment ins Stocken geriet.

Dann hörte Matt es. Echos, wo es vorher keine gegeben hatte.

Ein Blick nach oben verriet, dass die Stadtschilde wieder aktiv waren.

Der verrückte Juni hatte über die Menge an Mana, die sie hatten, gelogen und etwas gespart. Jetzt nutzte er diese letzte Reserve, um die Invasionstruppen in eine Falle zu locken.

Matt gluckste über die pure Dreistigkeit dieser Aktion.

Die Kämpfer des Königinnentums, die zuvor schwere Verluste erlitten hatten, waren nun auf den Fersen, als Angriffe von der äußeren Mauer und den Bogenschützenpositionen niederprasselten. *Deshalb* wollte die Stadt-KI, dass nur die Hälfte der Artillerie von der Mauer heruntergeholt wurde.

Tod und Zerstörung regneten von allen Seiten herab. Ballisten und Manakanonen rissen Todeslinien in die in Panik geratenen Angreifer, so schnell wie sie nachladen konnten.

Mit wiedergefundenen Kraft schritten die müden Verteidiger des Königreichs durch die Reihen der Gegner. Liz war ein Golem des blutigen Todes und bahnte sich ihren Weg durch die Angreifer wie durch reifen Weizen, der darauf wartete, geerntet zu werden.

Blitze donnerten so stark, dass Matt wusste, dass Emily an seiner Seite sein musste. Als die blendenden Blitze aufflackerten, verschwand ein halbes Dutzend Menschen, während der [Bolzen] sich seinen Weg durch mehrere Körper bahnte. Der Zauber war stark genug, um ganze Schwaden von Gegnern in Windeseile zu durchschlagen und zu vernichten.

Matt und seine Truppen machten sich auf den Weg zur Bresche in der Mauer, um eine freie Stelle zu finden. Zuerst dachte Matt, dass ihre Vergeltung dort endete. Aber dann sah er ihn.

Den wahren Preis.

Matt blickte über die Bresche und entdeckte eine Formation von Tier 7-Eliten, die mit dem Rücken an den Schilden hingen. So wie ihre Ausrüstung aussah, vermutete er, dass sie Tier 8-Waffen und -Rüstungen trugen. Ein Pfeilhagel erwischte Matt und seine Leute unvorbereitet.

Sie standen mit dem Rücken zu einer unsichtbaren, aber stabilen Wand. Matt dachte über seine Möglichkeiten nach. Aber nur einen Moment lang. Jetzt war nicht die Zeit zum Nachdenken, sondern die Zeit, sich für jeden einzelnen Überfall zu revanchieren.

Mit einem Schwung seines Stabs ließ er [Hagel] mit maximaler Kraft wirken. Er begann, auf seine Gegner einzuschlagen, aber sie waren einen Tier höher und nicht so leicht zu besiegen, wie er es sich vorgestellt hatte.

Zu müde, um klar zu denken, griff er nach der einfachsten Möglichkeit und befahl einen Angriff auf die feindliche Stellung.

Als er mit glühendem Schwert und berserkerhaftem Gebrüll nach vorne stürmte, fegte Matt mit [Hagel] durch die Masse der Elitetruppen. Er stürzte mit einem trockenen und dann nassen Knirschen der zerfetzten Rüstung und Knochen eines anderen zu Boden. Sein rücksichtsloser Angriff veranlasste genügend Kämpfer, sich ihm zuzuwenden, sodass seine Verbündeten ohne sofortige Vergeltung angreifen konnten.

Ein Speer durchbohrte Matts Beinpanzer an der Seite. Zum Glück war es nur ein Streifschuss, der von seiner Unterpanzerung halb aufgehalten wurde. Er konnte ausweichen, bevor der Speer mehr als nur ein bisschen Blut vergoss.

Seine eigenen Leute prallten auf die hochgezogenen Schilde der Tier 7-Formation. Es versprach ein hektischer, blutiger Kampf zu werden, bei dem sie sowohl in der Kultivierung als auch in der Ausrüstung unterlegen waren.

Er trat und schlug mit seinem Schwert nach unten, während er in die Metallrüstung schnitt. Sein Schwert war schwer für sein Tier, aber nicht schärfer, sodass die Wunden nicht tödlich waren.

Matt rechnete damit, dass das Handgemenge noch eine Weile andauern würde, denn es war eine Schlägerei auf engem Raum, als plötzlich die Luft weiß wurde.

Eine gewaltige Kälteexplosion verschlang die Gegend, während die Luft selbst zu erstarren schien und das Eis des immer noch fallenden [Hagels] sich zu erheben begann. Die Welt um ihn herum schien sich zu verlangsamen und dann innezuhalten, als ob die Zeit eingefroren worden wäre. Die Kämpfer um Matt herum standen alle still.

Dann, genauso plötzlich, waren sie weg und die Illusion zerbrach.

In der Nähe brach Aster keuchend und zitternd zusammen, neben einem Feld aus Eis, Blut und aufgewühlter Erde, in dessen Mitte Matt stand.

Seine Lungen heulten und er sackte zu Boden. Er fühlte sich kochend heiß, obwohl seine Rüstung die Wärmequellen von außen abschirmte. Er hatte die Hitze erst jetzt bemerkt.

Die Deaktivierung versetzte Matt einen Schock, als die immer noch eiskalte Luft über ihn strömte und ihn aus einem schlechten Traum wachrüttelte. Das war dumm gewesen. Monumental dumm.

Was habe ich mir nur dabei gedacht?

Er hatte Truppen, die die Bresche hielten, und der Feind war an eine Mauer gepresst. Das machte sie zu Fischen in einem Fass für die Manakanonen und Ballisten.

Es gab null gute Gründe für seine rücksichtslose Entscheidung.

Liz beugte sich hinunter, um schnell nach Aster zu sehen, stürmte aber bald zu ihm hinüber. Er erwartete, dass er geschlagen oder geohrfeigt werden würde, und das zu Recht. Aber sie kniete sich einfach hin und tastete ihn nach Verletzungen ab, während sie ihn aufforderte: „Was hast du dir dabei gedacht?"

„Nichts. Tut mir leid, ich habe es verbockt, mich mit [Ausdauer] zu lange am Laufen zu halten und wurde müde. Es waren ein paar lange Tage, und es lässt jedes Mal schneller nach. Ich werde …"

„Warte. Was? Hast du in letzter Zeit nicht geschlafen? Wann hast du zuletzt geschlafen …? Warte, hast du *überhaupt* geschlafen?"

Als Matt den Kopf schüttelte, packte sie ihn und schüttelte ihn. „Du Idiot! Du musst schlafen. Und zwar sofort. Matt, du kannst nicht so lange ohne richtigen Schlaf auskommen." Als sie sah, wie er den Mund aufmachte, schüttelte sie den Kopf. „Nein. Wir anderen haben alle geschlafen, seit das hier angefangen hat. Ich habe dich zwar nicht schlafen sehen, aber angenommen, dass du schläfst, wenn wir es tun. Ich übernehme für die nächsten paar Stunden, während du dich ausruhst. Mit den Schilden wird alles ganz einfach sein."

Matt schüttelte den Kopf. „Ich muss die Erdmagier wieder aufladen."

„Nein, hör auf! Sie ruhen sich jetzt schon fast einen ganzen Tag lang aus. Du musst schlafen. Wir alle brauchen dich ausgeruht. Schnapp dir Aster und such dir eine Koje, in der du schlafen kannst. Sie hat sich schwer übernommen, als sie dich vor diesem verrückten Stunt gerettet hat. Juni hat uns eine Nachricht geschickt, *die du ignoriert hast*. Er wusste bereits über die Tier 7 hier Bescheid, und eine entsprechende

Abteilung unserer eigenen Tier 7-Elite war bereits auf dem Weg, um sich mit ihnen zu befassen. Wir hätten dieses Risiko nicht eingehen müssen."

Matt hatte keine Lust zu streiten, vor allem, nachdem er den Zustand seiner Gefährtin gesehen und ihre besorgten Bitten gehört hatte. Nachdem er Juni mitgeteilt hatte, dass er schlafen gehen würde, und erneut dafür gerügt wurde, dass er nicht geschlafen hatte, fand er ein Feldbett und seine Welt wurde dunkel, bevor er Zeit hatte, sich darauf einzustellen.

Mit Aster in seinen Armen war Matt in Sekundenschnelle eingeschlafen.

* * *

Liz rüttelte ihn nach gefühlt nur wenigen Minuten wach, aber ein Blick auf seine KI zeigte, dass ganze sieben Stunden vergangen waren.

„Was ist los?"

Liz stieß ihn leicht zurück auf die Pritsche, als er versuchte, aufzustehen. „Nichts. Wir haben etwa drei Stunden Zeit, bis die Schilde wirklich fallen, und ich wusste, dass du aufstehen willst. Ich habe dafür gesorgt, dass sich alle ausruhen und ihr Mana wieder aufladen. Die Heiler sind den Verletzten sogar voraus, und wir ..." Sie hielt inne. „Gut, wir sind noch nicht bei hundert Prozent, aber alle sind weitgehend geheilt und bereit für den nächsten Einsatz."

Matt legte die erschöpfte Aster auf die Pritsche und hob sein Schwert auf, das er offenbar auf den Boden hatte fallen lassen, und legte es zurück in seinen Raumring.

„Danke."

Er küsste Liz' verschwitzten, rußbedeckten Kopf.

Er ging nach draußen, um zu sehen, dass das Gebiet um sie herum gesäubert und der Schutt zu den Verteidigungsbermen hinzugefügt wurde.

Er stieg schnell die Treppe hinauf und überblickte die angreifende Armee. Ihre Anzahl war in der Zeit, in der er bewusstlos gewesen war, wieder angestiegen. Während er die Belagerer beobachtete, rief Matt Juni an.

Bevor er etwas sagen konnte, mischte sich Juni ein: „Du bist ein Idiot."

„Wir haben das gestern besprochen. Ja, das bin ich. Nein, ich werde es nicht wieder tun. Aber ich glaube, wir sind sowieso tot, bevor ich wieder schlafen muss. Oh! Wie viele Tier 7 haben wir erwischt? War es das wert?"

Juni schnaubte: „Neun ganze Tier 7-Bataillone mit Tier 8-Gegenständen. Ich wünschte, ich hätte das Gesicht der Prinzessin sehen können, als sie es erfuhr. Nachdem sie gemerkt haben, dass wir sie ausgetrickst haben, hat das Königinnentum die Bombardierung wieder aufgenommen. Offensichtlich ist der Plan, die Stadt unversehrt einzunehmen, passé. Genau wie ihre Eliten."

Die Königin hatte die Hälfte ihrer Triböcke in die Nähe der Stadt gebracht und schlug mit einer rachsüchtigen Intensität auf den Schild ein, die nur dadurch entstehen konnte, dass man sie zur Närrin gehalten hatte.

„Wie lautet unsere Strategie?"

„Wir halten so lange wie möglich durch und lassen sie dafür bluten. Wir wollen die Stellung halten, bis sie die äußeren Mauern eingenommen haben, und dann versuchen, durch eines der Tore zu entkommen. Mit der Hilfe des Fürsten sollten wir in der Lage sein, ihre Linien zu durchbrechen und zu entkommen."

„Glaubst du, sie lassen uns hier einfach so rausgehen?" Matt hielt das für unwahrscheinlich, denn ein Felsbrocken nach dem anderen zerschellte an dem unsichtbaren Schutzschild.

„Nein. Wir müssen uns den Weg freikämpfen. Sind deine Truppen bereit, die Bombardierung zu überstehen?"

Matt spähte über die Innenmauer. „So bereit, wie wir nur sein können. Alle Positionen befinden sich innerhalb des Schutzes der Mauer, aber außerhalb ihres Einsturzbereichs. Werden wir die Mauer dieses Mal halten können?"

„Vielleicht, ja. Aber die Befehle werden sich ändern, wenn wir vorankommen."

Plötzlich erinnerte sich Matt an etwas und fragte: „Was ist mit den restlichen Handwerkern, die noch in der Stadt sind?"

Juni stöhnte auf. „Ich habe die meisten von ihnen eingesammelt, die sich nicht hinaus teleportieren konnten, aber einige weigern sich, ihre Werkstätten zu verlassen, obwohl wir wissen, dass die Königin das Stadtzentrum stürmen wird."

Mit dieser bedrohlichen Bemerkung beendeten sie das Gespräch und warteten, nur das Klopfen von Steinen auf den Schilden leistete ihnen Gesellschaft.

Es war nicht gut, dass nicht alle Handwerker aus der Stadt herausgekommen waren. Sie konnten in den Teleporter eindringen, da dieser eine Austauschfunktion zwischen den Standorten hatte, und versuchten, die Leute hereinzubringen. Außer von den Zivilisten gab es fast keine Nachfrage, die Stadt zu verlassen. Selbst dann weigerten sich einige von ihnen, ohne die großen, teuren Geräte in ihren Werkstätten, die sie nicht rechtzeitig einpacken konnten, zu evakuieren. Der Verlust ihrer Ausrüstung würde viele von ihnen finanziell ruinieren, und wenn sie sie nicht bei sich trugen, würde sie ihnen nach ihrem Tod oder ihrer Gefangennahme nicht „geplündert", sondern zurückgegeben werden. Diejenigen, die ohne Ausrüstung flohen, würden sie auch nicht zurückbekommen, weil sie entweder während der Belagerung zerstört oder als Kriegsbeute eingefordert werden würde.

Es war eine beschissene Situation für alle.

Drei Stunden später segelte der erste Felsbrocken über die Mauer und schlug sich durch einen Häuserblock. Dann begann die Königin, die Brocken in Brand zu setzen, bevor sie sie abfeuerten. Die Teams ignorierten die meisten Brände, es sei denn, sie fraßen sich zu ihren Positionen durch, wo Brigaden und Magier mit den Flammen fertig wurden.

Einer landete nahe genug, dass Matt die Flammen mit [Hagel] ersticken konnte.

Er sah sich die Opferliste des Königreichs an, während er darauf wartete, dass die Angreifer wieder anrückten.

Es sah nicht gut aus. Sie hatten fast die Hälfte ihrer Truppen in den verschiedenen Kämpfen und bei der Abwehr der Belagerung verloren. Immerhin hatten sie schon fast achthunderttausend feindliche Truppen ausgeschaltet. Hätte das Königinnentum keine Verstärkung erhalten, hätten sie die Belagerung gewonnen, aber da draußen warteten noch anderthalb Millionen Soldaten.

Angesichts der neuen Bereitschaft des Feindes, die Stadt dem Erdboden gleichzumachen, hoffte Matt, dass der Fürst eine anständige Abzugstruppe bereithielt, die ihnen helfen würde, die Umzingelung zu durchbrechen.

Sie bräuchten eine große Anzahl, um durchzubrechen und zu vermeiden, dass sie gejagt und getötet wurden.

Fünf lange, quälende Stunden später, als die Sonne ihren Zenit erreichte, setzten sich die Truppen der Königin in Bewegung.

Matt machte seine Männer bereit. „Formiert euch! Der Feind nähert sich. Mal sehen, ob wir die Zahl der Opfer mit dieser Welle auf eine Million erhöhen können."

Die Kämpfer unter seinem Kommando stießen einen lauten, aber wortlosen Schrei aus. Die meisten waren Pfadgänger, aber etwa ein Drittel waren Truppen des Königreichs, die die Lücken ihrer Verluste füllten. Selbst mit dieser Hilfe gab es immer noch dünne Stellen in den Mauern. Matt versuchte, nicht daran zu denken, was passieren würde, wenn sie die Angriffe nicht mehr abwehren konnten.

Ein Schrei ertönte von unten, und Matt schaute nach, und sah eine Frau, die nach oben zeigte. Er folgte ihrem Finger und hätte fast in die Sonne geschaut, aber dann sah er sie.

„Luftangriff! Abwurfschiffe im Anflug!"

Er wiederholte die Nachricht auf allen Kanälen der Kommandoebene. Doch da war es schon zu spät.

Dutzende von riesigen, fliegenden Bataillonen nutzten die Sonne als Deckung und flogen in den Himmel. Sie schwebten mit ihren riesigen, nadelförmigen Paketen, die jeweils von mehr als hundert Menschen mit verschiedenen Fluggeräten getragen wurden, über den Rand der Anti-Flug-Formationen hinaus.

Sie ließen sie los, und fast wie ein einziger Pfeil schossen die siebenundfünfzig Abwurfschiffe auf alles zu, was sich ihnen in den Weg stellte.

Die Abwurfschiffe waren plumpe, kantige Kegel, die nur darauf ausgelegt waren, den Luftwiderstand zu verringern und Drehungen während des Abstiegs zu verhindern. Diejenigen, die Matt in Filmen gesehen hatte, wurden aus einer niedrigen Umlaufbahn abgeworfen und hatten Flossen, um einen normalen Flug zu ermöglichen und die Flugabwehrrunen zu umgehen. Sie verursachten immer verheerende Schäden, wenn sie hinter den feindlichen Linien landeten.

Matt hörte die Befehle für die QRF-Teams, ignorierte sie aber, um seine eigenen zu geben.

„Zweite und fünfte Kompanie. Dreht euch um und bewacht unsere Rückseite. Nur Ausschau halten. Die QRF-Teams sollen sich um die Kämpfer kümmern. Sie werden alle Tier 7 sein, oder zumindest so kämpfen."

Die feindlichen Schiffe schlugen in das leere Stadtzentrum ein, wo nur noch die Trümmer der angreifenden Tribröcke lagen. Sie landeten mit einem erschütternden

Rumpeln, als die schweren Metallschiffe in den Boden einschlugen. Als Matt und seine Truppen ihre Waffen fester in die Hand nahmen, krachten die schweren Stahltüren nach unten und bildeten Rampen, aus denen Teams von einem Dutzend Menschen strömten.

„Annie?“

„Ist es Zeit? Soll ich loslegen?“ Sie klang begierig.

„Hast du noch die Geschenkboxen, die ich für dich gemacht habe?“

„Ja!“

Matt war fast besorgt über den Überschwang in ihrer Stimme. „Dann tu, was du am besten kannst.“

Nachdem er gesehen hatte, dass die Königin nicht versuchte, die halb zerbröckelten Mauern einzunehmen, verlegte er seine Position nach unten und versammelte seine besten Kämpfer aus den QRF-Teams. Sie waren alle Tier 6-Pfadgänger, aber sie kämpften wie Monster. Das mussten sie auch, denn sie wurden eingesetzt, um die schlimmsten Szenarien zu verteidigen und Lücken in den Mauern zu schließen.

„Seid bereit, mit den Luftlandetruppen fertig zu werden. Jede Kapsel scheint ein Dutzend Leute zu enthalten, aber seid auf größere oder kleinere Teams vorbereitet. Ich weiß nicht, ob sie versuchen werden, sich zu versammeln und eine Position anzugreifen, oder ob sie uns überall angreifen werden. Vielleicht beides. Geht nicht unnötig zu Boden und ruft nach Hilfe, wenn ihr angreift. Wir sind in der Überzahl, lasst uns das ausnutzen.“

Die nächste Stunde war hektisch, denn andere Abteilungen der Verteidiger meldeten immer wieder Angriffe. Sie hatten es auf wertvolle Strukturen und Einrichtungen wie die Heilungszelte abgesehen. Die koordinierten Angriffe der Drohnen gaben den anderen Teams Zeit, die gefährdeten Bereiche zu schützen, aber beide Seiten erlitten im Laufe des Tages schwere Verluste. Die ganze Zeit über mussten sie sich gegen den ständigen Angriff der Hauptstreitkräfte des Königinnentums verteidigen.

Trotz des Kampfeslärms direkt vor ihm, fühlte sich Matt unwohl. Es wurde still und er drehte sich nach hinten, um sein Team und die anderen QRF-Teams vorzubereiten. Etwas stimmte nicht. Es fühlte sich an wie die Zeiten in einem Rift, in denen ein Monster in den Schatten herumschlich. Man wusste nie, wann es zuschlagen würde, und das Gefühl zermürbte einen langsam.

Matt riss die Augen auf und achtete auf Bewegungen, ohne sich auf etwas Bestimmtes zu konzentrieren. Sein Arm schoss nach links, und er wirkte einen [Mana-Hieb]. Ein Schrei folgte auf die Explosion. Ein paar Sekunden später erschütterte eine viel größere Explosion den ganzen Hof.

* * *

Annie schlich durch die Schatten, die die Mittagssonne in der trümmerübersäten Stadt warf. Die Straßen waren jetzt mehr vage Andeutungen als klare Wege.

Sie pirschte sich an die Drohnen des Köniġinnentums heran, die versuchten, sie zu überrumpeln. Sie wurden alle vereitelt, indem sie Nachrichten an jede Gruppe von Königreichskämpfern schickte, die sich ihnen zu nähern versuchte.

Es gelang ihnen trotzdem mehr als einmal, einfach weil sie Tier 7 waren und sich so schnell durch die Trümmer bewegen konnten. Aber der größte Schaden wurde abgemildert.

Sie sah, dass sie sich wieder in Bewegung setzten, und rannte um ihren geplanten Weg herum. Zwischen den Angriffen zogen sie sich immer in die zentralen, verlassenen Teile der Stadt zurück.

Sie waren kurz davor, den Standort ihres Teams zu erreichen, und jetzt war es an der Zeit zuzuschlagen.

Der Armeetest hatte ihr viel mehr abverlangt, als sie erwartet hatte. Sie dachte, es würde nur ein praktischer Test sein, bei dem es nur um eine Sache ging. Stattdessen war es eine Reihe von Rätseln, die sie in Echtzeit lösen musste, während sie einen Gegner verfolgte und tötete. Es gab Dutzende Tests mit einer theoretisch unendlichen Anzahl von möglichen Lösungen.

In den ersten Dutzend Szenarien scheiterte sie, aber schließlich passte sie sich an und hatte Erfolg. Am Ende schaffte sie es fast immer, ihr Ziel auszuschalten, ohne entdeckt zu werden. Sie wusste, dass ihr Talent es ihr erleichterte, einige der schattigeren Dinge im Leben zu tun, aber durch das Training lernte sie, dass sie auch dafür ein gutes Händchen hatte.

Schlimmer noch, sie *genoss* es.

Aber das war ein Problem für die zukünftige Annie. Jetzt konnte sie sich daran erfreuen.

Die Tier 7-Gruppe rückte vor, um ihr Team anzugreifen, und sie wartete auf einem eingestürzten Dach.

Sie lud Matts Golem-Armbrust mit einem Spezialbolzen und wartete auf den richtigen Moment. Matt, der kompetente Idiot, griff einen von ihnen an, woraufhin die Angreifer zum Angriff übergingen, sodass sie gehetzt wurde.

Als die Tier 7 in die Nähe ihrer Fallen kamen, zündete sie den Sprengbolzen auf die in den Felsen eingekeilte Bombe. Sie rutschte bereits das Dach hinunter, als die Explosion losging.

In einem weiß-blauen Blitz explodierte eine der Mana-Bomben, die Matt für sie geladen hatte.

Annie nutzte die Schatten, um sich zu verbergen, und wartete, als ein Tier 7 so nah an ihr vorbeirannte, dass sie ihn berühren konnte.

Also tat sie genau das.

Sie packte den Schulterpanzer, zog, sprang und hob sich auf den Rücken des strauchelnden Mannes. Ein schneller Messerstich beendete die Zeit des Mannes, bevor sie beide zu Boden stürzten.

Sie rollte sich ab und setzte zum Sprint an, um die anderen Teams zu finden und zu jagen.

Sie versuchte, das Lächeln aus ihrem Gesicht zu verbergen.

Irgendwie kehrte es immer wieder zurück.

* * *

Matt blickte auf die Explosion und die Erschütterung, die aus einem Bereich hinter ihren Verteidigungslinien kam, und zuckte mit den Schultern, nachdem er zwei Teams befohlen hatte, ihre Rückseite zu bewachen.

Wenn Annie sich darum kümmerte, konnte er sich um andere Dinge kümmern. Sie hatten es mit einem Frontalangriff zu tun. Er bezweifelte, dass dies das letzte Mal war, dass sie diese Strategie an ihnen ausprobieren würden. Also mussten sie für die anderen Teams da draußen umfangreichere Gegenmaßnahmen vorbereiten. Es war ja nicht so, dass das Königinnentum nur eine Drohne mit Jägern geschickt hätte oder dass sie nicht noch mehr schicken würden.

Die Arbeit hörte nie auf.

* * *

Drei Tage später saß Matt in einer Kommandositzung mit dem restlichen Stab zusammen. Ihre Streitkräfte waren von ursprünglich fünfhunderttausend auf siebzigtausend Mann geschrumpft und sie waren alle erschöpft.

Das Königinnentum hatte sie mit ihrer schieren Anzahl niedergeschlagen.

Die Wellen der Feinde ließen nicht nach. Selbst nachdem sie eine weitere Million Opfer zu beklagen hatten, waren sie immer noch zahlen- und waffenmäßig unterlegen.

Zunächst hatten sie sich gut genug verteidigt. Dann versuchte das Königinnentum vier weitere Frontalangriffe, bevor es gestern Abend eine weitere größere Welle von Absetzkapseln schickte. Diese Truppen konzentrierten sich darauf, den Westeingang der Stadt einzunehmen. Durch die kombinierte Taktik und die schwindenden Verteidiger konnten sie die Bresche nicht schließen und die Angreifer begannen, die Stadt einzunehmen. Angesichts der Angriffe von beiden Seiten war Juni gezwungen, sich vollständig auf seine befestigte Stellung zurückzuziehen.

Das war der Punkt, an dem das Königreich nicht nur zahlenmäßig, sondern auch unkontrolliert ausblutete. Im schwindenden Licht und mit einem Schwarm von Tier 7-Killerkommandos, die Amok liefen, gab es wenig, was man tun konnte, um den Rückzug unbeschadet zu überstehen. Die Dropship-Teams hatten aus Annies Hinterhalten gelernt und legten ähnliche Sprengsätze entlang der wahrscheinlichsten Rückzugsrouten der Verteidiger, was die Zahl der Opfer weiter erhöhte.

Also zogen sie sich auf die südlichste Mauer zurück und hielten eine kleine

Befestigung, die von den wenigen überlebenden Handwerkern, die sich Junis Gruppe angeschlossen hatten, eilig errichtet worden war.

Sie hatten das Handtuch geworfen. Die Stadt gehörte jetzt dem Königinnentum, und sie bereiteten sich auf ihre Flucht vor.

Das Königinnentum hatte sie ausbluten lassen und die Einnahme der Stadt zu einem lebendigen Albtraum gemacht, der etwas mehr als zwei Millionen Opfer gefordert hatte. Vier tote feindliche Kämpfer für einen verlorenen eigenen waren kein schlechtes Verhältnis.

Auch wenn der Fürst eine große Truppe zusammenstellte, um die Belagerer zu bekämpfen, suchten sie immer noch nach einer Möglichkeit, durchzubrechen. Dies würde ihre letzte Chance sein. Der Feind wusste, wo sie festsaßen, und hatte die gegenüberliegende Seite des Stadttors enorm verstärkt. Der Versuch, sich durch dieses Tor zurückzuziehen, wäre ein Selbstmordkommando.

Sie saßen in der Falle.

Doch sie hatten eine Idee. Eine, die mehr aus Verzweiflung als aus solider Planung geboren wurde. Sie war nicht annähernd perfekt, aber es war ihre beste Chance.

Juni wandte sich an Matt. „Ist bei dir alles bereit? Ist Annie in Position und die Plattform fertig?“

Sie hatten das schon dreimal besprochen, doch der Mann war extrem besorgt. Dies war ein weiterer riskanter Plan, nachdem die beiden vorherigen gescheitert waren, und es würde der letzte sein. Sie mussten die verbliebenen Kämpfer unbedingt aus der Stadt bringen, denn in den letzten anderthalb Wochen hatten sie eine absurde Menge an Punkten gesammelt. Wenn sie entkamen, würde jeder gestärkt herauskommen und möglicherweise Hunderttausende Punkte ausgeben können.

Das war etwas, das die Königin unbedingt verhindern wollte.

Juni zog die Zeltklappe zurück und sagte, da er nicht viel sehen konnte: „Die Sonne geht gleich auf. Geht alle auf eure Positionen. Ihr kennt eure Aufgaben. Ich gehe an die Front. Folgt meiner Führung und haltet für niemanden an.“

Matt und die anderen überlebenden Anführer traten mit düsteren Gesichtern aus dem Zelt. Ihre Chancen, das hier zu überstehen, waren alles andere als gut.

Matt nickte den Truppen zu, an denen er vorbeikam, und kletterte auf die nächstgelegene Holzplattform, auf der eine Manakanone stand.

Als die Sonne durch die zerbrochenen Steinmauern zu scheinen begann, standen alle auf, ohne dass sie dazu aufgefordert wurden.

Matt begann, die Manakanone aufzuladen. Der größte Teil des Lichts entkam nicht aus der Decke, die dessen Oberfläche bedeckte, aber im Licht der Morgendämmerung leuchtete sie fast unheimlich. Er musste seine Beine ein wenig spreizen, um sich zu stabilisieren, während die Plattform vom Boden abgehoben wurde.

Zehn Männer waren für das Tragen der behelfsmäßigen Waffenplattform verantwortlich, dreißig weitere als Verstärkung. Zweihundert Männer standen in einer

Blockformation um sie herum, um den Feind daran zu hindern, den wichtigsten Aspekt ihres Fluchtplans anzugreifen.

Alle waren unruhig, während die Sekunden verstrichen, aber eine gewaltige Explosion in der Mauer, die die Königin errichtet hatte, um sie einzukesseln, signalisierte ihnen, dass es Zeit war, sich zu bewegen. Mit leisen Schritten rannten sie in die entgegengesetzte Richtung. Schreie und Rufe hallten durch die nahe gelegenen Teile der Stadt, während sie auf die andere Seite gelangten.

Matt richtete seine Kanone aus und feuerte.

Die Mauer vor ihnen verschwand. Die wenigen Soldaten des Königinnentums, die nicht in der Lage und wahrscheinlich auch nicht gewillt waren, ihre Körper vor die verbleibenden Verteidiger des Königreichs zu werfen, ließen ihnen einen freien Weg aus ihrer Umzingelung.

Er griff nach oben, zog das brennende Tuch von der Manakanone und bereitete seinen nächsten Schuss vor. Er hielt die Kanone auf voller Ladung, als sie um eine Ecke bogen und die Straße erreichten, die zum westlichen Tor führte. Sie bogen rechts ab und rannten zum Nordtor, als auch das Westtor explodierte.

Annie hatte die beiden modifizierten Manakanonen in der Nähe jedes Ortes aufgestellt und sie mit ein paar Manasteinen aufgeladen, nachdem Matt sie den größten Teil des Weges dorthin gebracht hatte. Ein ferngesteuertes Gerät, das sie mit noch mehr Mana auflud, wurde zu einem riesigen improvisierten Sprengsatz, der an ablenkenden Orten platziert wurde.

Sie hofften, dass sie, wenn der Fürst die Verteidiger des westlichen Stadttors angreift, das nördlichste Tor einnehmen könnten. Die Idee war, dass die Truppen des Königinnentums, die dort und am Südtor stationiert waren, zur Verstärkung des Westtors verlegt werden würden. Der Angriff des Fürsten würde die Ablenkung sein, die sie für ihre Flucht benötigten.

Es fühlte sich wie Sekunden an, aber es waren eher zwanzig Minuten, als sie durch das halb zerstörte nördliche Torhaus ins Freie stürmten. Sie waren aus der Stadt geflohen, aber noch nicht in Sicherheit.

Die verbleibende Umzingelung war spärlich, aber das war nur relativ zu den Streitkräften des Königreichs, die zuvor mehrere Millionen stark waren. Es gab immer noch eine ganze Reihe von Verteidigern, die sie überwinden mussten.

Matt bahnte sich mit seiner Kanone einen Weg durch die Verteidiger, so gut er konnte. Er richtete seine Schüsse in schneller Folge auf die größten Menschenansammlungen.

Trotzdem wurden sie aufgehalten.

An der Spitze der Formation bahnte sich Juni mit einem scheinbar einfach aussehenden Stock einen Weg durch die Königinnentum-Kämpfer. Einfach war der Stock aber sicher nicht. Er durchschlug die Rüstungen wie nasses Papier, doch es gab keine sichtbaren Markierungen auf ihm.

Als sie sich weiter von der Stadt entfernten und tiefer in den Ring der feindlichen

Truppen eindrangen, verlangsamte sich ihr Tempo noch mehr, von einem Joggen zu einem Schlurfen.

Während er seine Kanone abfeuerte, sah Matt, wie eine vier Meter hohe Welle aus Blut in wirbelnden Mustern über die Truppen schwappte und ihre Männer aus dem Handgemenge befreite. Liz hatte es bei ihren Angriffen nicht gerade auf Subtilität abgesehen.

Dicke Bänder aus Blut peitschten auf jeden ein, der ihrer Blutwelle zu nahe kam. Bogenschützen schossen auf sie, aber nichts schien den Moloch einer Blutmanipulatorin auf dem Schlachtfeld aufhalten zu können. Aster war eindeutig bei Liz, denn an den Spitzen der Tentakel bildeten sich Eissplitter, die jeden angriffen, der versuchte, den Golem zu flankieren.

Auch Juni übertraf Matts Erwartungen. Er kämpfte in einem kreisförmigen Feld, das Matt als zusätzliche Schwerkraft einschätzte, da sich alle um ihn herum träge bewegten und das Gras um ihn herum plattgedrückt wurde.

Die rechte Hand des Fürsten bewegte sich wie ein Tänzer, der einen Groll hegte. Er wich zwischen den Angriffen aus und tötete mit seinem Stab jeden, der in Reichweite war. Eine Gruppe von sechs Pfadgängern griff ihn an, und in der Zeit, die Matt brauchte, um anzugreifen und seine Kanone zweimal abzufeuern, waren sie tot.

Conor war in der Nähe von Juni an der Spitze. Eine freie Fläche, die etwas größer war als seine [Dämonenzone], half dabei, den Druck abzubauen, der die Kämpfer des Königinnentums bremste. Anhand des Raums, der ihm zugestanden wurde, war der Mann eindeutig eine bekannte Bedrohung. Niemand wollte in seinen Luftraum eindringen, weil er wusste, dass seine eigenen Angriffe ihn verletzen könnten, während der Mann in der Mitte davon unberührt blieb.

Annie benutzte ihre Armbrust, verschwand aber von Zeit zu Zeit aus Matts HUD, also nahm er an, dass sie ihr Talent benutzte, wenn sie konnte.

Wie Liz war auch Emily eine Tyrannin, die das Gebiet um sich herum beherrschte. Genau wie bei der Verteidigung der Bermen und Rückzugspunkte begann sie mit einem [gecrackten Mana-Bolzen]. Dann wechselte sie zu [Wasserkugel], [Feuerball] und wirkte zum Abschluss einen wirklich gewaltigen [Bolzen]. Der Elektrozauber sprang von Person zu Person und vernichtete die gegnerischen Reihen. Das machte sie auch zu einem offensichtlichen Ziel, aber sie hatte sechs Nahkämpfer als Wachen. Sie hatten alle Hände voll zu tun, um Fernangriffe und andere Nahkämpfer von ihr fernzuhalten.

Es war ein beeindruckender Anblick.

Sämtliche Krieger auf der Seite des Königreichs kämpften mit allem, was sie hatten. Matt sah Skills, die er nicht kannte, sowie Flug- und Waffenkünste, um die er sie nur beneiden konnte.

Aber *er* hatte seine Manakanone. Ein Schuss nach dem anderen wurde abgefeuert, während er die Manakanone so schnell nachlud, wie er nur konnte. Mit jedem Schuss verschwanden Menschen.

Als Matt angriff, nahmen ihn immer mehr Leute ins Visier. Seine Träger und

Verteidiger versuchten zu helfen, aber sie waren eine lange Schlange, die versuchte, nicht abgeschnitten und eingekreist zu werden. Nach hinten zu feuern, um den hintersten Königreichskämpfern zu helfen, half, aber es war nicht genug. Sie wurden immer noch langsamer.

Liz, in ihrer Form als Blutgolem, raste an Matt vorbei, der gerade schoss, und stieß mit einem ebenso großen Steingolem zusammen. Er befürchtete, dass der Kampf zu Gunsten des anderen Golems ausgehen würde, aber Liz schien in den Stein zu fließen und ihn von innen heraus zu vernichten.

Nach ihrem Sieg ertönte ein Jubelschrei, und er drehte sich um, um zu sehen, dass das führende Element ihrer Gruppe bis zum Rand der Flugsperre durchgebrochen war. Juni drehte sich bereits um und stürzte sich zurück in den Kampf. Er machte sich auf den Weg, um die Lücke zusammen mit Conor und den anderen imposanten Kämpfern in den vorderen Reihen zu sichern.

Matt, der auf seiner Plattform in der Mitte der Gruppe stand, wurde ständig von Pfeilen und Zaubersprüchen getroffen. Aber er ignorierte das, so gut er konnte. Ein Zauber fügte der [Gecrackten Phantomrüstung] so viel Schaden zu, dass die Struktur des Zaubers zusammenbrach. Währenddessen streiften mehrere Pfeile und ein [Feuerball] seine Unterrüstung und versengten seinen Rücken. Das Einzige, was er spürte, war der Pfeil, der ihn in die Seite traf.

Er kümmerte sich nicht darum und feuerte weiter. Immer wieder verschwanden Gruppen unter dem blauen Licht der Manakanone. Wohin er auch zielte, folgte der Tod.

Seine KI blinkte auf, als Mitglieder seines Teams eine Wunde nach der anderen davontrugen und halfen, die Bresche offen zu halten. Liz' ganzer Kopf leuchtete rot vor lauter Wunden, aber sie war nicht in der schlechtesten Verfassung. Emily fehlten ein Bein und ein Arm, aber sie wurde mit dem sich zurückziehenden Team weggetragen.

Annie ging es größtenteils gut, sie hatte nur ein paar kleinere Verletzungen, ebenso wie Conor und Aster. Keine von ihnen hat mehr als ein paar Kratzer abbekommen.

Als die Mitte der sich zurückziehenden Königreichskämpfer fast durch die Öffnung war, schrien seine Instinkte ihn an, von der Kanone herunterzukommen, und er warf sich mit einem Sturz zurück. Als er den Pfeil, der noch immer in seiner Seite steckte, abbrach, sah er, wie sich eine Kugel aus violetter Schwärze ihren Weg durch die Kanone und die Stelle, an der er gestanden hatte, bahnte.

Matt folgte der Flugbahn und sah einen einsamen Magier mit einem Stab, der an beiden Enden mit zwei Kugeln besetzt war. Sie rannten los, um die Lücke zu schließen, die das Königreich geschaffen hatte und hielt. In der Mitte des Stabes befand sich eine lichtverschlingende Dunkelheit, die so schwarz war, dass die Hand des Mannes den Raum selbst zu halten schien. An den Enden waren die Kugeln hellblau und schienen Funken zu sprühen, die auf das Zentrum zuflogen.

Ein weiterer Ball der Leere löschte einfach einen weiteren Schwung der wenigen verbliebenen Königreichskämpfer aus, die die Linie hielten.

Matt stemmte sich auf die Füße und stürzte sich auf den Magier. Wenn er ihn nicht schnell ausschaltete, könnte der Mann sie alle allein auslöschen.

Eine weitere Kugel aus Leere sammelte sich in der Mitte des Stabes und schoss nach vorne.

Matt warf sich unter ihn und tastete ihn mit seinem Geistsinn ab, während er über ihn hinweg raste.

Es war keine Leere. Zumindest keine echte, wie das Mana, das er bei seinem Aufruf für exotische Manatypen bekommen hatte. Es war eher wie sein Konzept.

Es war ein schwarzes Loch.

Als Matt auf die Füße kletterte, überquerte er die verbleibende Distanz zu dem Mann, während sich ein weiterer Ball aus schwarzer Leeremagie bildete.

Er war zwei Schritte entfernt; es war zu spät, und zu nah dran, um seine Flugbahn zu ändern.

Der Magier schleuderte die Kugel auf ihn, und Matt warf seine linke Hand vor den Angriff. Es war ein verzweifelter Schachzug, denn seine Rüstung war nur bedingt wirksam gegen Leereangriffe.

Er rechnete fest damit, dass Schmerzen und das Zerreißen seiner Rüstung und seines Fleisches folgen würden.

Zu Matts Überraschung fühlte sich der Angriff kalt an, als er seine Handfläche traf und sich direkt durch seine Rüstung fraß. Er dachte fast, dass es schmerzlos sein würde, aber der Schmerz wurde nur hinausgezögert. Als es ihn dann traf, war es schlimmer als alles, was er je zuvor gespürt hatte. Es war, als ob der Schmerz zu einem Konzentrat verkochte und in sein Inneres injiziert worden wäre.

Als er spürte, dass der Zauber auf den Widerstand seiner Rüstung stieß, lenkte er die gesamte Kraft der Rüstung auf seine linke Armschiene, so wie er es auch beim Bilden der Fingerknöchelstachel tat. Das schien zu helfen, aber es verlangsamte den Zauber nur ein wenig. Der Schmerz war immens und verzehrte ihn, als der Zauber seinen Arm hinunterlief. Er nahm eine solche Intensität an, dass Matt blindlings alles, was er hatte, in ihn hineinwarf.

Die abstoßende Kraft seines Konzepts erwachte zum Leben und konterte die Anziehungskraft der Umkehrung mit ihrem eigenen Schub. Das Zusammentreffen seines Willens mit einem anderen verriet ihm, dass der Magier auch ein eigenes Konzept hatte.

Matt weigerte sich zu verlieren. Er weigerte sich, nach so viel Kampf unterzugehen. Er steckte alles, was er hatte, in seinen linken Arm und der Zauber wurde von seiner rasenden Geschwindigkeit zu einem langsamen Vorwärtskommen gebremst, während er sich in seine Rüstung, sein Konzept und seinen Arm fraß.

Egal, was er tat, der Angriff schien immer weiterzugehen.

Bis zum unvermeidlichen Ende.

Die Zeit verlangsamte sich und seine Aufmerksamkeit beschränkte sich auf diesen einen Moment. Er blendete die Schlacht um ihn herum aus. Die verlorene Verteidigung der Stadt des Königreichs war verschwunden. Verschwunden waren die blinkenden Schadensanzeigen seiner KI für seine Freunde.

Nichts davon spielte mehr eine Rolle.

Es war nur noch er gegen die Leere.

Wenn er starb, konnten sie alle sterben. Leeremagier waren *enorm* gefährlich.

Die Tatsache, dass der Magier keine normale Rüstung trug und ein Konzept hatte, sagte Matt, dass er ein Pfadgänger war. Das erklärte, warum es ihm so schwerfiel, einen Tier 6 zu überwältigen. Nur ein anderer außergewöhnlicher Pfadgänger konnte ihm so zu schaffen machen.

Matt weigerte sich, auf den Schmerz zu hören, der seinen Arm betäubte, oder auf die Müdigkeit seines Konzepts.

Er war endlos und wollte nicht nachgeben.

* * *

Luna, Kurt und April sahen zu, wie Matt den Angriff der Leere frontal abwehrte.

Luna verlor die Kontrolle über sich selbst und ein breites Lächeln huschte über ihr Gesicht. April rang ihre Hände vor Sorge, aber sie würde es lernen. Diese gefährlichen Momente waren das, was die Kinder dazu brachten, das Beste aus sich herauszuholen und ihr wahres Potenzial zu erreichen.

Mit einer Willensanstrengung verhinderte sie, dass sich die Wächter der Armee einmischten. Sie sollten es inzwischen besser wissen. Sie hatte bei dieser Belagerung schon mehrere echte Todesfälle verhindert.

Sie hatte sich diesen Moment verdient.

Das war die perfekte Gelegenheit, um zu sehen, wie weit der Junge gehen konnte. Sie hätte sich kein besseres Match wünschen können, wenn sie den Kampf selbst arrangiert hätte. Schwarzes Loch-Konzept gegen weißes Loch-Konzept. Es war perfekt.

Es war ein Kampf des Willens, der Entschlossenheit und des Mutes.

Es gab keine Chance im Multiversum, dass sie zulassen würde, dass sich die Armee in diesen Moment einmischte. Matt war nicht tatsächlich in Gefahr und sie hatte eine bessere Geschwindigkeit und Kontrolle als jeder von ihnen. Die Retter entfernten Menschen, wenn *sie* sie retten konnten. Mit ihrem Tier konnte sie viel länger auf der Kante stehen, vor allem mit jemandem, der so robust war wie Matt. Außerdem war sein kleiner Heilerfreund irgendwo auf dem Planeten, also würde Luna ihn wegbringen, bevor sein Gehirn oder sein Herz komplett versagten. Sie war auf alle möglichen Folgen vorbereitet.

Er würde nicht sterben. Aber er könnte sich wie tot fühlen, wenn er diesen Wettbewerb verlor.

Ihr neuester Schützling stieß einen Schrei der Schwäche, des Hasses und des Trotzes aus – einen Schrei gegen die Welt. Sie hatte ihn schon so oft gehört, wenn

Menschen herausfanden, wo ihre wahren Grenzen lagen. Die meisten Menschen hatten viel mehr zu geben, als sie dachten.

Luna bemühte sich, ihren Schwanz nicht zu materialisieren und zu zischen. Wenn er allein so tief grub, konnte sie nur davon träumen, was er mit ihrer … *liebevollen* Führung erreichen würde.

Eines Tages würde er mit Freude darauf zurückblicken.

Mit weit aufgerissenen Augen sah sie zu, während ihre [Wahrnehmung] ihre gewaltigen Mana-Reserven aufbrauchte und ihre mentale Kultivierung ihre Perspektive erweiterte. Sie wollte jede Mikrosekunde mitbekommen, jedes Detail.

Fleisch und Blut verdampften, während sie zusah. Sie war bereit, einzugreifen, falls es nötig war.

Aber sie erwartete ein besseres Ergebnis.

* * *

Matt konnte spüren, wie der Ball der Leere immer schwächer wurde. Der Wille, der dahintersteckte, wurde schwächer, bis er das schwarze Loch lange genug zurückdrängte, um dessen Kraft zu verbrauchen. Er stand da und war völlig erschöpft.

Sein Konzept war mehr als aufgebraucht und er fühlte sich wie ein Handtuch, das bis zum Anschlag ausgewrungen worden war.

Aber er hatte gewonnen.

Ein Arm war ausgestreckt und an der ausgehöhlten Stelle, wo sich die Kugel in sein Fleisch gefressen hatte, floss Blut. Die Wunde verursachte, dass ihm mit jedem Herzschlag schwindelig wurde.

Matt begegnete den Augen des Magiers vor ihm, der keuchend und mit blassem Unglauben im Gesicht dastand und ihn siegessicher angrinste. Er reaktivierte die [Gecrackte Phantomrüstung], um den Blutverlust zu stoppen, und zog sein Schwert zurück. Er wollte es durch die ungepanzerte Brust des Mannes treiben, als ein vertrauter, blutgetränkter Speer ein Loch direkt durch das Herz des Magiers schoss.

Liz' Golem rannte an ihm vorbei und durchbrach eine weitere Reihe von Königinnentum-Kämpfern.

Matt drehte sich zu den Feinden um ihn herum um, brüllte sie an und griff an. Sein Schwert glühte, während das Mana, das er mit jedem Schritt speicherte, zunahm. Er hob seine Waffe, aber niemand war bereit, ihm gegenüberzutreten. Sie wichen alle aus, um ihm den Weg freizumachen.

Damit bahnten sich die letzten Verteidiger der Königreichsstadt einen Weg aus der gefallenen Stadt.

Kapitel 19

Fürst Albert beobachtete, wie seine überlebenden Verteidiger aus dem Nordtor strömten, nachdem er sich von seinem Köderangriff auf das Westtor zurückgezogen hatte. Er war froh über seinen Helm, denn dieser verbarg sein Lächeln. Es war unmöglich, nicht zu lächeln, aber mit Mühe gelang es ihm, es kurzzeitig aus dem Gesicht zu halten und ein paar Befehle zu erteilen.

Nach eineinhalb Wochen brutalen Blutvergießens und Entschlossenheit hatte die Königin die Stadt endlich eingenommen. Trotz der Verluste lief es viel besser, als er es sich je hätte erhoffen können, auch mit der Flucht seiner Topverdiener.

Es ging aufwärts.

Sein Grinsen entglitt ihm, als er beobachtete, wie die Soldaten in die Trümmer der zerstörten Stadt stürmten. Seine Feinde hatten für die Stadt gekämpft, geblutet und waren gestorben. Nach einem so kostspieligen Sieg und Wiederaufbau würden sie sie und die Stadt natürlich in Ehren halten.

Genau dort, wo er sie haben wollte.

Albert lächelte und drehte sich um, um mit seinen Männern die Anti-Flug-Formation zu verlassen.

Das war ein großer Erfolg.

* * *

Prinzessin Sara stand vor einem abschreckenden Metallrahmen. Es war die Tür, auf die sie schon seit zehn Minuten starrte. Dieses Treffen würde nicht angenehm werden.

Schließlich hob sie schwermütig ihre Hand und klopfte zweimal. Die Geste hallte nicht einmal nach. Die Tür hinter ihr glitt zu, und die vor ihr öffnete sich, als das Siegel vollendet war.

Ihre Mutter saß an einem schlichten Holztisch und sah zu, wie sich eine projizierte Karte des Planeten in seinem Zentrum drehte.

Diana lächelte ihre Tochter an und klopfte leicht auf den Platz neben ihr.

„Komm, setz dich, Schatz."

Nur mit Mühe widerstand Sara dem Instinkt, sich zu ducken und zur Couch zu schleichen. Das würde die Sache nur noch schlimmer machen.

Ihre Mutter holte eine Bürste aus ihrem Vorratsring und als sie die Haare ihrer Tochter bürsten wollte, hielt sie inne. „Mein Schatz, wann hast du das letzte Mal geduscht?"

Die Verstellung nagte an Sara. Der Tier ihrer Mutter war so hoch, dass sie in der Sekunde, in der die Tür aufging, wusste, dass die Antwort „Tage" lautete. Wenn es nur um die Familie ging, tat die Königin immer so, als sei sie nicht stärker als die anderen. Als Kind war das wunderbar. Als Erwachsene nervte es. Am liebsten hätte ihre Mutter sie einfach herausgefordert, anstatt sie so zu verhätscheln.

„Mutter, es war unglaublich viel los in der letzten Woche. Ich ..."

Die Königin tadelte sie. „Ah, ah, ah. Junge Dame, was sage ich immer über den äußeren Schein?"

Sara stieß einen schweren Seufzer aus. „Aussehen ist eine Waffe wie jede andere. Und nur ein Narr lässt seine Waffe rosten."

„Geh und genieß eine heiße Dusche. Dann werden wir deinen neuesten Plan besprechen."

Diana verabschiedete sie mit einem sanften Lächeln, das dieses ganze Debakel noch eine Million Mal schlimmer machte. Sie fügte sich in ihr Schicksal und ging zur Seitentür.

Normalerweise war es stets eine großartige Zeit, das Badezimmer ihrer Mutter zu plündern. Im Vergleich zu den meisten Menschen ihres Tiers kümmerte sich Königin Diana wenig um die Insignien von Reichtum und Macht. Selbst in ihrer provisorischen Wohnung, die sie während des Krieges bewohnte, mangelte es an Dekoration. Es gab jedoch eine große Ausnahme. Die schlichten Wände draußen standen in krassem Gegensatz zu dem opulenten weißen Marmor im Badezimmer, und die luxuriösen dicken Teppiche der hohen Tiers fühlten sich an, als stünden sie buchstäblich auf Wolken.

Ihre Mutter gab immer für dasselbe Geld aus. Sara war nicht überrascht, dass das Badezimmer so gut ausgestattet war, dass es die Sparsamkeit ihrer Mutter an anderer Stelle mehr als wettmachte.

Als sie ihre Kleidung und ihre Rüstung auszog, verschwanden die Gegenstände, noch bevor sie den Boden berührten. Sara war sich immer noch nicht sicher, wie das funktionierte. Vielleicht war es ihre Mutter oder ein automatisches System im Bad. Sie wusste nur, dass, wenn sie mit ihrer Nachbesprechung fertig war, alles makellos gereinigt und zurückgebracht werden würde.

Sara trat in den sanften Regen, der in der geräumigen Dusche niederprasselte. Sie schaltete die Düsen ein und erhöhte allmählich den Druck, bis der Orkan, der auf sie niederprasselte, ein wenig zu schmerzen begann. Fünf Minuten lang stand sie da und grübelte, bis sie sich losreißen konnte, um tatsächlich zu duschen.

Es fühlte sich ... gut an. Besser als sie zugeben würde. Die Scham über ihren katastrophalen Plan war nicht verschwunden, aber sie fühlte sich etwas weniger wichtig an. Es war vorbei und sie musste das Ergebnis der Belagerung akzeptieren und sich dem nächsten Plan zuwenden. Nachdem sie aus den Dutzenden von Seifen und Shampoos gewählt und ihre Dusche beendet hatte, verließ sie das Zimmer in dem flauschigen Bademantel, der neben dem ihrer Mutter hing.

Kurz bevor sie ging, hatte sie das hochrangige Kleidungsstück ihrer Mutter angefasst, aber ihr Finger hatte den hellblauen Stoff nicht berührt. Puh, das bedeutete, dass es wirklich ihr echtes Gewand war und keine Sache, die Sara stehlen konnte. Der Stoff der höheren Tiers war leicht wie Staub, aber ihre Mutter ließ sie sie nur selten benutzen.

Die Königin saß da und wartete darauf, dass ihre Tochter fertig wurde. Sobald Sara erschien, klopfte sie auf den Stuhl vor ihren Kämmen und Bürsten. Sie standen bereit und schwebten um den Platz, an dem ihre Mutter sie haben wollte.

Sara saß und ließ sich gute fünf Minuten lang von der Königin bemuttern. Sie entspannte sich und genoss das beruhigende Gefühl der Bürste, die sanft durch ihr Haar glitt.

Als sie merkte, dass sie bereit war, fragte ihre Mutter: „Was ist schiefgelaufen? Was ist gut gelaufen? Fang von vorne an."

Das Fehlen einer Verurteilung ärgerte sie. Sie hatte das Gefühl, dass sie es verdient hatte, und die Abwesenheit machte ihre Schuldgefühle nur noch schlimmer.

„Wir haben die Stadt eingenommen, aber über tausend wichtige kleine Festungen verloren, die strategische Ressourcen bewachten. Siebenhundert mittlere Festungen und dreißig große." Sara knirschte mit den Zähnen, bis ihr Kiefer schmerzte, aber sie beendete ihre Zusammenfassung: „Die Stadt wurde dem Erdboden gleichgemacht und wird mindestens vier Millionen Punkte für den Wiederaufbau benötigen. Und ihre letzten Verteidiger sind mit ihren Punkten entkommen. Es war eine Katastrophe, Mama!"

Sie hasste es, wie trotzig sie sich am Ende anhörte. Das sanfte Streichen ihrer Mutter durch ihr Haar und der tröstende Klaps auf ihren Arm waren für ihr schlechtes Gewissen wie das Kratzen von Nägeln auf einer Tafel.

„Wo ist es schiefgegangen?"

Sara wollte Albert und seinem übermäßig kompetenten Stellvertreter die Schuld geben, aber das war kleinlich und wenig hilfreich. *Sie* hätte alles besser vorhersehen müssen. Das war ihr Job.

„Ich war zu ehrgeizig mit der Idee, so viel früher als in einem normalen Krieg loszuziehen. Ich dachte, wenn wir die Stadt schnell einnehmen, können wir uns ausbreiten und mehrere Orte auf einmal angreifen. Möglicherweise könnten wir sogar eine zweite Stadt umzingeln und auch diese über einen längeren Zeitraum belagern. Wenn ich ehrlich bin, war ich viel zu gierig."

Das stimmte nicht ganz, und sie korrigierte sich: „Nein ... ich war zu zuversichtlich. Auf dem Papier war der Plan gut, aber er berücksichtigte nicht die Pfadgänger und Dinge wie die Veränderung der Ausrüstung." Sie kaute auf ihrer Lippe und fuhr fort. „Ich habe nur an die Standardvorgaben gedacht, was dem Chaos einer echten Schlacht nicht gerecht wird. Das hat dazu geführt, dass die Formationssäulen zerstört wurden und das Königreich der Sieben Scheißer die Stadt bis zum Rand mit Truppen füllen konnte."

„Was kann man sonst noch sagen? Sowohl das Gute als auch das Schlechte. *Sei objektiv*." Der letzte Satz war die sanfteste aller Zurechtweisungen, aber er tat weh.

Sara dachte über ihre Entscheidung bis zu diesem Punkt nach und seufzte. „Ich hätte mich nicht darauf versteifen sollen, die Stadt mit minimaler Gefahr einzunehmen, nachdem der erste Plan gescheitert war. Unsere Verluste waren hoch und wir ... nein, ich ...", Sara holte tief Luft, „hätte ihnen befehlen sollen, die Stadt vollständig zu bombardieren und einfach die Kosten für die Punkte in Kauf nehmen sollen, um sie zu reparieren. Wegen meiner Inflexibilität muss ich jetzt nicht nur die Kosten für den Wiederaufbau tragen, sondern auch noch die für zwei Millionen Soldaten, die sich in der Erholungsphase befinden."

„Gut. Also, meine Liebe, was sind deine nächsten Pläne?"

„Wir kauern uns zusammen und warten darauf, dass sich die Zahlen wieder ausgleichen. Wir müssen nur die nächste Woche überleben. Sobald alle unsere Truppen wieder auf dem Feld sind, werde ich unsere Festungen zurückerobern. Von einigen Ausnahmen abgesehen, bezweifle ich, dass Albert sie halten will. Fast alle liegen zu weit außerhalb seiner Kontrollzonen, als dass eine dauerhafte Verlegung machbar wäre. Es war ein Weg, unsere Truppenkonzentration zu bestrafen, nichts anderes. Aber es hat funktioniert. Sie haben uns einen großen Teil unserer bestverdienenden Standorte genommen." Sie hielt inne und fügte hinzu: „Und wir werden sie wahrscheinlich nicht in einem funktionsfähigen Zustand zurückbekommen. Scheiße, darauf muss ich mich vorbereiten."

Königin Diana stieß sie in die Rippe, woraufhin Sara aufsprang und ihre Mutter anschaute, die das ignorierte. „Lass dich nicht ablenken, Schatz. Gibt es sonst noch etwas?"

Sara überlegte, ob sie ihre Gedanken für sich behalten sollte, aber schließlich sagte sie: „Die Pfadgänger. Ihre Leistungen haben meine Erwartungen weit übertroffen. Sie waren auf beiden Seiten von zentraler Bedeutung. Sie machten es viel schwieriger, in die Stadt einzudringen, und waren auch dafür verantwortlich, dass die Verteidigung des Königreichs endlich durchbrochen werden konnte. Aber auch unsere Fallschiffe haben dabei eine große Rolle gespielt."

Ihre Mutter brummte ihr nur zu, sie solle fortfahren, also tat sie es. „Ihre Anführer waren Monster, vor allem einer von ihnen. Und die anderen Pfadgänger waren viel härter zu brechen als erwartet. Ich habe gute Kampfanalysen über die meisten von ihnen, was ehrlich gesagt den Preis für die vielen toten Soldaten wert sein könnte."

Sie schnippte mit dem Finger auf den Projektor und eine Collage mit den zwei Dutzend einflussreichsten Pfadgängern erschien auf der Leinwand, damit ihre Mutter sie mit ihr ansehen konnte. Die gesamte Wohnung war abgeriegelt, damit sich ihre Mutter nicht in den Krieg einmischen konnte, und die Informationen wurden streng kontrolliert. Die einzige Ausnahme war das, was sie bei diesen Berichten einbrachte. Ihre Geheimdiensteams hatten sich überall umgesehen, um so viel wie möglich über die auffälligsten Pfadgänger herauszufinden. All diese Informationen wurden unter jedem Bild aufgelistet.

Sara hatte sich die Informationen bereits angesehen, aber ihr fiel nicht viel auf. Als ihre Mutter sich sichtlich versteifte, drehte sie sich um.

„Was denn!?"

Ihre Mutter grinste sie an und sagte: „Das erklärt so einiges."

Sara fing an, ihre Mutter zurückzustupsen, aber die Frau bemerkte es nicht einmal. Die Frau hätte es auch nicht bemerkt, wenn Sara ihr eine Manakanone ins Gesicht geschossen hätte.

„Ich habe mich schon gefragt, warum sie mich so hart geschlagen haben. Das erklärt alles."

„Geschlagen? Was?"

Diana griff nach oben und öffnete ihren Bademantel, um ihre obere Brust freizulegen. Sara zuckte zusammen, als sie das schlagende Herz ihrer Mutter durch ein perfektes, handförmiges Loch sah. Das Fleisch um das Loch herum war mit violett gefärbtem, leerem Mana durchtränkt, das der Wunde ein bedrohliches Gefühl verlieh.

Eine Hand um das Herz ihrer Mutter war keine subtile Drohung.

„Was zum Teufel ist das? Wer hat dir das angetan? Mama!"

Ihre Mutter schloss ihren Bademantel, und versuchte, ihre Tochter zu beruhigen, aber Sara war viel zu schockiert und wütend, weil sie ihre Mutter so verletzt sah.

„Was habe ich über Sprache gesagt!? Und ganz ehrlich, Schatz, es ist alles in Ordnung. Ich habe versucht, von hier zu verschwinden, als der Krieg anfing. Ich bin ein höherer Tier als der General, also dachte ich, das Risiko sei minimal. Aber ich habe mich geirrt, und jemand hat mich sofort in die Schranken gewiesen." Sie zeigte auf das klaffende Loch. „Das ist sozusagen meine Strafe."

„Wer könnte dir wehgetan haben, Mama?" Sara wusste, dass ihre Mutter stark war. Die Königin war eine der stärksten Kämpferinnen ihres Tiers und dafür bekannt, dass sie einen ganzen Tier höher siegen konnte. Nicht ein einziges Mal hatte sie ihre Mutter mit einer anhaltenden Verletzung gesehen. Das war beunruhigend.

„Ich hatte angenommen, dass der Kaiser ein paar versteckte Wächter geschickt hat, aber dein Bericht verdeutlicht den wahren Grund."

Sara drehte sich um und sah, wie sich das Bild einer Rothaarigen ausdehnte, bis es den Bildschirm ausfüllte. Sie analysierte das Bild, als hätte sie das nicht schon ein halbes Dutzend Mal getan.

Elizabeth Moore. Die Frau leitete die Pfadgängervereinigung, wie sie sich selbst nannten, und war eine Blutmanipulatorin. Während der Belagerung hatte sie mehr als ihren gerechten Anteil an den Morden. Sie war sicherlich attraktiv genug, wenn man scharfe Gesichtszüge und gelbe Augen mochte, aber das war es auch schon.

Ihre Bilanz schien bemerkenswert gewöhnlich.

„Das ist Elizabeth Moore. Die jüngste Tochter von Leon und Mara."

Warte, was?

Sara hielt inne und überprüfte, ob sie ihre Mutter nicht falsch verstanden hatte. Aber als sie die Worte ein zweites und dann ein drittes Mal in ihrem Kopf wiederholte, wurde ihr klar, dass sie tatsächlich richtig gehört hatte.

„Was!? Wie? Ich dachte, sie hassen einander. Woher weißt du das? Ich habe bei unserer Nachforschung nichts dergleichen herausgefunden." Sie zweifelte nicht an ihrer Mutter, aber sie konnte es nicht glauben. Wie hatten ihre Geheimdienstteams *so* etwas nicht herausfinden können?

„Ich war dabei, als sie als Baby dem Hof vorgestellt wurde. Unser Königinnentum ist schließlich eines derjenigen, die Leon unterstellt sind. Es war ein großes Ereignis. Die Feierlichkeiten dauerten einen ganzen Monat lang. Das waren gute Zeiten."

Auf dem Bildschirm erschien ein älterer, gefiederter Klon von Elizabeth, der mit einem breiten, strahlenden Lächeln ein kleines Baby hielt und es der Menge vorführte.

„Ich habe darüber nachgedacht, dich mit ihr zu verloben, aber ich habe es mir anders überlegt, nachdem Mara gedroht hat, jeden zu kochen und lebendig zu verspeisen, der ihr ein solches Angebot macht. Offenbar hatten sie schon früher Probleme mit Leuten, die ihren Kindern nachstellten, und ich glaube fest daran, dass sie diese Drohung wahr gemacht hätte, also habe ich geschwiegen."

Diana zuckte unbeteiligt mit den Schultern. „Das erklärt auf jeden Fall eine Menge. Ich habe mich gefragt, wer mich so leicht verletzen kann, und Elizabeths Anwesenheit erklärt alles. Du weißt, dass wir uns gefragt haben, warum man uns erlaubt hat, diesen Krieg zu beginnen. Wir haben nicht damit gerechnet, dass der Kaiser zustimmt, aber es hat uns nichts gekostet, es zu versuchen. Als er zustimmte, nahm ich an, dass das Königreich den Kaiser irgendwie verärgert hatte. Dann wurde bekannt gegeben, dass es sich um einen Pfadkrieg handelte, und ich musste annehmen, dass dies sein Grund war, uns den Angriff zu erlauben. Aber ich konnte beim besten Willen nicht den wahren Grund dafür erkennen. Aber jetzt ... jetzt denke ich, dass dieser ganze Krieg eigentlich nur als Vorwand für die Ausbildung der Pfadgänger diente. Alles, damit *sie* echte Erfahrungen sammeln konnte."

Für einen Pfadkrieg dieses Ausmaßes konnte Sara sich die Kosten nicht vorstellen. Als das Ganze angekündigt wurde, hatte sie ihre Mutter nach den Kosten gefragt und erfuhr, dass sich das gesamte Königinnentum den Transport aller Menschen quer durch das Reich nicht hätte leisten können. Sie hätten nicht einmal alle hierherbringen können, geschweige denn die Kosten für die Belohnungen tragen können. Sie korrigierte sich, die überdurchschnittlichen Belohnungen. Die Gegenstände des Tiers waren keine große Überraschung, aber der Gegenstand von

Madam Renaissance war für alle ein Schock, auch für ihre Mutter. Das war mehr als jede normale Belohnung. Dazu kamen noch die Kosten für die Bewachung durch ein ganzes Armeebataillon. Aber anscheinend tat der Kaiser dies für die Tochter von zwei Königen. Das war unfassbar.

„Aber warum sollten sie dich angreifen, Mama?"

„Wenn es darum ging, ihr Erfahrungen zu vermitteln, wollen sie wirklich keine Einmischung von höheren Tiers. Wenn ich mich auf die falsche Art und Weise eingemischt hätte, hätte das ihren gesamten Kriegsgrund ruinieren können. Jetzt, wo ich weiß, was ich tue, bin ich froh, dass ich nicht einfach umgebracht wurde."

„Aber sie ist auf dem Pfad. Wie können sie die Hilfe von jemandem haben, der stark genug ist, dich zu verletzen?"

Ihre Mutter lachte. „Oh, Schatz. Mara und Leon sind Tier 48. Wenn sie wollen, dass ein paar Millionen Tier 35 etwas tun, werden diese in Scharen zu ihnen kommen. Selbst ihre Tischabfälle sind mehr wert als unser Königinnentum. Einen Tier 40 zu schicken, um ihre Tochter zu beschützen, ist nichts weiter als ein gemurmelter Vorschlag oder eine beiläufige Bemerkung. Mehr braucht es nicht, damit Elisabeth genug Schutz hat, um eine andere Großmacht abzuwehren. Ich wollte den Sinn dieser Übung mit einem kleinen gutmütigen Betrug verderben, und das wollten sie nicht zulassen. Technisch gesehen haben sie ihr also nicht geholfen. Sie haben nur die bereits festgelegten Regeln durchgesetzt."

Sie legte ihre Wunde wieder frei und stupste sie an. „Ursprünglich hatte ich den Eindruck, dass nur ein Tier 37 geschickt wurde, um über das Ereignis zu wachen, und dass sie all ihre Kräfte einsetzten, um es durchzuziehen. Aber angesichts der Kontrolle und des angerichteten Schadens bin ich mir ziemlich sicher, dass es ein Tier 40 oder höher war."

Saras Mutter grinste ihre grüne Tochter an. „Sieh dir das an. So warnt man jemanden richtig. Du greifst an, ohne gesehen zu werden und ohne eine Erklärung abzugeben. Du verkündest der Zielperson, dass ihr Leben in deiner Hand liegt. Die Wunde heilt so langsam, dass es ein paar Jahre dauern wird, bis sie vollständig verschwunden ist. Dieses verweilende leere Mana ist nur um ein Haar weniger schädlich als das, womit meine Regeneration umgehen kann. Eine perfekte Botschaft."

„Aber was sollen wir tun, Mama? Sollen wir ihr aus dem Weg gehen oder uns ergeben?" Als sie den ungläubigen Gesichtsausdruck ihrer Mutter sah, fuhr sie fort: „Ich verstehe, dass der Wächter nicht will, dass du dich einmischst, aber was ist, wenn Elizabeth einen Wutanfall bekommt und zu ihren Eltern flieht? So eine Ungnade können wir nicht überleben. Selbst wenn sie sich nicht selbst bewegen würden, würden uns die Leute, die versuchen, in ihrer Gunst zu stehen, vernichten. Es wäre vielleicht besser, einfach zu verlieren und uns aus der Sache zurückzuziehen."

Diana lächelte und streichelte das Gesicht ihrer Tochter. „Du denkst immer voraus. Deshalb bist du auch meine Erbin. Aber obwohl deine Bedenken berechtigt sind, bezweifle ich, dass es so weit kommen wird. Ich muss ein paar meiner Kontakte befragen, aber ich habe gehört, dass die jüngste Tochter versucht, sich nicht an ihre Eltern zu hängen. Sie will ihren eigenen Weg gehen. Immerhin *ist* sie zum Pfad geflüchtet."

Sara machte sich darüber lustig. Die Frau hatte „glückliche" Begegnungen, bei denen die Leute im Schatten Gegenstände für sie platzierten, die sie finden sollte. Diese Taktik wurde auch von ihren eigenen Adligen angewandt. Sie vermittelte den Erben ihrer Häuser ein falsches Gefühl von Stolz und Erfolg, wenn sie nach dem Delven gefährlicher Rifts seltene Belohnungen erhielten. Es war ja nicht so, dass ein Tier 5 spüren konnte, dass ein Tier 20 aus den Schatten heraus ein Spiel um ihn herum inszenierte.

Sie verabscheute diese Art von vorsätzlich ignoranten Adligen. Sie waren die schlimmste Art von Privilegierten, und sie strebte nach einem höheren Standard. Ihr Ruhm sollte ihr eigener sein, nicht der, den sie sich durch das Reiten auf dem Rockschoß ihrer Mutter verdient hatte. Elizabeth hatte sie früher beeindruckt, aber das wurde nun durch das Wissen getrübt, dass ihr alles in die Wiege gelegt wurde.

„Schau nicht so misstrauisch. Selbst der Kaiser würde es nicht wagen, auf dem Pfad zu betrügen, er ist zu sehr darin verwickelt. Einen Krieg anzetteln, von dem alle profitieren und zu dem zufällig gerade sie gehört? Ja. Die Grundsätze des Pfades brechen? Keine Chance im Multiversum. Ihm liegt die Heiligkeit des Pfades viel zu sehr am Herzen, als dass er zulassen würde, dass sich irgendjemand einmischt, nicht einmal seine königlichen Freunde. Da Leon und Mara ebenfalls auf dem Pfad aufgewachsen sind, ist es unwahrscheinlich, dass sie die Regeln untergraben. Wenn überhaupt, dann sehen sie das wahrscheinlich so, dass Elizabeth in ihre Fußstapfen tritt. Angesichts ihrer Persönlichkeiten ..."

Die Wange der Königin zuckte leicht. „Darauf wollen wir nicht näher eingehen. Was den Umgang mit der jungen Elizabeth angeht, so verhalte dich so, als wäre sie wie jeder andere. Nimm sie nicht für eine Sonderbehandlung heraus, egal ob gut oder schlecht. Im schlimmsten Fall entledigen wir uns der Vorwürfe und des Verdachts, weil wir uns nicht anders verhalten haben. Es sähe schlimm aus, wenn ihre Eltern wütend auf uns wären, weil wir unsere Rolle bei dieser Tat gespielt haben. Auf ihrem Niveau können sie sich nicht so leicht der Kritik ihrer politischen Gegner aussetzen. Verhalte dich nicht anders und teile diese Information mit niemandem unter deinem Kommando, damit sie es auch nicht tun. Der einzige Grund, warum ich dir das erzähle, ist, dass du subtile Maßnahmen ergreifen kannst, um ihren Eindruck von dir und damit auch von unserem Reich zu verbessern, wenn sich die Gelegenheit ergibt. Sie wird eine ausgezeichnete Verbindung für dich sein. Niemand bleibt für immer auf dem Pfad, und du solltest den Samen für eine bessere Beziehung in ein paar Jahrhunderten säen."

Ihre Mutter zeigte auf die Seite. „Aber ich warne dich ... lass es *nicht* so aussehen, als wüsstest du, wer sie ist. Es ist besser, überhaupt keinen Eindruck zu erwecken, als den, sich einzuschleimen. Ein königlicher Liebling wie sie flieht nicht auf den Pfad, weil sie Schleimer *mögen*."

Ihre Mutter fuhr mit einem Finger über die Wunde auf ihrer Brust, die Sara nun nicht mehr sehen konnte, und klopfte auf den Platz vor ihr, als die Bürsten wieder in Reichweite schwebten.

„Zurück zum Kampf um die Stadt. Was gedenkst du jetzt zu tun?"

Es dauerte einen Moment, bis Sara den Kopf wieder frei hatte, aber sie erlaubte ihrer Mutter pflichtbewusst, ihr Haar zu flechten, während sie ihre Antwort im Kopf organisierte.

„Ich habe nicht vor, mir das anzutun, was ich Albert angetan habe. Ab sofort werden die Städte als Knotenpunkte für die Truppen fungieren und nicht mehr die neutrale Stadt. Das erhöht zwar die Teleportationskosten, aber es verhindert auch, dass eine einzelne Stadt bei einem Überraschungsangriff überrannt wird. Als Nächstes werde ich unsere Festungen zurückerobern und das Königreich daran hindern, unsere Punktegenerierung noch weiter zu beeinträchtigen. Dann kümmere ich mich vorrangig um den Wiederaufbau der eroberten Stadt, damit sie nicht zu einer Punktesenke wird. Gleichzeitig baue ich unsere Truppen auf und bereite mich auf eine größere Verteidigung vor. Ich bin sicher, Albert wird bald in die Offensive gehen."

„Das klingt gut. Was hast du persönlich gelernt?"

Sara dachte darüber nach, was sie aus diesem Debakel gelernt hatte. Wenn einer ihrer Nachhilfelehrer fragte, würde sie einfach sagen, was er hören wollte. Aber ihre Mutter würde sie nicht verurteilen, selbst wenn sie sagen würde, dass alles, was sie getan hatte, perfekt war. Sie würde sicher etwas Respekt vor ihrer Tochter verlieren und ihre gefürchtete Enttäuschung zum Ausdruck bringen, aber sie würde sie nicht ernsthaft tadeln. Sara hatte nie ein Problem damit, ihre Fehler zuzugeben, weder sich selbst noch anderen gegenüber. Fehler waren nur dann etwas Schlimmes, wenn man sie wiederholte.

„Ich muss bei meinen Befehlen und Plänen flexibler sein. Dazu gehört, dass ich mehr Unvorhergesehenes plane und meinen Generälen mehr Freiraum lasse. Als sie darauf bestanden, dass es aussichtslos sei, die Stadt ohne Schaden einzunehmen, hätte ich auf sie hören sollen."

Sara spürte einen Kuss auf ihrem Kopf und ihre Mutter zog sie in eine Umarmung. „Ausgezeichnet, mein Schatz. Du weißt, wohin du als Nächstes gehen willst, jetzt musst du nur noch dafür arbeiten. In einer Stunde gibt es Abendessen und es ist eine neue Folge von *Samantha Siblings* herausgekommen, also lass uns das anschauen."

* * *

Matt hatte eine schreckliche Zeit, selbst als sie am Rande der Flugverbotszone von Ablösungstrupps empfangen wurden, die auf der Lauer lagen. Alle verbliebenen Verteidiger wurden eingesammelt und abtransportiert, während ein

Abschirmungstrupp die immer noch zögernden Truppen des Königinnentums an der Verfolgung hinderte.

Abgesehen davon, dass ihm wieder ein Arm fehlte, fühlte er sich auch sonst beschissen. Nachdem er die Gesundheitswerte seines Teams gesehen hatte, war ihm durch das Stillsitzen noch schlechter zumute. Nachdem er sich von der verwirrten Frau losgerissen hatte, die ihn auf ihrer fliegenden Wolke evakuierte, zog Matt sein eigenes fliegendes Schwert und flog los, um nach Liz zu sehen.

Sie befand sich gerade in der behelfsmäßigen fliegenden Krankenstation, die das Evakuierungsteam mitgebracht hatte. In Wirklichkeit war es nur eine flache Plattform mit einer schrägen Wand, um den Wind abzublocken, die von sechs Personen auf Fluggeräten getragen wurde.

Ein Mann versuchte, Matt daran zu hindern, die Plattform zu betreten, aber Matt ignorierte ihn. Als der Mann anfing, auf Konfrontationskurs zu gehen, winkte er mit seinem Stummelarm als Entschuldigung, was die Lage zu beruhigen schien. Bevor er von seinem fliegenden Schwert absprang, befahl er ihm, neben ihnen herzufliegen, und ging zu Liz. Sie wurde gerade mit einer elend aussehenden, rußgeschwärzten Aster auf dem Schoß versorgt.

Mehrere Heiler kümmerten sich um sie, aber Liz sah furchtbar aus. Was auch immer sie taten, es schien nicht viel zu bewirken. Die linke Gesichtshälfte war bis auf die Knochen verbrannt und das restliche Fleisch glich mehr geschmolzenem Plastik als Haut. Es war grausam, und in Matts Brust brach der Hass aus. Er wollte zurückgehen und denjenigen niedermetzeln, der Liz so schwer verletzt hatte. Nur mit Mühe konnte er diese Gefühle unterdrücken. Er hatte anderen genauso viel, wenn nicht sogar Schlimmeres angetan.

Liz grinste ihn nur mit ihrer intakten Gesichtshälfte an. „Scheint so, als wären wir beide direkt an der Ziellinie im Arsch gewesen."

„Geht es dir gut?"

Das kam mir wie eine äußerst dumme Frage vor, aber Liz zuckte leicht mit den Schultern. „Ein explodierender Feuerpfeil ging durch meine Blutlache und traf mich. Das meiste konnte ich noch abwehren, sonst wäre ich nicht hier. Aber ein verdammt guter Treffer. Zum Glück tut es nicht so sehr weh. Die meisten Nervenenden sind nicht mehr da."

Sie griff nach oben, stupste seine immer noch gepanzerte Gestalt an und ließ ihre Hand über seinen Stumpf gleiten. „Ich könnte mir vorstellen, dass das noch mehr wehtut."

Ihre Bemerkung schien die Aufmerksamkeit eines Heilers in der Nähe geweckt zu haben. Matt winkte ihn ab, als er vortrat, um ihm zu helfen. „Die Rüstung verhindert, dass ich verblute, und ich kann sie lange genug aufrechterhalten. Hilf jemand anderem, der es jetzt braucht."

Aster öffnete ein Auge, gähnte leise und schnüffelte dann an seinem Arm. Sie sagte: „Riecht nach nichts." Dann nieste sie eine kleine Aschewolke und erschreckte damit sich selbst und alle Heiler um sie herum.

Matt kraulte seine Gefährtin und tröstete sie. „Es ist okay. Es wird alles wieder gut." Er war sich nicht sicher, wen er damit wirklich beruhigen wollte.

Die drei saßen zusammen, bis der fliegende Konvoi eine der großen Festungen erreichte, die das Königreich kontrollierte. Der Fürst hatte dafür ein Teleporter-Upgrade gekauft und nutzte es als Aufmarschgebiet für die Angriffe rund um die gefallene Stadt.

Matt war einfach nur froh, dass er nicht mehr auf der improvisierten Krankenstation fliegen musste. Jetzt konnten sie in die neutrale Stadt fahren und sich in die Obhut von professionellen Heilern begeben.

Die am schwersten Verletzten wurden als Erste hinaus teleportiert. Emily wurde in den ersten Teleporter gepackt, direkt neben Liz. Ihr fehlten zwei Gliedmaßen und sie war in einem furchtbaren Zustand.

Juni stand neben dem Teleporter und sprach mit allen Anwesenden. Meistens bedankte er sich bei ihnen für ihre Bemühungen und machte kleine Witze darüber, wie reich sie jetzt alle waren. Ein Lächeln folgte ihm, obwohl die, mit denen er sprach, mit lähmenden Verletzungen herumgetragen wurden.

Matt hatte sich noch nicht die Mühe gemacht, seine Punkte zu überprüfen, und rief schließlich den Bildschirm für die Kriegsbeiträge der Armee-KI auf.

Gesamt zuvor (zuletzt aktualisiert vor 11 Tagen): 21.587 Punkte.
TEAMVERDIENSTE:
(Berechnet für Tier 6-Kämpfer).

- **Feindlicher Vasall getötet, Tier 5. 1 Punkt wert. 15.574 Mal ausgeführt.**
- **Feindlicher Vasall getötet, Tier 6. 5 Punkte wert. 12.692 Mal ausgeführt.**
- **Feindlicher Vasall getötet, Tier 7. 25 Punkte wert. 914 Mal ausgeführt.**
- **Großangriff auf eine verbündete Stadt abgewehrt. 1.500 Punkte wert. 23 Mal durchgeführt.**
- **Wichtige feindliche Belagerungsanlage zerstört. 500 Punkte wert. 13 Mal durchgeführt.**
- **Kleine Notbefestigung gebaut, grobe Qualität. 1 Punkt wert. 53 Mal durchgeführt.**

PERSÖNLICHE VERDIENSTE:
(Berechnet für Tier 6-Kämpfer).

- **Feindlicher Vasall getötet, Tier 5. 1 Punkt wert. 4.745 Mal ausgeführt.**
- **Feindlicher Vasall getötet, Tier 6. 5 Punkte wert. 1.907 Mal ausgeführt.**

- **Feindlicher Vasall getötet, Tier 7. 25 Punkte wert. 182 Mal ausgeführt.**
- **Einen großen Angriff auf eine verbündete Stadt abgewehrt. 3.000 Punkte wert. 17 Mal ausgeführt. Anführer-Bonus (Generalleutnant, kommissarisch): 2x Multiplikator.**
- **Kleine Notbefestigung gebaut, grobe Qualität. 1 Punkt wert. 19 Mal durchgeführt.**
- **Zerstörung einer wichtigen feindlichen Belagerungsanlage. 500 Punkte wert. 9 Mal durchgeführt.**
- **Du hast eine Rede gehalten, um die Moral der Truppen zu stärken. 2 Punkte wert. 1 Mal gehalten (maximal 1 Mal pro Tag). Bonus für die Größe des Publikums (2 Divisionen): 1,5x Multiplikator. Qualitätsabzug (minderwertig): 0,5x Multiplikator. Strafe für Effektivität (mangelhaft): 0,5x Multiplikator. Belohnung von 0,75 Punkten, aufgerundet auf 1 Punkt.**

ARMEEVERDIENSTE:

- **Geplünderte, aber zurückgegebene Gegenstände und Ausrüstung. 27.874 Punkte wert.**

UNERREICHTE VERDIENSTE: Nur zu Referenzzwecken.

- **Verteidigung einer verbündeten Stadt erfolgreich gegen eine Belagerung. Teambeitrag (geschätzt): 50.000 Punkte.**
- **Verteidigung einer verbündete Stadt erfolgreich gegen eine Belagerung. Individueller Beitrag (geschätzt): 25.000 Punkte.**
- **Wichtige Rolle beim Sieg über eine weit überlegene feindliche Streitmacht (509.000 gegen 2.949.000). Gewährt einen 5,8-fachen Multiplikator auf alle Verdienste. Defensiver Vorteilsabzug: 0,5x Multiplikator. Endgültige Belohnung: 2,9x Multiplikator auf alle Verdienste.**

ZUSAMMENFASSUNG DER GEWINNE:
Teamverdienste:

- **Roh Gesamt: 127363**
- **Team-Multiplikator: 1x**
- **Kategorie Gesamt: 127363**

Persönliche Verdienste:

- **Roh Gesamt: 120605**
- **Persönlicher Multiplikator: 1x**
- **Kategorie Gesamt: 120605**

Kombinierte Verdienste:

- **Zwischensumme: 247968**
- **Gesamtmultiplikator: 1x**
- **Gesamtsumme: 247968**

Neue Zuwächse: 275.842 Punkte.
Neue Gesamtzahl: 297.429 Punkte.
Pfadgänger Team Ranking (Königreich der Sieben Sonnen): 1. Platz.
Geschätztes Tagesstipendium: 5.000 Punkte.

Matt pfiff. Das war ein ganzer Haufen Punkte, egal wie man es betrachtete. Der Krieg dauerte erst etwas mehr als einen Monat, und er hatte fast eine Viertelmillion Beitragspunkte verdient. Plötzlich waren die 1,5 Millionen für den Skill [Gecrackter Durchbruch] zum Greifen nah. Sein Team hatte sich ins Zeug gelegt und wurde nun reichlich belohnt. Das Double-Dipping und der stetige, wenn auch kleine, Anteil an den Gesamtpunkten des Königreichs würden ihnen einiges einbringen. Aber mit großartigen Kampfleistungen verdienten sie noch mehr.

Dabei war ihr erster Platz in der Pfadgänger-Rangliste noch gar nicht berücksichtigt. Wenn sie ihren Platz behielten, würden sie jeden Monat etwa 150.000 Gesamtpunkte allein durch das tägliche Gehalt verdienen. Das war mehr als die Hälfte dessen, was sie für die erfolglose Verteidigung der Stadt verdient hatten.

Als er zu dem Verdienst für „eine Rede halten“ blätterte, war er leicht beschämt. Sofort beschloss er, genau diesen Verdienst niemals jemandem gegenüber zu erwähnen, und ging zum Abschnitt für unerreichte Verdienste über. Die ersten beiden aufgelisteten verpassten Gelegenheiten waren einfach genug, aber der erwähnte Multiplikator verwirrte ihn ein wenig. Als er sich auf diesen Punkt konzentrierte, wurde ihm eine genauere Beschreibung angeboten.

Wenn du in einer großen Schlacht (mehr als 1.000 Teilnehmer auf jeder Seite) als Teil einer weit unterlegenen Streitmacht kämpfst, wird ein Multiplikator auf die während der Schlacht erworbenen Verdienste angewendet. Wenn du auf der verteidigenden Seite aus einer stark befestigten Stellung heraus kämpfst, wird dies mit einem Verteidiger-Malus von 0,5x multipliziert. Teilnehmer: 2.949.377 Angreifer gegenüber 508.892 Verteidigern. Der endgültige Multiplikator beträgt 2,9x Punkte (nach der Strafe des Verteidigers). Der Multiplikator wurde nicht auf die

Gesamtpunktzahl angewandt, da die Schlacht nicht zu einem Sieg über die gegnerischen Streitkräfte führte.

Das wäre der Hammer gewesen.

Wenn sie es geschafft hätten, die Stadt zu verteidigen, hätte Matt schon fast die Hälfte für seinen perfekten Skills verdient. Seine Überlegungen, die Stadtmauern im Alleingang niederzureißen, wurden unterbrochen, als sie am Teleporter ankamen.

Juni klatschte in die Hände und nickte Matt zu. „Ich danke dir und allen für eure Hilfe. Ohne dein Team hätten wir es wohl nicht annähernd so gut geschafft. Ich habe bereits mit dem Fürsten gesprochen, und er will dich für das Mana entschädigen, das du geliefert hast. Wenn du in Zukunft helfen willst, Mana zu erzeugen ..."

Juni brach ab, und Matt zuckte mit den Schultern, nickte aber. „Mein Konzept ist im Moment mehr als trocken, aber ich helfe gerne für eine Stunde am Tag, um etwas Übung mit meinem Konzept zu bekommen. Wenn der Preis stimmt."

Die rechte Hand des Fürsten nickte nur und schenkte ihm ein aufrichtiges Lächeln, bevor er Matt auf die Schulter klopfte und weiterging.

Auf der anderen Seite wurden sie schnell von Heilern empfangen, die sie auf rollenden Betten in einzelne Zimmer brachten. Eine Frau mit Schlangenaugen lächelte unter ihrer Maske hervor und fragte: „Hält die Rüstung das Blut zurück und hast du den Arm?"

„Ja und nein. Es war ein Leereangriff. Der Arm ist weg."

Sie klopfte ihm auf die immer noch gepanzerte Schulter. „Gut, deaktiviere die Rüstung noch nicht. Sobald wir dich in den Raum gebracht haben, sage ich dir, wann wir bereit sind. Hast du Schmerzmittel genommen oder einen schmerzlindernden Zauber auf dich wirken lassen?"

Als Matt verneinte, legte die Heilerin einen glühenden Finger auf seine Schulter, der sich direkt durch die [Gecrackte Phantomrüstung] bohrte. Es war ein unglaublich seltsames Gefühl. Er wusste instinktiv, dass er sich gegen den Zauber hätte wehren können, aber es fühlte sich wie Heilung an, und die Frau war stark. Hätte er sich gewehrt, hätte sie seine Rüstung zerschmettern können.

Doch als die Energie nachließ, gähnte Matt.

Er war so, so müde.

Als er hörte, wie die Heilerin ihm sagte, dass er seinen Skill deaktivieren könne, schlug er die Beine übereinander und wurde bewusstlos.

* * *

Matt wachte mit einem guten Gefühl auf. Einem wirklich guten Gefühl.

Er überprüfte seine KI und sah, dass nur eine Stunde vergangen war, aber die Heilerin war mit ihrer Arbeit fertig. Ein neuer linker Arm war wieder da, wo er sein sollte. Matt befand sich in einem großen Raum mit Dutzenden von anderen, die in den gleichen Betten lagen wie er. Er überlegte, sich umzudrehen und wieder einzuschlafen, aber dann dachte er daran, nach seinem Team zu sehen. Nachdem er eine Nachricht der Krankenhaus-KI gelesen hatte, rollte er sich aus dem Bett.

Die Krankenhaus-KI sagte: „Du hast eine zweiwöchige Abkühlungsphase für den Arm. Du darfst ihn mindestens zwei Tage lang nur mit leichten Aktivitäten belasten. Nach einer Woche kannst du wieder regelmäßig Sport treiben. Wenn du einen Arzt wegen eines Traumas benötigst, kannst du ihn jetzt oder später aufsuchen, wenn du willst. Ansonsten kannst du gehen, wenn du bereit dazu bist."

Seine KI meldete ihm, dass Conor, Annie, Emily und Aster zusammen und nicht weit von ihm entfernt waren, also bewegte er sich in ihre Richtung.

Sobald er die Tür öffnete, fand er sie laut und aggressiv tuschelnd im Aufwachraum nebenan.

Annie wollte ihre Zwillingsschwester im Bett halten, aber Emily kämpfte darum, aufzustehen. Es war fast schon komisch, das zu beobachten. Annie versuchte, Emily sanft zu halten, ohne die frisch nachgewachsenen Gliedmaßen ihrer Schwester zu stoßen, während Emily versuchte, sich wie ein wählerisches Kleinkind aus ihrem Griff zu winden.

Als er Emilys frische, blassrosa Gliedmaßen sah, rieb Matt seinen eigenen linken Arm und seufzte, als er keine Haare fand. Das würde höllisch jucken, sobald sie nachwachsen würden.

Aster sprang aus Conors Armen und schmiegte sich an ihn. „Besser fühlen? Besser riechen."

„Danke, Aster. Ich fühle mich wirklich besser." Er zog seine Gefährtin dramatisch hoch und gab ihr einen Schmatzer auf die Stirn, den sie erwiderte. Er war beeindruckt, dass sie nicht einmal nach Eiscreme gefragt hatte und machte sich Sorgen um Liz.

„Matt! Sag Annie, sie soll mich aufstehen lassen." Emily klang frustriert.

In Anbetracht der Situation ignorierte Matt die Notlage der Frau und schloss sich Conor an, um das Spektakel zu beobachten. Ein Geschwisterstreit ging ihn nichts an und er war auch nicht besonders daran interessiert, sich einzumischen.

Er wandte sich an Conor und fragte leise: „Wie geht es dir?"

Der größere Mann nickte. „Ganz gut. Ich bin gut davongekommen. Die Heiler haben einen Zauber gewirkt und mich gleich mitgenommen. Ich habe den Angriff der Leerekugel gesehen. Ich war nur zu weit weg, um zu helfen. Es war eine gewagte Aktion, einen riesigen Ball des Todes abzufangen. Und das auch noch einhändig. Verdammt beeindruckend, dass du das gemacht hast, und schockierend, dass sie dich nicht sofort rausgezogen haben."

„Ich hatte Glück. Nichts Verrücktes."

Conor rollte mit den Augen. „Klar, Mann. Nichts ‚Verrücktes'. Okay, die beiden werden zu laut, lass uns sie hier rausbringen. Die Leute schlafen noch."

Damit trieben sie die streitenden Schwestern aus dem Zimmer, sehr zum Unmut von Annie. Sie war der Meinung, dass ihre Schwester mindestens ein paar Tage im Krankenhaus bleiben musste, nachdem sie zwei Gliedmaßen durch ein

Flammenschwert verloren hatte. In der Zwischenzeit konnte Annie ein paar Attentate ausüben, und zwar an einem völlig zufälligen und definitiv nicht verwandten Ziel.

Sie trafen Liz wieder, als sie eine Stunde später aus der Intensivstation gerollt wurde. Sie hatte während der Heilung nicht geschlafen, wie Matt es getan hatte, und als die Heiler gegangen waren, setzte sich auf die Bettkante.

Der Rest ihres Gesichts war wieder da, aber dort, wo die Haut nachgewachsen war, war sie kahl. Die neue Haut war glänzend glatt wie sein Arm, aber auch ihre andere Seite war bis auf den letzten Zentimeter ausgehöhlt.

Sie sah, wie er sie anstarrte und seufzte. „Uff, ich brauche ein Elixier für Haarwuchs. Ich sehe aus wie ein zehnjähriger Junge."

Matt zog sie in eine Umarmung und sagte nur: „Es sieht gut aus. Nur anders. Kauf das Elixier, wenn du willst, aber wen interessiert das schon."

Ihr Team verließ das Krankenhaus müde, aber gut gelaunt. Gemeinsam aßen sie ein üppiges Abendessen in einem schönen Restaurant. Es war erstaunlich, obwohl das auch daran liegen könnte, dass sie zum ersten Mal seit über einer Woche etwas anderes als Militärrationen gegessen hatten.

Nachdem Aster sich an Eiscreme und einer Rinderhaxe satt gegessen hatte, behauptete sie, an einem psychischen Trauma zu leiden und verlangte einen Besuch in der Aufwachstation. Eine besorgte Krankenschwester hatte mit der jungen Füchsin über psychische Traumata gesprochen und darüber, was man tun konnte, um ihr zu helfen. Aster hatte sich nicht weiter darum gekümmert, bis eine *bestimmte* Option erwähnt wurde – eine Tiertherapie. Als Matt Asters Behauptung hörte, warf er ihr sofort vor, dass sie nur auf unzerstörbaren Kaninchen herumkauen wolle. Daraufhin erwiderte sie, dass die Kaninchen ihre Freunde seien und er es einfach nicht „verstehen würde".

Keiner hatte die Energie, lange aufzubleiben, also gingen sie früh ins Bett und Aster machte sich auf den Weg, um an ihren „Freunden" zu knabbern.

Das Licht der Morgendämmerung drang durch die Fenster, als Matt aufwachte, um ins Bad zu gehen, aber Liz war schon aufgestanden und hatte es in Beschlag genommen. Nachdem sie beide fertig waren, schlüpften sie wieder unter die Bettdecke.

Matt kuschelte sich an Liz. Es fühlte sich so gut an, sie in den Arm nehmen zu können. Nach der Hölle, die sie während der Belagerung durchgemacht hatten, war es für sie das Wichtigste, jemanden in ihrer Nähe zu haben und zu wissen, dass sie beide in Sicherheit waren. Er beugte sich vor und gab ihr einen bescheidenen Kuss auf die Lippen. „Wir sind seit Tagen am Rande des Todes, und das ist das Beste, was du tun kannst?", neckte Liz.

Er strich ihr mit der Hand über die Wange, bevor er sie fest an sich zog. „Nicht einmal annähernd."

Der nächste Kuss war der leidenschaftlichste, an den er sich je erinnern konnte. Sie fühlten sich beide erschöpft von all den Tagen des Kampfes, und so etwas zu fühlen ... das brauchten sie. Als sich ihre Leidenschaft steigerte, hörten sie nicht auf, einander zu küssen. Nicht dieses Mal.

Matt griff nach ihrem Hemd und versuchte, es ihr über den Kopf zu ziehen, woraufhin sie teuflisch lächelte. „Sir Matthew, du wagst es, die Tugend einer Prinzessin zu bedrohen?“, spottete sie.

Seine Lippen kräuselten sich als Antwort. „Das tue ich.“

In Liz’ bernsteingelben Augen brannte ein Feuer. Sie kümmerte sich nicht mehr um die albernen Beschränkungen, die sie sich selbst auferlegt hatten, und griff nach Matt. Ihre Hände kümmerten sich nicht einmal um sein Hemd, sondern griffen direkt nach seiner Hose.

Es dauerte eine Weile, bis sie wieder zu sich kamen, beide verschwitzt und lächelnd. Matt fühlte sich so glücklich wie schon lange nicht mehr, denn sie akzeptierten die Nähe, um die sie in der Vergangenheit einen Bogen gemacht hatten, und gaben ihr nun vollkommen nach. „Ich liebe dich“, sagte Matt.

„Ich liebe dich auch“, antwortete Liz.

Matt war sich nicht sicher, wer sich zuerst bewegte, aber ihre Lippen trafen aufeinander. Von da an glitten die Hände unter die Hemden. Schon bald war die Kleidung ausgezogen und landete auf dem Boden, sodass sie in einem Gewirr von Gliedmaßen versanken.

Sie verließen ihr Zimmer erst lange nach Sonnenaufgang.

Kapitel 20

Als Matt und Liz endlich aus dem Bett stiegen, schlenderten sie zur Dusche und genossen noch eine ganze Weile die traute Zweisamkeit, bis ihre knurrenden Mägen sie schließlich in die Gesellschaft der anderen drängten.

Alles fühlte sich neu und frisch an, als sie Besorgungen erledigten und Aster von ihrer Übernachtung in der Aufwachstation abholten. Selbst die alltäglichsten Dinge fühlten sich heller und lebendiger an. Obwohl Liz anhielt, um sich ein Haar-Elixier zu besorgen, und sich wütend kratzte, weil ihre Haare fast einen halben Meter wuchsen, war der Morgen doch angenehm. Der Friseur brachte ihr Haar in kürzester Zeit wieder auf die alte Länge, während Matt seine Gefährtin abholte.

Als er im Krankenhaus ankam, wartete eine Frau mit schlangenartigen Augen auf ihn, die der Frau ähnelte, die Matt das letzte Mal geheilt hatte. Ihre Augenfarben unterschieden sich erheblich, denn die dieser Frau waren violett statt grün, also war er sich ziemlich sicher, dass es sich um jemand anderen handelte. Sie sah nicht besonders unglücklich aus, sondern nur streng.

Matt machte sich sofort Sorgen, wenn er daran dachte, wie gerne seine Lieblingsfüchsin auf ihren Kaninchen-"Freunden" herumkaute. Es war richtig, dass er sich Sorgen machte, nur aus den falschen Gründen.

„Bist du Matthew Alexander?" Der Tonfall der Frau war nicht unbedingt unfreundlich, aber er hatte einen Hauch von etwas, das er nicht einordnen konnte. Vielleicht Enttäuschung.

„Ja. Ist alles in Ordnung? Hat Aster eines der Kaninchen verletzt? Es tut mir so leid, falls sie das getan hat."

Die Frau seufzte ein wenig und schien sich daraufhin zu entspannen, was Matt noch mehr verwirrte.

Sie gestikulierte zur Tür und um einen Baum im Erholungsgebiet herum, wo sich Aster auf eine Gruppe von Kaninchen stürzte. Die Tiere nutzten die Gelegenheit, sich zu verziehen, wenn sich die Gelegenheit bot. Zwei sprangen sogar neckisch auf Aster, bevor sie davonhuschten, um das Spiel von vorne zu beginnen.

„Den Kaninchen geht es gut. Ich wäre beeindruckt, wenn sie ihnen überhaupt etwas antun *könnte*. Bei Aster habe ich allerdings Bedenken. Sie ist noch sehr jung, und alles, was ich gesehen habe, deutet darauf hin, dass sie viel mehr Sozialisierung mit Gleichaltrigen benötigt. Sowohl geistig als auch körperlich. Sie lechzt nach dieser Art von Gesellschaft, nach Freunden, die ihr ebenbürtig sind. Ihr Leben muss mehr sein als nur Kämpfen."

Matt öffnete den Mund, um zu protestieren, aber er fing sich, als er sah, wie sie hinter den Kaninchen herlief. Sie sah so begeistert aus, so jung, dass sie dabei war. Er fühlte einen Stich ins Herz. Hatte er ihr eine Kindheit geraubt, so wie er sie gehabt hatte?

„Oh, Scheiße. I-ich ..."

Matt fuhr sich mit den Händen durch die Haare und seine Gedanken waren wie weggeblasen. Er hatte keine Ahnung, was er tun sollte. Aster war immer bereit zu kämpfen und schien es zu lieben, aber sie war immer bei ihm und Liz. Immer.

Die Frau wurde noch weicher. „Atme tief durch. Es geht ihr gut ... meistens. Gefährtinnen, die durch einen Rift entstanden sind, sind in der Regel widerstandsfähiger als natürlich geborene Bestien. Trotzdem ist es für ihre langfristige Entwicklung wichtig, dass sie mit Lebewesen ihres Alters zu tun hat. Das gehört zum Erwachsenwerden dazu. Ehrlich gesagt, ich wünschte, du hättest ihr nicht die Frucht der Vollkommenheit gegeben. Trotz aller Vorteile wird sie sich im Vergleich zu anderen Tieren in einer seltsamen Entwicklungsphase befinden. Aber ich verstehe, dass du dir diese Gelegenheit nicht entgehen lassen wolltest."

„Ich war mir sicher, dass es eine gute Sache wäre. Dass es sie zu einem vollwertigen Mitglied des Teams machen würde, weißt du? Nicht, dass sie das vorher nicht gewesen wäre, aber sie war nicht in der Lage ... die meiste Zeit über Dinge selbst zu entscheiden. Wenn ich es ihr überlassen hätte, hätte sie den ganzen Tag nur Eis gegessen. Habe ich ihr wehgetan?"

Die Frau klopfte ihm auf die Schulter, und er dachte daran, ihr Profil mit seiner KI aufzurufen.

Heilerin Kelsey, Tier 17. Im Imperium registrierte Heilerin, spezialisiert auf Tiermedizin und Psychologie.

Es ergab Sinn, dass sie ihn darauf aufmerksam machte.

Kelsey sagte, als sie ihn nach vorne zog: „Ihr geht es gut. Ich habe mir Sorgen gemacht, dass du in ihr nur ein Werkzeug zum Kämpfen siehst. Das ist zwar selten, aber ich habe es schon gesehen, und so schnell, wie sie sich entwickelt hat ... gut, ich hatte Bedenken. Vor allem, als mir klar wurde, dass sie ihr psychisches Trauma nur vortäuscht, um ohne ihren Gefährten mit anderen Bestien spielen zu können."

Matt öffnete den Mund, um etwas zu sagen, aber die Frau fuhr fort, bevor er nur ein Wort formulieren konnte: „Aster braucht regelmäßige Freizeitaktivitäten mit Wesen, die geistig und körperlich ähnlich alt wie sie sind. Normalerweise funktionieren diese beiden Dinge mehr oder weniger im Gleichschritt. Aber Asters geistige und körperliche Entwicklung ist durch die Frucht der Vollkommenheit aus dem Gleichgewicht geraten. Das macht die Sache für sie noch schwieriger. Durch die Wirkung der Frucht ist sie geistig eher mit anderen Bestien zwischen Tier 10 und 11 vergleichbar. Mit den Bestien ihres eigenen Tiers kann sie am besten körperlich spielen, denn Bestien eines höheren Tiers könnten sie versehentlich zu leicht verletzen. Es müsste eine Bestie eines höheren Tiers sein, die genau weiß, wie man sicher mit einem Jungtier umgeht, wie unsere freiwilligen Kaninchen. Mit einer normalen Tier 10-Bestie kann sie nicht sicher spielen, aber das wären gleichzeitig genau die, mit denen sie sich am besten anfreunden kann."

Matt spürte, wie die Grube in seinem Magen immer weiter sank. Aster war wie die kleine Schwester, die er nie hatte. Die Erkenntnis, dass er sie im Stich ließ, fühlte sich schrecklich an.

„Heilerin Kelsey, was kann ich tun? Ich wusste gar nicht, dass es so etwas gibt."

„Du musst andere Bestien finden, Gefährten oder nicht, mit denen sie interagieren kann, während du auflevelst. Verabrede dich mit ihnen und lass sie das Kind sein, das sie ist. Wir Bestien können in mancher Hinsicht schneller erwachsen werden, aber sie braucht trotzdem Zeit mit anderen, die sie verstehen. Ehrlich gesagt, ist sie besser, als ich erwartet habe, wenn man ihre Vergangenheit betrachtet. Aber trotzdem ..."

Kelsey sah Matt mit einem wortlosen „Wenn du dich um sie sorgst, wirst du dafür sorgen, dass sie bekommt, was sie braucht"-Blick an.

Als er darüber nachdachte, ging es Aster wahrscheinlich nur wegen Liz so gut. Bei dieser Erkenntnis kam sich Matt wie ein schlechter Mensch vor.

„Muss ich noch etwas anderes tun? Oder besser noch, gibt es etwas, was ich darüber lesen kann? Vielleicht einen *Aufziehen eines Gefährten für Dummies*-Leitfaden, für Leute, die bei Tier 1 viel zu viel Glück hatten?"

Kelsey sah ihn an und tätschelte erneut seinen Arm. „Entspann dich. Ich bin dankbar, dass du das ernst nimmst, aber das ist kein großes Problem. Noch nicht. Besorg ihr einfach ein oder zwei Freunde. Finde die anderen Gefährten hier in der Gegend, sowohl auf dem Pfad als auch bei den Vasallen. Es gibt mehrere Gruppen, die sich für ihre Gefährten miteinander treffen, um Kontakte zu knüpfen."

Matt brachte sie mit seiner KI zur Sprache und stellte fest, dass eine von ihnen sich morgen treffen würde und auf Tier 6 war. Er meldete sie sofort an.

„Ansonsten ist Aster ein sehr gesunder Fuchs, der sogar bereit war, sich von ein paar Bedürftigen knuddeln zu lassen. Sie wussten nicht, dass sie auch zur Behandlung hier war. Das spricht Bände über ihren Charakter, und auch über deinen." Die ältere Heilerin seufzte. „Es kommt nicht oft vor, aber manche Leute sehen uns nur als Werkzeuge, die sie benutzen können." Sie blickte Matt nicht an, aber sie war kurz davor, als sie sagte: „Gehöre nicht zu ihnen."

Normalerweise würde Matt sich einem Fremden gegenüber nicht erklären, aber die Frau schien sich um Asters Wohl zu sorgen, also antwortete er ihr freundlich.

„Sie ist wie die kleine Schwester, die ich nie hatte. Ich bin ohne meine Eltern aufgewachsen, also verstehe ich das. Ich sehe mich nicht so sehr als Asters Elternteil, sondern vielmehr als älteren Bruder, der ihr helfen muss, bis sie auf sich selbst aufpassen kann. So wie das Waisenhaus uns aufgezogen hat. Es war das Beste, was sie tun konnten. Aber ich möchte nicht, dass es ihr an irgendetwas fehlt, was sie braucht." Er seufzte, als seine Gefährtin auf einen Haufen Kaninchen stürzte, die sich wie Blätter im Wind verstreuten.

„Also, danke, dass du mich darauf aufmerksam gemacht hast."

Kelsey drehte sich zu ihm um und reichte ihm die Hand. „Wenn du weitere Fragen oder Bedenken hast, melde dich bei mir. Ich helfe gerne."

Matt nickte, wurde aber wieder unterbrochen, als Aster seine Anwesenheit durch ihre Verbindung bemerkte. Sie stürmte in seine Arme und erzählte ihm von all den Abenteuern, die sie mit den Kaninchen erlebt hatte.

Die Schuldgefühle nagten noch immer an ihm, aber Matt winkte der Heilerin kurz zu und nickte.

* * *

Liz hatte den Papierkram satt. Sie war es leid, dass sich die Leute bei ihr beschwerten.

Vor allem aber hatte sie es satt, dass Talous versuchte, sie anzubaggern. Sie musste mit ihm zusammenarbeiten, da er der Anführer der Pfadgänger des Königinnentums war, aber der Mann wollte die immer unverblümteren Andeutungen, die sie über ein Date mit Matt sagte, nicht akzeptieren.

Solche Kommentare wurden einfach mit einer fröhlichen Antwort abgetan, und er lobte entweder ihre Arbeitsmoral oder ihr Auftreten auf dem Schlachtfeld.

Sie war kurz davor, ihn anzuschnauzen, aber sie zügelte sich. Schließlich war sie eine Vertreterin aller Pfadgänger auf ihrer Seite. Wenn die Kommunikation zwischen den Pfadgängern auf beiden Seiten zusammenbrach, würden sie viel von ihrer Hebelwirkung verlieren. Die Verhandlungen liefen gerade, und sie konnten es sich nicht leisten, uneinig zu sein.

Talous nutzte die Gelegenheit, sich neben sie zu setzen. Im Laufe des Treffens rückte er mit seinem Stuhl immer näher heran, bis sich ihre Arme berührten. Sie war nur noch einen Moment davon entfernt, ihn auf seinem Stuhl zu packen und ihn mit ihrem Blut wegzuschleudern.

Albert saß auf der anderen Seite des Tisches, während die meisten seiner Gefolgsleute ihn umringten. „Es gefällt uns nicht, dass die Leute aufgeben. Vor allem die Pfadgänger. Wir haben das innerhalb unserer eigenen Truppen unterbunden, aber ich möchte ein zweiwöchiges Verbot für alle verhängen, die einfach aufgeben."

Liz wiederholte ihre vorbereitete Rede. „Das ermutigt nur zu Kämpfen bis zum Tod. Ich stimme zu, dass Lösegeld für die Hälfte der Punkte nicht die richtige

Maßnahme ist, aber sinnloses Sterben zu fördern, ist keine Sache, die sich jemand angewöhnen sollte."

Prinzessin Sara schaute zu Liz hinüber. Sie hatte etwas aufblitzen sehen, aber es war zu schwach und zu schnell verschwunden, als dass sie es hätte erkennen können. Irritation war die wahrscheinlichste Antwort. Keiner der beiden Anführer war erfreut darüber, dass Liz sich so sehr dagegen wehrte. Talous drängte sie, auf ihre Forderungen einzugehen, aber Liz lehnte das strikt ab.

Sie wollte zwar nicht dazu ermutigen, beim ersten Anzeichen von Gefahr zu kapitulieren, aber auf Leben und Tod zu kämpfen, war einfach dumm. Die Bestimmungen, die die Vasallenstaaten zu den Regeln hinzugefügt hatten, sahen vor, dass ein Rückzug ohne entsprechenden Befehl einer Kapitulation gleichkam. Keine Ausnahmen. Das war der Hauptpunkt, gegen den sie kämpfte.

Gefangennahme war in echten Kriegen ab Tier 15 nichts Ungewöhnliches. Lösegelder und Ähnliches waren üblich und eine einfache Möglichkeit, dem Feind ohne Blutvergießen Reichtum und Ressourcen zu entreißen. Kriege endeten nur selten in einem regelrechten Gemetzel, bei dem die Kapitulation nicht akzeptiert wurde. Der Versuch, die Kämpfe einigermaßen zivilisiert zu halten, war der eigentliche Grund für die Kriegsregeln. Selbst die Tier 40 töteten nicht einfach alle und waren dann damit fertig.

Niemals eine Kapitulation zu akzeptieren, stellte ihrer Meinung nach einen Rückschritt dar.

Aber anscheinend war das nur ihre Meinung.

„Was schlägst du dann vor? Wir können nicht zulassen, dass die Leute bei jeder Gelegenheit die weiße Fahne schwenken." Die Anführerin des Königinnentums klang verärgert.

Liz beruhigte sich und konzentrierte sich wieder. „Ich denke, eine zweiwöchige Abkühlungszeit zusätzlich zur Hälfte der Punkte ist einfach zu viel. Ich werde auch keine Änderung des Rückzugsbefehls akzeptieren. Das ist weder mit echten militärischen Operationen vereinbar noch logisch. Wenn ihr nicht wollt, dass die Leute ständig kapitulieren, solltet ihr auch nicht wollen, dass sie ihr Leben leichtsinnig wegwerfen."

Fürst Albert sah weniger interessiert aus als Sara, aber es war einer der Helfer der Prinzessin, der Liz drängte. „Was weißt du schon vom echten Krieg? Keiner von uns weiß, wie etwas auf diesem Tier wirklich funktioniert. Ja, das ist ein Spiel, aber wir müssen so kämpfen, als wäre es so echt wie möglich, wenn wir etwas daraus lernen wollen."

Liz stimmte dieser Logik im Kern sogar zu und sagte das auch. „Wenn wir gute Erfahrungen aus diesem Krieg ziehen wollen, müssen wir die Sache ernst nehmen. Aber in einem echten Tier 15- bis 30-Krieg geben die Leute auf, wenn sie zahlenmäßig hoffnungslos unterlegen sind oder wenn es keine Möglichkeit gibt, zu gewinnen. In der Regel werden sie dann gegen Lösegeld zurück auf ihre Seite gebracht. Schau dir nur einen echten Krieg in der Geschichte an. Gastor der Tapfere wurde im letzten Sektenkrieg etwa drei oder vier Mal gefangen genommen. Jedes Mal wurde er zurückgegeben, nachdem ein Lösegeld bezahlt worden war. Beim letzten Mal zwangen ihn die Sekten, einen Vertrag zu unterschreiben, der besagte, dass er nicht mehr in diesem Krieg kämpfen würde. Aber sie ließen ihn trotzdem gehen, da er sich friedlich ergab, als es keine Hoffnung mehr gab. Und er ist nur ein *einziges* prominentes Beispiel."

Liz wollte eigentlich sagen, dass ihr Bruder in der Armee war und zweimal gefangen genommen und auf die gleiche Weise wieder freigekauft worden war. Dass er der Sohn eines Königs war, war auch nicht der Grund, denn sein ganzes Bataillon war gefangen genommen und wieder freigekauft worden. Das geschah, als er zum ersten Mal in die Armee eintrat und nur ein Gefreiter war. Es war auch, bevor ihre Eltern Tier 35 überschritten hatten. Sie hätten keinen Einfluss gehabt, wenn er damals getötet worden wäre.

Es stimmte zwar, dass Kriege eine Rolle bei der Bevölkerungskontrolle spielten, aber niemand wollte vermeidbare Feindseligkeiten und endlose Blutfehden auslösen. Sogar die Sekten, die es ihren Mitgliedern verboten, sich zu ergeben, nahmen die Kapitulation bereitwillig an. Es war schließlich ein leichter Gewinn.

Fürst Albert zuckte mit den Schultern. „Wenn die Leute aufhören, schon beim Anblick der obersten Pfadgänger zu kapitulieren, wäre ich zufrieden. Es ist mir allerdings egal, wie wir das machen. Wir können es uns nicht mehr leisten, dass die Leute den einfachen Weg gehen, besonders wenn sie eine klare Chance auf den Sieg haben."

Liz nickte ihm zu. Er bot ihr ein wenig Hilfe an, was sie eigentlich erwartet hatte. Das Königreich wäre in großen Schwierigkeiten, wenn sie die Pfadgänger auf ihrer Seite bitten würde, sich nicht mehr zu beteiligen, auch nicht vorübergehend. Aber keiner von ihnen wollte, dass diese Karte gespielt wird.

„Ich schlage vor, dass wir einfach einen Zusatz hinzufügen, der besagt, dass die Leute, die sofort zurückkommen wollen, die Hälfte ihrer Punkte zurückzahlen müssen. Sie können aber auch ein Viertel ihrer Punkte zurückzahlen, wenn sie zwei Wochen warten. Sie können sich aussuchen, wie sie wieder einsteigen wollen, und die Vorstellung, zu warten, ist schon ziemlich schmerzhaft."

Prinzessin Sara schüttelte den Kopf. „Das ist nicht genug. Es muss harte Konsequenzen geben, wenn du aufgibst."

Liz beugte sich vor und sagte: „Ich glaube nicht, dass das richtig oder notwendig ist. Es schafft einen schlechten Präzedenzfall."

Talous zuckte mit den Schultern, als ob es ihn nichts anginge. „Jeder, der nicht kämpfen kann und sich trotzdem entscheidet zu kämpfen, aber nicht bereit ist, wie ein echter Kämpfer zu sterben, ist ein Feigling. Sie verdienen es, bestraft zu werden. Ich persönlich finde, dass wir das Aufgeben schlimmer machen sollten als das Sterben. Wem das nicht gefällt, der kann gehen."

Liz zwang sich, nicht mit den Zähnen zu knirschen, aber es war eine Übung des bloßen Willens. Vor dem Treffen hatte Talous seine Gedanken geäußert, sich aber mit ihrem Vorschlag abgefunden.

Sara beugte sich vor, um die Gelegenheit zu ergreifen. „Ich bin gerne bereit, die Strafe noch weiter zu erhöhen. Es wird dir persönlich nicht wehtun. Wir haben eine Klausel eingebaut, dass jeder, der eine bestimmte Anzahl von Punkten hat, sich zurückziehen kann. Wir wollen nicht, dass die Spitzenleute wütend auf uns werden. Wir wollen nur, dass sich die Basis anpasst."

Liz schaute zu Juni, dann zu Albert. „Das ist eine kurzsichtige Idee, die die Leute nur wegstoßen wird. Denkt daran, warum und für wen dieser Krieg geführt wird."

Das überraschte alle, und die meisten sahen sich um.

Talous lehnte sich in seinem Stuhl zurück, bis er ächzte. „Wen interessiert es, was die Schwächlinge denken. Wenn sie die Macht hätten, die Dinge zu ändern, wären sie nicht diejenigen, die betroffen sind. Wenn sie stark genug werden, werden die Nachteile nicht auf sie zutreffen. Das ist der perfekte Weg, um das Ungeziefer in Schach zu halten und dafür zu sorgen, dass die Kämpfe gut sind."

Zum ersten Mal äußerte Alyssa ihre Meinung. „Die Handwerkervereinigung ist im Moment mit beiden Seiten ziemlich unzufrieden und wird eine solche Änderung nicht auf die leichte Schulter nehmen. Zugegeben, die meisten Bestimmungen gelten nicht für sie, aber die Rückzugsbeschränkungen sind vage genug, dass sie gezwungen werden könnten, während einer Belagerung zu bleiben. Das ist übrigens der Grund, warum sie so wütend sind: Sie mussten mit ansehen, wie *zwanzig* Handwerker ihr Leben verloren, weil sie es nicht rechtzeitig aus der Stadt schafften. Hinzu kommen zweihundert weitere, die ihre Arbeitsplätze und Handwerksgeräte verloren haben. Das ist ein verheerender Verlust für jeden, der nicht aus einer königlichen Familie stammt, und kein einziger Handwerker auf beiden Seiten freut sich auf die nächste Belagerung. Wenn ihr eine Klausel einfügen wollt, dann muss es entweder klare Ausnahmen für alle Unterstützungsrollen geben, oder ich muss mich dagegen aussprechen."

Liz war nicht erfreut, noch mehr Unterstützung von der Frau zu bekommen, die die Handwerker beider Seiten vertrat, aber sie musste nehmen, was sie bekommen konnte.

Innerlich war sie überrascht, dass Alyssa ihre Position behalten konnte. Offenbar hatten sich die Ersatzleute, die die Handwerker des Königinnentums übernehmen sollten, nach einem Gespräch mit Alyssa alle geweigert, dies zu tun. Es gab Gerüchte, dass sie und Fürst Albert etwas mit den Handwerkern der anderen Seite ausgehandelt hatten, aber selbst Liz konnte keine Beweise finden.

Liz zuckte mit den Schultern, als ob es sie nicht interessierte. „Ich lehne jede Vereinbarung wie diese ab, ohne Wenn und Aber. Talous, ich bezweifle, dass du genug Unterstützung hättest, um so eine Änderung durchzusetzen. Einige der Spitzenleute würden dir zweifelsohne zustimmen, aber die meisten nicht, weil sie diejenigen wären, die über den Tisch gezogen werden. Ohne überwältigende Unterstützung von oben wird es nicht ohne Folgen bleiben."

Albert tippte mit einem kristallinen Finger auf den Schreibtisch. „Dann müssen wir zu einer Einigung kommen. Ich habe nichts gegen die vorgeschlagene Änderung." Er nickte Liz zu.

Jetzt waren sie wieder in einer Patt-Situation. Auf jeder Seite gab es zwei, wobei Alyssa in der Mitte stand, sich aber zu Liz' Seite neigte. Die Pfadgängervereinigung arbeitete nicht mehr zusammen, sondern die gegnerischen Seiten des Krieges verbündeten sich wieder gegeneinander. Das war kein guter Präzedenzfall, aber die Situation war nicht zu ändern.

Die Diskussion drehte sich im Kreis.

Liz konnte ohne jeden Zweifel sagen, dass sie Politik hasste.

* * *

Matt und Liz faulenzten zusammen und sahen zu, wie Aster mit den anderen Tieren und Gefährten auf ihrem Tier spielte. Auf Anraten der Heilerin hatte Matt sofort eine örtliche Spielgruppe aufgesucht. Seine Gefährtin versuchte gerade, eine flammende Eidechse auf gutmütige Weise zu löschen, und hörte von selbst auf, wann immer es zu viel wurde. Sie schienen sich zu amüsieren.

Eine Fledermaus mit hauchdünnen Flügeln verfolgte die beiden und schickte kleine Windstöße aus, um die beiden von oben zu bedrängen. Es war alles unglaublich niedlich.

Zuerst war Matt etwas verärgert darüber gewesen, wie hart Kelsey ihn wegen Aster angegangen war. Er kümmerte sich gut um sie. Aber als er sie spielen sah, merkte er, wie gut es ihr tat. Auch wenn es vielleicht nicht so dringend nötig war, wie sie es ihm weismachen wollte. Anstatt weiter darüber nachzudenken, bedankte er sich bei der Frau mit einem kurzen Video von Aster beim Spielen. Er war in der Lage, seine Fehler zuzugeben, aber hier hatte es besonders wehgetan, zu versagen.

Jeremy, die Gefährte der Fledermaus, lachte und sagte: „Jasper hat immer einen Mordsspaß, aber er ist auf Asters Schwanz fixiert. Es ist schon lustig, seine Gedanken zu hören."

Matt lächelte. „Aster will das böse Feuer löschen. Sie ist ziemlich hartnäckig dabei, aber sie ist wenigstens vorsichtig."

Er nickte Rita, der Gefährtin der Feuerechse, zu, die daraufhin den Kopf schüttelte. „Chelsea wird es gut gehen. Sie kann sich nach Belieben neu entflammen oder löschen. Sie genießt die Aufmerksamkeit. Ein bisschen Eis wird sie nur etwas ausbremsen, sonst nichts. Ehrlich gesagt bin ich überrascht, dass Aster sich so gut benommen hat. Unsere beiden Gefährtinnen sind von Natur aus so, und wir haben festgestellt, dass manche Gefährten aus Riftbelohnungen etwas zu aggressiv spielen können."

„Aster ist im mentalen Bereich etwas weiter als die meisten, aber sie war schon immer verspielt. Sie liebt es zu kämpfen, ja. Aber sie kennt den Unterschied."

Liz verschlang einen Snack. Sie war gerade mit schlechter Laune von dem Treffen zurückgekommen. Sie tat zwar so, als würde sie sich höflich unterhalten, aber die meiste Zeit war sie merklich ruhiger als sonst.

Die drei Gefährten liefen zu einer anderen Gruppe hinüber und begannen, vier andere Gefährten zu necken, die mit einem Ball spielten. Es kam zu einem kleinen Gerangel, als die drei den Ball stahlen und die anderen herausforderten, ihn zurückzuholen, wodurch ein neues Spiel entstand.

Matt notierte sich, dass er mit Aster über Mobbing sprechen wollte. Spielen war in Ordnung, aber er wollte nicht, dass sie sich angewöhnte, von anderen etwas wegzunehmen. Einige harte Jahre im Waisenhaus hatten ihn gelehrt, dass es besser war, das Thema jetzt anzusprechen, bevor es zu einem echten Problem werden konnte.

Als sich die Gefährten schließlich ausgepowert hatten, gingen Matt und Liz mit einer stolpernden, keuchenden Aster nach Hause. Sie war erschöpft von ihrem Nachmittagsausflug.

„Wie ist das Treffen gelaufen?"

Liz seufzte und schmiegte sich an ihn. „Größtenteils gut. Wir haben stundenlang diskutiert, aber schließlich haben wir eine Lösung gefunden. Die Pfadgänger, die sich ergeben, müssen die Hälfte ihrer Punkte zahlen und zwei Wochen aussetzen, aber ich habe die Rückzugsklausel für alle aufgehoben. Wer vor einem Feind davonläuft, wird nicht bestraft, es sei denn, die KI meldet, dass die Schlacht eindeutig zu gewinnen ist. Das war das Beste, was ich tun konnte. Talous war weniger kooperativ, als ich gehofft hatte. Ich bin mir ziemlich sicher, dass er und Sara etwas aushecken. Als sie sich zusammentaten, schlug sich Albert auf meine Seite und es stand wieder das Königreich gegen die Königin. Allerdings war sein Desinteresse an dem Streit offensichtlich, was unserer Position geschadet hat."

„Das ist wohl besser als nichts."

Liz trat einfach gegen den Bürgersteig. „Das ist es. Ich weiß, es ist kein schlechter Kompromiss. Aber dieser Scheißkerl Talous baggert mich ständig an, was mehr als frustrierend ist. Ich habe ihm mehr als ein paar Mal gesagt, dass ich nicht interessiert bin."

Matt schwankte damit, was er sagen sollte. Er vertraute Liz, war sich aber nicht ganz sicher, wo er eingreifen sollte. Sie war mehr als stark genug, um mit Talous fertig zu werden, aber es fühlte sich falsch an, sie damit allein zu lassen.

„Kann ich helfen? Bei einem der beiden Themen?"

Liz tätschelte seinen Arm: „Nein. Es ist in Ordnung, nur ärgerlich. Der Idiot hat behauptet, dass die besten Pfadgänger eine Sonderbehandlung auf Kosten der schwächeren Pfadgänger erhalten sollten. Er ist ein kurzsichtiger Narr. Seine Flirterei wäre einfach genug zu handhaben, wenn ich bereit wäre, wegzugehen, aber ich glaube nicht, dass irgendjemand sonst in den oberen Tiers unserer Seite so pragmatisch wäre wie ich. Ich habe das Gefühl, dass ich die Einzige bin, die dafür sorgt, dass die schwächeren Pfadgänger nicht über den Tisch gezogen werden. Außerdem ärgert es mich, dass Alyssa von allen am besten weggekommen ist. Alle Handwerker werden eine Entschädigung erhalten, wenn sie wieder in einer solchen Stadt gefangen sind. Aber zumindest nicht für ihre Materialien, es sei denn, sie verdienen es sich. Wenn sie nicht freiwillig bleiben und nicht mithelfen, werden sie nur für ihren Tod bezahlt, sonst nichts. Wir setzen außerdem ein Kopfgeld auf alle Top-Teams beider Seiten aus. Wenn man es schafft, das Spitzenteam zu töten, bekommt man 10.000 Punkte – aktueller Stand. Das kann sich ändern, aber im Moment sind auf alle unsere Teammitglieder Kopfgelder ausgesetzt, wenn die Abklingzeit unserer Heilung abgelaufen ist."

Matt sah darin kein Problem. „Das scheint fair zu sein. Wenn die Handwerker nicht bei den Verteidigungsbemühungen helfen, ist das nicht unvernünftig." Er dachte über den zweiten Teil mit den Kopfgeldern nach. „Ich mag die Kopfgelder. Sie können uns viel mehr Punkte einbringen, wenn wir vorsichtig sind. Sicher, wir werden dadurch zur Zielscheibe, aber das war nach der Belagerung unvermeidlich. Wenn wir sterben, verlieren wir den Zugang zu unseren Punkten, und das ist ein Gewinn für das Königinnentum. Dann können wir sie nicht mehr nutzen, um uns während des Krieges zu stärken."

„Das ist es nicht. Aber es ist trotzdem Blödsinn, dass ich das Abkommen nur mit ihrer Hilfe durchsetzen konnte. Talous hätte auf meiner Seite sein müssen, aber stattdessen hat er absichtlich gegen mich gearbeitet."

„Hast du einen Plan, wie du mit ihm umgehen willst?" Matt nahm an, dass sie einen hatte. Liz war nicht so wütend, wie sie es sein würde, wenn sie dem Mann gegenüber hilflos wäre.

„Eine weitere schlechte Sache. Ich musste mit Alyssa eine unbefristete Vereinbarung treffen, ihr einmal in der Zukunft zu helfen. Aber im Gegenzug wird sie bei den Handwerkern und niederrangigen Pfadgängern Unzufriedenheit säen, indem sie all die schlechten Ideen verbreitet, die Talous heute geäußert hat. Damit wird er eine Menge Unterstützung verlieren und Prinzessin Sara wird gezwungen sein, ihn entweder zu ersetzen oder ein gefährliches Element in ihren Streitkräften wachsen zu lassen. Beides ist ein Gewinn für uns."

Matt, der die Stimmung auflockern wollte, schlug vor: „Wir können ihn ja verprügeln. Das hilft vielleicht nicht, aber du würdest dich dann wahrscheinlich besser fühlen."

Liz hielt inne, dann lachte sie so laut, dass Aster aufwachte. Sie fragte: „Wer? Was?" Als sie dann niemanden sah, setzte sie ihr bestes, flehendes Gesicht auf und fragte: „Holst du Eiscreme?"

Immer noch lachend kraulte Liz Aster und sagte: „Klar, holen wir uns etwas für nach dem Essen. Aber das ist lustig. Ich habe schon den ganzen Tag darüber nachgedacht, wie ich ihn verprügeln kann. Er ist zwar stark, aber er ist ein

Nahkämpfer, der sich auf den Angriff konzentriert. Ich bin mir ziemlich sicher, dass ich ihn besiegen kann.“ Sie lächelte zu Matt hoch. „Wir denken ähnlich.“

Danach hielten sie die Dinge einfach und leicht und genossen einfach ihre gemeinsame Zeit.

* * *

Ihre zweiwöchige Zwangspause war schnell vorbei, als Melinda sie überprüfte und ihnen ein gutes Zeugnis ausstellte, zusammen mit einem kleinen Überheilung, um die Abklingzeit der Heilung heimlich aufzuheben.

Das Team ließ die Zeit nicht ungenutzt verstreichen und trainierte so hart, wie es nur möglich war. Sie begannen mit konzeptorientiertem Sparring mit minimalem Kontakt. Als sie ihre Abklingzeiten für die Heilung verringerten, gingen sie zum praktischen Sparring über.

Zur Überraschung aller war Conor der Erste, der seinen Satz „Reflektion“ bekam. Es war nicht das Wort, das alle überraschte, sondern die Tatsache, dass er es in einer Pause, in der er von Matts und Asters Konzepten niedergeschlagen wurde, aus dem Nichts fand. Der Satz gab ihm etwas mehr reflektierten Schaden an seinen Gegnern, während er selbst noch immer keinen einstecken musste.

Das ergab eine tödliche Synergie mit seinem neuen Skill [Parieren], mit der er die physische Kraft eines Angriffs auf den Gegner zurückwerfen konnte, wenn er das richtige Timing fand. Noch tödlicher wurde er durch seine zweite Errungenschaft, [Klingenarena], ein teurer Tier 14-Skill, die dafür sorgte, dass jeder, der eine Klinge oder eine scharfe Waffe führte, bei jeder Bewegung reflektierten Schaden nahm. Das machte den Mann zu einem wahren Monster. Selbst Matt hatte mit dem Sperrfeuer der Angriffe zu kämpfen, obwohl Conor schnell das Mana ausging, wenn er seine beiden AOE-Skills gleichzeitig einsetzte.

Conors Erfolg gab Annie und Emily einen Tritt in den Hintern, von dem Matt nicht sicher war, ob er wirklich gut war. Sie verdoppelten ihre Anstrengungen und meinten, wenn er es geschafft hatte, sollten sie es auch schaffen. Emily war in einer etwas besseren Position, denn sie hatte etwas herausgefunden. Aber Annie tappte immer noch im Dunkeln, was ihre Stimmung nicht gerade verbesserte.

Ihre gesamte Freizeit verbrachte sie entweder mit Meditation oder mit Training. Satte 50.000 ihrer Punkte gingen dafür drauf, einen Tarnkappenspezialisten der Armee anzuheuern, der sie in Attentaten, Gegenattentaten und Spionage ausbildete. Meistens kehrte Annie mit einer Vielzahl von blauen Flecken in ihre Suite zurück, aber sie schien es zu genießen.

Selbst damit konnte sie nichts anfangen, was sie nur noch wütender machte.

Emily hat die meisten ihrer Punkte auf die Bank gebracht, nachdem sie allen das Geld zurückgezahlt hatte, und sagte, dass sie für etwas sparte. Anstatt ihnen zu sagen, wofür, lächelte sie nur verschmitzt und sagte ihnen, sie sollten abwarten. Matt fiel auf, dass sie [Erdspieß] gekauft hatte, aber er dachte sich, dass sie damit nur ihre

Kombinationsfähigkeit beim Verketten von Manatypen erhöhen wollte. Ihre Feuerkraft war schon mit vier Aspekttypen beängstigend. Er machte sich Sorgen, dass sie jemanden mit fünf töten würde, wenn sie doppelt so stark wäre. Aber während ihres Sparrings stellte er fest, dass der fünfte Treffer zwar deutlich stärker war, aber nicht genau doppelt so stark wie der vierte Zauber.

Nachdem er gesehen hatte, dass seine Teamkameraden einige Punkte ausgegeben hatten, wollte Matt den Skill [Gecrackter Durchbruch] umso dringlicher kaufen. Aber selbst wenn sein Team ihm die verbleibenden Punkte leihen würde, wäre das immer noch nicht genug. Nicht, dass er den Mut gehabt hätte, überhaupt zu fragen. Sie alle hatten Gegenstände, für die sie sparten, und er konnte nicht von ihnen verlangen, dass sie ihre eigenen Fortschritte für seine zurückstellten.

Es wäre egoistisch und unfair, einen Skill zu verwenden, die er in diesem Krieg nicht einmal einsetzen könnte. [Gecrackter Durchbruch] kostete anfangs 100 Mana, das waren 20 Mana mehr als sein derzeitiges Maximum. Um sie zu wirken, musste er auf Tier 7 aufleveln, und das war nur für Tier 5- und 6-Pfadgänger möglich. Er konnte nicht um Hilfe bitten, etwas zu kaufen, das keinem von ihnen helfen würde, mehr Punkte zu bekommen.

Er überlegte, ob er stattdessen [Flammenwerfer] für 50.000 Punkte kaufen sollte. Die Tier 14-Skills waren unglaublich teuer, aber Matt ging davon aus, dass sich ein durchschnittlicher Pfadgänger einen solchen Zauber leisten konnte, wenn er alle seine Punkte während des Krieges sparte. Ein kanalisierter Zauber wie dieser war perfekt für Matt, aber der Preis war unerschwinglich.

Er war sich auch nicht sicher, ob er die Punkte für den [Flammenwerfer] ausgeben wollte, wenn er auch den Verzauberungsspeicher haben wollte. Das kostete ebenfalls eine halbe Million Punkte, und er war sich nicht sicher, ob er beides, das Lager und [gecrackter Durchbruch], bekommen konnte. Der einzige Vorteil war, dass das Lager von beliebig vielen Leuten gekauft werden konnte, sodass er versuchen konnte, für den teureren Gegenstand zu sparen und dann das Lager zu bekommen, wenn er zu wenig hatte.

Es standen wieder Missionen an, und das war sein Weg, die benötigte Menge an Punkten zu sammeln. Dinge wie das Königreich, das für sein Mana bezahlte, und die langsam sinkenden Bezüge trugen zwar dazu bei, dass er insgesamt mehr Punkte sammelte, aber das würde ihn nicht viel weiterbringen. Ein Teil von ihm freute sich darauf, dass die Attentäter kamen. Mit Annies Hilfe hätten sie vielleicht eine passive Form des Einkommens durch Gegen-Attentate. Wenn er jetzt die Punkte für einen zusätzlichen Angriffsskill einlöste, könnte er auf lange Sicht mehr Punkte verdienen. Und [Flammenwerfer] passte perfekt zu ihm. Immer und immer wieder ging es um Punkte.

Liz trat gegen sein Bein. „Woran denkst du gerade?“

Er seufzte und sagte: „Ich weiß nicht, was wir mit unseren Punkten machen sollen. Wir haben noch drei Tage Zeit, bis die Abkühlphase der Heilung vorbei ist, und wir haben so viele Punkte. Wir sind gut, aber alle werden es auf unser Kopfgeld abgesehen haben, und dann ist da noch der taktische Vorteil, uns zu töten. Es ist unglaublich riskant, so viele Punkte für die teureren Gegenstände zu halten. Aber wenn ich jetzt nicht spare, könnte mich das später den [gecrackten Durchbruch] kosten. Ich will [Flammenwerfer], aber lohnt es sich, ihn jetzt zu kaufen, weil er mir zusätzlichen Schaden bringt? Der Skill ist stark und könnte den Unterschied zwischen Leben und Tod bedeuten. Ich werde viel mehr als fünfzigtausend Punkte verlieren, wenn wir jetzt sterben."

Aster sprang auf und gab ihm einen Kopfstoß gegen die Brust. „Neeeeein! Feuer ist schlecht. Einmal Feuer, das reicht."

Matt griff nach ihr, aber seine Gefährtin kippte um und rollte ihre Zunge aus, um ihm durch ihre Verbindung vorgetäuschte „tote" Gedanken zu schicken.

Liz fing an, ihr den Bauch zu reiben, was ein Schwanzwedeln auslöste, während sie immer noch so tat, als sei sie von seiner Neigung zu Feuerzaubern beleidigt.

„Aster, dir ist klar, dass du mehr als genug Punkte hast, um selbst einen neuen Eiszauber zu kaufen, oder?"

Immer noch mit geschlossenen Augen antwortete sie: „Ja. Ich habe einen." Dann schickte sie ihm eine mentale Projektion des Skills, den sie bekommen hatte. Er hatte schon fast Angst, dass es [Eiscreme herstellen] oder etwas Ähnliches sein würde. Aber zum Glück war das nicht der Fall. Es handelte sich um [Eissäulen], die einen kleinen Bereich um den Zaubernden herum schufen, in dem sich Eissäulen erhoben, um ihm Deckung und Schutz zu bieten.

„Ich kann fliegen!" In seinem Kopf entstand das Bild einer fliegenden, flauschigen Wolke, die wie ein Tier 7-Fluggerät wirkte. Das war wirklich ein guter Kauf, also schickte er ihr stolze Gedanken. Er ignorierte die Tatsache, dass sie es gekauft hatte, weil die Wolken wie Eiscreme aussahen.

Ihr nächster Kauf war weniger beeindruckend. „Ich habe. Eismaschine!" Ein Bild von einer kleinen Box, die aus Milch und Mana Eis herstellte, kam ihm in den Sinn.

Matt rieb sich das Gesicht. Das war genau das, wofür er erwartet hatte, dass sie Punkte ausgeben würde.

„Sonst noch etwas?"

Aster schien darüber nachzudenken und nickte dann. „Training. Mit Eiswolf!"

Matt notierte sich, dass er ihr einen kleinen Aufbewahrungsgegenstand besorgen sollte, den sie tragen konnte. Aber insgesamt hatte er das Gefühl, dass sie ihre Punkte so gut ausgegeben hatte, wie er es sich erhofft hatte, und viel besser, als er befürchtet hatte. Im Herzen war sie immer noch ein Kind.

Als sie fertig war, wandte sich Liz an ihn und sagte: „Nimm [Flammenwerfer]. Er passt gut zu dir und gibt dir einen treffsicheren Nahkampfzauber, mit dem du ewig herumballern kannst. Fünfzigtausend Punkte sind im Moment nichts für uns. Wenn du ihn jetzt kaufst, wirst du in den nächsten ein bis zwei Jahren wahrscheinlich mehr Punkte verdienen."

Matt wusste, dass sie recht hatte, aber wenn er deswegen nicht den [gecrackten Durchbruch] bekam, würde er es für immer bereuen.

Immer noch unschlüssig, erwiderte er die Frage: „Was willst du kaufen?"

„Ich brauche noch ein paar defensive Skills und etwas, das mich davor schützt, von einem Pfeil getroffen zu werden. Außerdem bin ich optimistisch, dass ein kristallbasierter Skill nicht von meinem Tier 1-Talent abweicht. Zumindest hoffe ich das." Sie betrachtete Matt mit einem seltsamen Blick und fragte: „Hast du schon mal von dem Skill [Fackelsprit] gehört?"

Den Skill kannte Matt nicht. Ihr Gesichtsausdruck machte ihn jedoch neugierig, sodass er sofort nachschaute. [Fackelsprit] war ein Tier 14-Zauber. Er war sowohl selten als auch teuer. Nicht weil er stark war, sondern weil er nur in einigen wenigen bekannten Rifts zu finden war. Außerdem farmte ihn niemand, weil der Skill praktisch nutzlos war. Für 100 Mana beschwor der Zaubernde einen einzelnen Lichtgeist, der umherschwebte und sich von Feuer nährte. Bei ausreichender Fütterung vervielfältigte er sich und breitete sich allmählich aus. Die Lichter waren recht selbstständig und suchten sich neue Feuerquellen, wenn es um die ursprüngliche Fackel zu eng wurde. Der Zauber war ideal, wenn man nur eine Fackel hatte und über einen längeren Zeitraum einen großen Bereich beleuchten musste. Der Skill [Lichtkugel] auf Tier 14 hingegen kostete nur 10 Mana, war sofort wirksam und schwebte überall um einen herum, wo man wollte.

Ihre Nützlichkeit war daher nicht vergleichbar. Selbst dann war [Lichtkugel] teurer als eine Taschenlampe mit Lichtrune, die mit wenig Mana stundenlang leuchten konnte. Einige nächtliche Festivals und Veranstaltungsorte im Freien nutzten [Fackelsprit] für die Atmosphäre, aber das war es auch schon.

Ohne Wenn und Aber: [Fackelsprit] war scheiße. Aber mit Liz' Talent könnte sich das ändern. Es bestand die Möglichkeit, dass der Skill in ein autonomes, sich selbst vermehrendes Blutmonster umgewandelt wurde, das nach weiteren Blutquellen suchte, um sich davon zu ernähren. Das war ein beängstigender Gedanke auf einem großen Schlachtfeld. Der Skill könnte sich fast endlos vermehren, und das nur für die anfänglichen Mana-Kosten des Skill.

Es hing alles davon ab, wie ihr Talent den Zauber veränderte. Für diese potenzielle Belohnung war es immer noch eine Chance wert.

„Das wäre interessant, wenn es so klappen würde, wie ich denke."

Liz trat mit ihren Füßen gegen seine. „Ja. Es ist ein Risiko, aber ich denke, es könnte sich auszahlen, wenn wir wieder in einen Kampf wie den letzten geraten. Ich wünschte nur, es gäbe mehr Informationen darüber, wie viel Kontrolle der Zauberer über die Lichter hat. Die Beschreibung enthält nur wenige Details, aber die Festivals, die es benutzen, scheinen die Lichter in bestimmten Bereichen zu halten und gleichmäßig zu verteilen. Das ist zumindest etwas."

Matt wippte in seinem Stuhl hin und her. „Das hört sich so an, als würdest du die Würfel trotzdem rollen lassen. Ich bin mir immer noch nicht sicher, ob es das Richtige ist, [Flammenwerfer] zu kaufen. Zumindest nicht im Moment."

Liz stieß ihn mit ihrem Zeh. „Hol ihn dir einfach. Du brauchst den Skill sowieso und [gecrackter Durchbruch] ist nicht gerade günstig." Sie lehnte sich zurück und sagte: „Ich bestelle meine Skills, tu du das auch, damit wir einem von uns den Weg ersparen können.“

Mit einem Seufzer beschloss Matt, es zu wagen.

Als eine Kiste mit ihren Skills aus der Luft fiel, fügte sie hinzu: „Wir können immer mehr Punkte sammeln.“

Das stimmte, Team Eimer musste nur wieder auf das Schlachtfeld zurückkehren. Er und seine KI hatten einen Plan.

Kapitel 21

Team Eimer hatte geschummelt. Ein bisschen.

Sie verließen die neutrale Stadt, bevor die Abklingzeit ihrer Heilung technisch gesehen vorbei war. Sie gingen einfach durch das Haupttor und flogen dorthin, wo sie hinmussten.

Das war eine Umgehung der Regeln, wenn nicht sogar ein eindeutiger Verstoß. Jeder, der eine Abklingzeit zur Heilung hatte, sollte zur Sicherheit in der neutralen Stadt bleiben, aber mit ihrem Beitrag zur Stadtverteidigung waren sie sicher, dass ein halbes Dutzend Leute bereit war, sie zu töten, sobald sie Freiwild waren.

Es war amüsant, Annie dabei zuzusehen, wie sie einen Tobsuchtsanfall bekam, als sie versuchte, ihre Suite vor Attentaten zu schützen, bis ihnen die Konsequenzen klar wurden. List war der bessere Teil der Tapferkeit, also schlichen sie sich in der Nacht vor der vereinbarten Zeit aus der Stadt.

Nachdem sie von Matts Plan gehört hatten, waren der Fürst und Juni mehr als erleichtert, dass sie unterwegs waren. Also zog das Team ein paar halbherzige Verkleidungen an, machte sich auf den Weg und flog durch die Nacht.

Matt blickte zu Aster und unterdrückte einen Seufzer. Seine Gefährtin hatte ein speziell angefertigtes Fluggerät mit einigen interessanten Eigenschaften bekommen. Es war eine Wolke, die Kälte abstrahlte, damit sie sich in warmen Sommernächten wohlfühlen konnte. Diese Idee gefiel ihm. Ihm gefiel auch, dass sich ihre Wolke zu einer Schneeflockenbrosche komprimieren ließ, die sie an ihrem Halsband befestigen konnte.

Der einzige Nachteil war, dass das Fluggerät unverkennbar wie eine Eiskugel aussah und anscheinend auch so schmeckte. Seine Gefährtin verbrachte mehr Zeit damit, an ihrer Wolke zu knabbern, als geradeaus zu fliegen. Nachdem er sie auf eine

Weise fliegen sah, die selbst einen Betrunkenen als vernünftigen Flieger aussehen lassen würde, bat er um Zugang, um seine und Liz' KI mit dem fliegenden Dessert zu verbinden. Es war einfacher für alle, sie in Formation fliegen zu lassen, während der Fuchs herumspielte.

Nach einer Stunde des Kreisens auf der Suche nach Verfolgern versammelten sich alle im Umkreis von wenigen Metern um Matts fliegendes Schwert und unter einem Luftschild und hängten sich an. Sobald alle in Position waren, flog Matt sie so hoch in die Atmosphäre, wie er konnte, bevor das Atmen zum Problem wurde.

Das Tier 7-Schwert war mehr auf Leistung als auf Effizienz ausgelegt, sodass es schneller war als ein durchschnittliches Tier 7-Fluggerät, selbst wenn es alle Mitglieder ihres Teams trug. Dank des Luftabweisungsschilds und des abnehmenden Luftwiderstands erreichte das Team schnell die gewünschte Höhe und flog von dort aus weiter. Nach zwei Stunden hielten sie über einem kargen, von einer Wolkenbank verdeckten Mittelgebirge an.

Nachdem sie angehalten hatten, wühlten sie sich durch Dutzende Raumbeutel, um den richtigen zu finden. In dem gewünschten Paket befanden sich die Teile für die Halterung, die in der Luft sorgfältig zusammengebaut wurde. Als sie fertig war und doppelt geprüft wurde, flog Matt sein Schwert in ein speziell angefertigtes Gurtzeug, das die Vorrichtung in der Luft hielt, und sprang auf die Plattform, die unter dem Schwert hing. Beim Aufprall schwankte es unangenehm. Nach ein paar Qualitätskontrollen befestigten die anderen schnell die kurzen Wände, die die zehn mal zehn Meter große Plattform schützen sollten.

Als alle anderen aufsprangen, schwenkte Matt seine Hände in dem Wasserdampf, der die Wolke bildete.

„Home sweet home".

Emily war in Winterklamotten eingepackt und starrte ihn an. „Mach die Barriere hoch, du Arsch. Es ist ... für alle anderen hier eiskalt."

Matt bemerkte, wie sich ihr nebliger Atem mit der Wolke vermischte und aktivierte die in die Plattform eingebaute Luftbarriere. Sie würde die Kälte draußen halten, und mit der Heizung, die Liz bereits aufgebaut hatte, würde es bald noch gemütlicher werden.

Alle anderen außer ihm und Aster kauerten zusammen. Er holte einen der beiden umprogrammierten Golem-Erntehelfer heraus, verband ihn mit dem fliegenden Schwert und ließ ihn als Ausguck über der Wolke schweben. So konnten sie sich versteckt halten, und ihr automatischer Wachposten würde sie warnen, wenn sich die Wolkendecke auflösen würde.

Da die Temperatur nur für Matt und Aster erträglich war, begann er mit dem Aufbau der beiden Zelte, die sie hatten. Er und Conor mussten sich das kleinere Zwei-Mann-Zelt der Zwillinge teilen, sehr zu deren Leidwesen. Das Zelt war für die beiden kleineren Frauen geeignet, aber selbst für nur einen der beiden Männer war es ziemlich eng. Sie hatten beide darüber nachgedacht, ein weiteres Zelt zu kaufen, aber schließlich konnten sie nicht riskieren, dass ihr Plan Verdacht schöpfte.

Stattdessen einigten sie sich darauf, das Zelt im Schichtbetrieb zu nutzen. Zu diesem Zweck meldeten sie sich freiwillig, so oft wie möglich separate Wachschichten zu übernehmen.

Nachdem alles fertig war, holte Matt einen mit Manasteinen gefüllten Gürtel hervor, stellte sicher, dass sie alle voll waren, und hängte den Gürtel an einem der Kabel unter das fliegende Schwert. Jemand, der Wache hielt, musste das Schwert jede Stunde mit 200 Mana auffüllen und die wiederverwendeten Erntehelfer alle zwei Stunden. Jeder Beutel am Gürtel enthielt genug Manasteine für eine Auffüllung. Er startete den Timer und schickte ihn an alle anderen.

Er war halb versucht, einen Rift auf der Plattform zu erzeugen, aber er wollte diesen Skill nicht verraten, nicht einmal seinem Team. Außerdem würde das einen Scheinwerfer auf ihre versteckte Basis werfen, der von allen gesehen werden könnte, was den Zweck ihrer Vorbereitung zunichtemachen würde.

Aster tänzelte herum und sprang von der Plattform, nur um von ihrer neuen Wolke aufgefangen zu werden. Dann rannte sie herum und versuchte, die Wolken um sie herum anzuknabbern. Als Matt sah, dass sie sich mit sich selbst beschäftigte, schob er sich zu den anderen rüber und zog einen Campingstuhl heraus.

„Wie geht es euch jetzt?"

Zähneklappern war die einzige Antwort, die er erhielt, bis Conor sich die Mühe machte, ihm mit einer zittrigen Hand den Mittelfinger zu zeigen. Matt lachte und lehnte sich zurück, während er darauf wartete, dass sich der kleine Bereich aufwärmte. Schließlich erreichte die Plattform eine erträgliche Temperatur, und der Rest der Gruppe wurde munterer.

Matt fragte: „Werden morgen alle fertig sein? Sind die Skills verinnerlicht und die neuen Gegenstände überprüft? Lasst uns die Änderungen am Gebäude durchgehen, damit wir alle vorbereitet sind."

Sie hatten das schon besprochen, aber Matt wollte noch einmal überprüfen, ob das Team auf derselben Seite stand. Annie antwortete zuerst: „Ich habe nichts mehr zu absorbieren. Mein Trainer hat mich gezwungen, sowohl [Ausfall] als auch [Durchbohrender Stich] zu kaufen, was selbst für einen Tier 14-Skill absurd teuer war."

Conor rieb sich noch immer die Arme und meldete sich zu Wort. „[Ausfall]? Scheint ein bisschen seltsam zu sein."

Annie rollte mit den Augen, während sie ihre Hände über ihrem warmen Atem zusammenschlug. „Das habe ich auch gesagt. Ich habe mir eingestanden, dass ich falsch lag. Er ist einer der besseren Bewegungsskills für schleichende Builds auf unserem Tier. Du weißt schon, bevor es richtige Synchronisierung und Teleportieren auf kurze Distanz gibt."

Alle nickten und schauten an Annie vorbei direkt zu Emily.

„Ich habe [Erdspieß] und einen neuen Stab bekommen, der meine restlichen Punkte aufbraucht. Dieses Baby reduziert die Mana-Kosten, die Geschwindigkeit, mit der ich zaubern kann, und die Belastung meines Geistes durch das Wirken solch starker Zauber stark. So kann ich härter, schneller und länger angreifen. Ich habe mir auch eine neue Rüstung zugelegt, aber das war relativ billig."

Matt war als Nächster an der Reihe. „Ich habe [Flammenwerfer] und eine neue Rüstung, die unter meine Talent-Rüstung passt. Ansonsten hat sich nicht viel geändert."

Liz, die immer noch zitterte, starrte Matt in seiner [Gecrackten Phantomrüstung] an und plapperte eine knappe Erklärung. „[Kristallrüstung] und [Fackelsprit]. Die Rüstung ist bereits absorbiert. Und getestet. Sie hat funktioniert, wie ich dachte, und ich habe jetzt eine [Blutkristall-Rüstung]. Sie gibt mir die dringend benötigte Verteidigung. Morgen trifft [Fackelsprit] meinen inneren Geist. Dann werden wir sehen, wie mein Talent ihn verändert. Ich bin froh, dass er nicht bis zum Kern gehen muss. Nur bis zum inneren Geist. Ich habe jeweils einen Tag gespart."

Matt war dabei gewesen, als [Kristallrüstung] ihren inneren Geist erreicht hatte, und sie hatte aufgehört, Mana in den Skill zu leiten, damit sie sich in ihrem neuen Zuhause niederlassen konnte. Sobald der Skill in ihrem Geist zur Ruhe gekommen war, hatte Liz eine automatische Nachricht vom Kaiser über die Auswirkungen des Skills erhalten. Diese Nachrichten waren unglaublich praktisch, denn sie ersparten ihr den mühsamen Prozess, den Skill sorgfältig zu testen und die neuen Effekte abzulesen. Manche Skills konnten gefährlich sein, nachdem sie mit Liz' Talent umgewandelt wurden. Sie hatten noch keine wirklich schädlichen Skills entdeckt, aber die Möglichkeit bestand immer.

Skills konnten leicht als Skill-Splitter untersucht werden, aber sobald sie in den Geist des Kultivierenden eingedrungen waren, war es exponentiell schwieriger, die Skills mit den Testmaschinen zu analysieren. Mit der Ausrüstung, die ihnen zur Verfügung stand, war es fast unmöglich. Das bedeutete, dass Liz die Skills sorgfältig testen und umfassende Vorbereitungen treffen musste, um möglichen Nebenwirkungen entgegenzuwirken. Matt war immer noch besorgt. Wenn ein neuer Skill auf das Blut in ihr abzielte, würde sie die negativen Auswirkungen vielleicht nicht überleben.

Deshalb hatte Matt Melinda gebeten, bei Liz' erstem Einsatz von [Blutkristall-Rüstung] dabei zu sein. Glücklicherweise funktionierte alles genau so, wie es in der Nachricht stand, und eine rötlich-goldene Rüstung, die halb aus Kristall und halb aus Blut bestand, wuchs um sie herum. Anders als bei der ursprünglichen [Kristallrüstung] war sie sogar in der Lage, alle beschädigten Teile der Rüstung einzeln aufzulösen und sie perfekt mit Blut um sich herum wiederherzustellen. Der übliche Nachteil, dass der Skill bei einer Beschädigung von Grund von neu erlernt werden muss, wurde damit vollständig umgangen.

Niemand war sich sicher, warum die Farbe der Rüstung goldfarben war, aber sie spekulierten, dass es eine Reaktion zwischen dem Kristall und dem Bluteisen war, das sie absorbiert hatte. Dadurch entstand möglicherweise Eisenpyrit, besser bekannt als Narrengold, mit der Mischung aus natürlichem Schatz und Können. Matt zog sie immer wieder damit auf, dass die Doppel-Prinzessin eine goldene Rüstung habe, woraufhin Liz errötete und ihn gut zehn Minuten lang mit Schweigen bestrafte, was Melinda sehr amüsierte.

„Mein anderer Skill wird morgen früh fertig sein." Zum Schluss warf sie Matt einen finsteren Blick zu: „Du bist ein schrecklicher Freund. Ich kann dir nicht mal Wärme stehlen."

Conor stieß mit zusammengebissenen Zähnen hervor: „[Klingenarena]. [Parieren]. Neuer Schild."

Da sie alle mit dem Mann und seinen neuen Skills trainiert hatten, reichte das aus.

Als er sah, dass Aster immer noch hinter der Wolkendecke her war, sprach Matt für sie. „Aster hat [Eissäulen] bekommen, mit denen wir das Terrain manipulieren können."

Er weigerte sich, über ihre Eismaschine zu sprechen. Alle wussten bereits davon, denn sie hatte Stunde um Stunde davor jede Menge Eis gegessen, bis ihr die Milch ausgegangen war.

Sie saßen ein oder zwei Stunden herum und schließlich waren nur noch er und Annie wach. Sie hatten die erste Wache, und es war endlich warm genug, dass Matt seine Rüstung deaktivieren konnte.

Er fragte: „Wie war die Ausbildung bei der Armee?"

„Uff, es war schrecklich. Der Ausbilder, den sie hatten, war alles, was ich mir hätte wünschen können, aber er war unglaublich anspruchsvoll." Sie lächelte in die Wolkendecke hinein. „Ich habe bereits ein weiteres Training bei ihm in zwei Wochen gebucht. Diese Chance kann ich mir nicht entgehen lassen. Er hat sich geweigert, mir sein Tier zu nennen oder auch nur irgendetwas über sich zu erzählen. Nicht einmal seinen Namen. Er sagte nur, ich solle es selbst herausfinden. Aber ich wette, er ist mindestens ein Tier 30. Er ist ein Geist. Das Beängstigende ist, dass er nicht einmal ein Talent zur Tarnung hat. So viel hat er mir schon gezeigt. Sein Talent ist nur, dass die Rüstung ihn besser schützt."

Matt hob die Augenbrauen und sagte: „Das scheint ein seltsames Talent zu sein, um sich zu tarnen."

„Das habe ich auch gesagt. Aber er hat seinen Standpunkt bewiesen. Er zwingt mich, die Attentate und Tarnungsaktionen ohne mein Talent durchzuführen. Es ist schwer und ich dachte, es sei unmöglich, bis er sich auf die Hälfte meiner Kultivierung beschränkte und alles perfekt lief." Annie lachte. „Ich sagte, dass er schummelt, also ließ er mich ein eigenes Szenario für ihn entwerfen. Er ist gut. Wirklich gut. Aber er ist auch das größte Arschloch, dem ich je begegnet bin. Die Ansprüche des Mannes sind nicht nur hoch, sie sind fast unerreichbar. Trotzdem ist er ein guter Lehrer, der mir erklärt, was ich falsch mache."

Matt überlegte, bei wem er eine Ausbildung machen könnte, solange er die Armeeangehörigen um sich hatte. Selbst wenn sein Managementteam kommen würde, bezweifelte er, dass es eine kostenlose Ausbildung von Experten geben würde. Die Kosten würden sicher hoch sein, entweder in Form von Reichsbeitragspunkten oder in Form von Geld. So oder so würde es nicht schaden, mit den relativ leicht zu verdienenden Kriegspunkten früher Unterricht zu erhalten.

Sie plauderten weiter, während ihre Schicht ohne Zwischenfälle verlief.

Am nächsten Morgen räumten sie ihre Sachen weg und machten sich auf den Weg zu ihrem ersten Ziel. Als sie in einem Kilometer Höhe am Rand der Anti-Flug-Formation schwebten, schauten alle zu Matt.

Das wäre für jeden außer ihm selbstmörderisch leichtsinnig. Seine KI hatte die Simulationen ein halbes Dutzend Mal durchgespielt, aber er hatte immer noch Angst davor, ohne sein fliegendes Schwert zu springen. Selbst nachdem er den gleichen Stunt auf Tier 5 erfolgreich durchgeführt hatte, wurde sein Zögern nicht geringer.

Nachdem sein Team gelandet war und sich am Rand der Formation in Position gebracht hatte, überprüfte Matt seine KI, rollte sich von seinem Schwert ab und stürzte zu Boden.

* * *

Eric ging mit der üblichen Langeweile auf seinen Posten, die sich in langen Perioden der Wiederholung einstellte. Sein Trupp befand sich tief im Gebiet des Königinnentums und bewachte eine Tier 6-Goldmine. Es war eine funktionierende Mine, und das Metall war tatsächlich vorhanden. Da das Königreich viele Festungen eingenommen hatte, die seine Seite zurückerobern wollte, musste er als Tier 6 Wache halten.

Das war nicht unter seiner Würde; es war sogar ein gutes Beispiel für die Soldaten unter ihm. Aber es war *langweilig*.

Als er sich umdrehte, um den äußeren Bereich zu inspizieren, wollte er Janet fragen, ob sie etwas Ungewöhnliches gesehen hatte. Doch plötzlich ertönte ein lauter Knall, begleitet von einer Welle aus Staub, die ihn einhüllte.

Als sich die Luft endlich so weit lichtete, dass er wieder sehen konnte, stand eine leuchtende Gestalt vor ihm, über die er nur Gerüchte gehört hatte. Er hätte sich nie träumen lassen, dass er jemals dem echten Wesen begegnen würde. Das gepanzerte Ungeheuer erhob sich von den aufgebrochenen Pflastersteinen und sprintete auf das Tor zu.

Als Eric erkannte, was er vorhatte, schrie er: „Haltet ihn auf!“

Er ließ den Worten Taten folgen und griff an. Er rechnete nicht damit, dass er überleben würde, aber die Strafe dafür, dass er es nicht versuchte, wäre viel schlimmer als ein traumatischer Ausflug ins Krankenhaus.

Ein Pfeil prallte von dem Mann ab, als er ein glühendes Schwert auf den Querbalken der verschlossenen Tür niedersausen ließ. Der Angriff explodierte in einem blauen Lichtblitz.

Schrapnell pfefferte ihm ins Gesicht, als der Mann sein Schwert parierte. Eric wich aus und nutzte den Schwung, um tief auf das vordere Bein des Mannes zu zielen.

Seine Tier 7-Klinge schrammte nur an der Rüstung entlang, aber das hielt ihn nicht davon ab, einem Gegenangriff auszuweichen und zurückzutreten.

Eric wollte sich gerade wieder aufraffen, als seine Welt in Flammen aufging. Er schrie vor Schmerz und saugte das Feuer in seine Lunge. Bald war alles schwarz.

* * *

Matt trat gegen die Querstange, die die Tür noch immer geschlossen hielt, während er den Bereich vor ihm in ein Inferno tauchte.

[Flammenwerfer] war traditionell ein Zauber, der mindestens 1 MPS kostete, aber er hatte den Skill verändert, als er in seinen Geist kam. Er hat ihn so verändert, dass er einen höheren Manadurchsatz zuließ, anstatt die Anfangskosten zu senken, wie es die meisten Leute taten. Im Moment hatte er 15 MPS in dem Skill, das war das Maximum, das er verarbeiten konnte, bevor er destabilisiert wurde.

Das war mehr als genug.

Der Skill begann als faustdicker Feuerkegel und dehnte sich zu einem Kreis mit einem Durchmesser von zwei Metern bei einer maximalen Reichweite von neun Metern aus. Er müsste die Öffnung der ursprünglichen Flamme verkleinern, um die Reichweite weiter zu erhöhen, aber das brauchte er im Moment nicht. Die Tür musste nur lange genug geöffnet werden, damit sein Team zu ihm stoßen konnte.

Bald kam die Nachricht, dass sie vor der Tür standen, also unterbrach er den Manafluss für den Skill und ließ die Flammen verpuffen. Die Steine um ihn herum glühten rot auf. Matt wirkte einen schnellen [Hagel], um die Temperatur des Tores zu senken. Durch die schnelle Abkühlung knackte und hüpfte das Eis, aber Matt rannte aus dem inneren Tor heraus und stürzte sich auf die Außentür. Man konnte hören, wie das Mauerwerk unter dem Hitzeschock gekrackt wurde, aber es klang nicht gefährlich, also ignorierte er es.

Sein Team folgte ihm laut genug, um zu wissen, dass sie da waren. Nach den lauten Knacktönen und den Schreien zu urteilen, nahm er an, dass Annie ihre Armbrust mit Erfolg einsetzte. Conor kam schnell an seine Seite und gemeinsam schlugen sie das Tor ein. Zu sechst stürmten sie die Festung und ignorierten die Verteidiger vor ihnen. Stattdessen stürmten sie zur Treppe, die hinunter in die Mine führte. Die Hälfte des Teams sicherte die Treppe, während die andere nach unten ging.

In nur dreißig Sekunden fanden sie den Aufbewahrungsbeutel für das Tier 6-Gold, das hier abgebaut wurde.

Nachdem er die zimmergroße Tasche überprüft und festgestellt hatte, dass sie zu mehr als drei Vierteln gefüllt war, rief Matt: „Ich hab's! Los!"

Damit stürmten sie zurück aus der Festung und erwiderten das Feuer nur so weit, dass sie nicht eingekesselt wurden. Als sie den Rand der Anti-Flug-Formation erreicht hatten, aktivierten alle ihre Fluggeräte und flogen hoch in den Himmel, weg von der nun belebten Festung.

Matt lachte über ihren Kommunikationskanal, als sie ihren erfolgreichen Überfall feierten. So tief im feindlichen Gebiet griffen sie im Grunde unvorbereitete Verteidiger an. Es sollte eigentlich nur ein Raubüberfall werden, aber sie hatten sich wie Banditen aus dem Staub gemacht.

Wir sind sozusagen Banditen, wenn ich so darüber nachdenke.

Der Gedanke amüsierte Matt sehr. Als sie hoch oben in den Wolken rasteten, gluckste er immer noch.

„Lasst uns uns orientieren und unseren zweiten Standort ansteuern." Annie klang genauso aufgeregt wie er und wippte in der Luft.

Sie scharten sich um Matt und nutzten sein schnelleres Schwert, um sich in der Luftblase warm zu halten, während sie bis zu zwei Kilometer über den Boden aufstiegen. Der niedrigere Luftdruck und der geringere Widerstand ließen sie noch schneller aufsteigen. Das nächste Ziel, eine Tier 6-Eisenmine, war noch sechzig Kilometer entfernt. In etwa einer Stunde würden sie in der Lage sein, sie zu überfallen.

Diese Mine war nicht direkt mit der Hauptfestung verbunden, was eine gute Nachricht war. Die Festung war groß, aber die Mine lag einen Viertelkilometer entfernt, an der Seite einer nahen Schlucht.

Sie wiederholten ihre Zerschlagungstaktik, die durch die abgelegene Lage der Festung erleichtert wurde. Team Eimer war in weniger als zwei Minuten wieder draußen und trug einen unglaublich schweren Eisensack auf Conors Rücken mit sich.

Ihr drittes Ziel an diesem Tag war eine Tier 6-Titanmine. Die Mine war nicht ganz echt, da das Element in der Natur nur selten in reinem Zustand vorkam. Stattdessen hatte die Armee dort eine Maschine platziert, die stündlich Titanbrocken an diejenigen lieferte, die die „Mine" lange genug hielten.

Von den drei Orten, die sie sich ausgesucht hatten, war dies der schwierigste Angriff. Der Überfall erforderte mehr als ein einfaches Zerschlagen und Ergreifen. Aber der Preis würde sich lohnen, wenn sie den Standort lange genug einnehmen konnten, um ihn als gehalten zu bezeichnen.

Aus der Luft beobachteten sie die falsche Mine und die Steinmauer, die sie umgab, sowie die fünfzehn Wachen, die sie bewachten.

Es lag weit innerhalb der Anti-Flug-Formation, und sie hatten keinen gut versteckten Weg, den sie wie beim letzten Mal ausnutzen konnten. Die Ausgucke würden sie aus einer Entfernung von fast einem halben Kilometer sehen, und Matt vermutete, dass die große Festung viel schneller reagieren würde als die anderen.

Emily fragte: „Sollen wir vielleicht auf die Dunkelheit warten? So könnten wir wahrscheinlich viel näher an die Mauern herankommen."

Annie antwortete vor allen anderen. „Wenn es so ist wie bei dem letzten Ort, an dem wir waren, ist das nicht möglich. Sie werden Lichtrunen haben, die sie aufstellen müssen. Die Gegend wird wahrscheinlich die ganze Nacht über so aussehen wie mittags."

Liz zeigte auf einen Teil der Mauer, den ihre KIs in ihrer Vision hervorhoben. „Ich kann wahrscheinlich als Golem über die Mauer springen, aber das bedeutet, dass ich mit Aster allein auf der Innenseite bin."

Matt fragte: „Meinst du, du kannst uns mit deinem Blut hochtragen?"

Liz nickte zögernd. „Wenn ich ein paar Sekunden Zeit habe, mich zu konzentrieren, ja. Aber ich glaube nicht, dass ich es schaffen werde."

Annie bot an: „Ich glaube, ich kann ungesehen über die Mauer kommen. Es sind zwar nur drei Meter, aber ich weiß nicht, ob es reicht, wenn ich allein bin, um als Diebin zu gelten."

Emily zuckte mit den Schultern. „Wenn du reinkommst, könntest du uns zumindest die Tür öffnen. Das macht es für uns viel einfacher, wenn wir uns beeilen müssen."

Matt machte sich Sorgen, dass sie nicht in der Lage sein könnte, sich bei den Patrouillen an der Mauer einzuschleichen, aber er musste seiner Teamkollegin vertrauen, dass sie ihren Job erledigen würde. Nachdem er ihr ein paar Zusicherungen gegeben hatte, nickte er ihr zu.

Sie landeten leise und Annie schlich sich zu der größeren simulierten Mine. Die fünf machten sich bereit, ihr zu Hilfe zu eilen. Doch nach zwei nervenaufreibenden Stunden tauchte Annie auf der anderen Seite einer kleinen Anhöhe aus der Unsichtbarkeit auf.

In ihrer Hand hielt sie eine gläserne Schiefertafel, die etwas größer als ihre Handfläche war, und winkte ihnen damit zu.

„Der Armeewächter hat mir die in die Hand gedrückt, nachdem ich eine halbe Stunde neben dem Bergbausimulator gesessen habe. Eine Art Tarnkappenstrafe, glaube ich." Sie schüttelte wütend ihre Hand: „Das ist zwar Blödsinn, aber ich habe es herausgefunden. Das ist die Produktion der Mine für neun Tage, genau hier." Mit einem überheblichen Grinsen wackelte sie mit der Schiefertafel.

Matt musste es ihr lassen, sie hatte sich das Recht verdient, zu prahlen.

Aster hüpfte in ihre Arme und bekam einen Kuss, aber der Fuchs war mehr an dem durchsichtigen Material interessiert als an der Anbetung. Annie ließ daraufhin ein wenig die Luft ab, aber sie schlichen sich schnell davon und flogen in den Himmel, ohne dass jemand etwas von ihrem Diebstahl mitbekam.

Keiner von ihnen wollte hier bleiben, also flogen sie in die nächstgelegene Stadt des Königreichs, um ihre Beute gegen die Hälfte ihres Wertes einzutauschen. Jeder von ihnen verdiente etwas mehr als vierzehntausend Punkte.

Unter großem Jubel zogen sie sich für den Abend in eine Wolke zurück und glitten zurück in das Gebiet der Königin. Sie planten, immer wieder überladene Minen und strategische Ressourcenstandorte zu überfallen.

Sie hielten einen Ort nie länger als nötig, aber die verstärkte Verteidigung, auf die sie jedes Mal stießen, war ein gutes Zeichen dafür, dass sie das Königinnentum in die Defensive zwangen. Um ihre Minen zu schützen, hatten sie keine andere Wahl, als ihre Truppen umzuleiten und die vielen Festungen zurückzuerobern, die sie kürzlich verloren hatten.

Nach vier Tagen erwartete sie an jedem Außenposten unglaublicher Widerstand. Den ganzen vierten Tag lang mussten sie sich mit Hinterhalten herumschlagen, die in geräumten Minen aufgestellt worden waren, um als Fallen zu dienen. Nachdem sie ein paar Mal hintereinander geködert wurden, ohne Beute zu finden, beschloss Team Eimer, aufzugeben. Die Gegenstände waren entweder gut versteckt oder bereits in die nächstgelegene Stadt des Königinnentums gebracht worden.

Zu diesem Zeitpunkt begann die zweite Phase der Operation und sie begannen, die Materialkarawanen zu treffen, die auf dem Landweg in die zerstörte Stadt transportiert wurden, um sie wieder aufzubauen.

Die Spione des Königreichs hatten von den Transporten erfahren und die Führung darüber informiert. Die Materialien, die für den Wiederaufbau benötigt wurden, waren so umfangreich, dass es nicht kosteneffizient war, sie zu teleportieren. Um die Kosten erträglich zu halten, war das Königreich gezwungen, sie auf dem Landweg zu transportieren.

Matt und sein Team brannten zwei Wohnwagen bis auf die Grundmauern nieder, wobei die Materialien in Flammen aufgingen.

Sie vermieden es, die Verteidiger anzugreifen und konzentrierten sich darauf, maximalen Schaden anzurichten und Chaos zu stiften. Matts [Flammenwerfer] hat sich in den zwei Wochen, die sie damit verbracht hatten, hinter den feindlichen Linien Chaos zu stiften, tausendfach bewährt.

Die Nächte, die sie in den Wolken verbrachten, gaben ihnen die nötige Deckung, um unentdeckt zu bleiben und sich unbesorgt auszuruhen. Sie beobachteten sogar, wie Suchtrupps die umliegenden Gebiete unter ihnen durchkämmten, in denen sie Team Eimer vermuteten.

Als ihnen die Ziele auszugehen schienen, fanden sie Rift-Cluster und überfielen die Tier 6-Teams, die aus den Rifts kamen, sodass die Königin gezwungen war, Wachen um die Rifts herum zu stationieren.

Die Raubzüge waren eine nervenaufreibende Arbeit, die irgendwann nicht mehr ganz so erstaunliche Gewinne einbrachte. Aber die Störung und die Ressourcenverluste, die sie dem Königinnentum zufügten, waren es wert, denn das Königreich belohnte sie mit zusätzlichen Punkten für ihre Bemühungen.

Keine einzige Mission wurde länger fortgesetzt, als sie in der Lage waren, mit den Streitkräften der Königin fertig zu werden. Sie zogen immer zu einem anderen weichen Punkt weiter, bevor die gegnerischen Kräfte zu einem Problem wurden.

Überfälle kamen vor, aber sie konnten sie entweder vorher erkennen oder sich den Weg freikämpfen. Sie achteten darauf, nie zu viel zu riskieren, und lernten, ihre neuen Gegenstände und Skills optimal zu nutzen. Nach zweieinhalb Wochen Guerillakrieg bereiteten sie sich auf ihren endgültigen Rückzug vor, als sie einen unerwarteten Notruf vom Hauptquartier erhielten. Ein Team aus dem Königreich versuchte, sich aus einer großen Festung zurückzuziehen und brauchte sofortige Verstärkung.

Die Aufforderung war an sich nicht ungewöhnlich. In den letzten Wochen hatten sich die Teams des Königreichs immer wieder aus unhaltbaren Positionen zurückgezogen, während das Königinnentum Festungen zurückeroberte. Einige Leute wurden eliminiert. Das war bedauerlich, denn normalerweise gab es für das Halten einer Festung tief im feindlichen Land ziemlich viele Punkte. Dieses Mal war es anders. Die Verteidiger hatten anscheinend in den vielen Rifts in der Umgebung der Festung gedelvt und dabei einen Gegenstand gefunden, der nicht verloren gehen durfte.

Matt fragte, um welchen Gegenstand es sich handelte, damit er gesichert werden konnte und nicht mit den persönlichen Gegenständen von jemandem hinausteleportiert wurde, aber er erhielt keine Antwort. Das machte das Team nur noch neugieriger.

Also machten sie einen Umweg zu dem zuletzt gemeldeten Ort, nur um dort ein Massaker vorzufinden.

Die Kämpfer des Königreichs hätten mit der normalen Garnison für eine große Festung etwa fünfhundert Mann zählen müssen, aber sie wurden von allen Seiten von Pfadgängern des Königinnentums und regulären Soldaten belagert.

Viele von ihnen versuchten, in die Luft zu fliehen, doch das schien ihnen nichts zu nützen. Sie waren blockiert, unfähig, sich als Gruppe zu bewegen, aber klug genug, um zu wissen, dass ein Ausbrechen aus der Reihe nur ihren Untergang bedeuten würde. Einer nach dem anderen würde heruntergeholt werden. Matt und Conor übernahmen die Führung und prallten gegen den äußeren Rand der fliegenden Masse der Königinnentum-Truppen.

Matt mähte einige Leute von hinten nieder, selbst als die Formation sich verschob, um auf ihre Flanke zu reagieren. Die langsame Reaktion ihres Feindes machte wenig aus. Selbst im Flug waren er und Conor viel tödlicher als normale Tier 6, mit denen sie es zu tun hatten.

Der Widerstand nahm zu, als Matt eine Tier 7-Sensenfrau angriff. Sie muss ein Talent dafür gehabt haben, denn sie bewegte sich mit der unhandlichen Waffe wie eine Tänzerin. Es half auch nicht, dass die Sense Tier 8 war und meisterhaft gefertigt war. Die Schneide schrie für seine geistigen Sinne auf eine Art und Weise Gefahr, wie er sie nur sehr selten erlebt hatte.

Sie kämpfte nicht so, wie er es von einer so starken Nahkämpferin erwartet hätte. Anstatt den Kampf mit geschmeidigen Bewegungen in Positionen zu lenken, in denen sie ihre Sense am besten einsetzen konnte, schien sie sich stattdessen von ihrer Waffe leiten zu lassen. Es funktionierte gut genug; es gelang ihr, die gebogene Klinge um sein Langschwert zu legen und in seine Unterpanzerung zu schneiden. Die Waffe hinterließ eine deutliche Schnittwunde an seinen Schultern, während sie die [Gecrackte Phantomrüstung] nur mühsam durchtrennte.

Von diesem Moment an wusste er, dass es nicht möglich war, sie schnell zu erledigen. Er löste sich rasch von ihr und bat einen der Magier, sie zu übernehmen, während er sich zusammenrollte.

Ein plötzlicher Blitz durchzuckte sie und prallte an Matt ab, sodass er durchgeschüttelt wurde, als der Schaden seine ohnehin schon strapazierte Rüstung durchbrach. Seine neue Unterpanzerung hielt zwar den größten Teil des Blitzschadens ab, aber ihm standen die Haare zu Berge. Er erinnerte sich daran, Emily nicht um Hilfe zu bitten, wenn seine Rüstung strapaziert war, denn die Frau schlug jetzt zu hart zu.

Er brauchte nur einen Moment, um die Skill-Struktur seiner Rüstung in seinem Geist neu einzustellen, dann begann er zu zaubern und schnitt sich seinen Weg durch den vorderen Rand, um die eingekesselten Kämpfer des Königreichs zu befreien. Als sie schließlich durchbrachen und Kontakt aufnahmen, nickte ihnen eine Frau mit blutverschmierter Rüstung dankend zu und wies ihre Kämpfer an, die Lücke zu vergrößern, bevor sie sich ebenfalls in den Kampf stürzte.

Matt wandte sich von ihr ab, als er sah, wie Conor die gegenüberliegende Seite einnahm und gleichzeitig [Dämonenzone] und [Klingenarena] aktivierte. Matt setzte sein Konzept ein, damit der Druck auf seinen Teamkollegen nicht zu groß wurde. Gemeinsam bahnten sie sich einen Weg durch die Königinnentum-Truppen.

[Klingenarena] war ein Tier 14-Skill, der ein Feld aus Phantomklingen erzeugte. Wenn sie gekreuzt wurden, fügten die Klingen der betreffenden Person körperlichen Schaden zu. Conor war im Auge des Mahlstroms sicher, und die geisterhaften Klingen führten dazu, dass jede Sekunde mehrere Male [Dämonenzone] ausgelöst wurde, sobald Menschen versuchten, hindurchzugehen. Matt ignorierte die scharfen, aber relativ schwachen Angriffe. Er konnte es schaffen, solange er nicht gezwungen war, sich mit einem Fernkämpfer auseinanderzusetzen. Aber er war der Einzige, der sich gegen Conors neue Kombination gut behaupten konnte.

Alle anderen, die die Schwelle überquerten, wurden ständig von den statischen Klingen geschnitten. Wenn sie versuchten, sich hinein- oder hinauszubewegen, wurden sie von den reflektierten Angriffen nur noch tiefer geschnitten.

Alles lief gut, bis ein Mann mit dunklem Haar anfing, [Mana-Bolzen] auf sie zu schießen, während er am Rande ihrer Reichweite blieb. Matt tat sein Bestes, um die Schüsse abzublocken, aber in der Defensive zu bleiben, würde sie nur einkesseln. Schließlich fand er eine Lücke und flog aus Conors Reichweite, um sich auf den Pfadgänger-Magier zu stürzen.

Sein Angriff wurde von einem sich drehenden Ring aus Schilden abgewehrt, der seine erste [Mana-Ladung] blockierte. Der winzige Hammer in der Hand des Mannes wuchs auf eine lächerliche Größe an, als er in einem tödlichen Bogen zu Boden ging.

Matt verlagerte sein Gewicht nach rechts und nutzte die größere Geschwindigkeit seines fliegenden Schwertes, um dem Hammer auszuweichen, der schnell wieder auf die Größe eines Anhängers schrumpfte. Nach dem erneuten Angriff kam Matt zu dem Schluss, dass er die Verteidigung des Mannes mit Nahkampfangriffen nicht durchbrechen konnte, bevor der sich ausdehnende Hammer wieder herumgeschwungen wurde.

Matt gab auf, füllte seinen Pool mit einem Manastein auf und wirkte

[Flammenwerfer], der die ganze Wucht des Angriffs auf den Mann richtete. Die schwebenden Schilde wurden überwältigt und zerbrachen, einer nach dem anderen, in einer Reihe von knallenden Geräuschen. Zu Matts Überraschung schlüpften die Pfadgänger tatsächlich davon, wenn auch verkohlt und mit rauchenden Kleidern.

Matt richtete seinen Flammenkegel auf die umliegenden Streitkräfte des Königinnentums und sah zu, wie die unvorbereiteten Angreifer in Flammen aufgingen und in schneller Folge wegteleportiert wurden. Matt brannte ein Loch in ihre Reihen.

Zumindest, bis ein Schwertkämpfer in einer besonderen Rüstung auf ihn zustürzte. Als der Krieger näherkam, erkannte Matt seinen neuesten Gegner – Talous.

Er schoss seinen Feuerstrahl auf den Mann, obwohl er wusste, dass er keine Wirkung haben würde, und hob sein Schwert mit der rechten Hand. Nachdem er Liz' Beschwerden über den Mann gehört hatte, hatte Matt einige Nachforschungen über ihn angestellt.

Talous war ein Nahkampf-Schwertkämpfer. Allen Berichten zufolge hatte er entweder ein Talent dafür, Rüstungen zu durchschlagen, oder ein mächtiges verzaubertes Schwert, welches das konnte. In Kombination mit einem mutmaßlichen Wachstumsgegenstand, der magische und weltliche Fernkampfangriffe blockierte, war der Mann ein tödlicher Gegner für Nah- und Fernkämpfer.

Aufgrund seiner Nachforschungen vermutete Matt, dass der Mann über ähnliche Talente wie Tara verfügte, allerdings in einem begrenzteren Umfang. Matt glaubte, dass er von der erhöhten Blockkraft und der Durchdringung der Rüstung profitierte, wenn er eine Kombination aus Kurzschwert und Schild führte. Diese Vermutung kam Matt, nachdem er herausgefunden hatte, dass der Mann nur ein einziges Mal öffentlich in einem Duell besiegt worden war, als sein Schild zerbrochen war und er scheinbar ins Wanken geriet. Es war reine Spekulation, aber seine Vermutung passte gut zu den Berichten über die Bedrohungslage, die über den Mann erstellt wurden.

Sein ganzes Team war mit seinen verschiedenen Builds tödlich, aber Talous war der herausragende Mann. Er war in diesem Krieg noch nicht gestorben und hatte mit seinem Team schon in der ersten Woche mindestens zwei Festungen eingenommen. Ein Windstoß signalisierte, dass sein zweiter Teamkollege, Oliver, in der Nähe war. Die anderen beiden Kämpfer aus seinem Team waren weniger auffällig, sodass Matt sie nicht ausmachen konnte. Das fünfte und letzte Mitglied hat nie an der Front gekämpft. In den Berichten wurde spekuliert, dass es sich um einen Sucher oder Handwerker handelte, aber außer der Tatsache, dass es sich um Talous jüngeren Bruder handelte und dieser vom Team streng bewacht wurde, war wenig über ihn bekannt.

Matt wehrte den ersten Angriff ab, hätte aber beinahe einen mit Mana getränkten Schildhieb abbekommen. Er flog höher, weg von dem allgemeinen Handgemenge und benutzte seine längere Waffe, um den anderen Schwertkämpfer davon abzuhalten, auf seine Füße zu schlagen.

Als er hoch genug über dem großen Kampf stand, hörte Matt auf, sich zu erheben, und blockte mit der flachen Seite seines Langschwerts eine weitere Angriffswelle, während Talous auf gleicher Höhe schwebte.

Obwohl Talous ein aufdringliches Arschloch war, wusste er eindeutig, wie man kämpfte. Matt wurde in die Defensive gedrängt, auch wenn er jede Chance nutzte, die sich ihm bot, um zu kontern. Es war frustrierend für Matt, denn obwohl er nur der unterste Tier 6 war, war er immer noch stärker als sein Gegenüber, der höchste Tier 6. Seine volle physische Verteilung der Essenz und sein [Magier-Rückzug] verschafften ihm einen Vorsprung an roher Gewalt.

Talous war einfach ein besserer Nahkämpfer, der Matt mit seiner kürzeren Fernkampfkombo kontern konnte. Matt hielt sich selbst für einen der erfolgreichsten Nahkämpfer des Imperiums in seinem Tier. Er hatte schon gegen genug Leute gekämpft und selten einen Gegner auf seinem Niveau gefunden, aber Talous war tatsächlich einen Ticken besser. Er beobachtete und reagierte auf jede Bewegung von Matt, selbst wenn seine eigene KI 5 MPS verwendete, um die Bewegungen des Mannes vorherzusagen.

Was die rohen Fähigkeiten angeht, war Talous ein besserer, stärkerer banaler Kämpfer.

So einfach war das.

Der Mann machte Matts Stärke und den Reichweitenvorteil seines Langschwerts durch reines Können leicht wett. Es war der erste Kampf seit Jahren, in dem sich Matt so benachteiligt fühlte.

Wenn er dem Mann nicht jeden Knochen im Körper brechen wollte, hätte er den Kampf vielleicht sogar genossen.

Während sie einen Schlag nach dem anderen austauschten, hielt Talous seinen Schild in Bereitschaft. Er benutzte ihn als Mauer und lenkte Matts mit Mana gefüllte Angriffe mit Leichtigkeit um. Der Staub der herabfallenden Manasteine erklärte, warum er den Tier 6-Schild nicht mit den [Mana-Ladungen] aus seinem Tier 7-Wachstumsgegenstand durchschlagen konnte. Die Angriffe hätten die Wirkung des Wachstumsgegenstands des Mannes umgehen müssen. Seine größere Stärke bedeutete wenig, wenn Talous nie einen vollen Treffer einstecken musste. Der gegnerische Pfadgänger ließ die Angriffe an seinem angewinkelten Schild oder an der flachen Seite seiner Klinge abprallen, während er das fliegende Schwert unter sich benutzte, um die Wucht der Schläge abzufedern.

Matt musste immer mehr leichte Streifhiebe einstecken, konnte den Mann aber nicht in eine Position manövrieren, in der er seine überlegene Kraft voll ausnutzen konnte. Die Verletzungen hielten sich in Grenzen, aber sie häuften sich, je länger der Kampf dauerte. Talous' Talent machte ihn praktisch wehrlos. Wäre er nicht in der Lage gewesen, mit seinem Langschwert zu parieren, hätte ihn der Patron der Königin schon längst in Stücke gerissen.

Während des gesamten Kampfes sagten sie nichts zueinander, aber in Talous' Augen, die durch die Lücke in seiner Rüstung blitzten, sah Matt Freude, ja sogar Schadenfreude über seinen Zustand. Matt spürte die Gedanken des Mannes. Nach dem zu urteilen, was er in den Berichten gelesen hatte, und nach dem, was Liz ihm erzählt hatte, war Talous der Meinung, dass der Wert eines Menschen nur an seinem Kampfskill zu messen sei. Er ging davon aus, dass er besser war als Matt, weil er ihn in der Defensive hielt.

Matt beschloss, ihn eines Besseren zu belehren.

Mit einem Geschwindigkeitsschub wich er einem Schildschlag aus und schlug selbst mit einem schweren Treffer zu, der Talous zurück in die Defensive zwang. Er achtete darauf, seine Angriffe auf den Schwerpunkt des Mannes zu richten, sodass er jeden Angriff mit seiner eigenen Kraft abfangen musste, anstatt die Kraft abfließen zu lassen. Durch die Verlagerung des Schwungs konnte Matt anfangen, den Mann herumzuschlagen. Mit seinem Reichweitenvorteil konnte er Talous dazu bringen, sich hinter seinem Schild zusammenzurollen. Er bemerkte auch, dass der verbrauchte Manasteinstaub zunahm, als der Mann die aufeinanderfolgenden schweren Angriffe von [Mana-Ladung] direkt blockte. Wenn er Manasteine ausgeben musste, um seine Verteidigung zu stärken, war Matt sicher, dass er ihn überleben konnte, wenn er den Mann in der Defensive halten konnte.

Matt erhielt einen Treffer entlang seiner Flanke, der sowohl die [Gecrackte Phantomrüstung] als auch seine körperliche Unterpanzerung durchschlug, als wären sie gar nicht vorhanden.

Matt ignorierte den stechenden Schmerz und schlug auf Talous' ausgestreckten Arm ein. Wenn man gegen einen Gegner kämpfte, der praktisch keine Rüstung hat, musste man Wunden in Kauf nehmen, um welche zuzufügen. Das, oder man musste in der Defensive bleiben. Aber das war nicht Matts Kampfstil.

Er konnte ein paar Wunden verkraften. Es waren nur Schmerzen. Matt war ein alter Freund des Schmerzes. Er würde dieses arrogante Arschloch überleben und ihm zeigen, dass er endlos war.

Die Bewegung schien Talous zu überraschen, denn er konnte seinen Arm gerade noch rechtzeitig zurückziehen, damit er nicht abgetrennt wurde. Dennoch wurde eine Furche in die Metallrüstung gerissen, wo Matts Tier 7-Langschwert auf das Tier 6-Metall traf.

Talous brüllte bei dem Treffer und holte aus. Die beiden lieferten sich einen blutigen Schlagabtausch, aber mit seiner funktionalen Rüstung war Talous besser geschützt. Mit Matts Blut hätte Liz alle Anwesenden töten können, wäre da nicht die [Gecrackte Phantomrüstung] gewesen, die seine Blutungen stillte.

Entschlossen, im Angriff zu bleiben, stürmte Matt nach vorne und dann nach hinten und kämpfte darum, seinen Reichweitenvorteil gegenüber seinem Gegner zu behalten. Er versuchte, die Vorteile seines Langschwerts bestmöglich zu nutzen und schlug seinen Gegner vom Rande seiner Reichweite aus. Aber der Mann war schnell und schaffte es immer wieder, sich an ihn heranzuschleichen, was Matt dazu zwang, sich ständig zurückzuziehen.

Beim nächsten Schlagabtausch konnten sich beide wieder gegenseitig Blut abnehmen. Talous schob sein Kurzschwert unter Matts Abwehrhaltung hindurch und schnitt tief in seine Hüfte. Sie spürten beide, wie das Metall über den Knochen schabte. Im Gegenzug brach Matt etwas in der Schulter des Mannes, als er einen Angriff abblockte. Dass er Talous verletzt hatte, erkannte er daran, dass der Mann seinen Schildarm nicht mehr heben konnte. Durch diese Öffnung konnte er zwei Treffer auf das linke Bein des Mannes landen, wo er die Rüstung widerstandslos durchtrennte. Die Wunden ließen Blut am Bein des Mannes herunterlaufen, trotz des Trankes, den er bei einem Rückzug darauf gegossen hatte.

Sie keuchten beide schwer, als Talous zu einem heftigen Angriff ausholte. Als Matt sah, was auf ihn zukam, war er dankbar für die Rüstung, die sein Gesicht schützte.

Er hatte darauf gewartet, dass der Mann verwundet genug war, um zu verzweifeln und anzugreifen. Er hielt seine Klinge bereit, als würde er den Angriff ignorieren und versuchen, Talous mit ihm zu Fall zu bringen.

Als sie beide angriffen, begegnete Matt den Augen des Mannes hinter seiner Rüstung. Er war sich sicher, dass sich das Funkeln in den Augen des Spitzen-Tier 6 in seinen eigenen widerspiegelte.

Als Talous nur noch wenige Zentimeter entfernt war, nutzte Matt seinen gebundenen Wachstumsring, um sich wenige Zentimeter nach vorne zu teleportieren, wobei seine Klinge bereits auf Talous' Gesicht zielte. Der plötzlich funktionierende Schild des anderen Pfadgängers hätte den Angriff blockiert, aber Matt war hinter der Barriere und der Klinge, bevor er reagieren konnte.

Mit einem Zähneknirschen und Metallklängen schlug Matt dem Mann fast den Kopf ab. Er hätte es vielleicht geschafft, ihn mit der [Mana-Ladung], die er entfesselte, zu töten, aber der andere Kämpfer war schon weg, bevor das Mana eine Chance hatte, sich vollständig zu entfalten.

Matt stand aufrechter und tat nicht mehr so, als sei er so schwer verletzt, wie er es vorgab. Sicher, er war verletzt. Aber da die [Gecrackte Phantomrüstung] nutzlos war, hatte er ihren Manaverbrauch auf 1 MPS reduziert. Die anderen 44 MPS, die normalerweise für seine Rüstung reserviert waren, steckte er in [Ausdauer]. Da der Skill mit einem so hohen Durchsatz lief, waren seine Wunden bereits verschorft. Der einzige Grund, warum er seine Rüstung aktiv ließ, war, dass Talous nicht sehen konnte, dass seine Wunden schneller heilten, als sie es hätten tun sollen.

Er hatte sich auf diesen Kampf vorbereitet und wusste, dass er nur mit einer List gewinnen konnte. Jeder mit einem so guten Talent wie dem seinen konnte in Arroganz verfallen. Er hatte es bei Tara gesehen, obwohl sie ihre Freunde hatte, die sie bei Verstand hielten, und Melinda, die sie alle in den Schatten stellte. Er hoffte nur, dass das Arschloch nach Matts nicht gerade subtilem Todesstoß lernen würde, seinen Mund zu halten. Aber er bezweifelte es. Wenn Matt den Typus von Talous so gut kannte, wie er glaubte, würde Talous die Niederlage persönlich nehmen und auf Rache sinnen.

Matt würde dafür bereit sein.

Mit einem schmerzerfüllten Schrei stürzte sich Matt in das Handgemenge und begann, jeden starken Gegner anzugreifen, der auf der Seite der Königin war.

Er machte so weiter, bis ein handgroßer Spatz aus Blut, der wie Flammen flackerte, zu einem verwundeten Mann flog und begann, das Blut aus der Wunde an seiner Schulter zu saugen. Der Mann holte nach ihm aus, aber der Spatz hatte sich bereits in zwei Teile geteilt. Das Duo begann noch schneller, sich von der Wunde des Mannes zu ernähren. Es reichte nicht aus, einen zu töten, er musste alle Spatzen auf ihm töten. Aber jedes Mal, wenn er es schaffte, einen zu beseitigen, hatte sich bereits ein zweiter gebildet. Bald war er von einem ganzen Schwarm pickender [Blutspatzen] umzingelt. Als ihre Nahrungsquellen wegteleportiert wurden, flog der Schwarm auf die nächstgelegenen Gegner zu und wiederholte seine Ernte.

Matt musste es zugeben. Das war ein beängstigender Zauber. Der Kampf war schnell vorbei, denn die Blutspatzen wurden immer zahlreicher und überwältigten die Gegner.

Als die Hälfte der Kämpfer des Königinnentums verschwunden war, zog sich der Rest zurück und ließ den Kämpfern des Königreichs die Freiheit, ihren Sieg zu genießen. Es gab einen Moment der Spannung, als die Blutspatzen nichts mehr zu fressen hatten und um die Soldaten des Königreichs herumflatterten. Doch Liz blinzelte sie an und klatschte in die Hände, woraufhin sich die Spatzen in einen Blutnebel auflösten.

Matt flog rüber und lachte erleichtert. „Scheint, als hätte der Skill funktioniert."

Er wusste nicht, dass sie keine Ahnung hatte, wie der Skill tatsächlich funktionieren würde, bevor sie ihn einsetzte. Offenbar hatte der Kaiser nicht damit gerechnet, dass sie diesen Skill ausprobieren würde, also hatte Liz sich blind darauf eingelassen. Zum Glück schien es keine negativen Nebenwirkungen zu haben, obwohl Matt sich wünschte, sie hätte es nicht riskiert. Aber da der Zauber extern war, wusste er, dass das Risiko gering war.

„Er hat gut funktioniert, auch wenn die Form lästig ist." Die Bitterkeit in ihrer Stimme überraschte Matt, bis er sie zuordnen konnte.

„Sie sehen aus wie die deiner Mutter, nicht wahr? Wie Flammenspatzen?"

Liz' Gesicht verzog sich als Antwort auf Matts Frage, woraufhin er so sehr lachte, dass ein paar seiner Schnitte aufrissen.

„Das ist nicht lustig! Sie wird mich deswegen endlos ärgern. Matt! Lach nicht!"

Er ärgerte sie weiter über die Vögel, während sie schwor, dass sie den Skill nie wieder benutzen würde, bis sie die Form ändern könnte. Sie wussten beide, dass sie in diesem Punkt gelogen hatte, aber er hat sie nicht darauf angesprochen. Der Skill war zu nützlich und mächtig, um ihn zu verschwenden.

Der Rest des Rückflugs verlief ereignislos, da niemand bereit war, sie auf den letzten paar Dutzend Kilometern zurück in das vom Königreich kontrollierte Gebiet herauszufordern.

Sobald er in Sicherheit war, überprüfte Matt schnell die Punkte, die sie in den letzten zweieinhalb Wochen beim Plündern und Brandschatzen verdient hatten, und zählte die Belohnungen der Armee und des Königreichs zusammen.

Neue Zuwächse: 110.671 Punkte. Punkteaufschlüsselung ansehen?

Matt lächelte, als sie in Formation flogen. Das war fast die Hälfte der Punkte für die erfolglose Verteidigung der Stadt. Mit dem verstärkten Widerstand verdienten sie zwar weniger pro Folgetag, aber mit den gestohlenen Gegenständen und den Heerespunkten waren sie doppelt im Vorteil. Matt wusste immer noch nicht, was gefährlicher war; das Banditentum hatte seine eigenen Sorgen und Risiken, die ein Verteidigungskampf nicht hatte.

Er ignorierte seine Punkte und konzentrierte sich auf [Ausdauer] und die Heilung seiner Wunden. Die Brandwunde war noch nicht verheilt, und für die Hüftwunde würde er sicher einen echten Heiler benötigen.

Insgesamt war er mit dem Ergebnis des Raubzugs zufrieden.

Kapitel 22

Zu seiner großen Überraschung und Freude hatte Matt nach seiner Heilung keine Abklingzeit. Er war nah an der vollständigen Heilung dran, aber noch nicht ganz über den Berg.

Die guten Nachrichten endeten hier.

Gleich in der Nacht, nachdem sie wieder in der Stadt angekommen waren, wurden sie mit einem Attentat begrüßt. Jemand hatte sich im Korridor zu ihrer Suite an der Wand getarnt. Ein Messer glitt in Emilys Kehle und tötete sie, bevor jemand reagieren konnte.

Annie verlor ihren Verstand. Sie schlug den Attentäter, bis sie blitzschnell wegteleportiert wurden. Sie waren sicher, dass sie weitergemacht hätte, bis dessen Schädel eingestürzt wäre, wäre er nicht gerettet worden.

Sobald der Attentäter weg war, schwor sie blutige Rache.

Dieser Trend setzte sich während ihrer Zeit in der Stadt fort. Auf dem Weg zu Emily wurden sie noch zweimal überfallen. Nach der dritten Begegnung kümmerten sie sich nicht mehr um soziale Annehmlichkeiten, sondern schwangen Waffen und Rüstungen, während sie gingen.

Die nächsten beiden Angriffe wurden vereitelt, weil Conor rechtzeitig reagiert hatte, um einen von der Spitze einer Statue abgeschossenen Pfeil abzublocken, und weil Aster roch, dass sich jemand mit einer Art Unsichtbarkeitsskill an sie heranschleichen wollte. Liz hatte den Bereich rot gefärbt und die Person enthüllt, die keine drei Meter entfernt gestanden hatte.

Sie hatte versucht, zu rennen, aber Matt war schneller gewesen und hatte sie mit zwei Schritten eingeholt. Er hatte sie gepackt, seine Hand auf das Gesicht gelegt und zugedrückt. Die Botschaft war klar, und das Geräusch des gebrochenen Schädels war das Signal der Armee, sie zu entfernen.

Keiner von ihnen war gut gelaunt, als sie Emily beim Verlassen des Krankenhauses vorfanden, wo sie wie wild fluchte.

Sie kehrten ohne Zwischenfälle in ihre Suite zurück, aber das gab den Ton für den Rest ihres Aufenthalts in der Stadt an.

* * *

Team Eimer war gezwungen, zwei Wochen zu warten, bis Emilys Heilung abgeklungen war, bevor sie wieder in den Einsatz gehen konnten. Eigentlich hätten sie auch ohne sie auf Missionen gehen können, aber alle waren damit einverstanden, zu warten. Da er nun die benötigte Zeit hatte, gab Matt 50.000 Punkte aus, um einen Nahkampfausbilder aus der Armee anzuheuern.

Der Ausbilder war nicht das, was er erwartet hatte. Matt kam ein paar Minuten vor der vereinbarten Zeit im Trainingsraum an und dachte zuerst, er sei im falschen Raum. Die einzige andere Person dort könnte auf den ersten Blick mit einem Kind verwechselt werden. Sie war gerade mal ein paar Zentimeter größer als einen Meter fünfzig, wenn Matt raten müsste. Aber seine KI registrierte sie als die Ausbilderin, die er treffen sollte.

Sheila Benson, Tier 22.

Das war alles. Es waren keine anderen Leistungen oder Titel aufgeführt. Aber Benson war die Ausbilderin, also schloss er die Tür hinter sich und deaktivierte seine Rüstung.

„Hallo?“, rief Matt, aber der braune Lockenschopf zuckte nicht einmal.

Matt starrte die reglose Frau noch eine gefühlte Stunde lang an, aber es waren eher fünf Minuten.

Schließlich drehte sich die Frau auf ein unsichtbares Signal hin auf dem Absatz um und ging mit zielstrebigen Schritten auf ihn zu.

Sie kam bis auf wenige Zentimeter an Matt heran und blickte zu ihm hoch.

Ihre ersten Worte an ihn waren: „Du warst zu früh. Ich habe dich nicht darum gebeten, zu früh zu sein. Ich sagte 7 Uhr. Nicht 6:55 Uhr.“

Matt wusste nicht, wie er darauf reagieren sollte, versuchte es aber trotzdem.

„Ich wusste nicht, ob du vorhast, den Ort zu wechseln oder so etwas in der Art. Ich dachte mir, etwas zu früh ist besser als zu spät.“

„Eine Waffe taugt nichts, wenn sie nicht dort ist, wo sie sein muss, *wenn* sie es sein muss. Ein Treffer sollte genau dann landen, wenn er am besten angewendet wird. Nicht zu früh. Und nicht zu spät. Pünktlich.“

Matt sah, worauf das hinauslief, und versuchte, eine Belehrung zu vermeiden. „Mein Timing war genau, wie ich es haben wollte, nämlich in meiner Kontrolle. Der wichtigste Aspekt im Umgang mit einer Klinge.“

Sheila schmunzelte leicht über seine Antwort. „Eine schwache Antwort, aber eine akzeptable. Du hast mich für zwei Wochen angeheuert. Was willst du damit erreichen?“

Matt hatte das auf dem Antrag vermerkt, aber er nahm an, dass es sich um eine weitere Prüfung handelte. „In erster Linie möchte ich an meinen Langschwert-Skills arbeiten. Und vielleicht auch meine allgemeinen Waffenkenntnisse aufpolieren, wenn es die Zeit erlaubt.“

Die Tier 22 schlenderte um Matt herum und stupste ihn an verschiedenen Stellen seines Körpers an. Während sie ihn umkreiste, fragte sie: „Wer hat dich ausgebildet und in welcher Schule der Klingenkunst?“

Matt schüttelte den Kopf. „Ich habe keine formale Ausbildung in einem Kampfhaus oder einer Schule genossen. Ich war ein Waisenkind, und wir lernten die Grundstellungen. Mit den Trainingshilfen bin ich darüber hinausgekommen. Ich habe auch von ein paar Trainern im PlayPen gelernt.“

Die Frau zog die Brauen leicht zusammen. „Also, ich bin überrascht. Du hast die Statur von jemandem, der in der DaResh-Schule für Großschwerter ausgebildet wurde. Ich habe mir deine letzten Kämpfe angesehen, und du kämpfst auch genau so, wenn auch an manchen Stellen etwas schlampig. Wenn du sagst, dass du nicht bei einer richtigen Schule trainiert hast, dann fangen wir dort an. Mal sehen, wie viel davon natürliche Skills und wie viel Training ist.“

Wie aus dem Nichts fiel ihr ein Langschwert in die Hände, das genau auf ihre kleine Statur zugeschnitten war. Sie wich zurück und nahm eine defensive Haltung ein.

„Fang an, mich anzugreifen. Sobald ich ein Gefühl für deine Skills bekommen habe, werde ich mich revanchieren.“

Matt beschwor sein Schwert und stellte sich gegenüber der kleinen Frau auf.

Zehn Minuten später hatte Matt eine geprellte Hand, einen geprellten Arm und ein ebenso geprelltes Gesicht wie sein Ego.

Er rechnete damit, dass er verlieren würde. Die Frau war Tier 22 und in der Armee. Ein Eiscreme-Hase hatte eine größere Chance, Aster zu entkommen, als dass er sie auch nur kratzen würde. Was ihn ärgerte, war, dass sie ihn versohlt hatte, während sie ihre Kultivierungslevel *unter* seine senkte. Während des Sparrings waren ihre Geschwindigkeit, Stärke und Propriozeption deutlich schwächer als seine, aber sie behandelte ihn trotzdem, als würde sie mit einem Kätzchen spielen.

Als er sich den geschwollenen Kiefer rieb, forderte Sheila ihn auf, sich zu setzen, was er dankend annahm.

„Du bist nicht schlecht. Besser, als ich erwartet habe, als du sagtest, dass du nicht wirklich unter jemandes Leitung trainiert hast. Manchmal imitieren die Leute nur Bewegungen, aber sie verstehen nicht, was sie da eigentlich tun. Du könntest es weit bringen, wenn du dich mehr auf die Kunst der Klinge einlassen würdest.“

Sie winkte mit der Hand, und vier Schwerter erschienen in einer Reihe zwischen ihnen. Die ersten drei hatten ein ähnliches Design, aber das letzte war deutlich anders.

Das erste und das letzte waren beide aus Bronze, aber das zweite war aus Eisen und das dritte aus poliertem Stahl.

„Ich nehme an den Wettbewerben für weltliche Klingen teil und bin ziemlich gut.“ Sie tippte auf die letzte Klinge, deren Form sich von den anderen drei unterschied. „Ich habe den zweiunddreißigsten Platz im Reichsweiten Tier 20-Wettbewerb für Kurzschwerter belegt.“ Sie winkte mit der Hand über die anderen und sagte: „Ich habe mich bei den Kämpfen auf Vasallenlevel bis zum ersten Platz hochgearbeitet. Es hat mehr als drei Jahrzehnte gedauert, bis ich überhaupt in der imperiumsweiten Rangliste auftauchte.“

Matt kannte die gewöhnlichen Klingenwettbewerbe; jeder, der Spaß am Nahkampf hatte, kannte sie. Es waren Duelle, bei denen keine Skills oder persönliche Ausrüstung erlaubt waren, sondern nur Kultivierung. Selbst mächtige Talente wurden aus dem Spiel genommen, indem man den Teilnehmern Rüstungen und Waffen gab, die ihren Vorteilen genau entgegenwirkten. Wenn das Talent zu weitreichend oder allumfassend war und nicht gekontert oder ausgeschaltet werden konnte, konnte der Kultivierende nicht teilnehmen.

Sie reichten von Tier 1 bis Tier 40 und wurden regelmäßig abgehalten, wenn auch nicht alle zur gleichen Zeit. Die Tier 1-Wettbewerbe fanden alle fünf Jahre statt, während die Tier 40-Wettbewerbe nur alle *zehntausend* Jahre stattfanden. Als ernsthafter Wettbewerb galt erst der alle hundert Jahre stattfindende Tier 15-Wettbewerb, bei dem die Teilnehmer Äonen Zeit hatten, ihr Handwerk zu perfektionieren.

Die Tatsache, dass die Frau ein Turnier auf Königsreichsebene gewonnen hatte, war unglaublich beeindruckend. Dass sie sich dann auch noch im Turnier auf Imperiumsebene platzierte? Einfach beängstigend. Auch wenn sie nicht den ersten Platz belegte, hatte sie bewiesen, dass sie zu den fünfzig besten Kämpfern unter Millionen von Meisterschaftskämpfern von Tausenden Planeten gehörte.

Unwillkürlich richtete er sich auf. Nach dieser Information war die dunkelhäutige Frau vor ihm jemand, den man respektieren musste. Das erklärte auch, warum sie die letzte Bronzeklinge mehr schätzte als die Stahlklinge. Eine der fünfzig besten Trophäen im Imperium zu bekommen, war ein großer Schritt über den ersten Platz einer Stahlwaffe aus irgendeinem Königreich. Matt notierte sich außerdem, dass er ihre Kämpfe suchen und sie heute Abend durchgehen würde. Sie würden irgendwo im EmpireNet zu sehen sein, und er wollte sie sehen.

Ich frage mich, ob ich ein Autogramm bekommen kann? Wäre das komisch?

Er hatte vorher nicht gewusst, dass es diese Frau gab, aber er war schon jetzt völlig fasziniert.

„Also, was kann ich tun, um mich zu verbessern?“ Er war eifrig.

Sheila grinste ihn an. „Wir fangen mit den Grundlagen an und arbeiten uns dann nach oben. Heute werden wir verschiedene Schwertformen mit einer Vielzahl von Waffen durchgehen.“

Sie sprang mit einer Schnelligkeit auf, mit der Matt nicht mithalten konnte, und begann, ihn durch die Schwertformen zu führen.

Die nächsten zwei Tage waren sowohl die besten als auch die schlimmsten Zeiten. Sheila trieb ihn immer wieder an seine Grenzen. Und wenn er nicht die Ergebnisse zeigte, die sie wollte, stieß sie ihn mehr als einmal darüber.

Eine Heilerin musste zweimal gerufen werden, als sie ihm zur Strafe für seine wiederholte Überanstrengung die Knochen brach.

Ähnlich wie Annies Ausbilderin war Sheila fair, aber anspruchsvoll in ihren Forderungen. Aus der Art und Weise, wie sie sich zusammensetzte, und aus den Videos ihrer Duelle, die er sich in den kleinen Pausen ansah, ging hervor, dass sie von sich als Ausbilderin mehr erwartete als von ihm als Schüler.

Er bemühte sich, ihre eigenen Erwartungen zu erfüllen, und sie reagierte darauf, indem sie ihn noch mehr anspornte. In den ersten anderthalb Tagen schlief er überhaupt nicht und verließ sich nur auf [Ausdauer], um durchzuhalten. Als er trotz dieser Hilfe nachließ, trieb Sheila Matt in eine Ecke und befahl ihm zu schlafen.

Fünf Stunden später weckte sie ihn auf und schob ihn mit neuer Kraft weiter. Von da an zwang sie ihn, genau fünf Stunden am Tag zu ruhen. In diesen zwei Wochen lebte er im Trainingsraum und bekam die Außenwelt nicht mehr zu Gesicht. Sein ganzes Leben bestand aus endlosen Drills und Übungen mit Sheila.

Matt war hin- und hergerissen zwischen dem Gefühl, keine Fortschritte gemacht zu haben, und dem Gefühl, sich massiv verbessert zu haben. Als er sich mit der Tier 22 duellierte, machte nichts einen Unterschied. Sie spielte mit ihm und rief ihm ständig Anweisungen zu. Wenn er jedoch gegen Trainingshilfen oder Simulationen kämpfte, spielte er auf einem ganz anderen Niveau als zuvor.

Seine instinktiven Reaktionen wurden geschärft, wenn auch nur leicht. Er merkte, dass seine Vorhersagen von Bewegungen um ein Haar genauer wurden.

Das Training dauerte nur zwei Wochen, also waren die Verbesserungen gering, aber Matt fühlte sich gut.

* * *

Liz fühlte sich beschissen.

Ihr Freund war in den letzten anderthalb Wochen so gut wie verschwunden und antwortete nur einmal am Tag auf ihre Nachrichten, bevor er einschlief. So lange von ihm getrennt zu sein und fast keinen Kontakt zu haben, war eine neue Unannehmlichkeit, aber eine, die sie akzeptieren konnte. Auch wenn Matt es nicht laut aussprach, waren Talous' bessere Skills im Nahkampf ein Weckruf für ihn gewesen. Sie war froh, dass er daran arbeitete, sich zu verbessern.

Zu ihrem unendlichen Ärger war Talous' Reaktion auf ihr Duell nicht ganz so erwachsen. Zuerst hetzte er sie, um Matt zu finden, damit er ihn zu einem weiteren Duell herausfordern konnte. Liz brauchte die Berichte über seine Wutausbrüche nach seiner Entlassung aus dem Krankenhaus nicht zu sehen, um zu wissen, warum er wütend war.

Er hat es allen selbst gesagt. Lautstark.

Bei jeder Gelegenheit erzählte Talous jedem, der es hören wollte, dass Matt in ihrem Kampf betrogen hatte und dass er kein richtiger Mann sei, wenn er sich nicht fair mit ihm duelliere.

Liz fand das lustig. Matt hatte es nicht nötig, in einem Kampf zu schummeln, und einen Trumpf zu benutzen, war noch lange kein Betrug.

Nein, was sie störte, war, dass Talous die Dinge persönlich nahm und einen Riss in der Pfadgängervereinigung verursachte.

Er und die Prinzessin hatten alle Top-Pfadgänger des Königreichs kontaktiert und ihnen ein besseres Angebot gemacht. An und für sich wäre das aus ihrer Sicht kein Problem gewesen. Das Problem, das sie hatte, war, dass der neue Deal die Formel änderte, nach der der allgemeine Punkteanteil der Pfadgänger verteilt wurde. Sie halbierten das eine Prozent, das an alle ging, und leiteten es an die größten Beitragszahler weiter. Nun würde die untere Hälfte der Pfadgänger verhältnismäßig weniger Punkte für ihre Beiträge bekommen, während die oberen mehr verdienen würden.

Talous hielt das für einen großen Dienst an allen, sogar an den Leuten, die er beschissen hatte.

Nur wenige gingen darauf ein, und es gab einen Aufschrei wegen der unfairen Behandlung. Aber genug der Top-Pfadgänger auf der Seite des Königreichs ließen sich von der Aussicht auf mehr Verdienst überzeugen und wechselten die Seite. Albert machte seinen Ärger über die Situation öffentlich und weigerte sich, ähnliche Änderungen vorzunehmen, da er dies als gieriges Verhalten bezeichnete. Insgeheim schien er mit Talous' Änderungen recht zufrieden zu sein. Das Königreich wurde mit Anträgen auf Seitenwechsel von niederrangigen Königinnentum-Pfadgängern und unabhängigen Handwerkern überschwemmt.

Albert und Juni waren mit dem Handel zufrieden, denn die massenhaften Abwanderungen legten die Handwerkswirtschaft des Königreichs fast lahm. Alle unabhängigen Handwerker, die immer noch unter Alyssas Leitung standen, weigerten sich, mit dem Königinnentum zusammenzuarbeiten. Das Königinnentum musste sich mehr und mehr auf seine eigenen Handwerker verlassen, was dessen Entwicklungspläne bremste. Auf der anderen Seite war der Anteil der Pfadgänger in den obersten Tiers größer, sodass die Streitkräfte des Königinnentums nun pro Person härter zuschlagen konnten. Letztendlich kehrte sich die Pfadgänger-Aufteilung in eine Vierzig-Sechzig-Aufteilung um, bei der das Königreich mehr Leute hatte, das Königinnentum aber die qualitativ besseren Truppen.

Liz war immer noch verärgert. Jeder, der über zwei Gehirnzellen verfügte, wusste, dass die Königin etwas im Schilde führte, da sie einen Großteil der überdurchschnittlich guten Pfadgänger des Königreichs abzog. Aber die Tage vergingen, ohne dass jemand etwas unternahm. Die Führung ließ schließlich ihre

Wachsamkeit auf ein normales Maß zurückgehen. Irgendwann kam ihr der Gedanke, dass Talous vielleicht einfach nicht mit einer Niederlage umgehen konnte und dies seine Rache war. Aber das schien ihr eine zu einfache und simple Erklärung zu sein.

Der wirklich amüsante Teil, zumindest für Liz, war, dass sich die fünfzehn besten Pfadgänger-Teams auf der Seite des Königreichs strikt weigerten, zu wechseln. Je mehr Pfadgänger aus dem Mittelfeld überliefen, desto größer wurden die Möglichkeiten, Punkte zu sammeln, und desto weniger Konkurrenz gab es um die besten Plätze. Sara versuchte, sie mit Geschenken und Bestechungsgeldern umzustimmen, aber keiner von ihnen wich von der Seite des Königreichs.

Liz war immer noch mit Arbeit überhäuft. Sie versuchte, alle neuen Leute in die Zimmer zu bringen und Attentatsversuche abzuwehren. Nur einmal wurde sie unvorbereitet erwischt. Als sie auf dem Weg zu einem Treffen der Pfadgängervereinigung war, verwandelte sich eine Topfpflanze in einen Menschen und stach auf sie ein. Zum Glück konnte sie sich so weit drehen, dass der Stich nicht tödlich war.

Sie wünschte sich nur, dass Matt seine Ausbildung endlich beenden würde. Durch seine Anwesenheit wäre der ganze Stress leichter zu bewältigen.

* * *

Luna schwebte über der neutralen Stadt und beobachtete, wie ihre neuesten … *Herausforderungen* daran arbeiteten, sich zu verbessern.

Liz beschäftigte sich hauptsächlich mit Politik, während sie mit ihren neuen Skills trainierte und deren Grenzen kennenlernte. Das war in der jetzigen Situation akzeptabel. Ihr neuer Skill [Blutgeister] war eine überraschende und kreative Ergänzung ihres Arsenals. Sie freute sich schon darauf, die Ergebnisse bei der nächsten Belagerung zu sehen. Allerdings nahm sie sich vor, Liz an ihrer Kontrolle arbeiten zu lassen. So verheerend der Skill für ihre Feinde auch war, ohne die richtige Kontrolle konnte sie leicht nach hinten losgehen und ihren Verbündeten schaden.

Aster war immer noch mit ihrer aufkeimenden Intelligenz beschäftigt. Sie wechselte zwischen Tier und Kind hin und her. Die Spielverabredungen halfen ihr, sich einzugewöhnen, also strich sie das von ihrer Liste der Aufgaben für die kleine Füchsin. Das Training mit dem Eiswolf war eine gute Entscheidung für sie. Der ältere Wolf hatte sogar von [Eisform] gesprochen und davon, dass sie dem Manko der Winterumarmung entgegenwirken kann, dass sie an einer Stelle festgewachsen war. Es war immer besser, wenn Informationen von anderen weitergegeben wurden, bevor sie persönlich eingreifen musste. Auf diese Weise waren die Leute eher aufnahmefähig.

Matt trainierte den gewöhnlichen Umgang mit dem Schwert. Nicht die schlechteste Idee, nachdem er zum ersten Mal gegen jemanden gekämpft hatte, der tatsächlich besser war als er. Sie hätte ihm einen besseren Ausbilder gesucht, aber Sheila reichte für sein derzeitiges Können aus, also beließ sie es dabei.

Es war nicht nötig, zu früh einzugreifen.

Sie *hatte* ein paar Fäden gezogen, um Annie die Hilfe zu geben, die sie für ihre Skills brauchte. Luna erkannte, wie viel Spaß es dem Mädchen machte, ein perfektes Attentat auszuführen. Sie hatte es schon einmal erlebt, und diese Typen gingen oft in die Vollen, ohne es zu merken. Der Nervenkitzel, einen perfekten Plan auszuführen, verwandelte sich in den Nervenkitzel der Ausführung.

Luna hatte keine Probleme damit, kleine Maßnahmen zu ergreifen, um die Geburt eines Soziopathen zu verhindern, wenn es direkt vor ihrer Nase passierte.

Also rief sie Victor an, einen der besseren Attentäter des Imperiums. Sie hatte keine Ahnung, wie er sich heutzutage nannte; er hatte immer einen neuen, schlauen Namen, mit dem sie nicht mithalten konnte. Mechaniker, Fixer, Büro für Anpassungen und so weiter. Er war ein staatlich sanktionierter Killer, die im Verborgenen agierte. Wen interessierte schon, wie er sich nannte?

Trotzdem schien Victor sehr zufrieden mit dem Mädchen zu sein. Wenn Annie vom Pfad abfiel, war Luna sicher, dass er schnell da sein würde, um sie zu rekrutieren. Victor hatte sogar zugegeben, dass er darüber nachdachte, die Schwestern hinzuhalten, damit sie vom Pfad abfielen und er sie früher bekommen konnte. Aber Luna lachte ihn nur aus und sagte ihm, wenn er das Mädchen früher ausbilden wolle, solle er einfach Teil des Managementteams der Zwillinge in Tier 10 werden. Wenn er das nicht täte, würde jemand anderes die Leitung von Annies Ausbildung übernehmen.

Er murrte, aber Luna wusste, dass er ihre Warnung ernst nehmen würde. Er hatte bereits damit begonnen, Annie sanft zu einer speziellen Therapie zu drängen, womit sie einverstanden war. Es war besser, diese Probleme jetzt zu lösen, bevor sie zu einem größeren Problem wurden. Etwas Vorbeugung war mehr wert als unendliche Heilung.

Die anderen beiden feilten an ihren Skills, aber das war ganz alltäglich. Ihre Schützlinge hatten das Glück, eine interessante Gruppe von Pfadgängern zu treffen, aber ihr Team war normalerweise *viel interessanter*. Jetzt war Luna gelangweilt. Die Tage wurden zu Wochen, in denen nichts Neues passierte. Nachdem sie ihre Trainingsnotizen zum 9.234ten Mal durchgesehen hatte, überprüfte sie ihre Schützlinge mit ihrem spirituellen Sinn.

Nochmal.

Liz machte immer noch Politik, also blendete sie das größtenteils aus, während sie zusah, wie Matt von dem kleinen Mädchen niedergemacht wurde. Wenigstens war das einigermaßen unterhaltsam, also ließ sie sich nieder und sah zu.

* * *

Matt hievte sich auf alle Viere, während er Zahnsplitter und Blut ausspuckte.

Sheila stand mit einer Präsenz über ihm, die ihrer Größe nicht gerecht wurde. „Ich habe dir gesagt, du sollst aufpassen."

Er nickte nur. Wie immer hatte sie ihn genau zweimal gewarnt, bevor sie etwas kaputt machte. Ächzend zwang er sich auf die Beine und erntete ein anerkennendes Grinsen von seiner Ausbilderin.

„Schon wieder." Es war eine Qual, die Worte auszuspucken, aber sie wurden mit einem Nicken quittiert, und das war genug.

Matt blockte zwei Treffer ab, bevor er zu einem weiteren Angriff ausholte, der aber nur lässig abgeblockt wurde.

Sheilas nächster Angriff zielte wieder auf seinen Kiefer, aber diesmal behielt er die Fassung und lenkte die Klinge mit seiner eigenen ab. Er trat nach vorne und um sie herum und griff ihre weniger geschützte Seite an.

Aber sie war schon weg. Seine Ausbilderin hatte seinen Schritt nach vorne mit ihrem eigenen gespiegelt und schlug mit ihrem kleineren Langschwert auf Matts Rücken.

Matt schaffte es gerade noch rechtzeitig, sein eigenes Schwert zu heben. Das Schlimmste daran war, dass sie sich selbst nicht einmal für gut in Langschwerttechniken hielt. So sehr es auch ärgerte, es stimmte. Im Vergleich zu ihren Skills mit dem Kurzschwert war Sheila mit dem Langschwert fast *schlecht*. Aber nur im Vergleich zu ihren Skills mit dem Kurzschwert.

Mit der kürzeren Klinge in der Hand war es egal, was ihre Gegner taten. Sie tanzte durch sie hindurch und zerriss mit jeder Drehung und Wendung ihr Fleisch.

Trotzdem war sie immer noch mehr als gut genug, um Matt jede Waffe beizubringen, bei der er um Hilfe bitten konnte. Sogar bei seinem Langschwert.

Nur zwei Tage lang wurde mit anderen Waffen trainiert. Stumpfe Waffen und Äxte standen im Mittelpunkt, da sie genug Schaden abdeckten, was sein Langschwert nicht konnte.

Sheila fragte sich auch, warum er zwischen dem Langschwert und dem Großschwert hin und her wechselte. Für einen Schwertkämpfer war das ein ungewöhnlicher Weg. Bei seiner Körpergröße und Reichweite war seine bequeme Klingenlänge für jede Waffe länger als die der meisten. Also erzählte er ihr, wie er mit einer billigeren Waffe am PlayPen auskommen musste und sich daran gewöhnt hatte. Hinzu kam, dass er stärker war als die meisten anderen in seinem Tier, was seinen Stil noch weiter veränderte. Sie hörte sich seine Erklärung leise an und nickte. Als sie sah, dass es für ihn funktionierte, ermutigte sie ihn, auf Kurs zu bleiben und seinen eigenen Stil zu entwickeln.

In einer kurzen Essenspause nahm Matt den Mut zusammen, sie zu fragen, warum sie überhaupt hier war. Diese Frage hatte ihn schon lange geärgert. Sie war eine gute Ausbilderin; zu gut, um einen Tier 6 zu beaufsichtigen. Er war sich sicher, dass sie ihre Skills hätte verkaufen können, anstatt zur Armee zu gehen.

Sie lachte ihn an. „Ich mache eine Drei-Jahrhundert-Tour mit der Armee, um für einen Direktschuss von Rift-Orten und Spots bis Tier 35 zu bezahlen. Der schnellste Weg zum Aufstieg."

„Ein Adliger oder eine Gilde hätte dir doch sicher die Slots besorgen können?"

Sie schnaubte über diese Antwort. „Wenn ich mein Leben weggeben wollte, sicher. Für ein so großes Geschäft würde ich einen unglaublich strengen Vertrag mit Ausstiegsklauseln bekommen, die ich niemals bezahlen könnte. Das würde mich für immer an die Leine legen. Je größer die Belohnung, desto stärker bist du an sie gebunden. Bei der Armee kann ich sie wenigstens im Voraus bezahlen und schulde ihnen nichts, wenn es vorbei ist. Die meiste Zeit ist es ganz einfach. Ich bilde die Truppen aus, die zwischen den Kampfeinsätzen Hilfe brauchen oder wollen. Matty Boy, wenn du vom Pfad abkommst, pass auf, dass du nichts unterschreibst, ohne den Vertrag gut durchzulesen. Bezahl einen Anwalt, wenn du kannst. Alles muss Klartext sein, aber das heißt nicht, dass du die Bedeutung jedes Satzes verstehst."

Matt nickte nur und erinnerte sich an die Verträge, die er durchgesehen hatte, nachdem er die negative Bewertung für sein Talent erhalten hatte. Obwohl die Verträge auf den ersten Blick leicht zu verstehen waren, hatte es genug Unklarheiten gegeben, die Matt nervös gemacht hatten.

„Warum machst du das dann?" Matt winkte dem Trainingsraum und sich selbst zu.

„Ha. Das macht mehr aus mir, als irgendeine adlige Göre auszubilden. Das Imperium bietet Steuererleichterungen für jeden, der Kinder auf dem Pfad ausbildet, und deine Beitragspunkte verwandeln sich außerdem in 5.000 Armee-Verdienstpunkte. Für zwei Wochen, in denen du nicht babysitten musst, ist das eine ziemlich anständige Bezahlung. Ich zahle also die Hälfte der Steuern für ein Jahr meiner Wahl, pro Unterrichtsstunde. Das spart mir eine Menge, wenn ich es mache, bis ich aufsteige."

Sie sprang wieder auf und mit einem Winken verschwanden die Tabletts mit dem Essen.

„Also gut, ich möchte, dass du Simulation siebzehn durchführst, aber dieses Mal muss jeder Treffer mit einem einzigen Treffer erfolgen."

Matt machte seine Klinge bereit und verband seine KI mit dem Simulationsraum, als er ihn betrat.

* * *

Matt, Liz und Aster saßen zusammengerollt in Melindas Suite, nachdem sie mit dem anderen Team einen Film angesehen hatten, als Matt die Kugeln in ihren Händen bemerkte.

„Ist das ein Essenzstein?"

Sie schauten verwirrt auf seine Frage, aber Sam, die ihrem Sessel am nächsten war, hielt ihn mit zwei Fingern entgegen. „Ja. Habt ihr keinen benutzt?"

Matt wandte sich an Liz, die sich an Aster wandte, die sich wiederum an Matt wandte. Keiner von ihnen hatte eine Ahnung.

„Nein. Woher hast du den?"

Kyle sackte nach vorne. „Alter, die gibt es für fünf Punkte pro Stück für jeden im Laden. Wieso hast du den nicht gesehen?"

Matt errötete leicht, als ihm klar wurde, was passiert sein könnte. „Also, ich sortiere meistens nach den Kosten, vom höchsten zum niedrigsten."

Das brachte ihm eine Runde Buhrufe ein. Tara warf sogar ein Stück Popcorn nach ihm, das Aster aufschnappte. Er klopfte ihr auf die Schulter, weil sie ihn so hartnäckig verteidigt hatte, aber sie war mehr daran interessiert, mehr Popcorn von Tara zu bekommen und ging zu ihr.

Melinda starrte sie an. „Du hast dich also in den letzten vier Monaten überhaupt nicht weiterentwickelt?"

„Nicht wirklich." Matt zuckte mit den Schultern, und Liz sah genauso verlegen aus.

Vinnie schnippte das weg und sagte in einem neckischen Ton: „Muss schön sein, *so* weit voraus zu sein." Er legte die Füße hoch und fragte mit seiner normalen Stimme: „Habt ihr nicht gesehen, dass eure Teamkollegen sie benutzen?"

Liz schüttelte den Kopf. „Sie sind auf Tier 6-Spitze, also hatten sie es auch nicht nötig. Ich dachte nur, dass das zum Kriegsspiel dazugehört, sie ein bisschen hinzuhalten. In keinem der Bücher, die ich gelesen habe, stand etwas darüber."

Matt konnte sich schon die bösen Briefe vorstellen, die sie an die Autoren all der Pfadgänger-Kriegsbücher schreiben würde, die sie gelesen hatte. Dieses Detail sollte man nicht auslassen.

Mathew beugte sich vor und zeigte die kleine Kugel in seiner Hand. „Der Kapitän des Schiffes, mit dem wir hierher transportiert wurden, sagte, dass die Dinger ein Geheimnis bergen. Keiner von uns hat bisher etwas gefunden, aber es macht Spaß, danach zu suchen, während wir vorankommen."

Matt sah fragend zu Boden. Aus dem Augenwinkel sah er, dass Liz dasselbe tat. Keiner von ihnen hatte eine Ahnung, von welchem Geheimnis er sprach.

„Wer hat das gesagt? Und hast du es irgendwo nachgeschlagen?", fragte Liz zögernd nach.

Melinda nickte. „Der Schiffskapitän. Das haben wir auch, aber wir haben nur Gerüchte gefunden, nichts Konkretes. Wir dachten, es sei ein Geheimnis."

Liz stieß sich von Matts Schulter ab und setzte sich auf. „Das habe ich noch nie gehört. Und ich habe das Gefühl, dass meine Eltern das auch erwähnt hätten. Oder zumindest kein Geheimnis daraus machen würden. Oder meine Geschwister, was das angeht."

Matt nickte zustimmend, erstarrte aber, als Kyle fragte: „Warum sollten sie das wissen?"

Neben ihm verkrampfte sich Liz, aber nur für einen kurzen Moment. Er wollte sich gerade für sie entschuldigen, aber sie seufzte und sagte: „Es ist dumm, das zu verbergen. Ihr habt eure Geheimnisse mit mir geteilt. Ich sollte mich revanchieren. Meine Eltern sind Leon und Mara, die beiden Adligen."

Es dauerte ein paar Sekunden, bis alle ihre Worte verstanden. Danach wurden die Gesichter aller weicher. Mit einer Ausnahme: Melinda hüpfte einfach herum. „Ohhh!

Das erklärt den Spitznamen Doppelprinzessin! Ich dachte, es wäre nur ein komischer Kosename oder ein Insider-Witz, aber das ist sooo viel lustiger!“

Liz drehte sich um und starrte Matt an. Sie stieß ihn in die Rippen: „Das hast du vor ihr gesagt? Du bist so ein Arsch!“

Matt musste zurückdenken, aber er *hatte* sie vor Melinda damit aufgezogen, dass die Doppelprinzessin eine goldene Rüstung hatte. Daran hatte er gar nicht gedacht.

Tara unterbrach sie. „Warte, warte, warte! Du bist die Tochter von zwei Tier … Ich weiß es nicht einmal …“ Ihre Augen blickten nach rechts. „Zwei Tier 48er. Ach du Scheiße. Verdammte 48. Zwei von ihnen. Das ist doch verrückt! Warum bist du überhaupt auf dem Pfad?“

Liz zeigte wieder auf Tara. „Das ist genau der Grund. Ich habe mir meine Eltern nicht ausgesucht. Ich will nicht, dass alle denken, dass ich alles nur ihretwegen erreicht habe. Es ist scheiße, in ihrem Schatten zu stehen. Oder dass die Leute immer versuchen, meine Freunde zu sein, damit sie sich bei ihnen einschleimen können. Nichts fühlt sich je echt an.“

Das ernüchterte den Raum und Tara wurde etwas müde.

Melinda brachte das Gespräch wieder in Gang. „Danke, dass du uns vertraust.“

Liz strahlte sie alle an, auch Tara. „Danke, dass du meine Freundin warst, bevor du es wusstest. Ich hoffe, das ändert nichts, aber ich mag es nicht, meine Freunde anzulügen. Daher bin ich froh, dass es jetzt raus ist.“

Kyle zuckte mit den Schultern. „Ja, Supereltern sind cool und so, aber ich bin viel mehr daran interessiert, dass du zur Hälfte eine Bestie bist. Heißt das, dass du eine Bestiengestalt haben wirst? Ich bin so neidisch. Ich würde auch so gerne eine haben.“ Er trat leicht gegen den Boden. „Blöde Menschen.“

Das führte zu einer Reihe von Fragen, die Liz fröhlich beantwortete. Niemand schien sie zu verurteilen, und als Tara mehr Getränke holen wollte, folgte Liz ihr. Sie kamen mit einem Lächeln zurück: Liz war glücklich und Tara erleichtert. Matt vermutete, dass sie sich für die unhöfliche Frage von vorhin entschuldigt hatte.

Als sein Essenzstein zu Staub zerfiel, fragte Vinnie schließlich: „Also ist da kein Geheimnis drin?“

Liz hob ihre Hände. „Vielleicht. Aber ich habe noch nie davon gehört. Das heißt aber nicht, dass es nicht stimmt.“

Matt scherzte, als ihm der Gedanke durch den Kopf ging: „Vielleicht wollte der Kapitän euch alle auf der Reise ruhig halten.“

Kyle sprang ihn an und nahm ihn in den Schwitzkasten. „Ich werde dir zeigen, wie man sich auf eine Reise ruhig verhält!“ Und begann, mit seiner Faust Matts Kopf zu reiben.

Als sie sich zum Wrestling hinreißen ließen, kehrte die Stimmung auf der Party zu dem zurück, wie sie vor Liz’ Enthüllung gewesen war.

Als sie schließlich nach Hause gingen, war Liz überglücklich. „Sie haben mich auch nicht anders behandelt, nachdem ich es ihnen gesagt habe.“

Sie klammerte sich an Matts Arm, bevor sie hüpfte und sprang.

„Sie mögen mich für *mich*!“ Ihr Schrei hallte von dem Gebäude wider und wurde von den größtenteils leeren Straßen aufgefressen.

Sie kam zurück und stahl Aster, um einen kleinen Tanz mit ihr zu beginnen, während sie mitsprang.

Schließlich beruhigte sie sich so weit, dass sie normal neben Matt gehen konnte. „Danke, dass du so großartige Freunde hast, die du mit mir teilst.“

Matt legte einen Arm um sie. „Was mein ist, ist auch dein.“

Liz beendete das Zitat mit einem verschlagenen Grinsen. „Und was mir gehört, gehört nur mir!“

Sie versuchte zu fliehen, aber er fing sie und begann, sie zu kitzeln, bis sie sich mit einem lang anhaltenden Kuss korrigierte. „Was mein ist, ist dein.“ Sie küsste ihn auf die Nase, bevor sie ihn umarmte und sagte: „Du hast bereits mein Herz. Was gibt es da noch zu geben?“

Zu Matts Erleichterung ließen die Attentäter sie in Ruhe und genossen den Heimweg. Nichts hätte ihren Moment stören sollen.

* * *

Der Krieg beruhigte sich, da jede Seite die einfachen Maßnahmen ergriff, um Punkte zu sammeln, und dann die andere Seite daran hinderte, das Selbe zu tun. Während sich die Wochen zu Monaten ausdehnten, gab es auf beiden Seiten keine großen Bewegungen. Nur gelegentlich wechselten Festungen den Besitzer. Es gab auch das eine oder andere Scharmützel, das sich zu einer größeren Schlacht ausweitete, als immer mehr Leute von beiden Seiten herbeiströmten.

Alles in allem war das größte Ereignis nach sechs Monaten eine große Auktion.

Die Auktion fand erneut an dem Ort unter Wasser statt wie bereits zuvor, wo sie alle in ihren Auktionskabinen saßen. Auf den Bildschirmen waren verschiedene Szenen zu sehen, die zeigten, wie sie im Laufe der letzten Monate gekämpft hatten. Fast jeder hatte einen Moment, in dem er glänzte, und jeder, der eine Privatloge bewertete, ließ das auch erkennen.

Talous ärgerte Matt immer noch maßlos. Monatelang bedrängte er ihn sowohl privat als auch in der Öffentlichkeit wegen einer Revanche. Um es ihm heimzuzahlen, verbreitete Matt die Aufnahme, auf der er dem Mann fast den Kopf abschlug. Über ihrem Auktionsstand wurde sie auf einem großen Bildschirm in einer kurzen Schleife abgespielt. Es gab dramatischere und visuell beeindruckendere Clips von der Belagerung, die er hätte zeigen können, aber keiner war so befriedigend wie Talous’ Hinrichtung.

Er hatte bereits sieben Drohungen von dem Mann erhalten, und jede einzelne zauberte ein kleines Lächeln auf sein Gesicht. Nach allem, was der Idiot Liz angetan hatte, wurde es ihm nie zu viel, den einzigen Tod des Mannes vor aller Augen zu zeigen.

Natürlich war Talous niemand, der tatenlos zusah. Er revanchierte sich, indem er

Matts einzigen Tod über der Kabine des Mannes, der ihn getötet hatte, anzeigen ließ. Wenn man bedachte, dass Matt jetzt im obersten Stockwerk saß und der Kämpfer ganz unten war, machte ihm das nichts aus. Außerdem war Matt ziemlich stolz auf diesen Tod. Es zeigte, wie er zwei Menschen tötete und einen dritten zu Tode prügelte, während ihm ein halbes Dutzend Menschen wiederholt in den Rücken stachen.

Der Eindruck war nicht dasselbe, wie wenn einem im Einzelkampf ein Schwert durch den Kopf gestoßen wurde.

Wenn der Mann nicht so ein Arschloch wäre, hätte er das Duell gerne angenommen. Matt hatte viel von Sheila gelernt, aber er musste gegen Gegner kämpfen, die näher an seinem eigenen Niveau waren, um wirklich etwas zu lernen. Talous wäre der perfekte Sparringspartner gewesen.

Aber da der Mann so rachsüchtig und wütend war, weil er seinen Willen nicht bekam, genoss Matt es umso mehr, die Bitten abzulehnen.

Er lächelte und winkte zu der Kabine hinüber, in der Talous saß, und grinste, als der Mann ihm finster den Mittelfinger zeigte.

Sie saßen alle entspannt in ihrer Kabine; Attentate waren während der Auktion streng verboten. Nicht, dass das eine Rolle gespielt hätte. Die Versuche waren zum Stillstand gekommen, nachdem Annie persönlich und bösartig Rache an jedem genommen hatte, der versucht hatte, sie auszuschalten. Sie machte nicht nur Jagd auf jeden, der versucht hatte, einen Anschlag auf sie zu verüben. Sie jagte auch ihre Freunde, ihre Familie und ihre Chefs. Und zwar ohne Gnade. Jedes Mal sorgte sie dafür, dass ihre Opfer *genau* wussten, warum sie einen möglichst langsamen und qualvollen Tod sterben mussten, bevor die Armee einschritt und sie abholte. Nach zwei Wochen Messerarbeit ihrerseits hatten die ständigen Angriffe auf ihr Leben völlig aufgehört.

Emilys Attentäter hatte sich öffentlich dazu entschlossen, den Krieg zu verlassen, kurz bevor seine zweiwöchige Abkühlungszeit endete. Er hatte die Nerven verloren, nachdem er mit ansehen musste, wie seine Teamkollegen, Freunde und Kommandanten verstümmelt im Krankenhaus landeten und um Gnade flehten. Jeder von ihnen hatte eine Nachricht von Annie für ihn mitgebracht, in der sie ihm sein zukünftiges Schicksal ankündigte. Das hatte ihr bei den Königinnentum-Kämpfern einen Titel eingebracht: „Unheilvolle Annie".

Auf Drängen des gesamten Teams ging sie zu einem Therapeuten. Keiner von ihnen war damit einverstanden, wie weit sie mit den Morden ging. Annie hatte erst eingewilligt, als ihre Schwester sie damit konfrontierte, wie sehr sie Emilys Tod mitnahm und wie extrem ihr Rachegefühl war.

Matt konnte Annies Gefühle verstehen, stimmte aber definitiv mit der Gruppe überein. Ihre Methoden gingen für seinen Geschmack etwas zu weit in Richtung Rache. Gleichzeitig hatte sie aber auch zugesehen, wie ihrer Schwester wegen eines winzigen Kopfgeldes die Kehle durchgeschnitten wurde. Damit konnte er auch nicht besser umgehen, also konnte er mit ihr mitfühlen.

Wäre dies kein Spiel mit Armeebeobachtern gewesen, hätte Emily auf der Stelle verbluten können. Wie auch Annies spätere Opfer. Das war eine gute Lektion für die andere Seite: Jeder, den sie töteten, könnte Angehörige haben, die bereit waren, für ihre Rache bis zum Äußersten zu gehen.

Matt wollte nicht sehen, wie seine Freundin sich in den Schatten verlor.

Annies Einstellung verbesserte sich nach einiger Zeit, die sie abseits ihrer persönlichen Arbeit verbrachte, besonders mit dem Ende der ständigen Angriffe. Auf der Auktion waren sie absolut sicher. Die Armee stellte klar, dass jede Gewalttat auf dem Gelände des Auktionshauses dazu führen würde, dass die Täter aus den Sicherheitsblasen geworfen würden, und niemand würde sie retten. Der einzige Ort, an dem gekämpft werden durfte, waren die Duell-Arenen.

Diese Regel ermöglichte es allen, sich zu entspannen und auf die Auktion zu konzentrieren, was ja der Sinn der Sache war. Kein Unternehmen wollte, dass potenzielle Kunden zu viel Angst hatten, etwas zu kaufen.

Emily war immer noch verbittert über ihren Punkteverlust, aber sie hatte sich damit abgefunden. Ihr Tod bedeutete, dass sie zum Zeitpunkt der Auktion nur noch etwa 200.000 Punkte aus den passiven Gewinnen des Teams und ein paar Missionen hatte. Der Rest des Teams hatte ihr jedoch angeboten, für alle Gegenstände oder Trainings zu bezahlen, die sie brauchte, damit sie nicht mittellos dastand.

Als ein Gegenstand nach dem anderen am Auktionsblock vorbeizog, ignorierten sie die meisten. Die Preise waren mit den gesammelten Punkten, die die Leute jetzt ausgeben mussten, in die Höhe geschossen. Gegenstände, die in der ersten Auktion 5.000 Punkte gekostet hatten, betrugen nun das Zehnfache oder mehr ihres früheren Wertes. Andere Leute gaben immer noch ihre Punkte aus, aber Team Eimer brauchte nur wenig. Ihr Team war immer unter den ersten fünf Gewinnern, was einen guten Punktefluss aus den täglichen Prämien sicherte. Aber da es an der Kriegsfront keine großen Bewegungen gab, konnten sie nicht genug für das sparen, was sie eigentlich wollten – die Verfolgungsgegenstände.

Annie starrte sehnsüchtig auf den Ladeneintrag für [Seiten-Slide]. Aber mit einem Preis von einer Million Punkten war sie noch weit davon entfernt. Außerdem kamen sie und ihre Schwester mit jedem Tag näher an die Siebenundzwanzig heran, was sie immer näher an die Notwendigkeit brachte, einen höheren Tier zu erreichen, um auf dem Pfad zu bleiben. In dem Moment, in dem sie das tun würden, wären die Zwillinge Tier 7 und würden aus dem Krieg ausscheiden. Da sie erst letzte Woche ihren sechsundzwanzigsten Geburtstag feierten, hatten sie nur noch ein Jahr Zeit.

Matt machte sich eine Notiz, dass er Annie einen [Seiten-Slide] schicken würde, falls einer während seiner Rift-Experimente droppen sollte. Sie war eine gute Freundin, und der Skill würde bei ihr Wunder bewirken.

Die Auktion endete mit einem Panzerhandschuh, der den Nahkampfschaden erhöhte. Als der letzte Gegenstand weggerollt wurde, machte der leitende Junior-Auktionator eine Pause. An seiner Stelle betrat Javier, der Tier 29-Vertreter von Deep Sky Auctions, die Bühne.

„Guten Abend, meine Freunde! Guten Abend! Heute ist ein besonderer Tag." Er schritt umher und nickte. „Ja, das ist er. Das ist er *ganz sicher*. Heute ist der sechste Jahrestag des Beginns dieses Vasallenkrieges!"

Ein leiser Jubel erhob sich, aber Javier winkte ab, was die Menge zu einem Gebrüll veranlasste. „Ja, meine Freunde, ihr habt hart gearbeitet! Ihr habt gelernt! Ihr seid gestorben."

Der überfüllte Saal verstummte daraufhin, aber Javier grinste nur. „Um diese Zeit geht es in den meisten dieser Kriege eher schleppend voran. Um dies zu überwinden, bietet das Imperium eine kleine zusätzliche Ermutigung an. Für die Kämpfer am Boden gibt es neue Belohnungen im Beitragspunkteshop! Nächsten Monat werden noch mehr neue Überraschungen im Auktionshaus erscheinen. Ich bin sicher, dass das viele von euch interessieren wird. Und was eure mutigen Anführer angeht ..."

Er winkte, und sowohl Sara als auch Albert wurden von Lichtkugeln angestrahlt, die von seiner Hand ausgingen. „Für die beiden jungen Generäle des Krieges bietet das Imperium diese ..."

Auf dem Podium neben ihm funkelten zwei Realitätssplitter auf einem Plüschkissen. „Zwei perfekt erhaltene Realitätssplitter. Für diejenigen, die es nicht wissen: Sie sind das Echo eines Aufstieges, das für den späteren Gebrauch aufbewahrt wird. Jeder, der sich unter ihrem Einfluss kultiviert, hat die Garantie, dass er zumindest einen Teil seines eigenen Konzepts bildet."

Auf das anerkennende Gemurmel hin nickte er. „Aber das ist noch nicht alles! Nicht im Entferntesten. Wir werden auch die Kammern zur Verfügung stellen, die nötig sind, um den größtmöglichen Nutzen aus ihnen herauszukitzeln. Das ist ein seltenes Vergnügen! Ja, in der Tat! Realitätssplitter sind nicht billig. Nein, das sind sie nicht! Aufstiege sind selten, und Realitätssplitter halten nicht ewig, so sehr wir uns das auch wünschen mögen. Aber das Imperium hat extra für diesen Vasallenkrieg ein paar gekauft."

Javier nickte den beiden Herrschern zu, als er sagte: „Fragt einfach den König und die Königin. Ich bin mir sicher, dass sie versucht haben, einen zu kaufen, aber es werden nur etwa tausend Stück pro Aufstieg produziert und die sind schnell weg. Es ist nicht leicht, an diese Schätze heranzukommen."

Beide Regenten nickten zur Bestätigung der Worte des Mannes, aber sie sahen nicht besonders interessiert aus. Albert und Sara hingegen starrten auf die beiden Splitter wie gefräßige Wölfe, die nur durch ihren bloßen Willen zurückgehalten wurden.

„Was wird von meinen jungen Freunden verlangt, um diese Preise zu verdienen? *Das* ist doch die Frage, oder?"

Er grinste. „Ganz einfach! Kämpft! Bewegt eure Truppen und macht Fortschritte. Wenn jede Seite zwanzig Millionen Punkte aus *neuen, aktiven* Quellen verdient hat, gehören sie euch. Schickt eure Leute auf Raubzüge! Schickt sie aus, um eine Stadt einzunehmen! Verhindert, dass eine Stadt eingenommen wird! Das müsst ihr einfach *tun*!"

Matt grinste ebenfalls. Das bedeutete, dass die Dinge wieder in Gang kommen würden, was mehr Chancen auf Punkte bedeutete. Die letzten drei Monate waren für seinen Geschmack viel zu ruhig gewesen.

Javier drehte sich um, als er gehen wollte, hielt aber inne und fügte hinzu: „Oh! In der ganzen Aufregung hätte ich diese Schönheiten fast vergessen." Die beiden königlichen Belohnungen, der Stab und der Handschuh, blitzten auf beiden Seiten von ihm auf. „Die beiden großen Preise für die gütigen Herrscher!"

Er zeigte etwas, das Matt nur als räuberisches Lächeln bezeichnen konnte. „Jede Seite hat gerade mal die Hälfte der Trophäen für ihre Monarchen verdient."

Damit verschwanden sowohl er als auch die Gegenstände. Die Königin legte einfach eine Hand auf Saras Unterarm, aber der König drehte seinen Kopf in Richtung seines Sohnes wie eine geladene Kanone, die bereit war zu schießen. Die Reaktionen der beiden waren auf der Projektion zu sehen. Der Blick, der auf Albert gerichtet war, grenzte an Feindseligkeit. In diesem Gesicht steckte mehr als nur nackte Gier; es war ein rasender Hunger, der Matt erschaudern ließ.

Matt öffnete den Shop und blätterte durch die Neuzugänge im Beitragspunkteshop, wobei er sie immer noch standardmäßig vom teuersten zum billigsten Artikel sortierte. Der erste Artikel, den er sah, ließ ihn erstarren. Tier 14-Upgrade-Kugeln waren für den geringen Preis von einer halben Million Punkte erhältlich. Es gab nur eine pro Person und insgesamt nur fünfzig zum Verkauf. Eine verschwindend geringe Zahl für die Millionen von Menschen, die an dem Krieg teilnahmen.

Er konnte seinen Augen nicht trauen. Es wurde viel Widersprüchliches über diese Kugeln gesagt, aber eines war sicher: Es handelte sich um unglaublich seltene Rift-Drops. Glücklicherweise lieferte die Beschreibung des Ladens weitere Informationen direkt aus dem Imperium. Die Tier 14-Upgrade-Kugeln droppten nur von Tier 14- bis 25-Rifts und konnten alle Tier 8- oder Tier 14-Skills aufwerten.

Sie tauchten alle zwei Tiers auf, wenn Skill-Splitter gedroppt wurden, und konnten jeden Skill auf einem entsprechenden Tier oder ein gleichwertiges Level einmal aufwerten. Mit jeder Aufwertung konnte der Skill auch für das nächste verfügbare Tier der Upgrade-Kugel verwendet werden. Ein Tier 8-Skill wie [Gecrackte Phantomrüstung] konnte also bis zu vier Mal aufgewertet werden. Zuerst mit einer Tier 14-Kugel, dann mit einer Tier 26, dann mit einer Tier 38 und schließlich mit der theoretischen Tier 50-Kugel.

Die Tiertypen der Kugeln waren nur theoretisch, denn es gab keine Tier 50-Rifts zum Delven und somit auch keine Tier 50-Belohnungen zu verdienen. Wenn der bisherige Trend anhielt, droppten die Tier 38-Aufstiegskugeln bis Tier 49. Aber der höchste Rift des Reiches war nur Tier 47, also gab es keine Möglichkeit, das mit Sicherheit zu wissen.

Matt war nah dran. Mit den Passivpunkten, die er durch seine Mitgliedschaft in einem der fünf besten Teams erhalten hatte, lag er bei etwa 450.000 Punkten. Aber wenn er so nah dran war, bedeutete das, dass andere es auch sein würden.

Noch während er nachsah, fiel die Zahl auf siebenundvierzig, ein erschütternder Rückgang, der deutlich machte, wie schnell sie ausverkauft sein würden.

Anhand der Hinweise in der Beschreibung des Shops fand er schnell heraus, wie sich Upgrade-Kugeln auf gecrackte Skills auswirken, und überprüfte die gängigsten Upgrades für [Gecrackte Phantomrüstung].

Gecrackte Skills konnten geupgradet werden, folgten aber keinen festen Regeln wie normale Skills. Ihre Upgrades waren viel vielfältiger und schwer vorherzusagen. In der Regel verlief das Upgrade jedoch parallel zu einem der Upgrades, die für den Grundskill verfügbar waren.

[Phantomrüstung] war in der Vergangenheit eine beliebte Wahl mit einem einzigen, gut etablierten Upgrade. Die erste Kugel ermöglichte es, eine zweite Ladung in den Skill zu speichern, mit der der Benutzer bis zu zwei lebensbedrohliche Angriffe in einem Kampf abblocken konnte.

Matt war sich nicht sicher, was das für die [Gecrackte Phantomrüstung] bedeuten würde. Das Upgrade konnte von etwas, das ihn zwang, seinen gesamten Kampfstil umzustellen, bis hin zu etwas, das ihn unbesiegbar machte, reichen. Es gab einfach keine Möglichkeit, das vorauszusagen.

Trotz des Risikos, das der Zufall mit sich brachte, reizte ihn der Gedanke an ein Upgrade.

Während sich die Gruppe auf den Weg zum Speisesaal machte, überprüfte Matt die bekannten Upgrades für seine restlichen Skills, um sich abzusichern.

[Magier-Rückzug] würde die Laufgeschwindigkeit stark erhöhen. Der Name des Skills wurde tatsächlich von dieser Verbesserung abgeleitet. Ein berühmt-berüchtigter Magier hatte dieses Upgrade einmal so gründlich und effektiv demonstriert, dass er als Fluchtskill für Zauberwirker eingestuft wurde. Matt hatte das erst einmal ignoriert.

[Veredler] half einfach dabei, die körperliche Fitness zu verbessern, während er benutzt wurde. Der Benutzer konnte ein „Training“ absolvieren, indem er einfach Mana hineinleitete. Es war keine weitere Anstrengung nötig. Die Wirkung war dauerhaft, aber das brauchte Matt nicht, also ignorierte er auch das. Er ging bereits ins Fitnessstudio und genoss es. Durch einen Zauber fit zu bleiben, stand nicht auf seinem Bedürfnisradar.

[Hagel] war ein seltsamer Fall, mit drei möglichen Upgrade-Pfaden. Aber Matt konnte keine Informationen darüber finden, wie man sich entschied oder ob man das überhaupt konnte. Zwei der Optionen waren jedoch besonders häufig. Die erste machte die Eisbrocken „klebrig“, sodass sie sich an einen Gegner banden und ihn verlangsamten, während sich das Gewicht der Eisbrocken allmählich aufbaute. Die zweite bewirkte, dass die Eisbrocken Taschen mit hypergekühltem, flüssigem Wasser enthielten und beim Aufprall zersprangen. Dadurch wurde das Ziel mit eiskaltem Wasser durchtränkt und erlitt schwere Erfrierungen. Ein drittes und viel selteneres Upgrade machte den Hagel schärfer und durchsetzte den Sturm mit massiven Eisbrocken. Allerdings wird dadurch der Wirkungskreis des Zaubers verringert.

Die erste Option verbesserte die Kontrolle über die Menge, die andere erhöhte den Kälteschaden, und die letzte Verbesserung machte den Skill großartig gegen nicht gepanzerte Gegner. Die ersten beiden waren interessant und möglicherweise sehr nützlich für Aster. Keines von ihnen war für Matt von größerem Interesse als die Verbesserung der [Gecrackten Phantomrüstung].

[Feuerball] hatte eine größere Reichweite, mehr Schaden und eine größere Explosion beim Aufprall. Das war verlockend, aber für Matt in seiner jetzigen Situation immer noch nicht erstaunlich gut. Er hatte sowieso vor, [Feuerkugel] in seinem Geist zu ersetzen, sobald er genug Mana hatte, um sich eine Version mit höheren Grundkosten und höherem Schaden leisten zu können. Das würde die Version mit den niedrigeren Kosten, die er jetzt hatte, um Längen übertreffen.

Das Upgrade von [Flammenwerfer] ließ Matt innehalten und nachdenken. Es erhöhte den Feuerschaden ein wenig, aber noch wichtiger war, dass sie die Art des Feuers veränderte. Der Output des Skills wurde zu einer klebrigen, brennenden Flüssigkeit, die auf allem, was sie berührte, haften blieb und sich bei Kontakt ausbreiten konnte. Das war eine nette Verbesserung, für die Matt eine Menge Verwendungsmöglichkeiten sehen konnte.

Matt haderte mit sich selbst, was er tun sollte. [Gecrackte Phantomrüstung] war sein wichtigster Skill, der ihn so weit gebracht hatte, aber die gecrackte Natur machte es zu einer riskanten und zufälligen Wahl. Der geupgradete [Flammenwerfer] wäre ein solides, sofort nützliches und vielseitiges Upgrade. Die Tatsache, dass er vorhatte, zu einem eher magieähnlichen Stil überzugehen, machte die Entscheidung noch schwieriger. [Flammenwerfer] war ein Skill mit kurzer bis mittlerer Reichweite, den er ohne die [Gecrackte Phantomrüstung] ohnehin nicht einsetzen wollte.

Er schob die Gedanken beiseite und genoss das schwimmende Abendessen mit seinen Freunden. Es hatte keinen Sinn, sich darüber den Kopf zu zerbrechen, solange er die Punkte nicht hatte. Er würde es auch mit Liz und Aster besprechen. Das war eine große Anschaffung, die auch sie betreffen könnte.

Er schloss den Rest von Team Eimer in das Gespräch ein. Er war sich sicher, dass sie es sich angesichts des bevorstehenden Ansturms früher als die meisten anderen leisten konnten.

Kapitel 23

Als die Auktion offiziell beendet war, ging es sofort weiter. Matt war sich sicher, dass der Fürst und die Prinzessin nicht lange genug geblieben waren, um die kleineren Nebenauktionen oder das Bankett abzuwarten. Sie flogen schnell aus der Blase und fingen an, ihre Sachen vorzubereiten.

Team Eimer hielt sich ebenfalls nicht lange auf, aber sie eilten auch nicht gerade aus der Tür. Sobald sie ihr Essen beendet hatten, gingen sie in ihrem eigenen Tempo.

Keiner von ihnen dachte, dass die Kämpfe sofort beginnen würden. Aber ihre Vermutung war falsch. Beide Seiten hatten bereits Teams losgeschickt, um mit allen Mitteln Festungen einzunehmen. Matt dachte, das wäre alles für den ersten Tag, aber beide Seiten leerten die abgelegenen Städte, um Truppen zu sammeln, in einem ziemlich durchsichtigen Versuch, neue Städte zu erobern.

Sie wollten sich ins Getümmel stürzen, aber kaum waren sie aufgetaucht, ging eine Warnung raus.

Die Attentäter waren in voller Stärke unterwegs und griffen jeden an, der im Verdacht stand, eine große Punkteanzahl zu haben. Zuerst dachten sie, dass die Angriffe alle sanktioniert waren. Doch bald stellte sich heraus, dass es sich um opportunistische Pfadgänger handelte, die versuchten, Punkte aus dem allgemeinen Punktepool zu entfernen und Kopfgelder zu kassieren. Die Upgrade-Kugeln und das Gerücht über die Auktion im nächsten Monat waren sicherlich ein Grund für diese Versuche. Sie alle wollten sicherstellen, dass sie eine größere Chance auf die teureren Gegenstände hatten. Unabhängig von ihren Motiven sorgten ihre Versuche für Aufruhr.

In der Zeit, die sie benötigten, um zu ihren Zimmern zu gelangen, nahm sie niemand ins Visier, aber sie waren alle in höchster Alarmbereitschaft. Eine kurze

Nachricht an Juni meldete das Team als bereit für neue Einsätze, und sie erhielten sofort einen Bereitschaftsbefehl.

Liz begann auf und abzugehen. „Die Upgrade-Kugeln und das Versprechen, dass neue Gegenstände in der Auktion auftauchen, werden ein verdammtes Desaster verursachen."

Conor rieb seine Hände mit einem hungrigen Gesichtsausdruck aneinander. „Das Upgrade von [Dämonenzone] erhöht die Wahrscheinlichkeit, dass der reflektierte Schaden ausgelöst wird, und der Prozentsatz des reflektierten Schadens steigt, während die Reichweite erhöht wird. Das ist einfach zu perfekt für mich. Und ich bin so nah dran."

Der große Mann hielt inne. „Gut, es besteht die Chance, dass der Skill das seltenere Upgrade erhält, das die Angriffsgeschwindigkeit mit jeder erfolgreichen Schadensreflektion erhöht und den Wirkungsbereich vergrößert. Aber das ist so selten, dass ich es wohl kaum bekommen werde."

Alle nickten. Matt ging es genauso. Er war nur noch 50.000 Punkte von der Kugel entfernt, was eine erhebliche Veränderung seines Kampfstils bedeuten könnte.

Liz meldete sich neben Conor zu Wort: „Bei mir ist es genauso. Mein Manipulationsskill wird billiger und einfacher zu benutzen. Das allein wäre schon den Preis wert. Ansonsten habe ich keine Ahnung, was aus meinem Skill wird, wenn mein Talent in Kraft tritt. Aber das hier sollte sicher genug sein."

Liz nickte Conor zu. „Zugegeben, jeder Manipulationsskill kann so verbessert werden, dass er instinktiv eingesetzt werden kann, genau wie eine Gliedmaße. Man muss sich nicht anstrengen, um ihn zu steuern. Das wäre toll, aber die Wahrscheinlichkeit dafür steht bei eins zu einer Milliarde. Es sind eher gut dokumentierte Gerüchte als alles andere. Es gibt jede Menge Theorien darüber, wie Menschen ihre Skills in Talente verwandelt haben, aber die Talentscanner haben noch nicht herausgefunden, wie sie es vorhersagen können. Wie ich schon sagte, suchen alle nach dem Geheimnis, wie man die einzigartigen Upgrades nachbauen kann, aber niemand hat es bis jetzt gefunden."

Annie zuckte mit den Schultern. „Es ist ja nicht so, dass wir uns auf diesen Effekt verlassen würden. Was hast du vor, wenn du es anwendest, Matt?"

Alle blickten zu Matt, der sagte: „Ich könnte es mit meinem angeborenen Skill riskieren ..." Er meinte [Gecrackte Phantomrüstung], denn er log immer noch, dass es ein Talent sei. Es war eine kleine, plötzliche Änderung in seiner Geschichte, von einem Talent zu einem angeborenen Skill. Aber er hoffte, dass sie das übersehen würden. Obwohl er es langsam leid war, seine Freunde anzulügen. „Das könnte nach hinten losgehen, denn es ist ein gecrackter Skill. Ich habe ehrlich gesagt keine Ahnung, was daraus werden könnte. Ich habe auch [Flammenwerfer], und dieses Upgrade ist auch ohne das Risiko erstaunlich. Ehrlich gesagt, weiß ich nicht, wofür ich mich entscheiden würde, aber es wäre so oder so eine lohnende Investition."

Alle drehten sich zu Annie um, die mit ihrer Hand hin und her wackelte. „Ich bin mir nicht sicher, ob ich es wirklich brauche. Es wäre besser für mich, zu sparen. Meine

Skills sind weniger magisch, eher alltäglich. Wenn ich [Seiten-Slide] *und* die Upgrade-Kugel bekommen könnte, wäre das großartig. Aber im Moment brauche ich die Kugel allein nicht wirklich."

Matt stimmte mit ihrer Logik überein. Die Kugel wäre schön für sie, aber für sie war sie nicht so wichtig wie für die anderen.

Alle drehten sich zu Emily um, die ihrer Schwester zugenickt hat. „Es wäre fantastisch für [Bolzen], aber das Upgrade erhöht nur den Grundschaden ein wenig und fügt die Fähigkeit hinzu, auf mehr Ziele zu wirken. Wenn ich es für den [gecrackten Mana-Bolzen] verwende, kann ich damit vielleicht mehr Aspekte erreichen oder mir die Fähigkeit aussuchen. Aber ich kann mir nicht sicher sein, da das Upgrade für den Basisskill nur den Schaden und die Reichweite erhöht. Mit einem gecrackten Skill ist das ein echtes Glücksspiel. Die Upgrades wären schön, aber ich bin im Moment so weit weg, dass ich kaum eine Kugel bekomme, bevor sie alle weg sind." Ihre Augen flackerten zur Seite, bevor sie sagte: „Sie sind schon auf einunddreißig runter."

Matt sah sich den Zähler der verfügbaren Upgrade-Kugeln an und bestätigte die Aussage seiner Teamkollegin. Es war eine herzzerreißende Erkenntnis, aber Conor gab seiner Frustration eine Stimme und begann laut zu fluchen.

Matt ballte seine Faust. Die wertvollen Kugeln waren viel zu schnell weg.

Er war so in seine Gedanken vertieft, dass er die Blicke, die sich Annie und Emily zuwarfen, nicht bemerkte. Ihm entging nicht, was die Zwillinge danach sagten.

„Nehmt die Punkte, die ihr drei braucht, von uns."

„Ihr habt mir schon einmal Punkte gegeben. Ich erwidere den Gefallen gerne."

Es dauerte einen langen Moment, bis er begriff, was sie gesagt hatten.

Er öffnete seinen Mund, um etwas zu sagen, aber es kam nichts heraus. Es war einfach ein zu großer Gefallen, um ihn anzunehmen, aber er war zu wertvoll, um ihn abzulehnen.

Matt fühlte sich vor lauter Unentschlossenheit wie in der Schwebe.

Conor war nicht so betrübt. „Das können wir nicht annehmen. Das ist zu viel."

Annie rollte mit den Augen. „Nehmt es einfach. Wir wissen, dass ihr alle in der Lage seid, es uns zurückzuzahlen. Wir brauchen die Kugeln nicht, aber mit ihnen wird das ganze Team stärker sein. Wenn ihr drei stärker seid, können *wir* mehr Punkte sammeln. Ich bin mir sicher, dass die anderen Teams genau das ebenfalls tun. Außerdem sind wir Freunde."

Der letzte Teil klang so einfach, aber das war er nicht.

Liz schüttelte langsam den Kopf. „Ich bin mir nicht sicher, was ich sagen soll. Es sind viel mehr Punkte als die paar tausend Punkte, die wir euch gegeben haben. Ich ..."

Emily winkte sie ab. „Es war ein größerer Prozentsatz eurer Punkte. Nehmt sie einfach." Als sie sah, dass sie zögerten, fuhr sie fort: „Ich will immer noch eine Kugel, also wenn wir unsere Punkte zusammenlegen können, um mir nach den nächsten Einsätzen eine zu besorgen, würde ich das als Rückzahlung des Gefallens bezeichnen, wenn ihr euch dadurch besser fühlt. Wir denken einfach, dass unser Team die Upgrades jetzt gut gebrauchen kann."

Annie mischte sich ein. „Wir haben uns schon bei der Auktion darauf geeinigt, unsere Punkte zusammenzulegen, wenn es nötig ist. Seid nicht so komisch, nur weil ihr die Empfänger seid."

Das schien Matt fair zu sein. Er überprüfte Asters Punktestand und sah, dass sie 230.936 Punkte hatte. Wo genau sie ihre Punkte ausgegeben hatte, wusste er nicht, aber während die anderen sich zankten, machte er seiner Gefährtin klar, dass sie ihre Punkte aufsparen sollte. Ihr jetzt eine Upgrade-Kugel zu besorgen, wäre unglaublich nützlich, auch wenn sie sie nicht sofort benutzen würde.

Er schaltete sich wieder in das Gespräch ein, nachdem Emily zweimal seinen Namen gerufen hatte. Sie verdrehte die Augen. „Uff. Wie viele Punkte braucht jeder von euch?"

Matt überprüfte das. Er brauchte 47.291, um die halbe Million zu erreichen. „Ich kann euch nicht genug danken. Ich nehme es, wenn ihr darauf besteht, aber ihr müsst wissen, dass wir es auch ohne die Upgrade-Kugeln schaffen können."

Als er sah, wie die beiden Zwillinge ihn abwinkten, prägte er sich diesen Gefallen ein und sagte: „Ich brauche 47.291 Punkte, um die Kugel zu kaufen."

Einen Herzschlag später schnippte Emily mit dem Finger, und er erhielt 47.292 Punkte. Jetzt verstand er, warum Emily so dankbar gewesen war, als man ihr bei der ersten Auktion die nötigen Punkte gegeben hatte.

Sie grinste. „Einen extra, nur für den Fall, dass du hier und jetzt stirbst."

Matt ballte seine Faust und speicherte ihre Großzügigkeit tief in sein Gedächtnis ein. Er wusste, dass sie es nicht für einen Gefallen taten, den er eintauschen wollte, aber er war entschlossen, sich für ihre Freundschaft, ihr Vertrauen und ihre Großzügigkeit zu revanchieren.

Conor nickte Matt leicht zu und verbeugte sich halb vor den Zwillingen. „Dasselbe wie Matt. Ich bin unglaublich dankbar dafür. Da ihr beide euch entschieden habt, werde ich nicht mehr zögern. Also ... danke. Ich brauche 71.013 Punkte, um die Kugel zu kaufen."

Annie wiederholte die Geste ihrer Schwester und Conor flüsterte einen weiteren Dank.

Alle schauten zu Liz, die errötete und sagte: „Ich brauche 91 Punkte".

„Was!?", rief jeder auf irgendeine Weise aus.

Matt konnte Liz' Punktzahl eigentlich nicht sehen. Schließlich waren sie nur zusammen und nicht verheiratet, also waren einige Dinge eingeschränkt. Er konnte sie zwar fragen und sie konnte ihm eine aktuelle Zahl schicken, aber keiner von beiden machte sich die Mühe, das zu tun.

Liz wurde rot, als sie stotterte: „Ich habe außer meinen beiden Skills keine größeren Anschaffungen getätigt, und ich bekomme ein Stipendium, weil ich die meisten der Pfadgänger anführe. Ich habe also noch ein paar Punkte übrig. Ich wollte mir gerade von Aster leihen, was ich brauche."

Seine Füchsin kläffte Liz an, die ihr im Gegenzug eine Himbeere zuwarf.

Emily schnippte mit dem Finger nach Liz und scherzte: „Hier sind 100 Punkte. Behalte den Rest."

Die drei kauften die Kugeln schnell. In weniger als einer Sekunde schwebten drei schwarze Kisten mit silbernen Bändern vor ihnen. Matt riss die Kiste aus der Luft, schnaubte aber sofort über das unerwartete Gewicht.

Ein schneller Scan mit seinem spirituellen Sinn zeigte, warum die Kiste so schwer war. Sowohl die Kiste als auch ihr Inhalt waren Tier 14. Matt aktivierte [Magier-Rückzug], um sein Straucheln zu kontrollieren. Er landete gerade noch auf dem Stuhl, als der schwere Gegenstand auf seinen Schoß drückte.

Liz und Conor lernten aus seinem Fauxpas und entfernten einfach die Deckel der schwebenden Kisten. Die Deckel schwebten neben der Kiste, als ob das ihre Absicht gewesen wäre.

Matt klappte die Schachtel mühsam auf. In dem schwarzen, seidenartigen Stoff lag eine daumengroße silberne Kugel, die von pulsierenden schwarzen Streifen durchzogen war.

Sie war viel kleiner, als er erwartet hatte.

Er hob die kleine Kugel auf und wunderte sich über ihr Gewicht. Die Kiste und ihr Deckel verschwanden, vermutlich dorthin zurück, wo sie hergekommen waren.

Mit einem Rinnsal der Essenz, die er noch von einem Essenzstein hatte, den er kürzlich benutzt hatte, verband sich Matt mit der Kugel in seiner Hand.

Anders als ein Skill löste sich dieser Gegenstand in Nichts auf. Aber er spürte die Veränderung sofort in seinem Geist. Er musste nicht mehr drängen. Eine neue Art von Energie saß in seinem Geist und wartete darauf, dass er sie nutzen konnte.

Matt überprüfte seine Wahl, aber die [Gecrackte Phantomrüstung] setzte sich am Ende durch, trotz der Risiken. [Flammenwerfer] war praktisch, aber er brauchte das Upgrade nicht, wenn er seinen Gegner einfach endlos unter Druck setzen konnte. Schließlich waren Upgrades für gecrackte Skills selten schlecht. Nach allem, was er gehört und gelesen hatte, würde das Upgrade schlimmstenfalls neutral sein.

Er erwartete eine bedeutende Veränderung, aber nein. Es gab einen kurzen Energieschub, der seinen ersten und wichtigsten Skill einpackte, und schon war die Veränderung vorbei. Die ganze Tortur war innerhalb eines Augenblicks erledigt.

Mit wachsender Angst untersuchte er den Skill und stellte fest, dass es keine unmittelbaren Veränderungen gab. Bei näherer Betrachtung schien es fast so, als gäbe es eine zweite Kopie des Skills, die sich an der gleichen Stelle wie die [Gecrackte Phantomrüstung] befand. Er versuchte, seinen Skill zu bewegen, aber die ursprüngliche Struktur des Skills und die andere Kopie bewegten sich im Gleichschritt.

Mit Bangen und hämmerndem Herzen ließ er Mana in den Skill fließen. Alles funktionierte wie gewohnt. Er sah sich um, um zu sehen, ob sich noch irgendetwas anderes verändert hatte, aber er konnte nichts Ungewöhnliches entdecken. Seine

Rüstung war das übliche, glatte Hellblau. Die zweite, illusionäre Kopie der Skillstruktur lag immer noch unberührt da.

Vorsichtig ließ er mehr Mana in den Skill einfließen, bis zu dem Punkt, an dem sie normalerweise ihre Struktur überlasten würde. Stattdessen wurde das Mana in die illusionäre Kopie des Skills umgeleitet. Matt überprüfte sich selbst, während er seine restlichen 34 MPS in die andere Seite der [Gecrackten Phantomrüstung] steckte. Seine KI nutzte das letzte bisschen Mana, um alles, was er tat, zu analysieren und aufzuzeichnen.

Nichts tat weh oder warnte ihn vor dem drohenden Untergang, also untersuchte er seine Arme ein zweites Mal.

Die Veränderungen waren jetzt deutlich.

Seine Rüstung war dicker geworden und hatte sich von ihrem einfachen, glatten Design in ein kunstvolles Filigran verwandelt, das seine Rüstung leicht säumte. Er drehte seine Hände und bewunderte die dickeren Armschienen, und bei seinem müßigen Gedanken floss die gesamte zusätzliche Rüstung in seine Faust. Beide Armschienen wurden unglaublich detailliert und die Panzerung wurde immer dichter, je mehr er sich auf den Bereich konzentrierte.

Alle zusätzlichen Verzierungen glitten vom Rest seiner Rüstung ab, um die Armschienen auszufüllen. Als sie fertig war, war sie fast schon zu detailliert. Er befürchtete, dass die Rillen gegnerischen Klingen einen Vorteil verschaffen würden, aber es handelte sich nur um eine etwas andere Farbe des Manas und nicht um eine echte Gravur.

„Huch ..."

Alle sahen ihn an, also zuckte er mit den Schultern. „Der Skill scheint eine zweite Schicht zu entwickeln, die sich sehr leicht formen lässt."

Mit einem Gedanken stellte er sich einen Schild vor, der mit seinem linken Arm verbunden war, und die zweite Schicht der Rüstung änderte sich, um das Bild zu erzeugen. Das Mana um seine linke Hand wanderte einfach von seiner Faust zu seinem Unterarm und schuf ein geisterhaftes Abbild des mittleren Drachenschildes, den er sich vorgestellt hatte. Das Mana seiner rechten Hand durchquerte seine Brust, bevor es die Rüstung auffüllte und sie fester machte. Es war schwieriger, diese Form zu halten als die Armschienen, die fast natürlich waren. Bei einem kleinen Test stellte er fest, dass es umso schwieriger war, die Form des Bildes in seinem Kopf beizubehalten, je weiter er von seinem Körper – oder vielleicht von der ursprünglichen [Gecrackte Phantomrüstung] – entfernt war. Selbst bei einer Entfernung von nur fünf Zentimetern begann der Skill leicht zu verschwimmen.

Als seine Gedanken abschweiften, fiel der Schild auseinander.

„Interessant."

Liz brüllte verärgert: „Was!? Gib uns die Details!"

Matt hatte sie nicht, um sie zu teilen. Während er also seine Hypothese testete und bestätigte, sagte er: „Es scheint ein weiterer Kanal für meinen Skill zu sein. In der Standardeinstellung wird die Rüstung überall verstärkt. Aber wenn ich mich konzentriere, kann ich die zweite Schicht dazu bringen, einen bestimmten Bereich zu verstärken."

Er begegnete Liz' Augen mit seinen. „Hey, kannst du mich bitte erstechen? Ich will es testen."

Eine Blutranke stieg auf, und Matt konnte spüren, dass sie voll von Liz' Konzept war. Die dunklere Färbung sprach zu ihr, indem sie ebenfalls das Bluteisen benutzte: „Sicher, meine anfänglichen Mana-Kosten sind niedriger, also habe ich wohl kein Glück gehabt." Das schien sie nicht zu stören, denn sie vibrierte fast, weil sie nicht stillstehen konnte.

Er hörte auf, Mana in den zweiten Kanal zu schicken, und die zusätzliche Masse der Rüstung löste sich in Nichts auf.

Liz trieb ihre Blutranke vorsichtig in seine Rüstung, bis sie durchbrach.

„Okay, ich weiß, wie viel das gekostet hat. Es fühlt sich ganz normal an. Ich habe nicht gemerkt, dass es schwerer war als vorher."

Matt formte den Skill neu, fügte aber den Rest seiner Mana-Regeneration in den anderen Kanal ein. Mit 45 MPS im ursprünglichen Skill schickte er den Rest seiner 80 MPS in die zweite Schicht und ließ sie sich auf natürliche Weise in der Ganzkörperpanzerkonfiguration nieder.

Liz versuchte, den Skill zu durchdringen, aber er konnte die sichtbare Anstrengung sehen, die es sie kostete. Mit einem Grunzen brach sie schließlich durch, und die äußere Schicht seiner Rüstung zerbrach in seinem Geist. Es dauerte nur einen Moment, bis sie die normale Rüstung darunter durchschlagen hatte.

Matt prüfte, was seine KI registrierte und nickte Liz zu.

Sie untersuchte seinen ungepanzerten Arm auf Wunden, fand aber keine. Sie sagte: „Das war etwa fünfundzwanzig Prozent stärker. Oder es hat mich fünfundzwanzig Prozent mehr Mühe gekostet, ihn zu durchbrechen."

Nachdem sich die [Gecrackte Phantomrüstung] in seinem Geist festgesetzt hatte, formte Matt beide Zauber neu und richtete dann die gesamte zweite Schicht des Skills auf seinen Unterarm, wo Liz den Test durchführte.

Liz musste sich deutlich mehr anstrengen, um seine Rüstung zu durchbrechen, und sich sogar in den Angriff hineinbeugen, während sie ihr Blut mit einer Hand lenkte.

Schließlich zerbrach der Skill, als Matt spürte, dass sie etwas anderes tat. Er wich aus, als ein Bohrer aus Blut an seiner schnell zerbrochenen inneren Panzerung vorbeischlug.

Schnell stand sie aufrecht und nickte Matt zu, während alle anderen zusahen. „Das war der härteste Angriff, den ich ausführen kann, und ich musste einen Bohrer benutzen, um ihn durchzukriegen."

Eine private Nachricht erreichte ihn. ‚Ich musste mein ganzes Konzept einsetzen, um die dickere Schicht zu durchbrechen. Kannst du das die ganze Zeit durchhalten? Ich habe die Verteidigung von Tier 7 mit Tier 5 durchbrochen. Ich würde sagen, das ist eine hochwertige Tier 8-Rüstung, wenn sie voll konzentriert ist.'

Matt dachte laut nach: „Nein, das geht nicht. Zu teuer. Das frisst alles auf, was ich habe. Außerdem braucht es viel Konzentration."

Conor schenkte ihm ein böses Grinsen. „Schön. Jetzt können wir einfach dastehen und jeden schlagen, der uns herausfordern will."

Der große Mann umarmte nacheinander Annie und Emily und bedankte sich noch einmal bei jeder von ihnen.

Auch Matt nickte ihnen zu, dachte aber eher nach. Das Upgrade war nicht seine schlimmste Befürchtung; die [Gecrackte Phantomrüstung] funktionierte immer noch als Pseudo-Kanal-Skill und war im Grunde unverändert. Aber ihre direkte Anwendung war im Moment begrenzt. Wenn er den Skill nutzen wollte, musste er jeden anderen Zauber deaktivieren, um ihn zu verwenden. Das bedeutete, dass er keine [Ausdauer] und keinen [Magier-Rückzug] einsetzen konnte, um seine Kampffähigkeit zu verbessern.

Die Fähigkeit, den Skill so leicht zu manipulieren, war großartig, aber sie schien sich nicht auf den ursprünglichen Skill zu übertragen. Die erste Schicht fühlte sich fest in seinem Körper verankert an. Die zweite Schicht hingegen fühlte sich locker mit dem Mana der darunter liegenden Schicht verbunden.

Mit diesem Gedanken reaktivierte er den Skill und versuchte, seine Stachelhandschuhe mit seiner neuen Rüstungsschicht zu formen. Er konnte jedoch die Stacheln nicht formen. In seiner Panik versuchte er, sie mit seiner normalen Rüstungsschicht zu formen, und sie bildeten sich genauso schnell wie zuvor. Dann, und nur dann, deckte die zweite Schicht die Stacheln ab und verlängerte sie um ein Haar. Das war immer noch weit weniger als die Veränderungen, die er bei der Herstellung eines Schildes vornehmen konnte.

Das war eine interessante Einschränkung, aber keine, die ihn sonderlich störte. Er testete den neuen Teil seines Skills weiter, aber alles, was keine reine Rüstung war, konnte er nicht herstellen. Wenn man bedachte, dass der Skill [Gecrackte *Phantomrüstung*] hieß, war er nicht überrascht. Aber es wäre schön gewesen, eine Ersatzwaffe zu haben, die nicht weggenommen oder gestohlen werden konnte.

Ein Schild, das nicht gestohlen werden konnte und nicht aufbewahrt werden musste, könnte nützlich sein. Er fragte sich, ob er die Anforderungen für einen Skill erfüllen würde, für die ein Schild benötigt wird, wie [Schildangriff] oder [Schildschlag]. Wenn ja, wäre es ziemlich praktisch.

Sein zweiter Test war ein einfacher, der nicht funktionierte. Er konnte die zweite Schicht der [Gecrackten Phantomrüstung] nicht aktivieren, ohne mindestens 1 MPS in die Basisschicht zu stecken. Gleichzeitig war die Menge an Mana, die er in den unteren Skill einspeiste, offenbar die maximale Menge, die er in die zweite Schicht leiten konnte. Das war eine weitere interessante Einschränkung, die ihn leider daran hinderte, das System zu spielen, denn es schien, dass die zweite Schicht der Rüstung direkt an die erste gebunden war.

Alles in allem war Matt mit dem Upgrade zufrieden. Es brachte mehr Verteidigung, aber nur auf Kosten von mehr Mana. Während es einfacher und sauberer gewesen wäre, den Gesamteffekt der [Gecrackten Phantomrüstung] zu erhöhen, war er sich ziemlich sicher, dass der Skill dadurch noch besser mit ihm skalieren würde. Die zweite Schicht war in Bezug auf die reine Verteidigung weit weniger manaeffizient, aber die erhöhte Flexibilität machte den Skill anpassungsfähiger. Das war ein lohnender Kompromiss. Irgendwann würde er Millionen und Milliarde von Mana generieren können, sodass die doppelte Menge an Mana langfristig ein großartiges Upgrade darstellte. Kurzfristig war es nur etwas weniger nützlich.

Er musste sich immer noch darauf konzentrieren, den Manadurchsatz des Skills zu erhöhen, aber das war nichts Neues. Daran arbeitete er jeden Tag.

Das einzige Problem war, dass sein maximales Mana nur 80 betrug, sodass er nur 80 MPS für kanalisierte Skills und seine KI zur Verfügung hatte. Wenn er aufgelevelt war, würde er diese Zahl verdoppeln. Doch im Moment hatte er mehr Skills, als er auf einmal aufrechterhalten konnte.

Als Matt merkte, dass er sich darüber beklagte, zu viele Skills zu haben, lachte er über sich selbst. Die meisten Leute waren froh, wenn sie nur ein oder zwei Skills auf Tier 6 hatten, und er beschwerte sich darüber, dass er nicht genug Mana hatte, um alle Skills, die er hatte, zu aktivieren.

Er rieb sich mit einem Schmunzeln das Gesicht.

Müßig prüfte er die Anzahl der verbliebenen Upgrade-Kugeln. Sechsundzwanzig. Er schaute zu den Zwillingen, die lächelten und sich mit den anderen drei unterhielten, während er seine Rüstung testete.

Er schuldete ihnen etwas. Eindeutig.

* * *

An diesem Abend wurden sie zu einem Kampfeinsatz gerufen, jedoch nicht durch ihre KI. Stattdessen wurden sie persönlich von einem nervös aussehenden Helfer gerufen. Er forderte Team Eimer auf, sich mit allen anderen zu versammeln. Im Laufe einer Stunde wurden das Team und fast eine Million andere durch den Teleporter in eine große Festung auf einem der anderen Kontinente geschleust.

Während ihrer Auszeit wurden Matt und die anderen Schnellflieger gebeten, das Gebiet auszukundschaften. Dies war eine der wenigen neuen großen Festungen, die das Königreich als Vergeltung für die Eroberung der ersten Stadt nach der Masseninvasion in das Gebiet des Königinnentums halten konnte.

Eigentlich waren sie näher an der zweiten Stadt, die das Königinnentum eingenommen hatte. Es war die größere der beiden Städte auf dem Kontinent, in der das Königinnentum sein Hauptquartier eingerichtet hatte. Dort befand sich der interkontinentale Teleporter, der sie mit ihren Hauptbesitztümern verband.

Während seiner Erkundung hat Matt nicht viel gesehen, weder Feinde noch etwas anderes Ungewöhnliches.

Ihre Absicht, eine weniger vorbereitete Stadt anzugreifen, war umsonst. Sie waren den größten Teil des Nachmittags in einer losen Formation geflogen, und ihre Späher berichteten, dass die erste kleine Festung, die sie angreifen sollten, bereits besetzt und in Alarmbereitschaft war. Und nicht nur das: Eine Million zusätzlicher Truppen waren um die Basis der Festung herum verteilt und befanden sich weit innerhalb der Anti-Flug-Formation.

Zum dritten Mal in der letzten Stunde stand Alastair, der oberste General für diese Mission, mit seinem eigenen Gefolge herum und nickte den Feinden zu. „Was sollen wir mit ihnen anstellen? Habt ihr Vorschläge?"

Matt vermutete, dass er nur das Sagen hatte, weil sein Vater ein Duke war, und dass seine beiden Gehilfen die wahren Köpfe der Operation waren. Eine gleichstarke Truppe zu finden, hätte den Mann nicht so in Schwierigkeiten bringen dürfen.

Matt hatte nicht erwartet, dass es so einfach werden würde, denn beide Seiten stellten riesige Armeen auf und schickten sie los, um Chaos und Zerstörung anzurichten. Nach den Berichten zu urteilen, versuchte das Königinnentum bereits, in die Gebiete des Königreichs einzudringen und eine Stadt anzugreifen. Wenn das Königreich diesen Schritt vorhersehen und Blockadekräfte aufstellen konnte, gab es keinen Grund, warum das Königinnentum das nicht auch konnte.

Einer der Helfer, Philip, sagte: „Ich sehe keinen Grund, warum wir diese Schlacht bestreiten sollten. In der Gegend gibt es nicht einmal nennenswerte strategische Einrichtungen. Wir müssen sie nur umgehen und uns einen Weg zu der Stadt bahnen, die wir eigentlich angreifen sollten."

Olivia konterte seinen Standpunkt. „Nein, wir müssen die feindlichen Truppen jetzt schwächen. Das allein würde sich bereits lohnen. Vergiss nicht, dass wir hier sind, um eine Stadt zu belagern, aber sie haben wahrscheinlich vor, dasselbe zu tun. Wenn wir sie jetzt nicht angreifen, werden sie nicht einfach verschwinden. Im besten Fall marschieren sie auf eine unserer Städte, die sie lange genug aufhalten kann, bis Verstärkung eintrifft. Höchstwahrscheinlich werden sie aber unsere Nachschublinien überfallen, uns mitten in der Belagerung in die Flanke fallen und dann die Stadt teilweise verstärken. Das wäre eine absolute Katastrophe für uns. Die Prinzessin mag verzweifelt nach neuen Errungenschaften suchen, aber nur ein *kurzsichtiger Idiot* würde sich eine so einfache Gelegenheit entgehen lassen, den Feind so zu dezimieren."

Olivia seufzte und rieb sich die Stirn unter ihrem Helm. „Hätte der Fürst nicht die *klare* Anweisung gegeben, dass wir uns nicht um die Verstärkung der Städte kümmern sollen, würde ich sagen, dass das auch unser Plan sein sollte. Jedenfalls besagt die Konvention, dass jeder potenzielle Verteidiger, den wir hier töten, bei einer Belagerung drei unserer Angreifer wert ist. Lasst uns die Gelegenheit nutzen, ihre Streitkräfte jetzt im Freien zu vernichten, bevor sie eine Überraschung erleben oder sich hinter Mauern verstecken können."

Phillip versuchte zu kontern, was Matt für ein gutes Argument hielt. „Ja, aber wir sind nur die erste Million von mehreren Wellen von Truppen, die unterwegs sind. Wir sollen uns einen Weg bahnen und uns nicht in einer Schlacht gegen eine kleine Festung verzetteln, die wir hätten umgehen können."

Matt beobachtete die Masse der Königinnentum-Truppen mit einem aufmerksamen Auge. Sie saßen da, aber irgendetwas an ihren Bewegungen auf der Spitze des Hügels kam ihm komisch vor. Er konnte jedoch nicht herausfinden, was ihn daran störte.

Er war nicht der Einzige, der das bemerkte. Alastair unterbrach die zankenden Helfer und sagte: „Was machen die da? Hat jemand ein Fernglas? Mir gefällt nicht, wie sie da herumhantieren."

Die lose Formation bewegte sich in scheinbar zufälligen Mustern, aber sie war zu gut koordiniert, um wirklich zufällig zu sein.

Eineinhalb Minuten später wurden die langläufigen Manakanonen enthüllt.

„In Deckung!" Der Schrei hallte ein halbes Dutzend Mal wider, aber selbst als sich alle zerstreuten, war es schon zu spät.

Matt griff Liz an und aktivierte die [Gecrackte Phantomrüstung], wobei er alles in den Skill steckte und seinen Rücken schützte. Liz blieb auch nicht auf ihrem Hintern sitzen, und eine Blutblase umgab sie. Einen Moment lang wurde die Abendsonne dunkel.

Bis die Schüsse aus der Manakanone fielen.

Die Welt leuchtete bläulich-weiß auf und überstrahlte sogar das tiefe Karminrot der Blutwand. Obwohl er die Augen geschlossen hatte, konnte er die Farbe deutlich erkennen.

Also, ich kann nicht sagen, dass ich gerne auf der anderen Seite einer Manakanone stehe.

Matt schaute sich um und hauchte in Liz' Gesicht.

Nach einer Sekunde des Schweigens fragte sie: „Glaubst du, es ist sicher?"

Er schüttelte den Kopf. Es war mehr Instinkt, aber er erwartete eine zweite Salve.

Liz wiederholte ihre Frage und ihm wurde klar, dass sie ihn nicht sehen konnte und wohl auch nicht ihren besonderen Sinn benutzt hatte. Also wiederholte er sich. „Noch nicht. Mein Bauchgefühl sagt mir, dass noch eine Salve unterwegs ist."

Dreißig quälende Sekunden später wurde dies bestätigt. Ein weiterer alles verzehrender Blitz und eine welterschütternde Explosion durchfluteten das Gebiet um sie herum.

Sofort deaktivierte Liz die Kuppel um sie herum, und sie rappelten sich auf. Er hatte seine KI überwacht, und dem Rest ihres Teams ging es gut, sie waren immer noch dort, wo sie mit den allgemeinen Truppen gewesen waren.

Der Kommandobereich war ein Krater, eine gesprengte Ruine voller Löcher und Rauch.

Der größte Teil der Führungsriege war dezimiert und die allgemeinen Truppen stürmten vor. Zu seiner Verwirrung griffen sie zu Fuß an.

Sie befanden sich in einer Anti-Flug-Formation aus der in der Nähe gelegenen kleinen Festung, aber er hatte keine Ahnung, warum sie sich einfach in die feindliche Armee stürzen sollten, nachdem ihre Führung so schnell ausgeschaltet worden war. Es wäre viel besser gewesen, sich aus der Reichweite zurückzuziehen und einen richtigen

Plan auszuarbeiten. Jetzt war es das Beste, zu versuchen, ein wenig Ordnung in das Chaos zu bringen.

Als kein mittlerer Befehlshaber auf seine Nachrichten antwortete, musste er aufgeben und sich der Realität stellen. Ihm blieb nichts anderes übrig, als sich einfach ins Getümmel zu stürzen und sein Team zu finden.

Matt stürmte mit Gebrüll und einem Feuerschwall, der ein halbes Dutzend Menschen röstete, während sie in ihren Rüstungen kochten, in die vorderste Reihe.

Er versuchte, seine Deckung aufrechtzuerhalten, und beendete den Zauber, sobald er ein Loch in die Schildwand des Verteidigers gerissen hatte.

Ein halbes Dutzend Leute folgte ihm in die Lücke und begann zu hacken und zu schlitzen, bevor die feindliche Verstärkung versuchte, die Lücke zu schließen und sie zurückzudrängen. Die Tier 6-Verteidiger wurden von einem Tier 7 angeführt, der sich mit einem anderen Tier 7-Riesen an Matts Seite heftete.

Nachdem sie zum Rückzug gezwungen wurden, reiste Matt entlang der Frontlinie, um sein Team zu finden. Liz war irgendwann von ihm getrennt worden, aber er hatte keine Ahnung, wann. Trotzdem hatten alle sechs Mitglieder von Team Eimer auf die gleiche Art und Weise auf die Situation reagiert. Sie stürmten an die Frontlinien, richteten massiven Schaden an und fanden schließlich zueinander. Conor und Matt trafen sich als Erste und schlossen sich zusammen, um eine Todeszone zu schaffen und zu halten, in die sich niemand hineinwagte.

Das Upgrade für [Dämonenzone] war eine massive Verbesserung. Die allgemeine Reflexionschance hatte sich auf drei Prozent erhöht. Jetzt wurde jeder in der Umgebung etwa alle dreißig Treffer von einem unerwarteten und unblockbaren Angriff erwischt. Wenn man bedachte, dass die Reichweite nun fast drei Meter pro Seite betrug, konnte die Fähigkeit eine beträchtliche Anzahl von Angreifern aufhalten.

Die Zwillinge tauchten hinter ihrer Position auf, wobei Emily Aster in ihrem Rucksack trug. Wenige Augenblicke später stieß Liz aus einer Flutwelle von Blut zu ihnen und sammelte ihren Komplizen ein. Angeführt von Conor stürmte das Team Eimer in die Reihen des Feindes. Mit Aster, Liz und Emily, die hinter ihrer Frontlinie ein Bombardement von Zaubern entfesselten, war ihr Vormarsch fast unaufhaltsam.

Die Situation des Feindes verschlechterte sich weiter, als genug Blut vergossen worden war, um den Boden zu tränken, und Liz genug hatte, um [Blutspatz] zu wirken. Als der erste Spatz auftauchte, fiel er unbemerkt auf den Boden und fraß, bis er sich teilte, immer und immer wieder. Als Matt und Conor sich durch die Truppen der Königin hackten, blieb sogar noch mehr Nahrung für die kleinen Monster zurück, von der sie sich ernähren konnten.

Als Liz schließlich den Schwarm anwies, die Truppen der Königin anzugreifen, brach das Chaos aus. Aber es dauerte nicht so lange wie beim letzten Mal.

Eine lilahaarige Frau mit einer Gitarre schlug eine Schnur, die alle kleinen Spatzen bespritzte und alle um sie herum dazu brachte, sich die Ohren zuzuhalten. Alle außer ihren Verteidigern, die nicht betroffen zu sein schienen. Aber der seltsame Angriff hatte funktioniert und verhindert, dass die [Blutspatzen] sich weiter ausbreiteten und die Verteidiger überwältigten.

Annie versuchte, die Frau mit einem Armbrustbolzen zu treffen, aber eine ihrer Wachen konnte den Schuss abfangen. Nachdem die Bedrohung beseitigt war, kümmerte sich die Musikerin wieder um die Menschen um sie herum. Sichtbare Energie stieg von ihrem Instrument und in die Menschen um sie herum auf, während sie arbeitete.

Die Flut des Kampfes wogte gegen sie, und Team Eimer wurde wieder einmal auseinandergerissen. Sie mussten gegen mehrere Wellen von Königinnentum-Kämpfern kämpfen, bevor sie sich erneut in eine Formation einreihen konnten. Die Kämpfe wurden immer härter, da jede Seite mehr und mehr Verluste hinnehmen musste. Annie schlich sich schließlich davon und gab vor, von einem Pfeil getroffen worden zu sein und zu Boden zu fallen, bevor sie ihre Unsichtbarkeit aktivierte und verschwand.

Später traf sie sich wieder mit ihnen und berichtete, dass sie sich revanchiert hatte und zwei der führenden Köpfe des Königinnentums hingerichtet hatte, bevor sie aus der kleinen Festung, die ihnen als Hauptquartier diente, fliehen musste. Ihr oberster General war nicht mehr auffindbar.

Mit Matts Konzept, das das Team unter Strom setzte, kämpften sie sich vorwärts, bis ihre Feinde zerbrachen.

* * *

Matt und Liz lagen nebeneinander in den rauchenden Trümmern des Schlachtfelds und keuchten vor Erschöpfung. Aster lag ausgestreckt über ihnen, und ihr pochendes Herz schlug im Gleichschritt mit jenem von Matt.

Sie waren eine der letzten Gruppen gewesen, die die verbleibenden Streitkräfte des Königinnentums ausschalten konnten. Der blutige und katastrophale Kampf war nur gewonnen worden, weil der feindliche Kommandeur nicht mit so etwas Dummem wie einem Frontalangriff gerechnet hatte. Das war unter keinen Umständen eine vernünftige Antwort darauf, dass ihre Anführer in der ersten Salve geköpft wurden, schon gar nicht für eine mickrige Festung. Die Königin hatte sich nicht die Mühe gemacht, eine nennenswerte Vorwärtsverteidigung aufzubauen, was sie teuer zu stehen kam, als sie in Nahkampfreichweite kamen.

Mit nur noch etwa einhunderttausend Soldaten war die Truppe, mit der Team Eimer gekommen war, praktisch vernichtet. Sie konnten nur noch von der Verstärkung aufgenommen werden, die bereits durch das nahegelegene Portal strömte und den langen Weg über den Ozean zwischen den Kontinenten zurücklegte.

Jetzt lag Team Eimer in den Trümmern ihrer letzten Begegnung, bei der sie die letzten Soldaten des Königinnentums, die nicht schnell genug fliehen konnten, zur Strecke gebracht hatten. Es war eine Katastrophe für das Königreich, aber ihr Team war zu müde und erschöpft, um sich darum zu kümmern.

Emily stöhnte, als sie sich aufsetzte und spuckte. Ihr Husten rasselte mit einem feuchten Geräusch, das nicht gesund klang.

Annie ließ sich auf den Rücken fallen und fragte: „Wessen geniale Idee war dieser Angriff?“

Matt musste sich zweimal räuspern, um zu sprechen: „Alle waren schon in Bewegung, als wir von den ersten Schüssen hochkamen. Auf meine Rufe hat auch niemand reagiert.“

Emily fluchte, als sie ihr Gesicht mit einem abgebrochenen Schwert, das sie poliert hatte, untersuchte. „Willst du mich verarschen? Das kann nur ein Heiler reparieren.“ Sie stocherte in der tiefen Wunde und kreischte. „Scheiße! Mein Gesicht ...“

Er brauchte nicht aufzustehen, um zu sehen, wohin sie schaute. Der Angriff hätte ihr den Kopf abgerissen, wenn Matt nicht da gewesen wäre, um ihn abzuwehren. Nun ja ... das meiste davon. Ihr Gesicht war wie gespalten, mit einer knorrigen Narbe, die ihren Helm durchschlug, ihren Kopf streifte und einen Teil ihres Gesichts hinunterlief. Der Knochen war sichtbar, aber nur leicht eingekerbt. Obwohl die Wunde nicht lebensbedrohlich war, war sie verdammt hässlich.

Das Stückchen Schwert fiel, als sie ausatmete: „Trotzdem danke für die Rettung, Leute. Ohne eure Hilfe wäre ich jetzt tot. Was für eine Katastrophe.“

Matt nickte, als er sich aufsetzte, es war ein Desaster epischen Ausmaßes. Sogar für die „Gewinnerseite“.

Aber es brachte ihnen eine ganze Menge Punkte ein.

Gesamt zuvor (zuletzt aktualisiert vor 0 Tagen): 1 Punkt.

<u>TEAMVERDIENSTE:</u>

(Berechnet für Tier 6-Kämpfer).

- **Feindlicher Vasall getötet, Tier 5. 1 Punkt wert. 141 Mal ausgeführt.**
- **Feindlicher Vasall getötet, Tier 6. 5 Punkte wert. 8.592 Mal ausgeführt.**
- **Feindlicher Vasall getötet, Tier 7. 25 Punkte wert. 7 Mal ausgeführt.**
- **Feindlicher General ermordet, Tier 7. 1.000 Punkte wert. 2 Mal ausgeführt.**
- **Geplünderte, aber zurückgegebene Gegenstände und Ausrüstung. 7.874 Punkte wert.**
- **Erobern einer intakten schweren Artillerieanlage, Manakanone mit großer Reichweite. 1.000 Punkte wert. 3 Mal ausgeführt.**
- **Beseitigen feindliche(r) General(e) mitten in einem großen Gefecht (jede Seite >500.000 Einheiten). Belohnung: 1,4-facher Multiplikator auf alle Teamverdienste.**

<u>PERSÖNLICHE VERDIENSTE:</u>

(Berechnet für Tier 6-Kämpfer)

- **Feindlicher Vasall getötet, Tier 5. 1 Punkt wert. 21 Mal ausgeführt.**
- **Feindlicher Vasall getötet, Tier 6. 5 Punkte wert. 1.272 Mal ausgeführt.**
- **Feindlicher Vasall getötet, Tier 7. 25 Punkte wert. 2 Mal ausgeführt.**

ARMEEVERDIENSTE:

- **Besiegen einer großen feindlichen Armee gleicher Größe (975.000 vs. 997.000) in einer Verteidigungsstellung, Feldbefestigung. Belohnung: 1,2-facher Multiplikator auf alle Verdienste (wird nach anderen Multiplikatoren angewandt). Hinweis: Alle Führungsboni (Brigadegeneral) verfallen aufgrund des Verlusts des Kommandos über untergeordnete Truppen.**

UNERREICHTE VERDIENSTE: Nur zu Referenzzwecken.

- **Einnahme einer befestigten feindlichen Stellung, die von einer gleichwertigen Truppe verteidigt wird, kleine Festung. 250 Punkte wert. Führungsbonus (Brigadegeneral): 1,2x Multiplikator auf alle Verdienste.**
- **Wiederherstellen einer Kommandostruktur einer großen Armee (>500.000 Einheiten) nach dem plötzlichen Verlust von >90% der obersten Führung. Belohnung: 1,5-facher Multiplikator auf alle Verdienste. Bonus „Sieg aus den Fängen der Niederlage“: 2,0x Multiplikator. Endgültige Belohnung: 3,0x-Multiplikator auf alle Verdienste.**

ZUSAMMENFASSUNG DER GEWINNE:
Teamverdienste:

- **Roh Gesamt: 56.150**
- **Team-Multiplikator: 1.4x**
- **Kategorie Insgesamt: 78.610**

Persönliche Verdienste:

- **Roh Gesamt: 6.431**
- **Persönlicher Multiplikator: N/A**
- **Kategorie Insgesamt: 6.431**

Kombinierte Verdienste:

- **Zwischensumme: 85.041**
- **Gesamtmultiplikator: 1.2x**
- **Gesamtbetrag: 102.049**

Neue Zuwächse: 102.049 Punkte.
Neue Gesamtzahl: 102.050 Punkte.
Pfadgänger Team Ranking (Königreich der Sieben Sonnen): 3. Platz.
Geschätztes Tagesstipendium: 1.250 Punkte.

Er schickte Emily 47.292 Punkte, um ihr ihre Leihgabe zurückzuzahlen, während sie noch ein wenig plauderten. Die Punkte würden erst überwiesen, wenn sie in die neutrale Stadt zurückkehrten, aber er fühlte sich sofort besser, nachdem er seine Schuld beglichen hatte. Damit hatte er insgesamt nur mehr 54.758 Punkte, aber er hatte seiner Freundin nach nur einer katastrophalen Schlacht alles zurückzahlen können.

Ein kurzer Blick auf den Markt zeigte, dass es noch sechsundzwanzig Upgrade-Kugeln gab. Jeder, der eine kaufen konnte, hatte es schnell getan, und die zweite Hälfte schien auf diejenigen zu warten, die in den nächsten Wochen die meisten Punkte sammeln konnten. Er wollte Aster immer noch ihre eigene Kugel besorgen und danach Emily helfen, einen zu bekommen. Aber der Ansturm auf die Kugeln schien erstmal vorbei zu sein. Das oder niemand war mehr in der neutralen Stadt, sodass sie im Moment keine Gegenstände kaufen konnten.

Als er wieder zu Kräften kam, merkte Matt, dass er dringend pinkeln musste, und suchte sich einen Platz, der etwas außer Sichtweite war. Ein tieferer Krater kam ihm gerade recht, da keine Bäume in der Nähe waren. Nachdem er die ganze Nacht und bis in den Morgen hinein gekämpft hatte, meldete sein Körper endlich dessen Bedürfnisse.

Als er wieder auf den Beinen war, wankte der Rest des Teams mit verschiedenen Grunz- und Stöhnlauten umher. Sie waren alle erschöpft, und jeder kümmerte sich um seine eigenen Bedürfnisse und stöhnte über steife Muskeln und Schmerzen. Nur ihr schwindendes Adrenalin hatte sie aufrecht gehalten.

Die ranghöchste Kommandantin, die überlebt hatte, war Olivia. Obwohl sie beide Beine durch die Manakanonen verloren hatte, hatte sie den Kampf, so gut sie konnte, geleitet. Selbst jetzt bellte sie noch Befehle aus ihrem neu zusammengeschusterten Kommandozelt heraus.

Ein halbes Dutzend neuer Aufträge wartete auf Team Eimer, die noch bestätigt werden mussten.

Kapitel 24

Die verbliebenen Truppen versammelten sich und die immer noch verwundete Olivia hielt eine Nachbesprechung ab. Matt hörte zu, während er als Manabatterie für die Heiler fungierte, die hart daran arbeiteten, die Überlebenden kampfbereit zu halten.

Sie waren in die kleine Festung eingezogen und Olivia saß auf ihrem Fluggerät fest, denn ihre Beine mussten erst nachwachsen, bevor sie gehen konnte. Im Moment wurde sie unter der Flugverbotsformation auf einer Bahre getragen. Das schmälerte aber nicht ihren Beitrag zu dem Kampf von vorhin.

Olivia war nach einer der Explosionen, die den Rest des Kommandostabs ausgeschaltet hatten, wieder zu Bewusstsein gekommen und begann trotz ihrer verkohlten Beine sofort, Befehle zu erteilen. Sie stellte schnell fest, dass die gesamte Kommunikation gestört war, und begann, an einer Lösung zu arbeiten. Wie sich herausstellte, hatte ein opportunistischer Spion, der sich unter den Befehlshabern der mittleren Ebene versteckt hatte, die Gelegenheit genutzt, um die Kommunikation zu sabotieren, nachdem er den Angriff selbst gestartet hatte.

Es hatte eine halbe Stunde gedauert, bis sie überhaupt Nachrichten senden konnte. Aber als sie das System wieder einigermaßen unter Kontrolle hatte, befahl sie allen Truppen, die sie erreichen konnte, eine Offensive zu organisieren.

Matt und die anderen Pfadgänger in der Armee waren sich der Situation überhaupt nicht bewusst, da ihre Kommunikation bis zur vollständigen Löschung des Systems verschleiert geblieben war. Dies geschah erst kurz vor Ende der Schlacht, als Olivia sich sicher genug gefühlt hatte, um ihr Mikromanagement zu lockern. Der gesamte Vorgang dauerte etwa zwei Stunden.

Nachdem er die Telemetrie des Kampfes ausgewertet hatte, hatte Matt der Frau persönlich mitgeteilt, wie beeindruckt er von ihren Befehlen war. Ihre Befehle und Entscheidungen, obwohl sie nur mit einem Bruchteil ihrer Streitkräfte kommunizierte, waren nicht nur praktisch und klug gewesen.

Sie waren inspirierend.

Sie hatte die Bewegungen aller vorausgesehen, sogar die ihrer eigenen unerreichbaren Verbündeten. Sie bewegte ihre wenigen Truppen, um den Bewegungen des Feindes entgegenzuwirken, und unterstützte gleichzeitig schwankende Teile ihrer Reihen im chaotischen und brutalen Nahkampf. Die ungleichen Kräfte, die sie eigentlich nicht unter Kontrolle haben sollte, wurden scheinbar in ihre Schranken verwiesen.

Das Treffen begann damit, dass Olivia Befehle übermittelte. „Wir haben den Kampf gewonnen, aber unsere Einheit wurde kampfunfähig gemacht, also werden wir von General Lupis übernommen. Wir haben uns gut geschlagen, aber unsere Mission war insgesamt ein Misserfolg. Ich möchte mich bei Pfadgänger Annie bedanken, die die feindliche Führung früh genug ausgeschaltet hat, damit ich unsere Truppen weitgehend unbehelligt führen konnte."

Matt schickte Annie in ihrem privaten Team-Chat einen Daumen hoch, aber ein halbes Dutzend undeutlicher Stimmen, die über die KI übertragen wurden, murrten. Olivia ließ die verbleibenden Mid-Level-Commander eine Minute lang Luft holen, aber kurz darauf beendete sie die leichte Uneinigkeit.

Ihre Stimme durchbrach das Gemurmel: „Mir gefällt das auch nicht. Und deshalb werden wir nicht auf Verstärkung oder eine andere feindliche Einheit warten, die uns den Garaus macht."

Das führte nur zu einer weiteren Runde von Fragen, die sie mit einem lässigen „Ich wollte mit unserem ursprünglichen Ziel beginnen. Wir haben nur noch einhundertfünfzigtausend kampffähige Soldaten, was mehr als genug ist, um den ersten Vorstoß zu starten. Wir werden nicht so viel Boden gewinnen können, wie ich es mir wünsche, aber wir müssen nur etwa einen Tag durchhalten, bevor unsere Verstärkung eintrifft", beantwortete.

Es wurde weiter geplaudert, aber Matt blendete es aus. Er war besorgt. Sie hatten fast zwanzigtausend schwer verletzte Kämpfer, die nur Zeit und Mana brauchten, um wieder auf die Beine zu kommen. Das schien ihm nicht die beste Vorgehensweise zu sein und stand im Widerspruch zu Olivias früheren Entscheidungen.

„Unsere ersten Aufklärungen zeigen, dass die mittleren und großen Festungen verstärkt sind, aber nicht in dem Maße wie diese Festung. Sie haben einfach doppelt so viele Verteidiger. Ich will, dass wir sie umzingeln und ihre Streitkräfte in Schach halten. Wir werden sie nicht angreifen, sondern nur den Weg für unsere Verstärkung freimachen."

Das schien eine weitaus bessere Nutzung ihrer Zeit zu sein, und Matt nickte zu den Fragen, die gestellt wurden. Seiner KI oder seiner eigenen Erfahrung fiel nichts auf. Der Plan schien solide genug zu sein.

Die Verwundeten sollten in die Festung verlegt werden, und ihre Verteidiger sollten die Kämpfer des Königreichs sein, die zu verletzt waren, um zu kämpfen und zu fliegen, aber auf einer Mauer stehen und Wache halten konnten.

Olivia befahl Team Eimer, sich dem vierten Trupp anzuschließen, der eher eine schnelle Eingreiftruppe war. Sie sollten bei der Kommandostruktur bleiben und bereit sein, einzugreifen, wenn die Verteidiger der Festung versuchten, sich zu befreien.

Matt hoffte, dass wenigstens eine Festung versuchen würde, die Belagerung zu durchbrechen, aber keine schickte ihre Truppen los. Sie hatten einen langweiligen Tag, an dem sie leicht vorankamen. Sie bewegten sich als Einheit vorwärts, fliegend, wenn sie konnten, aber absteigend und joggend, wenn sie es nicht konnten. Sie waren langsam, aber ihre Anzahl sorgte dafür, dass niemand sie angreifen konnte, während sie jede Festung auf ihrem Weg verschlangen.

Es war später Abend, als ihre Verstärkung eintraf. Matt sah sie von hinten herankommen, nicht durch Sicht, sondern durch die Rauchsäulen, die in die Luft stiegen. Sie gehörten zu den Gruppen, die sich abgesetzt hatten, um die umliegenden Festungen zu belagern. Es war ein feuriges Zeugnis für die Verwüstung, die eine Millionenmacht anrichten konnte.

Matt und seine Truppen waren bereits am Stadtrand angekommen und waren damit beschäftigt, ein kleines Lager zu errichten, während die allgemeinen Truppen Verteidigungsanlagen aushoben und die Belagerungsmaschinen vorbereiteten.

Als die führenden Elemente sie einholten, waren Liz und der Rest von Team Eimer unangenehm überrascht darüber, was sie vorfanden.

Alyssa führte die Truppe in einem gepanzerten Rock an und zwirbelte dabei ihren aufdringlich bunten Sonnenschirm. Ihr Team folgte ihr in das Kommandozelt.

„Guten Tag, alle zusammen. Ihr seht alle schick aus, nachdem ihr den Großteil eurer Kräfte verloren habt.“ Sie strahlte sie an, als hätte sie ihnen gerade das größte Kompliment gemacht.

„Wo ist General Lupis?“ Olivia schien misstrauisch zu sein, und Matt machte sich bereit, sein Schwert aus seinem Ring zu holen, doch dann änderte sich ihr Verhalten.

„Der kleine Wolfe wird uns leider nicht begleiten. Ein unerwarteter Gast ist eingetroffen und hat ihn in den Urlaub geschickt. Ich bin der neue General. Wie praktisch! Anscheinend war das Königinnentum ziemlich verärgert darüber, dass jemand ihre Generäle mitten in einer großen Schlacht getötet hat und hat sich gerächt. Vielleicht waren sie aber auch nur *so* beeindruckt davon, wie effektiv diese Taktik war, dass sie beschlossen, sie zu kopieren.“

Sie zuckte mit den Schultern, als ob sie das alles nichts anginge. „Wie auch immer, unsere Generäle scheinen jetzt alle eine Reihe von Attentätern auf sich zu hetzen. Deshalb und wegen der vielen großen Bewegungen gibt es nicht viele Generäle, die für die armen Wolfe und Alister einspringen könnten. Die einzigen anderen Kandidaten führen alle kleinere Truppen an und scheinen im Moment alle *sehr beschäftigt* zu sein. Sie würden es einfach nicht schaffen, rechtzeitig hierher zu kommen.“

Alyssa grinste breit, als sie endete: „Damit bin ich die ranghöchste Befehlshaberin für diese Belagerung. Wunderbar, oder?"

Alle Anwesenden wussten, dass das alles kein Zufall war. Es war unmöglich, dass alle verfügbaren Feldstrategen gleichzeitig angegriffen werden konnten. Aber wenn sie rechtmäßig das Sagen hatte, würde sie sich nicht so einfach absetzen lassen.

Als Alyssa die Gesichter der beiden sah, lachte sie weiter. „Ach, seid doch nicht so. Seit der Auktion herrscht da draußen das Chaos. Dazu kommen noch ein paar falsche Informationen, die Zwietracht gesät haben, und ein sehr chaotischer Zwischenfall zwischen einem Mitglied des Adels und seiner weniger exklusiven als erwarteten Geliebten ... gut, unser geliebtes Königreich hat einen Mangel an hochrangigen Kommandeuren, die wir in unsere Richtung schicken können. Dennoch bin ich zuversichtlich, dass wir uns durchsetzen werden."

Zu Matts Erschrecken strahlte Liz Alyssa direkt an. „Wunderbar gesagt. Wir haben die Führung, die wir brauchen, um zu gewinnen, genau hier. Ich bin sicher, du bist bereit, dich Generalin Olivia und ihren Befehlen zu unterwerfen?"

Alle erstarrten, besonders Alyssa und Olivia. Letztere machte ein Gesicht, als hätte sie einen Käfer verschluckt.

Alyssa sah aus, als würde sie Feuer spucken, aber sie blieb cool. „Meine Güte. Ich weiß nicht, wovon du sprichst. Ich bin die einzige Person hier, die diesen Titel hier trägt."

Liz' Lächeln wurde schärfer, und ihre gelben Augen funkelten. „Ah, aber du hast selbst gesagt, dass Lupis dein ursprünglicher General war. Wenn du ihn abgelöst hast, dann bist du eigentlich nur stellvertretende Generalin. Oder?"

Matt konnte sehen, dass Alyssa über das Lügen debattierte, aber schließlich zuckte sie mit den Schultern und fragte: „Und?"

Seine Freundin sah aus wie die Katze, die einen Kanarienvogel gefressen hatte.

„Wenn zwei *amtierende* Generäle im Feld aufeinandertreffen, behält der amtierende General, der zuerst vor Ort war, das Kommando. So steht es in Abschnitt 9, Absatz 14B der Kriegsartikel des Königreichs."

Ihre Worte wurden von einem Lächeln begleitet, das Glas schneiden konnte, und einer KI-Nachricht, die die relevanten Passagen aus dem offiziellen Protokoll des Königreichs auflistete.

Alyssa starrte Liz nur an. „Als Vertreterin des Adels, wenn auch der jüngeren Generation, habe ich die Autorität und die Verantwortung, das Kommando auf dem Schlachtfeld von jemandem zu übernehmen, den ich für ungeeignet halte."

Annie zuckte mit den Schultern und sagte: „Ich weiß nicht. Ist jemand, der ein Feuer in seinem Schrank nicht aufhalten kann, besser als jemand, der im Alleingang eine katastrophale Schlacht gerettet hat?"

Alyssa erstarrte und drehte sich dann um, um Annie anzustarren. Mit zusammengebissenen Zähnen lächelte sie, bevor sie die Augen schloss und fest auf ihre Unterlippe biss. Sie atmete tief durch die Nase ein und drehte sich mit einem sanften Lächeln wieder zu den anderen um.

„Ich werde mich natürlich an den *Niederschriften* des Gesetzes halten. Meine Truppen stehen dir zur Verfügung. Oh, und sollten die Dinge zu groß für dich werden, bin ich bereit, einzuspringen und die Last zu übernehmen. Ich wünsche dir viel Glück, *Generalin*."

Als sie das Kommandozelt verließ und an der Anti-Lausch-Kuppel vorbeikam, drehte sich Olivia zu Liz und brüllte fast: „Was zum Teufel war das?!"

„Ich ..."

„Nein! Du hast mich nur als politisches Instrument benutzt, um dich an ihr zu rächen! Jeder weiß, wie sehr du sie hasst, also tu nicht so, als ob es anders wäre. Wir alle kennen die Gesetze, aber jeder *weiß* auch, dass sie nicht gleich angewendet werden. Alyssa kann mich und *meine Familie* ruinieren, wenn sie will. Mit Leichtigkeit. Ich hätte ihrem Befehl gerne zugestimmt, um diese Art von Ärger zu vermeiden."

Liz sah niedergeschlagen aus und verzog einen Moment lang den Mund, bevor sie sich räusperte und versuchte: „Tut mir leid. Ich ..."

„Nein, lass es. Lass es einfach. Diese Situation war ungefähr so differenziert wie ein Riftbruch. Die Nummer, die du abgezogen hast? Entweder bist du politisch ungebildet oder du wusstest genau, was du tust, und hast dich einfach nicht um den Kollateralschaden gekümmert. Und wenn die Verhandlungen mit der Pfadgängervereinigung, die Alister mitgebracht hat, ein Hinweis darauf sind, dann ist es ganz sicher nicht Ersteres."

Olivia sah aus, als müsste sie kotzen, aber Matt trat vor. „Das ... das ist nicht alles schlecht. Du kannst uns die Schuld in die Schuhe schieben. Wir können mit dem geringen Druck umgehen, den man im Königreich auf uns ausüben kann. Aber denk daran, was Alyssa gesagt hat: Sie wird sich an den Niederschriften des Gesetzes halten. Wenn du keine grobe Inkompetenz zeigst, kann sie dich nicht absetzen." Er klopfte ihr sanft auf die Schulter. „Wir glauben an dich. Du kannst das schaffen."

„Ich bin nicht qualifiziert."

Emily schnaubte. „Das glauben wir keine Sekunde lang, und du auch nicht. Jeder konnte innerhalb von zehn Minuten erkennen, dass du und Wie-heißt-er-noch das wahre Gehirn hinter dem anderen Idioten seid."

„Alastair ist nicht dumm. Er ist nur ... beschäftigt." Sogar Olivia musste gehört haben, wie schwach das klang, denn sie wich ein wenig zurück. „Er hat andere Stärken. Wenigstens ist er nett."

Liz schaute leicht beruhigend, als sie Olivia zunickte. „Du hast recht. Es war falsch von mir, dich in unseren Streit zu verwickeln und wie eine Marionette zu behandeln. Es tut mir leid, und ich werde dafür sorgen, dass das nicht weiter auffällt."

Matt schaute sich zu den wenigen Kommandomitarbeitern im Zelt um und sagte: „Ich weiß, wen ich lieber als Kommandanten hätte. Wenn wir unseren Job machen, haben wir eine viel bessere Chance, das hier zu überstehen." Er kniete sich hin und sagte nur so laut, dass sie es hören konnte: „Denk daran, dass du beobachtet wirst, und wenn du die richtigen Leute beeindruckst, kann sie dir nichts anhaben. Du hast bereits bewiesen, dass du es kannst."

Olivias Blick verhärtete sich. Mit leiser Stimme antwortete sie: „Gut. Aber ich muss mich immer noch gegen den politischen Rückschlag absichern, den du mir eingebrockt hast. Wenn ich dir die Schuld in die Schuhe schieben will, wie du vorgeschlagen hast, dann muss ich öffentlich klarstellen, dass ich glaube, dass du die Schuld trägst, und dass ich dir nicht mehr vertraue." Sie erhob noch einmal ihre Stimme und fuhr fort: „Ab sofort gehörst du offiziell nicht mehr zum Oberkommando. Du wirst von nun an nur noch auf Einladung im Kommandozelt anwesend sein, die ich dir für die täglichen Strategiebesprechungen immer noch geben werde. Das kostet euch zwar eure Führungsprämien, aber es wird Alyssa wahrscheinlich genug besänftigen, um sie davon abzuhalten, die erste Gelegenheit zu nutzen, euch alle im Schlaf zu ersticken und den Attentätern der Königin die Schuld zu geben."

Sie sah fast so aus, als würde sie den Gedanken an die letzte Bemerkung genießen. Eine Hand schnellte auf Liz' Gesicht zu. Nur Olivias fehlende Beine hielten den spitzen Finger auf Abstand. „Aber wenn du noch einmal solche Spielchen mit mir spielst, werde ich persönlich dafür sorgen, dass dein ganzes Team den Rest des Krieges als Latrinengräber arbeitet. Und jetzt verpisst euch."

Mit diesen Worten verließ Team Eimer das Zelt, während Olivia anfing, Befehle zu bellen. Matt bezweifelte, dass Olivia ihre letzte Drohung wahr machen würde, aber er wollte sie nicht herausfordern. Das Letzte, was sie brauchten, war, dass er die Grube, die Liz gegraben hatte, noch tiefer grub.

Er konnte nur seufzen, als er hörte, wie Liz leise mit sich schimpfte, während sie an ihm vorbei stapfte. „Verdammte Scheiße. Ich habe nicht einmal an Olivia gedacht, als ich den Schritt gemacht habe. Ich habe nur eine Gelegenheit gesehen, mich an Alyssa zu rächen. Blöde Idiotin. Wie konnte ich das so versauen?"

Matt wollte sie trösten, aber sie hatte es tatsächlich vermasselt. Und sie brauchte und wollte nicht belogen werden. Das Einzige, was sie jetzt tun konnten, war, weiterzumachen.

Als sie das Zelt verließen, waren die neuen Truppen bereits auf dem Vormarsch. Es war beängstigend zu sehen, wie über eine Million Truppen begannen, die Stadt zu überrennen. Die raumverschließenden Stützpfeiler wurden in der maximalen Reichweite der Standard-Belagerungsabwehr aufgestellt, aber sie waren auch mit halbwegs tragbaren Abschirmungseinheiten gekoppelt. Wenn die Königin versuchte, Matts früheren Erfolg zu wiederholen, würden sie die Säulen als ein viel widerstandsfähigeres Ziel empfinden.

Ihre Späher, die am Rande der Anti-Flug-Formation ausflogen, meldeten nach ihren besten Schätzungen zwei Millionen Truppen in der Stadt, wobei sie die besten Teleskope benutzten, die sie mitführen konnten.

Das war nicht ideal. Wenn sie die Stadt einnehmen wollten, brauchten sie mindestens die dreifache Anzahl ihrer derzeitigen Truppen. Außerdem müssten sie sich um die Truppen in der Umgebung kümmern. Das Königinnentum würde sicher versuchen, wie Fürst Albert eine Fluchttaktik zu verfolgen.

Matt wurde beauftragt, sich um diesen Fall zu kümmern, und mit einem Team von Erdmagiern errichteten sie eine vier Meter hohe Mauer um die gesamte Stadt. Es dauerte anderthalb Tage, auch wenn sie Manakristalle einsetzten und er eine Pause einlegen musste. Aber schließlich hatten sie eine passable Verteidigung errichtet.

Danach errichteten sie eine zwei Meter hohe Berme, um das Vorrücken für die Verteidiger des Königinnentums noch gefährlicher zu gestalten. Mehrere Befehlshaber der mittleren Ebene sträubten sich gegen das, was sie als „übervorsichtiges Verhalten" bezeichneten und was bedeutete, dass sie weniger Punkte bekommen würden.

Matt und Liz dachten insgeheim, dass Alyssa hinter dieser kleinen Sache steckte, aber sie verteidigte Olivias Handeln öffentlich.

Am dritten Tag begannen die Triböcke mit dem Abschuss ihrer Nutzlasten. Sie wurden so schnell wie möglich gebaut und bestückt, sobald die ersten Belagerungswaffen ihre Reichweite erreicht hatten. Olivia hatte bereits den Befehl gegeben, dass sie nicht versuchen würden, die Stadt unversehrt einzunehmen. Stattdessen sollten sie sie in Schutt und Asche legen, bevor sie auf die Tricks des Königinnentums zur Verteidigung hereinfallen würden.

Team Eimer war sich insgeheim einig, dass es viel besser war, sich im Angriff zu befinden anstatt in der Verteidigung. Es war viel weniger anstrengend, den riesigen Felsen zuzusehen, wie sie von ihnen wegflogen, anstatt auf sie zuzukommen.

Es dauerte eine halbe Woche, um den Schutzschild zu durchbrechen. Trotz der größeren Anzahl an Triböcken und der Tatsache, dass sie die Stadt nicht unversehrt einnehmen wollten, hatte das Königinnentum zusätzliche Monate Zeit gehabt, um verschiedene Verbesserungen vorzunehmen. Durch diese Verbesserungen konnten sie nun mehr Mana speichern und, wie sie erfuhren, als die Schilde ins Wanken gerieten, den Tier des Mauersteins auf 7 erhöhen.

Das führte dazu, dass ihre herbeigerufenen Felsen fast wirkungslos waren. Das war der Moment, in dem Olivia ihren Plan offenbarte. Sie wollte die Mauern von unten zum Einsturz bringen.

Ein halbes Dutzend Teams erhielt den Befehl, mit dem Graben zu beginnen, und Matt wurde damit beauftragt, die Erdmagier mit Mana zu versorgen, damit sie die Mauern verstärken und die Erde beiseiteschieben konnten. Das funktionierte, bis sich die Sappeure des Königreichs den Mauern näherten, wo sie feststellten, dass der Feind die Arbeit der Erdmagier spüren konnte und sich ihren Bemühungen widersetzte. Die Magier spielten hin und her, während die Verteidiger des Königinnentums versuchten, die Tunnel zum Einsturz zu bringen. In der Zwischenzeit versuchten die Sappeure des Königreichs, die Truppen des Königinnentums zu durchbrechen und die von ihnen gegrabenen Tunnel zu verstärken.

Trotz ihrer Kritiker gab Olivia den Befehl, die Pläne beizubehalten und weiterzumachen. Sie kritisierten auch, dass sie sich kategorisch weigerte, Belagerungstürme oder Leitern zu bauen, um die Mauern einzunehmen, und nannten sie unter anderem einen Feigling. Sie entgegnete, dass sie sich mehr Sorgen um ihre einzelnen Punkte machten und weniger um die Gesamtsituation, was alle, die ihre Entscheidungen infrage stellten, zum Schweigen brachte.

Matt hielt den Plan für aussichtslos, aber als er öffentlich gefragt wurde, unterstützte er ihre Entscheidung, die Angriffe fortzusetzen. Sie könnten Verstärkung und Nachschub erhalten, zusätzlich zu seinen eigenen Manaspenden, die nicht unerheblich waren. Er erinnerte sich noch gut daran, wie das Mana auf der anderen Seite der Belagerung zu einem wertvollen Gut wurde, als die Tage immer länger wurden und die Vorräte schwanden.

Wie Alyssa sagte, hatten alle ihre Verstärkungsgeneräle verschiedene Unfälle, so dass sie unpässlich waren. Da sie nicht in der Lage waren, zu ihrem Lager zu kommen, hatte Olivia das Kommando und keinen General, der sie ablösen konnte. Matt fand es beunruhigend, dass das Hauptquartier die Angelegenheit mit einem Achselzucken abtat. Doch als die dritte Truppenwelle ohne General eintraf und die Zahl der Truppen auf vier Millionen anstieg, nahm er an, dass Alyssa die Sache so geregelt hatte, dass sie das Kommando behalten konnte.

Eine Woche nach dem Beginn der Tunnelbauarbeiten saß Olivia draußen, beobachtete die Mauer und lächelte allen wichtigen Kommandanten zu.

„Du hast gesagt, dass meine Bemühungen umsonst waren, aber jetzt geht es los. Genau wie ich es vorausgesagt habe."

Jemand warf ein: „Das Einzige, was perfekt ist, ist der Zustand der Mauern!"

Olivia drehte sich auf ihrem Stuhl um, und Matt musste ihr das hoch anrechnen. Sie saß und schaffte es trotzdem, den Mann anzustarren. „Weißt du, wie Saboteure arbeiten, Claudius?" Als der Mann nur zurückwich, zeigte sie nach unten. „Normalerweise ist es das *Erdmagier gegen Erdmagier*-Kampf. Aber was passiert, wenn du mit weltlichen Kräften gräbst?"

Das verblüffte alle. Selbst Matt hatte keine Ahnung.

Olivia drehte ihren Rollstuhl und zeigte wieder auf die Mauer. „Ich habe unsere Erdmagier als Ablenkung benutzt, und jetzt werden die Mauern fallen. Wenn sie auf ihre Umgebung geachtet hätten, hätten sie uns spüren können. Aber sie waren zu sehr auf unsere Magier konzentriert, die sich durch die Mauern graben wollten. Sie haben die weltlichen Gräber völlig übersehen."

Während sie sprach, ertönte ein tiefes Grollen und Staubwolken stoben aus den grasbedeckten Flächen ohne Tunnel. Zunächst schien das nicht von Bedeutung zu sein. Aber als der Boden in der Mitte der nächstgelegenen Mauer nachgab, verbog sich die Mauer leicht. Sie wölbte sich nach vorne, und dann, als ob sie der Schwerkraft widerstehen wollte, bröckelte sie in sich zusammen.

„Jetzt haben wir Zugang zur eigentlichen Stadt. Oder zumindest zu einem der vier Bereiche." Olivia versuchte, ruhig zu klingen, aber ihr Stolz und ihre Selbstgefälligkeit schimmerten hindurch. Es war, als würde sie alle herausfordern, die ihr frühes Handeln in Frage gestellt hatten.

Sie hatte alle belogen, aber angesichts ihres jüngsten Spionageproblems musste er ihr das lassen. Sie hatte ihre Täuschung perfekt geplant und die Mauern zum Einsturz gebracht, ohne dass die Königin davon etwas mitbekommen hatte.

„Jetzt machen wir mit Phase zwei weiter, in der wir die anderen drei Abschnitte der Mauer einreißen werden. Dann werden wir einen Brückenkopf errichten. Aber zuerst mache ich mir Sorgen, dass wir von hinten bedrängt werden und die Verteidiger genug Mana sparen, um die Schilde hochzufahren, wenn wir Truppen im Inneren haben."

Die anderen drei Abschnitte der Mauer stürzten mit dem Wasser ein.

Olivia ließ den Boden aufweichen und verwandelte das Gebiet am Fuße des Hügels, auf dem die Stadt gebaut war, in schlammigen Matsch. Dann fluteten sie die bestehenden Tunnel, um sie so instabil zu machen, dass die Mauern einstürzten, nachdem sie an den Enden der Tunnel Sprengstoff angebracht hatten. Normalerweise hätte das nicht ausgereicht, um die Mauern zum Einsturz zu bringen, aber das Gewicht des Gesteins in Verbindung mit dem geschwächten Boden ließ die Mauern kippen, als ein Teil des Hügels zusammenbrach.

Es war ein beeindruckendes Kunststück des strukturellen Auseinanderbauens.

Auch Olivias Vorhersage bewahrheitete sich. In der Nacht, in der die Mauern fielen, wurden sie von hinten mit Pfeilen und anderen Ablenkungen beschossen. Die Angreifer ließen sich nicht blicken und blieben auch nicht lange genug, um eine Antwort der Belagerer zu sehen. Die Truppen des Königreichs brauchten sich nicht allzu viele Sorgen zu machen. Der große Schutzwall, den sie errichtet hatten, begrenzte den Schaden, den das Königinnentum durch einen Guerillakrieg anrichten konnte.

Das hielt allerdings nur so lange an, bis sich eine Millionenarmee näherte, in der Hoffnung, durch die Ostseite ihrer Befestigungen zu dringen und die Stadt zu verstärken. Sie wurden mit geringen Verlusten zurückgeschlagen, aber als sich die Angriffe Tag für Tag wiederholten, war das ein unheilvolles Zeichen. Die Königin stellte sogar ihre eigenen Belagerungswaffen auf, um die Armee des Königreichs zu beschießen. Olivia reagierte, indem sie doppelt so viele Truppen aufstellte und sie unter dem Kommando von Alyssa gegen den Feind vorgehen ließ.

Die Taktik war ineffektiv, und Alyssa hatte Mühe, sie lange genug festzusetzen, um etwas Nennenswertes zu erreichen. Ihre Truppen verbrachten die meiste Zeit damit, die Feinde zwischen den von ihnen kontrollierten Festungen in der Gegend zu jagen, während sie versuchten, ihre eigenen Verluste zu begrenzen. Sie mussten sich mit Hinterhalten, Fallen und Schlachtfeldern auseinandersetzen, die ihr Gegner selbst ausgesucht hatte.

Wie sich herausstellte, war es von Anfang an eine Ablenkung gewesen.

Während die Millionen Truppen des Königinnentums ihre zwei Millionen Verfolger in Schach hielten, versuchten die Verteidiger der Stadt, die Belagerung zu durchbrechen. Als eine weitere Verstärkungsarmee von zwei Millionen Soldaten von außen eintraf, versuchten sie, das Königreich an der schwächsten Stelle ihrer Umzingelung in die Zange zu nehmen und in die Flucht zu schlagen.

Sie wehrten gerade einen großen Vorstoß gegen ihre hintere Berme ab, als die Fronttore der Stadt hinter ihnen aufschlugen. Eine riesige Welle von Truppen stürmte auf das Feld und flankierte die Truppen des Königreichs, die auf der Berme versammelt waren. Olivia befahl ihren Truppen, sie zu ignorieren und sich darauf zu konzentrieren, die größere Anzahl von Feinden abzuwehren, die von außen hereinströmten.

Matt fühlte sich wie bei der ersten Stadtbelagerung. Er wirkte einen Zauber nach dem anderen und wehrte die Kämpfer des Königinnentums ab, als sie die glatte und steile Böschung erklommen. Die flankierende Armee machte ihm Sorgen, aber er befolgte seine Befehle und hielt die feindlichen Kämpfer davon ab, in ihrer Verteidigung Fuß zu fassen. Er ließ sein Team von Bresche zu Bresche gehen und sie verschließen, sobald der Feind auch nur einen kleinen Vorsprung hatte.

Team Eimer kümmerte sich um eine feindliche Formation, die den oberen Teil der Mauer hinter sich gelassen hatte, als eine Reihe von Explosionen die Welt erschütterte und die Luft durcheinanderbrachte.

Alle blieben instinktiv stehen und drehten sich um, um zu sehen, was los war. Die Verteidiger der Stadt fielen kurz vor ihrem Ziel in Schutt und Asche. Immer mehr Explosionen detonierten zu ihren Füßen, die bald von einem verheerenden, synchronen Sperrfeuer aus Kanonen und Katapulten direkt auf ihre Position begleitet wurden.

Matts Aufmerksamkeit wurde wieder auf den Kampf hinter ihm gelenkt, als ein Pfeil an seiner Rüstung abprallte. Er stürzte sich in die immer noch staunenden Verteidiger, als das Handgemenge weiterging.

Sobald er tief in den feindlichen Reihen war, füllte Matt seinen Mana-Pool auf und ließ die Flamme über die Angreifer um ihn herum wüten. Schreie folgten, und sein Team sicherte die Bresche, um dann weiterzuziehen, während um sie herum die Schlacht tobte.

Während sie den Angriff eines Erdmagiers abwehrten, der ihre Berme durchbrochen hatte, waren Schreie aus dem hinteren Teil der feindlichen Formation zu hören. Dort war Alyssa damit beschäftigt, ein Loch in die Reihen der Verteidiger zu reißen, während sie von hinten angriff. Die Armee des Königinnentums war zwischen der Berme und den zwei Millionen angreifenden Truppen unter Alyssas Führung gefangen. Unfähig, vorzurücken oder sich zurückzuziehen, kämpften die Feinde wie Monster und versuchten, die Angreifer in ihrem Rücken zu überwältigen. Doch als sie das taten, rief Olivia zum Generalangriff.

Das bedeutete das Ende der feindlichen Armee, denn sie zerbrach und floh. Alyssas Truppen müssen darauf vorbereitet gewesen sein, denn sie öffneten ein Loch, aus dem sich die Feinde zurückziehen konnten. Diejenigen, die zurückblieben, wurden von den Truppen des Königreichs niedergemäht.

Es gab kein Zurückhalten und kein Pardon.

Mehr als einer der Kommandeure sagte, dass es dumm war, mehr als die Hälfte der zwei Millionen Mann starken Truppe aus dem Hinterhalt zurückweichen zu lassen. Die meisten Oberhäupter waren sich jedoch einig, dass ein Kampf auf Leben und Tod weit mehr Truppen als nötig gekostet hätte. Schließlich gab es da draußen bereits eine Millionen-Mann-Einheit, die Alyssas Truppe auch von hinten hätte angreifen können.

In dieser Nacht feierte die Armee ihren Erfolg. Der große Kampf hatte allen eine große Menge an Punkten eingebracht, und die allgemeinen Truppen freuten sich über den Anstieg ihrer Guthaben. Matt machte sich nicht die Mühe, nachzusehen. Er wollte am Ende der gesamten Belagerung einen massiven Anstieg sehen.

Da die Hälfte der Verteidiger in der Stadt fehlte, wandte Olivia ihre Aufmerksamkeit wieder der Hauptbelagerung zu. Am nächsten Morgen wurden die ersten Sondierungsangriffe gestartet.

Matt und sein Team wollten in der ersten Welle dabei sein, aber ihnen wurde unmissverständlich gesagt, dass sie nicht zu Beginn dabei sein würden und stattdessen für den wahren Push mit dem Rest der Elite aufgespart würden.

So mussten sie zusehen, wie die erste Welle unter vernichtendem Feuer aus den intakten Teilen der Mauern nach oben zog. Es war ein langer und brutaler Kampf, der beiden Seiten schwere Verluste zufügte, aber die erste Welle zog sich zurück, nachdem die gut geschützten Erdmagier gleichmäßige Stufen geschaffen hatten, die die nächste Welle erklimmen konnte.

Es war viel schlimmer, den anderen beim Kämpfen zuzusehen. Matt hatte das Gefühl, dass er da draußen sein sollte, um die Truppen bei jedem Angriff anzuführen und zuzusehen, wie sie mit viel weniger Truppen zurückkamen, als sie losgezogen waren.

Nach zwei Tagen voller Attacken und dem ständigen Beschuss der Stadt durch die Triböcke waren sie bereit, den eigentlichen Angriff zu starten. Ihre Späher berichteten, dass das Stadtinnere eingeebnet war und die Verteidiger durch den Beschuss die meisten ihrer Belagerungswaffen auf den Mauern verloren hatten.

Matt und sein Team waren Teil der Angriffsformation, und er musste seine Nerven beruhigen, als sie sich den Stadtmauern näherten. Von dieser Seite waren sie so viel größer. Selbst als Pfeile und Zaubersprüche auf sie niederprasselten, rannten sie mit erhobenen Schilden vorwärts.

Sie trafen auf die Treppe, und Matt nahm zwei auf einmal und stürzte sich von der Klippe, die die Verteidiger in das Mauerwerk geschlagen hatten. Er stürzte sich auf die Verteidiger, die am Fuße des Turms standen.

Es war eine ähnliche Szene wie die Formationen, die er bei der Verteidigung der Stadt des Königreichs errichtet hatte.

Auf ihrer Seite wurden die Angreifer mit Manakanonen und anderen Fernkampfzaubern beschossen, als sie versuchten, die Bresche zu schlagen. Sie drängten sich durch das feindliche Feuer, während sie den Abstand verringerten, um in den Nahkampf zu gehen, wo die Fernkampfwaffen die Chance hatten, ihre eigenen Truppen zu treffen.

Als Matt landete, schwang er sein Langschwert und wirkte einen [Mana-Hieb], der Conor genug Platz verschaffte, um neben ihm zu landen und [Dämonenzone] zu aktivieren. Gemeinsam bahnten sie sich einen Weg zur Treppe und versuchten, sich dabei nicht zu verzetteln.

Team Eimer kämpfte sich mit Conor an der Spitze die Treppe zu den noch intakten Mauern hinauf. Matt griff um ihn herum, um einen nicht enden wollenden Flammenstrom auf jeden loszulassen, der versuchte, sie am Aufstieg zu hindern. Liz und Emily kümmerten sich darum, ihre Köpfe vor den Angriffen von oben zu schützen, indem Liz ein Dach aus Blut errichtete und Emily jeden, der den Kopf herausstreckte, in Flammen steckte.

Gemeinsam bahnten sie sich einen Weg zur Mauerspitze und bildeten einen Brückenkopf, während Annie auf der anderen Seite der Mauer Strickleitern verankerte und herabließ.

Sie wurden von einer Gruppe angegriffen, von der Matt annahm, dass es ein QRF-Team war, und dieses konnte dem Ansturm von Conors [Dämonenzone] und Matts abwechselndem [Flammenwerfer] und seiner Klinge nicht standhalten. Sie hielten ihre Position lange genug, damit die Verstärkung die Seile erklimmen konnte, auch wenn sie von allen Seiten angegriffen wurden.

Ein massiver Tier 7 mit einem Hammer, der mehrere hundert Kilo wiegen musste, machte sich auf den Weg nach vorne. Mit seiner schweren Rüstung konnte er sowohl die Angriffe von Matt als auch von Conor abwehren. Je länger der Kampf andauerte, desto größer schien der Mann zu werden. Liz forderte sie zum Rückzug auf, als der Hammerschwinger einen von Emilys [Bolzen] abwehrte, als ob sie nichts wären.

Liz schoss auf einer Blutspur vorwärts, während immer mehr von der rubinroten Flüssigkeit aus dem Handschuh an ihrer Hand floss und sie auf die Größe des Mannes anwuchs. Der Tier 7 schlug mit seinem Hammer auf Liz' Golemform ein und versprühte überall Blut, bis Liz [Blutkristall-Rüstung] aktivierte. Ihre Golemform veränderte sich leicht, wurde fester und kantiger und ihr rubinroter Farbton nahm einen goldenen Schimmer an.

Der nächste Hammerschlag brach nur das erstarrte Blut, das schnell schmolz und sich wieder zu voller Verteidigungskraft formte. Innerhalb von zehn Sekunden umhüllte Liz' flüssige Form den Mann, und er war verschwunden. Matt hatte keine Ahnung, wie sie den Tier 7 in einer Tier 8-Rüstung getötet hatte, aber sie benutzte ihren bereits geformten Golem, um den oberen Teil der Mauer zu räumen.

Als sie sahen, dass es ihr gut ging, wartete der Rest des Teams auf die Verstärkung, um die Strickleiter zu erklimmen und drei weitere anzubringen. Sie brachten sie in einem Abstand von einem Dutzend Metern an und schufen so genug Platz für immer mehr Menschen, die den oberen Teil der Mauer fluten konnten.

Matt, Aster, Emily und Annie kletterten einen Teil der Treppe hinunter und begannen, die behelfsmäßige Barriere, die die Verteidiger errichtet hatten, von oben abzuwerfen. Es war ein langer, erbittert geführter Zermürbungskampf, in dem sie die Verteidiger ausschalteten. Ohne den hohen Boden, den die Mauern boten, konnten die Verteidiger die nicht enden wollenden Wellen von Soldaten aus dem Königreich nicht aufhalten.

Liz stieß eine halbe Stunde später zu ihnen, als sie sich gerade an der ersten behelfsmäßigen Barriere ausruhten. Sie waren damit beschäftigt, die Verteidiger des Königinnentums an der zweiten Schicht der Befestigungsanlagen auszukundschaften. Der Angriff des Königreichs hatte sich zu einer Art Patt entwickelt. Die Position des Königinnentums wurde durch Manakanonen verstärkt, die bereit waren, jeden zu treffen, der seinen Kopf hinaussteckte.

Das Königreich errichtete seine eigenen Befestigungen und Truppenstationen in der Bresche, als sie hereinströmten. Sie hatten es geschafft, drei der vier Löcher in der Mauer einzunehmen, und das vierte fiel dank einer konzentrierten Truppe, die mit einer zusätzlichen Einheit von Elitetruppen durchbrach.

Matt musste staunen, wie viel besser diese Belagerung im Vergleich zu ihrer ersten verlief. Wenn man sich nicht um die Kollateralschäden kümmerte und von Anfang an alles mit Belagerungswaffen zerschlug, ging alles viel leichter.

Nachdem sie die Stadtmauern erobert hatten, gab Olivia ihren bisher umstrittensten Befehl. Sie befahl ihnen, die Mauern mit ihren eigenen Manakanonen zu bemannen und die Verteidiger einfach aus der Ferne von ihren verschanzten Positionen wegzublasen.

Einige Befehlshaber der mittleren Ebene nannten sie einen Feigling und alle anderen Namen unter der Sonne, weil sie potenzielle persönliche Punkte verloren, und sie nicht selbst kämpften. Das war ein egoistischer Vorwurf, denn die Gesamtstrategie war sicherer und forderte mehr Opfer, ohne sich selbst zu gefährden.

Nichtsdestotrotz verärgerte das genug Leute, um fast einen Putsch auszulösen, da die Kommandeure ihre Unzufriedenheit offen an den Rest der Truppe weitergaben. Doch zur Überraschung aller unterstützte Alyssa Olivias Entscheidung und zwang die Unzufriedenen, sich zu beruhigen.

Als sie die Verteidiger zwangen, sich tiefer in die Stadt zurückzuziehen, mussten sie immer mehr Verluste hinnehmen. Die Meinung der Generalsoldaten des Königreichs änderte sich, als sie erkannten, wie weise die Entscheidung war, das Königreich aus der Ferne zu bombardieren.

Schließlich versuchten die Verteidiger ein zweites Mal auszubrechen und die Taktik des Königreichs von der letzten Belagerung zu wiederholen. Sie versuchten, durch das Tor gegenüber von Team Eimer auszubrechen. Aber anders als bei der Flucht des Königreichs wurden die verteidigenden Truppen wirklich besiegt.

Dreieinhalb Wochen später war die Stadt endlich gefallen. Es war ein großer Sieg.

Matt wusste, dass er die Belagerung gut überstanden hatte, auch wenn er sich nicht an der letzten Schlacht beteiligt hatte. Er ließ seine KI überprüfen, wie viele Punkte er für die Einnahme der Stadt erhalten hatte.

Gesamt zuvor (zuletzt aktualisiert vor 25 Tagen): 102.050 Punkte (47.292 zur Übertragung anstehend; 54.758 verfügbar).

TEAMVERDIENSTE:

(Berechnet für Tier 6-Kämpfer).

- **Feindlicher Vasall getötet, Tier 5. 1 Punkt wert. 784 Mal ausgeführt.**
- **Feindlicher Vasall getötet, Tier 6. 5 Punkte wert. 22.877 Mal ausgeführt.**
- **Feindlicher Vasall getötet, Tier 7. 25 Punkte wert. 215 Mal ausgeführt.**
- **Geplünderte, aber zurückgegebene Gegenstände und Ausrüstung. 15.214 Punkte wert.**
- **Du hast eine wichtige Rolle bei der Eroberung einer feindlichen Stadt gespielt. 50.000 Punkte wert. 1 Mal ausgeführt.**

PERSÖNLICHE VERDIENSTE:
(Berechnet für Tier 6-Kämpfer)

- **Feindlicher Vasall getötet, Tier 5. 1 Punkt wert. 174 Mal ausgeführt.**
- **Feindlicher Vasall getötet, Tier 6. 5 Punkte wert. 3.741 Mal ausgeführt.**
- **Feindlicher Vasall getötet, Tier 7. 25 Punkte wert. 35 Mal ausgeführt.**

ARMEEVERDIENSTE:

- **Besiegen einer großen feindlichen Armee in der Größe eines Viertels (6,32 Mio. gegen 1,91 Mio.) in einer Verteidigungsstellung, während du eine ummauerte Stadt belagerst. Belohnung: 1,05x Multiplikator auf alle Verdienste.**
- **Erfolgreiche Belagerung einer feindlichen Stadt (6,32 Mio. gegen 1,98 Mio.). Belohnung: 1,1-facher Multiplikator auf alle Verdienste.**
- **Du hast ein großes Gefecht gewonnen, indem du nur gute Taktiken eingesetzt hast. Belohnung: 1,05x Multiplikator auf alle Verdienste. Hinweis: Der Verdienst wird auf Empfehlung der Armeebeobachter vergeben.**

UNERREICHTE VERDIENSTE: Nur zu Referenzzwecken.

- **Einnahme einer feindlichen Stadt, ohne großen Schaden anzurichten. 250.000 Punkte wert.**

<u>ZUSAMMENFASSUNG DER GEWINNE:</u>

- **Teamverdienste:**
- **Roh Gesamt: 170.544**
- **Team-Multiplikator: N/A**
- **Kategorie Gesamt: 170.544**
- **Persönliche Verdienste:**
- **Roh Gesamt: 19.754**
- **Persönlicher Multiplikator: N/A**
- **Kategorie Gesamt: 19.754**
- **Kombinierte Verdienste:**
- **Zwischensumme: 228.358**
- **Gesamtmultiplikator: 1.2x**
- **Gesamtbetrag: 312.324**

Neue Gewinne: 312.324 Punkte.

Neue Gesamtzahl: 414.374 Punkte (47.292 stehen zur Übertragung an; 367.082 sind verfügbar).

Aktualisiertes Pfadgänger Team Ranking (Königreich der Sieben Sonnen): 2. Platz.

Geschätztes Tagesstipendium: 2.500 Punkte.

Die Punkte für die Belagerung und die Tatsache, dass ihr Team den dritten Platz in der Königreichsrangliste hielt, brachten ihnen 36.000 Punkte ein. Damit hatte Matt etwas mehr als eine Viertelmillion Punkte. Es war sehr erfreulich zu wissen, dass sie wieder mehr Punkte hatten, als sie brauchten, um die Upgrade-Kugel zu kaufen, die Aster noch benötigte. Nach seiner groben Schätzung würde sogar Emily mit ein wenig Hilfe in der Lage sein, eine Kugel zu erwerben.

Die Truppen feierten wie verrückt, als sie in der ersten Nacht mit dem Wiederaufbau der zerstörten Infrastruktur begannen. Sie wollten die Stadt in einen guten Zustand versetzen, um den Teleporter aktivieren zu können. Doch zur Überraschung aller zog das sich Königinnenreich von der Stadt, die sie belagerten, zurück und machte sich nun auf den Weg zu ihnen.

Sie mussten die Stadt aufgeben, nachdem sie sie nur drei Tage lang gehalten hatten. Das verdarb die Jubelstimmung, die nach einem so großen Sieg herrschte, aber mit den geschätzten sieben Millionen Truppen des Königinnentums zusätzlich zu den verbleibenden vier Millionen gab es keine Hoffnung, die zerstörte Stadt zu halten.

Dank ihrer Vorwarnung konnten sie die Stadt ohne Widerstand verlassen, aber erst, nachdem sie die restlichen Mauern, die ihren ersten Beschuss überstanden hatten, mit Sprengstoff zum Einsturz gebracht hatten. Nachdem die Stadt dem Erdboden gleichgemacht war, kehrten sie schnell zur Küste zurück und flogen über den Ozean zur nächsten neutralen Stadt.

Matt und der Großteil der Truppen erwarteten, den Fürsten verärgert vorzufinden, aber zu ihrer Überraschung war er äußerst glücklich über ihre Rückkehr.

Er war sogar so glücklich, dass er alle Oberbefehlshaber einlud, um zuzusehen, wie er Olivia in den Adelsstand erhob und sie zur Baronin beförderte. Er wartete nicht einmal, bis sie die Stadt betreten hatten, sondern tat es vor der gesamten Armee.

„Für ihre inspirierende Arbeit, mit der sie uns eine Stadt gesichert hat, bevor das Königinnentum das Kunststück wiederholen konnte! Dafür, dass ihr sie zum Rückzug gezwungen habt, ohne die Punkte zu bekommen, die wir für einen solchen Sieg bekommen haben", hallte die Stimme des Fürsten aus der neutralen Stadt über das Feld und löste fast endloses Gebrüll und Jubel für die neueste Adlige des Königreichs aus.

Matt lächelte nur und klatschte mit den anderen, als sie im Gras standen, das das Stadttor umgab.

Selbst ohne ihre Beine schien Olivia aufrecht zu stehen, als sie ihre Belohnung erhielt, und sie unterdrückte eindeutig Tränen, als sie sich wiederholt bei allen bedankte, die in ihre Nähe kamen. Zu ihrer großen Verlegenheit bedankte sie sich sogar bei einem der Kellner, die der Fürst herbeigeholt hatte, um alle zu bedienen. Als sie ihren Fauxpas bemerkte, stammelte sie nervös eine Entschuldigung.

Alyssa ging zu ihrem Team hinüber und seufzte mit einem Glas Sekt in der Hand. „Was für ein Glückspilz." Immer noch in ihrem gepanzerten Rock stieß sie Liz' Hüfte mit ihrer eigenen an. „Das da oben hätte ich sein können."

Sie ließ „Du hast mir das weggenommen" unausgesprochen, aber Matt hörte es dennoch heraus.

Liz anscheinend auch. „Warum musst du in den Adelsstand erhoben werden? Deine Eltern sind doch schon Adelige."

Alyssa seufzte. „Ja, ja. Das sind sie. Aber es gibt einen entscheidenden Unterschied zwischen meinem eigenen Adelsstand und dem, den ich durch meine Eltern erlangt habe. Nämlich, dass alle Entscheidungen, die mit dem Adelstitel zu tun haben, *auch* von meinen Eltern getroffen werden. Dieser Titel hätte mir Macht verliehen, die nur mir gehört und niemandem sonst." Sie sah nicht hasserfüllt oder wütend aus, nur müde. „Na ja, es gibt ja immer noch den nächsten Plan."

Die Stimme der bunt gekleideten Frau wurde etwas aufgewühlter, als sie sich an Liz wandte. „In Anbetracht des Gefallens, den du mir schuldest, weil du die Handwerker dazu gebracht hast, deine kleine Vereinigung zu unterstützen, hätte ich erwartet, dass du mich auch unterstützt. Oder dich zumindest nicht einmischst. Wie dreckig von dir, die Dinge so zu handhaben."

Liz kaute an ihrer Lippe, bevor sie sagte: „Ich habe nicht einmal darüber nachgedacht. Wenn du mir eine Nachricht geschickt hättest, hätte ich den Mund gehalten, um mich zu revanchieren."

Alyssa seufzte und nippte an ihrem Glas. „Hättest du mir einen Gefallen getan, wenn du mich nicht *aktiv* sabotiert hättest? Noch dazu auf Kosten der armen Olivia. Gut, ich schätze, ich habe zu viel von dir erwartet, das liegt an mir. Ich dachte, wir hätten uns in den letzten Monaten gut verstanden und sind einander aus dem Weg gegangen. *Einer* von uns beiden hat *der anderen* sogar schon mehrmals geholfen. Aber da habe ich mich wohl geirrt. Das ist nicht die Art von Beziehung, die wir haben. Ganz und gar nicht. Ich werde den Gefallen vorerst behalten. Aber sei gewarnt: Wenn ich ihn einfordere, werde ich mich nicht zurückhalten. Nicht mehr."

Ein weiterer Jubel ertönte, und sie hob ihr Glas, um Olivia zu gratulieren, dann leerte sie das Glas und ging zum Haupttor.

Das letzte, was Matt hörte, war ein gemurmeltes „Glückliches Mädchen".

Ihr Team stellte sich in einer Reihe auf, um Olivia zu gratulieren. Matt würde sie nicht als Freundin bezeichnen, nicht nachdem sie sie unfreiwillig in diese Position gedrängt hatten. Dennoch war nicht zu leugnen, dass sie ihre Sache gut gemacht und ihre Belohnung verdient hatte. Etwas Kameradschaft konnte bei einer Feier nie schaden.

Kapitel 25

Die Stadt war voller geschäftigem Leben, als sie eintrafen. Es war ein langer Weg durch die riesige Stadt bis zu ihren Zimmern, und sie konnten nicht umhin, die geteilte Bevölkerung zu bemerken, während sie unterwegs waren.

Die rechte Hälfte der Stadt, die Seite, auf der sich das Hauptquartier des Königreichs befand, war von Feierlichkeiten und Jubel erfüllt. Auf der linken Seite des Hauptboulevards herrschte dagegen eine ausgesprochen niedergeschlagene Stimmung in der Bevölkerung. Die Generaltruppen des Königinnentums und einige Pfadgänger blickten finster auf die feiernde Seite des Königreichs. Aber niemand wagte es, die Straße zu überqueren, weil die Armeeangehörigen über der Trennlinie schwebten.

Matt blieb ebenfalls auf seiner Straßenseite und versuchte, zurück in ihre Suite zu kommen. Sie hatten ein Taxi bestellt, aber angesichts der unzähligen Truppen, die auf einmal in die Stadt strömten, waren alle Verkehrsmittel überlastet. Nachdem sie fast eine Stunde gelaufen waren und festgestellt hatten, dass sie noch nicht einmal ein Viertel des Weges zu ihrer Suite zurückgelegt hatten, gab er auf. Er ging direkt in das nächste Hotel, das sie an der Hauptstraße fanden.

Als er sich wieder denken hören konnte, sagte er zu seinem neugierigen Team: „Okay, genug gelaufen. Wir haben uns ein Bad und ein gutes Essen verdient.“ Er winkte in der mit Marmor und Gold verzierten Lobby herum. „Also, ab ins Hotel!“

Eine Suite mit vier Schlafzimmern war teuer; ein Tier 7-Manastein für eine einzige Nacht war selbst für einen Tier 6 ein stolzer Preis. Aber das Zimmer beinhaltete ein All-you-can-eat-Buffet, das von einem Tier 9-Koch zubereitet wurde.

Matt hätte so viel allein für die Dusche bezahlt, ganz zu schweigen von allem anderen. Es war also ganz einfach, die Rechnung zu bezahlen und den Aufzug zu ihrer Suite zu nehmen.

Jedes Zimmer in der Suite hatte ein eigenes Badezimmer, das sie auch prompt nutzten. Mit zwei Menschen und einem Fuchs im Bad war es etwas eng, aber die Dusche war genauso groß und schick wie der Rest der Suite. Nach dem Einweichen unter dem Brausekopf setzte sich Matt auf den Boden und begann, seine Gefährtin zu schrubben, die sich mehr über den Schmutz in ihrem Fell als über das heiße Wasser ärgerte.

Um seine jammernde Gefährtin zu beruhigen, die das heiße Wasser behandelte, als würde es sie persönlich verletzen, stellte er das Wasser auf die kälteste Stufe und ließ sie im eiskalten Wasser liegen.

Er und Liz waren zu müde, um mehr zu tun, als sich zu waschen und sich auf die Couch zu legen. Sie schauten sich eine Sendung an und kuschelten sich in die flauschigen Bademäntel, die das Hotel zur Verfügung gestellt hatte. Ihre schmutzigen Rüstungen wurden zusammen mit denen des restlichen Teams auf einen Wagen gestapelt, um gereinigt und zurückgebracht zu werden.

Als sie sah, dass die Rüstung bereits aufgestapelt war, kam Emily aus ihrem Zimmer und sagte: „Danke, dass du das geklärt hast."

„Das waren nicht wir." Liz gähnte halb, als sie sich in den Sessel fallen ließ.

Annie und Conor kamen fast gleichzeitig aus ihren jeweiligen Zimmern und gesellten sich zu ihnen.

Annie öffnete den Mund und sah aus, als wolle sie etwas Wichtiges sagen, aber Matt unterbrach sie: „Erst Essen. Wichtiger Scheiß später."

Er unterließ es, darüber zu schimpfen, dass die Köche des Lagers scheiße waren und alle gefeuert werden sollten. Sie hatten schon genug von seinen Beschwerden, aber er wollte trotzdem etwas zu essen haben. Gutes Essen.

Sie bestellten ein reichhaltiges Buffet, und sogar Aster verließ ihr Eisbad, als das Essen kam. Zur Belustigung aller hatte das Hotel ihr sogar einen Bademantel zur Verfügung gestellt.

Als sie endlich mit dem Essen fertig waren, sprach Emily das Thema an, das ihre Schwester schon fast angesprochen hatte. „Ich möchte eine Upgrade-Kugel kaufen."

Conor, der irgendwann auf den Boden gesunken war, sagte: „Ist das die beste Idee, wenn eine Auktion bevorsteht?"

Emily wedelte mit ihrer Hand herum. „Ich weiß nicht, aber es sind nur noch dreizehn übrig, und auch wenn ich jetzt nichts dafür habe, könnte ich es später verwenden. Das ist ein zu wertvoller Preis, um ihn auszulassen. Ich könnte es auch für meinen gecrackten Skill riskieren und hoffen, dass er den gecrackten, zufälligen Mana-Aspekt des Skills ausnutzt."

Für Matts Geschmack war das etwas zu riskant, aber es waren ihre Punkte, die sie ausgeben musste.

Liz drehte sich, bis ihre Füße in Matts Schoß lagen, und nachdem sie seufzte, als er die schmerzenden Stellen massierte, sagte sie: „Du könntest es jederzeit verkaufen.

Ich bezweifle, dass die Armee dir erlaubt, den Preis zu ändern, aber ich wette, du kannst es zurückgeben oder verkaufen für …“ Sie gähnte und hielt inne: „Eine halbe Million.“

Apropos Punkte, er überprüfte Asters Gesamtsumme und sah, dass sie die halbe Million überschritten hatte. Er kraulte sie, bis sie aufwachte und sagte: „Sieh dir diese Liste an, darüber haben wir vorhin gesprochen. Das wird dir helfen und deine Eismanipulation verbessern.“

Die Füchsin war schon halb weggetreten, aber die schwarze Box erschien neben ihr. Er wies sie an, wie sie die Kugel absorbieren und was sie aufwerten sollte. Sie tat wie ihr geheißen und war nun stolze Besitzerin des verbesserten Skills [Eismanipulation]. Da es ihr Tier 1-Talent war, hoffte Matt, dass sie die seltene Variante bekommen würde, die von allein wirkte. Nach den zwei Sekunden, in denen Aster den Skill getestet hatte, schien das aber nicht der Fall zu sein. Er war nur stärker, billiger und einfacher zu benutzen.

Trotzdem würde das ihr Wachstumspotenzial steigern.

Die gleiche schwarze Box erschien vor Emily, aber sie fragte in die Luft: „Könnt ihr das für mich aufbewahren? Ich bin mir noch nicht sicher, ob ich sie wirklich benutzen will.“

Die Schachtel schwebte einen Moment lang und wurde dann durch einen Zettel ersetzt. Emily riss ihn aus der Luft und las laut vor: „Wenn du diesen Gegenstand nicht mehr willst, bevor der Vorrat aufgebraucht ist, kannst du ihn gegen Erstattung des vollen Kaufpreises zurückgeben. Wenn du die Kugel für dich selbst haben möchtest, schickst du einfach eine Nachricht an die Belohnungs-KI und sie wird aus dem Lager geholt. Wenn du den Gegenstand nicht abholst oder zurückgibst, bevor du den Krieg verlässt, wird er als wohltätige Spende registriert und dem Spendenlager der Armee hinzugefügt.“

Annie, die als Einzige noch aß, murmelte: „Wenigstens das hat funktioniert.“ Sie ließ das leergenagt Rippchen fallen und seufzte: „Ich werde meine Punkte sparen. Wir haben noch fünf Monate Zeit, bevor wir aufleveln müssen, und ich denke, wenn noch ein paar Städte den Besitzer wechseln, kann ich [Seiten-Slide] bekommen. Das ist zumindest eine Möglichkeit.“

Matt überprüfte seine eigenen Punkte. 367.082 Punkte waren nicht wenig, aber er wollte noch für einige der größeren Preise sparen. Jetzt, wo Aster ihre Upgrade-Kugel hatte, konnte er sich wenigstens um andere Dinge kümmern.

Er nutzte seine KI müßig, um die anderen Neuzugänge im Belohnungsladen zu überprüfen.

Das Erste, was ihm auffiel, war ein frischer Stapel gecrackter [Heilberührungen] und [Distanzheilungen]. Beides waren Tier 14-Skills, aber sie wären für das Team unglaublich hilfreich. Das Problem war nur, dass der Grundpreis 200.000 Punkte pro Stück betrug und die meisten gecrackten Skills entweder wertlos für den Heilungszauber oder unglaublich wertvoll waren, was den Preis entsprechend in die Höhe trieb.

Eine [Gekrackte Distanzheilung] hatte den Zusatzeffekt, dass sie die Stärke für zehn Minuten erhöhte. Dieser Skill kostete allein eine halbe Million. Damit war er fast einer der Verfolgergegenstände, aber nicht der teuerste Skill auf der Liste.

Diese Ehre wurde der [gecrackten Heilberührung] zuteil, die eine verdoppelte Wirksamkeit hatte und deren Preis bei satten anderthalb Millionen Punkten lag.

Der Rest waren Cracks, die keinen wirklichen Nutzen für Heilzauber hatten. Ein Heilzauber mit dem zusätzlichen Effekt, dass sich die Haare für die Dauer des Zaubers in eine zufällige Farbe verwandeln, war im Grunde nur ein normaler Heilzauber.

Einen für sein Team zu besorgen, stand auf seiner Prioritätenliste. Die eigentliche Frage dabei war, wer ihn bekommen sollte und vor allem welchen Zauber? Technisch gesehen wäre es bei ihm am besten, bis die Abklingzeit der Heilung eintrat. Aber bis dahin konnte er sie den ganzen Tag lang ohne Probleme wirken. Wenn er Tier 7 erreichen würde, würde er auch beide wirken können. Ohne sich entscheiden zu können, las er die Beschreibung jedes normalen Skills.

[Distanzheilung]: *Gib 150 Mana aus, um den Empfänger innerhalb von fünf Sekunden zu heilen – mit einer Reichweite von fünf Metern. Wenn das Ziel in Reichweite des Zaubernden bleibt, kann der Zauber für die Hälfte der Wirksamkeit kanalisiert werden. Da es sich um einen ungerichteten Heilzauber handelt, sind keine Kenntnisse über den menschlichen Körper erforderlich, um zu funktionieren. Er kann nicht mehr heilen als das, was ein Tier 0-Körper von Natur aus heilen könnte. Er funktioniert einfach beschleunigt.*

[Heilende Berührung]: *Gib 100 Mana aus, um den Empfänger über zehn Sekunden zu heilen. Wenn der Empfänger in Kontakt mit dem Zaubernden bleibt, kann der Zauber für drei Viertel der Wirksamkeit kanalisiert werden. Da es sich um einen ungerichteten Heilzauber handelt, sind keine Kenntnisse über den menschlichen Körper erforderlich, um zu funktionieren. Er kann nicht mehr heilen, als ein Tier 0-Körper von Natur aus heilen kann.*

[Distanzheilung] war in ihrer Reichweite vielseitiger, da die Mana-Kosten für niemanden in seinem Team wirklich ein Problem darstellten. Aber die geringere Wirksamkeit der Heilung bedeutete, dass die Abklingzeit der Heilung viel schneller erreicht wurde.

Er überlegte, ob Liz einen der Skills in etwas Nützliches umwandeln könnte. Aber angesichts der Punktkosten war er sich nicht sicher, ob es sich wirklich lohnte, seine Theorie auszuprobieren. Heilungsskills waren schließlich Tier 14 und nicht billig.

So oder so, er konnte die Zaubersprüche noch nicht wirken und sie mussten für andere Dinge sparen.

Er schloss sich den Gesprächen seiner Freunde an, als sie von ihrem Einsatz herunterkamen, und das Gerede über Punkte ging in allgemeines Geschwätz über.

* * *

Die Auktion war eine wilde Angelegenheit. Es gab ein halbes Dutzend Gegenstände zu sehen, die meisten mit versteckten Effekten oder besonderen Versprechen. Sie stellte die erste Auktion gleich doppelt in den Schatten. Alle waren aufgeregt, aber die Königin zeigte sich eher zurückhaltend. Durch die gescheiterte Stadtbelagerung waren sie bei der kommenden Auktion deutlich im Nachteil.

Da sie insgesamt weniger Punkte hatten, war das Königinnentum ein viel düstereres Publikum. Das steigerte nur den Eifer der Kämpfer des Königreichs, die sich über einen Überschuss an Punkten und weniger Konkurrenz freuten. Auffallend war die Abwesenheit des Fürsten und seiner engsten Vertrauten, darunter Juni. Ganz im Gegensatz zu Prinzessin Sara, die mit einem mürrischen Gesichtsausdruck dasaß. Man musste kein Genie sein, um zu erkennen, dass der Realitäts-Splitter neben dem nicht abgeholten Splitter der Königin fehlte. Die Prinzessin starrte auf das Podium, um ihr Scheitern zu würdigen. Das machte nur noch deutlicher, wie groß der Punkteunterschied durch das Scheitern der letzten Stadtbelagerungen war.

Mit seinem üblichen Flair schritt Javier auf die Bühne und winkte. „Ahhh, meine Freunde! Es kommt mir vor, als wäre es schon *so* lange her. Aber wie ihr gekämpft habt!"

Er hob seinen Arm im Rhythmus der brüllenden Menge. „Ich hoffe, ihr habt alle reichlich Punkte! Wenn ja, dann ist heute die Nacht, in der ihr sie ausgeben könnt. In der Tat. Ihr werdet heute Abend Gegenstände finden, die von den Meistern des Imperiums selbst hergestellt wurden."

Er winkte, und fünf Schaufensterpuppen mit dunkelbraunen Lederrüstungen wurden herausgerollt. „Diese Schönheiten hier sind Tier 7-Truppenrüstungen. Wenn ihr sie tragt und euch nicht weiter als hundert Meter voneinander entfernt aufhaltet, könnt ihr die Kraft zwischen den einzelnen Trägern aufteilen." Der hochrangige Mann hob einen Finger und sagte: „Und wenn einer von euch getroffen wird, wird der Schaden zwischen den einzelnen Rüstungen aufgeteilt. Ein wirklich beeindruckendes Startobjekt! Wir beginnen die Auktion mit 100.000 Punkten."

Der erste Gegenstand gab den Ton für den Rest der Auktion an. Extravagante Gegenstände wurden versteigert, als wären sie alltäglich.

Team Eimer interessierte sich für nichts Besonderes, also schenkten sie der Auktion nur halbe Aufmerksamkeit, während sie sich unterhielten. Auf halbem Weg zur Auktion wurde die Tür ihrer Kabine aufgerissen und Alyssa kam hereinspaziert. Sie schloss die Tür mit dem Fuß und kam mit Gläsern voller Alkohol in beiden Händen herein.

Annie wirbelte herum und knurrte: „Was zum Teufel glaubst du, was du da tust?"

Alyssa unterbrach sie mit einer erhobenen Hand und sagte: „Bitte, hör einfach auf. Ich brauchte einen Platz zum Pennen, und ihr wart ganz in der Nähe. Nachdem ihr meine Pläne über den Haufen geworfen habt, schuldet ihr mir so viel." Sie hielt inne, um das halbleere Getränk in ihrer rechten Hand auszutrinken, bevor sie sich an die Wand lehnte und auf den Boden rutschte. „Das gleicht deinen Gefallen nicht ab. Nenn es einfach Zinsen."

Die völlig betrunkene Frau ließ ihren Kopf gegen die Wand knallen und saß einfach mit geschlossenen Augen da.

Aster hüpfte hinunter, um die neue Person zu untersuchen, und Matt machte sich bereit, falls die betrunkene Frau versuchen sollte, seine Gefährtin zu verletzen. Aber Alyssa kraulte sich nur an den Ohren. Aster interessierte sich mehr für das Getränk in ihrer Hand und begann, an dem Gebräu zu nippen, bevor sie den Kopf über das dunkle Bier schüttelte und sich mehr davon holte.

Matt und seine Gruppe beobachteten den sitzenden Eindringling wachsam, während die Auktion im Hintergrund weiterlief. Alyssa stellte den Becher, aus dem der Schneefuchs getrunken hatte, auf den Boden, was Aster als Erlaubnis auffasste, genüsslich weiterzutrinken. Sie warf der Gruppe, die sie anstarrte, einen halbherzigen Blick zu, bevor sie ihren eigenen leeren Becher ebenfalls abstellte.

Alyssa schnappte sich Aster, sobald die Füchsin ihr Getränk ausgetrunken hatte. Die Pfaufrau legte sich hin und rollte sich zu einem Ball um die Gefährtin zusammen und murmelte: „Weckt mich, wenn die Auktion vorbei ist."

Matt warf Liz einen Blick zu und diese konnte angesichts der neuesten Entwicklung nur mit den Schultern zucken.

Sie wandten ihre Aufmerksamkeit wieder der Auktion zu, bei der zwei überraschende Gegenstände zum Verkauf angeboten wurden.

Der erste, der Matts Interesse weckte, war eine zusammenklappbare Tier 7-Schmiedestation. Zusammengeklappt war sie nur faustgroß, aber sie ließ sich zu einer raumgroßen, voll funktionsfähigen Schmiede ausbauen. Das brachte ihn auf die Idee, sich eine zum Kochen anfertigen zu lassen. Bis sie ein tragbares und fliegendes Haus hatten, würden die Stationen recht nützlich sein.

Zumindest wäre er nicht gezwungen, den Brei zu essen, den die Armeeköche servierten.

Der letzte Gegenstand war der wertvollste; es war ein Wachstumslagerring. Javier holte den Ring auf seinem eigenen Ständer hervor, ließ ihn aber mit einem Samttuch bedeckt.

„Das, meine Freunde, ist unser letzter Gegenstand. Und ich warne euch, wenn er nicht den Mindestpreis erreicht, wird er an das Imperium geschickt, damit sich die Tier 15 darum streiten können. Ein Tier 6-Wachstumsring, der offensichtlich noch nicht gebunden ist. Diese Schönheit wird nicht ausgestellt, also macht euch keine Sorgen, dass ihr ein Ziel werdet! Aber ihr solltet wissen, dass die Größe des Rings mit jedem Tier massiv zunimmt. Aber das ist noch nicht alles! Nein, nicht im Geringsten. Wenn dieses Wunder der Rift-Erschaffung Tiers aufsteigt, erhält es ab Tier 20 einen Stase-Effekt, der auf gelagerte Gegenstände angewendet wird."

Der Auktionator lachte und sagte mit einem selbstironischen Lächeln: „Nicht einmal ich habe einen Ring, der die Zeit komplett anhalten kann, und ich bin Tier 29! Die Verzauberung macht die Ringe so groß, dass sie in Quadratmetern gemessen werden und Tier 35 oder höher vorbehalten sind."

Als er das hörte, verlor das Publikum den Verstand. Sogar Matt beugte sich vor, um einen besseren Blick zu erhaschen.

„Zur Sicherheit unserer Gäste werden wir diese Auktion nur über KI durchführen."

Der Startpreis lag bei einer halben Million, aber innerhalb von Sekunden hatten die anonymen Gebote den Preis auf über eine Million erhöht. Danach verlangsamte sich das Bieten, aber es hörte nicht auf. Der Endpreis lag bei anderthalb Millionen Punkten, was Matt zu einem anerkennenden Seufzer veranlasste. Ein Spitzenteam musste jeden Punkt, den es hatte, in den Ring gesteckt haben.

Sie versuchten, die beiden Betrunkenen zu wecken, aber Alyssa und seine Gefährtin waren für die Welt nicht ansprechbar.

„Ich bringe sie dorthin, wo sie zu Hause ist."

Matt bot seine Hilfe an: „Ich komme mit dir mit."

Liz tätschelte ihm die Brust. „Es ist in Ordnung. Ich werde im Büro arbeiten, sobald ich sie abgesetzt habe. Viel Spaß beim Essen."

„Du solltest nicht auf sie aufpassen müssen." Matt versuchte, nicht zu jammern. Er freute sich auf seinen Abend mit Liz.

Liz grinste ihn an und las seine Gedanken. „Es ist in Ordnung." Als sie seine Zweifel sah, lachte sie und schaute auf Alyssa herab. „Auch wenn sie sich manchmal daneben benimmt, *hat* sie mir geholfen. Ich schulde ihr wenigstens ein bisschen Anstand."

Annie trat mit einem bösen Grinsen vor. „Ich kann sie auf ihr Zimmer bringen."

Emily rollte mit den Augen. „Sie zu erstechen und ins Krankenhaus zu schicken, ist nicht dasselbe, wie sie auf ihr Zimmer zu bringen."

Annie zuckte mit den Schultern. „Sie würde es schaffen. Irgendwann."

Liz lachte nur und mit einer Betrunkenen in jedem Arm verließ sie den Raum.

Auch Matt gluckste vor sich hin. „Ja, das sehe ich auch so. Aber wenn Liz helfen will, wer bin ich, dass ich mich einmische?"

Sie gingen zum Essen und genossen die Zeit, in der sie in den Höhen schwebten. Es war eine neue Art zu essen, denn die Kellner schwebten zu jedem Einzelnen hin und ihre Mahlzeiten flogen hinter ihnen her.

Alles verlief reibungslos, als Matt eine Stimme hinter sich hörte.

„Wie ich sehe, bist du endlich aus deinem Versteck herausgekommen." Talous' Stimme hallte durch das Gesprächsgewirr.

Matt seufzte, als er sich dem Mann zuwandte. „Was willst du? Du hast doch sicher Besseres zu tun, als mir zu folgen und mich herauszufordern?"

Er war gerade wirklich nicht in der Stimmung, sich mit dem hartnäckigen Pfadgänger auseinanderzusetzen.

„Ja, ich bin hier, um dich herauszufordern. Du bist ein Feigling, der sich hinter Tricks versteckt und in einem echten Duell nie gewonnen hätte."

Matt seufzte. Er hatte dieses Spiel satt und kümmerte sich nicht um kleinliche

Beleidigungen seiner Ehre. Er wusste, worauf es ankam. Dieser unsichere Mann war es nicht.

Als er sich mit seinem Team zum Gehen wandte, hielt er inne, als er Talous' nächste Worte hörte. „Wo sind deine beiden Frauen? Hast du nicht genug, um für ihre Zeit zu bezahlen?“ Er lachte, als wäre es der lustigste Witz aller Zeiten, und sagte etwas über Kameradschaft. „Oder nimmst du heute die beiden hier? Ich schätze, Zwillinge können lustig sein.“

Matt musste sich zurückhalten. Das Arschloch wollte kämpfen und nachzugeben würde seinen Plan nur noch weiter vorantreiben. Am klügsten wäre es, einfach wegzugehen, und genau das tat er auch, obwohl er von dem Mann und seinen Pöbeleien die Nase voll hatte.

Er war schon im Gehen begriffen, als er Talous' Bemerkung hörte. „Haben dich deine Eltern nicht mit Stolz erzogen? Oder sind sie so feige wie du?“

Diese Worte trafen tiefer, als Matt je erwartet hatte. Die Wut kochte in ihm hoch und übertönte seine Kontrolle.

Matt drehte sich in Talous' Richtung.

* * *

Talous war verzweifelt. Der nervige Mann nahm seine Herausforderungen nicht an, egal was er tat. Und er *brauchte* die Kampfannahme dieses Mannes.

Er nervte Liz ständig und der Plan, ihr Team herauszufordern, hatte nur dazu gedient, einen Keil in die Pfadgängervereinigung zu treiben. Natürlich alles auf Saras Wunsch hin. Wenn er Liz oder ihren Freund zu einer öffentlichen Herausforderung ködern könnte, könnte er sie demütigen, was seinen eigenen Zielen dienen würde. Keiner der beiden hatte den Köder geschluckt, egal wie respektlos er sich verhalten hatte. Deshalb hatte er sie stattdessen auf dem Feld aufgespürt.

Nach diesem ersten Kampf wollte er den Mann unbedingt erneut herausfordern. Während ihres ersten Kampfes war er so nah dran gewesen, sein Konzept zu verstehen, und das feige Stück Scheiße hatte betrogen, um den Kampf zu beenden. Nur kurz bevor er es begriffen hatte.

Wenn er nur ein *paar Minuten* länger Zeit gehabt hätte, wäre er sich sicher gewesen, dass er sowohl den Satz als auch das Bild mit einem Schlag hätte festigen können. Aber nein, der Mann musste sich überraschend teleportieren und zum Sieg schummeln, um Talous die Chance zu nehmen, aufzuleveln.

Der Krieg war ja ganz nett gewesen und hatte seinem Team etwas Reichtum eingebracht. Aber das war nichts, was er sich nicht auch mit der Hilfe seines Bruders verdienen konnte. Ein Konzept würde für immer bei ihm bleiben.

Wenn Talous den Pfad vollendet hatte, würde er beweisen, dass er der Beste war, und er würde sich die Anerkennung verdienen, die ihm zustand. Seit seiner Geburt hatten seine Eltern ihn zu einem Krieger geformt, und er hatte alle Erwartungen mit Bravour erfüllt. Er war der perfekte Sohn. Anders als sein Bruder Malous.

Wo er stark war, war Malous schwach und gebrechlich. Sein jüngerer Bruder war nicht für das Schwert bestimmt, wie die Generationen seiner Familie, die danach strebten, die Kunst zu perfektionieren. So fiel es Talous zu, die Familienehre zu wahren.

Die Last war etwas, das die beiden Brüder gemeinsam hätten tragen sollen. Trotz allem liebte Talous seinen Bruder und versuchte, ihn zu beschützen, Doch mit der Zeit nahm er ihm das immer mehr übel. Ihre Eltern machten keinen Hehl daraus, dass die zusätzliche Ausbildung und die Brutalität, die sie Talous zumuteten, auf den mangelnden Antrieb seines Bruders zurückzuführen waren. Es war, als ob sie *ihm* die Schuld für die Fehler seines Bruders gaben. Doch Talous kannte die Wahrheit.

„Die Schwachen haben sich selbst die Schuld zu geben."

Der jüngere Mann hatte aufgehört, es überhaupt zu versuchen, als sie noch Teenager waren, und das war das Ärgerlichste daran. Wenn Malous sein Bestes gegeben hätte, hätten ihre Eltern Talous mit einer minimalen Ausbildung davonkommen lassen. Aber nein, der egoistische Trottel hatte sich geweigert. Er hatte sich zurückgelehnt und es Talous überlassen, sich die Anerkennung ihrer Eltern für sie beide zu verdienen.

Das bedeutete nur, dass Talous sich noch mehr anstrengen musste, um sie zu besänftigen. Sie waren begeistert, als sein Erwachen ein Tier 1-Talent für echte Beidhändigkeit und die Fähigkeit, seine Aufmerksamkeit zu teilen, offenbarte.

Als sein Bruder eine Begabung für Meditation erhielt, stießen sie ihn aus und drohten damit, ihn zu verbannen. Ein Teil von Talous hatte das nie akzeptiert. Als seine Eltern einen Bekannten davon überzeugten, ihn auf dem Pfad zu unterstützen, verlangte er, dass er ein Team mit Malous bildete.

Es war eine spontane Entscheidung, die die Brüder einander näherbrachte, als sie es je zuvor gewesen waren. Aber sie waren immer noch keine Freunde, ganz und gar nicht. Keiner von ihnen verstand wirklich, warum er diese Entscheidung getroffen hatte. Aber es zahlte sich aus, als Malous' Tier 3-Talent ihn unerwartet zu einem Sucher machte, wenn auch zu einem recht seltsamen.

Es war sein Bruder, der zwei neue Freunde gefunden hatte, die mit ihnen mithalten konnten. Zuerst war Talous gleichgültig gewesen. Aber sie bildeten ein Team, das im Laufe der Tiers und Prüfungen immer mehr zu echten Weggefährten wurde. Jetzt war Talous das letzte Mitglied der Gruppe ohne sein Konzept. Er konnte es nicht ertragen, der Ballast der Gruppe zu sein. Niemals.

Und der Bastard, der ihm geben konnte, was er brauchte, weigerte sich einfach, gegen ihn zu kämpfen. Talous hatte versucht, gegen ein halbes Dutzend Leute gleichzeitig zu kämpfen, aber keiner von ihnen weckte den Funken, den er brauchte. Er ging sogar so weit, 100.000 Punkte für zwei Wochen Armee-Konzepttraining auszugeben. Sie versuchten, das Konzept mit ihrer Kraft zu erzwingen, aber er spürte nichts. Ihr einziger Vorschlag war, die Aktionen zu wiederholen, die ihn beim letzten Mal in die Nähe des Ziels gebracht hatten.

Also hatte er versucht, den Moment nachzustellen. Als die stets ruhige Liz aus dem Bild war, warf er mit den gröbsten Beleidigungen um sich, um einen Streit anzufangen. Wie immer funktionierte nichts, was er sagte. Dann, als er schon aufgegeben hatte, sagte er beiläufig eine *halbherzige Anspielung* gegen die Eltern des Typen. Irgendwie hat *das* den Ausschlag gegeben.

Der Mann drehte sich *schließlich* um und stürzte sich auf ihn.

Talous hatte vergessen, wie verdammt schnell der Mann war. Er bewegte sich wie ein Tier 7, selbst am unteren Ende von Tier 6. Zusammen mit seinem wahnsinnigen Rüstungstalent und seinem Konzept war Matt ein frustrierender Gegner. Genau das, was er brauchte.

Bevor Matt den Abstand verringern konnte, griff ein hochgewachsener glatzköpfiger Pater in Mönchskutte heran und steckte einen riesigen Melonenhammer zwischen sie. Der Angreifer wollte die Waffe aus dem Weg räumen, hielt aber inne, als der Mönch mahnte: „Kämpft, aber nicht hier. Sonst werdet ihr lange disqualifiziert sein."

Ein zweiter, viel kleinerer und ebenso kahlköpfiger Mönch schwebte neben seinem größeren Gegenstück heran. Er ließ sich von einem Windstoß treiben und winkte aufgeregt mit seinem Stab. „Ja, wie Tito gesagt hat! Bringt es in die Arena, wo jeder die Show genießen kann. Der ganze Planet freut sich schon seit Monaten auf diesen Kampf."

Talous machte sich eine Notiz, um den Männern zu danken. Disqualifiziert zu werden hätte seinen Plänen einen Strich durch die Rechnung gemacht. Er hatte nicht damit gerechnet, dass der Mann nach all der Zeit seine Herausforderung annehmen würde, und er hatte nur den Mund aufgemacht, um Dampf abzulassen. Wenn er gewusst hätte, dass es ausreichte, die Eltern des Arschlochs zu erwähnen, hätte er das schon vor Monaten getan.

Matt spuckte ihn über den Hammer an, der den Weg versperrte: „Es gibt Grenzen, die man nicht überschreitet."

Er hätte die Aussage als leeres Geschwätz abgetan, aber die Augen des Mannes waren flach wie die einer Leiche. Offenbar hatte jemand Probleme mit seiner Mutter oder seinem Vater. Nicht, dass das noch eine Rolle gespielt hätte. Da Matt ihm bereits alles gab, was er wollte, war es sinnlos, den Mann weiter zu verspotten.

Sie machten sich auf den Weg zu einer Arena, die bereits mit Zuschauern gefüllt war, die den laufenden Kampf verfolgten. Matt warf sich einfach über das Geländer in den Wartebereich und landete mit einem dumpfen Aufprall. Talous erwartete, dass er die beiden Wartenden beiseiteschieben würde, aber er nahm seinen Platz am Ende der Schlange ein und starrte Talous die ganze Zeit an. Sein Blick wich nicht von der Stelle, als die anderen Kämpfe weitergingen.

Die Kämpfe schienen sich ewig hinzuziehen, da die Armee die Arena zwischen den Kämpfen umbaute, um aufzuräumen. Er bemerkte auch, dass die Zahl der Zuschauer auf den Tribünen zunahm. Es hatte sich herumgesprochen. Auch der quirlige kleine Mönch rief immer noch Leute herbei und machte eine Show aus dem bevorstehenden Kampf.

Er lächelte unter seinem Helm vor sich hin. Je mehr Leute sahen, wie er den großen Tier 6 besiegte, desto süßer würde der Sieg sein. Matt hatte ihn gedemütigt, indem er diesen Tod immer und immer wieder auf sein Banner gespielt hatte, aber Talous würde es noch eine Million Mal schlimmer machen. Er würde den Mann mit der Demütigung, die er ihm zufügen würde, dazu bringen, den Krieg aufzugeben.

Mit Matt stimmte eindeutig etwas nicht. Selbst als sie in den Ring stiegen und die Abschirmung hochgefahren wurde, brach er den Blickkontakt nicht ab. Das war fast schon nervtötend.

Talous hatte gegen viele Menschen gekämpft. Einige waren erstaunlich, andere waren passabel. Der Mann, der vor ihm stand, war irritierend.

Sein eigenes Tier 3-Talent verlieh ihm eine höhere Durchschlagskraft mit seinem Schwert und eine stärkere Blockfähigkeit mit seinem Schild. Zusammen mit seinem Wachstumsgürtel hätte er das perfekte Gegenmittel gegen den Mann sein müssen. Das Problem war nicht Matts gutes Können mit der Klinge, sondern sein verdammtes Konzept, das dem Mann fast unendlich viel Mana gab.

Einige Nachforschungen in Saras Aufzeichnungen erklärten diese Anomalie. Der verrückte Bastard wurde verdächtigt, [Magier-Rückzug] zu benutzen. Zumindest laut einem der Spione, die die Prinzessin im feindlichen Lager stationiert hatte. Sie hatten gehört, wie Liz diesen Skill zweimal in privaten Gesprächen mit Matt erwähnt hatte.

[Mana-Stärke] war für die meisten Nahkämpfer die bessere Wahl, da sie ein flacher Reserveskill war. Man musste nicht allzu viel Mana verlieren, um ihn effektiv zu nutzen, weshalb er als Hauptskill gilt. Talous selbst nutzte den Skill mit gutem Erfolg, aber wenn er mit Matt mithalten wollte, musste er die Reserve auf mindestens 400 Mana erhöhen.

Er fand das blödsinnig, dass der Mann seine Kraft mit einer unkonventionellen Methode so sehr steigern konnte. Jeder konnte mit endlosem Mana außergewöhnlich sein. Aber Talous hatte Zähler vorbereitet; er würde dieses Mal nicht verlieren.

Matt stand da, als der Countdown aufgerufen wurde, und seine von Talous geschaffene Rüstung flackerte um ihn herum auf. Talous schüttelte seine Arme, um seine Rüstung und seine Waffen in Ordnung zu bringen. Sein Beutel mit den Manasteinen, die für seinen Schild bestimmt waren, war bereit und auch seine Klinge floss mit Mana. Seine Verzauberungen brummten vor Kraft.

Talous ließ sich nieder, als der Schiedsrichter bis zwei herunterzählte. Bei eins war er bereit. Als der Schiedsrichter den Kampf eröffnete, setzte er sich auf Kommando in Bewegung.

Eine Eigenschaft, die ihm seine Eltern eingetrichtert hatten.

Wer sich zuerst bewegte, gewann oft, und er musste gewinnen. Sein Konzept lag auf der anderen Seite des Sieges.

Er stimulierte sein aufgestautes Konzept so gut er konnte, und der Kraftzuwachs erlaubte es ihm, den Abstand zwischen ihnen in einem Herzschlag zu schließen. Dank seiner gesteigerten Geschwindigkeit konnte er dem Hieb des gegnerischen Langschwerts ausweichen.

Talous ließ Matts Schwert von der flachen Seite seiner Klinge abprallen und aktivierte [Schildschlag]. Sein linker Arm glühte vor Mana und er stürzte sich nach vorne, während der Zauber ihn antrieb.

Er traf auf gepanzertes Fleisch und versuchte, den Mann aus dem Gleichgewicht zu bringen, konnte Matt aber nicht dazu bringen, sich auch nur zu rühren. Die geisterhafte Gestalt fühlte sich wie angewurzelt am Boden an.

Er ließ seine Klinge auf das glühende Bein des gepanzerten Mannes niedersausen. Das Gift auf der Waffe würde Matt verlangsamen, während es sich seinen Weg in seinen Körper bahnte. Der Mann hatte zu diesem Zeitpunkt auf keinen Fall einen Heilzauber. Und selbst wenn er, wie Talous vermutete, [Ausdauer] nahm, würde der Mann den Skill noch nicht so weit entwickelt haben. Und selbst wenn er sie hätte, würde ihm irgendwann die Willenskraft ausgehen, um sein Konzept zu unterstützen. Das Gift war perfekt kalkuliert, um diesen Kampf in die Länge zu ziehen.

Wenn er gewann, würde er sein Konzept bekommen und dann würde er diesem Betrüger zeigen, was wahre Macht war.

Sie tauschten ein halbes Dutzend Mal Treffer aus und Talous musste sich neu orientieren. Matt war besser geworden. Nicht viel, aber einige der Lücken in seinem Stil waren geschlossen oder in Köder verwandelt worden.

Er konnte ein paar leichte Wunden einstecken, die er in Treffer hätte verwandeln können, wenn er den Kampf nicht in die Länge hätte ziehen müssen. Der Mann war wütend, und das zeigte sich in seinem Kampfstil. Als sie ihre Angriffe austauschten, bemerkte Talous, dass Matt seine Haltung straffte, aber erst, als er gerade noch einem schrägen Hieb ausweichen konnte, bei dem er eine Öffnung erwartete.

Talous wich einem Angriff aus und holte mit seiner Klinge aus, die in das Fleisch von Matts linkem Arm schnitt. Im Gegenzug bekam er einen Tritt gegen den Schild, der ihn nach hinten schleuderte, gefolgt von einem Schwerthieb, der einen Tier 5-Manastein verbrannte, um seinen Schild geladen zu halten.

Talous konnte sich das Zucken verkneifen. Das war sein Anteil an einer alten Delve-Belohnung, die ihm gestohlen wurde, als er einen einzigen Treffer abwehrte. Der Mann war zu stark für sein eigenes Wohl und hatte keine Angst, das auszunutzen. Er hatte keinen Zweifel daran, dass der Mann diesen Vorteil nutzte, um die meisten Gegner in eine ungünstige Position zu drängen. Diese Taktik würde bei ihm nicht funktionieren, denn seine Eltern hatten ihm nie beigebracht, gegen einen ebenbürtigen Gegner zu kämpfen, dies war nur ein weiterer Tag Sparring für ihn.

Ein überstrecktes Bein verschaffte Talous einen weiteren Schnitt, aber das schien den Mann nicht zu stören. Warum Matt nicht langsamer wurde, konnte er nicht beantworten. Aber er brauchte das Gift nicht – das war nur eine Absicherung. Ein Weg, um sicherzustellen, dass er den Kampf kontrollieren konnte.

Eine notwendige Vorsichtsmaßnahme.

Talous achtete darauf, nicht wie beim letzten Mal voll zuzuschlagen. Er wollte nicht zulassen, dass der Mann sich in den Sieg teleportierte. Es wäre ideal, wenn er den Einsatz des Gegenstandes herauslocken könnte, aber er erwartete nicht, dass das geschehen würde. Matt konnte auf keinen Fall gewinnen, wenn er es tat, denn jeder Teleportgegenstand musste in diesem Tier unglaublich begrenzt sein. Andernfalls würde er bei jeder Gelegenheit benutzt werden, anstatt ihn zu speichern und zu verstecken.

Er musste nur vorsichtig damit sein.

Talous bekam einen bösen Tritt gegen sein Knie, der ihn fast umherschleuderte. Er konnte sich abrollen und so den Großteil des Angriffs abwehren, bevor er verwundet wurde, aber es war eine Erinnerung daran, dass der Mann keine Trainingspuppe war.

Als er den Kampf nicht ohne sein Konzept beenden konnte, wurde er immer frustrierter. Er war *bereit*. Er hatte sich auf alle Eventualitäten vorbereitet. Er hätte sich sein Konzept schon längst verdienen müssen. Er würde den Mann in ihrem Schlagabtausch besiegen, was die Verwirklichung seines Konzepts hätte bewirken müssen, aber es blieb wie ein Funke in der Dunkelheit. Er glühte und verblasste in einem Rhythmus, den er nicht ganz verstehen konnte.

Da war etwas, eine Art Flackern in seinem Geist, sowohl im Satz als auch im Bild. Er war bereit, zuzuschlagen und sich zu verteidigen ...

Er wurde aus seiner Träumerei gerissen, als eine Stachelfaust auf seinem Schild landete und weitere Manasteine zu Staub zerbröselten, weil sie zerstört wurden.

Talous dachte, der Kampf sei gewonnen, als er tief in die Rippen des Mannes schnitt und spürte, wie die Glut seines Konzepts aufflammte. Doch ein massiver, glühender Handschuh umklammerte seinen Unterarm und hielt ihn fest, sodass sich das aufkeimende Konzept nicht voll entfalten konnte.

Eine Hand hob sich und Flammen sprangen ihm nur wenige Zentimeter vor seinem Gesicht entgegen.

Talous spürte, wie die Reserven seines Wachstumsgürtels zu schwinden begannen, und verband ihn eilig mit einem Beutel Manasteine. Einen nach dem anderen verband er mit seinem Gürtel und verhinderte so, dass der Fernkampfangriff des Mannes ankam. Es war eine teure Art zu kämpfen, aber es war sein bestes Mittel gegen den betrügerischen Magier. Was der Gürtel jedoch nicht verhinderte, waren die Flammen, die ihm die Luft aus dem Gesicht brannten.

Matt ließ erst nach dem dritten Schildschlag los, und Talous stolperte zurück.

Warum klappt das nicht?

Er hatte für alles vorgesorgt. Sein Konzept war so nah, er konnte es spüren.

Talous stellte sich darauf ein, einen Schwertstich zu blocken und abzuwehren, auf den ein Hieb folgen würde, aber das geschah automatisch.

Er musste nur sein Konzept finden.

Er war bereit dafür.

Das Kribbeln wurde stärker.

Talous war bereit.

Die Welt wurde scharf, und alles passte zusammen. Sein in Flaschen abgefülltes

Konzept zerbrach und räumte den Platz in seinen magischen und körperlichen Kultivierungskernen, um Platz für sein neues Konzept zu machen.

Sein Bild war einfach. Ein Schwert und ein Schild in seinen Händen. Jedes mit einem einzigen, entgegengesetzten Zweck, der jederzeit ausgetauscht werden konnte. Das war alles, was er brauchte. Er war auf jede Begegnung vorbereitet. Vor allem aber war er jederzeit bereit, zuzuschlagen und sich zu verteidigen.

Mit wilder Freude stürzte sich Talous auf Matt, und mit der Kraft seines Konzepts lenkte er das Schwert mit seinem Schild ab und stach dem Mann ins Herz. Oder er hätte es getan, aber eine abstoßende Kraft widerstand seiner Klinge lange genug, dass der Mann sich wegdrehen konnte.

Talous lachte laut und stürmte nach vorne, um wieder anzugreifen.

Das Langschwert fing seinen ersten Klingenstich ab, aber das war ihm egal. Wenn sein Schwert als Schild diente, konnte sein Schild eine Waffe sein. Er war bereit.

Er stieß den Mann aus dem Gleichgewicht und wollte den Kampf dort beenden, aber Matt teleportierte sich näher heran und setzte wie beim letzten Mal seine Klinge an Talous Kopf an.

Talous lächelte immer noch und nutzte die zusätzliche Kraft seines Konzepts, um seinen Schild zu heben, gerade noch rechtzeitig, um nach Matts Brust zu schlagen. Er spürte, wie sein Konzept die verzauberte Klinge durch den schwachen Versuch des Mannes, sich zu panzern, schnitt und sich tief in das weiche Fleisch biss.

Der größere Mann holte aus, und wieder konnte Talous gerade noch ausweichen.

Er richtete sich kampfbereit wieder auf und ließ seine Klinge auf die seines Gegners niedersausen, wobei er versuchte, sie aus der Position zu manövrieren. Es funktionierte, aber Matt konnte seinem ersten Hieb ausweichen. Er war zu langsam, um dem darauffolgenden Hieb in seine Flanke auszuweichen, und Talous genoss es, einen Gegner, der ihn einst besiegt hatte, niederzustrecken.

Er war besser. Und jetzt würde er es allen zeigen.

Matt hielt sein Schwert einhändig bereit und zu Talous' Überraschung bildete sich ein Schild auf seinem nun schlaffen linken Arm.

Der Mann konnte also improvisieren. Das war überraschend, aber nichts, womit er nicht umgehen konnte. Die Länge der Klinge war gut für zweihändige Stile, aber sie würde einen einhändigen und geschützten Stil behindern.

Talous' Sieg war so gut wie sicher.

Dann trat der andere Skill des Mannes, [Hagel], zum ersten Mal in Erscheinung, und daumengroße Eisbrocken verteilten sich auf dem Boden, bis sie eine Gefahr für einen guten Stand darstellten. Dann ließ der gepanzerte Mann einen Wasserschwall folgen.

„Hör auf mit der Feiglingsscheiße und kämpfe wie ein Mann!" Er wollte Matt dafür bestrafen, dass er ihm sein Konzept so lange vorenthalten hatte, und er hatte vor, den Kampf auf die gleiche demütigende Weise zu beenden, auf die er zuvor verloren hatte.

Aber jetzt flutete der Mann den Boden mit Eis- und Wasserbrocken. Eine feige Masche.

Talous verstand, warum Matt einen solchen Schritt machte, als er den gepanzerten Mann *über* dem Eis und dem Wasser stehen sah.

Talous dosierte seine Schritte sorgfältig und schlurfte mit den Füßen, um nicht auf das Eis zu treten. Es verlangsamte ihn so sehr, dass er gezwungen war, sich auf sein Konzept zu verlassen, um einen Teil von Matts schwerem Langschwert abzublocken. Bei seinem Gegenschlag stellte er fest, dass der neue Schild kaum mehr ausrichtete als die ursprüngliche Rüstung, und er ignorierte ihn, um auf den bereits verletzten Arm des Mannes einzuhacken.

Wenn er den Mann in Stücke schneiden müsste, würde er es tun. Talous würde ihm die Demütigung seiner ersten Niederlage heimzahlen. Er würde Matt dafür bezahlen lassen, dass er ihm dieses Duell nicht früher angeboten hatte.

Das war Matts Schuld. Er bekam lediglich, was er verdiente.

Talous musste sich mehr und mehr auf sein Konzept verlassen, um mit dem Wasser klarzukommen. Er dachte, es sei ein seltsamer Skill, aber in einer seiner kurzen Atempausen konnte er spüren, dass es tatsächlich das Konzept des Mannes war.

Wie kann das fair sein? Niemand in seinem Tier kann das.

Talous hatte keine Zeit zum Fluchen. Matt weigerte sich, zu sterben.

Zwei weitere schwere Treffer in den Oberkörper brachten den gepanzerten Riesen nicht zu Fall, und er spürte, wie er müde wurde. Sein neues Konzept passte perfekt zu ihm, aber es zehrte an seiner Willenskraft wie ein undichter Eimer.

Er weigerte sich, nachzugeben und zwang sich, sich an die Lektionen seiner Eltern zu erinnern. Verlieren kam nicht infrage.

Sie tauschten einen Schlag nach dem anderen aus, wobei Talous' Klinge jedes Mal rot zurückkam, aber Matts gepanzerte Gestalt wankte nicht. Die Menge an Gift, die ihm verabreicht worden war, hätte ihn schon längst ins Koma fallen lassen müssen.

Als Matt sich wieder teleportierte, wurde er überrascht und sein linkes Knie knickte ein, als der größere Tier 6 dagegentrat.

Talous konnte spüren, wie Sehnen und Bänder unter dem Angriff rissen. Er wurde herumgeschleudert, rollte sich aber mit einem gequälten Schrei auf seinen guten Fuß.

Scheiße! Zwei Teleports in einem Kampf?

Kein Gegenstand ihres Tiers konnte das schaffen. Es musste ein [Seitenschieber] sein ... Nein, warte ... ein verbesserter [Seitenschieber]. Eine der möglichen Aufwertungen hätte gerade jetzt ihre verkürzte Abklingzeit beendet. Das Exemplar im Laden war noch da, also musste der betrügerische Bastard schon vor dem Krieg auf den Skill gestoßen sein und eine Upgrade-Kugel dafür auf dem Markt gekauft haben.

Er bemühte sich, tiefer in sein Konzept einzudringen, aber seine Kerne fühlten sich an wie Schwämme, die schon zu oft ausgewrungen wurden. Allein der Versuch, es anzuzapfen, bereitete ihm rasende Kopfschmerzen.

Er hatte nichts mehr zu geben.

Das war in Ordnung. Er hatte sein ganzes Leben lang ohne ein Konzept gekämpft. Er brauchte keins, um das hier zu beenden.

Während Talous krampfhaft versuchte, das Hämmern in seinem Kopf abzuschütteln, das von der Überziehung seines Konzepts herrührte, verpasste Matt ihm einen Stoß gegen die Brust, der mit einer drohenden [Mana-Ladung] glühte. Er musste sich auf seinen neuen Skill verlassen, um ihn aufzuhalten. [Phantomrüstung] blitzte um ihn herum auf und blockte den blendenden, explosiven Angriff ab, gerade lange genug, um sich tief in Matts linken Arm zu bohren und ihn lahmzulegen.

Da sein Konzept erschöpft war, fiel es Talous schwerer, Matts jetzt verzierte Rüstung zu durchdringen. Die dicke Panzerung widerstand seinem Talent mehr als beim letzten Mal. Talous keuchte zwischen den Kämpfen. Obwohl er den Mann aufschlitzte, wurde er immer erschöpfter, während Matt aufrecht stand wie immer.

Seine schwindende Energie wurde nur noch weiter geschwächt, als ein stark verziertes Schild auf der linken Schulter seines Gegners erschien und seinen nächsten Angriff fast vollständig blockierte. In einem Geistesblitz wurde ihm klar, dass die Rüstung umso effektiver werden musste, je detaillierter sie geformt war. Andernfalls hätte der Hieb gegen Matts lahme Seite die Sache beendet, Überraschungsschild hin oder her.

Wie kann es fair sein, dass seine Rüstung so viel stärker ist als selbst Tier 7-Rüstungen? Warum schummelt er so viel?

Beim nächsten Schlagabtausch war er gezwungen, noch mehr Manasteine zu verbrennen, da ihm das Mana ausging, als er versuchte, die immer noch fragmentierte Struktur der [Phantomrüstung] wieder zu stabilisieren. Sie wurde zerstört, nachdem sie sein Leben vor Matts explodierender Klinge gerettet hatte. Er hatte gehofft, sie schnell genug für eine zweite Aktivierung wieder zusammensetzen zu können, aber die massive [Mana-Ladung] hatte den Skill zu sehr beansprucht, sodass sie noch stärker zerbrach als sonst.

Er war es nicht gewohnt, dass Skills neu aufgebaut werden mussten, und es erforderte wertvolle mentale Konzentration, den Skill neu zu formieren. Ganz zu schweigen davon, dass er sie mit Mana auffüllen musste, während er sich gegen einen Gegner wehrte, der nun einige seiner Angriffe blockieren konnte.

Als sich der Kampf weiter in die Länge zog, blutete Talous noch zweimal kurz hintereinander. Plötzlich teleportierte sich Matt ein *drittes Mal* und zertrümmerte seinen Schwertarm mit einem schweren Treffer. Nur seine Rüstung verhinderte, dass der Treffer seinen Arm abtrennte. Wäre sein Bein nicht verkrüppelt gewesen, hätte er ausweichen können, aber er war etwas zu langsam.

Seit dem letzten Teleport waren vielleicht drei Minuten vergangen. Nicht einmal eine verbesserte Version von [Seiten-Slide] konnte so schnell hintereinander eingesetzt werden.

Was zum Teufel ist hier los?!

Talous schrie auf, als er angegriffen wurde, und die schwere Gestalt des größeren Mannes landete auf seinem zertrümmerten Bein. Er klemmte seinen Schild dazwischen, aber Matt packte die andere Hälfte von Talous und drehte ihn. Er musste loslassen, denn der Schild wirkte wie ein Hebel und drohte, seinen anderen Arm zu brechen. Der Mann war immer noch unnatürlich stark.

Wie kann es sein, dass er seine Willenskraft noch nicht verloren hat?!

Er opferte den Schild, zog schnell einen Dolch und stieß ihn mit all seiner Kraft in die Niere des Mannes. Zu seinem Entsetzen wurde der untere Rücken der Rüstung plötzlich viel dicker und dekorativer, als die Klinge einschlug. Die verzauberte Spitze des Dolches glitt einfach von der glühenden Rüstung ab, und ein Stachelhandschuh schlug in seine Brust ein.

Talous spürte, wie sein Brustpanzer nachgab, als die Stacheln die Tier 7-Rüstung durchdrangen und sich in seine Brust gruben. Die Furchen taten weh, aber die brechenden Rippen waren quälend schmerzhaft. Seine Arme sackten auf die Seite, als eine seiner Lungen kollabierte und er innerlich zu verbluten begann.

Der Kampf war vorbei. Es gab kein Zurück mehr.

Er versuchte, noch einen letzten Spruch zu sagen, aber er konnte nicht einmal den nötigen Atemzug tun, als Matt unerbittlich mit seinem einen funktionierenden Arm immer wieder zustieß. Er zermalmte Talous' Rippen zu Pulver und zerfetzte sein Herz und seine Lunge mit den Splittern. Schließlich wurde er aus dem Ring gezogen, als seine Sehkraft schwand.

Das Letzte, woran er sich erinnerte, war die kalte, gesichtslose Fratze seines gepanzerten Gegners, der zu einem weiteren tödlichen Schlag ausholte. Talous sah ein Monster, das vorgab, ein Mann zu sein, und das kein Wort sagte, als er in Stücke gehauen wurde. Eine Bestie, die nicht fallen wollte.

In diesem letzten Moment reflektierte der geisterhafte Spiegelhelm seine sterbenden Augen zu ihm zurück. Talous erschauderte, als die Dunkelheit von ihm Besitz ergriff.

Kapitel 26

Liz hob die beiden Betrunkenen hoch, während sie sich einen Weg durch das Unterwasserauktionshaus zu den Plattformen bahnte, die sie an die Oberfläche bringen würden.

Sie mochte Alyssa nicht, aber die Frau war in einem ziemlich schlechten Zustand. Ursprünglich dachte sie, dass sie es nur vortäuschte, als sie in ihr Zimmer stürmte, aber als Liz sie trug, konnte sie es riechen. Sie *stank* förmlich nach Alkohol. Selbst für eine Tier 7 war die Frau mehr als betrunken.

Ihre Blutlinie war immer noch von Unterdrückung geprägt, weil Alyssas Blutlinie reiner war, aber sie verdrängte das, um sie nach Hause zu begleiten. Die imposante Präsenz von Alyssa versetzte sie in einen ständigen Zustand der Beklemmung, sobald sie in ihrer Nähe war. Die Unterdrückung der Blutlinie war etwas, von dem sie nie gedacht hätte, damit zurechtzukommen, aber die Zeit, die sie mit Alyssa während der Ratssitzungen verbrachte, hatte ihr langsam geholfen, sich an das Gefühl zu gewöhnen. Jetzt war es nicht mehr so schwer, es zu ignorieren.

Sie waren an der Oberfläche, als Liz endlich etwas sagte: „Du hast Glück, dass ich bereit bin, dich den ganzen Weg nach Hause zu schleppen."

„Nicht so viel Glück wie du. So ein glücklicher kleiner Vogel."

Liz sah sich einen Moment lang um, bevor sie merkte, dass Alyssa ihr geantwortet hatte. In ihrer Stimme fehlten sowohl die Herablassung als auch die übermäßig freundliche Haltung. Die Frau hörte sich fast aufrichtig an.

Liz fragte misstrauisch: „Wie war das?"

Alyssa lachte, als ob es der lustigste Witz wäre, selbst als sie stolperte und versuchte, allein zu gehen.

„Ach nichts. Mach dir keine Sorgen."

Liz ließ es nicht fallen. „Nein, wirklich. Erkläre es mir. Und warum bist du so betrunken? Bei all unseren nächtlichen Ratssitzungen habe ich noch nie gesehen, dass du auch nur einen Schluck von dem dazugehörigen Wein genommen hast. Dass du so betrunken bist, passt nicht zu dir."

Alyssa warf Liz einen langen Blick zu, bevor sie antwortete: „Das passt nicht zu dir. Ja, wie recht du hast. Ich habe gerade erfahren, dass ich einen hübschen jungen Grafen aus dem Imperium heiraten werde."

„Glückwunsch?", antwortete Liz mit einem fragenden Unterton. „Das ist doch das, was du wolltest, oder? In den Adelsstand aufsteigen. Das Spiel spielen. Politische Macht erlangen."

„Nicht auf diese Weise. Nicht durch den Verkauf meiner Blutlinie. Es ergibt Sinn, sie als Köder zu benutzen, um Macht zu erlangen, aber ich bin *mehr* als meine Blutlinie. Als ich mich wehrte und meinen Eltern sagte, dass ich lieber sterben würde, als ihr Spiel mitzuspielen, verloren sie den Verstand. Sie nannten mich undankbar und alle anderen Namen unter den Sieben Sonnen."

Liz war darüber sehr erstaunt. Sie hatte Alyssa in dieselbe Kategorie gesteckt wie die anderen sozialen Intriganten, mit denen sie in ihrer Jugend leider zu tun hatte. Die Art, die alles und *jeden* tun würde, um weiterzukommen. Sie nahm an, dass Alyssa die Chance nutzen würde, um zu heiraten, da sie mit all den Geschenken, die sie von anderen Verehrern erhalten hatte, prahlte. Offensichtlich hatte sie eine falsche Vorstellung.

Vielleicht war ich zu hart?

„Du musst wissen, wie es ist? Ich kann deine Blutlinie spüren. Meine ist perfekt, *besser*, aber deine ist nah dran. Außerdem erkenne ich eine edle Erziehung, wenn ich eine sehe, sogar an der Art, wie du dich hältst. Ich würde alles darauf wetten, dass du genauso viele Leute um dich herumschnüffeln lässt wie ich." Sie stolperte über nichts und Liz hielt inne, als Alyssa bedrohlich ihre Hand auf ihren Bauch hielt. „Du hast dich aber dem Pfad angeschlossen."

Alyssa keuchte einen Moment lang über Liz' mangelnde Reaktion, bevor sie sich wieder unter Kontrolle hatte und versuchte zu gehen. Sie kippte so weit, dass Liz sie wieder auffangen und führen musste.

„So viel Glück hatte ich nicht."

Liz fragte zögernd: „Wenn sie dich nur verkaufen wollten, würde das gegen die Gesetze des Imperiums verstoßen. Du kannst nicht gegen deinen Willen in eine Ehe gezwungen werden."

Die betrunkene Tier 7 stieß ein spöttisches Lachen aus. Es enthielt keinen Humor, nur Schmerz. „Gezwungen? Nein, aber unter Druck gesetzt ...? Auf jeden Fall. Immerhin sind sie meine *Eltern*. Und oh, wie sie Druck machen. Und wie wenig mir bleiben wird, wenn ich mich weigere. Kein Geld, kein Zuhause, kein Titel, *kein Schutz*. Außerdem, glaubst du, dass das Imperium seine Gesetze im Königreich wirklich durchsetzt? Hat dir denn niemand von den „Privilegien" erzählt, die die hohen Adligen hier gegenüber den einfachen Leuten haben? Die Adligen sind nicht gerade zimperlich, aber euer großes, wohlwollendes *Imperium* hat sich nicht ein einziges Mal die Mühe gemacht, hier herumzuschnüffeln. Wir sind denen egal. Wenn du mich jetzt einen Moment entschuldigst …"

Alyssa ruckte zur Seite, um endlich ihren Magen in einen Busch zu entleeren. Der beißende Gestank rollte wie eine Welle über Liz und Aster hinweg. Obwohl sie bewusstlos war, zappelte Aster, um davon wegzukommen.

Alyssa wischte sich den Mund ab und sagte: „Viel besser. Ehrlich gesagt, sollte ich nicht so eine reine Blutlinie haben. Meine Mutter und mein Vater sind beide Pfauen der dritten Generation. Nein, nein, nein, ich hätte ein normaler Mensch sein sollen. Durch einen glücklichen Zufall bin ich mit einer völlig reinen Blutlinie auf die Welt gekommen. Vollkommen, wahnsinnig rein. Eigentlich mehr ein Fluch als ein Segen. Die Aasgeier kreisten vom ersten Tag an, und meine Eltern sorgten sich nur darum, den Meistbietenden zu finden. Der Sohn von Duke Asfodel auf Tier 17 hat jetzt die Nase vorn, nachdem ich den Grafen abgewiesen habe. Es könnte also sein, dass ich tatsächlich in dein kostbares Reich der Bestien gehe. Nicht, dass ich ihre Ländereien jemals verlassen würde. Aber meinen Eltern ist das völlig egal."

Sie spottete und stöhnte dann. „Verdammt wertlos. Sie schaffen es nicht einmal, Tier 14 zu erreichen und echte Unsterbliche zu werden. Als ich geboren wurde, tickten ihre Uhren bereits. Sie waren *verzweifelt*, und das Schicksal hat ihnen den Preis gegeben, den sie brauchten. Deshalb war es eine beschissene Sache, mich aus dem Kommando zu entfernen. Besonders nach all den kostenlosen Hilfen, die ich der Pfadgängervereinigung zukommen ließ. Ich habe dich nur um einen Gefallen gebeten, als du etwas wirklich Großes wolltest."

Liz schüttelte den Kopf, auch wenn die andere Frau es nicht sehen konnte. „Albert hätte dir nie eine Baronie gegeben. Nicht nachdem, wie du dich ihm immer wieder in den Weg stellst."

Alyssa warf Liz einen spöttischen Blick zu. „Es war zumindest einen Versuch wert. Gerüchten zufolge hatte Albert ein oder zwei Titel für die neuen Planeten in seiner Hosentasche versteckt, um die Generäle zu motivieren oder einen wichtigen Verräter zu kaufen. Er war verzweifelt genug, um den Realitäts-Splitter zu bekommen, um jedem eine Baronie zu geben. Sogar mir. Er dachte, wenn ich eine große Leistung mit dem Versprechen verbinde, ihm aus dem Weg zu gehen, würde er vielleicht anbeißen. Aber du hast wahrscheinlich recht, der Zug ist schon lange abgefahren." Sie zuckte mit den Schultern. „Aber wenn man sich einmal für eine Seite entschieden hat, ist es nicht leicht, sie zu wechseln."

Liz hatte Mitleid, aber sie befürchtete, dass dies nur ein Trick war, um dieses Mitleid zu gewinnen. Entweder war die Frau eine kontrollierte Betrunkene, oder sie spielte mit ihr. Wäre nicht der Gestank von Erbrochenem und Alkohol an der Frau haften geblieben, hätte sie die plötzliche Persönlichkeitsveränderung nicht auf die Trunkenheit zurückgeführt. Alyssa lallte nicht einmal. Die Frage war wohl, wie sehr sie es gewohnt war, betrunken zu sein.

Vielleicht erhielt sie gerade einen Blick auf die *echte* Alyssa.

„Warum gehst du nicht ins Reich der Bestien? Mit deiner Blutlinie hättest du einen Sponsor für eine der königlichen Akademien finden können. Mir wurde ein Platz angeboten, und sie bietet eine der besten Ausbildungen im ganzen Reich und Aufstiegsmöglichkeiten bis zu Tier 14."

Alyssa schnaubte daraufhin. „Klar, dann werfe ich mich in die Arme eines zufälligen Wohltäters, der genauso viel Kontrolle hat wie meine Eltern, aber noch weniger Grund, sich um mein Wohlergehen zu kümmern." Sie spuckte. „Nein, ich werde es ins Reich der Bestien schaffen, wenn ich Tier 15 bin und das politische Spiel wirklich spielen kann. Dann bin ich nach allen Regeln der Kunst erwachsen. Erst dann werde ich ihnen zeigen können, wie falsch sie lagen."

„Es gibt dort viele starke Leute, und nicht alle sind so zivilisiert, wie sie sein könnten. Ohne einen Unterstützer ..." Liz wusste nicht, wie sie die Idee der Frau höflich ausdrücken sollte.

Alyssa schnaubte nicht gerade damenhaft. „Na und? Es ist kaum anders als hier."

Nach ein paar weiteren Minuten, in denen sie sie nach Hause führten, kamen sie in Alyssas Zimmer an. Es war nicht das, was Liz erwartet hatte, obwohl sie sich nicht erklären konnte, warum es sich anders anfühlte. Es war ein einfaches Zimmer. Die einzige Ergänzung, die von der Frau selbst zu stammen schien, war eine mehrfarbige Tagesdecke.

Ansonsten war das Zimmer dasselbe wie das, das sie mit Matt teilte, nur nicht mit den anderen in einer Suite verbunden. Allerdings bemerkte sie einen dunklen Rauchfleck über dem Kleiderschrank. Ein Überbleibsel von Annies Brandstiftung.

Genau dort, wo ihr eigener Beistelltisch stand, setzte sie Aster sanft ab, bevor sie Alyssa zu ihrem Bett bugsierte.

Als Liz die betrunkene Alyssa auf ihr Bett fallen ließ und die Stiefel auszog, dachte sie über das nach, was die Frau gesagt hatte. Als sie fertig war, fragte sie: „Wenn du netter wärst, hättest du mehr Verbündete. Du hattest mein Team noch nicht einmal kennengelernt und hast uns hinterrücks verraten. Wenn du dasselbe mit deiner eigenen Seite machst, ist es kein Wunder, dass sie nicht sehr glücklich mit dir sind. Wie viele Generäle hast du genau getötet?"

Alyssa schnaubte erneut, während sie sich die Augen zuhielt. „Ich habe niemanden umgebracht. Ich habe nur die Pläne der Königin ausgenutzt und mich in die richtige Position zu bringen.. Zumindest habe ich es versucht. Ihr Plan war es, die fähigen Generäle auszuschalten und dann langsam die Stadt zu belagern, während sie massive Truppen schickten, um die meisten von Albies Truppen auszuschalten. Sie wussten nicht, dass Olivia schlauer war als alle Generäle zusammen, die sie getötet hatten."

Das überraschte Liz. Es weckte auch ihr Interesse. Alyssa hatte sich als geschickte politische Akteurin erwiesen, aber das waren Informationen, die sie eigentlich nicht wissen sollte, also drängte Liz ein wenig.

„Du hast die Generäle also nicht getötet?"

Alyssa drehte sich um und vergrub ihr Gesicht in einem Kissen. „Wenn ich den

Einfluss und die Mittel hätte, das durchzuziehen, bräuchte ich keine Baronie, um meinen Eltern zu entkommen. Nein, ich habe Hopper nur die Nachricht zukommen lassen, dass seine Geliebte ihn betrügt. Er ist in einer unglücklichen arrangierten Ehe und hat das Mädchen wirklich geliebt. Ich hatte Mitleid mit ihm. Es ist nicht meine Schuld, dass er so schlecht im Kämpfen ist und Mistys anderer Freund nicht. Das Timing war einfach Glück."

„Aber nett zu sein, schadet selten." Liz war überrascht, dass die Frau sich so sehr darum kümmerte, jemandem zu helfen, auch wenn sie dann versuchte, es öffentlich wie einen Masterplan aussehen zu lassen. Für sie war die Frau nicht diejenige, für die sie sie hielt.

Alyssas nächste Worte zerstörten jede Hoffnung, dass die Frau ein netter Mensch sein könnte. „Als ob ich noch mehr blöde Verehrer anziehen müsste. Die Trottel hier sind sowieso alle egal. Ein Haufen nutzloser Verlierer."

Als Liz sah, dass die Frau sich damit abgefunden hatte, ein Arschloch zu sein, hob sie die ohnmächtige Aster vom Tisch auf und sagte: „Schlaf nicht auf dem Rücken. Du könntest sonst ersticken."

„Ich weiß, wie man betrunken schläft." Es gab eine Pause von einem halben Herzschlag, als sie hinzufügte: „Aber dein Freund könnte sterben. Talous hat endlich seinen Wunsch erfüllt."

Nur eine Sekunde später erhielt Liz eine Nachricht von Annie, die Alyssas Aussage bestätigte, und eine angehängte Aufnahme der Beleidigungen an sie und Aster, und Matts Eltern.

Sie legte Aster in Alyssas Armen ab und rannte aus dem Zimmer. Sie mochte die Frau nicht, aber sie war nicht böse genug, um eine schlafende Gefährtin zu verletzen.

Sie ließ den Kampf in ihre KI einfließen, während sie sich ihren Weg durch die Hallen und auf die Straße bahnte. Selbst als sie sich ein Taxi schnappte, um die Ladeflächen schneller zu erreichen, sah sie zu, wie Matt wiederholt geschnitten wurde.

Liz hatte die feste Absicht, Talous für die Verleumdungen, die er gesagt hatte, bezahlen zu lassen. Emily hatte sie aufgeklärt und als sie den wütenden Blick ihres Freundes sah, als er sich umdrehte, um Talous anzugreifen, war sie außer sich vor Wut.

Sieg oder Niederlage. Sie würde Talous dafür bezahlen lassen.

Als sie am Be- und Entladebereich der Plattform ankam, riss sie sich fast die Haare aus, als sie die lange Schlange sah.

Sie musste sofort da runter. Sie zweifelte nicht daran, dass Matt gewinnen würde, und sie wusste, dass sie Schadensbegrenzung betreiben musste, wenn es so schlimm war, wie sie befürchtete. Seine Eltern waren ein wunder Punkt für Matt, und sie würde Talous das nicht verzeihen.

* * *

Malous stand da und sah zu, wie der verstümmelte Körper seines Bruders verschwand. Er hatte seine Aufmerksamkeit vernachlässigt, und der Narr war losgerannt, um Matt herauszufordern. Ein weiterer fehlgeleiteter Versuch, sein Konzept zu bekommen.

Das war in Ordnung. Nervig, aber in Ordnung.

Eine Niederlage für Talous? Wahrscheinlich war es das Beste, ehrlich gesagt.

Nicht akzeptabel hingegen war, dass der Kampf nicht beendet wurde, als er eindeutig vorbei war. Sein Bruder hätte bereits nach dem ersten Treffer in die Rippen herausgezogen werden müssen.

Malous konnte sehen, wie sich der Brustkorb seines Bruders mit jedem weiteren Treffer zusammenzog und abflachte. Das war viel zu lange, um den Kampf fortzusetzen.

Es war Inkompetenz. Oder absichtliche Manipulation.

Er schaute zu seinem Team und sah die gleichen Blicke. Sie alle vermuteten, dass der Schiedsrichter und die Armeebeobachter sie bevorzugen würden.

Malous wandte sich zum Gehen. Ohne ein Wort zu sagen, folgte ihm sein Team zu den Plattformen, die sie von dort wegbringen würden. Sein Bruder brauchte ihn, und er musste Schadensbegrenzung betreiben und gleichzeitig herausfinden, wer den Kampf so lange hatte laufen lassen.

Er und sein Bruder hatten nicht das beste Verhältnis, bevor sie sich dem Pfad anschlossen, aber jetzt standen sie sich näher, und er wollte nicht, dass er wegen so einer Kleinigkeit bestraft wurde. Der ohnehin schon brutale Verlust *hätte* schon genug sein *müssen*.

Die Beobachter und der Schiedsrichter *hätten* unparteiisch sein *müssen*.

Während sein Blut kochte, versuchte Malous zu entscheiden, wie er damit umgehen sollte. Jemand musste zur Rechenschaft gezogen werden.

* * *

Luna lächelte, als sie sah, wie der kaputte Körper verschwand. Ihre schwebenden Notizen waren voller Kritik, aber sie war glücklich.

Matt hatte sie sehr beeindruckt. Er hatte den Standardversuchen des Schiedsrichters, Talous zu entfernen, lange genug widerstanden, sodass die Armeebeobachter eingriffen, bevor der Schiedsrichter dies physisch tun konnte. Der Schiedsrichter hatte nicht die Fähigkeit, Matts Gegner aus dem Weg zu räumen, ohne sein Konzept zu zerstören; es war immer noch lang genug, um ein paar weitere Treffer einzustecken. Er war so wütend, dass er wahrscheinlich gar nicht merkte, dass er versehentlich den Raum um sich herum abgeriegelt hatte und so den Schiedsrichter daran hinderte, seine Standardentfernung durchzuführen.

Der Talous-Junge würde in Ordnung sein. Sie hatte seine Art schon oft gesehen. Zu wissen, dass er nicht der Beste war, würde ihn nur noch mehr motivieren. Er würde stärker zurückkommen, wenn er sich nicht unterkriegen ließ. Außerdem hätten zahllose Leute, die sie betreut hatte, tausend solcher Treffer für ihre Konzepte eingesteckt. Eines Tages würde er sich selbst als den klaren Gewinner betrachten.

Von jemandem mit seinem Talent, seiner Tatkraft und seinem Geschick im Umgang mit der Klinge erwartete sie Gutes. Sie hatte sogar einen Stapel Notizen für seinen Manager parat, wenn er unweigerlich sein eigenes Tier 10-Team bekommen würde.

Ihr Schwanz zischte, und sie konnte sich das Grinsen nicht verkneifen.

Ihr neuer Schützling überraschte sie einfach immer wieder.

Oh, sie wollte Matt zu einem *Monster* formen.

* * *

Conor sah zu, wie Matt sich mit Talous duellierte und zuckte schon in der Anfangsphase des Kampfes zusammen. Matt war wütend, und das zeigte sich klar in seinem Kampfstil.

Er gab es nur ungern zu, aber Talous war gut mit den Waffen seiner Wahl. Besser als jeder andere, den Conor persönlich getroffen hatte.

Im weiteren Verlauf des Kampfes musste er Matt mehrmals neu einschätzen. Er hatte im Training gegen den Mann gekämpft und sich mit ihm duelliert, und er hatte auch dutzende Male an seiner Seite gekämpft. Trotz ihrer gemeinsamen Zeit hatte er den Mann und seinen Kampfeswillen immer noch unterschätzt.

Er weigerte sich vehement, zu Boden zu gehen.

In dieser Hartnäckigkeit steckte etwas, von dem er lernen konnte. Conor war nicht der Beste. Das wusste er. Aber er war gut. Vielleicht musste er gar nicht der Beste sein; er musste nur alle anderen überleben. Mit seinem defensiven Stil war das nicht die schlechteste Idee.

Conor nahm die Art und Weise, wie Talous sich bewegte, für seine eigenen Zwecke zur Kenntnis. Er war ein eher defensiver Kämpfer, aber er wollte trotzdem versuchen, später beim Sparring ein paar seiner Bewegungen mit seinem Schild zu wiederholen. Immerhin benutzten sie beide eine Einhandwaffe und einen Schild.

Annie beugte sich vor und jubelte, als Matt Talous' Bein unter ihm wegkickte. Conor nahm sich einen Moment Zeit, um ihre Einsätze zu überprüfen, jetzt, wo der Kampf sich wendete.

Die Chancen standen anfangs leicht zu Matts Gunsten, denn er hatte ihre erste Begegnung gewonnen. Aber zu Beginn des Duells hatte Talous eindeutig die Oberhand gewonnen. Nach einem plötzlichen Angriff von Talous nach ein paar Minuten verschoben sich die Quoten stark zu seinen Gunsten. Auf dem Höhepunkt, kurz bevor die Wetten geschlossen wurden, wurde Matt eine Auszahlung von zwei zu eins angeboten.

Annie setzte jeden einzelnen Punkt, den sie hatte, auf Matt. Conor hatte alle bis auf zwei Punkte in den Kampf gesteckt und den anderen auf Annie übertragen. Wenn sie ohne Punkte starb, war sie aus dem Krieg ausgeschieden, und es war besser, auf Nummer sicher zu gehen.

Ein paar Minuten später kam Emily hinzu und tat dasselbe. Ihre Verspätung hatte ihr eine viel bessere Auszahlung eingebracht, da Talous der große Favorit geworden war. Am Ende des Kampfes hatten sie fast zweihunderttausend Punkte mehr auf dem Konto.

Es war eine schöne Belohnung, aber sie wurde schnell getrübt. Als Matt seine Rüstung deaktivierte, fiel seine Kleidung in blutigen Streifen ab und zeigte den Schaden, der ihrem Freund zugefügt worden war. Sein Körper wies mehr blutige Wunden auf als unverletztes Fleisch.

Sein Anblick verdarb ihnen die gute Laune. Sie eilten ihren Teamkollegen zur Seite, wurden aber vom Schiedsrichter zurückgehalten, als ein Heiler in hohem Tempo herbeistürzte.

Matt wurde rasch behandelt. Es wurde eine einwöchige Abkühlphase verordnet, aber der Heiler schien nicht übermäßig besorgt zu sein.

Matt war eindeutig nicht bei der Sache. Er schaute ins Leere, bis Emily ihn fragte, ob es ihm gut ginge. Die Frage schien ihn in die Gegenwart zurückzubringen.

* * *

Mit einem Schütteln stand Matt auf und nickte. „Tut mir leid, Leute. Er hat mich wirklich wütend gemacht. Ich war eine Minute lang in meinem Kopf gefangen."

Das war eine Untertreibung, aber er wollte nicht zugeben, dass er bei den wiederholten Beleidigungen ausgerastet war und den Mann umbringen wollte. Der einzige Grund, warum er nicht den Kopf des Mannes abgerissen hatte, war, dass er wollte, dass der Schmerz anhielt. Er hatte Angst, dass die Armee eingreifen würde, wenn er den Kopf beschädigte, bevor er Talous die Qualen zufügen konnte, die er ihm bereiten wollte.

Matt lachte, als wäre die Situation nicht ernst, aber er spürte, dass seine Augen trotz der gezwungenen Heiterkeit in seiner Stimme immer noch leer waren.

Annie schien das nicht zu bemerken und stieß den Mann leicht mit dem Ellbogen an. „Toller Kampf, und wir haben einen Haufen Punkte gewonnen, weil wir auf dich gewettet haben."

„Oh, das ist gut."

Er war sich nicht sicher, was er noch sagen sollte. Auf jeden Fall freute er sich für sie. Je mehr Punkte sie hatten, desto stärker waren sie.

Seine KI teilte ihm mit, dass sein Gewinn aus dem Duell überwiesen wurde. Er hatte Anspruch auf dreißig Prozent des Gewinns des Hauses. Es war eine enorme Summe, etwas weniger als 750.000 Punkte.

Sie schmeckten wie Asche. Er hatte nicht wegen der Punkte gekämpft – er hatte gekämpft, weil er wütend gewesen war, und Talous' selbstgefällige Haltung hatte die Wut nur noch schlimmer gemacht, während sie gekämpft hatten.

Die Punkte waren verdorben, und er wollte nichts mit ihnen zu tun haben.

„Hey Annie, wie weit bist du mit dem Kauf von [Seiten-Slide]?“

Sie war erschrocken, aber er sprach, bevor sie etwas anderes sagen konnte. „Hier, nimm die Punkte, die ich bei dem Kampf gewonnen habe, und sieh zu, wie nah du damit dran bist.“

Er war erleichtert, die Punkte loszuwerden. Es fühlte sich an, als würde eine Last von seinen Schultern fallen.

Annie stotterte: „Matt, ich kann das nicht annehmen. Das ist einfach zu viel.“

Ohne die Stimmung zu ruinieren, versuchte er es zu erklären. „Annie, ich habe nicht um die Punkte gekämpft, und ich will sie wirklich nicht. Nimm sie einfach, bitte.“

Sie wandte sich an ihre Schwester und flehte: „Ich brauche hunderttausend Punkte. Ich bitte dich.“

Mit einem Augenrollen, wie es nur in der Familie vorkommen kann, schnippte Emily mit dem Finger nach ihrer Schwester und übertrug die Punkte auf sie.

Annie stocherte im Interface ihrer KI herum, und eine Sekunde später verschwand der Eintrag für [Seiten-Slide]. Ein unscheinbarer Skill-Splitter schwebte direkt vor ihr in der Luft.

Sie drehte sich um und umarmte Matt. „Oh, ich danke dir! Danke, danke, danke!“

Mit einer geschmeidigen Bewegung schloss sie es zu einem Band um ihr Handgelenk, um sicherzustellen, dass es während der Zeit, in der sie den Skill absorbierte, nicht gestohlen werden konnte. Sobald er an seinem Platz war, fing sie an zu tanzen.

Seine Freundin so glücklich zu sehen, half Matt ein wenig aus seiner eisigen Stimmung aufzutauen.

Talous hatte ihn mit den Beleidigungen gegenüber seinen Freunden genervt, aber als er seine Eltern angriff, rastete Matt aus. Das hätte er nicht tun sollen. Verglichen mit den widerlichen Beleidigungen, zu denen Talous sich zuvor herabgelassen hatte, war diese letzte Bemerkung ziemlich zahm gewesen. Sie hatte ihn einfach auf die falsche Fährte gelockt.

Er war mit seinem Handeln nicht zufrieden. Er hätte sich von dem Kampf zurückziehen sollen. Es war dumm und unnötig gewesen und spielte Talous’ eigenen Plänen in die Hände.

Matt war nicht dumm. Als er spürte, wie der Königinnentum-Pfadgänger sein eigenes Konzept formte, verstand er, dass dies von Anfang an Talous’ Plan gewesen war. Die Erkenntnis, dass Talous Matts tote Eltern benutzt hatte, um sich sein eigenes Konzept zu verdienen, brannte ihm immer noch im Magen.

Er wollte dem Mann das neue Konzept wegreißen. Es fühlte sich an, als hätte er es von den Gräbern seiner Eltern gestohlen.

Während Emily und Annie sich spielerisch stritten, traf er Conors Blick und nickte ihm leicht zu. Der Mann warf ihm einen besorgten Blick zu, den er zu schätzen wusste, auch wenn er sich wünschte, er würde ihn weniger beachten. Im Moment hatte er keine Lust, sich mit heikleren Fragen zu beschäftigen.

Alles, was er wollte, war sich zu entspannen.

Liz' Nachrichten blinzelten ihm aus dem Augenwinkel zu und er las sie durch. Sie fragten hauptsächlich, ob es ihm gut ging. Offensichtlich hatte sie das Duell gesehen.

In ihrer letzten Nachricht stand, dass sie kommen würde, sobald sie ein Shuttle bekommen würde. Er schickte ihr eine Nachricht, dass sie warten sollte.

Er würde jetzt nach Hause gehen, egal ob die anderen es auch taten oder nicht.

Die Hektik und der Jubel im Auktionshaus gefielen Matt nicht. Auf der Plattform oben konnte er bereits sehen, wie die Leute ihm zujubelten. Wenn er das Auktionshaus verlassen würde, könnte er das meiste davon vergessen.

Nachdem er sich entschieden hatte, sagte Matt: „Hey Leute, ich treffe mich mit Liz. Warum macht ihr nicht mit der Party weiter? Amüsiert euch."

Sogar Annie, die in ihrer eigenen Welt war, blieb stehen und warf Matt einen seltsamen Blick zu.

Conor klopfte ihm auf die Schulter: „Nein. Das Letzte, was du jetzt brauchst, ist, allein zu sein. Wir werden alle wieder hochgehen. Wir sind ein Team."

Diese Aussage hatte etwas Endgültiges an sich, das beruhigend war. Emily zog ihn auf die Beine und klopfte ihm auf den Rücken. „Wir sind keine Arschlöcher wie Talous. Wenn du reden oder sogar allein sein willst, lass es uns wissen. Aber wir werden dich nicht alleine losziehen lassen, nachdem dich etwas so sehr aufgeregt hat."

Das zauberte Matt ein echtes Lächeln ins Gesicht. Er hatte vielleicht keine Blutsverwandten mehr, aber er hatte eine Familie.

* * *

Sara lauerte neben der Kammer, in der Albert seinen Realitäts-Splitter benutzte. Ein besonderer Gegenstand ließ sie nahtlos mit einer großen Topfpflanze im Raum verschmelzen. Ein echtes Vermögen, das meiste ihres großzügigen Taschengeldes aus ihrer Kindheit, hatte sie einem Tier 12-Handwerker für die Herstellung gezahlt. Aber sie würde jeden Tier 7 täuschen, der nicht auf das Brechen von Illusionen spezialisiert ist.

Sie war verzweifelt und musste ihren Zug machen. Zwei Tage waren seit der Auktion vergangen, und Albert sollte jeden Moment herauskommen.

Sie tat dies persönlich, da sie nur sich selbst zutraute, diese besondere Mission zu bewältigen. Die nächsten Schritte des Königinnentums hingen von diesem Kampf ab. Es ging darum, den Großteil der Führung des Königreichs auf einen Schlag auszuschalten. Die große Belohnung für die persönliche Tötung ihres rivalisierenden Kommandanten war zweitrangig.

Eine halbe Stunde später näherte sich Juni mit einer Gruppe von Wachen.

Sein Anblick veranlasste Sara, innezuhalten und neu zu überlegen. Juni hätte mit

Albert da drin sein müssen. Ihre Spione hatten gesehen, wie er die Formation betreten hatte, und in der letzten Woche hatte ihn niemand mehr gesehen.

Das konnte nur eines bedeuten. Der Mann hatte bereits sein Konzept.

Das durchkreuzte ihre Pläne. Nach allen Berichten war Juni loyal und stark. Seine bisherigen Leistungen im Krieg waren herausragend gewesen. Wenn er diese Leistung auch dann erbringen konnte, wenn sein Konzept verborgen war, dann konnte er damit vielleicht auch dieses Attentat verhindern.

Mit einem beruhigenden Atemzug konzentrierte sich Sara wieder auf ihr geistiges Wohlbefinden. Sie konnte für diesen Mord sterben. Ihre Befehle waren erteilt und die Pläne bereits in Bewegung. Ihre Leute konnten es schaffen, solange Albert keine Befehle erteilen oder Upgrades für seine Städte kaufen konnte. Sie hatte bereits alle ihre Seitenpunkte in der Ausführungsphase verbraucht.

Das Königinnentum brauchte einen Sieg, und zwar sofort, wenn ihre größeren Pläne erfolgreich sein sollten.

Die Tür schwang auf, und sie spannte ihre Hand mit dem speziell angefertigten Aufbewahrungsring für ihre Lanze an. Der Ring würde nutzlos sein, wenn sie im Aufleveln eine neue Waffe bekam, aber jetzt brauchte sie ihn. Schnelligkeit war das A und O, und eine zwei Meter lange Lanze wäre zu groß, um sie schnell zu ziehen.

Als Albert herauskam, zielte sie mit ihrem Tier 1-Talent auf ihn. Als er sich in ihrer Reichweite von fünf Metern befand, teleportierte sie sich sofort an seine Seite.

Sie stieß nicht nach ihm oder griff ihn mit ihrer Lanze an. Sie beschwor sie nicht einmal aus ihrem Ring. Der Mann war zu gut gepanzert, als dass sie ihn damit hätte töten können. Nein, sie hielt ihm Sprengstoff ins Gesicht. Noch während er ihn traf, änderte sie das Ziel ihres Talents und erschien mit einer Willensanstrengung fünf Meter entfernt neben ihnen.

Die Bombe explodierte fast augenblicklich. Eine Schockwelle erschütterte die Halle, die ihr Trommelfell zu sprengen drohte. Ihre KI meldete den Tod des Anführers des feindlichen Vasallen mit einer Fanfare aus Farben und Punkten. Wenn sie es selbst tat, verdiente sie eine Million Punkte. Noch besser: Es waren persönliche Punkte, die ohne Einschränkungen verwendet werden konnten.

Jetzt musste sie nur noch den letzten Kopf der Hydra abschlagen.

Der einzige wichtige Überlebende war Juni. Als er aufstand und ihren Blick auffing, starrte der Wahnsinn zu ihr zurück. Trümmerteile vernarbten sein Gesicht und Blut floss aus seinen Ohren, aber er sah wahnsinnig aus. Als er sie erblickte, stürzte er sich mit einem von der Schwerkraft unterstützten Sprung auf sie.

Die Schwerkraft um Sara herum vervielfachte sich um das Dutzendfache und die Überraschung ließ sie fast stolpern, aber sie änderte ihr Ziel und teleportierte sich aus dem Bereich. Ihr Geist stand in Flammen, weil sie so oft und so schnell das Ziel gewechselt hatte, aber als sie sah, dass Junis Stock mit einer Steinexplosion auf ihrer vorherigen Position landete, zwang sie den Schmerz nieder.

Dieser Angriff hätte ihr Ende bedeuten können. Sie überprüfte die Kampfbewertungen ihrer KI. Ihre Mutter hatte ihr eine fast perfekte Kopie ihrer eigenen KI-Skills geschenkt, nur verkleinert, damit sie für eine Tier 3 geeignet war. Die Fähigkeiten der KI lagen weit über dem, was die typische Blanko-KI zu Beginn hatte.

Die KI versicherte ihr, dass sie diesen Kampf gewinnen konnte, wenn sie es nicht vermasselte. Mit ihrem Notfallplan konnte sie sogar ohne Kampf gewinnen. Aber das hatte andere Kosten.

Juni senkte ihre Chancen sofort um die Hälfte, als eine Welle der Schwerkraft alle um sie herum in die Luft schickte. Da niemand sonst in Reichweite war, war Juni das einzig mögliche Ziel für ihr Talent. Was er zweifellos wollte.

Mit seiner Schwerkraftmanipulation war ein Kampf auf engem Raum nicht ratsam.

Seufzend fand sie sich damit ab, den Notfallplan zu benutzen. Das war etwas, das sie nur für den Fall vorbereitet hatte, dass die Bombe ihren Albie nicht erledigen würde. Ein letzter Ausweg.

Sara nahm ihren Gürtel ab und warf ihn zu Boden, wo er anfing, Rauch zu spucken, und ging nach links, um einem geworfenen Messer auszuweichen.

Das musste schnell gehen. Zweifellos war Verstärkung unterwegs, und es wäre dumm, von Bogenschützen getötet zu werden, während man versuchte, ein zweites Ziel zu töten.

Im Schutze des Rauchs zielte sie auf Juni und teleportierte sich direkt vor ihn. Der Stoß ihrer Lanze fühlte sich so langsam an wie Melasse, während sie versuchte, sich durch die abstoßende Kraft, die von ihm ausging, durchzusetzen. Als ihre Waffe fast zum Stillstand kam, aktivierte sie die Verzauberung auf dem Kopf ihrer Lanze. Mit einer blauen Explosion entlud sich ein Tier 8-Manastein zwischen dem Schaft und dem Kopf. Die Vorderseite ihrer Waffe schoss nach vorne und legte die nötige Distanz zurück, während sie gleichzeitig den Durchdringungszauber an der Spitze auflud.

Ihre geliebte Waffe war zerstört, aber als sie aus der nun normalisierten Gravitationszone herausging, um ihre Tötung zu bestätigen, fand sie Juni mit ihrer Lanze *in* der Brust vor. Irgendwie war er noch auf den Beinen.

Mit einem plötzlichen, manischen Grinsen ließ er seinen Stock auf ihren Kopf niedersausen.

Die Deaktivierung seines Gravitationsfeldes war ein Köder gewesen.

Sara rollte sich nach hinten und zog ihre Dolche aus den Rückenscheiden, aber die Spitze der Waffe traf sie am Kopf, obwohl sie versuchte, auszuweichen. Sie spürte, wie der Knochen brach, aber sie ignorierte es, da die aufgeplatzte Haut ihr kein Blut in die Augen spritzte.

Sie war bereit zu kämpfen.

Zum Glück brauchte sie das nicht. Juni verschwand nur Sekunden später, als er sich auf sie stürzte. Die Wächter mussten entschieden haben, dass die Lanze in seiner Brust lebensbedrohlich genug war, um ihn aus dem Kampf zu ziehen. Dass er stillhielt, war wahrscheinlich das Einzige, was die Blutung ausreichend unter Kontrolle hielt.

Als sie sah, dass die Wachen des Königreichs auf sie zustürmten, rannte sie die andere Halle zu einer Außenwand hinunter. Mit einer letzten brennenden Anstrengung zielte sie auf den Mann, der vor dem Gebäude wartete, und teleportierte sich neben ihn.

Sobald sie draußen war, sprintete sie dorthin, wo ihre eigenen Leute warteten, und überprüfte die eingehenden Berichte.

Ihre Armeen waren auf ihren Plätzen und machten ihre Züge. Die Hinterhaltteams für die besten Pfadgänger des Königreichs waren bereits im Einsatz. Zwei Armeen, die sich im offenen Gelände bewegten, waren bereits eingekreist.

Endlich ging es aufwärts.

Jetzt musste sie sich auf ihren anderen Plan konzentrieren. Der musste genauso gut laufen wie dieser hier. Sie sah auf ihren Timer. Zwei Wochen und sechs Tage.

Das war der Zeitpunkt, an dem sie diesen Krieg beenden würden.

Und sie würden dem Königreich weit mehr wegnehmen als die Preise. Hoffentlich würde Albert ihr eines Tages verzeihen können.

Kapitel 27

Matt verbrachte den Abend mit seinem Team, schaute zwanglos Filme und aß zu Hause. Er wollte kochen, aber die anderen wollten nichts davon hören und bestellten eine Reihe von Gerichten, noch bevor sie ihr Zimmer erreichten.

Auf dem Rückweg holten sie Aster von einer schläfrigen Alyssa ab, die die Tür nur so lange öffnete, bis sie eintrat, bevor sie in ihr Badezimmer ging und unter die Dusche schlurfte.

Aster freute sich, Matt zu sehen, aber sie war immer noch nicht ganz bei Sinnen. Als sie zurückkamen, steckten sie sie in die Gefriertruhe, bis das Futter kam. Es überraschte nicht, dass sie beim Geruch von gebratenem Kaninchen auf wundersame Weise wieder zu sich kam.

Sie spürte noch den Alkohol und knabberte nur an ihrem Essen, bis Matt es für sie schnitt. Sie wimmerte ein mentales „Danke“, bevor sie sich vorstellte, wie sie von Hand gefüttert wurde.

Das tat er gerne. Es war niedlich und nostalgisch, sie so hilflos zu sehen. Es erinnerte ihn an die Zeit, als sie ein Neugeborenes war und er ihr bei so ziemlich allem helfen musste.

Seine Selbstbeobachtung endete, als sie sich einen Comedy-Film ansahen und er auf die Toilette ging. Er bemerkte, wie Liz ihre Augen nicht von ihm ließ und jede seiner Bewegungen verfolgte.

Als er ein Getränk aus der Küche holen wollte, nutzte sie die Gelegenheit, um über ihn herzufallen.

Sie rieb seinen Arm, und als das nicht reichte, beugte sie sich vor, um ihn zu umarmen. Dann hielt sie ihn fest und entschuldigte sich: „Es tut mir leid, dass ich nicht da war. Ich …“

Matt rieb ihr in der Umarmung den Rücken, unterbrach sie aber. „Mach dir darüber keine Sorgen. Selbst wenn du da gewesen wärst, hätte ich ihn wahrscheinlich verprügelt. Ich bin mehr wütend auf mich selbst, weil ich dem Bastard gegeben habe, was er wollte.“

Entgegen seinem bewussten Willen spannte sich sein Körper bei der Erwähnung von Talous und dessen Konzept an.

Liz bemerkte das und zog sich zurück. „Was meinst du?“

Ihre Augen waren scharf und Matt verstand, wie es sich anfühlte, ein Kaninchen zu sein, das von Aster aus einem Busch beobachtet wurde. Es war zermürbend zu wissen, dass ein Raubtier seine ganze Aufmerksamkeit auf einen gerichtet hatte.

Als er nicht schnell genug antwortete, stupste Liz ihn erneut an. „Er wollte einen Kampf, aber dein Tonfall sagt mir, dass das nicht alles ist. Was hat er gewollt?“

Ihr Ton war sanft, aber es lag auch eine gewisse Härte darin, die von dem Schmerz und der Wut sprach, die nur darauf warteten, entfesselt zu werden. Da er sie nicht anlügen wollte, überlegte er, ob er eine Halbwahrheit oder etwas weniger Enthüllendes sagen sollte. Aber schließlich entschied er sich, es einfach rauszulassen.

„Ich glaube, der Grund, warum er unbedingt gegen mich kämpfen wollte, war, dass er kurz vor der Fertigstellung seines Konzepts stand und der Kampf gegen mich ihm das Erreichen seines Ziels ermöglichte. Auf halbem Weg zum Kampf hat er es fertiggestellt und angefangen, es zu benutzen. Ich vermute, er war nur noch ein Haar davon entfernt und brauchte den letzten Anstoß.“

Er verkrampfte sich wieder, versuchte aber, es zu verdrängen. Liz bemerkte das, also beendete er seinen Gedanken. „Es macht mich wütend, dass er meine Eltern beleidigt hat, um mich zum Kämpfen zu bringen, und das hat ihm sein Konzept eingebracht. Ich habe das Gefühl, dass er ihr Andenken beschmutzt hat.“

Liz war sichtlich besorgt und er bemerkte, dass er seine Fingerknöchel knacken ließ. Als er merkte, dass er sich verkrampfte, schüttelte er sich, um sich zu entspannen.

„Es ist in Ordnung. Ich brauche nur etwas Zeit, um mich vollständig abzukühlen.“

Seine Freundin und Teamkollegin sahen ihn an, als wäre er dumm.

„Was?“

Ihr ungläubiger Blick nahm fast schon komische Züge an.

„Matt, du musst mit jemandem reden.“ Als er den Mund öffnete, sprach sie über ihn hinweg. „Mit einem Profi. Talous hat dich mit hasserfüllter Scheiße beworfen und du verdrängst das einfach und stopfst das in dich hinein. Hast du überhaupt mit deinem Therapeuten darüber geredet?“

Innerlich zuckte er zusammen. Er hatte darüber nachgedacht, sich aber dagegen entschieden. Er wollte den Vorfall einfach hinter sich lassen.

„Nein, habe ich nicht.“

Sie legte einen Arm um ihn und begann, ihn aus der Suite zu ziehen. „Wir gehen spazieren“, rief sie über ihre Schulter dem Rest des Teams zu, das ihnen beim Verlassen der Suite zusah.

Aster sprang von Emilys Schoß und watschelte auf ihren leicht wackeligen Füßen hinter ihnen her. Er beugte sich hinunter, um sie hochzuheben und zu tragen, nachdem er ihre Verbindung überprüft hatte. Ihr Kopf tat schon genug weh. Er fühlte sich schlecht, weil sie sich nicht ausruhen konnte, aber er hielt den Mund.

Die Frucht des Baumes der Vollkommenheit hatte ihre geistige Wirkung auf sie fast vollendet. Sie war sich ihrer selbst bewusst genug, um selbst zu entscheiden, was sie tun wollte. Wenn sie mitkommen wollte, würde er sie nicht aufhalten. Und er wollte sie in seiner Nähe haben. Sie war Balsam für seinen Geist.

Seine flauschige Gefährtin schickte ihm friedliche Gedanken, die ihn mehr als alles, was Liz gesagt hatte, davon abhielten, sich zu wehren. Aster hatte einen direkten Draht zu seinen Gefühlen, genauso wie er zu ihr. Trotz ihres Schmerzes machte sie sich mehr Sorgen um ihn als um alles andere. Selbst Kaninchen und Eiscreme waren für sie im Moment nur ein entfernter Gedanke.

Sie sprachen nicht viel, als Liz ihn zum Krankenhaus und in den Check-in-Bereich führte. Als er sah, dass sie ihn anmelden wollte, legte er sanft eine Hand auf ihren Arm und übergab Aster, um es selbst zu tun.

Nachdem er eingecheckt hatte, konnte er sich kaum hinsetzen, bevor seine KI anzeigte, dass er eintreten konnte.

Ein Mann in Krankenpflegerkleidung führte ihn in einen Raum, der sich neben einem Flur befand, in dem mehrere Türen nebeneinander lagen. Hinter den Türen konnte sein spiritueller Sinn Blockaden und räumliche Ausdehnungen spüren. Dem Abstand der Türen nach zu urteilen, müssten sie näher an Schränken sein als der geräumige Raum, in den er geführt wurde.

Er hatte nur ein paar Sekunden in einem gepolsterten Stuhl gewartet, als ein älterer Mann hereinkam und ihn anlächelte.

„Heiler Lester, Tier 18 mit siebzig Jahren Erfahrung im Bereich der geistigen Gesundheit.“

„Matt.“ Er wusste nicht, was er noch sagen sollte, und winkte leicht, was den älteren Heiler nur dazu veranlasste, zu lächeln und zu fragen: „Und wie geht es dir heute?“

Matt wollte sagen, dass es ihm gut ging, aber er versuchte, bei der Wahrheit zu bleiben. „Ich bin auf jemanden losgegangen, nachdem er meine Eltern beleidigt hat, damit ich mich mit ihm duelliere, und habe ihn dann zu Brei geschlagen.“

Der Heiler nahm das gelassen hin und begann, mit Matt zu reden.

Sie unterhielten sich etwas mehr als eineinhalb Stunden, bevor der Mann Matt nach draußen und zurück zu Liz begleitete.

Er fühlte sich etwas besser, aber ihm war klar, dass es noch zu früh war, um wirklich in Ordnung zu sein. Er war wütend, und der einzige Weg zur Heilung war, diese Wut ein wenig abklingen zu lassen.

Er und der Heiler hatten für die folgende Woche ein Folgetreffen vereinbart.

Die drei schlenderten eine gute Stunde lang durch die Stadt und schauten, was sie finden konnten. Aster ging es gut, nachdem ein Heiler sie mit einem Heilzauber belegt hatte. Jetzt hüpfte sie herum und genoss die Aufmerksamkeit, die sie von den Menschenmassen bekam.

Sie schafften es zurück in ihr Zimmer, als sich alle anderen bereit machten, ins Bett zu gehen.

Am nächsten Tag fand Matt einen Grund, den wachsamen Augen seines Teamkollegen zu entkommen, und zwar dank Melinda, die darum bat, seinen Körper noch einmal untersuchen zu dürfen. Unter diesem Vorwand verbrachte er ein paar weitere Stunden im Krankenhaus, wo er von Melinda und ihrem Mentor Baxter gepikst und gestupst wurde.

Das meiste, was sie sagten, überstieg seinen Horizont, aber schließlich, als sie beide glücklich schienen, bat Melinda ihn um Hilfe.

„Ich glaube, ich konnte mein Talent dazu bringen, den Geist zu erfassen und die Veränderungen vorzunehmen."

Als er verwirrt aussah, schlug sie ihm auf den Arm.

„Wenn ich das herausfinde, kann ich Menschen heilen, damit sie einen perfekten Körper wie du haben."

Matt setzte sich auf. „Ich hätte nicht gedacht, dass du es zum Laufen bringen würdest. Was hat sich geändert?"

Sie sah unbeholfen aus, als Baxter grinste.

„Also, erstens habe ich mein Konzept geübt. Und zweitens bekomme ich eine Menge Übung, weil du dich ständig verletzt."

Matt öffnete seinen Mund, um ihr zu gratulieren, und schloss ihn dann mit einem verwirrten *Klickton*. Er hatte keine Ahnung, wie er darauf reagieren sollte.

„Gern geschehen?"

Auf seine Frage hin schnaubte Baxter, und Melinda lachte, als sie erklärte: „Nein, wirklich. Der Baum der Vollkommenheit funktioniert, indem er den Geist verändert und dann dem Körper die Energie für die Verwandlung zur Verfügung stellt. Wenn dir Gliedmaßen abgeschnitten werden oder ähnliches, wächst das neue Fleisch nach, *das* vervollkommnete Fleisch. All deine Verletzungen haben es mir ermöglicht, die Veränderungen zu beobachten und die verschiedenen Stadien in den verschiedenen Teilen deines Körpers zu sehen."

Matt war verblüfft. „Warte, warte, warte! Ist das sicher für mich?"

Matt begann, nach Teilen seines Körpers zu suchen, die deutlich besser waren als die anderen. Der Arm, den er durch den Leerenutzer verloren hatte, war komplett nachgewachsen, aber er fühlte sich fast genauso an.

Zumindest dachte er das.

„Entspann dich, Matt. Es ist nicht gefährlich. Dein Körper ist nur noch perfekter als vorher. Physisch gesehen ist er nicht der Körper eines Tier 15. Es ist nur so, dass alle Unzulänglichkeiten behoben sind und dein Körper viel effizienter arbeitet. Er ist auch darauf vorbereitet, Essenz als Treibstoffquelle zu nutzen."

„Es ist also nicht gefährlich, Körperteile in verschiedenen Stadien zu haben?"

Diesmal war es der meist schweigende Baxter, der antwortete. „Das ist es nicht. Die Reichen werden anfangen, Gliedmaßen abzuschneiden und sie nachwachsen zu lassen, um den Prozess zu beschleunigen. Das ist nicht gefährlich. Und selbst wenn es so wäre, würde Melinda dich am Leben erhalten."

„Der letzte Teil ist nicht sehr beruhigend."

Der ältere Mann rollte mit den Augen und ließ sich auf einen Stuhl fallen, der eben noch nicht da gewesen war.

Melinda lenkte seine Aufmerksamkeit wieder auf sich. „Ich möchte versuchen, dich so weit zu *heilen*, dass der Prozess des Baumes abgeschlossen ist. Aber ich bin mir ziemlich sicher, dass das absurde Mengen an Mana benötigen wird."

Das war etwas, was Matt im Überfluss hatte, also streckte er seine Hand aus. „Ich kann dich mit meinem Konzept am Laufen halten und gleichzeitig die Manastein-Regale auffüllen, die deine Heiler haben, wenn du willst."

Baxter sah einfach zu, wie Melinda einen Zauber wirkte. Sie starrten beide auf etwas, das Matt weder sehen noch fühlen konnte, als erst Tausende, dann Zehntausende von Mana von Matt auf Melinda übertragen wurden.

Es kostete ihn nichts und war eine gute Übung für seine Willenskraft. Nach einer Stunde und viel zu viel Mana hörte Melinda auf zu zaubern und ließ sich auf ihren eigenen Stuhl neben dem Untersuchungstisch fallen.

„Und?"

Sie grinste ihn nur an, also fragte er: „Es hat also funktioniert?"

„Es hat wunderbar funktioniert. Ich konnte die am weitesten hinten liegenden Teile deines Körpers um fünfzehn Prozent verbessern."

Das hörte sich nicht nach viel an, und das sagte er auch, zum Spott der beiden Heiler.

Baxter zeigte auf Melinda und schüttelte den Kopf. „Junge, sie hat gerade bewiesen, dass es funktioniert, und es dann demonstriert. Das ist großartig."

„Ja, aber das hat über eine halbe Million Mana und zwei Stunden gedauert. Es macht mir zwar nichts aus, es zu geben, aber es scheint ineffektiv zu sein."

Melinda schaltete sich ein. „Nur weil ich die Energie für die körperliche Veränderung bereitgestellt habe. Die geistige Veränderung ist bereits vollzogen. Jetzt muss ich es an jemandem ohne die geistigen Veränderungen testen. Wenn ich richtig liege, wird die geistige Veränderung nicht annähernd so schwer sein."

Matt hob die Hände. „Moment mal. Hast du gesagt, die Wurzel der Vollkommenheit liefert die Energie? Wäre es nicht schlecht, wenn sie fehlen würde?"

Er war besorgt, dass sie sich etwas antun könnte.

„Entspann dich, Matt. Schlimmstenfalls habe ich bereits bewiesen, dass ich das mit genügend Mana beheben kann." Sie deutete auf den älteren Heiler und sagte: „Nach anderen Tests vermuten Baxter und ich, dass es schlimmstenfalls ein wenig Mana-Regeneration abschöpft oder etwas von der Essenz stiehlt, die wir absorbieren, bis die Veränderungen abgeschlossen sind."

Als er sah, dass sich die beiden weitaus sachkundigeren Leute einig waren, versorgte er Melinda erneut mit einem endlosen Strom von Mana, und sie wirkte einen Heilzauber auf sich selbst.

Es dauerte Stunden, aber schließlich stand sie von ihrem Gips auf und begann, sich selbst zu betrachten, während Baxter herumlief und dasselbe tat.

Matt, der keine Ahnung hatte, wie es weiterging, fragte: „Und?"

Melinda grinste ihn an. „Ich konnte meinen Geist davon überzeugen, dass die Veränderungen seine natürliche Form sind, und habe den Prozess sogar ein bisschen beschleunigt."

Er lächelte. „Das klingt großartig." Er hielt inne und fragte: „Das ist doch, oder?"

„Das ist erstaunlich. Damit können sogar Tier 5 Jahrhunderte länger leben als normal. Das ist ein Schritt zur Heilung des Alters selbst. Um die Uhr zurückzudrehen."

Er hatte keine Ahnung, wovon sie sprach. Die beiden Dinge schienen nichts miteinander zu tun zu haben. Jemanden länger leben zu lassen, bedeutet nicht, das Altern rückgängig zu machen, und es war nicht so, dass sie einen Menschen nach dem anderen heilen konnte.

Als er das sagte, erklärte Melinda: „Mein Tier 3-Talent ist ‚Du weißt schon'. Es ist aber immer noch ein Tier 3-Talent, was bedeutet, dass es ein Wachstumstalent ist. Es wird wachsen, wenn ich es vorantreibe. Wenn ich einen höheren Tier erreiche, sollte ich mich darauf verlassen können, dass es die harte Arbeit macht und Veränderungen vornimmt, wenn ich das möchte. Ich muss nicht Zentimeter für Zentimeter gehen, um den Geist davon zu überzeugen, die Änderungen zu akzeptieren."

„Das klingt gar nicht so schwer. Warum kann ein normaler Heiler das nicht tun?"

Baxter schnaubte: „Das ist es, was ihr Tier 3 macht. Sie erledigt immer noch den Großteil der schweren Arbeit. Ich würde diese Art von Detailarbeit keinem anderen anvertrauen. Selbst die Heiler, die Geister manipulieren, tun dies meist mit speziellen Tier 44-Heilzaubern. Sie verlassen sich auf diese Zauber, um die schwere Arbeit zu erledigen." Als er sah, dass Matt ihm immer noch nicht glaubte, fuhr er fort: „Stell dir vor, du versuchst, ein ganzes Ökosystem nur mit deiner Hand zu demonstrieren, während du die Augen verbunden hast ... und betrunken bist. Und ohne Hände zu haben."

Melinda unterbrach ihn von weiteren Schimpftiraden. „Es ist schwer, Matt. Mein Talent macht es möglich, dass ich mich nicht um die kleinen Details kümmern muss. Ich muss nur an das Ökosystem im Allgemeinen denken und nicht an jede kleine Einzelheit. Wenn jemand anderes es versucht und eine Kleinigkeit vermasselt, könnte das sehr gefährlich sein. Im PlayPen, als ich noch lernte, bevor ich mein Tier 3-Talent erhielt, wurde ausdrücklich gesagt, dass man nicht mit dem Geist spielen soll."

„Wenn du im Tier aufsteigst, legst du also einfach einen normalen Heilzauber auf jemanden, und die Veränderung wird einfach durchgeführt? Was ist, wenn jemand das nicht will?"

Melinda schüttelte den Kopf. „Ich habe die Kontrolle über solche Dinge. Ich kann die allgemeine Überheilung nicht abschalten, aber ich kann die Dinge abschalten, die ich ihm hinzugefügt habe. Und so einfach wird es trotzdem nicht sein. Es wird eine Menge Mana kosten, aber ich werde schnell sein. Ich muss noch den gesamten Geist davon überzeugen, dass der Körper mehr mit dem übereinstimmen sollte, was die Wurzel mit dir gemacht hat."

Matt wechselte das Thema. Er war völlig verloren in dem ganzen medizinischen Gerede.

„Du hast gesagt, dass du an deinem Konzept gearbeitet hast. Du hast dich darüber bedeckt gehalten. Was hast du herausgefunden?"

Das veranlasste Melinda zu einem Seufzer. „Ich habe gelernt, zu akzeptieren, dass es das ist, was ich habe. Der Tod ist nicht das, was ich sein will, aber er hat mich geprägt. Ich wünschte, es wäre so etwas wie das Leben, aber das ist ein schwer zu verwirklichendes Ideal."

Das war etwas, womit Matt Erfahrung hatte.

„Das kann ich nachvollziehen. Habe ich dir jemals gesagt, was mein Konzeptbild ist?"

Als sie den Kopf schüttelte, erklärte er es ihr. Matt entging nicht, dass auch Baxter interessiert zu sein schien. Aber wenn der Mann für den Kaiser persönlich arbeitete und geschickt wurde, um Melinda zu beobachten, erwartete er, dass der Mann wusste, wie man den Mund hielt. Vielleicht würde er sogar den Mann des höheren Tiers zum Reden bringen.

„Ich wusste, dass mein Satz ‚Ich bin endlos' lautete, aber das Bild bereitete mir große Schwierigkeiten. Ich mochte nicht, wie sich die Quelle anfühlt, auch wenn sie einfach zu machen war."

Baxter nickte stumm, als Matt fortfuhr: „Eine Sonne war viel schwieriger zu erstellen, aber sie fühlte sich viel besser an. Sonnen leben mit Essenz ewig, aber das Wissen, dass sie ohne Essenz sterben, tauchte immer wieder in meinem Hinterkopf auf. Seltsamerweise funktionierten heißere und kurzlebigere Sonnen besser für mich. Sie waren weniger endlos, aber sie hatten Kraft."

Als er Melindas interessierten Gesichtsausdruck sah, erklärte er: „Durch den Aufstieg konnte ich all diese Bilder formen, aber ich entschied mich für ein schwarzes Loch. Die sind endlos ... zumindest fühlte es sich so an."

Matt hielt inne, um die richtigen Worte zu finden. „Es fühlte sich völlig falsch an. Wie ein Spiegelbild. Also habe ich es in ein weißes Loch verwandelt. Sie sind nicht unbedingt real, aber das Bild war perfekt für mich. Endlose Energie, die ausgeströmt wird."

Melinda schaute interessiert, blieb aber still.

Baxter nickte Matt respektvoll zu, bevor er sagte: „Danke, dass du es uns mitgeteilt hast. Das Konzept eines Menschen ist ein Einblick in seine Wahrheit."

Er hob eine Hand, und grünliches Energiemana floss in einen Baum. „Mein Konzept war die Idee von Wachstum und Erneuerung."

Der Baum erblühte zu einer grünen Explosion, aber er lächelte, als er verwelkte.

„Meine Absicht war nicht das, was ich erwartet hatte. Es war die Nacht, in der die einen ruhen und die anderen jagen. Eine Zeit der Heilung und des Schmerzes."

Die Blätter des Baumes fielen herab, während ein weißer Mond aus dem Mana aufstieg und sein Licht auf alles warf, was er berührte.

Matt beugte sich vor: „Niemand, mit dem ich gesprochen habe, kennt sich wirklich mit Intentionen oder Aspekten aus. Was ist mit dir?"

Baxter lehnte sich zurück, und seine feierliche Aura verschwand. Plötzlich war der entspannte Mann, der nichts ernst nahm, wieder da.

„Niemand kann dir etwas sagen, weil es eine persönliche Reise ist. Ich kann dir nichts über dich erzählen." Matt öffnete seinen Mund, um zu protestieren, aber Baxter winkte ihn ab. „Ich versuche nicht, kryptisch zu sein. Du kannst noch nicht einmal mit deinem Intent beginnen, bevor du nicht alle deine Essenzen in Resonanz mit deinem Konzept gebracht hast. Ich habe schon gehört, dass du etwas über Mana-Aspekte gelernt hast. Das ist eine Erweiterung deines Konzepts. Wenn du deine Kerne vollständig umgewandelt hast, werden die Dinge klarer sein."

Das war tatsächlich hilfreich, also nickte Matt Baxter zu, bevor er fragte: „Ist das bei den Aspekten auch so?"

„Nicht wirklich. Auch Intents sind unterschiedlich zu formulieren, es gibt keine Einheitsgröße, die für alle gilt. Du brauchst immer noch einen Satz und ein Bild, aber darüber hinaus ist es von Person zu Person unterschiedlich. Mach dir jetzt keine Gedanken darüber. Du hast noch viel Zeit."

Als der ältere Mann von Zeit sprach, hatte Matt einen Gedanken und platzte damit heraus. „Wenn du sagst, dass ich meine Essenz umwandeln muss, um mit meinem Konzept in Resonanz zu gehen, sollte ich nicht weiterkommen."

Baxter zuckte mit den Schultern. „Das ist eine Strategie. Mehr als eine Person hat sie angewandt. Wenn du alles frühzeitig auf dein Konzept abstimmst, ist es einfacher. Jede neue Essenz, die hinzukommt, wird automatisch umgewandelt. Aber es ist nicht so, dass du aufhören musst. Dein Konzept macht das schon. Es ist eine passive Sache. Je mehr dein Konzept zu dir passt, desto schneller breitet es sich aus."

Er zeigte auf Melinda. „Sie wollte ihr Konzept gar nicht bekommen, und es ist *perfekt* für sie. Ihre Essenz ist bereits umgewandelt. Sie hat nur ein paar Wochen gebraucht. Aber dein Satz und dein Bild sind massiv und kompliziert. Das weiße Loch ist ein genialer Schachzug, aber es ist trotzdem eine riesige Idee. Der Tod, oder zumindest wie Melinda ihn sieht, ist einfach."

Matt und Melinda sahen sich beide verwirrt an. Baxter rollte mit den Augen und stand auf. „Ihr habt bis Tier 24 Zeit, bevor das zu einem Problem wird. Deshalb sind diese Informationen auch nicht allgemein zugänglich. Konzentriert euch auf den nächsten Schritt. Nicht auf den, der erst zehn Tier später kommt."

Damit ging er zur Tür hinaus und war weg.

Matt und Melinda unterhielten sich ein wenig über ihre Konzepte und ihre Erfahrungen damit. Er war etwas neidisch auf die Vorstellung, ein passiver Teil ihres Konzepts zu sein.

Es schien unglaublich nützlich zu sein. Er hatte keine Ahnung, was er mit einer passiven Version seines eigenen Konzepts machen konnte, aber die Idee gefiel ihm.

Schließlich mussten sie beide zu ihrem Teamtraining aufbrechen, aber es war schön, Zeit mit seinen alten Freunden zu verbringen und ihnen sogar zu helfen, sich weiterzuentwickeln. Selbst wenn es nur darum ging, ihnen Mana zu liefern, um verrückte Dinge auszuprobieren, wie zum Beispiel das Alter umzukehren.

Das Konzepttraining von Team Eimer lief gut. Emily fühlte sich ihrem Konzept mit jeder Trainingseinheit näher und hoffte, dass sie es in etwa einem Monat vollständig manifestieren würde.

Entgegen der Norm hatte sie tatsächlich schon ihr Bild. Es war sie selbst, wie sie auf einer wachsenden Pyramide stand, während ihr Talent die Kraft jedes weiteren Zaubers, den sie wirkte, erhöhte. Sie konnte sich nur nicht auf ihren Satz festlegen.

Annie war frustriert über ihre mangelnden Fortschritte, aber Conor näherte sich seinem eigenen Bild, nachdem er bereits seinen Satz hatte.

Matt fühlte sich fast wieder normal, als der Abend anbrach.

Am nächsten Tag war er immer noch in einer Heilungspause, also wurde der Rest seines Teams ohne ihn auf eine Eskorte-Mission geschickt. Die Armee verlegte eine große Anzahl von Truppen, die sich normalerweise um solche Aktivitäten kümmern würden.

Da er nicht an der Mission teilnehmen konnte, ermutigte Matt sie zu gehen, während er mit Kelley am Basteln arbeitete. Er hatte eine Nachricht erhalten, dass der Mann ihm etwas zeigen wollte. Matt war froh darüber. Mit all dem unterschätzten Mana, das er im Laufe des Krieges angesammelt hatte, war er bereit, neue Dinge auszuprobieren.

Die meisten Leute waren froh, ihm ein bisschen Mana für ein paar Punkte zu geben. Es kostete sie nichts, und die Punkte bedeuteten Matt wenig.

Kelley genoss noch immer seinen neuen Status als Tier 11 und stolzierte regelrecht durch den Raum, als Matt an seinem Neffen vorbeiging, der die Rezeption überwachte.

Als der Handwerker Matt sah, strahlte er übers ganze Gesicht und streckte seine Hand mit einem Ring aus, der dem von Matt sehr ähnlich sah.

„Schau, was ich habe!"

Eine schnelle Inspektion zeigte, dass es sich nicht um einen Wachstumsgegenstand, sondern um einen Standardgegenstand handelte.

„Das sehe ich. Was macht er und woher hast du ihn?"

Kelley ließ Matt seinen Ring nehmen und untersuchen, während er erklärte: „Ich habe jeden Punkt, den ich habe, in Tier 5-Teams gesteckt, die diesen Rift für mich betreiben. Ich und jeder andere Handwerker, der von deinem Ring erfahren hat. Endlich hatte ich Glück."

Matt nickte zustimmend. Er und Kelley hatten mit anderen Handwerkern gesprochen, nachdem sie die Änderungen entdeckt hatten, um herauszufinden, ob ihre eigenen Gegenstände davon betroffen waren. Für alles, was Mana benötigt, war das der Fall. Das Schneidern, Schmieden und jedes andere Handwerk wurde durch den richtigen Unteraspekt des Manas, das der Handwerker verwendete, verbessert. Sogar die Qualität des Endgegenstands wurde optimiert.

Gegenstände, die durch mehr als eine Hand des Schmieds gingen, wurden ebenfalls verbessert. Ein Schwert, das mit härteunterschätztem Mana geschmiedet wurde, war besser als eines ohne. In Verbindung mit einem Verzauberer, der ebenfalls härte-sub-aspektiertes Mana oder sogar eine Verstärkung verwendete, war die Klinge nahezu unbiegsam, wenn ein tatsächlicher Härtezauber in die Waffe eingearbeitet wurde.

Die Effekte verstärkten sich. Es war eine unglaubliche Offenbarung, und jeder wollte die Möglichkeit haben, die untersuchten Manatypen zu speichern, ohne für jeden Typ einen eigenen Mana-Umwandlungsstein prägen zu müssen.

Die Anzahl der benötigten Steine geriet schnell außer Kontrolle.

Matt wusste, dass Kelley eine räumlich erweiterte Lagerkiste anfertigen ließ, in der alle seine Werkzeuge und Materialien Platz fanden. Sie war ein großer Segen, wenn er den Standort wechseln wollte. Er hatte den Mann oft genug darüber meckern hören, wie viel sie kostete und wie unhandlich sie war. Aber sie war viel größer als ein normaler Rucksack und die einzige Möglichkeit, so viel Gerümpel zu verstauen wie die Tier 11-Packratte.

Er und alle anderen Handwerker ließen eine weitere Kiste für die Manasteine anfertigen, die sie schnell füllten.

Sie wollten alle einen Ring wie Matt haben, und obwohl es niemand aussprach, war er sich sicher, dass sie seinen Ring kaufen oder stehlen wollten. Zum Glück war der Ring ein gebundener Wachstumsgegenstand, sodass all das nicht möglich war.

Kelley strich mit dem Daumen über seinen Ring. „Er fasst nur hundert Manatypen, aber seine Effizienz bei der Umwandlung des Manas ist nahezu perfekt. Etwa achtundneunzig Prozent."

Das war viel mehr als die normalen umwandelnden Manasteine, die es gab, und machte den Ring zu einem erstaunlichen Werkzeug, um Mana zu sparen.

Matt schob sich an dem kleineren Mann vorbei und fragte: „Wie viele Leute haben versucht, ihn dir abzukaufen?"

Der Tier 11 lachte, als er mit seiner größeren Kultivierung Matt zurückstieß. „Fast alle von ihnen. Es gab sogar ein paar Attentatsversuche von echten Auftragskillern."

Matt schaute zu seinem Freund, aber der winkte ab. „Das ist nichts Neues. Das ist überhaupt nichts Neues. Ich würde mir mehr Sorgen machen, wenn sie *nicht* versuchen *würden*, ihn zu stehlen."

„Aber dich zu töten? Das scheint mir übertrieben."

Kelley schien immer noch nicht beunruhigt zu sein: „Überhaupt nicht. Ich würde es ebenfalls versuchen. Das meiste, was wir aus dem Rift holen, ist Müll." Er zeigte Matt einen bekannten doppelten Manastein, den sein eigenes Team aus dem Rift geholt hatte. „Diese Dinger sind interessant, aber letztlich nutzlos. Es ist nur vorgespanntes Mana. Er hat nicht einmal einen Unteraspekt, und wenn du den Stein leerst, zerbricht er wie jeder andere Manastein. Das ist es, was wir meistens herausziehen. Tiffany versucht herauszufinden, wie man sie benutzen kann, aber sie kommt überhaupt nicht voran."

Das deckte sich mit Matts eigenen Erfahrungen mit dem Rift, also lenkte er die Unterhaltung zurück zum Ring. „Und du bist der Erste, der so einen Ring bekommen hat?"

Kelley zuckte mit den Schultern und antwortete: „Ich bin der Erste, der es öffentlich macht."

Als er Matts Blick sah, schnaubte er. „Das idiotische Team, das ich angeheuert hatte, um den Rift zu verwalten, fing an zu feiern, sobald sie den Rift verließen und den Ring vorzeigten. Ich habe sie trotzdem bezahlt, aber ich hätte noch mehr bezahlt, wenn die Idioten es nicht allen anderen verraten hätten. So weiß jeder Handwerker, dass ich ihn habe."

Da er nur darauf vertrauen konnte, dass der Mann die Sache im Griff hatte, bot Matt an: „Willst du den Rest der Manaproben, die ich gesammelt habe?"

„Natürlich, das will ich. Beim letzten Teleport von einem anderen Planeten habe ich mir zweihundert persönliche Manasteine bringen lassen. Die verdammten Händler treiben den Preis in die Höhe, also ist das alles, was ich mir im Moment leisten kann."

Der Handwerker bewegte sich zu der Transportkiste, in der seine Manasteine aufbewahrt wurden, und sie bückten sich in die hüfthohe Kiste, um den erweiterten Raum zu betreten, in dem ein Regal nach dem anderen den zwei Meter hohen Raum säumte.

Alle drei Zentimeter befand sich ein Schlitz mit einem Mana-Stein, der mit einer einzelnen Mana-Art beschriftet war. Matt füllte jeden der neuen Steine mit Manaarten, die der Mann noch nicht hatte.

Matt hatte fast fünfhundert verschiedene Manatypen und Unteraspekte, die er von den Menschen gesammelt hatte, die bereit waren, ihm Mana zu geben. Kelley hätte sie alle in seinem neu gebauten Container unterbringen können, aber alle anderen Handwerker versuchten das Gleiche. Die Konkurrenz trieb den Preis für Manasteine so weit in die Höhe, dass er sie nicht mehr kaufen konnte.

Nachdem Kelley die gewünschten Manatypen bekommen hatte, begannen sie mit der Herstellung verschiedener Schmuckstücke.

Kelley war davon überzeugt, dass er einen Feuerballstab mit wasseraspektiertem Mana und einem klebrigen Unteraspekt herstellen konnte. Bisher war er noch nicht weitergekommen, aber der Mann war entschlossen und Matt hatte genug Spaß am Tüfteln, um mitzumachen.

Sie waren mitten in einem Versuch, als Matts KI eine Warnung ausgab, dass sich alle bis auf einen aus seinem Team im Krankenhaus befanden.

Er berichtete Kelley schnell, was passiert war und rannte aus der Tür, um ins Krankenhaus zu gelangen. Während er das tat, trafen die allgemeinen Nachrichten ein und zeichneten ein größeres Bild.

Jeder, der für das Königreich wichtig war, wurde zur gleichen Zeit ausgeschaltet. Von Fürst Albert über Juni bis hin zu Alyssa. Sogar Olivia wurde nicht verschont.

Jeder, der etwas zu sagen hatte, wurde bei dem koordinierten Angriff getroffen. Die meisten Morde wurden von Attentätern begangen, aber es gab auch Berichte, dass mehr als ein paar Spione die Gelegenheit nutzten, aus der Deckung zu kommen und wertvolle Ziele auszuschalten.

Die zehn besten Pfadgänger-Teams waren alle angegriffen worden. Ein paar Teams wurden aus dem Hinterhalt attackiert, aber mindestens ein Team soll in ihrem Zimmer bombardiert worden sein. Es gab sogar Berichte, dass ein anderes Team zur gleichen Zeit zum Verräter wurde.

Den kurzen Nachrichten von Liz zufolge hatten sich die Angreifer in einer Masse von normalen Soldaten versteckt und waren perfekt ausgewählt, um ihre Skills zu kontern.

Sie hatte gegen einen Mann gekämpft, der einfach ihr Blut aufgesaugt hatte, und als sie das Problem erkannte, war er schon mit einem Speer durch ihre Brust auf sie losgegangen.

Emily war von einer Frau gekontert worden, die alle Zauber in ihrer Nähe in Feuer verwandelte, unabhängig von ihrem ursprünglichen Mana-Aspekt. Dadurch wurde ihr Vorteil komplett zunichte gemacht und ihre Gegnerin, die gegen das Element immun zu sein schien, konnte auf sie zugehen und ihr die Kehle durchschneiden.

Aster, die mit Emily zusammen gewesen war, hat ein ähnliches Schicksal erlitten. Alle ihre Zaubersprüche waren bestenfalls heißes Wasser und schlimmstenfalls echte Feuerzauber. Keiner von ihnen hatte sehr lange durchgehalten.

Sein Herz hämmerte angesichts des Zustands seiner Gefährtin, aber er konnte ihre KI sehen, und trotz einer Schnittwunde an der Brust ging es ihr gut, nachdem sie herausteleportiert worden war. Selbst jetzt konnte er den Bericht sehen, der besagte, dass die Wunde geschlossen war und die Narben entfernt wurden. Sie war immer noch bewusstlos, aber er vermutete, dass das mehr mit einem Heiler zu tun hatte als mit ihrer Verletzung.

Conor war der Letzte, der gefallen war. Der Feind hatte ihn mit Langstreckenangriffen befeuert und gleichzeitig Wellen von Tier 6-Tanks geschickt, um ihn festzunageln.

Annie war die Einzige, die den Angriff überlebte, denn ihr neuer Skill verschaffte ihr einen Vorteil, auf den der Feind nicht vorbereitet war. Mit ihrem Talent konnte sie in einen Wald fliehen und sich verstecken. Nun befand sie sich gerade auf einem anderen Kontinent, um die feindlichen Truppenbewegungen zu vermeiden. Sobald sich die Lage beruhigt hatte, wollte sie wegfliegen, aber das konnte sie nicht riskieren, solange sie nicht sicher war, dass sie nicht entdeckt werden würde.

So schlimm die Situation seines Teams auch war, die allgemeine Lage schien sogar noch schlimmer zu sein. Zwei Armeen waren auf offener Straße gefangen und wurden aufgerieben. Es gab bereits Berichte darüber, dass beide Generäle gleich zu Beginn ausgeschaltet worden waren, zusammen mit ihrem Führungsstab.

Die Menschen verlangten Antworten auf die Frage, warum die Armeen überhaupt unterwegs waren, als sich herausstellte, dass das Königinnentum durch Spione Wind von ihren Bewegungen bekommen und die Überfälle lange im Voraus geplant hatte.

Dem Informationsfluss nach zu urteilen, schien die Lage für die Königin nicht gerade perfekt zu sein. Mindestens zwei Teams hatten ihre Angreifer abgewehrt und nur geringe Verluste erlitten, und ein Pfadgänger hatte die Raumbombe überlebt. Offenbar stand er während der Explosion in der Dusche und war so gut geschützt, dass er nur leicht geheilt werden musste.

Matt war gerade auf dem Weg zum Krankenhaus, als die Nachricht eintraf, dass die Königin zwei Städte des Königreichs belagert hatte.

Matt verdrängte die Dinge, gegen die er nichts tun konnte, und wartete mit Dutzenden, dann Hunderten von anderen darauf, dass ihre Freunde und Mannschaftskameraden aus der Heilstation kamen.

Matt ging auf und ab, unfähig, etwas zu tun. Er war aus dem Krieg raus, bis seine Abklingzeit für die Heilung in fünf Tagen verstrichen war. Als er wie so viele andere in der Menge auf seine Freunde wartete, fühlte er sich sehr einsam, und nur Annies nicht enden wollender Strom von Flüchen im Teamchat leistete ihm Gesellschaft.

Kapitel 28

Albert nickte Juni in seinem privaten Krankenhauszimmer zu, als er zur Tür hereinkam.

„Wie lautet der Bericht?"

Juni schaute absichtlich ausdruckslos, als er die Informationen weitergab. „Eure Hoheit, es ist besser, als wir befürchtet, aber schlechter, als wir gehofft haben."

Das erklärte kaum etwas. Albert verfluchte Sara und ihr kleines Kunststück mit der Bombe. Er war beeindruckt, aber immer noch irritiert von ihren Methoden.

Trotz des Eingreifens des Armeewächter wurde ihm bei der Explosion fast der Kopf abgetrennt, und wegen der Gehirnerschütterung stand er den nächsten Tag unter Beobachtung. Sie hatten ihm ein KI-Armband angelegt, das verhinderte, dass der Skill mit ihm interagierte, und ihn zwang, Updates manuell zu erhalten, damit er sein Gehirn nicht überlastete.

Seine rechte Hand behielt ihre professionelle Haltung bei, als er sagte: „Wir haben die meisten Spione in unserer Struktur identifiziert. Nicht nur die, die sich bewegt haben, sondern auch die anderen, die an ihren Unternehmungen beteiligt waren. Wie wir vorausgesagt haben, haben sie sofort zwei Armeen aufgestellt, um zwei unserer Städte zu umzingeln und zu belagern. Städte zwei und vier. Wie wir erwartet hatten, hat Sara die meisten ihrer Truppen aus ihrer Teleporterstadt abgezogen, um die Zahlen auszugleichen. Unsere Elitetruppen sind bereit zum Abmarsch und die allgemeinen Truppen werden aufmarschieren, während die Überlebenden versuchen, die Situation zusammenzuhalten. Wenn wir loslegen, werden sie bereit sein."

Es gab eine kleine Pause, bevor Juni hinzufügte: „Es wurde nichts Ungewöhnliches festgestellt, außer dass Alyssa ebenfalls ermordet wurde und sich jetzt erholt."

Albert nickte bis zuletzt zu. Sie hatten ihre eigenen Spione und Informanten in der Hierarchie des Königinnentums und waren frühzeitig vor dem Versuch gewarnt, die Führung auszuschalten. Sie wussten auch über die größeren Bewegungen der Armeen des Königinnentums Bescheid, die sich hinter den Kulissen zusammenbrauten.

Sie wussten jedoch immer noch nicht, warum die Oberen des Königinnentums auf ein schnelles Ende des Krieges drängten, aber es passte gut in ihre eigenen Pläne. Nein. Albert zwang sich, ehrlich zu sein.

In die Pläne seines Vaters.

Es war riskant, aber das Königinnentum in der Offensive zu haben, war genau das, was sie brauchten. Wenn sie die Teleporterstadt des Königinnentums einnahmen und ihre Nachschublinien unterbrachen, brauchten sie nur eine einzige, unterbesetzte Stadt einzunehmen.

Wenn das Königinnentum den Krieg in weniger als einem Standardjahr beenden wollte, waren sie bereit, entsprechend zu reagieren. Es war sehr ungewöhnlich, dass kooptierte Vasallenkriege Kriege ausrichteten, aber nicht unerhört.

Der Kaiser wollte einen Ort, an dem er seine Jugend ausbilden konnte, aber er legte nur ein paar Gesetze fest, wie das geschehen sollte. Er vergab verschiedene Belohnungen und Erstattungen für die aufgewendeten Ressourcen, was bedeutete, dass die Vasallenkriege in der Regel über Jahre hinweg gemolken wurden.

Es war ungewöhnlich, aber sie waren nicht einmal in der Nähe des kürzesten Pfadgänger-Krieges, auch nicht mit einem Jahr. Nein, diese Ehre wurde dem Aufsteiger vor Duke Waters zuteil: dem gelben Drachen Lila Worldwalker.

Der junge Drache hatte in den ersten zwei Wochen drei Viertel der feindlichen Truppen getötet, bevor er sich wegen schwerer Verletzungen zurückziehen musste. Dieser enorme zahlenmäßige Vorsprung ermöglichte es ihrer Seite, in weniger als einem Monat zu siegen und das ganze Reich damit zu schockieren.

Ein Jahr würde ein paar Augenbrauen hochziehen, aber das war nichts auf diesem Niveau.

Albert wollte immer noch wissen, warum die Königin so hartnäckig war.

Er kam aus seinen Grübeleien heraus und merkte, dass er Juni schon viel zu lange hatte stehen lassen. Er war damit beschäftigt, über die Auswirkungen des sich schnell nähernden Kriegsendes nachzudenken.

Von all seinen Leuten hatte er Alyssa für eine Spionin gehalten, da sie immer in der Lage zu sein schien, die Aktionen beider Seiten auszunutzen. Obwohl man einen Spion in einer solchen Situation töten könnte, um seine Tarnung zu wahren, ergab ihr Tod für ihn keinen Sinn.

Wenn Alyssa „am Leben“ geblieben wäre, hätte sie die Kontrolle über die Truppen seiner Seite übernehmen können. Wenn sie eine Spionin war, hätte sie ihnen damit den Sieg schenken können. Er hatte seinen eigenen Attentätern befohlen, sich um sie zu kümmern, wenn sie überlebt hätte.

Sie war eine Kandidatin für die hochrangigen Spione, die man nicht hatte aufspüren und ausschalten können. Sie ließen die Spione der unteren Ebenen zurück, damit sie kuratierte Informationen melden konnten, die das Königreich größtenteils kontrollierte. Ihre Sorge galt den Spionen in den höchsten Positionen, die sie noch nicht identifiziert hatten, und Alyssa war ihre Hauptverdächtige.

Er nickte Juni zu, damit er fortfahren konnte, und der Mann gab den Rest seines Berichts in kurzer Zeit ab. Nachdem er sich entschuldigt hatte, eilte er rasch davon.

Alberts Vater tauchte auf dem Stuhl neben ihm wieder auf, während er die Tür beobachtete, durch die Juni gerade gegangen war.

„Der Junge weiß immer, wenn ich in der Nähe bin. Was für ein außergewöhnlicher Bürgerlicher."

Der ruppige Mann richtete sein Hemd, bevor er aufstand. „Ich habe nicht mehr viel Zeit außerhalb meiner Box." Er spuckte zur Seite: „Scheiß Armee."

Bevor Brice den Raum durch einen Zauber oder auf andere Weise verlassen konnte, rief Albert: „Hast du herausgefunden, warum die Königin in Eile ist? Gibt es irgendetwas Neues? Und geht es Cori gut?"

Der König hielt inne, und die Luft wurde schwer. Albert konnte die Gedanken des Mannes sehen, der darüber nachdachte, Albert für seine Unverschämtheit zu bestrafen, aber schließlich beschloss er, seinen Sohn zu belohnen.

„Nichts von beiden Seiten. Sie halten mich in einer verdammten Box, um Störungen zu vermeiden. Der echte Krieg läuft gut. Deine Schwester ist kompetent genug und kämpft in einem *echten* Krieg." Er verengte seine Augen und drohte Albert. „Und sie ist am Gewinnen. Aber sonst gibt es nichts, was ich mit dir teilen möchte. Konzentriere dich auf deinen eigenen Krieg und verliere nicht meinen Gegenstand, der von Madam Renaissance hergestellt wurde."

Albert wollte sich beschweren. Er hatte sich den Stab bei seinem Vater verdient, indem er genug Punkte gesammelt hatte, aber er hatte nie ein Wort des Lobes für die Tat gehört. Sein Vater beschwerte sich nur, dass er zu lange brauchte.

Der König musste die Bitterkeit in Alberts Augen gesehen haben, denn er erschien an Alberts Bett und teleportierte oder bewegte sich so schnell, dass Albert den Unterschied nicht erkennen konnte.

„Du hast wissentlich beschlossen, den Plan dieser Schlampe ungehindert umzusetzen. Wenn ich durch dein kleines Kunststück den Krieg verliere ..." Der Zeigefinger des Königs presste sich in Alberts Rippen und er spürte, wie die Knochen brachen, aber er versuchte, sich das nicht anmerken zu lassen.

Schwäche zu zeigen, lud nur zu noch mehr Bestrafung ein.

Der König knurrte: „Also, es gibt einen Preis dafür, dass du mich enttäuschst. Wenn du versagst ... werde ich ... werde. Ich. Deinen. Kopf. Fordern."

Und schon war er weg. Albert hustete Blut, denn seine zerschmetterte, kristallartige Haut hatte sich an einigen Stellen durch seine Lunge gebohrt.

Der Alarm des Überwachungssystems des Raums ließ die Heiler herbeieilen.

Albert verfestigte seinen Hass auf seinen Vater und alles, wofür er stand. Der

Mann kontrollierte seine Handlungen auf Schritt und Tritt und schob dann, wenn seine eigenen Pläne nachteilige Folgen haben könnten, jegliche Schuld auf Albert ab.

Wenn der König Eventualitäten einrichten wollte, die Albert seinen Punktevorsprung kosteten, wurden diese Pläne auch umgesetzt.

Als er zum zweiten Mal geheilt wurde, wünschte er sich, sein Vater würde einfach aufstehen und das Königreich verlassen. Selbst wenn er den Thron nicht bekommen würde, wollte er einfach nur, dass der Mann verschwand.

* * *

Matt konnte seine Freunde endlich sehen, als die vier aus ihren Aufwachräumen entlassen wurden.

Aster warf sich mit einem kläglichen Jaulen in seine Arme. Das erregte Aufmerksamkeit, aber das war ihm egal, und er drückte sein Gesicht in ihr weiches Fell.

„Haben mich verletzt. Nicht fair! Habe *ihr* Eis nicht genommen."

Matt hielt inne und blinzelte seine Gefährtin an, die merkte, dass sie zu viel verraten hatte.

Er legte ihren Eisdiebstahl für ein späteres Gespräch beiseite und zog die sich nähernde Liz in die Umarmung, bevor Conor und Emily sich ihnen näherten.

Nach einem geflüsterten Check-up mit Liz umarmte Matt die beiden, was Emily ein Augenrollen und einen leichten Hieb entlockte.

„Verdammt, Matt, das letzte Mal warst du nicht so."

Sie erwiderte die Umarmung, was ihren Worten die mögliche Bissigkeit nahm.

Matt zuckte ungeniert mit den Schultern. „Ich war nicht bei dir, und das macht es noch viel schlimmer. Ich hätte uns wahrscheinlich nicht alle retten können. Ich bin nicht so arrogant, das zu denken, aber ich konnte überhaupt nichts tun, und das ist scheiße."

Emily umarmte ihn noch einmal halb, bevor sie sich alle zum Gehen wandten. „Das ist schon in Ordnung. Annie ist immer noch stinksauer."

Conor lachte. „Ja, ich kann das Chatprotokoll sehen. Zweihundertneunzehn Nachrichten."

Emily schnaubte. „Das ist weniger als die Hälfte der persönlichen Nachrichten, die sie mir geschickt hat."

„Wenigstens ist sie entkommen und ist auf dem Weg zurück. Das ist das Wichtigste." Liz hatte einen merkwürdigen Ton in ihrer Stimme, der Matt dazu brachte, sie besorgt anzusehen. Sie schenkte ihm nur halb ihre Aufmerksamkeit, und aus dem Flackern ihrer Augen schloss er, dass sie die Informationen der letzten Stunden noch einmal durchging.

Er hatte die Informationen bereits Stück für Stück aufgenommen.

Die Lage war nicht so katastrophal, wie sie anfangs ausgesehen hatte. Eine ansehnliche Anzahl einzelner Überlebender aus verschiedenen Quellen versammelte sich und versuchte, die Situation zu retten.

Das hielt einige Kommandeure nicht davon ab, zu versuchen, ihren Einfluss zu vergrößern und die Kontrolle zu übernehmen. Das verursachte ein gewisses Chaos, und niemand wusste, was er tun sollte, während die etablierte Führung von der Bildfläche verschwunden war.

Da die Abklingzeit für seine Heilung noch fünf Tage betrug, hatte Matt die Situation genau beobachtet, konnte aber nicht direkt eingreifen.

Theoretisch könnte er als Pfadgänger-Verbindungsmann fungieren, aber das bedeutete wenig. Es war eine Position, die es den Leuten erlaubte, sich abkühlen zu lassen, weil sie keine direkte Autorität besaßen. Sie hatten nur ein Vetorecht, um die Pfadgänger in den Kampf zu schicken.

Liz könnte in dieser Rolle sowieso viel besser auftreten.

Sie waren zurück in ihrer Suite, als Matt begann, Aster zu verhören.

Sie leugnete alles, aber ihre verstohlenen Blicke zum Kühlschrank gaben Matt die Bestätigung, die er brauchte. Sie hatten immer Eis für den Fuchs vorrätig, aber normalerweise war der Gefrierschrank sicher, denn sie hatte keine Daumen oder eine Möglichkeit, so hoch zu klettern.

Als er die Tür öffnete, schien alles an seinem Platz zu sein, aber als er einen der Eiscremebehälter öffnete, fand er ihn mit Eis gefüllt. Nicht mit Eiscreme, sondern mit Eis.

Aster schrumpfte in sich zusammen und wich seinem Blick aus.

„Deshalb hast du also nur an deinem Essen geknabbert?"

Durch ihre Verbindung erhielt er: „Hatte Hunger, hat zu gut gerochen."

Eigentlich war Matt gar nicht so wütend. Ehrlich gesagt war er eher beeindruckt, dass sie die Eispackungen bekommen hatte und so vorausschauend war, die Behälter zu füllen, damit sie ihre Form und ihr Gewicht behielten.

Er hielt sich das aus dem Gesicht, während er den Fuchs sanft zurechtwies.

Als er ihr sagte, dass sie ihr erst wieder zum regulären Zeitpunkt Eis kaufen würden, wenn sie nicht alles aufgegessen hätte, fiel sie um und jaulte.

„Nicht fair!"

„Werde meine Kraft verlieren!"

„Werde verhungern."

Bei dieser Beschwerde musste er eingreifen. „Du hast drei Kilo Eiscreme gegessen. Du wirst nicht verhungern."

Matt versuchte, sich ein Lächeln zu verkneifen, aber er erstarrte, als Aster innehielt und sich mit aufgestellten Ohren und Schwanz aufrichtete, als ihre Traurigkeit in Freude umschlug.

„Kaufe einfach mein eigenes Eis!"

Matt öffnete den Mund und schloss ihn dann wieder, den Finger immer noch ausgestreckt. Darauf hatte er nichts zu erwidern, versuchte es aber trotzdem. „Du kannst nicht von Eiscreme leben."

„Werde Herzen besorgen. Eiscreme und Herzen."

„Du brauchst immer noch eine ausgewogene Ernährung." Es war eine schwache Ausrede, aber sie brachte ihn auf eine zweite Idee: „Willst du meine Kochkünste nicht genießen? Kein geschmortes Kaninchen mehr."

Asters Schwanz zuckte, dann fiel er leicht.

Sie drehte sich um und begegnete seinen Augen mit ihren eisblauen Augen, in denen Tränen schimmerten. „Aber ich mag Kaninchen ..."

Ihr fragender Ton schien sich nach einer Bestätigung zu sehnen, dass er ihr nicht ihr Lieblingsgericht wegnehmen würde.

„Ich koche es nur, wenn du es auch genießen kannst. Und wenn du mit Eiscreme vollgestopft bist, kannst du es nicht genießen."

Das schien sie zu überzeugen, und sie hüpfte fröhlich ins Wohnzimmer.

Kopfschüttelnd versprach sich Matt, niemals ein echtes Kind zu bekommen. Eine kleine Schwester in Fuchsform war schon schlimm genug. Und dank ihres Tier-Aufstiegs und der Wirkung des Baums der Vollkommenheit alterte sie schnell.

Der Umgang mit einem echten Kleinkind kam mir wie eine Folter vor.

Annie kam spät in der Nacht zurück und war sichtlich froh, dass es ihrer Schwester und dem Rest des Teams gut ging.

Matt entging die Verlegenheit nicht, als sie Conor umarmte, denn Annie löste sich aus der Umarmung mit einem leichten Rosaton, was alle anderen so taten, als würden sie es nicht bemerken.

Am nächsten Morgen fand Matt Annie mit einer Reihe von Klingen umgeschnallt in ihrem Zimmer, während er für alle kochte.

Matt versuchte, die entschlossene Frau mit einem „Warte" zu stoppen.

Meistens funktionierte es, und sie hielt lange genug inne.

„Wie lautet dein Plan?"

Annie sah ihn an, als sei er dumm, als sie sagte: „Ich werde ein paar Mal auf Sara einstechen und mich dann durch ihre Organisation arbeiten." Sie tippte auf ihre Bandoliere. „Ich habe für jede Person ein Messer dabei. Messer für alle!"

Ihr Lächeln hatte nichts von der Fröhlichkeit in ihrem Gesicht.

Matt war in dieser Nacht mit Liz beschäftigt gewesen. Keinem von ihnen war etwas recht, und sie hatten die meiste Zeit der Nacht damit verbracht, die Überlebenden des Königreichs zu überprüfen. Sie waren sich ziemlich sicher, dass einige von ihnen Spione des Königinnentums waren.

Liz schlurfte aus ihrem Zimmer und als sie Annie sah, fragte sie, während sie ein Gähnen unterdrückte: „Hast du es ihr schon gesagt?"

„Nein."

„Mir was gesagt?"

Liz schaute in die Pfanne, während Matt antwortete: „Wir haben gestern Abend Informationen gefunden und glauben, dass wir ein paar Spione in der Hierarchie des Königreichs ausgemacht haben."

Liz stellte vier Teller mit Eiern ab, während Aster sich ihren eigenen Stuhl nahm und anfing zu essen. Sie fand ihre Untersuchung langweilig und schlief schnell ein.

Beim Frühstück erläuterten sie ihre Erkenntnisse, während Annie zustimmend nickte. Sie war nicht so dumm, sie zu ignorieren, und stimmte schließlich den meisten ihrer Argumente zu, setzte sich aber auch ein paar eigene Ziele.

Nach dem Essen war sie zur Tür hinaus, bereit, ein paar Kommandanten auszuspionieren und sie zu beseitigen, wenn sie sich als hinterlistig herausstellten.

Da sie ohnehin vorhatte, es den Leuten heimzuzahlen, die sie in den Hinterhalt gelockt hatten, war sie froh, weitere Ziele zu haben. Allerdings war es schwieriger, sie dazu zu bringen, sich auf das Sammeln von Informationen zu beschränken, bis Matt seine Heilungsphase beendet hatte.

Sie wollte sie sofort bestrafen.

Mit dem Versprechen, nur zu beobachten, ging sie zur Tür hinaus und verschwand aus ihrem Blickfeld.

Matt und Liz informierten den Rest des Teams über ihren Plan, als sie aufwachten, und die fünf versuchten, die Kommandostruktur des Königreichs nach weiteren Verdächtigen zu durchsuchen.

* * *

Annie stand neben ihrer neuesten Verdächtigen und lauschte dem Gespräch.

Die Frau war in ihrem Bad und faulenzte. Sie schmiedete ein Komplott gegen ihr eigenes Volk, aber nicht mit der Königin, sondern mit anderen Opportunisten im Königreich.

Annie schlüpfte aus dem Bad und teleportierte sich, nachdem sie ihr Mana überprüft hatte, an der Tür vorbei. Das war viel einfacher, als die Tür zu schließen, als sie hinter der Frau eintrat.

Sie musste drei Manasteine verbrauchen, um den schnellen Verlust ihrer Unsichtbarkeit auszugleichen. Die Unsichtbarkeit durch ihr Talent und sogar eine geringere Stufe der Unsichtbarkeit waren kostenlos. Aber wenn sie sich durch harte, unwegsame Objekte bewegte, wurde sie schnell ausgelaugt.

Während sie sich auf den Weg zum nächsten Ziel machte, dachte sie über ihre Aufgabe nach und kam dabei auf ihr Konzept zu sprechen. Sie hatte ihren Satz schon vor Wochen entdeckt, aber niemandem davon erzählt, nicht einmal ihrer Schwester.

Es war einfach zu beschämend.

Sie hatte sogar eine gute Vorstellung von dem Bild, das ihr gefiel. Nicht das, das sie wollte, aber das, welches passte. Sie konnte sich jederzeit ein Konzept zurechtlegen, aber sie wehrte sich dagegen, es zu verfestigen.

Es gefiel ihr nicht, was sie über sich selbst erfahren hatte.

Das war Teil der Ironie.

Ich tue, was nötig ist.

Sie hatte eine Vorstellung von ihrem Bild. Annie war die Klinge in der

Dunkelheit, die Klinge *der* Finsternis. Sie war diejenige, die Verbündete ausspionierte, um Verräter zu finden. Sie würde sich die Hände schmutzig machen. Wo andere sich wegduckten, stellte sie sich der Herausforderung.

Auch wenn es eine widerwillige Erkenntnis war. Sie hätte versuchen können, etwas anderes zu erzwingen, aber die Realität war, dass sie alles *genoss*. Die schleichenden und eiligen Bewegungen gaben ihr einen Rausch wie nichts anderes.

Das Leben ihres Ziels zu nehmen und dann zu fliehen war besser als jeder Nervenkitzel, den sie sich vorstellen konnte.

Das fühlte sich falsch an.

Sie tat, was andere nicht tun wollten, aber sie glaubte nicht, dass sie es genießen sollte. Die Ungewissheit ließ sie sich zurückhalten.

Am Ende wusste sie, dass sie eine Entscheidung treffen musste, und es fühlte sich an, als stünde sie an einem Scheideweg. Bevor sie zu dieser Erkenntnis gekommen war, hatte sie es geschafft, die Klinge scharf zu stellen und das Bild einer Klinge zumeist zum Funktionieren zu bringen.

Sie konnte immer ein Konzept um eine Standard-Schärfe-Idee herum bilden und wie eine gewöhnliche Attentäterin für Delve-Rifts kämpfen. Aber diese Idee gefiel ihr nicht so gut wie die zweite Option. Es könnte für sie funktionieren, aber es war nicht die perfekte Lösung.

Das Notwendige zu tun, passte wie angegossen, aber das damit verbundene Bild nicht.

Als sie ihr nächstes Ziel, Kepler, fand, folgte sie ihm und beobachtete seine Interaktionen.

Sie wusste sofort, dass er ein Spion war.

Der Idiot hat nicht einmal versucht, es zu verbergen. Oder er war äußerst unvorsichtig geworden. Ein Date mit einem Mann aus dem Königinnentum mochte ja noch unschuldig genug wirken, aber sein halbherziger Versuch, seinem Date heimlich eine versiegelte Tüte zu überreichen, war mehr als offensichtlich. Vor allem, wenn das Date kurz darauf endete.

Das versetzte alle ihre Sinne in höchste Alarmbereitschaft. Sie kannte Fürst Albert nicht wirklich. Sie hatte Juni mehr als einmal getroffen, und nach dem, was Matt und Liz über ihre Zeit auf dem Planeten im Kampf gegen die Golems erzählt hatten, war der Mann alles andere als dumm. Davon hatte sie sich selbst überzeugt, als sie während der Belagerung der ersten Stadt unter seinem Kommando stand.

Sie konnte auf keinen Fall glauben, dass jemand, der so kompetent war, nichts von der grassierenden Korruption in den mittleren Rängen seiner Kommandeure wusste. Die einzige Möglichkeit, an die sie glaubte, war entweder, dass er selbst ein Verräter war, oder dass sie es wussten und ihr Team nicht in seine Pläne eingeweiht war.

Diese Möglichkeit schickte sie in den nächsten zwei Tagen auf die Suche, wenn sie nicht gerade ein Ziel verfolgte. Das einzige Mal, dass sie sich ausruhte, war, als sie ihre Manasteine von Matt auffüllen ließ.

Sie ruhte sich aus, während er endloses Mana in schnell umwandelnde Manasteine schüttete und dann das Mana in ihre Speicher übertrug. Währenddessen machte sie ein Nickerchen, aber ansonsten strengte sie sich weiter an.

Erst als sie begann, Alyssa zu folgen, fand sie den Beweis, den sie suchte.

Ein Spion des Königinnentums verfolgte die Frau. Sie waren gut, aber Annie war besser. Sie konnte zugeben, dass sie ohne ihr Talent vielleicht nicht so gut war, aber sie hatte ihr Talent, also folgte sie dem Beobachter, der jeden Schritt von Alyssa beobachtete.

In den nächsten Tagen enträtselte sie die Spionageabwehr des Königinnentums. Für eine Organisation, die gerade enthauptet worden war und nun vor sich hin dümpelte, verfügte sie über ein gut ausgebautes Netz von Beobachtern.

Es war nicht offensichtlich, aber sie fand Dutzende Leute, die an statischen Orten arbeiteten oder für die Abdeckung eines bescheidenen Gebiets mit begrenzter Bewegung verantwortlich waren. Sie meldeten Informationen über sichere Pads und hielten sich dabei zurück, um nicht aufzufallen.

Das Königreich schien in jeder Position einen zu haben. Mit diesem Wissen konnte Annie die Spione identifizieren, indem sie sich die Leute ansah, die nicht aktiv überwacht wurden. Anscheinend verschwendete das Königreich keine Arbeitskräfte, um diejenigen zu beobachten, von denen sie wussten, dass sie abtrünnig waren, und setzte stattdessen Ressourcen ein, um neue Spione ausfindig zu machen.

Liz und Matt baten sie wiederholt, niemanden zu töten, bis sie bereit waren. Aber als der Mann mit zu viel Mana noch einen Tag Abklingzeit für seine Heilung hatte, beendeten sie die Überprüfung ihrer Ziele und sie ruhte sich für den Spaß aus, der folgen würde.

* * *

Matt und Liz bereiteten ihre nächsten Schritte vor, während sie sich ein Bild von der Korruption machten. Sie waren sich schnell einig, dass der Fürst und Juni einen Plan hatten, nachdem Annies Informationen wieder aufgetaucht waren, aber das war ihnen egal.

Die Spione und Verräter sorgten dafür, dass die politische Situation unruhig blieb, und die verbliebenen Spitzen-Pfadgänger waren kaum in der Lage, die Dinge zusammenzuhalten. Die beiden intakten Teams führten ihre Truppen an und versuchten, Verstärkung zu bekommen, um die Armeen anzugreifen, die die Königreichsstädte umgaben.

Die anderen Pfadgänger, die alle einzelne Überlebende aus dezimierten Teams waren, hatten weniger Zusammenhalt. Ihre Unerfahrenheit in der Politik machte die Uneinigkeit nur noch größer.

Matt hatte sie wissen lassen, dass er, sobald er seine Heilungsphase beendet hatte, wieder für Ordnung sorgen wollte.

Als das Team ihn fragte, wie er das anstellen wolle, antwortete Liz für ihn. Er würde die gleiche Taktik anwenden, die jeder andere in einem Machtkampf einsetzen würde.

Überwältigende Macht.

Eine unsichtbare, stichfreudige Trumpfkarte schadete ebenfalls nicht.

Sie wollten sich wirklich auf ihre gesammelten Informationen verlassen. Und nachdem sie ein paar der Spione getötet hatten, erwarteten sie, dass die meisten Leute sich fügen würden.

Der Knackpunkt war, die richtigen Leute zu töten, ohne alle gegen ihn aufzubringen. Das Letzte, was er brauchte, war, die Führung ungewollt gegen sich zu vereinen.

Matt war unglaublich nervös, aber nachdem Liz ihm versichert hatte, dass er es nicht *so* schlimm vermasseln konnte, war er bereit, es zumindest zu versuchen.

Am nächsten Morgen kam er zu dem Bereich, der zur „Kommandozentrale" geworden war. In Wirklichkeit war es nur der Ort, an dem sich die überlebenden Anführer jeden Tag miteinander stritten.

Matt fühlte sich wie ein Idiot, als seine gepanzerte Gestalt die Tür eintrat. Das war Annies Aufforderung, sich mit der Situation abzufinden.

Er wusste, dass es nur theatralisch war; so etwas Widerwärtiges würde er nie tun. Die Tür, der Rahmen und die Wand waren aus verstärkten Tier 7-Materialien gefertigt. Ihm würde das Mana ausgehen, bevor er die Tür eintreten konnte.

Annie versprach, dass sie sich darum kümmern würde, und nachdem sie den Rest des Teams davon überzeugt hatte, dass das den richtigen Ton treffen würde, gab Matt nach.

In Anbetracht der Tatsache, dass die Tür bei seinem [Magier-Rückzug]-Tritt fast aus den Angeln flog, entspannte er sich und trat durch den nun leeren Metallrahmen.

Annie hatte ihre Arbeit getan. Jetzt war er an der Reihe.

Jemand stand auf und rief: „Was zum Teufel machst du da?!"

Matt schlug ihm so fest ins Gesicht, wie er konnte. Der Mann sackte zusammen, und bevor er auf dem Boden aufschlug, war er weg.

Sie hatten Annies Kontakte mit der Attentatsmeldestelle genutzt, um die Armee wissen zu lassen, dass sie aufräumen und bereit sein würden, Leichen zu beseitigen.

Als er die vielen schockierten Gesichter sah, nutzte Matt die vorübergehende Stille, um auf den Tisch zu springen und alle Anwesenden anzuschreien.

„Ihr seid die dümmste Gruppe von Menschen, von der ich je gehört habe!"

„Das ist nicht fair. Wir ..."

Matt kickte ein Pad gegen den Sprecher. Sie waren nicht rot markiert wie die bekannten Spione, also tötete er sie nicht sofort, sondern sprach weiter.

„Das Königinnentum tötet den Großteil der Führung, um eine koordinierte Reaktion zu verhindern, und ihr streitet alle um individuelle Macht. Sie haben bereits Durchbrüche in einer Mauer. *In weniger als einer Woche.* Alles nur, weil ihr euch nicht vereinigen könnt, um Widerstand zu leisten."

Eine Welle von Geräuschen traf Matt, als alle ihre Unschuld beteuerten.

Matt ignorierte das meiste davon, bis eine Frau, die rot markiert war, seine Aktion kopierte, indem sie sich auf einen Tisch stellte und rief: „Genau! Wie ich schon seit Tagen sage. Wir brauchen Einigkeit."

Sie streckte eine Hand nach Matt aus und sagte: „Wir müssen unsere Kräfte sammeln und hart zuschlagen."

Matt streckte die Hand aus und nahm die angebotene Hand in seine gepanzerte.

Annie brauchte nichts gesagt zu werden, und eine Nachricht, in der die Frau mit einer höheren Königin sprach und einen Beutel mit Manasteinen erhielt, wurde für alle abgespielt.

Es gab Laute der Überraschung und des Lachens, als Matts Griff fester wurde, er die Frau zu sich zog und ihr eine Stachelfaust in die Brust rammte.

Jenifer stieß ein letztes Mal Blut aus, als Matt sie wegschob, um von der Armee abgeholt zu werden.

Er rief: „Keiner von euch kann dem anderen vertrauen, denn ihr seid alle ein Haufen verlogener, verräterischer Scheißkerle! Es sind neun andere Verräter unter uns, genau jetzt. Oder zumindest neun, gegen die wir Beweise haben."

Als der Geräuschpegel wieder anstieg, rief er: „Nein, jetzt habe ich das Wort! Ihr müsst alle zuhören. Ihr hattet tagelang Zeit zum Reden und seid *nicht* weitergekommen."

Er verband seine KI mit dem größeren Wandbildschirm und spielte die Videos der anderen Verräter in schneller Folge ab. Die Leute um die Spione herum hielten sie schnell zurück, und Matt rief, um die Aufmerksamkeit aller wieder auf sich zu lenken.

„Sie sind nicht die Einzigen! Wir haben noch mehr Spione, die beseitigt werden müssen. Aber bis Fürst Albert von seiner Abkühlphase zurück ist, habe ich das Sagen. Euer Königreich und dieser Krieg sind mir scheißegal." Er klopfte sich auf die gepanzerte Brust. „Es geht mir um die Punkte, und ich werde nicht zulassen, dass ihr dummen Wichser mir das vermasselt."

„Das ist nicht richtig! Du hast keine Macht über uns!", rief ein größerer Mann. Matt zuckte mit den Schultern und schlug ihm dann auf die Brust.

Er hatte die Stacheln zurückgezogen, aber er spürte immer noch, wie Dinge zerbrachen.

„Das ist deine erste und einzige Warnung. Die nächste Person, die sich beschwert, wird für zwei Wochen in den Urlaub geschickt."

Er machte eine Pause, um sie die Information verarbeiten zu lassen, und fragte dann sarkastisch: „Möchte noch jemand einen Einwand erheben?"

Als niemand mehr etwas sagte, begann Matt, seine Befehle zu verteilen. Er wiederholte hauptsächlich die Pläne, die sie und ihre KI ausgearbeitet hatten, und das brachte die Leute in Bewegung.

Die ganze Zeit über fühlte sich Matt absolut beschissen. Er fühlte sich genau wie Heilerin Iris, die vor einer gefühlten Ewigkeit versucht hatte, Asters Ei zu stehlen. Er benutzte seine größere Macht, um denen, die schwächer waren als er, seine Wünsche aufzuzwingen.

Liz und sein Team hatten ihn davon überzeugt, dass sie mit den Pfadgängern außerhalb der normalen Kommandostruktur nichts tun konnten, außer den Widerstand aller mit physischer Gewalt zu brechen, da sie in dieser Situation keine politische Macht hatten. Zumindest konnten sie nichts tun, um die Situation schnell zu lösen.

Die Tatsache, dass es zu ihrem eigenen Besten war, machte seine Bedenken nicht kleiner oder besser. Es machte die Sache auch nicht leichter.

Diese Leute waren ihm in Sachen Tier und Macht ebenbürtig. Aber mit seinen überdurchschnittlichen Kampffähigkeiten beugte er sie nach seinem Willen.

Trotzdem schrie er seine Befehle, und als sich eine Frau dagegen sträubte, ihre Kräfte mit jemandem zu vereinen, den sie hasste, hielt er Annie nicht davon ab, ihr ein Messer in die Brust zu rammen.

Seine Teamkollegin hatte etwas gesagt, das ihm im Gedächtnis geblieben war, als er seine Bedenken über ihren Plan äußerte. Manchmal muss man das tun, was nötig war, und nicht das, was man gerne tun würde.

Es erinnerte ihn an die Tötung von Zoey im Golemkrieg. Die Frau gefährdete alle, die schwächer waren als sie und musste beseitigt werden. Matt hatte sie getötet, um weiteren Schaden zu verhindern. Er machte sich Sorgen, dass solche Vorfälle nur noch häufiger vorkommen würden.

Er hatte getan, was nötig war, aber während er Befehle rief, machte er sich Gedanken darüber, dass dies nicht *wirklich* notwendig war. Er hatte keinen Anteil an diesem Krieg.

Selbst wenn er mehr Punkte sammelte, schien das kein triftiger Grund zu sein, seine Macht über die Schwächeren auszuüben. Die ganze Sache hinterließ einfach einen bitteren Geschmack in seinem Mund.

Aber er hörte nicht auf, Befehle zu erteilen und seine gepanzerte Gestalt jedem zuzuwenden, der sich widersetzte, und sie einzuschüchtern, damit sie seinen Befehlen folgten.

* * *

Albert und Juni saßen und schauten sich gerade eine Sendung an, als ihre Informanten berichteten, dass Matt und die Attentäterin seines Teams die Macht übernommen hatten. Sie sahen sich die Aufzeichnung an, wie sie den Raum stürmten und mit ihrer Kraft um sich warfen.

Aus der Gleichgültigkeit wurde Sorge, als der Mann begann, Spione und Verräter zu töten.

Sie brauchten einige der Spione und Verräter, um ihren eigenen Plan in die Tat umzusetzen.

Albert schaute zu Juni, als jemand, den sie nicht als Spion registriert hatten, geoutet wurde.

Juni fluchte, während er sich Popcorn in den Mund schob. „Na ja, verdammt. Wenigstens einen haben sie erwischt."

Albert starrte ihn an. Sie hatten eine Menge Geld ausgegeben, um nicht überrascht zu werden. Es war viel zu spät in ihrem Plan, um unbekannte Akteure zu haben.

Juni zuckte mit den Schultern. „Edward ist ein kleiner Spieler. Er war unwichtig, also ist es okay, wenn wir ihn nicht mehr haben. Unsere Grabungsteams wurden gut überprüft, und er hatte mit keinem von ihnen Kontakt. Uns geht es gut, Albie."

Sein Freund kaute und sagte dann: „Die Würfel sind gefallen. Die Würfel sind gefallen ..." Er winkte mit der Hand ab: „Andere Klischeesprüche. Blabla, blabla, blabla. Wir können jetzt nur noch unser Bestes geben. Es ist wirklich eine gute Sache. Sie werden mindestens ein oder zwei Tage brauchen, um eine große Armee aufzustellen, und ich bezweifle, dass sie sofort angreifen werden. Wenn wir zurückkommen, können wir sie in die Hauptstadt des Königinnentums umleiten."

Albert versuchte sich zu entspannen, aber die Drohung des Königs ging ihm nicht aus dem Kopf. Er wollte nicht von seinem eigenen Vater getötet werden, weil die Pfadgänger alle seine Truppen in einer dummen Schlacht in den Tod geschickt hatten.

Ihm blieb nichts anderes übrig, als zu warten, also schnappte er sich die Schüssel Popcorn von Juni und sah sich wieder die Show an. So sehr er sich auch bemühte, er konnte nicht aufhören, seinen Blick wieder auf Matt zu richten und zu beobachten, wie er Befehle erteilte.

Kapitel 29

Matt hat nicht das getan, was er erwartet hatte, als er die militärischen Angelegenheiten des Königreichs übernahm.

Er hatte erwartet, dass er Truppen in die Schlacht führen würde, ohne sich um andere Dinge zu kümmern. Er hatte sich geirrt.

So, so sehr.

Er versuchte, die Logistik für den Transport von einer Million Menschen in Trupps von zehntausend Personen zu planen. Ohne die Möglichkeit, Punkte auszugeben, konnte er nicht für so viele Menschen sorgen, und er hatte einfach nicht die persönlichen Punkte, die er ausgeben konnte. Zu allem Übel konnte er auch noch zusehen, wie sich die Punkte auf Königreichsebene ansammelten, aber er konnte sie nicht benutzen. Sie könnten alle seine Bedürfnisse in Sekundenschnelle erfüllen.

Es hätte ganz einfach sein sollen. Ihnen einfach Essen und Wasser und ihre Befehle geben. Das war alles, was sein Team für längere Aufenthalte in der Wildnis oder in Klüften brauchte. Sie hatten es getan, und als er das den anderen vorschlug, sahen sie ihn an, als sei er ein Idiot.

Sie hatten recht.

Bei all seinen Feldzügen mit den größeren Armeen hatte Matt eine einfache Tatsache nicht erkannt.

Die Menschen brauchten immer Mana.

Logischerweise wusste er, dass das für die meisten Menschen ein Problem war, aber ihm war nicht klar, wie viel Ressourcen das Königreich für die Beförderung einer beliebigen Anzahl von Kämpfern ausgab.

Jedes Standard-Fluggerät kostete etwas mehr als 10 Mana pro Stunde, um die durchschnittliche Fluggeschwindigkeit für effiziente Tier 6-Geräte aufrechtzuerhalten. Diese Zahl vervielfachte sich unkontrolliert, wenn sie für längere Zeit mit Höchstgeschwindigkeit flogen, aber das ignorierte er.

Für ein oder zwei Personen über ein oder zwei Stunden war das nichts. Aber wenn du eine Million Menschen in einer Gruppe bewegen musste, stiegen die Mana-Kosten enorm. Für einen zehnstündigen Flug, mit dem man eine Armee in Position bringen konnte, um den Feind anzugreifen, brauchte Matt hundert Millionen Mana. *Einhundert Millionen* Mana, nur um anzugreifen.

Das war unmöglich.

Die Städte waren von fast allen verfügbaren Truppen des Königinnentums umzingelt, und an jeder Belagerung waren mindestens drei Millionen Soldaten beteiligt. Sobald die Soldaten ihre Abklingzeit für die Heilung beendet hatten, zogen sie los, um die Armeen zu verstärken.

Matt brauchte mehr Mana, damit seine Truppen eine Hit-and-Run-Taktik anwenden konnten. Andernfalls wären sie anfällig für Gegenangriffe und würden am Ende dezimiert werden.

Um einhundert Millionen Mana allein mit seinem Skill zu erzeugen, brauchte Matt etwas mehr als vierzehn Tage. Da war das zusätzliche Mana noch nicht eingerechnet, das er danach mobilisieren musste. Selbst wenn er nur rumsaß und Mana erzeugte, hatten sie nicht genug Platz, um so viel Mana zu speichern.

Was ihn am meisten ärgerte, war, dass selbst ein Tier 6-Nahkämpfer in der Lage sein sollte, seine Mana-Kosten allein mit seiner Regeneration zu decken. Aber sie weigerten sich mit der Begründung, dass sie es zum Üben und Trainieren brauchten. Er war sich ziemlich sicher, dass sie den Befehl des Fürsten befolgt hätten, aber so widersetzten sich die Leute einfach seinen Befehlen.

Und dann war da noch das Essen. Matt hatte erfahren, dass sich beide Seiten nicht die Mühe gemacht hatten, die Rationen auf die übliche Weise zu beschaffen, sondern sie einfach in großen Mengen von der Armee kauften.

Das hatte ihn verblüfft. Sogar in seinem rückständigen Drecksloch von Heimatwelt wurden Rifts für die Landwirtschaft genutzt. Sie ließen ein Team hineingehen und einen Rift mit Sonnenlicht und annehmbarem Boden freimachen, und sobald es keine Bedrohung mehr gab, ließen sie Agrarroboter los, die die Pflanzen säten und bewässerten. Nachdem die Ernte gewachsen war, ernteten die Roboter die Pflanzen und verließen den Rift mit einer vollen Ladung an Produkten.

Auf anderen Planeten mit höherem Tiers gibt es nur Pflanzenmagier mit dem Tier 8-Skill [Wachsen]. Oder, noch besser, der Tier 14-Skil [Farm]. Mit einem einzigen Tier 8-Magier konnten sie Hektar für Hektar anbauen und mussten sich nur um die Bodenfruchtbarkeit und die Ernte kümmern.

Mit dem Tier 14-Zauber brauchten sie sich darüber keine Sorgen zu machen. Der Skill pflanzte, wuchs und erntete die ausgewählte Pflanze in Sekundenschnelle. Sie versorgte den Boden sogar mit den nötigen Nährstoffen, ohne den Boden zu beeinträchtigen, was nur Mana kostete.

In der Armee gab es keine der beiden Skills zu kaufen; das hatte er bereits überprüft. Er wäre bereit gewesen, den Skill zu kaufen, nur um die Armee in Bewegung zu setzen, aber er hatte nicht einmal die Möglichkeit dazu.

Also war er gezwungen, für jedes Problem eine andere Lösung zu finden.

Matt hatte das Manaproblem größtenteils durch eine einfache Lüge gelöst.

Er hatte einfach allen gesagt, sie sollten ihr Erspartes herausholen und die Manasteine selbst kaufen, und der Fürst würde ihnen das Doppelte zurückzahlen, wenn er die Punkte ausgeben konnte.

Es war seine Schuld, dass Matt sich mit dieser Scheiße herumschlagen musste, und er konnte selbst einen Teil der Kosten übernehmen, wenn es soweit war.

Das Essen war immer noch eine Frage, aber er dachte, er hätte auch darauf eine Antwort. Sie könnten sie dem Feind stehlen. Er wollte eine Verstärkungskarawane des Königinnentums überfallen und ihr Essen stehlen.

Es war auch ihre Schuld, dass Matt sich mit diesen Problemen herumschlagen musste, und vom Feind zu stehlen war nie eine schlechte Sache.

Er überprüfte seine Zahlen zum dritten Mal und ließ seine KI die Zahlen zum zehnten Mal durchgehen.

Es sah nicht gut aus.

Wenn sie erfolgreich einen Nachschubtrupp einnahmen, bekamen sie Manasteine und Nahrung, sodass ihre Teams sich austoben und die belagernden Armeen bedrängen konnten.

Aber wenn er daran denken konnte, konnte es die Königin auch.

Deshalb zog Matt eine riskantere Option in Betracht.

Von allen Militäroperationen des Königreichs, die nach der Ausschaltung der Führung zusammengebrochen waren, waren die Späher voll einsatzfähig geblieben. Sie waren sogar bereit, sich zu fügen, als Matt bekräftigte, dass er das Kommando abgeben wollte, sobald der Fürst zurück war.

Danach hatte er eine halbwegs gute Vorstellung davon, wie er all seine Bedürfnisse befriedigen konnte. Es blieb nur noch abzuwarten, ob er es auch durchziehen konnte.

* * *

Annie schlenderte durch das Hauptquartier der Königin, so wie sie es in den letzten zwei Tagen getan hatte.

Sie würde Sara töten. Es war nicht die Frage, ob. Es war nur eine Frage des Wann und Wie.

Die Frau hatte sich irgendwo versteckt. Sie nahm an, dass es sich um eine Art Panikraum handelte. Wenn sie ausgeschaltet würde, hätte die Königin die gleichen Probleme, über die sich Matt beschwert hatte.

Sie hatte sich einen Weg in die Zentrale gebahnt, indem sie vorsichtig hinter den Leuten herlief und sich so frei im Gebäude bewegen konnte. Es war identisch mit dem Gebäude, das sie kannte.

Das Problem war nur, dass sie Sara nirgends finden konnte.

Annie war ihrer rechten Hand gefolgt. Sie war den Essenswägen gefolgt. Sie hatte es sogar geschafft, das Gebäude zu erklimmen, um das Zimmer zu finden, das ihr gehören sollte. Die Prinzessin war einfach nicht da.

Der Raum sah überhaupt nicht bewohnt aus.

Annie gingen die Ideen und die Zeit aus.

Sie wollte Sara ausschalten, bevor die erste Armee ausrückte, aber mit jeder Minute, die verstrich, sah es so aus, als würde sie es nicht schaffen.

Diese Tatsache begann an ihr zu nagen, und ein Flüstern in ihrem Hinterkopf bestätigte, dass sie Sara mit ihrem Konzept finden würde. Sie musste es nur zu Ende bringen und akzeptieren, dass sie ein Monster in Menschenhaut war.

Es wäre so einfach, in diesen Kaninchenbau zu fallen, aber sie verweigerte es. Ihr Bild war nicht perfekt. Sie konnte es schaffen, aber sie war kein hirnloses Monster und der Versuch, ein solches Bild zu schaffen, war unglaublich schwer.

Sie konnte nicht leugnen, dass es die Sache einfacher machen würde. Sara musste sterben, und Annie glaubte, dass die Verurteilung es ihrem Konzept erlauben würde, ihr dabei zu helfen, die Frau zu finden und zu töten.

Trotzdem widerstand sie.

Annie versteckte sich gerade in einem Garten, wo sie einen jungen Mann dabei beobachtete, wie er verschiedenen Gewächse schnitt. Sie war sich ziemlich sicher, dass es sich um Kräuter handelte, denn sie erinnerte sich an den Geruch, den Liz bei einigen Gelegenheiten verströmt hatte. Als er damit fertig war, die dekorativen Hecken in perfekte Kugeln zu schneiden, begann er, etwas in der Erde zu überprüfen und goss danach ein paar der Pflanzen.

Es war beruhigend, dem Mann bei der Arbeit zuzusehen. Er war völlig in seine Aufgabe vertieft und schien glücklich zu sein.

Die Art und Weise, wie er das Wachstum der Pflanze lenkte, hatte etwas Besonderes an sich. Das Pflegen und Beschneiden fand sie faszinierend, aber als sie darüber nachdachte, konnte sie nicht genau sagen, warum sie sich davon angezogen fühlte.

Der Anblick war eine nette Ablenkung, doch sie ging weiter.

Sie hatte das Bedürfnis, Talous und sein Team zu töten, wenn sie ihnen begegnete. Bei den Prügeln, die Matt dem Mann verpasst hatte, konnte es nicht sein, dass er keine zweiwöchige Abkühlphase hatte.

Über die toten Eltern ihrer Freundin zu lästern, war nichts, was sie übersehen wollte. Sie schlich weiter um die Basis herum und achtete darauf, ihre Unsichtbarkeit zu bewahren, indem sie Hindernissen und Menschen auswich. Sie wollte auch kein Mana verschwenden. Schließlich fand sie Talous' Teamraum und wartete.

Die Wächter der Armee genehmigten einen Anschlag auf den Rest des Teams des Mannes, also inspizierte sie das Schloss, um ihre beste Einbruchsmethode zu planen. Sie hatte nicht vor, sie zu töten, bevor sie Sara getötet hatte. Kein Grund, ihre Anwesenheit zu verraten.

Sie lauschte auf die gedämpften Geräusche im Zimmer, als sie Schritte hörte.

Das Tempo hatte etwas, das ihre Intuition ansprach.

Es war die Geschwindigkeit der Schritte.

Der Läufer ging nicht zügig und hatte eine dringende Aufgabe. Nein, das Muster der Schritte war schnell, aber sicher.

Dieser Gang war der Beinahe-Lauf von jemandem, der sich schnell, aber leise bewegen wollte. Es hörte sich an, als würden sie geduckt und auf den Fußballen laufen.

Annie vertraute ihrer Intuition.

Ihr noch unbekannter Trainer hatte ihr das eingetrichtert.

Jeder, der verdeckt arbeitete, musste seinem Bauchgefühl vertrauen. Als sie fragte, wann es falsch war, lachte er nur. Er sagte ihr, dass man in den seltenen Fällen Erfolg hat, wenn Kampffähigkeiten und Ausweichmanöver auf die richtige Planung trafen.

Wenn einer der drei nicht voll funktionierte, starb man.

So einfach war das.

Sie hatte das zu ihrer eigenen Überraschung sehr gut verstanden. Es war eine Freiheit zu wissen, dass bei echtem Versagen nur der Tod wartete. Das nahm einen Teil des Drucks von ihr.

Emily verstand das nicht im Geringsten, aber Annie umarmte es wie eine warme Decke.

Als sie um die Ecke bog, entdeckte sie einen Mann, der in geduckter Haltung durch die Gänge schlich.

Er erreichte eine Ecke und umrundete sie mit einem Tablett in der Hand.

Annie bewegte sich vorwärts wie verschüttetes Wasser und schnupperte kurz an Balsamico-Essig.

Man sagte, dass Prinzessin Sara Salate liebte, aber im Gemeinschaftsspeisesaal wurde kein Salat serviert. Sie hatte bereits eine Mahlzeit von dort gestohlen. Sie aßen eine Art Gemüsekuchen.

Sie war sich sicher, dass Matt ihr eine Million Verwendungsmöglichkeiten für Balsamico-Essig nennen konnte, aber sie wusste nur, dass man ihn für Salate verwendet.

Aber noch wichtiger war, dass ihr Bauchgefühl ihr sagte, dass sie auf der richtigen Spur war.

Das Quartier der Pfadgänger war das perfekte Versteck für eine Prinzessin, die verborgen bleiben wollte.

Sie folgte dem Mann, als er zwei Kreise um das räumlich erweiterte Quartier zog. Schließlich ging er durch eine unauffällige Tür.

Annie war so weit hinten, dass sie ihm nicht in den Raum folgen konnte, also positionierte sie sich, um einen guten Blick in den Raum zu haben, als der Mann ihn verließ.

Er war genauso verstohlen, als er die Tür öffnete und geduckt aus dem Zimmer lief. Annie konnte einen halbwegs guten Blick ins Innere werfen, und dieser kleine Einblick reichte aus, um sie innehalten zu lassen.

Nichts war falsch. Zumindest nicht offenkundig.

Das Einzige, was nicht passte, war die fehlende Nische, die sich normalerweise am Eingang jedes Zimmers befand, in dem sie gewesen war. Sie war dafür gedacht, dass die Leute ihre Jacken oder Mäntel beim Betreten ihrer Zimmer ablegen konnten.

Das fehlte hier, war aber Standard in jedem Zimmer.

Ihr fielen eine Million Gründe ein, warum das fehlte, aber keiner davon war gut. Oder zumindest löste es ihre Paranoia in Bezug auf kleine Details aus, die sie während ihrer Trainingsmissionen gelernt hatte.

In einer normalen Situation würde sie annehmen, dass es einfach kaputt oder verschoben war. Aber es gab keinen Grund dafür, dass der Raum so ausgefüllt war.

Annie kauerte sich hin und wartete. Sie war geduldig.

Wer etwas zu essen brauchte, würde es schließlich wieder geliefert bekommen. Dann würde sie ihren Zug machen. Bis der Moment gekommen war, beobachtete sie.

Es gab keinen Grund zur Eile.

* * *

Matt bewegte seine Truppen massenhaftvoran. Da sie nicht über die Mana-Reserven verfügten, um die Teleporter zu benutzen, waren sie gezwungen, die lange und langsame Reise anzutreten.

Sie stießen schnell auf ihre erste Straßensperre, als ihre Späher entdeckten, dass sie verfolgt wurden. Matt befahl ihnen zu warten und ihre Beobachter zu beobachten. Die Späher des Königinnentums ließen ihre direkte Route zu den Armeen überwachen.

Das war für niemanden eine Überraschung. Ihre Möglichkeiten waren begrenzt, was bedeutete, dass sie berechenbar waren.

Das Einzige, was die Truppen des Königreichs auf ihrer Seite hatten, war, dass ihr Feind keine Truppen mehr hatte, die er ihnen entgegenwerfen konnte. Die meisten Truppen hielten ihre Städte, während sie versuchten, ihre Mauern zur Vergeltung niederzureißen, oder verstärkten die bemerkenswerten Festungen.

Da die verbliebenen Truppen die Städte des Königreichs umzingelten, hatten sie keine wirkliche Möglichkeit, den Bewegungen von Matts Armee etwas entgegenzusetzen.

Es sei denn, sie wollten eine Belagerung aufgeben.

Matt konnte nur hoffen, aber nur ein Idiot würde den Fortschritt bei der Einnahme eines so wichtigen Ziels aufgeben, wenn nur noch eine kleinere Truppe übrig war.

Deshalb wollte er das Paradigma ändern.

Als sie nach neun Stunden Flugzeit den Kontinent erreichten, auf dem das Königinnentum die beiden Städte angriff, teilte sich die Millionenarmee auf. Sie bildeten zehn Einheiten, jede hunderttausend Mann stark, und zerstreuten sich.

Matt hätte es lieber gesehen, wenn sie sich nur in ein paar doppelt so große

Einheiten aufgeteilt hätten, aber er musste sich der Praktikabilität beugen. Wenn die Königin genug Truppen sammelte, um eines seiner Teams auszulöschen, würden sie zumindest gewarnt sein. Alle Teams hatten den Befehl, sich bei den ersten Anzeichen eines Angriffs zurückzuziehen. Ihre Aufgabe war es nicht, Landschlachten zu schlagen, sondern zu verhindern, dass das Königinnentum seine Truppen verstärken konnte.

Mit brennendem Mana beschleunigten alle und begannen, ihre großen Festungsziele anzugreifen. Sie dienten als Versorgungspunkte und die Teams bekamen jeweils eine „Zertrümmern und Greifen"-Mission zugewiesen.

Matt und sein Team landeten in dem am weitesten entfernten Abschnitt der Festungen. Sie würden als Letzte angreifen und waren daher am meisten gefährdet, da sie den Armeen, die die Städte angriffen, am nächsten waren.

Nachdem er die Vorstellung gesehen hatte, während die Führung des Königreichs tot war, traute er niemandem sonst den Job zu. Er war sich zudem nicht ganz sicher, ob er alle Spione ausgemerzt hatte.

Seine Männer landeten wie eine Welle von Heuschrecken. Ihre Positionen waren bereits bezogen, und alle stürzten sich in den Kampf. Matt hatte die verbliebenen Pfadgänger, die nicht als Schlägertrupps fungierten, bei sich.

Er schlug auf dem Boden auf und rannte auf das Eingangstor zu; er wollte die Tür schultern und sie wie ein großer Held einschlagen. Stattdessen kam er ins Schleudern, als er durch die Schlitze des Tortunnels mit Pfeilen beschossen wurde.

Matt antwortete mit Feuer.

Jeder Menge Feuer.

[Flammenwerfer] spülte über den Stein und schwärzte ihn während der kurzen Wirkung, und die Pfeile hörten für einen Herzschlag auf.

Er eilte zu einem der Fenster und ließ seine Feuersbrunst ins Gebäudeinnere los. Er konnte die Schreie hören, und als sie aufhörten, ging er zum anderen Tor und wiederholte sein Vorgehen.

Die Verfolgungsteams rückten schnell vor und begannen, das Tor zu zerhacken.

Sie waren hauptsächlich eine Ablenkung.

Ihre Fernaufklärer meldeten, dass die Verteidiger alle zum Tor schickten, und die allgemeinen Truppen stürmten in einer Welle vor. In Sekundenschnelle waren Leitern und Seile gesichert, und ihre Zahl erdrückte die unvorbereiteten Verteidiger.

Zwei Minuten später öffnete sich die Tür von innen, und Matt schritt über das Blut der Gefallenen hinein.

Matt schickte die nächste Welle von Befehlen, aber der innere Bergfried war fest verriegelt.

Zwei Manakanonen wurden hervorgeholt und neben Matt aufgestellt. Er blies sein Konzept ab und ließ die Männer sie in die Eingangstür feuern.

Es dauerte sechs Schüsse, aber schließlich explodierten die Türen und Matt wiederholte seinen [Flammenwerfer]-Trick mit demselben Ergebnis.

Das war ein Todesurteil für jeden, der das Pech hatte, in einem geschlossenen Raum festzusitzen.

Sie räumten den vorderen Raum und begannen, die Kisten mit den Vorräten zu nehmen, die nicht verbrannt waren. Ein paar der räumlich ausgedehnten Vorratsbehälter waren zu nah an der Hitze gewesen und hatten Feuer gefangen.

Als der Zauber gebrochen war, nahm der Raum wieder seine normale Größe an und die Gegenstände waren überall verstreut.

Als sie die Kisten herausholten, konnte Matt sehen, wie seine anderen Teams Sprengstoff an den Innenwänden der unteren Ebene anbrachten. Ihre ersten Ziele waren allesamt große Festungen, die mit Teleportationsanlagen aufgerüstet worden waren.

Sie wollten dem Königinnentum zunächst den Zugang zu Verstärkung und Waren abschneiden. Wenn sie dann die belagernden Armeen angriffen, konnten sie nicht mehr so leicht Verstärkung und Nachschub holen.

Sie nahmen die Festung in weniger als zehn Minuten ein und zündeten den Sprengstoff. Das Gebäude stürzte in sich zusammen.

Matt freute sich innerlich, als er sah, wie die Zahlen ihrer Vorräte stiegen. Die Verluste waren schmerzhaft, aber sie hatten nicht genug verloren, um ihre Kampfkraft zu beeinträchtigen.

Jetzt mussten sie nur noch zu den nächsten großen Festungen gehen, von denen sie glaubten, dass sie Teleportationsformationen hatten, und sie niederschlagen.

Die Befehle lauteten, dies aus der Ferne zu tun, anstatt die Festungen direkt anzugreifen. Sie mussten nur lange genug durchhalten, damit der Fürst sie unterstützen konnte.

Die Vorräte für zwei Wochen waren mehr als genug.

Sie mussten das Königinnentum nur aufhalten. Sie mussten sie nicht alle töten.

* * *

Sara saß in einem Zimmer in ihrem Bunker und fluchte.

Der verdammte Pfadgänger, der mit Liz verbunden war, machte ihre Pläne zunichte oder bremste sie zumindest aus. Es war eigentlich dasselbe, wenn die Dinge so schlecht liefen.

Er hatte die Teleportation ihrer großen Festung mit unheimlicher Genauigkeit ausgeschaltet. Der Stress, in einem winzigen Einzelzimmer festzusitzen und nichts zu tun zu haben, wurde dadurch nur noch größer.

Sie verlor den Verstand, weil sie eingesperrt war.

Wie ihre Mutter damit umging, wusste sie nicht. Der Stress war brutal.

Sie wandte sich dem Frustessen zu, wenn es zu schlimm wurde, um damit fertig zu werden. Sie hatte nicht daran gedacht, etwas anderes als Fertiggerichte zu sich zu nehmen, und wenn sie noch eines aß, würde sie den Kopf gegen die Wand stoßen.

Als sie sah, wie eine weitere Festung fiel, gab sie den Befehl. Sie musste die Städte schnell zum Fallen bringen. Sie hatte nur eine Woche und drei Tage Zeit, bevor Albert zurückkommen und einen punktuellen Gegenangriff starten konnte.

Sie ging davon aus, dass die Unmöglichkeit, Reichsstufenpunkte auszugeben, jeden koordinierten Gegenangriff im Keim ersticken würde. Offenbar hatte Albert von einigen ihrer Spione gewusst und mit den Pfadgängern Gegenmaßnahmen ergriffen.

Sie fragte sich, ob er auch über Liz' Hintergrund Bescheid wusste, aber das fühlte sich nicht richtig an.

Sie erwartete, dass es eher Juni und seine frühere Beziehung zur Gruppe war.

Das Problem war, dass Matt seine Truppen aus dem direkten Kampf heraushielt. Wenn sie genug von ihren eigenen Truppen abzog, um ihn auszuschalten, würde sie ihre Belagerungseinheiten auf eine gefährlich niedrige Zahl reduzieren.

Wenn sie ihn überhaupt dazu bringen konnte, sich zu stellen. Er hatte bereits bei einem Scharmützel bewiesen, dass er nicht bereit war, frontal zu kämpfen.

Sie hatte ihren Generälen befohlen, den Pfadgänger und seine Armee zu ignorieren, um die Städte schneller einzunehmen. Das hieß aber nicht, dass sie ihnen nicht den Befehl gab, ihre Nachhut zu schützen. Jede Stadt hatte eine Barrikade um sich herum, um zu verhindern, dass sich die Katastrophe, die ihre eigene Stadt heimgesucht hatte, wiederholte.

Da es noch zwei Wochen und zwei Tage bis zum Ende des echten Krieges waren, musste sie ihre eigene Frist einhalten und den Pfadgänger-Krieg beenden.

Verluste spielten keine Rolle, solange sie gewannen, aber wenn sie jetzt zu viele Truppen verloren, würden sie sie bis zum Ende des Krieges nicht mehr zurückbekommen. Wenn das passierte, wären sie wirklich tot.

Es war ein schwieriger Spagat, und sie war sich nicht sicher, ob sie ihn schaffen würde.

Zeit.

Sie brauchte mehr Zeit.

Nach reiflicher Überlegung beauftragte sie einen Agenten, dem Pfadgänger eine Falle zu stellen, und aktivierte ein paar Spione.

Sara schaute auf die Uhr. Sie wollte noch eine gute Mahlzeit, aber sie zwang sich, die Packung mit den kalten Nudeln zu öffnen und sie aufzuwärmen.

Sie sehnte sich nach einem Obstteller oder nach irgendetwas, das nicht so schmeckte, als könnte es ein paar Dutzend Jahre halten und immer noch als Essen gelten.

Trotzdem widerstand sie dem Heißhunger und würgte das ungenießbare Essen hinunter.

Morgen würde sie gutes Essen bekommen.

Während sie sich beherrschte, überprüfte sie ihre Informationen über Matt und sein Team sowie die Berichte ihrer Spione.

Ihr Blick verweilte auf dem Abschnitt über die Ziele.

Ihre Leute vermuteten, dass Matt perfekt für den Skill [gecrackter Durchbruch] geeignet war. Da sie wusste, wer Liz' Eltern waren, vermutete sie, dass dieser Skill für ihn persönlich bestimmt war.

Das bestärkte sie nur in ihrer Überzeugung, dass dieser ganze Krieg nur Liz und ihrem Partner zugutekam.

Sie hatte die persönlichen Punkte, um den Skill zu kaufen. Es wäre eine gute Bestechung, um ihn aus dem Krieg zu entfernen oder ihn einfach nur einen weniger effektiven Gegenangriff führen zu lassen.

Sie musste ihn nur eine Weile hinhalten.

Sara nickte und beschloss, den Skill zu kaufen, falls ihre Falle nicht funktionierte. Wenn er sich weigerte, konnte sie den Skill an einen Adligen des Königreichs verkaufen und einen hohen Gewinn erzielen.

* * *

Matt und seine hunderttausend Truppen ließen sich auf einer Klippe nahe der eingekesselten Stadt nieder und ließen Feuer auf die Angreifer der Königin regnen.

Seine eigene Belagerungsarmee hatte sich darüber geärgert, und da das Königinnentum zwei Städte einnehmen wollte, hatten sie nicht genug Leute, um ihre Streitkräfte richtig zu verwalten.

Sie waren bereits zweimal von einer dreimal so großen Einheit verjagt worden, aber sie hatten keine Zelte oder andere Dinge abgestellt, die nicht schnell eingepackt werden konnten, sodass sie sich stets schnell zurückziehen konnten. Ihre Hit-and-Run-Taktik machte der Königin das Leben schwer.

Aus diesem Grund konnten sie auch ihre Manakanonen nicht benutzen. Es dauerte zu lange, sie aufzubauen, und ihr sofortiger Einsatz löste immer eine Reaktion aus – bis jetzt.

Ihr neuester Standort war ein viel besserer, und die Klippe lag genau innerhalb der Flugverbotszone, was bedeutete, dass die Armee des Königinnentums um sie herumgehen oder eine steile, dreißig Meter hohe Klippe hochkämpfen musste.

Eines seiner Pfadgänger-Mitglieder, Adam, hatte bemerkt, dass die Form des Tals darauf hindeutete, dass sich die Klippe innerhalb der Formation befand, obwohl die Standardkugel dies nicht vermuten ließ. Es war wie das Gebiet, in dem sie bei ihrer ersten Mission die geheime Basis der Königin gefunden hatten. Eine leichte Abwandlung der Standardformation.

Das war der Durchbruch, den sie brauchten, um den Armeen der Königin einen großen Schaden zuzufügen.

Also errichteten sie ein festeres Lager mit einer starken Verteidigung von hinten.

Matt setzte sich auf eine Kanone und ließ sie mit der Geschwindigkeit abfeuern, mit der sein Konzept seine Reserven wieder auffüllen sollte. Es war nicht annähernd so schnell, wie er die Waffe tatsächlich hätte abfeuern können, aber jede Minute leckte ein blauer Strahl heraus.

Der Schaden war wunderschön. Flecken im feindlichen Lager verschwanden einfach, als die Schüsse einschlugen.

Aber wie alle guten Dinge endete auch das hier viel zu schnell.

Von hinten ertönten Warnrufe und Matt drehte sich, um die Situation zu überblicken, während er seiner Nachhut den Befehl erteilte, sich auf einen Kampf vorzubereiten. Sie hatten eine gute Position und konnten einige der Truppen des Königinnentums während eines Verteidigungskampfes ausbluten lassen.

Nur weil er sich umdrehte, sah er, wie Adam mit einem fliegenden Schwert am Rande der Formation abhob.

Dann ging die Explosion los.

Der Hügel unter Matt stürzte ein, und die Manakanone, hinter der er stand, brach mit ihm zusammen.

Matt steckte seine gesamte Mana-Regeneration in die [Gecrackte Phantomrüstung]. 40 MPS gingen in die normale Schicht und 35 MPS in die sekundäre Schicht. Die verbleibenden 5 MPS gingen an seine KI, um herauszufinden, wie er das überleben sollte, und um Befehle zu erteilen, bevor er starb.

Sein erster Befehl lautete, die Linie zu halten, da er sehen konnte, dass die Explosion nur die Spitze der Klippe betraf und nicht das ganze Ding. Der zweite war, die Befehlskette zu verstärken.

Als Matt in die Dunkelheit fiel, las er den Bericht, der zeigte, dass er den Sturz höchstwahrscheinlich überleben würde. Die Frage war nur, ob er sich aus den Trümmern befreien konnte, bevor er erstickte.

Als die Welt aufhörte zu beben, löste sich Matt von den KI-Verbindungen mit seinen Männern und versuchte, sich selbst zu ertasten.

Er begann zu graben, so gut er konnte, als er auf etwas Hartes stieß. Als er herumtastete, stellte er fest, dass es ein Metallrohr war.

Er lächelte, als er die Ausrichtung überprüfte, dann überprüfte er seine KI.

Die Chancen sahen recht gut aus. Seine KI bemerkte zudem, dass die „Anomalie“, die dieses Gebiet in der Anti-Flug-Formation bleiben ließ, verschwunden war. Es war nicht schwer zu erkennen, dass dies nur ein Teil der Königinnentum-Falle war, die Adam aufgestellt hatte.

Matt füllte die Manakanone mit Mana und steckte dann alles, was er hatte, in seine Rüstung.

Die Welt bebte, und Matt spürte, wie die [Gecrackte Phantomrüstung] unter der nahen Explosion zerbrach. Aber trotz seiner klingelnden Ohren war er am Leben. Er hustete etwas aus, von dem er ziemlich sicher war, dass es Blut war, aber er ignorierte es.

Sein fliegendes Schwert, das am Rande der einzigen Antiflugformation gestanden hatte, raste zu ihm und schwebte um seinen Kopf herum. Mit einer Hand ergriff er die Klinge und hob sich aus dem Krater empor.

Mit seinem fliegenden Schwert und [Magier-Rückzug] zog Matt auch die

Manakanone aus den Trümmern und begann sie aufzuladen, während er sich in die Luft erhob.

Die Truppen der Königin, die an der Seite des Berges hinaufflogen, erstarrten für eine Sekunde, als sie die fliegende Manakanone vollgeladen und feuerbereit sahen.

Matt feuerte.

Die Welt wurde für eine Sekunde blau, bevor er durch den Rückstoß auf den Boden knallte.

Er hatte zwar eine [Gecrackte Phantomrüstung], die ihn schützte, aber die Truppen der Königin hatten diese nicht.

Er begann, die Kanone zu laden, während er sich selbst aus der Falle befreite und zu seinen Truppen flog, die seinem letzten Befehl, in die Luft zu gehen, folgten. Gemeinsam flogen sie aus der Falle, wobei die feindlichen Truppen einen respektvollen Abstand hinter ihnen *hielten*.

Immer, wenn sie zu nahekamen, feuerte Matt einen Schuss aus seiner Kanone ab. Er überlegte auch, ob er eine Plattform für die beiden anderen Kanonen bauen und sie einfach aus der Luft abfeuern könnte.

Ihr Trupp rannte so lange, bis sie auf einen anderen Trupp gleicher Größe trafen, und drehte dann um, um die Soldaten der Königin zu verfolgen.

Oder sie versuchten es zumindest.

Die Truppen des Königinnentums zögerten nicht lange genug, bis Matts Streitkräfte sich gegen sie wandten. Sie zogen sich schnell in die Sicherheit ihrer größeren Armee zurück, anstatt sich mit einer Truppe anzulegen, der sie zahlenmäßig nur um fünfzig Prozent unterlegen waren.

Sobald sie gelandet waren, begann Matt, Befehle zu erteilen, während Heiler kamen, um sich um ihn zu kümmern. Er wollte sie ignorieren, denn seine Wunden waren nicht allzu schlimm, und einige seiner Männer hatten weitaus schlimmere. Erst nach einer leisen und unangenehmen Erinnerung daran, dass er der einzige Grund war, warum sie hier draußen waren, ließ Matt die Heiler ihre Arbeit erledigen.

Der Mann ging rasch weg, aber nicht bevor Matt ihn mit seinem Konzept abgefüllt hatte. Sie brauchten ihre Heiler in bester Verfassung, und er fühlte sich durch die Heilung besser. Mindestens eine Rippe hatte sich während des Prozesses unangenehm verschoben, was nur die Meldungen seiner KI bestätigte.

Ihre Teams verfolgten die feindlichen Armeen, während sie die nächste Woche lang einen Konflikt vermieden. Sieben brutale Tage mit wenig Schlaf und ständigem Unterwegssein.

Doch ihre harte Arbeit machte sich in den folgenden Tagen bezahlt.

Keine der beiden Städte war gefallen, obwohl das Königinnentum sie Tag und Nacht bombardiert hatte. Die Verteidiger konnten jeden Angriff abwehren, und Gerüchten zufolge bereitete sich Fürst Albert auf einen großen Feldzug vor, wenn er in vier Tagen seine Heilungspause beendet hatte.

Sie waren zwar alle müde, aber ihre Anwesenheit hatte das Königinnentum genug gebremst, um eine Chance zu haben, eine der Städte zu befreien.

Ihre Chancen waren so gut, dass ein großer Teil der allgemeinen Truppen sogar danach rief. Sie waren leichte Punkte, sagten sie.

Matt und die anderen Kommandanten glaubten alle, dass es eine Falle war.

Das Königinnentum hatte die ganze Zeit über nur eine der Städte verstärkt. Es war nicht so, dass das Königinnentum nicht schon vorher Fallen aufgestellt hatte, und etwas so Offensichtliches machte sie alle misstrauisch.

Am Ende hatten Matts Drohungen und seine Anwesenheit die Andersdenkenden besänftigt. Er musste zwar niemanden umbringen, aber er musste ein paar Kommandanten der mittleren Ebene zu einem freundlichen Gespräch einladen. Ein paar Fragen über ihre Loyalität reichten aus, um weitere Beschwerden zu verhindern.

Nach den Fallen und dem Verrat reichte schon der kleinste Hinweis auf einen Verräter, um sofort getötet zu werden. Nach dem dritten vergifteten Lagereintopf und einer Bombe, die unter den Kommandozelten platziert wurde, war niemand mehr mit dieser Methode einverstanden.

Die Bomben waren wirkungslos, weil Matt sich weigerte, persönliche Treffen abzuhalten, und darauf bestand, nur ihre KI zu benutzen. Er vermied es absichtlich, alle zu versammeln. Das machte die Sache für ihn noch schwieriger, denn die Hälfte seiner Autorität beruhte auf der Drohung, jemanden in den Arsch zu treten, wenn er seine Befehle verweigerte.

Er musste Generälen und Kommandeuren mit persönlichen Besuchen drohen, um sie bei der Stange zu halten.

Das war, bis sie die Nachricht erhielten.

Sara war zusammen mit einigen ihrer höheren Beamten in den chaotischen Nachwehen getötet worden.

Jemand, vermutlich Annie, hatte die Frau umgebracht.

* * *

Annie war müde geworden.

Nicht nur körperlich, sondern auch geistig. An einer beliebigen Tür Wache zu stehen, war selbst für sie nach zwei Tagen zu viel gewesen, und sie sah sich nach anderen Methoden um.

Sie vertraute darauf, dass es ihren Tod bedeuten würde, in den Raum zu stürmen, als sie eine Idee hatte.

Muss ich sie wirklich abstechen?

Eine kurze Nachricht an Liz hatte ihr den Namen eines besonders raffinierten Giftes verschafft, und sie hatte 200.000 Punkte für ein kleines Fläschchen ausgegeben.

Die Liste der Möglichkeiten, wie das kleine Fläschchen jemanden töten konnte, war länger als ihr Unterarm.

Auch die Dämpfe waren giftig, wenn sie zu lange eingeatmet wurden. Der Vorteil des Mittels war, dass es für Menschen geruchs- und geschmacksneutral war. Die meisten Bestien konnten es riechen, aber Sara war keine Bestie, also erwartete Annie, dass es funktionieren würde.

Sie pirschte sich tagelang an die Küchen heran und verfolgte den einen Mann, der das Essen das erste Mal heruntergebracht hatte. Er war ein mittelgroßer Manager, der abgesehen davon, dass er das Essen für die Prinzessin brachte, unauffällig war.

Als er begann, eine Käse- und Obstplatte zu schneiden, wusste sie, dass sie die richtige Person hatte. Das war nicht Teil der allgemeinen Speisekarte.

Annie bemerkte auch, wie er jedes Stück Essen probierte, bevor er den Flur hinunterging.

Sie beschattete ihn, bis er durch dieselbe Tür wie beim letzten Mal gehen wollte, als sie einen Tropfen des Giftes auf eine halbierte Weintraube gab, bevor er durch die Tür ging.

Ein Tropfen war alles, was das kleine Fläschchen enthielt.

Als die Dinge bereits in Bewegung waren, lief Annie zu einem der markierten Orte und beobachtete wichtige Mitglieder von Saras Seite.

Sie war nur eine Frau. Sie konnte nicht wie ein Dutzend Attentäter vorgehen und die gesamte Kommandostruktur ausschalten, aber sie konnte ein paar wichtige Leute ausschalten. Oder zumindest Leute, die sie für wichtig hielt.

Als die Panik einsetzte, begann sie loszustechen.

Das Blut floss, als sie sich durch die Reihen arbeitete.

Als die Leute anfingen, sich zu verschanzen, beendete sie ihr blutiges Werk und rannte davon.

Sie musste eine Bombe benutzen, um ein Fenster zu sprengen, da sie nach den ersten Morden eine Anti-Teleportationsformation aktiviert hatten. Außerdem war ihr Mana nach all der Zeit, die sie hinter den feindlichen Linien verbracht hatte, und ohne Matt, der es wieder auffüllen konnte, zu niedrig.

Ihre Flucht war chaotischer, als sie es sich gewünscht hätte, doch nach zweieinhalb Stunden, in denen sie sich im Einkaufsviertel herumgetrieben hatte, war sie mit der Aktion zufrieden.

* * *

Victor lächelte, als er das Chaos beobachtete, das Annie verursacht hatte.

Sie hatte ein Händchen für Attentate.

So viele junge Rekruten hingen zu sehr an einem Plan fest und konnten nicht so einfach auf einen anderen umschwenken, wenn die Situation es erforderte. Es wäre besser gewesen, wenn sie ihre noch Pläne schneller geändert hätte, aber er war trotzdem zufrieden mit dem Ergebnis.

Er wollte sie in einen weiteren Blink verwandeln. Ihr Talent war nicht so gut wie das des schwer fassbaren Mannes, aber Talent war nicht alles.

Annie genoss es. Das konnte er sehen.

Ein Raubtier erkannte ein anderes Raubtier.

Wie aus dem Nichts tauchte eine dunkelhaarige Frau neben ihm auf und Victor musste den Drang unterdrücken, den Eindringling zu erstechen.

Luna war mit ihrem Leere-Element eine Bedrohung. Sie konnte ihre Anwesenheit besser auslöschen als fast jeder andere, und wenn sie auftauchte, machte ihn das nervös.

Die berüchtigte Managerin schüttelte den Kopf, ohne ihn anzusehen, und konzentrierte sich auf das Stück Papier, auf dem sie schrieb.

„Du wirst nicht bekommen, was du willst."

„Wie kommst du darauf? Sie ist doch perfekt." Victor war tatsächlich neugierig. Er wusste, wann er unterlegen war, und wenn es darum ging, junge Pfadgänger vorherzusagen, war Luna eine der Besten. Ihr zuzuhören war einfach ein gutes Geschäft.

„Sie wird sich für ein Konzept entscheiden, das mehr auf Ursache und Wirkung beruht. Bei der Gartenarbeit, die sie vorhin gesehen hat, ist ihr etwas klar geworden", sagte sie und rümpfte die Nase. „Zumindest riecht es danach."

Victor zuckte mit den Schultern. „Wenn ihr Satz immer noch derselbe ist, wird er gut genug passen. Damit kann ich arbeiten."

Luna hielt inne und sah ihm in die Augen, bevor die Kugeln aus Obsidian langsam an seinem Körper hinunterwanderten.

Es ließ ihn frösteln.

„Ich schätze, du bist erwachsen geworden, Vicky." Lunas Aufmerksamkeit wanderte zurück zu dem Papier, auf das sie gekritzelt hatte.

Das war näher an der Wahrheit, als er zugeben wollte, also versuchte er, es herunterzuspielen. „Es ist lange her, und selbst Unsterbliche können wachsen, wenn sie genügend Anreize bekommen."

Sie nickte nur, bevor sie fragte: „Willst du gehen?"

Er nickte. „Das hatte ich vor. Sie ist eine gute Kandidatin, und ich muss meine Angelegenheiten in Ordnung bringen, bevor sie Tier 10 erreicht."

Luna zwinkerte. „Die letzte Show wird gleich stattfinden. Bleib hier, um sie zu sehen."

Victor schüttelte den Kopf. „Ich habe es bereits bemerkt und hochgerechnet. Ich muss die Folgen nicht mehr sehen. Wir haben alle *ihre* Wutanfälle gesehen. Ich will nicht in den Seitenwind geraten."

Luna lächelte breit. Aber sie sagte nichts, sondern wackelte nur mit den Fingern und winkte.

Victor hatte nicht gelogen. *Sie* würde sauer sein, und er wollte nicht im selben Sektor wie die Verrückte sein. Es war nicht das erste Mal, dass sie so etwas tat, und nach den Ereignissen auf diesem Planeten konnte jeder, der sie kannte, ihre Absichten voraussehen.

Das bedeutete nicht, dass der Kaiser nicht auch sauer sein würde, aber selbst das würde sie nicht aufhalten.

Es war an der Zeit zu gehen, solange es noch ging.

Victor warf einen letzten Blick durch den realen Raum auf den König. Er beneidete den Mann *wirklich* nicht.

Kapitel 30

Liz schritt in der gemeinsamen Wohnung umher. Sie war unruhig und gereizt. Matt war schon zu lange weg, und sie saß hier fest. Die Tage waren quälend langsam vergangen und sie hatte nichts zu tun, außer zu beobachten.

Sie hasste es, herumzusitzen und nicht handeln zu können.

Zuerst hatte sie versuchte, sich in der Alchemie zu verlieren, aber sie konnte sich nie lange genug konzentrieren und ruinierte immer wieder ihre Mischungen. Sogar Conor und Emily versuchten, sie auf ihre eigene Weise abzulenken. Die Abklingzeit für die Heilung der Gruppe war gerade mal zur Hälfte vorbei, aber sie *musste* sich wieder in Bewegung setzen. Und zwar sofort. Doch es lag noch ein langer Weg vor ihr.

Die Situation draußen sah zwar nicht ganz so schlimm aus, aber auch nicht besonders gut.

Es mag egozentrisch oder egoistisch gewesen sein, aber Liz glaubte, dass sie wirklich etwas bewirken konnte. Sie brauchte nur die Chance dazu.

* * *

Albert machte gerade hängende Crunches, als seine KI anschlug.

Er versuchte, sie zu ignorieren, während er sich auf seine Form und seine schmerzenden Bauchmuskeln konzentrierte. Aus Gewohnheit wandte er seine Aufmerksamkeit der Nachricht zu, um das Thema zumindest zu überfliegen.

Vor lauter Schreck rutschten seine Beine von der Stange, und er stürzte zu Boden.

Der Aufprall wurde nicht einmal registriert, als er zu lachen begann.

Sara war tot!

Er lächelte, als er sein neu geformtes Konzept aus seiner Zeit mit dem Realitäts-Splitter ausprobierte.

Es ging aufwärts. Jetzt würde sie in der gleichen Situation sein wie er. Sie hatte vielleicht ein paar Vorkehrungen getroffen, aber er bezweifelte, dass sie für das, was er vorhatte, Gegenmaßnahmen ergreifen konnte.

* * *

Sara fluchte, als sie im Krankenhaus über ein Bett stolperte. Ein mit Käse und Fleisch halb aufgestapelter Cracker schwebte einen Zentimeter vor ihrem offenen Mund und wackelte bedrohlich.

„Was zum Teufel!?“ Die Erkenntnis schlug ein, schnell gefolgt von „Wie bin ich gestorben?“.

Der Heiler drückte eine Hand auf ihren Arm und nickte ein paar Mal, während seine Augen hin und her huschten.

„Das simulierte Gift in dem Cracker vor dem da.“ Als der Heiler ihre Verwirrung sah, erklärte er: „Niemand wird mit *so* etwas Gefährlichem den echten Tod riskieren. Es ist kein wirklicher Schaden entstanden, also kannst du gehen.“

Sara starrte auf den Cracker in ihrer Hand und fragte: „Simuliertes Gift? Ist das denn sicher?“

Auf das Nicken des Heilers hin kaute sie den Bissen hinunter und achtete darauf, den Geschmack zu genießen. Das war schließlich das einzige Vergnügen, das sie an diesem Tag haben würde.

Zum Glück hatte sie sich auf dieses Szenario vorbereitet. Ihre Untergebenen wussten, was sie als Nächstes tun mussten. Und während sie ihre eigenen Leute während der Abkühlphase ihrer Heilung nicht befehligen konnte, war es eine andere Sache, die Hierarchie des Königreichs zu bestechen.

Richtige Planung verhindert schlechte Leistungen.

Diese Unannehmlichkeit würde sie vielleicht noch mehr ausbremsen, aber sie konnte sich erholen. Sie hatte nicht umsonst mehrere Schichten von Vorkehrungen getroffen.

Sie begann am unteren Ende des Pfadgänger- und Reichspersonals, das nicht Teil des größeren Plans war.

Sara brauchte nur noch anderthalb Wochen zu warten.

Amber sollte bereits Anrufe tätigen, nachdem Saras Tod gemeldet worden war. Während sie sich abkühlte, konnte sie ihre Mutter auf den neuesten Stand bringen und sehen, wie der echte Krieg verlief.

* * *

Matt saß mit einem halben Dutzend seiner einflussreichsten Offiziere in seinem Kommandozelt und hörte sich einen Bericht ihrer Späher an. Plötzlich kam eine

Nachricht von Prinzessin Saras rechter Hand, Amber, herein, die um ein Gespräch bat.

Er wollte das Thema schon abhaken, doch dann überlegte er es sich anders. Mit einer schnellen Entschuldigung verließ er den Raum, während alle über die Auswirkungen dieses oder jenes Plans diskutierten.

Es war uninteressant. Den Streitkräften des Königreichs fehlte es derzeit an Arbeitskräften, um etwas wirklich Bedeutendes zu erreichen.

Als er den Anruf entgegennahm, fand er einen lächelnden virtuellen Kopf vor, der auf ihn wartete.

„Hallo, Matt. Ich weiß, du bist beschäftigt und magst die üblichen politischen Wortspiele nicht, also komme ich gleich zur Sache. Ich möchte mit dir darüber reden, ob du für den Rest des Krieges auf unsere Seite wechseln möchtest."

Matt hätte damit rechnen müssen, aber er war trotzdem überrumpelt von dieser Bitte.

Amber schien seine Sprachlosigkeit als Erlaubnis aufzufassen, ihren Vortrag fortzusetzen.

„Ich werde dafür sorgen, dass du gut entschädigt wirst. Nach deinem Sieg in der Duell-Arena haben wir bemerkt, dass der Skill [Seiten-Slide] verschwunden ist. Da deine Teamkollegin Annie den Überfall überlebt hat, können wir zwei und zwei zusammenzählen."

Matt nickte daraufhin leicht. Es war eine einfache Schlussfolgerung, also gab es keinen Grund, sie zu verbergen. Aber er war sich nicht sicher, was das mit ihm und dem Königinnentum zu tun hatte.

Amber fuhr fort: „Offensichtlich hast du deine eigenen Duellgewinne benutzt, um ihr zu einem so hochwertigen Gegenstand zu verhelfen. Das würde bedeuten, dass ihr nach den jüngsten Todesfällen in eurem Team alle ziemlich wenig Punkte habt. Also habe ich mir die Freiheit genommen, [gecrackter Durchbruch] selbst zu kaufen."

Er geriet innerlich in Panik, als er den Punktespeicher überprüfte und feststellte, dass der Skill zusammen mit einigen anderen teuren Gegenständen verschwunden war.

„Wir sind gerne bereit, dir den Skill zu geben. Alles, was wir dafür verlangen, ist, dass du uns dabei hilfst, die letzten Städte einzuebnen. Das wäre ein doppelter Gewinn für dich, denn du würdest dabei eine ganze Menge Beitragspunkte verdienen", schloss Amber mit einem strahlenden Lächeln.

Matt spürte, wie die Versuchung in ihm hochkochte. Es war ein unglaublich großzügiges Angebot, und mit ein paar bemerkenswerten Ausnahmen hatte sich das Königreich nicht allzu sehr um ihn geschert. Dieser Skill war perfekt für ihn. Er hatte ehrlich gesagt gar nicht daran gedacht, dass jemand anderes den Skill kaufen würde. Es war ein gecrackter Skill, der Unmengen an Mana benötigte, um richtig eingesetzt zu werden.

Ein normaler Magier müsste *mindestens* ein paar Tiers warten, bis er genug Mana hätte, um den Skill dauerhaft zu nutzen. Technisch gesehen konnte jeder den Skill nutzen, wenn er genug Mana hatte, um ihn zu wirken, und andere ihn danach mit umgewandeltem Mana fütterten. Nur hatten die meisten Leute keine 10.000 Mana übrig, die sie für einen einzigen Schuss eines Skills verschwenden konnten, oder ein Bataillon von Unterstützungsmagiern, die sie mit mehr Mana versorgten.

Genau das war das Problem. Amber und durch sie auch Prinzessin Sara wollten, dass er den Zauber *jetzt* wirkte. Matt hatte ein maximales Mana von 80 und brauchte die 100 Mana im Voraus, um den Zauber zu wirken. Er konnte nichts tun, um den Zauber zu wirken, ohne vorher ein Tier aufzusteigen, um sein maximales Mana wieder zu verdoppeln. Aber das war keine Option, da er aus dem Krieg ausgeschlossen werden würde, sobald er Tier 7 erreichte.

Er fürchtete sich zudem davor, die Kosten des Skills mit Gewalt zu senken, da der zusätzliche gecrackte Effekt des Skills es verhinderte, die ursprünglichen Kosten weiter zu senken. Er war sich nicht sicher, ob es sich um eine harte Einschränkung handelte oder ob es bedeutete, dass der Skill sich mit weniger Mana nicht stabilisieren konnte. Ein instabiler Belagerungsskill wäre wie eine instabile Manakanone. Bei jedem Schuss bestünde die Gefahr, dass er explodiert, anstatt auf das Ziel zu schießen, und er wollte nicht, dass das Äquivalent einer Manakanone in ihm explodiert.

Matt konnte die Bestechung nicht annehmen, so sehr er es auch wollte. Wenn er den [gecrackten Durchbruch] nicht wirken konnte, würde das zeigen, dass nicht sein Konzept für seine wahnsinnige Manaerzeugung verantwortlich war. Das würde Fragen aufwerfen, die Matt sich nicht leisten konnte zu beantworten.

Er kämpfte darum, die Enttäuschung aus seinem Gesicht zu verbannen, und beschloss, die Wahrheit zu sagen. „Ich würde niemals für so etwas Simples wie eine Bestechung die Seiten wechseln. Wie würde das auf mich als Person bei den Wächtern der Armee wirken? Ein vermeintlicher Verbündeter, den jeder Feind mit einem ausreichend großen Schmuckstück bestechen kann? Nein, ich bleibe beim Königreich."

Amber hob eine Augenbraue, schien aber nicht beunruhigt zu sein. „Wir sind bereit, dir den Skill zum halben Preis zu verkaufen, unter der Bedingung, dass du ihn erst nach dem Krieg übernimmst. Du musst nur die Gegenangriffe auf meine Belagerungen aufhalten und die beiden Städte fallen lassen." Sie lächelte und fuhr fort: „Selbst, wenn diese beiden Städte fallen, bleibt dem Königreich noch eine übrig. Das wird den Krieg nicht beenden."

Matt war nun noch mehr in Versuchung und bereute die Ausrede, die er gewählt hatte. Nachdem er sich so strikt für ein moralisches Auftreten eingesetzt hatte, konnte er auch dieses Angebot nicht annehmen, ohne seine Lüge zu verraten. Das Königreich von innen heraus zu sabotieren, würde bei der Armee noch schlechter ankommen, als offen die Seiten zu wechseln. Er schüttelte den Kopf. „Das ist ein weiteres großzügiges Angebot, aber ich bin nicht bereit, meine Moral zu verkaufen."

Amber schien das nicht zu stören und nickte nur. „Dann wünsche ich dir viel Glück. Ich weiß, dass wir es nicht brauchen." Das Gespräch endete mit einem Grinsen ihrerseits.

Flüche kamen über Matts Lippen und zogen die Aufmerksamkeit aller auf ihn, während er überlegte, was er tun sollte.

Schließlich beschloss er, Juni zu berichten, dass Saras Leute ihn kontaktiert hatten, um ihn zu bestechen. Der Schlamassel würde noch viel schlimmer aussehen, wenn er jetzt nicht die Initiative ergreifen würde. Sara könnte sorgfältig bearbeitete Aufnahmen von allen, die sie kontaktiert hatte, an Albert schicken und so das Vertrauen der Reichsleitung in ihn und die anderen Top-Pfadgänger zerstören.

Selbst wenn es einen KI-Beweis gäbe, würde der Verdacht auf sie fallen und Zweifel aufkommen.

Juni nahm fast sofort ab. Matt beeilte sich, die Situation zu erklären.

Juni nickte nur, bevor er sagte: „Angesichts der Einschränkungen kann ich nur sagen, dass wir dir vertrauen, dass du deine Arbeit erledigst."

Damit war die Verbindung unterbrochen.

Matts Mund fiel auf, bevor er ihn wieder schloss. Reflexartig zuckte er nur mit den Schultern. Es gab viel zu tun.

* * *

Sara lachte, als sie das Gespräch mit Matt mit anhörte. Sie hatte gehofft, dass wenigstens einer der Vorschläge den Mann verlocken könnten. Matt an ihrer Seite zu haben, hätte ihr eine unglaublich nützliche, unverdächtige Verbindung zu Liz verschafft. Mit einem geschickten Druckmittel hätte sie der Frau in kürzester Zeit näherkommen können.

Sara tippte mit den Fingern und nickte Amber, ihrer Stellvertreterin, zu.

Die Frau war immer noch in ihr Pad vertieft. Sie sah erst auf, als Sara den Skill-Splitter [gecrackter Durchbruch] auf den Tisch warf, zusammen mit all den anderen misslungenen Bestechungsgegenständen. Auch wenn sie mit diesen Gegenständen nicht die perfekten Kandidaten für ihre Pläne herbeischaffen konnte, so konnte sie sie doch nutzen, um ihre eigenen Leute zu motivieren.

Zum Glück war der Stapel der angenommenen Bestechungsgelder größer als der weggeworfene Haufen. Das machte die Sache einfacher.

Sara zog [Gecrackter Durchbruch] aus dem Ablagestapel und schob ihn zu ihrer Stellvertreterin. „Amber, für deine jahrelangen treuen Dienste nimm bitte diesen Skill als Geschenk an und verwende ihn *nach eigenem Ermessen*."

Sara spürte sofort, wie sich das Gewicht eines Wesens der höheren Tiers wie eine nasse Decke auf ihren Geist legte. Die Wächter der Armee hatten sie gewarnt. Dieser kaum verhüllte Befehl überschritt die Grenzen dessen, was sie tun konnte, während sie sich in einer Abkühlphase befand.

Amber war klug und verstand, was ihre Lehnsherrin meinte, als sie die Beschreibung des Skills noch einmal las. Ohne ein weiteres Wort zu wechseln, verbeugte sich Amber leicht und ging. Sie würde Löcher in die Mauern der Städte sprengen. Ein Beutel voller Manakristalle aus den Vorräten sollte dafür sorgen, dass sie die Belagerungen schnell beenden konnten.

Es war besser, einen so gefährlichen Skill an einen loyalen Untergebenen weiterzugeben, als an jemanden, der sich gegen sie wenden könnte, nachdem er diese Art von Macht erlangt hatte. Wenn Saras Heilungszeit abgelaufen war, würde der Krieg bereits vorbei sein.

Beide Kriege.

* * *

Cori stand vor dem Spiegel und dachte zum millionsten Mal über ihr Handeln nach.

Sie kam zu demselben Schluss wie immer.

Dass sie das Königreich, in dem sie aufgewachsen war, verraten hatte, störte sie nicht. Sie hatten nichts für sie getan und verdienten nichts von ihr im Gegenzug. Sie war sich sicher, dass das einfache Volk, das unter ihren wenigen adligen Unterstützern lebte, unter der Herrschaft der Königin ein besseres Leben führen würde.

Ihre Beweggründe dafür waren nicht persönlich.

Oder sie waren nicht *nur* persönlich.

Persönliche Beschwerden mögen sie auf diesen Weg gebracht haben, aber sie hatte auch eine Menge anderer Gründe gefunden, um weiterzumachen.

Cori fuhr mit dem Finger über die Narbe an ihrer Schläfe, wo ihr Vater ihr eine Ohrfeige gegeben hatte.

Eine alte Wut kochte wieder auf, aber sie unterdrückte sie, als sie an ihre Kindheit dachte.

Sie war die Tochter des Königs von einem seiner vielen Partnerinnen und die erste mögliche Erbin, die er gezeugt hatte.

Nicht die letzte. Und auch nicht die wertvollste.

Nur die erste.

Der Prüfstand dafür, wie er all ihre anderen Halbgeschwister erzogen hatte.

Eine Reihe von Kindermädchen hatte sie aufgezogen, die beim kleinsten Fehler ein- und ausgewechselt wurden. Selbst die kleinsten Fehler brachten den Tier 35-König auf die Palme.

Ihre eigene Mutter verließ sie, sobald die vereinbarte Bezahlung für die Geburt eines Kindes an den Herrscher des Königreichs überwiesen wurde. Als Kind hatte Cori ihre Mutter dafür verabscheut. Jetzt verstand sie die Entscheidung, auch wenn sie sich weigerte, sie zu respektieren.

Der König setzte eine stattliche Belohnung für denjenigen aus, der ihm ein Kind gebar. Niemand konnte den Mann lange genug ertragen, um danach noch länger bei ihm zu bleiben, geschweige denn, ihn zu heiraten. Auch bei ihren jüngeren Geschwistern hatte sich dieses Spielchen abgespielt.

Nur eine der Mütter hatte es sich anders überlegt und protestiert, um ihrem Kind ein besseres Leben zu ermöglichen. Aber die arme Maria verschwand eines Nachts einfach, ohne dass man je wieder von ihr sprach.

Cori war sich sicher, dass sie umgebracht worden war, wahrscheinlich ziemlich brutal. Ihr Vater duldete es nicht, wenn jemand seine Angelegenheiten infrage stellte oder sich einmischte, besonders wenn es darum ging, wie er seine Kinder erziehen wollte.

Sie hatte ihren Vater nur ein halbes Dutzend Mal in ebenso vielen Jahren getroffen. Eines Tages stürmte er in ihren Flügel des Palastes, drückte ihr ein Miniaturschwert in die Hand und zerrte sie mit Gewalt auf einen Übungsplatz.

Als die Kultivierung des Bastards auf sie drückte, war sie verängstigt und verwirrt. Sie reagierte nicht schnell genug, als er auf die Übungspuppe zeigte und „Angriff" befahl.

Ihr zehnjähriges Ich hatte den Befehl nicht einmal richtig gehört. Erst als er ihr eine Ohrfeige gab und sie auf den Boden fiel, wurde ihr klar, was genau ihre Beziehung war.

In den ersten Monaten dachte sie, dass etwas mit *ihr* nicht stimmte, und weinte sich immer wieder in den Schlaf. Gleichzeitig hoffte sie, dass jemand, irgendjemand, sie retten würde.

Nach dem ersten Jahr der Ausbildung wurde sie hart und erkannte, dass der einzige Weg zu überleben darin bestand, die Erwartungen des Verrückten zu erfüllen.

Also stürzte sich Cori ins Kampftraining. Mit einem Tier 1-Talent für Gleichgewicht und einem Tier 3-Talent für Propriozeption widmete sie sich dem Kampf und dem Aufsteigen in den Tiers, um weiterzukommen. Alles nur, um die Anerkennung ihres Vaters zu gewinnen.

Als sie Tier 15 in Rekordzeit erreichte und dafür nur mit einem abschätzigen Grinsen belohnt wurde, wurde ihr klar, dass sie ihn niemals stolz machen würde.

Er hatte ihr vorgeworfen, dass sie sich keine politische Basis geschaffen hatte und stattdessen durch die Tiers hetzte. Sie hatte genau das getan, was er ihr beigebracht hatte, und dann hatte er sie dafür eine Idiotin genannt.

Cori verachtete das Kämpfen; es hatte ihr nie gefallen. Aber für ihn hatte sie sich dazu gezwungen, obwohl sie eine normalere oder zumindest eine weniger schreckliche Kindheit hätte haben können.

Sie verließ das Treffen mit dem Wunsch, ihren Fehler zu korrigieren, aber es war zu spät. Vielversprechende Mitglieder der entfernten Familie waren in die Hauptfamilie aufgenommen worden und hatten den Brunnen bei den meisten Adelsfamilien vergiftet. Ihre leiblichen Eltern hatten ihnen die politischen Lektionen erteilt, die ihr eigener Vater vernachlässigt hatte.

Ihre adligen Kollegen wollten nicht mit ihr zusammenarbeiten und sie wurde als Thronfolgerin abgestempelt, die niemals den Thron besteigen würde, weil sie sich nur für den Kampf interessierte. Also nahm sie diese Rolle an und verschanzte sich im Militär des Königreichs.

Es hatte Jahrzehnte gedauert, aber sie hatte sich hochgearbeitet und war jetzt in der perfekten Position für ihre Rache.

Ursprünglich war geplant gewesen, den Bastard einfach zu töten, sobald sie seinem Tier entsprach. Aber Perspektiven änderten sich. Als sie aus ihrem behüteten Leben in der Hauptstadt entlassen wurde und sich nicht mehr nur auf das Delven konzentrieren musste, um weiterzukommen, wurde sie Zeugin der grassierenden Vernachlässigung und des Missbrauchs in ihrem Königreich. Das System war irreparabel kaputt. Es musste zerschlagen, eingeschmolzen und völlig neu geschmiedet werden, wenn etwas Gutes dabei herauskommen sollte.

In den Außenbezirken des Königreichs machten sich die Menschen nicht einmal die Mühe, ihre Verachtung für die hohen Steuern, die Vernachlässigung und die widerlichen Privilegien einiger Adliger zu verbergen.

Dort fand sie Menschen, die verzweifelt nach Veränderung verlangten, aber nicht die Macht hatten, gegen die Adligen der höheren Tiers vorzugehen, die sie von oben herab behandelten.

Also nutzte sie die politischen Skills, von denen ihr Vater behauptete, dass sie sie nicht besäße. Nach und nach versammelte sie die verschiedenen Gruppen und die wenigen anständigen Adligen unter einem Banner. Nach und nach scharten sich Gleichgesinnte um sie.

Die Methode war weder einfach noch schnell, aber die richtige Person hatte sie bemerkt. Ein Spion des Königinnentums kontaktierte sie schließlich. Damals hatte sie eine Massenflucht geplant, um eine unabhängige Splitternation zu gründen. Als ihr stattdessen die Vollmitgliedschaft in der Allianz der verbündeten Königinnen als Königin angeboten wurde, konnte Cori nicht ablehnen.

Ein Deal wurde ausgehandelt.

Unter ihrem Kommando würde ein großer Teil der Grenzwelten zum Königreich überlaufen und zwölf Prozent des aktuellen Territoriums des Königreichs stehlen. Jahrhunderte der Expansion würden über Nacht mit einem einzigen, verheerenden Angriff verschwinden.

Um Cori Spielraum bei der Gewinnung weiterer Adliger im Zielgebiet zu geben, enthielt die Vereinbarung die Bestimmung, dass alle Adligen des Königreichs, die bereitwillig überliefen, ihre Titel in dem annektierten Gebiet behalten würden, solange sie sich vollständig an die Gesetze des Königreichs hielten. Die Regeln als solche waren ausdrücklich und unmissverständlich festgelegt worden.

Gepaart mit der Chance, dem unvermeidlichen Erbfolgekrieg unter ihren Geschwistern zu entgehen, war diese Garantie alles, was viele Adlige hören wollten. Es gab jedoch einige Adlige, von denen niemand glaubte, dass sie das Schiff verlassen würden, und ihr Volk wandte verschiedene Methoden an, um sie von der Macht in der Region zu entfernen.

Manche wurden einfach getötet, aber diese Taktik musste sparsam eingesetzt werden, um nicht aufzufallen. Nur die übelsten und starrköpfigsten Patrioten konnten unter die Erde gebracht werden, wo sie hingehörten. Einige wenige wurden sogar unerwartet in bessere Gebiete auf der anderen Seite des Königreichs befördert, nachdem Cori und ihre Unterstützer heimlich all ihre politischen Gunstbezeugungen einkassiert hatten. Die meisten anderen potenziellen Verweigerer wurden herausgefordert und kamen schnell zur Vernunft, als sie merkten, dass sie von Adligen umgeben und zahlenmäßig unterlegen waren, die mit allen Mitteln überlaufen wollten.

Ihre Handlungen verursachten einige Turbulenzen, aber nichts, was nicht mit genug Reichtum behoben werden konnte. Mit Bestechungsgeldern konnte man im Königreich fast alles erreichen. Die Korruption, die sie zu beseitigen hoffte, machte das Leben der einfachen Bürger schwer und erleichterte die Planung der Rebellion erheblich.

Es gab einen Grund, warum sich so viele Menschen auf ihre Seite schlugen. Deshalb konnte sie so viele ihrer eigenen Truppen in den Krieg einbinden, trotz der Maßnahmen, die ihr Vater ergriffen hatte, um sicherzustellen, dass nur ihm treue Soldaten unter ihrem Kommando standen.

Als der neue, höhere Tier-Planet im Nachbarsektor ihres kleinen Rebellionsparadieses gefunden worden war, hatte sie ihr Glück kaum fassen können. So konnten sie einen noch größeren Teil des Königreichs mitnehmen, als sie es verließen. Wie sie und die anderen Königinnen gehofft hatten, erlaubte ihnen der Kaiser, dem Königreich den Krieg um das Land zu erklären, wodurch sie die verbliebenen Patrioten lahmlegen konnten.

Sorgfältige Planung sorgte dafür, dass ihre eigenen Leute weniger Verluste erlitten als die loyalsten Regimenter. Der Unterschied reichte zwar nicht aus, um sie in die Knie zu zwingen, aber es war genug, um einige wichtige Einrichtungen in Schlüsselbereichen zu behindern. Ihre Verräter kannten das Risiko und setzten ihr Leben für eine bessere Zukunft aufs Spiel.

Einige waren dafür freiwillig gestorben. Anders als der Krieg des kleinen Albie einen Planeten weiter war dies kein Spiel. Der Tod war nur allzu real.

Cori zeichnete erneut ihre Narbe nach. Sie behielt sie als Erinnerung für all die Jahre.

Mit einer Willensanstrengung überzeugte sie ihren Geist davon, dass die Narbe nicht mehr zu ihrem wahren Selbst gehörte. In der nächsten Stunde sah sie, wie sie allmählich verschwand.

Es war eine Erinnerung an ein anderes Leben.

Heute war sie frei.

Sie zog ihren Helm aus ihrem Raumring und schritt aus ihrem Zelt in das belebte Lager, das ihre Armee errichtet hatte.

Um sie herum versammelten sich 200.000 Tier 20, 75.000 Tier 21 und ein paar Tier 22.

Weniger als die Hälfte war auf ihrer Seite. Die meisten waren Patrioten aus den persönlichen Armeen der Dukes, den kriecherischsten Anhängern des Königs. Das war gut so. Der größte Teil dieser Armee war dazu bestimmt, in dem Massenhinterhalt, den sie erwartet hatte, abgeschlachtet zu werden.

Sie erteilte den Befehl, alle zu versammeln. Innerhalb einer halben Stunde waren die Zelte verstaut, und alle schwebten in Formation auf ihren Fluggeräten.

Die Armee flog über die Gebirgskette, wo die Königin auf der Lauer lag. Die Späher gehörten zu den ersten, die infiltriert wurden, und berichteten, was sie wollte. Auf ihren Wunsch hin war eine kleine Streitmacht des Königinnentums ein wenig zu weit von ihrer Position entfernt worden, sodass eine vermeintliche Lücke in ihrer Verteidigung entstanden war. Als ihre Generäle vorhersehbar zum Angriff riefen, ließ sie sie den Großteil ihrer Truppen versammeln und führte sie in ihr Verderben.

Ihr Countdown-Timer lief, und als er endlich bei Null angekommen war, schlug sie mit ihrer wahren Kraft zu. Im Handumdrehen wurde sie von der scheinbar schwächsten Anführerin, die nur wegen ihres Vaters hier war, zu einer der stärksten.

Nach dem Gesetz durfte das Königreich keine Tier 20-Herrscherin haben. Das Tier, auf dem ihre Mitstreiter sie erfolgreich aufgehalten hatten. Als Zeichen des guten Willens hatten sie ihr heimlich Ressourcen und Zeitfenster in ihren eigenen Rifts zur Verfügung gestellt, damit sie aufleveln konnte. Mit Tier 24 war sie in der Lage, die beiden stärksten Generäle des Königreichs zu besiegen. Sie waren auch Tier 24, aber das Überraschungsmoment erlaubte es ihr, ihnen den Kopf abzuschlagen. Ohne Gehirn gibt es kein Überleben, und sie beendete ihre größten Bedrohungen im Handumdrehen.

Zwei ihrer blau markierten Landsleute griffen die nächsten roten Generäle an. Sie waren nicht überwältigend stark, also sammelte sie etwas Mana und schickte einen [Mana-Schub] auf jeden von ihnen.

Die Angriffe trafen genau. Sie kippten von ihren Fluggeräten, bevor sie fielen, wobei ein Blutnebel aus den Löchern in ihren Köpfen floss und sich die Restenergie in der Luft auflöste.

Chaos umgab sie. Ein Regenbogen aus Zaubersprüchen und Skills erhellte den Himmel mit Blitzen aus Licht und Tod.

Königreichstreue kämpfen gegen Königreichsverräter. Nur sie und ihre Truppen konnten den Unterschied erkennen, und mehr als eine ihrer Truppen kämpfte an der Seite ihrer eigenen Brüder, um sich in eine Gruppe von Königreichstreuen zu integrieren, bevor sie von innen angriff.

Sie hatten für diese Situation trainiert.

Auf ihrem Kommandokanal ertönte ein Refrain voller panischer und widersprüchlicher Befehle. Hauptmann Michels versuchte mit mäßigem Erfolg, die Ordnung wiederherzustellen, also fand sie ihn in dem Handgemenge und wies einen freien Trupp an, sich auf den Mann zu stürzen.

Angesichts der zahlenmäßigen Überlegenheit der Patrioteten hätte es düster ausgesehen, aber dann tauchte eine Welle von Truppen des Königinnentums aus versteckten Positionen in den Bergen auf, und erst jetzt wurden sie für ihren geistigen Sinn sichtbar. Wie eine Flutwelle strömte eine Vielzahl von Elitetruppen des

Königinnentums um ihre Männer herum, während ganze Bataillone von Scharfschützen begannen, ihre vorgewählten Ziele abzuschießen.

In weniger als zehn Minuten fiel der letzte Getreue des Königreichs.

Milly schwebte neben Cori her.

„Ich dachte schon, du würdest es nicht durchziehen."

Cori begegnete den Augen der jüngeren Frau. Milly hielt ihrem Blick länger stand, als es die meisten tun würden, aber sie schaute schließlich weg und nach unten. Sie war die dritte Tochter der sechsten und neuesten Königin der Allianz der Königinnen.

Oder besser gesagt, ihre Mutter war die zweitjüngste der aktuellen Königinnen. In diesem Moment war Cori die jüngste, obwohl sie ihre Kultivierung schnell auf mindestens Tier 30 bringen musste. Ihr Intent war nahe dran, aber sie brauchte noch etwas anderes, das über ihren Satz und ihr Bild hinausging. Der Intent weigerte sich, so zu kristallisieren wie ihr Konzept.

Diese Information war eines der vielen Dinge, die sie bei der erstbesten Gelegenheit von ihren Mitschülern erfragen wollte.

„Ich breche niemals mein Wort. Nehmen deine anderen Truppen die Orte ein, die ich angegeben habe?"

Milly nickte. „Sie haben zur gleichen Zeit zugeschlagen. Die Teleporterformation sollte unter unserer Kontrolle sein, solange deine Leute keinen Rückzieher machen."

Cori überprüfte ihre KI und die Berichte. Bis jetzt sah die Situation akzeptabel aus, aber es gab ein paar Widerstandsnester, auf die sie ihre Truppen lenkte. Die Kontrolle über die Truppen der Königin sowie über ihre eigenen Truppen bereitete ihr einen Nervenkitzel.

Ihr entging nicht, dass die Kommunikation an bestimmten Stellen ausblieb. Das bedeutete, dass einige der patriotischen Truppen bereits die üblichen Kombinationskanäle verlassen hatten. Es war klug von ihnen, zu erkennen, dass die Leitungen gestört waren, aber dumm von ihnen, das zu verraten und sich selbst zu einem vorrangigen Ziel zu machen.

Sie schaute zu Milly und schickte ihr die Standorte. „Die Truppen sollen diese Orte überprüfen."

Bevor sie antworten konnte, beendete Cori die Fokussierung ihres Willens und riss ein Loch durch die Realität in den chaotischen Raum.

Sofort wurde sie von den Energien, die das Reich zwischen den Welten ausmachten, umgeworfen. Es kostete sie viel Kraft, die zersetzenden Energien in Schach zu halten.

Ohne die Realität, die ihr beim Reisen half, legte ihr spiritueller Sinn nicht einmal die Hälfte der Strecke zurück, die er normalerweise zurücklegte. Das reichte immer noch aus, um den Lichtfunken in der Leere, die die Welt voller Essenz war, zu scannen. Als sie sah, dass niemand um sie herum versuchte zu fliehen, änderte Cori den Ort ihres Fokus und ging zurück in die Welt, auf die andere Seite des Planeten.

Dieser Stunt hatte sie fast die Hälfte ihres Manas und einen Großteil ihrer

Willenskraft gekostet, aber sie war immer noch zuversichtlich, was ihre Kampfkraft anging.

Damien und Kristen blieben stehen und spürten ihre Anwesenheit, als sie den realen Raum betrat und hinter ihnen schwebte. Um die Einsatzregeln nicht zu verletzen, musste Cori sie zuerst angreifen, da sie die stärkere Partei war. Der Mann und die Frau auf Tier 22 waren ihr größtes Problem. Sie waren ein Marquess und eine Marchionnes und eingefleischte Loyalisten.

Sie waren zudem fähige Taktiker, weshalb sie sie selbst ausschalten wollte. Das war zumindest die Ausrede, mit der sie die Königin informiert hatte.

In Wahrheit verabscheute sie die beiden. Sie waren bereit, jeden für ihre persönliche Macht zu verraten. Sie begannen als ungebildete Adlige und hatten sich ihren Weg nach oben erschlichen. Bei jeder Gelegenheit wurden diese beiden Soziopathen als leuchtende Beispiele dafür angeführt, warum die Methoden ihres Vaters funktionierten. Sie waren sogar so loyal, dass sie oft unaufgefordert gewaltsame Loyalitätssäuberungen in ihren Herrschaftsgebieten durchführten.

Obwohl sie offiziell nur Staatsoberhäupter getötet hatten, schalteten sie jede politische Opposition aus, die sie in die Finger bekamen. Mehr als nur ein paar Menschen wurden aufgrund von Anschuldigungen hingerichtet, die sich später als frei erfunden herausstellten. Ihr Vater bewunderte die beiden.

Coni hingegen verabscheute alles, was sie verkörperten. Sie auszulöschen wäre ein Dienst an der Allgemeinheit.

Sie nutzten auch jede Gelegenheit, um auf sie herabzukommen und zu behaupten, dass sie ihre Macht nur deshalb besaßen, weil sie sie verdient und nicht verschwendet hatten. Das unausgesprochene „wie Cori“ war immer in ihrem Grinsen und dem Funkeln in ihren Augen versteckt.

Der große, blasse Mann beschwor seine Kriegsaxt, und die Frau hielt einen Stab bereit, der mit Blitzen, Wasser und Luftwirbeln knisterte.

Kristen spuckte zur Seite. „Du hast uns an die Königin verraten!? Du bist eine verdammte Schlampe! Wenn der König davon erfährt, wird er deinen Kopf auf einem Silbertablett serviert haben wollen!“

Es war kaum eine Frage, aber Cori lächelte daraufhin unter ihrem Helm.

Sie aktivierte [Beweglichkeit], [Ausdauer] und [Mana-Stärke]. Wenn sie sich mit voller Kraft bewegte, erschöpfte sie sich schnell. Es war nur eine Frage, ob sie erschöpft sein würde oder ob sie sich vorher einen Muskel reißen würde.

Die Stärkungszauber erlaubten es ihr, ohne Zwang und Sorgen zu kämpfen. Ein Tier 26-Manastein wurde bereits in einen schnellen Manawandler gepumpt, um das Mana von ihrer Reise durch den chaotischen Raum langsam wiederherzustellen. Die Ausgaben waren verschwenderisch, aber sie hatte ihre eigenen Geldquellen. Die unterirdischen Kampfarenen bezahlten obszön gut für Todeskämpfe. Nur so konnte sie sich ihre neue Waffe leisten.

Das Rapier schimmerte grün in der untergehenden Sonne.

Es war eine außergewöhnliche Waffe, die sie bei einem Handwerker des

Imperiums bestellt hatte. Die meisten hielten einen Pflanzenmagier in der Luft für schwächer, aber Cori war da anderer Meinung. Man brauchte nur ein wenig Einfallsreichtum, um die Zaubersprüche effektiv wirken zu lassen.

Es hatte keinen Sinn mehr, ihre Skills zu verbergen. Es war an der Zeit, die tollwütigen Hunde, die sich für ihre Rivalen hielten, zur Strecke zu bringen.

Damien verlor zuerst die Geduld und nutzte [Blinzeln], um den Abstand zu verringern.

Das war es. Die ganze Provokation, die sie brauchte, um anzugreifen. Immerhin hatten sie sie zuerst angegriffen.

Cori eilte nach vorne, wo sie das Ziel des Zaubers spüren konnte. In dem Sekundenbruchteil, den der Zauber brauchte, um den Mann zu transportieren, schlug Cori mit einem [Manastoß] zu.

Sie war immer noch zu langsam und streifte nur den Brustpanzer des Mannes, anstatt den Angriff so zu timen, dass er im Inneren des Mannes landete.

Eine enttäuschende Niederlage, aber kein Grund zur Sorge. Sie ignorierte es und stürzte sich auf den Magier. Kristen war bereits dabei, einen Sturm zu beschwören. Der gesamte Horizont wurde mit immer dunkler werdenden Wolken übersät.

Ein Blitz schlug nach ihr aus, aber sie wirkte [Umschlingen]. Die Ranken absorbierten die Energie. Die Elektrizität verbrannte die Pflanzen, aber so konnte sie den Abstand verringern.

Kristen war nicht dumm und zog sich bereits bei einem Windstoß zurück. Aber sie war zu langsam. Sie war keine echte Sturmmagierin. Noch nicht.

Die feindliche Magierin hatte ihre drei verschiedenen Manatypen noch nicht zu einem soliden, einheitlichen Ganzen verschmolzen. Stattdessen schöpfte sie aus sorgfältig portionierten Bereichen ihres Mana-Pools. Diese Methode war nicht nur langsamer, sondern auch gefährlich. Wenn die Frau die Konzentration verlor, vermischte sich ihr instabiles Mana, und das Ergebnis wäre kein Sturm, sondern ein unbrauchbares Durcheinander, das sie erst wieder in Ordnung bringen musste.

Diese Notwendigkeit machte sie langsamer, was ihre den Tod sicherte.

Cori war mit ihrer höheren Kultivierung fast an dem Tier 22-Magier dran. Ihr Rapier war nur noch einen Meter entfernt, als sie spürte, wie Damien den Abstand mit einem [Schildschlag] in Verbindung mit einem [Ausfallschritt] verringerte. Die Verflechtung der Skills erforderte eine feine Mischung aus magischer Kontrolle, die er nicht richtig beherrschte. Sie konnte spüren, wie das Mana aus der Zauberstruktur um Damien herum verschüttet wurde. Dass es so schlimm war, deutete auf die Schlampigkeit seiner Bemühungen hin.

Trotzdem konnte er die verbleibende Distanz im Handumdrehen schließen.

Mit Hilfe ihres Talents und ihrer passiven Skills beugte sich Cori nach hinten und unter das Hackbeil. Ihre Knochen und Bänder schrien bei der plötzlichen Biegung, aber sie verlor bei dem Manöver kaum an Schwung. Doch selbst dieses leichte Zögern genügte Kristen, um [Tornado] zu wirken. Sie vermischte eindeutig Wassermana mit

Wind, und der Windtrichter wuchs schnell zu monströser Größe an, als er die Wolken um sie herum aufsaugte.

Kristen zog sich in den schneidenden Windwirbel zurück, einen Ort, an den Cori nur mit großem Aufwand herankommen würde, so dass sie der Vergeltung des Paares schutzlos ausgeliefert war.

Stattdessen zauberte sie mit ihrem Rapier [Spore] und [Samen]. Winzige Pflanzenmotive lösten sich von der grünen Klinge und wurden in den Tornado gesaugt. Wenn Kristen in der Lage gewesen wäre, Blitze mit dem Skill zu verbinden, hätte sie das nicht geschafft. So aber konnte Cori die kleinen Pflanzen mit Mana vollpumpen.

In Sekundenschnelle wurden die stecknadelkopfgroßen [Samen]-Motive, die Kristen umgaben, zu riesigen grünen Ranken.

Plötzlich wurde der defensive Tornado zu einer Falle.

Damien hatte Mühe, die magisch verstärkten Ranken zu durchschneiden, aber er war zwei Tiers unter ihr und ganze drei Tiers unter ihrer Waffe.

Kristen versuchte, nach oben zu flüchten und aus dem Scheitelpunkt des Zaubers zu entkommen, aber Cori war darauf vorbereitet und schneller. Sie hatte dafür gesorgt, dass sich ihr Zauber weit über und unter der Magierin ausbreitete.

Damien wirbelte herum und griff sie an, in der Hoffnung, ihre Konzentration auf den Zauber zu unterbrechen. Zu seiner wachsenden Besorgnis wich sie jedem seiner Angriffe aus, indem sie sich einfach auf ihr Training und ihren körperlichen Vorteil stützte.

Schließlich wickelte sich eine Ranke um Kristens Bein. Cori lächelte. Die Frau war jetzt in ihrer Gewalt.

Der Widerstand hörte auf und sie hielt inne, um festzustellen, dass sie die Magierin nicht mehr im Griff hatte. Zumindest nicht alles von ihr. Ihre wachsenden Ranken suchten nach dem Bein, das am Knie abgetrennt war.

Das war ein kluger Schachzug. Er hätte vielleicht funktioniert, wenn [Spore] nicht gewesen wäre. Der Zauber lag bereits in der Luft und sie konnte nun Kristens Standort spüren. Ein Tier 15 oder höher konnte den Ortungszauber von seinem Körper fernhalten, solange er sich konzentrierte. Bei einer klaffenden Wunde, die sie infizieren musste, war es jedoch bereits zu spät. Der Skill war *in* der Frau.

Mit einer mentalen Anstrengung wich sie einem weiteren schweren, mit Mana durchsetzten Axthieb aus und änderte den Skill, der noch mit ihrer Klinge verbunden war.

Mit ihrem Rapier verschmolz sie der noch aktive Skill [Spore] mit [Toxin]. Einen aktiven Skill zu kombinieren war unglaublich schwer und schmerzhaft langsam, aber es hatte den gewünschten Effekt.

In Kristens Körper wurde der Skill langsam toxisch. Es war schon schwer, das Konzept, die Willenskraft und den Geist der Magierin zu durchbrechen. Damiens Angriffen auszuweichen, war zusätzlich anstrengend und zwang sie, ihre Aufmerksamkeit zu teilen. Trotzdem schaffte sie es.

Vor langer Zeit hatte Cori gelernt, dass es mit ihrem Talent viel einfacher war, einem Angriff auszuweichen, als ihn zu blocken. Sie war eine kleine Frau. Ausweichen war einfach, und sie riskierte nur dann eine Verletzung, wenn sie nicht schnell genug ausweichen konnte.

Als sie spürte, dass Kristen ihre aktive Kontrolle über das Wetter aufgab, bekam Damian endlich sowohl ihre volle Aufmerksamkeit als auch einen Gegenstoß in seine Brust.

[Phantom-Rüstung] erschien und half seiner eigenen Rüstung für einen Moment, dem Angriff standzuhalten. Die Wucht ihres Angriffs ließ ihn nach oben und aus der Atmosphäre fliegen.

Sie ließ sich die Gelegenheit nicht entgehen und stürzte auf Kristen zu, die zitternd und erbrechend dasaß. Mit einem gelangweilten Hieb riss sie der Frau den Kopf ab.

Es war fast zu einfach.

Mit ihren geistigen Sinnen spürte Cori, wie Damian völlig durchdrehte. Es war wie Musik in ihren Ohren. Er entfaltete seinen Schleier und begann schockierenderweise, Essenz zu verbrennen, um seine Angriffe zu verstärken.

Ein gewaltiger, drei Meter breiter [Manaschlag] zwang sie dazu, sowohl ihre eigene [Phantomrüstung] zu aktivieren als auch sich in ein Knäuel aus Ranken zu wickeln, um ihn abzuwehren.

Die Verwendung von Essenz in deinen Angriffen war ab Tier 15 möglich, aber sie hatte zwei große Nachteile. Erstens wurden die verwendeten Skills dauerhaft beschädigt und bei übermäßigem Gebrauch zerstört. Die Verwendung von Essenz beschädigte zudem dauerhaft die Kultivierungsbasis, wenn man sie abnahm. Soweit sie wusste, gab es keine Möglichkeit, lose, nicht zugewiesene Essenz für einen Angriff zu verwenden. Sie musste aus einem den Kernen stammen, was bedeutete, dass man diesen Fortschritt für immer verloren hatte.

Die neue Essenz bewegte sich nicht, um diese Lücken zu füllen, sondern um voranzukommen. Die ganze Kraft war einfach weg.

Die meisten Menschen waren nicht bereit, so viel zu opfern, nicht einmal für einen Geliebten. Für Unsterbliche waren Ehepartner oft nur vorübergehend. Persönliche Macht war schließlich das Einzige, was einen nicht verraten konnte. Und es war das Einzige, was einen vorwärtstreiben konnte.

Wäre das Paar nicht so ein mieses Stück Scheiße gewesen, hätte sie Damians Hingabe fast rührend gefunden.

Cori war noch dabei, die [Phantomrüstung] in ihrem Geist wieder aufzubauen, um sie erneut aufzuladen, als ein weiterer [Manaschlag] auf sie zustürmte. Anders als beim letzten Mal war sie vorbereitet und konnte rechtzeitig ausweichen. Sie spürte, wie ein Berg hinter ihr durch die Wucht des Zaubers explodierte.

Sie konnte sich nun persönlich von der Macht der essenzbasierten Skills überzeugen. Trotz ihres Vorsprungs von zwei Tiers hatte dieser erste Angriff zwei ihrer defensiven Skills durchschlagen. Ihre Rüstung rauchte noch immer von dem Aufprall.

Trotzdem wankte Coris Zuversicht nicht. Damit war Damien bestenfalls auf ihrem Niveau, und auch nur so lange, bis seine schwindende Kultivierung und seine schwindenden Skills ihn einholten. Sie hatte noch nie Probleme damit gehabt, gegen Leute auf ihrem Niveau zu kämpfen.

Nur stärkere Kämpfer waren eine Herausforderung, die man genießen konnte. Ein ebenbürtiger Gegner war nichts, worüber man sich aufregen konnte.

Cori ließ einen normalen [Mana-Hieb] los, woraufhin Damien sich aus dem Weg drehte und seinen nächsten Angriff unterbrach. Nach ihrer Einschätzung hatte er wahrscheinlich noch zwei weitere Würfe von [Manaschlag], bevor der Skill zusammenbrach.

Sie verringerte den Abstand und holte mit einem schweren Hieb aus. Der Griff seiner Axt erhob sich, um ihn zu blockieren. Der Angriff schickte den größeren, aber schwächeren Mann trotzdem in den wahren Raum.

Cori wollte nicht zulassen, dass er den Schwung, den sie ihm verschafft hatte, ausnutzte und flüchtete. Sie würde hier in der Nähe bleiben; ihre höhere Kultivierung gab ihr einen flachen Vorteil gegenüber dem engagierten Nahkämpfer.

Sie näherten sich dem größten Mond des Planeten, als sie seine größere Gestalt einholte. Als sie sich ihm kurz, aber schnell näherte, spürte sie, dass jemand sie beobachtete.

Sie hatte eine Ahnung, wer es war. Wenn sie richtig geraten hatte, war sie sich nicht sicher, ob sie beleidigt oder geschmeichelt sein sollte. Wie auch immer, es war Zeit, eine Show zu veranstalten.

Um ihren Wert zu zeigen.

Damien prallte mit einem lauten Knall auf den Mond, sodass die Trümmer überall hin flogen. Kurz vor dem Aufprall schoss ein mit Essenz angeheiztes [Flammensperrfeuer] auf sie zu. Zwei Dutzend menschengroße Feuerbälle explodierten und zielten auf sie.

Cori schlängelte sich durch sie hindurch, ohne sich von einer einzigen Flamme lecken zu lassen. Aber sie war nah genug dran, dass sich ihre Rüstung trotz des Vakuums im Weltraum erhitzte.

Damien war bereit und hatte seine Klinge mit einer [Manaschlag]-Ladung voller Essenz versehen. Sie begegnete dem Angriff mit Magie und Stahl, während ihre eigene [Mana-Ladung] mit voller Kraft aufblitzte, um ihn zu treffen.

Als ihre Angriffe aufeinanderprallten, strömte ein Energiewasser in alle Richtungen, während die beiden gegnerischen Kräfte versuchten, einander zu überwältigen.

Sie musste ihr Konzept nutzen, um sich mit den Pflanzen auf dem Mond abzustützen, aber bald verpufften ihre Angriffe. Als sie Damien sah, war sie überzeugt, dass der Kampf vorbei war. Er blutete durch die Rückwirkung ihres Zusammenstoßes und jeder Tropfen verdampfte im Vakuum des Weltraums. Obwohl er weder Luft zum Atmen hatte noch brauchte, keuchte er mit unbestreitbarer Anstrengung.

Im Gegensatz dazu blieb sie kontrolliert und gelassen. Auch wenn sie sich nach der Anstrengung, die das Abwehren des Angriffs erfordert hatte, übergeben wollte, war sie jetzt eine Königin. Und ehrlich gesagt war dies der größte Spaß, den sie seit Jahrzehnten hatte, weil sie an einen Kampf glaubte.

Außerdem liebte Cori es, eine gute Show abzuziehen.

Zu ihrer Überraschung glühte Damien in der bedrohlichen purpurnen Aura von [Berserkerwut]. Die rote Farbe wurde von Weiß abgelöst, als die Essenz durch den Skill zirkulierte, und die Aura wurde massiv. Sie spürte, wie ihre Kraft in die Höhe schoss. Der Anstieg war absurd, selbst mit brennenden Essenzen war er nicht zu erklären. Sie schüttelte die anfängliche Ablenkung ab und nahm ihn ganz in sich auf. Mit ihren eigenen Augen und ihrem eigenen Geist konnte sie den Schaden, den der Skill dem Mann zufügte, sowohl sehen als auch fühlen.

Es wurde mehr als nur die Kultivierung verschlungen. Es verbrannte seinen Geist.

Das war beunruhigend. Am besten beendete sie das hier ganz schnell.

Damien schlug mit [Mana-Hieb] zu. Er war mit Essenz angereichert, aber er war viel schwächer als die [Manaschläge], die er zuvor benutzt hatte. Seine Waffe war dem Skill nicht gewachsen, und er hatte [Manaschlag] eindeutig nicht so sehr modifiziert wie [Mana-Hieb] und beherrschte ihn auch nicht.

Cori bog sich wie ein Baum im Wind und wich dem Energiebogen aus, der über die rötliche Oberfläche des Mondes zog.

Sie erhöhte ihre Boosts auf das Maximum und ließ ihr Talent voll zur Geltung kommen. Mit drei schnellen Schritten, die an ihren Knochen und Bändern zerrten, kam sie neben Damien an. Sie griff nach oben, packte seinen brennenden Kopf und riss ihn zurück, sodass sie ihre Klinge über seinen Hals führen konnte.

Es war eine sinnlose Geste. Sie spürte schon beim ersten Ruck, wie sein Rückgrat brach. Aber das hier sollte eine Show sein.

Ihre Wächter traten aus dem chaotischen Raum heraus und klatschten in ihre metallenen Hände.

Verona, die vierte Königin der Allianz, schritt zu Cori hinüber. Über die KI-Botschaft erhielt Cori: „Gut gekämpft. Ich dachte schon, ich müsste eingreifen, als er anfing, Essenz für seine Angriffe zu benutzen."

Cori starrte ihre neue Kollegin an. „Wenn du dich eingemischt hättest, hätte man ihn gehen lassen müssen. Nein, ich wollte, dass er stirbt. Also ist er gestorben."

Verona zuckte mit den Schultern. „Er hat sich bereits selbst zum Krüppel gemacht, also war es nicht weiter schlimm. Dein Leben ist viel wichtiger, meine jüngste Schwester."

Das Lächeln der ebenholzhäutigen Frau war aufrichtig.

Cori traute ihr aus Prinzip nicht. Aber das zeigte sie nicht. Das wäre unhöflich gewesen.

Verona schien das nicht zu bemerken und lachte leise in die Leere.

„Mach dir keine Sorgen. Wir werden vielleicht nie die besten Freundinnen sein, aber wir sind Schwestern mit einem Ziel. Das ist etwas, das über bloße Freundschaft hinausgeht." Als sie sah, dass sich Coris Gesichtsausdruck immer noch nicht beruhigt hatte, fügte sie hinzu: „Es gibt keinen Grund zur Eile. Wir haben Zeit. Apropos, wir müssen zu einer Verabredung."

Das erregte ihre Aufmerksamkeit. So etwas war eindeutig nicht Teil des Plans. Cori wurde misstrauisch. „Was meinst du?"

Der Tier 31 zuckte mit einer Schulter: „Unsere älteste Schwester wurde schwer verwundet, als sie versuchte, in den kleinen Vasallenkrieg hineinzuspähen. Als Vergeltung hat ihr jemand die Hand durch die Brust und um ihr Herz gelegt. Sie ist nicht gerade in der besten Verfassung, um gegen deinen Vater anzutreten, also werden wir uns alle versammeln, um sie zu unterstützen."

Das ließ Cori innehalten. Kein vernünftiger Mensch würde seinen direkten Untergebenen sagen, dass er schwer verwundet war. Das war ein Freibrief, um in den Rücken gestochen zu werden. Aber warum sonst sollten sie ihre Pläne so plötzlich ändern?

Und wer könnte eine Tier 35 einfach so verletzen?

Dann verstand Cori.

Der Kaiser hatte offensichtlich ein verstecktes Kraftpaket geschickt, um den Krieg zu überwachen. Wenn sie so stark waren und so viel Vertrauen genossen, konnte das Königinnentum sie als offizielle Zeugen für die Rebellion auf ihrer Seite einsetzen.

Ein offizieller Vertrag würde Vergeltungsmaßnahmen jeglicher Art verhindern.

Cori nickte Verona zu, die lächelte und einen Arm ausstreckte. „Komm, komm. Wir haben einen turbulenten Weg vor uns. Im chaotischen Raum geschieht etwas Seltsames. Die Strömungen sind verworren; das macht die Reise langsamer und unberechenbarer."

Es dauerte einen Moment, aber dann erkannte sie, dass ihre neue Kollegin ihr anbot, sie wie ein Baby dorthin zu tragen. Sie war zwar nicht begeistert von dieser Aussicht, erkannte aber dennoch, dass dies die einzige Möglichkeit war, ohne den Teleportweg zum benachbarten Tier 6-Planeten zu gelangen. Cori überdachte die Situation, seufzte und schickte ihre Befehle an die Truppen, die noch auf dem Planeten waren. Dabei entging ihr nicht, dass Veronas Grinsen noch breiter wurde.

Keiner von ihnen vertraute den offiziellen Routen, die ihr Vater eingerichtet hatte. Das war der Grund, warum das Königinnentum mit chaotischen Raumschiffen einmarschierte, anstatt die etablierten Routen zu benutzen. Niemandem war entgangen, dass auch das Königreich diese nach der Kriegserklärung nicht mehr benutzte.

Aber selbst sie war sich nicht sicher, ob die Spur manipuliert war. Das würde später gründlich und sorgfältig untersucht werden müssen.

Cori sammelte ihre Kräfte und bereitete sich auf die Reise vor. Sie dachte an ihren Vater. Sie dachte an das Gesicht, das er machen würde, wenn er einen großen Teil seines Königreichs verlieren würde. Das zauberte ein Lächeln auf ihr Gesicht, das einfach nicht verschwinden wollte.

Kapitel 31

Matt hatte gerade wieder einmal seine Truppen angeführt, um einen Teil der Verteidigungsanlagen des Königinnentums anzugreifen. Dutzende Soldaten umzingelten die zweite der beiden belagerten Städte. Die andere Stadt erhielt ständig Verstärkung, und er erfuhr, dass ein neuer Skill an den schnell fallenden Mauern eingesetzt wurde.

Als die Berichte eintrudelten, begann er zu fluchen. Amber hatte offensichtlich [gecrackter Durchbruch] bekommen, nachdem er den Skill abgelehnt hatte, und sie setzte ihn bei der Belagerung der zweiten Stadt mit verheerender Wirkung ein.

In nur wenigen Stunden hatten sie es geschafft, zwei der drei noch stehenden Mauern niederzureißen. Die Stadt fiel schnell, da sie eine Verteidigungsposition nach der anderen verloren. Der ranghöchste Offizier hatte seinen verbliebenen Truppen befohlen, einen Vorstoß zu wagen, aber sie wurden an dem Erdwall aufgehalten, den die Belagerer errichtet hatten.

Er sah zu, wie zwei Schüsse von [Gecrackter Durchbruch] fast die Hälfte des Königreichspersonals in der Aufnahme auslöschten.

Die Belagerung war offiziell beendet, als sich die Truppen des Königreichs in einer Welle erhoben und die wenigen versprengten und verwirrten Verteidiger niedermachten. Das Königreich hatte nur noch eine einzige Stadt, die unbewacht war, und eine weitere, die belagert wurde.

Der Bericht war nur wenige Minuten alt, und die neuen Informationen deuteten darauf hin, dass die Königin mit den meisten ihrer verwundeten und nicht mehr ganz so beweglichen Truppen zur Einnahme der Stadt unterwegs war. Die verbleibenden Truppen wurden in Formationen organisiert, von denen Matt erwartete, dass sie sich bewegen würden, um die Belagerung zu beenden.

Er fühlte sich so hilflos. Es war eine Mischung aus dem Wissen, dass sein perfekter Skill weg war, weil er ihn nicht sofort einsetzen konnte, und dem Neid, den Skill in Aktion zu sehen. Wenn er diesen Skill hätte und einsetzen könnte, würde er diese Belagerung in einer Stunde beenden. Maximal zwei. Es wäre so, als hätte er eine perfekte Manakanone, die jederzeit einsatzbereit wäre.

Wenn Matt das hätte, wäre er unaufhaltsam. Und er bezweifelte, dass es noch eine andere Version dieses speziellen Cracks von [Durchbruch] gab. Jetzt musste er bis Tier 9 warten, bis er sich die 500 Mana für den ursprünglichen Skill leisten konnte.

Dennoch konnte er nicht sagen, dass er es bereute, die [Gecrackte Phantomrüstung] aufgewertet oder Annie die Punkte für seinen Sieg in der Duellarena gegeben zu haben. Er hatte für jede seiner Entscheidungen gute Gründe, und obwohl sie ihn einen erstaunlicher Skill gekostet hatten, glaubte er nicht, dass er sich in einem der beiden Fälle anders entscheiden würde, wenn er noch einmal die Chance dazu hätte.

Dennoch tat es weh zu sehen, dass ein Skill, mit dem er sein Talent endlich voll ausschöpfen konnte, an jemanden ging, der sicher mit Manakristallen vollgestopft war.

Doch er hatte eine viel wichtigere Aufgabe zu erledigen: die Verstärkung so lange wie möglich aufzuhalten. Der Fürst hatte nur noch zwei Tage Zeit, zu heilen, und sie mussten versuchen, Zeit zu gewinnen, um zu verhindern, dass die vorletzte ihrer Städte fiel.

Nachdem er das Kommando abgeben konnte, konnte die Armee ihm keine Schuld an den Verlusten geben. So sehr er auch sein Bestes gab, er war sich sicher, dass die KI der Armee seine Leistung kritisieren würde.

Trotzdem schüttelte er die düsteren Gedanken ab und ließ seine KI einen Plan entwerfen, um den Feind aufzuhalten. Und dann musste er sich auch noch mit einer Frau herumschlagen, die in kürzester Zeit Stadtmauern einreißen konnte.

Es gab zwei verschiedene Möglichkeiten. Entweder versuchten sie, Amber wegen des Wertes ihres neuen Skills zu verstecken, oder die Armeen stellten sie und ihre Skills zur Schau, während sie alle Verteidigungsanlagen auf seiner Seite durchbrach.

Matt wollte sich die Haare raufen, weil er keinen passenden Skill gegen den [gecrackten Durchbruch] entwickeln konnte. Seine beste Option war es, Annie aufzufordern, die Frau zu ermorden. Doch das war ein ziemlich offensichtlicher Plan, den die Königin sicher erwarten würde. Vor allem, nachdem sie Sara ausgeschaltet hatten.

Er hatte keine andere Möglichkeit, Amber zu beseitigen, als eine Menge Leute auf sie zu hetzen und zu hoffen, dass einer von ihnen sie zwischen den Stößen ihres Skills ausschalten konnte. Es war kein idealer Anti-Personen-Skill, da er recht langsam war, aber das war nur relativ zu anderen Zaubern. Es war schwierig, aber nicht unmöglich, einem gut geplanten Schuss auszuweichen, wenn er auf einen gerichtet war, da der Skill auf einer normalen Distanz gewirkt wurde.

Ihr einziger weiterer Vorteil war, dass Amber fast zehn Minuten brauchte, um jeden Angriff aufzuladen. Trotzdem mussten sie genau wissen, wo sie sich befand und die Bewegungen ihrer Truppen kennen. Zu diesem Zweck gab Matt den Spähern den Befehl, die Stadt und die Truppen, die sich nach seiner Vorhersage formierten, sorgfältig zu beschatten.

Zu seiner Überraschung rückte die Armee nicht sofort aus. Also begann er in der Zeit, die ihm die Untätigkeit des Königreichs verschaffte, seine eigenen Befehle auszusenden. Die beiden Städte waren durch eine Gebirgskette getrennt, die er nutzen konnte, um Verteidigungsanlagen zu errichten und den Vormarsch des Königreichs hoffentlich zu verlangsamen.

Er und seine Truppen verließen schnell ihr Lager und zogen zu den wahrscheinlichsten Pässen, die das Königinnentum nehmen würde, um dort Notbefestigungen zu errichten. Sie wollten sich nicht festlegen, bevor die Truppen der Königin ihre Route festgelegt hatten.

Matt war bis spät in die Nacht dabei, einen Berg auszugraben, als die Meldung eintraf. Das Königinnentum war endlich in Bewegung. Trotz ihres Vorsprungs war die Aufgabe nicht gerade ideal. Das Königinnentum bewegte fast drei Millionen Soldaten, aber sie blieben nicht in einer Gruppe. Sie teilten sich in zwei Hälften auf.

Erschwerend kam hinzu, dass die beiden Formationen in entgegengesetzte Richtungen um die Bergkette herumgingen.

Die Späher hatten keine Ahnung, in welcher Formation sich Amber befand.

Die ganze Situation brachte ihre letzten Worte wieder in Erinnerung. „Dann wünsche ich dir viel Glück. Ich weiß, dass wir es nicht brauchen." Ihre kleine Ankündigung fühlte sich jetzt wie ein Schlag ins Gesicht an.

Er berechnete die Chancen, in welcher Formation sie sein würde, und ließ seine KI dasselbe tun. Er hatte keine bessere Möglichkeit, den Weg zu bestimmen, den sie einschlagen würde, als eine fünfzig-fünfzig Chance.

Seine KI konnte Informationen besser verarbeiten und hatte eine siebzigprozentige Chance auf die südliche Formation. Die nördliche Formation war zu offensichtlich um eine einzelne Person zentriert, die darauf achtete, nicht gesehen zu werden. Das allein gab der KI noch keine ausreichenden Informationen, um eine solche Entscheidung zu treffen, aber sie hatte eine Anomalie in der südlichen Prozession bemerkt. Eine viel kleinere Gruppe von Menschen drehte sich um eine einzige Person.

Ein Detail, das in der Bewegung von Millionen von Menschen leicht untergehen konnte, aber seine KI war in der Lage, seine volle Mana-Regeneration von 80 MPS zu nutzen, um jede Person zu analysieren. Seine KI fand schließlich die versteckte Anomalie und er vertraute ihr genug, um seine Truppen nach Süden zu beordern.

Sie mussten Amber zumindest ausbremsen.

Er hoffte, dass Annie hier schnell rauskommen würde und ein weiteres Wunder vollbringen könnte.

Sie war immer noch auf dem Weg, sich an einem versteckten Ort zu erholen, nachdem sie Sara getötet hatte, und würde nach ihrer Schätzung noch zwei Tage brauchen. Offenbar wurde in der ganzen Stadt nach ihr gefahndet. Die Königin war nicht erfreut, dass ihre Prinzessin ermordet wurde, und hatte ein hohes Kopfgeld auf sie ausgesetzt.

Da die Königin zehn Stunden unterwegs war, um den Gebirgszug zu erreichen, bauten Matt und seine Männer rasch Befestigungen. Leider gab es in dieser Gegend keine kleinen Festungen mit Flugabwehrsystemen, aber sie konnten ein paar Manakanonen aufstellen. Sie hofften, dass sie damit schnell in das Herz der Truppen eindringen und Amber töten konnten.

Wenn sie das taten, würden sie ohne Rücksicht auf Verluste als Sieger hervorgehen. Oder zumindest würde der Fürst sie für ihre Aufopferung reichlich belohnen.

Das Warten auf das Erscheinen der Königinnentum-Einheit war quälend. Aber schließlich, als die Sonne über den Horizont stieg, durchbrach die Masse der Flugobjekte die Kurve des Planeten. Sie waren genau dort, wo sie laut Bericht ihrer Späher sein sollten.

Matt konnte spüren, wie die Moral seiner Truppen wie ein Stein sank, und er konnte es ihnen nicht verübeln. Sie flogen gerade in Reichweite der Manakanonen-Stellungen zur Unterstützung, aber fast unbewusst zogen sich seine Truppen etwas zurück.

Er wollte dem ein Ende setzen, als die Formation der Königin weit ausschwenkte, und sagte über den allgemeinen Kommandokanal: „Jetzt ist nicht die Zeit für einen Rückzug. Wir müssen in die feindliche Formation eindringen und ihren Kampfgeist brechen."

Das war eindeutig das Falsche, denn er spürte, wie sich die Luft bewegte. Die Stimmung auf seiner Seite brach, nicht die der Königin.

Er war müde von all der Verantwortung, die auf seinen Schultern lastete, und von dem immer lauter werdenden Gemurmel der Truppen, denen es zunehmend missfiel, dass sie die Belagerungen nicht entscheidend beenden konnten.

Ohne nachzudenken, fügte er hinzu: „Okay, scheiß drauf. Wir müssen die Frau mit dem Belagerungszauber töten, und es ist egal, wie viele von uns dabei sterben. Es muss getan werden, sonst sterben wir, wenn der Zauber auf eine Stadt angewendet wird. Wir eilen dorthin, um nach der Explosion Ausschau zu halten, und konzentrieren uns dann auf diesen Ort. Den Berichten zufolge braucht sie zehn Minuten, um sich wieder aufzuladen, das ist also unsere Chance. Findet und tötet sie."

Das verbesserte zwar nicht die allgemeine Stimmung, aber die Leute griffen fester zu ihren Waffen. Als er sah, dass das das Beste war, was er bekommen konnte, rief er den Generalangriff aus.

Seine verbleibende Dreiviertelmillion Truppen stürmten wie eine Welle in die vorbereitete Flanke des fliegenden Feindes.

Zaubersprüche und Munition rasten in einem vielfarbigen Regenbogen des

Todes über die Strecke. Matt behielt die Führung, bis er von einer Felssäule getroffen wurde, die ihn in eine Spirale schickte, bis er sich wieder aufrichtete.

Zu seiner zunehmenden Beunruhigung spürte Matt, wie sich das Mana in der Umgebung aufbaute, was Amber signalisierte, dass sie [gecrackten Durchbruch] auflud. Er rannte schnell zurück in die Führungsposition, aber in der Königinnentum-Formation tat sich ein Loch auf, als ihre Seiten aufeinandertrafen.

Aus ihm kam eine Gestalt mit glühenden Händen, die einen busgroßen Pfeil aus Mana abfeuerte.

Matt reagierte wie alle anderen und verstreute sich.

Die meisten Flieger konnten der Flugbahn des Geschosses entkommen, aber der Berg und sein Damm hatten nicht so viel Glück. Als der [gecrackte Durchbruch]-Schuss landete, gab es einen Lichtblitz und ein rumpelndes Geräusch, begleitet von einem Windstoß.

Matt fühlte sich, als würde er von einem Esel getreten, als der Wind vorbeizog.

Er jubelte innerlich, als seine KI berichtete, dass der Angriff die Mehrheit seiner Truppen verfehlte. Als er einen Folgeangriff befahl, stellte er fest, dass ein Teil seiner Truppen nicht auf ihn hören wollte und sich zurückzog.

Es blieb immer noch eine große Welle von Männern und Frauen übrig, die verzweifelt zu der Stelle eilten, von der der [gecrackte Durchbruch] kam.

Matt parierte eine Axt, während er sich auf seinem fliegenden Schwert drehte und versuchte, nach vorne zu stürmen. Die Soldaten des Königinnentums warfen ihre Körper auf die heranstürmenden Truppen des Königreichs, um sie daran zu hindern, Amber zu erreichen.

Er wurde von fünf Leuten eingekesselt, als er eine [Mana-Ladung] auflud. Sobald seine Waffe vor Kraft summte, schleuderte Matt sein leuchtendes Langschwert herum und verwandelte es in das fliegende Schwert eines Königinnentum-Kämpfers.

Ein leiser Schrei ertönte, als sie zu fallen begannen, und er schlüpfte durch die Lücke, die durch sein schnelleres Fluggerät entstanden war.

Als er die Barriere durchquert hatte, fand er ein paar hundert Kämpfer des Königreichs vor, die versuchten, sich in einen Haufen von Truppen des Königinnenreichs zu drängen. Dieser Farce überdrüssig, stürmte Matt vor und wirkte [Flammenwerfer] auf jeden, der eine Uniform des Königreichs trug. Der Zauber hatte nur eine kurze Reichweite, aber selbst die zehn Meter reichten aus, um die Leute in die Flucht zu schlagen.

Einen Moment später wurde Matt von einem Regen aus glühenden Pfeilen getroffen, aber als er sich umdrehte, war es einer seiner Pfadgänger, der [Pfeilsturm] einsetzte. Es handelte sich um einen Tier 14-Skill, der für 200 Mana eine Masse von Manakonstruktpfeilen in einem Kegel um den ursprünglichen Pfeil herum erzeugt. Er wurde einfach von dem sich ausbreitenden Kegel getroffen, während der Bogenschütze eine Reihe anderer Kämpfer ausschaltete.

Der Bogenschütze schuf einen Tunnel in den Verteidigern des Königreichs, in den er die Leute nicht zu beordern brauchte. Es waren hauptsächlich andere

Pfadgänger, aber die Kämpfer des Königreichs strömten in die Lücke und schlossen den Abstand zu Amber.

Matt wurde von vier weiteren Kämpfern abgefangen, die auf ihn einhackten und schlugen, während sie versuchten, seinem [Flammenwerfer] auszuweichen. Sie verschwanden, als er den Feuerstrahl über sie hinwegwusch, aber sie verlangsamten ihn trotzdem. Er befand sich nun am hinteren Ende der Truppen, die Amber verfolgten.

Der Zehn-Minuten-Countdown neigte sich dem Ende zu und Amber begann wieder zu leuchten, als das umgebende Mana mit dem umgewandelten und in sie gepumpten Mana zu reagieren begann.

Sie muss beschlossen haben, dass sie keinen voll aufgeladenen Angriff benötigte, denn drei Minuten vor Ablauf des Timers schoss sie einen weiteren großen Pfeil aus Mana ab. Er war deutlich kleiner als der erste Schuss, aber viel schneller.

Sie durchtrennte eine Reihe ihrer eigenen Leute, die bei den Truppen des Königreichs blieben, und nahm sie auf die Reise zum Krankenhaus mit.

Matt eilte mit den anderen herbei, um die Lücke zu schließen, als sich ein anderes Team um ihn herumdrehte und ihn von oben angriff. Ein Mann mit Tigerohren, die aus seinem Helm ragten, stürzte herab und beschleunigte mit einem Windstoß, der um ihn herumwirbelte, auf verschwommene Geschwindigkeit, als er vier der Verteidiger um Amber herum zerriss.

Ein zweites Teammitglied fing an, [Feuerbälle] zu werfen, die ihre Ziele einfroren, anstatt sie zu verbrennen, und so eine Lücke schufen, die groß genug war, damit der letzte Mann nach vorne stürmen konnte.

Bei dem Anblick, der sich ihm bot, hielt Matt in seiner Eile inne.

Als sich der letzte Mann näherte, schienen die Verteidigungszauber und magischen Angriffe alle ihren Zusammenhalt zu verlieren und auseinanderzufallen, bevor sie ihn treffen konnten. Der Pfeil, der in seinen Hals einschlug, verlangsamte ihn nur, als er in Reichweite von Amber kam.

Der Pfadgänger wirkte einen [Feuerball] nur wenige Zentimeter von ihr entfernt und die daraus resultierende Explosion ließ sie beide verschwinden.

Nachdem sie sich vergewissert hatten, dass sie Amber tatsächlich ausgeschaltet hatten, forderte Matt einen allgemeinen Rückzug. Er und die anderen, die es tief in die feindliche Formation geschafft hatten, mussten sich den Weg freikämpfen, aber niemand hielt etwas zurück. Eine Welle von Zaubersprüchen schuf eine ausreichende Lücke, so dass sie an den fliegenden Königinnentum-Soldaten vorbei schlüpfen konnten.

„Zieht euch alle zurück und passt auf unsere Rückseiten auf. Das Königinnentum könnte beschließen, uns anzugreifen, während wir uns zurückziehen. Wir haben Amber getötet. Jetzt müssen wir von hier verschwinden."

Das schien tatsächlich etwas zu helfen, denn die Truppen in der Mitte wurden langsamer und bildeten leichte Verteidigungswälle, während sie ihren Rückzug fortsetzten. Die Formation ermöglichte es den hintersten Kämpfern des Königreichs, aufzuholen und ein gewisses Maß an Schutz zu haben.

Matt befürchtete, dass sie nicht mehr heil davonkommen würden, wenn das Königinnentum sie länger als erwartet verfolgen würde. Er befürchtete, dass sie die Tötung ihres Asses nicht ungestraft lassen würden und nicht nachlassen würden, sie zu jagen, um die restlichen Truppen zu erledigen.

Angesichts der Tatsache, dass er nur noch fast vierhunderttausend Soldaten hatte, hoffte er das nicht. Sie hatten Amber getötet und sie und den Skill [Gekrackter Durchbruch] für zwei Wochen aus dem Krieg genommen. Aber sie waren nicht stark genug, um die komplette Armee des Königinnentums abzuwehren. Sie waren von Anfang an zahlenmäßig im Nachteil gewesen, und das wurde immer schlimmer, je mehr sie angegriffen wurden.

Irgendwann musste die Königin beschlossen haben, dass es aussichtslos war, sie tiefer in die Berge zu verfolgen, und begnügte sich mit ihrem Vormarsch auf die belagerte Stadt.

Matt forderte zweimal das Ende des Rückzugs, bevor die führenden Elemente der Einheit ihren Vormarsch stoppten.

Sie landeten in den Bergen und er bellte Befehle, um ein Lager zu errichten, aber er hatte keine anderen Pläne, als darauf zu warten, bis der Fürst seine Abklingzeit beendet hatte. Sie würden sich ausruhen, bis er die gesamte Armee des Königreichs mit seiner *tatsächlichen* Autorität mobilisiert hatte.

Er und seine Leute hatten ihren Teil dazu beigetragen, alles zusammenzuhalten, und hatten sogar einen wichtigen Aktivposten ausgeschaltet.

Sie hatten sich die Pause verdient.

* * *

Albert sah zu, wie der Timer ablief und lächelte, sobald er auf Null stand.

Er schickte seine Befehle an seine Eliteeinheiten und die übrigen Truppen. Matt und seine Truppen fügte er erst im Nachhinein hinzu. Mit weniger als einer halben Million Soldaten spielten sie kaum eine Rolle. Sie waren zwar weiter von der Hauptstadt des Königreichs entfernt, aber er konnte die zusätzlichen Truppen bei ihrem Ansturm auf die Hafenstadt des Königreichs gut gebrauchen.

Er wollte auch nicht, dass die obersten Pfadgänger in die Folgen der Pläne seines Vaters hineingezogen wurden. Sie hatten mehr getan, als er sich erhofft hatte, indem sie das Königinnentum aufhielten, und er wollte dieses Vertrauen nicht mit einem Tod kurz vor Ende des Krieges zurückzahlen.

Albert hatte ihr Vertrauen bereits erschüttert, als es ihm scheinbar nicht gelungen war, Saras Überraschungsangriff zu verhindern. Da er nicht hinausgehen konnte, um sie zu beruhigen, und nur mit denen kommunizieren konnte, die direkt zu ihm kamen, waren viele verzweifelt über den Ausgang des Krieges.

Wenn man die Siegbedingung hatte und sie jederzeit auslösen konnte, war es egal, wie man spielte. Fast siebzig Prozent der Truppen des Königinnentums befanden sich in oder um die Städte herum. Das war genau dort, wo er sie haben wollte. Er hätte Sara nicht dazu bringen können, ihre Truppen noch perfekter zu platzieren, wenn er sie darum gebeten hätte.

Sie war so sehr darauf bedacht, die Städte zu halten, dass sie allen Berichten zufolge ihre Festungen abgebaut hatte, um keine ihrer Verteidigungsanlagen zu schwächen. Sie konzentrierte ihre Kräfte genau dort, wo er sie haben wollte. Er hatte zwar nur noch eine einzige der sechs Städte, die nicht belagert wurde, aber das war kein Problem. Selbst wenn sie auch diese Stadt belagern würden.

Die einzige Stadt mit einer Variable, die er nicht kontrollierte, war die königliche Hafenstadt. Solange diese schnell fiel, hatte er den Sieg in diesem Krieg in der Tasche.

So sehr er es auch hasste, dass sein Vater ihm seinen Plan aufzwang, so gut hatte er doch funktioniert. Die Gier der Königinnen, den Krieg schnell zu beenden, hatte sie dazu gebracht, vergiftete Pillen zu schlucken.

Er wusste, dass er das Gezänk seiner Adligen mit ein paar einfachen Anrufen oder ein paar „zwanglosen“ Gesprächen von Angesicht zu Angesicht hätte verhindern können. Aber diese Unentschlossenheit ermöglichte es ihm, den Großteil seiner Truppen in Sicherheit zu bringen, während die beiden Armeen alle auf Heilung eingestellt waren. Er würde sie brauchen, um die letzte Stadt schnell einzunehmen. Seine Truppen ohne Risiko herumstehen zu lassen, war also ideal für seine Pläne.

Nicht wenige Adlige und Generäle, die nicht eingeweiht waren, hatten sich an ihn gewandt und ihn um Rat gefragt, den er ihnen geben konnte. Trotz der sich scheinbar verschlechternden Situation konnte er die meisten von ihnen beruhigen, ohne die größeren Pläne zu verraten. Er war sich nicht sicher, wie viele von ihnen Spione waren, die versuchten, Informationen für Sara aufzuspüren, die wohl ahnten, dass etwas nicht stimmte, oder die wirklich loyal und besorgt waren.

Dennoch wussten ein paar sorgfältig ausgewählte Top-Generäle und ihre persönlichen Gefolgsleute von dem Plan. Sie waren diejenigen, die die meiste harte Arbeit bei der Vorbereitung der Städte geleistet hatten. Olivia war dabei eine große Hilfe gewesen, und das war auch der Grund, warum er sie so hoch belohnte.

Aber all diese Spiele würden in den nächsten ein oder zwei Tagen zu Ende gehen. Es ging nur darum, den *perfekten* Moment zu wählen, um den Krieg zu beenden.

Wenn Amber tot war, würde es sehr viel schwieriger, die viel besseren Mauern der zweiten Stadt einzureißen. Selbst die konservativsten Schätzungen gingen davon aus, dass das Königinnentum eine halbe Woche entfernt war.

Die Dinge liefen perfekt.

* * *

Matt und seine verbliebenen Truppen wurden angewiesen, sich in die Hafenstadt des Königreichs zu begeben, sobald Fürst Albert seine Heilungsphase beendet hatte. Sie trafen sich mit einer großen Truppe, die sich bereits in diese Richtung bewegte. Es war ein merkwürdiger Befehl, aber er war froh, nicht mehr die höchste Autorität auf der Seite des Königreichs zu sein.

Das einzig Positive war, dass es ihnen gelungen war, die ursprüngliche Truppe aufzuhalten und ihre Zahl lange genug zu minimieren. Ihre Stadt war dadurch in einem viel besseren Zustand.

Durch das Verhindern der Angriffe, die Amber hätte austeilen können, hielt das Königreich noch immer die Stadt. Das Königinnentum würde gewinnen, daran bestand kein Zweifel. Aber sie würden dafür bluten müssen.

Matt hatte keine Ahnung, warum Albert wollte, dass sie in die Hauptstadt des Königinnentums gingen. Es schien ein dummer Schachzug zu sein. Er konnte ihren Plan zwar nicht nachvollziehen, aber da Liz, Aster, Emily und Conor zu den Angreifern gehörten, war es für ihn in Ordnung, einfach die Befehle zu befolgen und sich mit ihnen zu treffen.

Die letzte Woche war für seinen Geschmack viel zu stressig gewesen.

Die neue Armee absorbierte schnell seine verbleibenden Truppen in das stehende Heer von fünf Millionen und verstärkte ihre Zahl um ein gutes Stück. Er zog Aster und Liz in eine schwitzige Umarmung, als er sie zum ersten Mal sah, nachdem er ihr Zelt in dem Meer ähnlich aussehender, räumlich ausgedehnter Zelte gefunden hatte.

Liz schob ihn zurück, um sein Gesicht zu untersuchen und sagte: „Du siehst scheiße aus!“ Sie bekam einen besorgteren Blick, als sie fragte: „Wann hast du das letzte Mal geschlafen?“

„Letzte Nacht, nach unserem gescheiterten Angriff. Die letzten Wochen waren eine Katastrophe.“

Conor klopfte ihm auf die Schulter und sagte: „Nach allem, was wir gesehen haben, sah es so aus, als hättest du das Beste getan, was man von dir verlangen konnte.“

Aster wackelte, um ihre Anwesenheit kundzutun.

„Ja! Das hast du gut gemacht!“

Matt bezweifelte, dass Aster eine Ahnung hatte, was er tatsächlich getan hatte, aber die Ermutigung war trotzdem nett.

„Danke, Aster.“ Er küsste ihren Kopf und drückte sie ein wenig. Das war anscheinend das Signal zum Spielen, denn sie jaulte ihr Leid und Matt fing an, sie zu drehen und am ganzen Körper zu kraulen.

Die Beteuerungen, dass sie gerade ihr Fell so gerichtet hatte, wie es sein sollte, klangen für ihn eher wie eine Ermutigung. Während er mit ihr spielte, hörte er Emily zu, die ihn untätig über die allgemeine Lage in der neutralen Stadt informierte.

„Die Chancen für das Königinnenreich, den Krieg zu gewinnen, stehen nach den jüngsten Entwicklungen sehr gut. Viele Pfadgänger der mittleren Ebene haben sich sogar gefragt, ob das Königreich seine letzte Stadt halten kann. Andere fragten sich, ob es mehr Punkte bringen würde, die Seite zu wechseln.“ Während sie sprach, trat sie gegen einen teilweise sichtbaren Stein, bis er frei war, und schlug ihn weg und aus dem Stehbereich ihres Zeltes.

„Bis jetzt halten die restriktivere Punkteverteilung und die Kosten für den Seitenwechsel die Leute bei der Stange, aber ich glaube, diese Belagerung ist das Wichtigste. Gerüchten zufolge hat Sara die meisten ihrer Festungen geräumt, um diesen Angriff zu ermöglichen, ohne die Stadt zu schwächen.“ Sie zeigte durch Conor auf die belagerte Stadt.

Matt schüttelte den Kopf. „Was ist dann der Plan? Warum nicht die Belagerung der anderen Stadt aufheben?“

Es war nicht Liz, die antwortete, obwohl ihr Mund offenstand.

Junis Stimme antwortete von außerhalb ihres Zeltes: „Ich kann das erklären, wenn ihr mich rein lasst.“

Liz drehte ihren Kopf und blickte ihn an. „Komm rein. Ich bin so froh, dass du unsere Gespräche mithörst.“

Juni duckte sich unter der Klappe und zuckte mit den Schultern. „Ich habe zweimal gehustet und Matt dreimal eine Nachricht geschickt. Ich musste mich irgendwie bemerkbar machen.“

Matt überprüfte, ob das stimmte, während Juni fortfuhr: „Normalerweise kommen die Kommandeure zum Hauptquartierzelt, um sich zu melden. Normalerweise lassen sie sich nicht von den Anführern aufspüren.“

Er zuckte zusammen, als Juni ihn mit einem eisigen und müden Blick ansah.

„Ja, tut mir leid. Der letzte Angriff war eine ziemliche Scheiße.“ Matt versuchte, entschuldigend zu klingen, aber er war sich nicht sicher, ob es funktionierte. Es war ihm egal.

Juni schaute verblüfft, als er Matts Aussage abwinkte. „Das war gut. Du hast es geschafft, Amber auszuschalten, das war der wahre Sieg. Nein, wir brauchen deine Hilfe für den nächsten Angriff. Wir haben einen Graben ausgehoben und eine Befestigung aus Manakanonen errichtet, die das Haupttor im Visier haben.“

Matt unterbrach: „Und du willst, dass ich die Angriffe verstärke?“

Juni nickte nur, woraufhin Matt fragte: „Was soll das bringen? Es gibt keine Möglichkeit, die Stadt schnell einzunehmen, selbst wenn die Tore fallen.“

Die rechte Hand des Fürsten schüttelte den Kopf. „Die Stadt durch einen Eingang einzunehmen ist riskant, ja, aber es ist ein Anfang. Wir haben es eilig, aber wir dürfen nicht dumm sein. Wir werden unsere Truppen nicht wegwerfen. Sobald das Tor gefallen ist, werden wir damit beginnen, die Mauern einzureißen. Aber sie sind aufgerüstet, also wird es schwieriger sein. Apropos, wir möchten, dass du die Magier mit der Willenskraft auflädst, die du noch übrighast.“

Matt sah den Mann nur mit müden Augen an. Er wollte sich einfach nur entspannen. Er hatte zwar schlafen können, aber es war nicht die Erholung, die er brauchte.

Juni schien das zu verstehen und bot an: „Nimm dir ein paar Stunden Zeit. So lange können wir warten.“

Matt nickte dem Mann nur zu und wandte sich seinen Freunden zu, was Juni als Entlassung auffasste.

Er musste sich auf eine Weise aufladen, die nichts mit Mana zu tun hatte.

Der Krieg fühlte sich weit weg und unwichtig an.

Liz wich nicht von seiner Seite, als sie zusammensaßen und sich unterhielten, außer wenn sie einen Eintopf aus dem Ofen neben dem kleinen Waschbecken holte.

Er schmeckte fantastisch. Matt war sich nicht sicher, ob das daran lag, dass er nur kalte Rationen gegessen hatte, oder ob die Person, die gekocht hatte, einfach so gut war.

Seine Freunde zu hören, vertrieb die anhaltenden Selbstzweifel und endlosen Fragen der letzten Woche. Liz in der Nähe zu haben, war sogar noch besser, obwohl sie kaum ein Wort sagte, sondern einfach nur ihre Finger ineinander verschränkte und die Gegenwart des anderen genoss.

Aster jammerte über ihre Verbindung über all den Spaß, den sie beim Spielen mit ihren tierischen Freunden und beim Jagen der Kaninchen in ihrer Freizeit hatte.

Das ist es, was zählt. Nicht der Krieg. Nicht die Preise. Freunde und die, die mir nahestehen. Das darf ich nicht aus den Augen verlieren.

Matt schwor sich, das, was wirklich wichtig war, nicht aus den Augen zu verlieren, während er weiterging. Er wusste, dass er kämpfen musste und dass die Einnahme der Stadt alles andere als einfach sein würde.

* * *

Fünf Stunden später war Matt wieder mit einem Team von Magiern im Einsatz, die abwechselnd die Manakanonen mit ihrem persönlichen Mana und Manasteinen fütterten. Ihr unterirdischer Bunker hatte nur Schlitze, aus denen die Kanonen herausragen konnten, und er schützte sie mit minimalen Verlusten vor dem Gegenfeuer.

Wenn sich der Staub der zerstörten Manasteine nicht in Luft aufgelöst hätte, wären sie hüfttief in dem Zeug gewesen. Beutel für Beutel ihres kristallisierten Manas wurde hochgeholt und geleert.

Trotzdem hatten sie es in kurzer Zeit geschafft, das vordere Tor zu zerstören. Was länger dauerte, war die Sprengung der Trümmer, die die Verteidiger hinter dem inneren Tor errichtet hatten.

Zwei Stunden später waren sie endlich fertig, und ihr gesamter Bunker erhielt den Befehl, den Angriff einzustellen und sich an sekundäre Standorte zu begeben.

Matt war mit ihnen unterwegs, als er zu seinem Team zurückgerufen wurde, um einen Angriff mit Belagerungstürmen durchzuführen. Er dachte, es sei Selbstmord, aber er glaubte nicht, dass Juni ihr Leben für einen dummen Angriff wegwerfen würde.

Er hatte recht. Meistens.

Die Pläne hatten sich aufgrund neuer Informationen, die ihre Späher mit großer Reichweite entdeckt hatten, geändert. Die genaue Art dieser Information wurde geheim gehalten, aber sie erforderte eine schnellere Belagerung.

Ihr Team war Teil einer koordinierten Aktion, bei der sie von fünfzehn metallverkleideten Belagerungstürmen aus gleichzeitig angriffen. Der Großteil seines Turms bestand aus den anderen Top-Pfadgängern sowie einem Bataillon von Männern und Frauen von Tier 7, die mit Waffen oder Rüstungen von Tier 8 ausgerüstet waren.

Als er das sah, fühlte er sich gleich viel besser. Das musste die Elite des Königreichs sein, die auf keinen Fall entbehrlich war.

Als sie ankamen, wurde ihnen zu ihrer Überraschung ein Platz im Inneren des Turms zugewiesen. Normalerweise fuhren die Leute beim Anflug nicht auf dem Turm mit, da jedes zusätzliche Gewicht sie nur verlangsamte.

Matt lachte, als er die Spitze des Turms erreichte und eine Manakanone vorfand, die bereits auf einer Drehscheibe montiert war.

Es war genau das, was er sehen wollte.

Das Königreich musste viel Geld in die Hand genommen haben, denn jeder der Türme war mit einem tragbaren Schutzschild ausgestattet. Sie waren zwar schwächer als die stadtweite Version, reichten aber aus, um die Türme bei der Anfahrt zu schützen.

Mit einer Leichtigkeit, die das widerlegte, was Matt von der anderen Seite dieser Taktik kannte, prallten sie gegen die Wand und fielen die Rampe des Turms hinunter. Sie wurden von einem Pfeilregen und einer Wand aus Schilden getroffen.

Es bedeutete wenig, wenn Matt auf einer Manakanone im Eingang saß.

Er zuckte nicht einmal zusammen, als die ersten Pfeile und Zaubersprüche auf ihn einschlugen, während die Kanone aufflammte und die vordersten Truppen wegblies.

Schnell lud er einen weiteren Schuss und schwenkte nach rechts, als er erneut feuerte. Dutzende von Truppen verschwanden durch den Ausstoß von Mana. Als das Gelände frei war, rückten die Tier 7-Truppen in einem Schildwall aus und errichteten kleine Barrieren. Währenddessen nahmen Matt und sein Team die Manakanone von ihrer Halterung und trugen sie auf das Dach des Turms.

Dort gab es ein zweites Reittier, mit dem er über die Köpfe seiner Verbündeten hinweg schießen konnte.

In den ruhigeren Momenten, in denen das Königinnentum nicht in die Offensive gehen konnte, sah er, wie die Manakanonen des Königreichs von jedem der Belagerungstürme feuerten.

Die Kosten machten ihm einen Strich durch die Rechnung. Albert muss jeden Punkt, den er in der zweiwöchigen Abklingzeit der Heilung verdient hat, in diese Belagerung gesteckt haben. Manakanonen waren beileibe nicht billig, und die Versionen, die nicht für Burgen gedacht waren, waren es noch weniger.

Liz fungierte zusammen mit seiner KI als seine Aufklärerin und ermöglichte es ihm, Problembereiche in seiner Reichweite anzuvisieren. Schließlich beschlossen sie, sich zur Mauer zu begeben, um einen Blick in die Stadt zu werfen, aber Juni lehnte diese Bitte rundheraus ab.

Liz bat sogar darum, [Blutgeist] zu benutzen, um den Feind anzugreifen, aber auch das wurde abgelehnt.

Matt verstand das nicht, da die Dinge gut zu laufen schienen. Zumindest bis er den Kommandokanal aufrief und sich die Gesamtverluste ansah. Es sah furchtbar aus. Das Königreich hatte beim letzten Vorstoß fast eine halbe Million Verluste erlitten.

Ihre Seite der Stadt hatte entweder Glück gehabt oder sie waren mit stärkeren Leuten besetzt, denn sie hielten ihren Abschnitt ohne große Probleme. Das Einzige, was sie befürchten mussten, waren die Truppen der Königin, die jeden erschossen, der seinen Kopf über die Brüstung steckte.

Auf der anderen Seite der Stadt wurden drei Türme zurückgeschlagen und in Brand gesteckt, zusammen mit einer höheren Konzentration von Anti-Belagerungs-Waffen. Sie konnten nur einen einzigen Abschnitt der Mauer einnehmen und ihn halten, während Verstärkung auf ihren Turm strömte, um die Verluste zu ersetzen.

Die Dinge gerieten langsam ins Stocken, während die Sonne unterging und die Nacht, die immer noch schwül war, dafür sorgte, dass sich jeder, der keine magische Rüstung trug, unwohl fühlte. Liz und sein Team hatten nichts anderes zu tun und fluchten die ganze Zeit wie wild.

Sie warteten auf weitere Befehle, als Matt spürte, wie der Boden bebte. Er schaute an der belagerten Stadt vorbei, über den nördlichen Horizont. Es war, als ob eine neue Morgendämmerung über dem falschen Horizont geboren wurde.

Er drehte sich um und sah einen riesigen Feuerball in die Luft steigen.

Man musste kein Genie sein, um zu wissen, dass der Ort eine der Königsstädte war. Er hatte immer noch keine Ahnung, was eigentlich los war, als er sich mit Millionen anderen im Sonnenlicht wiederfand. Stattdessen blinzelte er, um die hellen Sonnenflecken aus seinen Augen zu vertreiben. Dort, wo er zuletzt war, war es Nacht, und die plötzliche Umstellung auf den Mittag war erschreckend.

In diesen wenigen Augenblicken erschienen immer mehr Menschen um ihn herum.

Er war noch immer verwirrt und schaute zu Liz und dem Rest seines Teams, die im Schatten der Mauer der neutralen Stadt standen.

„Was ist gerade passiert?“, fragte er, und war dabei nicht der Einzige.

Liz schaute sich um, zuckte mit den Schultern und meldete sich über ihre KI, um über das wachsende Rumpeln der verwirrten Menge gehört zu werden. ‚Ich weiß es nicht, aber ich dachte, ich hätte Juni gesehen.‘

Matt sprang mit der Kraft von [Magier-Rückzug], und soweit er sehen konnte, mischten sich die Truppen des Königinnentums und des Königreichs.

Liz duckte sich für einen Moment in die Menge, bevor sie Juni am Arm zurückzog und Alyssa dicht auf den Fersen folgte.

„Was zum Teufel ist hier los?!“ Matt, Conor und Emily stellten Abwandlungen der gleichen Frage, während Juni die Luft abtastete.

Als er gefunden hatte, was er suchte, deutete er mit einer gepanzerten Hand auf den Himmel. „Schaut.“

In der Luft schwebten drei verschiedene Fraktionen. Eine von ihnen bestand nur aus zwei Personen. Aus der Ferne war es schwer zu erkennen, um wen es sich handelte, aber die Figuren waren in das dunkle Rot und Gold des Königreichs gekleidet.

Die Armee befand sich in der anderen Ecke des Dreiecks, und hinter dem Mann, den Matt als Colonel Thorne vermutete, weil ihre Uniformen mit der Umgebung zu verschmelzen schienen, schwebte eine Masse von Menschen.

Der letzte Abschnitt war eine Masse von mindestens zweihundert Menschen in verschiedenen Formen der Königinnenfarben Silber und Hellviolett. Die Menschenmasse schien den beiden einsamen Gestalten feindlich gesinnt zu sein.

Seine Fragen, was los war, wurden nur teilweise beantwortet, als seine KI ihn anpiepte,

Königreich Sieg durch Kapitulation von Königin Diana; freu dich, denn deine Seite hat gewonnen!

Matt schaute erneut zum Himmel, als eine Nachricht an seine KI gesendet wurde.

Was ist hier los?

Kapitel 32

Albert saß in seiner Kommandozentrale und überprüfte den Informationsstrom, der durch Junis KI lief, als er plötzlich spürte, wie die Welt bebte. Niemand sonst schien es zu bemerken, aber er war sensibel für das Kommen und Gehen seines Vaters. Diese Erfahrung hatte seine Fähigkeit geschärft, die Fluktuationen aufzuspüren, die von Wesen höherer Ebenen erzeugt werden, wenn sie den Schleier der Realität beim Betreten oder Verlassen des realen Raums durchbrechen.

Sein Vater war ihm zuerst in den Sinn gekommen, aber es dauerte nur eine Sekunde, bis er merkte, dass es sich um jemand anderes handelte. Das Reißen hörte nicht schnell genug auf, um eine einzelne Person zu sein. In rascher Folge flackerten ein halbes Dutzend Personen in seinem Bewusstsein auf, vermutlich Angehörige der Armee.

Die Dinge kehrten bald wieder zur Normalität zurück, also zuckte er mit den Schultern und wandte sich wieder den laufenden Belagerungen zu. Juni hatte die letzte Königinnentum-Stadt bereits mit den raumgreifenden Formationen abgeschnitten. Um diesen Krieg zu beenden, war es nur noch eine Frage des idealen Zeitpunkts, um die Bomben zu zünden.

Seinen Spähern zufolge dezimierte das Königinnentum seine Festungen bis auf eine Notbesatzung, da sie alles verfügbare Personal entweder zur Reparatur der eroberten Stadt oder zur Beschleunigung der nächsten Belagerung einsetzten.

Sobald sich genug Menschen in oder um die Städte versammelt hatten, würde das Königreich den Krieg auf einen Schlag gewinnen.

Seine Tagträume von zukünftigem Ruhm und Ansehen wurden zerstört, als ein viel heftigerer Riss um ihn herum auftrat, der diesmal *alle* zusammenzucken ließ.

Albert bereitete eine Notfallabfrage vor, die er über seine KI abschicken wollte, um Informationen zu erhalten, aber bevor er sie abschicken konnte, spürte er, wie der Raum um ihn herum wogte.

Diese Macht war ihm vertraut – die seines Vaters. Er wurde durch den Raum geschleudert und fand sich über der neutralen Stadt schwebend wieder. Ihm gegenüber war Königin Diana, flankiert von vier anderen streng dreinblickenden Frauen.

Eine davon war Sara, die etwas hinter ihrer Mutter war. Bevor er die anderen Frauen genauer betrachten konnte, lenkte ein chaotisches Raumschiff hinter ihnen seine Aufmerksamkeit auf sich, denn es spuckte Dutzende von Adligen seines Vaters aus. Doch dann entdeckte er eine vertraute Gestalt, die neben Königin Diana stand.

Cori. Seine Schwester.

Wurde sie als Geisel gehalten? Wie ist der Krieg so schlecht gelaufen?

Die letzten Berichte aus der Tier 20-Welt hatten gezeigt, dass sich der eigentliche Krieg zwar verlangsamte, die Situation aber zu ihren Gunsten ausging. Dann fielen ihm die Farben auf, die Cori trug, und das Fehlen der Fesseln, die sie trug.

Seine ältere Schwester stand nicht einfach neben den Königinnen. Sie stand *bei* ihnen.

Eine Frau unter Gleichen.

Er beeilte sich, ihr eine Nachricht zu schreiben, als Königin Diana die Stille brach. Ihre Stimme ertönte in der Luft um ihn und seinen Vater herum.

„Dieser Krieg ist vorbei, König Brice. Ich werde deine Kapitulation jetzt annehmen.“ Sie wies mit einer Geste auf die Adligen des Königreichs hinter sich.

Albert korrigierte sich gedanklich; es waren neue Adlige des Königinnentums, was Diana bestätigte. „Ich, die Erste Königin Diana der Allianz der verbündeten Königinnen, habe von diesen Adligen den Treueeid für sich und ihre Untertanen entgegengenommen. Sie haben ihre Loyalität zum Königreich der sieben Sonnen aufgegeben. Offensichtlich wollten sie eine bessere Führung. Für ihr eigenes Wohlergehen und das ihres Volkes. Dies ist nur ein Teil deiner Adligen, die der Meinung sind, dass sie es unter einem neuen Herrscher besser haben.“

Albert schaute zu seinem Vater auf. Der Mann lächelte, als ob alles nach seinem Plan laufen würde.

Der König lachte laut auf. „Ich verstehe nicht, wie das den Ausgang dieses kleinen Pfadgänger-Krieges ändern soll. Warum sollte ich kapitulieren?“

Die Königin war eindeutig auf die Frage vorbereitet und blickte nach rechts auf den leeren Platz neben sich. Plötzlich erschien Colonel Thorne, flankiert von einem halben Dutzend anderer Offiziere.

Königin Diana grinste alle an. „Mit der Annexion des Territoriums, das diese Adligen repräsentieren, kontrollieren wir alle räumlichen Routen, die zu dieser Reihe von Welten führen, und alle angrenzenden Territorien. Im Namen der Allianz der verbündeten Königinnen beantrage ich hiermit die Beendigung dieses Krieges unter der Voraussetzung, dass das Königreich keinen Anspruch mehr auf den Tier 20-

Planeten hat. In Übereinstimmung mit Kapitel 6, Abschnitt 2 der Kriegsartikel des Reiches: Ein Krieg zwischen Vasallenstaaten muss einen gültigen casus belli haben und aufrechterhalten. Durch die neuen Grenzen ist das Territorium des Königreichs zu weit von dem ursprünglichen Kriegsanspruch entfernt, um eine weitere Beteiligung zu rechtfertigen. Daher bitte ich darum, dass beide Kriege beendet werden."

Der Oberst nickte. „Da ich bestätigt habe, dass der Adlige bereit ist, seine Loyalität zu ändern, können wir weitermachen. So steht es im Gesetz. Da keine höhere Instanz eingreift, bestätige ich, Colonel Thorne von der kaiserlichen Armee, als ranghöchster Vertreter Seiner Ewigen Gnaden, dass das Königreich der Sieben Sonnen keine ausreichende Verbindung mehr zu dem Tier 20-Planeten hat, um einen Rechtsanspruch zu erheben. Daher wird der eigentliche Krieg zwischen den Vasallenstaaten für beendet erklärt und der Besitz des umstrittenen Tier 20-Planeten wird der Allianz der verbündeten Königinnen zugesprochen."

Das Lächeln der Königin wurde breiter, aber Thorne hielt einen Finger hoch. „Der Pfadgänger-Krieg ist jedoch eine andere Angelegenheit. Der casus belli dafür war ein kaiserliches Mandat direkt von Seiner Ewigen Gnaden, das unabhängig von dem größeren Krieg um den Tier 20-Planeten ist. Wenn der Kaiser dieses Mandat nicht selbst widerruft, wird der Pfadgänger-Krieg erst beendet, wenn mindestens eine der festgelegten Sieg- oder Auflösungsbedingungen erfüllt ist."

Einen Herzschlag lang hielt Königin Diana inne, bevor sie mit den Schultern zuckte und Alberts Vater anschaute. „Da meine Tochter bald die vorletzte Stadt deines Königreichs erobern wird, warum gibst du nicht einfach auf und ersparst dir die Schmach einer langwierigen Niederlage."

* * *

König Brice lächelte nach außen hin, aber innerlich war er wütend. Seine verräterische kleine Schlampe von Tochter hatte sich auf die Seite des Feindes geschlagen. Schlimmer noch, sie hatte auch noch eine Schar seiner Adligen auf ihre Seite gezogen.

Das Reich war ihm völlig egal, und er hatte ohnehin schon einen Fuß in der Tür, um es ganz zu verlassen. Er war bereit, seine Belohnungen vom Imperium zu ernten, weil er sein Territorium und damit auch das Land des Imperiums erweitert hatte.

Diese Belohnung würde ihn für die fünf Jahrtausende, in denen sein Fortschritt ins Stocken geraten war, entschädigen. Die Hauptfaktoren für seine Entschädigung waren die Qualität und Quantität der Planeten, die er während seiner Expansion dem Königreich unterwarf. Theoretisch waren seine Expansionsbemühungen groß genug, um die Ressourcen zu rechtfertigen, die nötig waren, um seinen Weg bis zu Tier 39 zu ebnen. Vielleicht sogar Tier 40, wenn er Glück hatte.

Mit dem Verrat seines Erstgeborenen würde seine Expansionsrate wahrscheinlich um die Hälfte sinken, wenn nicht sogar mehr.

Seine Belohnung würde ebenfalls gekurzt werden.

Sie wurde *ihm* weggenommen.

Niemand hatte ihm *etwas* weggenommen, nicht seit er den Thron bestiegen hatte. Er war derjenige, der von anderen nahm.

Wie können sie es wagen?

Er starrte seine Tochter an.

Wie kann sie es wagen?

Die Wut loderte wie Kohle, und er plante bereits seine Rache; wie er seine Tochter und alle Königinnen, die er in die Finger bekam, töten würde. Nachdem er den Thron abgetreten und Tiers aufgegeben hatte, würde er sich für längere Zeit in einem Rift einquartieren, mit der Ausrede, dass er ein paar Jahrzehnte der Abgeschiedenheit brauche, um sich zu beruhigen.

Das war eine gängige Praxis, die niemand infrage stellen würde. Um einen Rückschlag durch das Imperium zu vermeiden, musste er seine Identität ändern. Das würde bedeuten, dass er sein Gesicht ändern und seine KI zerstören müsste, bevor er eine neue absorbieren könnte. Aber nach ein paar Jahren könnte er den Rift verlassen, ohne dass jemand etwas merken würde.

Dann würde er sich an den chaotischen Raum um das Königinnentum herum heranpirschen, seine Tochter bei der ersten Gelegenheit töten und beginnen, die übrigen Königinnen nach Belieben zu erledigen. Seine Kultivierung war nur einen Hauch von Tier 36 entfernt, was bedeutete, dass er jeden einzelnen Herrscher allein damit überwältigen würde, ganz zu schweigen von seinen Kampfkünsten.

Schließlich verschwanden im chaotischen Raum immer wieder Menschen. Wenn er seine KI ein zweites Mal zerstörte, nachdem er fertig war, gäbe es nichts, was ihn mit ihrem Verschwinden in Verbindung^ bringen könnte.

Aber jetzt brauchte er erst einmal die Belohnung von Madam Renaissance. Alles, was sie herstellte, war viel mehr wert als die Aufstiegsplätze, die das Imperium zur Verfügung stellte. Dieser Gegenstand würde der Hebel sein, mit dem er über seinen Tier hinaus kämpfen und schneller durch die letzten Tiers aufsteigen konnte.

Er musste nur Tier 45 erreichen und seinen Aspekt vervollständigen. Dann konnte er in neue Länder aufsteigen und noch weiter vorankommen.

Stärker werden.

Bevor er abreiste, wollte er den Spieß umdrehen. Etwas Misstrauen verbreiten.

Mit seinem besten fiesen Grinsen für Diana stellte er sich vor seinen nutzlosen jüngsten Sohn und befahl: „Zünde die Bomben."

* * *

Sara bemerkte Alberts wiederholte Erschütterungen und fühlte sich schrecklich. Die nackte Verwirrung, als er seine Schwester an ihrer Seite sah, ließ sie sich noch schlechter fühlen.

Sie überlegte gerade, wie ihre Beziehung darüber hinausgehen könnte, als die Worte des Königs ihr den Verstand raubten.

„Zünde die Bomben."

Welche Bomben?

Albert schluckte schwer und schaute zu Colonel Thorne. Sie folgte seinem Blick zu der Stelle, an der der Oberst den König dolchartig ansah. Die Soldaten um ihn herum flackerten weg. Eine ganze Reihe von Armeedurchsagen kam über ihre KI. Keine davon war gut.

Der allgemeine Befehl, stehen zu bleiben und die Kämpfe für eine sofortige Evakuierung einzustellen, ließ ihren Magen umkippen.

Der König gab Albert eine Ohrfeige und wiederholte sich. „Ich sagte, zünde sie! Das heißt jetzt! Nicht, wenn dir danach ist."

Ohne auch nur einen Hauch von Macht erschien eine kleinere Frau mit fingerlangen, mitternachtsdunklen Haaren gegenüber dem Oberst und bildete einen Platz.

Mit säuselnder Stimme fragte sie den König: „Wollt ihr nicht warten, bis die Evakuierung abgeschlossen ist, bevor ihr euren Plan in die Tat umsetzt? Dann werden die Morde auch ohne Blutvergießen belohnt."

Alberts Vater spuckte zur Seite: „Es ist hauptsächlich das Personal des Königreichs und der Königin. Die paar tausend Pfadgänger sind ein akzeptabler Verlust. In diesem Krieg sind Todesfälle zu erwarten."

Die Frau, die Sara überhaupt nicht spüren konnte, legte nur den Kopf schief, als würde sie ein besonders interessantes Exemplar studieren, bevor sie es sezierte. Sie verharrte einen langen Moment in dieser Pose, bevor ein Lichtblitz, wie eine neue Sonne, die über dem Horizont aufging, Saras Aufmerksamkeit ablenkte.

Als sie zurückblickte, verschwand die Frau ohne eine Welle der Macht. Aber von ihrem Platz im Himmel aus sah Sara, wie Millionen von Menschen auf einmal um die neutrale Stadt herum auftauchten. Ihre KI war zu überwältigt, um sie alle zu identifizieren, aber ihr Gefühl sagte ihr, dass es sich um *alle Menschen* beider Seiten des Krieges handelte.

Die Seiten des Königreichs und des Königinnentums waren vermischt, aber wenn die Frau fast zweiundvierzig Millionen Menschen auf einmal bewegt hatte, war das an und für sich schon eine sehr beeindruckende Leistung. Sara wusste sofort, dass dies die Frau war, die ihre Mutter so beiläufig verletzt und eine Wunde hinterlassen hatte, die so schlimm war, dass nur die Königin sie überleben konnte ... nur als Warnung.

Königin Diana sagte, dass nur ein wahres Kraftpaket es so fehlerlos hinbekommen hätte und dass es eine Machtdemonstration war wie keine andere.

Da die Frau den König nicht zurechtgewiesen hatte, befürchtete Sara, dass sie sich auf seine Seite stellen und die Expansion des Königreichs behindern könnte. Aber die Frau war einfach weg.

Als die Gesamtzahl der Toten in Saras KI eintraf, erblasste sie. Fast fünfundsiebzig Prozent ihrer Truppen wurden als „tot" registriert. Sogar die Stadt, die das Königreich erst seit wenigen Tagen gehalten hatte, war ausgelöscht.

Ihre einzige Stadt, die noch stand, war ihre Hafenstadt. Sie war abgeriegelt und wurde aktiv belagert.

Saras Mutter schimpfte über den König: „Du würdest so große Sprengsätze legen? Und du hast abgereichertes Kupfer hinzugefügt, um sie zu schmutzigen Bomben zu machen? Bist du wahnsinnig?"

Als sie „schmutzige Bomben" hörte, wurde sie wach. Sara musste nachschlagen, was abgereichertes Kupfer ist. Ihre KI meldete, dass es sich um ein Nebenprodukt von mit Mana angereichertem Kupfer handelte, was auf diesem Planeten ungewöhnlich häufig vorkam. Die Liste der Nebenwirkungen war so lang, dass sie eine ganze Weile scrollen musste, aber kurz gesagt: Jeder, der das Pech hatte, das Zeug einzuatmen, musste mit chronischen Manaproblemen rechnen, je nachdem, wie stark er der Bombe ausgesetzt war. Außerdem kann es jahrzehntelang in der Luft und im Boden verbleiben.

Riesige Teile des Planeten wären dann unbewohnbar.

Der selbstgefällige Bastard lächelte und sagte: „Ich nehme deine Kapitulation jetzt an." Es machte ihm offensichtlich großen Spaß, ihr die Worte ihrer Mutter entgegenzuschleudern.

Diana zuckte nur mit den Schultern. „So soll es sein. Wir verlieren den Pfadgänger-Krieg. Da die meisten unserer Truppen tot sind und unsere letzte Stadt eingeschlossen ist, muss Fürst Albert nur noch die Eingänge zur zentralen Stadt blockieren. Er wird den Planeten problemlos einen Monat lang halten können. Ich bin nicht zu stolz, um eine Niederlage einzugestehen. Die Allianz der verbündeten Königinnen kapituliert offiziell im *Vaterländischen Krieg*."

Saras Mutter nickte Albert zu. „Gut gespielt, junger Mann. Ich ..."

Das Lachen des Königs dröhnte: „Glaubst du, dieser wehleidige Idiot hat etwas damit zu tun? Nein, ich würde ihm nicht einmal zutrauen, einen mit Wasser gefüllten Stiefel zu leeren, selbst wenn ich ihm sagen würde, dass die Anweisungen auf dem Absatz stehen. Ich habe das am Anfang angeordnet, weil ich dem kleinen Idioten nicht zugetraut habe, selbst zu gewinnen! Wenn der Bluttest nicht gewesen wäre, hätte ich gedacht, dass seine Mutter herumschläft. Er ist wertlos."

Zum ersten Mal schaute der König nach Cori. Er lächelte sie sogar freundlich an. „Nein, ich habe nur einen Erben. Meine einzig wahre Tochter. Die Einzige, die bereit ist, alles für die Macht zu tun. Wie es sich gehört." Er lachte, und dieses Mal war es tief und klang echt. „Nein, Cori ist die einzige meiner Nachkommen, die mir gewachsen ist. Die meisten meiner Kinder endeten nur als wimmernde Welpen, aber sie ist ein Wolf wie ich. Sie ist bösartig und bereit, alles zu tun, um zu bekommen, was sie begehrt. Ich wusste schon lange von ihrem Plan, als die anderen Anwärter sie vom Thron verdrängten. Es war nur eine Frage der Zeit, wann sie ihren Zug machen würde."

Sara drehte sich so weit um, dass sie sehen konnte, wie Cori angewidert aussah, aber der König sprach weiter: „Und ihr, meine ehemaligen Adligen. Dachtet ihr, ich wüsste nichts von eurem kleinen Komplott? Nein, ich wusste es, und deshalb war ich auch bereit, diesen Planeten zu vergiften. Was kümmert mich eine zerstörte Welt, mit der ich nichts mehr zu tun haben will?“

Diana schaltete sich ein: „Das sollte dich interessieren, denn du hast ein halbes Dutzend Verträge verletzt, die es verbieten, bewohnbare Welten absichtlich zu schädigen. Sie werden dich dafür in einem Asteroidengürtel schuften lassen.“

Diesmal zeigte der König auf den zurückgekehrten Colonel Thorne. „Das ist eine Nummer zu groß! Nein, frag ihn. Wenn ein Krieg erklärt wird, wird die *aktuelle* Bewohnbarkeitseinstufung des Planeten bis zum Ende des Krieges festgehalten, damit die Kriegsregeln nicht mit der Bevölkerung der Soldaten schwanken. Dieses Drecksloch lag zu diesem Zeitpunkt noch weit unter der Bevölkerungsschwelle, die nötig ist, um als bewohnter Planet zu gelten, und bleibt daher ‚unbewohnt‘. Ich kann mit einem unbewohnten Planeten machen, was ich will. Das steht ausdrücklich in den Regeln.“

Als er sich umdrehte, schaute er zurück und rief über seine Schulter: „Oh, und pass auf meine kleine Tochter auf. Sie wird sich nicht mit dem letzten Platz zufriedengeben. Irgendwann wird sie anfangen, euch alle abzuschlachten. Eine nach der anderen. Ich muss es wissen, schließlich *bin* ich auf diese Weise auf den Thron gelangt.“

Mit einem letzten Lachen verschwand er.

Albert schwebte an Thornes Seite. Er hatte die Herabwürdigung seiner Fähigkeiten durch den König nicht gut verkraftet. Seine Niedergeschlagenheit spiegelte sich in Cori wider, die körperlich krank aussah.

Sara dachte über die Anfänge des Krieges nach und begann, die Dinge zusammenzusetzen.

Albert hatte unverschämt viele Manapunkte ausgegeben, die, wie sie jetzt wusste, für das Aufladen dieser riesigen Manabomben verwendet wurden. Sie müssen sehr teuer gewesen sein, was die Diskrepanz bei den Ausgaben erklärte, die ihr aufgefallen war.

Das beantwortete auch, woher Olivia gekommen war. Ein strategischer Verstand wie der ihre hätte schon viel früher Wellen schlagen müssen. Nach der ersten Woche des Krieges hatte man sie und ihren adligen Lehnsmann kaum gesehen, bevor sie vom Radar der Spione verschwanden. Ihre Geheimdienstoffiziere hatten sie als faule Adlige und ihr Gefolge abgetan, die den Krieg wie einen Urlaub behandeln. Wenn sie dafür verantwortlich waren, die Verstecke für die Bomben zu graben, würde das erklären, was sie tatsächlich vorhatten.

Es gab nur eine Sache, die sie immer noch nicht verstand. Das alles erklärte nicht, warum ihre Erdmagier keine der Bomben entdeckt hatten. Als sie jede Stadt eingenommen hatten, mussten große Teile von ihnen komplett neu aufgebaut werden. Die Magier hätten die Spuren der Arbeit der anderen Erdmagier spüren müssen.

Es machte so wenig Sinn, dass sie Albert fragen musste.

„Ich verstehe nicht, wie du die Bomben platziert hast. Ich verstehe es einfach nicht." Ihre Nachricht war privat genug, denn sie fragte über die KI und nicht in aller Öffentlichkeit.

Er antwortete auf die gleiche Weise, ohne ihr in die Augen zu sehen. „Normale Grabungsteams. Keine magischen Rückstände, die sie verraten könnten. Wir haben die Bomben auch unter den Teleport-Pads platziert. Niemand außer der Armee ist so dumm, sich mit ihnen anzulegen. Und sie wussten schon vorher von den Plänen und haben sich nicht eingemischt."

Albert schaute auf seine Hände. Selbst aus hundert Metern Entfernung sah sie, wie seine Hände zitterten, als er sie zu einer Faust ballte. Aber das Zittern hörte nicht auf, sondern wurde nur noch stärker.

Sara mochte den Pfadgänger-Krieg verloren haben, aber sie würde für nichts den Platz mit Albert tauschen, nicht einmal, wenn ihre Mutter sie so behandeln würde.

Das war viel zu grausam.

„Er hat diese Dinge nur gesagt, um dich zu verletzen. Er wollte grausam sein."

Albert schüttelte den Kopf. „Ich weiß es nicht. War er das? Ich habe mich auf seinen Plan eingelassen. Ich habe mir eingeredet, dass du keine meiner Städte belagern würdest, wenn du das herausfindest, also habe ich dir die erste Stadt überlassen. Hätte ich mein Blatt besser ausgespielt, hätte ich vielleicht auch allein gewinnen können. Meine Seite mag gewonnen haben, aber ich fühle mich nicht wie ein Gewinner. Ich bin nur müde."

Er schaute zur Seite auf den Oberst und eine Sekunde später war er verschwunden.

Sara drehte sich zu ihrer Mutter um, die bei Cori stand. Die neue Königin hatte sich wieder gefasst und sah nicht mehr so erschüttert aus wie bei ihrer Ankunft. Der einzige Unterschied war, dass sie jetzt einen eiskalten Blick aufsetzte.

Sara kannte die Frau nur flüchtig. Sie hatten nur einmal miteinander gesprochen, bei einem privaten Abendessen vor einigen Jahren. Vielleicht irrte sie sich, aber Sara vermutete, dass die Abschiedsworte des Königs Cori genauso verletzt hatten wie Albert.

Das meiste, was sie über die neue Königin wusste, erfuhr sie aus zweiter Hand von ihrer Mutter, aber jeder wusste, dass Cori ihren Vater leidenschaftlich hasste. Sie konnte verstehen, warum, nachdem sie nur einmal mit dem Mann zu tun hatte. Er erniedrigte Albert öffentlich und ging sogar so weit, ihn zu schlagen.

Und das auch noch in der Öffentlichkeit. Der Missbrauch war im Privaten zweifellos viel schlimmer.

Dieses Maß an Respektlosigkeit war kaum zu glauben. Ihre Mutter hatte sie nie öffentlich getadelt, geschweige denn sie körperlich angegriffen. Wenn man bedachte, wie groß der Unterschied zwischen den dreißig Tiers war, musste man sich schon einen winzigen Fehler erlauben, um einen Schlag nicht tödlich zu gestalten. Der kleinste Ausrutscher würde seinen Sohn in Stücke reißen.

Der König hatte einen Unfall geradezu herbeigeführt. Oder es war ihm einfach egal.

Da es nichts anderes zu tun gab, begann Sara, ihr Volk zu organisieren. Der Planet musste gesichert werden. Das Königinnentum hatte zwar den Pfadgänger-Krieg verloren, aber den wirklichen Krieg hatten sie gewonnen, also gehörte dieser Planet stellvertretend ihnen.

Ein Berg von Arbeit musste erledigt werden, angefangen mit der Quarantäne der verseuchten Gebiete rund um die Städte, die mit abgereichertem Kupfer getroffen worden waren.

Hoffentlich würde ihre Mutter einspringen und bei den Aufräumarbeiten helfen. Andernfalls würden große Teile des Planeten für Jahrzehnte gefährlich bleiben. Die Armee meldete ihr die Windverhältnisse und die erwarteten Fallout-Zonen. Die Vorhersagen waren beunruhigend. Die Standorte der Städte waren so gewählt worden, dass der Zugang zu den Rifts maximiert wurde, aber jetzt waren sie unzugängliches Ödland. Die Rifts selbst würden nicht betroffen sein, aber es war fast unmöglich, sie sicher zu erreichen.

Als sich immer mehr Nachrichten anhäuften, bat Sara ihre Mutter, sie zurück in ihr Hauptquartier zu schicken.

Insgesamt war der heutige Tag ein Grund zum Feiern. Trotz der Niederlage im Pfadgänger-Krieg hatte das Königinnentum eine neue Königin und einen neuen Tier 20-Planeten.

Die Zukunft sah rosig aus.

* * *

Alyssa starrte ausdruckslos in den Himmel, während die Aufnahme über ihre KI abgespielt wurde.

Der Verrat und der Betrug waren für sie nichts Neues. Sie hatte schon früh im Pfadgänger-Krieg davon Wind bekommen. Genauer gesagt, war das Königinnentum schon früh im Krieg mit einem Angebot an sie herangetreten. Wenn sie ihnen wichtige Informationen lieferte, würde sie einen festen Platz im Königinnentum bekommen.

Zunächst hatte Alyssa das Angebot rundweg abgelehnt. Spione gingen ein hohes Risiko ein und waren weitgehend entbehrlich. Sie wollte sich nicht unnötig in eine solch prekäre Lage bringen. Außerdem hatte sie große Anstrengungen unternommen, um gute Verbindungen im Königreich aufzubauen. In dieser Generation war ihr Informationsnetzwerk das zweitwichtigste nach dem des Fürsten, obwohl sie aus dem niederen Adel stammte. All diese Arbeit für einen „Platz“ im Königinnentum aufgeben? Nein, diese erbärmliche Belohnung rechtfertigte nicht im Entferntesten den Preis.

Hinzu kam der ganze Aufwand, den sie betrieben hatte, um Kontakte zu den unabhängigen Handwerkern und verschiedenen Pfadgängern aufzubauen. Wenn herauskäme, dass sie eine Spionin war, würden diese annehmen, dass sie sie nur benutzte, um das Königreich zu sabotieren, und das Vertrauen, das sie aufgebaut hatte, würde schwinden. Nein, sie hatte sich ihre Position im Königreich zu hart erarbeitet, um sie für einen so geringen Gewinn zu verlieren.

Dann kam der Brief von ihren Eltern. Wieder einmal versuchten sie, sie zu verscherbeln. Der Vorwand, dass sie ihre Verehrer genehmigen könnte, wurde mit jedem Versuch schwächer. Irgendwann würde sie einfach in der Nacht verschwinden und ihre Eltern würden öffentlich bekannt geben, dass sie ein Heiratsangebot außerhalb des Königreichs angenommen hatte.

Nach reiflicher Überlegung war ihr klar geworden, dass ihr die Zeit davonlief, um den Machenschaften ihrer Eltern zu entkommen, und sie hatte beschlossen, sich dem Königshaus anzuschließen. Es würde mehr Arbeit erfordern, ihr gesellschaftliches Ansehen wiederherzustellen, aber sie war zuversichtlich, dass sie es schaffen würde. Mit ihrem Zugang zu den Informationsnetzwerken des Königreichs und ihrer eigenen Gerüchteküche konnte sie genug politischen Einfluss gewinnen, um sich eine bessere Ausgangsposition zu verschaffen, wenn sie offiziell die Seiten wechselte.

Noch in derselben Nacht hatte sie sich betrunken, um ihre Entscheidung leichter zu fassen. Mit einer Nachricht an Amber wurde ihre Zukunft in Bewegung gesetzt. Unmittelbar danach geriet sie in Panik und trank sich in einen Vollrausch, um die Gefühle zu betäuben. Sie hatte alles, was sie kannte, für ein noch größeres Unbekanntes aufgegeben und hatte nur noch die blinde Hoffnung, die sie tröstete.

Dass sie in Liz' Zimmer landete, war mehr ein Zufall als Absicht. Alyssa musste sich einfach bewegen, und ihr Wunsch, all den Leuten aus dem Weg zu gehen, die sie verraten wollte, führte sie in Liz' Zimmer.

In dieser Nacht befürchtete sie, dass ihr ein Fehler unterlaufen war, aber Liz schien niemandem gegenüber zu erwähnen, dass sie das Königreich als *Verlierer* bezeichnet hatte. In den folgenden Tagen hielt sie wachsam Ausschau, aber entweder hatte Liz den Ausrutscher nicht bemerkt oder es war ihr einfach zu egal, als dass sie ihn gemeldet hatte.

Deshalb schreckte sie auch nicht vor der Nachricht zurück, dass sie bei der Attentatswelle getötet werden würde, nachdem sie Sara das Versteck von Alberts Meditationsraum verraten und dafür gesorgt hatte, dass die Frau einen Zugang zu dem sicheren Gebäude hatte.

All ihre Arbeit war nun weg. Auf beiden Seiten. Sie hatte ihre Brücken zum Königinnentum abgebrochen, indem sie es verraten hatte, nur um in das Königreich zu fliehen, weg von der Autorität ihrer Eltern. Aber auch diese Arbeit löste sich in Rauch auf. Ihre Eltern waren *hier* und hatten sie immer noch unter ihrer Fuchtel. Es gab einfach keinen Sieg oder zumindest kein Entkommen.

Mit Entsetzen und Abscheu starrte sie zu ihren Eltern hinauf, als ihr die Konsequenzen bewusst wurden.

Sie hatten schon lange vor, das Schiff zu verlassen, ohne sie zu informieren. Dadurch kam ihr alles so sinnlos vor. Wenn sie dem Königinnentum treu geblieben wäre, hätte man sie sowieso gezwungen, sich ihnen im Königreich anzuschließen. Niemand würde der Tochter zweier Verräter trauen.

Selbst wenn ihre KI beweisen könnte, dass sie nichts von dem Verrat wusste, würde man sie immer verdächtigen, ein Spitzel zu sein. Man würde ihr nie trauen und sie würde ständig überwacht werden.

Von Anfang an hatte die opportunistische Feigheit ihrer Eltern sie wieder einmal ruiniert.

Ihre einzige Hoffnung war, dass das Wohlwollen, das sie bei Prinzessin Sara erworben hatte, ausreichen würde, um eine Heirat ohne ihre Zustimmung zu verhindern.

Alyssa war ein Pfau. Anders als ihre Eltern behaupteten, war sie nicht unbedingt wählerisch, was ihren zukünftigen Partner anging. Er musste nur ihre Kriterien erfüllen. War es zu viel verlangt, jemanden zu haben, der selbst schön und mächtig war? Jemanden, den *sie* auswählte.

Es machte ihr nicht einmal etwas aus, wenn sie andere Ehepartner hatten. Gesellschaft könnte sogar nett sein. Sie konnte teilen, solange sie die Nummer eins war.

Sie wollte vermeiden, in einer lieblosen Zweckehe festzusitzen, wie ihre Eltern es getan hatten. Sie hatte vor, mit ihrem Partner für immer zusammenzubleiben – keine dieser zeitlich befristeten Ehen.

Ist das zu viel verlangt?

Alyssa glaubte das nicht, aber ihre Eltern winkten alle ihre Bedenken als sinnloses Gejammer eines Kindes ab. Sie vermutete, dass es daran lag, dass keiner von ihnen eine starke Blutlinie hatte und ihre Instinkte nicht spürte. Sie spürten nicht den Drang, wie der ursprüngliche, unreflektierte Teil deines Gehirns zu handeln, der sie leitet.

Die Augen ihrer Mutter trafen die ihren, und nachdem sie ihren Vater angestupst hatte, flogen die beiden zu ihr hinunter. Ihr Magen drohte zu sinken, als die beiden und das unausweichliche Schicksal, das sie ihr auferlegen würden, wieder einmal über ihr schwebten.

Juni war bereits weggelaufen, nachdem Alberts Schelte vom König an alle weitergegeben worden war, und sie war ganz allein in der Masse der Menschen. Sie hatte nicht das Gefühl, zu einer der beiden Seiten zu gehören.

Ihre Mutter landete anmutig, mit all der Haltung, die jemand, der mit seinem Konzept fliegt, haben sollte. Oder sie hätte es getan, wenn es nicht so offensichtlich gewesen wäre, dass sie versuchte, das Fluggerät um ihre Hüfte zu verstecken. Ihr Vater tat es ihrer Mutter gleich und sie setzten sich mit einem falschen Lächeln und einem Flackern ihrer Kräfte ab, um sich einen Platz zu verschaffen.

„Oh, gut, wir haben uns schon Sorgen gemacht, dass es dir schwerfallen würde, eine Verbindung herzustellen, wenn wir die Seite wechseln. Es war erfreulich zu hören, dass du bereits das Schiff gewechselt hast. Das erleichtert uns auch die Aufgabe, dich einer neuen Generation von Bewerbern vorzustellen. Auch wenn dieser Wechsel auf lange Sicht ein Vorteil für uns sein wird, müssen wir anfangen, Allianzen zu schließen. Wir …"

Ihr Vater nickte nur zustimmend und fügte gelegentlich ein „Gut, gut" hinzu.

Seine Aufmerksamkeit galt eher einer Tier 15-Adligen, die mit ihrer eigenen Kraft flog. Alyssa hatte keine Ahnung, ob er damit meinte, dass sie sich auf die Seite der Königin oder auf die der Frau stellte.

Ihre Mutter musste es bemerkt haben, aber sie sagte nichts. Wie immer.

Alyssas Gedanken drehten sich im Kreis und wurden zu Spurrillen. Sie versuchte, einen Weg zu finden, dies zu ihren Gunsten zu nutzen, als Liz sich von ihrem Team entfernte und sie absichtlich zu Alyssas Eltern zurückbrachte.

Ihre Haltung war angespannt, was darauf hindeutete, dass Liz Neuigkeiten überbrachte, die jemand nicht hören wollte. Diesen Gesichtsausdruck hatte sie bei ihren verschiedenen Treffen und verbalen Duellen oft genug gesehen. Normalerweise bedeutete das, dass sie Spaß hatten, aber jetzt wusste Alyssa nicht, ob sie es verkraften würde, wenn jemand sie in den Boden stampfte.

Alyssas Mutter ging nach vorne, um ihr Gespräch fortzusetzen, als Liz zu sprechen begann und sie mit ihrer Stimme stoppte.

„So habe ich mir den Verlauf des Krieges nicht vorgestellt. Oder dass du Teil einer größeren Verschwörung warst, um die Seiten zu wechseln." Die Rothaarige sah ihre Eltern mit einem vernichtenden Blick an, der sie alle verblüffte. „Oder dass deine Eltern so ein Stück Scheiße sind."

Alyssa richtete sich bei dieser direkten Provokation noch mehr auf. Pfadgänger oder nicht, das war eine Beleidigung, die nur wenige Adlige ohne Reaktion durchgehen lassen würden.

Ihre Mutter öffnete den Mund, aber ihr Vater bellte: „Jetzt hörst du mal zu ..."

Liz ignorierte sie, aber Alyssa entging nicht, dass Matt sein Gewicht verlagerte und eine subtile Bereitschaftshaltung einnahm. Der Rest ihres Teams schwärmte etwas aus, aber das würde ihnen wenig nützen. Selbst so wertlos wie ihre Eltern waren, waren sie immer noch Tier 14.

Kein Tier 6 könnte einen so großen Leistungsunterschied überwinden.

Irgendwie war es rührend. Alyssa wusste, dass sie es nicht für sie taten, aber zu sehen, dass andere mit der Einstellung ihrer Eltern nicht einverstanden waren, tat gut.

„Ich habe nach unserem kleinen Gespräch erkannt, dass ich dir einen Gefallen schuldig bin, aber wir hatten nie die Gelegenheit, das auszugleichen. Zum Glück habe ich mich auf eine solche Gelegenheit vorbereitet."

Liz hustete leicht, und eine Frau erschien aus dem Nichts.

Ihre fast durchsichtige Haut strahlte Kraft aus, und Alyssas Blutlinie schwang mit der Macht der Frau mit.

Sie sprach mit einer flüsternden Stimme, die für Alyssas Ohren und ihren Geist irgendwie einlullend und zermürbend zugleich war.

„Ich bin Anwerberin Felicia, Tier 22 der Rotfeder-Akademie, der Vorbereitungsschule des Bestienreichs für außergewöhnliche Jugendliche. Ich bin hier, um dir ein Vollstipendium anzubieten. Unser Programm wird dich bis zur Spitze von Tier 14 führen, und es gibt Kurse, die dir helfen, dein eigenes Konzept zu finden. Wir haben eine fast fünfundsiebzigprozentige Erfolgsquote bei unseren Schützlingen, ihr eigenes Konzept zu finden, während sie bei uns sind. Wenn unsere Schützlinge, die weniger Glück haben, unsere Hallen verlassen, haben sie immer noch eine Erfolgsquote von neunzig Prozent – dank der Skills, die wir ihnen beibringen, und der Kontakte, die sie knüpfen, während sie durch unsere glanzvollen Hallen gehen."

Nach einer kurzen Pause schüttelte Alyssa den Kopf. Sie wollte nicht unter der Fuchtel von jemandem stehen, der ihr einen so großen Gefallen tat. Wahrscheinlich waren die Statistiken auch sorgfältig ausgewählt und kuratiert worden, um so hohe Prozentsätze auszuweisen. Selbst siebzig Prozent der Leute, die ihre Konzepte bekommen, waren unerhört.

Trotzdem wollte sie mitmachen.

Sie rechnete damit, dass Liz ihr diese kleine Chance verschafft hatte, aber der Preis könnte untragbar sein. Nichts war je wirklich kostenlos.

„Ich kann mir den Preis nicht leisten, den jemand verlangt, der das anbietet."

Felicia nickte leicht und grinste, wobei sie dünne schwarze, nadelartige Zähne zeigte. „Eine sehr kluge erste Beobachtung. Eine junge Dame sollte sich immer vor dem möglichen unausgesprochenen Preis eines Geschenks in Acht nehmen. Aber nein, dieser Gefallen ist nicht mit einem Preisschild versehen. Wahrscheinlich ist es das einzige echte Geschenk, das du in deinem Leben bekommen wirst. Dein Sponsoring kommt direkt von Königin Mara selbst. Da sie die Schule größtenteils selbst finanziert, bekommt sie jedes Jahr eine bestimmte Anzahl von Plätzen zugewiesen, die sie nach Belieben vergeben kann. Es gibt einen Standardvertrag, den du dir ansehen kannst, aber es gibt ausdrücklich keine Rückzahlungsklausel."

Alyssa bezweifelte, dass es so einfach war, aber sie änderte ihren Blick auf Liz. Das war kein Gefallen, wie wenn sie Liz bei der Gründung der Pfadgängervereinigung helfen würde. Wenn sie diesen Gefallen annehmen würde, stünde sie fest in der Schuld der Frau.

„Warum? Und wie?" Sie musste es wissen, bevor sie das Angebot ernsthaft in Erwägung zog, auch wenn es verlockend war, gleich loszulegen.

Liz zuckte mit den Schultern. „Das Warum ist ziemlich schwer zu erklären und im Moment weniger wichtig. Das *Wie* hingegen ist ganz einfach. Ich bin ein junger Phönix mit einer außergewöhnlich reinen Blutlinie. Als mein Talent ans Licht kam, war ich besorgt, dass es zu gefährlichen Komplikationen führen könnte. Deshalb hat meine Familie Königin Mara um eine Beurteilung gebeten. Sie hat bekanntlich ein Faible für Phönix-Kinder und gab unserer Bitte statt. Damals habe ich sie getroffen."

Liz zuckte mit den Achseln, als wäre das nichts Besonderes, aber Alyssa fand, dass es Sinn ergab, da sie beide Phönixe waren. Sie konnte sich vorstellen, dass die Blutlinie der Frau es ihr ermöglichte, jemanden zu treffen, der so mächtig war und über ihr stand.

„Ihre Majestät hat mir gesagt, ich solle ihr eine Nachricht zukommen lassen, wenn ich jemals etwas brauche. Da sie mir eine Stelle an dieser Schule angeboten hat, dachte ich mir, dass ich dir vielleicht einen Platz an meiner Stelle verschaffen kann. Ich wollte das nie, aber ich habe vermutet, dass du interessiert sein könntest, also ..."

Die Tier 22 nickte. „Als wir auf dich, deine Blutlinie und deine anderen", sie sprach das Wort mit einem Zischen aus, als ob sie nach dem richtigen Wort suchte, das sie als Nächstes sagen könnte, aber Alyssa hatte das Gefühl, dass es nur ein dramatischer Effekt war, „Leistungen aufmerksam gemacht wurden. Wenn wir auf normalem Wege auf dich aufmerksam geworden wären, hätte die Akademie dir sowieso ein Stipendium angeboten. Vielleicht kein Vollstipendium, aber der Betrag wäre schon allein wegen deiner Verdienste beträchtlich gewesen."

Alyssa schluckte. Wenn sie wussten, dass sie auf beiden Seiten spielte, hatten sie sie vielleicht schon eine ganze Weile beobachtet. Das war beunruhigend.

Liz schloss mit einem halben Lächeln und einem halben Schulterzucken. „Nun zurück zum Warum. Ich dachte, es würde all deine Pläne durchkreuzen und gleichzeitig unsere Gunst zurückgewinnen. Es ist alles, was du wolltest, und macht gleichzeitig die Netzwerke und Verbindungen, die du über die Jahre geknüpft hast, unbrauchbar. Ich weiß, wie sehr dir diese Dinge am Herzen liegen." Das Grinsen wurde leicht böse, als sie hinzufügte: „Und ich glaube nicht, dass du auf das Ausmaß an Kleinlichkeit und Intrigen vorbereitet bist, das du dort finden wirst. Es hat mir Spaß gemacht, mir vorzustellen, wie du bei lebendigem Leibe von Leuten gefressen wirst, die in diesen kleinen Spielchen millionenfach besser sind als du."

Alyssa hatte keine Ahnung, was sie davon halten sollte. Sie Liz ziemlich gut oder *glaubte*, sie zu kennen. Aber selbst sie musste zugeben, dass das ein ziemlich hinterhältiges Geschenk war. Es war alles, was Alyssa sich jemals gewünscht hatte, und gleichzeitig machte es, wie vorhergesagt, jeden einzelnen ihrer Pläne zunichte.

Ein Gefallen, der gleichermaßen gnädig und gerissen war.

Es war auch eine Herausforderung. Alyssa hatte keine Angst vor den anderen an der Schule. Sie war nicht so arrogant zu glauben, dass sie besser wäre als sie, aber sie wusste, dass sie sich behaupten konnte. Und wenn man dem Anwerber Glauben schenken durfte, war ihre Unterstützerin Mara, die Königin der Bestien selbst. Niemand würde es zu weit treiben, selbst wenn sie es vermasseln und sich auf die falsche Seite eines schlechten Handels schlagen würde.

Alyssa konnte sich vorstellen, in dieser Umgebung zu gedeihen, und sie kribbelte bei dem Gedanken, gegen Gleichberechtigte zu kämpfen.

Es war aufregend.

Selbst im schlimmsten Fall waren Jahrzehnte der Arbeit besser als ein Leben als Zuchtstute.

Schockierte und entsetzte Blicke machten sich auf den Gesichtern ihrer Eltern breit, als sie erkannten, dass ihr größter Schatz aus ihren Fängen entkommen könnte. Das zu sehen, versüßte das Geschäft nur noch mehr.

Sie nickte nur. „Ich werde es annehmen. Ich ..."

Felicia unterbrach sie. „Gut! Jetzt, wo du dich entschieden hast, müssen wir sofort aufbrechen. Du liegst in deiner Ausbildung Jahre und sechs Tiers hinter deinen Altersgenossen zurück. Wir müssen daran arbeiten, dir gute Gewohnheiten anzueignen und all die schlechten auszumerzen. Wie Elisabeth schon sagte, werden deine Mitschüler dich bei lebendigem Leib auffressen, wenn du so weitermachst wie bisher."

Ein Schiff kam vom Himmel herab, schwebte über der Menge und setzte eine kleine Plattform ab, die die beiden Frauen abholte: „Ich habe nur eineinhalb Monate Zeit, um dich persönlich auf den neuesten Stand zu bringen, während wir reisen. Das ist nicht annähernd genug Zeit. Zuerst müssen wir ..."

Alyssa hörte aufmerksam zu, während sie wieder nach unten blickte. Liz hatte ein Lächeln, das sagte, dass Alyssa das, was jetzt kommen würde, hassen würde.

Liz irrte sich; ob gut oder schlecht, das war genau der Ort, an dem sie sein wollte. Sie versuchte, das mit ihrem Lächeln zu erwidern.

Die Pfadgängerin lachte nur und winkte, als sich ihre Plattform in die Luft erhob.

„Und wenn du mit einem Blick Botschaften senden willst, musst du viel subtiler sein. Du brauchst nicht mit deinem Gesicht zu schreien. Das ist unzivilisiert und du verrätst viel zu viel. Stattdessen solltest du ..."

* * *

Matt sah Alyssa mit schlecht versteckter Belustigung nach. Die Tatsache, dass Liz ihre Mutter kontaktiert hatte, um Alyssa das Stipendium zu besorgen, während sie genau die gleiche Geschichte erzählte, dass sie nur die Königin kannte, war ziemlich lustig, wenn er die Wahrheit kannte.

Da er auf der anderen Seite dieser Lüge gestanden hatte, wusste er zu schätzen, welch feines Gespinst von Wahrheiten Liz gesponnen hatte, um den Eindruck zu erwecken, dass sie es war.

Er sah die grinsende Liz an und fragte: „Scheint, als hätte sie diese Runde gewonnen, oder?"

Liz schüttelte den Kopf. „Nein, ganz und gar nicht. Sie denkt, dass sie es gut machen wird, aber ich habe es ernst gemeint, als ich sagte, dass die anderen Kinder sie bei lebendigem Leib fressen werden. Jeder, der die Akademie betritt, hält sich für den Größten. Zu allem Überfluss haben sich die Cliquen in ihrer Jahrgangsstufe bereits gebildet. Sie wird ein paar furchtbare Jahrzehnte erleben."

Alyssas Eltern drehten sich gemeinsam zu Liz um, und die Frau brüllte: „Wie kannst du es wagen? Du kleine Schlange! Dafür werde ich dich köpfen lassen!"

Sie wollte sich auf sie stürzen, aber ihr Mann blockierte sie und redete verzweifelt auf sie ein.

Immerhin hatte er mitbekommen, dass Liz eine gute Beziehung zu einem der Adligen hatte. Sie anzugreifen wäre Selbstmord, und das sagte er seiner Frau immer wieder. Schließlich war die Armee noch immer hier und beobachtete sie.

Nachdem das erledigt war, begannen Matt und sein Team, sich mit dem Rest der Menge in die neutrale Stadt zu bewegen. Es war ein seltsames Gefühl. Obwohl das Königreich technisch gesehen den Krieg verloren hatte, feierten sie auf ihrem neuen Planeten. Die Truppen des Königinnentums waren derweil in schlechter Laune.

Matt sah, wie Conor und die Zwillinge sich zusammenkauerten und miteinander flüsterten, als sie durch die Menge liefen.

Schließlich, als sie den Tunnel gerade durch die Außenwand verlassen hatten, legte Annie einen Arm über seine und Liz' Schultern und fragte: „Also, was sind eure Pläne?"

Matt zuckte mit den Schultern. Im Moment warteten sie nur darauf, dass ihr Managementteam gegründet wurde und sie anleiten konnte. Auf absehbare Zeit hatten sie keine wirkliche Kontrolle über ihre Reisepläne. Seine Vermutung, was Annie wollte, wurde bestätigt, als sie fragte: „Wir werden ein festes Team bilden. Nach Tier 3 hat unser Sponsor uns die Erlaubnis gegeben, jeden hinzuzufügen, den wir wollen. Wir wollen offiziell oder inoffiziell ein Team mit euch drei bilden."

Emily und Conor nickten zustimmend.

Matt war gerührt. Sie hatten sich zufällig getroffen, aber sie waren gute Freunde geworden. Er wusste einfach nicht, wie er sie abweisen sollte.

Liz kümmerte sich zuerst darum, aber über ihren Gruppenchat. „Wir wissen das Angebot zu schätzen. Das tun wir wirklich. Aber wir haben ein Managementteam, das irgendwo hinter den Kulissen auf uns wartet."

Emily zog eine Augenbraue hoch und sagte: „Wie das?"

Matt klärte sie auf. „Wenn du nach Tier 10 genug Potenzial zeigst, um auf dem Pfad zu glänzen, wird ein Unterstützungsteam für dich zusammengestellt. Sie helfen dir, deine Vorteile auszubauen und Schwächen zu überwinden. Sucher oder Leute mit sucherähnlichen Skills können es früh bekommen, wenn sie über ihre Gewichtsklasse hinaus kämpfen können. Denk über mein Manakonzept in Bezug auf das Aufladen von Rifts nach. Es lässt uns ohne die normalen Zeitbeschränkungen vorankommen, also wurde uns das Team früh angeboten, um zu verhindern, dass wir in einen Trott verfallen. Es war allerdings mit Bedingungen verbunden. Ich würde euch gerne dabeihaben, aber unser Weg ist jetzt sehr viel restriktiver."

Sie drängten nicht weiter, wofür Matt dankbar war.

Annie schlug ihm auf den Arm, als sie laut lachte. „Gut, dann werden wir in Zukunft große Dinge erwarten. Es ist ja nicht so, dass wir uns nicht wiedersehen würden. Wir drei stehen kurz vor der Fertigstellung unserer Konzepte, und sobald wir sie haben, werden wir uns auf den Weg machen."

Sie unterhielten sich angeregt, bevor sie sich mit Umarmungen trennten. Das Trio fuhr mit einem der Schiffe, die den Planeten bald verlassen würden, auf die andere Seite des Imperiums. Sie hatten sich darauf geeinigt, einen Tier 12-Planeten anzusteuern, weil es dort viele Tier 7-Rifts gab. Sie wollten sich daran gewöhnen, in Tier 7 zu delven, bevor sie zu den viel profitableren Tier 8-Rifts wechselten, die regelmäßig Skill-Splitter droppen würden.

Matt hatte wenig Sorge, dass sie Probleme bekommen könnten. Sie waren einzeln stark. Zusammen würden sie ein fantastisches Delve-Team bilden.

Sie wollten bleiben und sich unterhalten, aber ihr Schiff sollte als Erstes ablegen.

Die geplante Abfahrtszeit rückte schnell näher, denn das Schiff war auf dem Weg in die entlegensten Gebiete des Imperiums.

Wieder wurden Umarmungen und freundschaftliche Klapse ausgetauscht, als das neue Trio sich umdrehte und davonrannte. Matt sah ihnen hinterher, als Annie ihm eine halbe Million Punkte mit einem Dankesschreiben für das Darlehen übergab.

Matt lächelte, als er seinen eigenen Punktestand aufzählte.

Gesamt zuvor (zuletzt aktualisiert vor 24 Tagen): 365.751 Punkte.

TEAMVERDIENSTE:

(Berechnet für Tier 6-Kämpfer).

- **Feindlicher Vasall getötet, Tier 5. 1 Punkt wert. 541 Mal ausgeführt.**
- **Feindlicher Vasall getötet, Tier 6. 5 Punkte wert. 20.274 Mal ausgeführt.**
- **Feindlicher Vasall getötet, Tier 7. 25 Punkte wert. 748 Mal ausgeführt.**
- **Feindlicher Anführer ermordet, Tier 7. 50.000 Punkte wert. 1 Mal ausgeführt.**
- **Geplünderte, aber zurückgegebene Gegenstände und Ausrüstung. 50.447 Punkte wert.**
- **Mitwirkung bei der Beseitigung eines wichtigen strategischen Aktivpostens des Feindes, dem Belagerungsmagier. 5.000 Punkte wert. 1 Mal ausgeführt.**
- **Beseitigung feindliche(n) General(e) mitten in einem großen Gefecht (jede Seite >500.000 Einheiten). Belohnung: 1,4-facher Multiplikator auf alle Teamverdienste.**

PERSÖNLICHE VERDIENSTE:

(Berechnet für Tier 6-Kämpfer)

- **Feindlicher Vasall getötet, Tier 5. 1 Punkt wert. 541 Mal ausgeführt.**
- **Feindlicher Vasall getötet, Tier 6. 5 Punkte wert. 20.262 Mal ausgeführt.**
- **Feindlicher Vasall getötet, Tier 7. 25 Punkte wert. 732 Mal ausgeführt.**
- **Sieg errungen! Top 100 Beitragszahler. 500.000 Punkte.**

ARMEEVERDIENSTE:

- **Erfolgreiche Übernahme des Kommandos über die Truppen eines**

Vasallenkönigreichs. Bewertung der Führung: schlecht. 1.500 Punkte.

- **Führung einer langfristigen Belästigungskampagne gegen eine überlegene Invasionsarmee. Belohnung: 1,3-facher Multiplikator auf alle Verdienste (wird nach anderen Multiplikatoren angewendet).**
- **Übernahme des Kommandos und Anführen der verbleibenden Truppen, während interne Streitigkeiten das Verfahren verzögern. Belohnung: 1,5-facher Multiplikator auf alle Verdienste (wird nach anderen Multiplikatoren angewandt).**

UNERREICHTE VERDIENSTE: Nur zu Referenzzwecken.

- **Eroberung der letzten feindlichen Stadt. Belohnung: 2,0x Multiplikator auf alle Verdienste.**

ZUSAMMENFASSUNG DER GEWINNE:

- **Teamverdienste:**
- **Roh gesamt: 226.058**
- **Team-Multiplikator: 1.4x**
- **Kategorie gesamt: 316.523**
- **Persönliche Verdienste:**
- **Roh gesamt: 620.151**
- **Persönlicher Multiplikator: N/A**
- **Kategorie Insgesamt: 620.151**
- **Kombinierte Verdienste:**
- **Zwischensumme: 936.632**
- **Gesamtmultiplikator: 1.8x**
- **Gesamtbetrag: 1.688.713**

Neue Gewinne: 1.688.713 Punkte.
Neue Gesamtzahl: 2.054.464 Punkte.
Vom Teamkollegen übertragene Punkte: 500.000.
Neue Gesamtzahl: 2.554.464 Punkte.
Pfadgänger Team Ranking (Königreich der Sieben Sonnen): 1. Platz.
Geschätztes Tagesstipendium: N/A.

Er hatte jetzt weit über zwei Millionen Punkte. Wenn [gecrackter Durchbruch] noch auf dem Markt wäre, hätte er ihn ohne zu zögern gekauft. Aber jetzt wusste er tatsächlich nicht, was er wollte. Er wusste, dass es Dinge sein sollten, die er sich auf dem Imperiumsmarkt nicht leisten konnte. Dazu gehörten Tier 14-Skills oder andere obskure Skills, die für den Krieg billiger gemacht worden waren.

Aber wie er Annie, Conor und Emily schon gesagt hatte, sollte das Managementteam in Kürze hier sein, und es war klug, auf ihren Beitrag zu warten. Vielleicht gab es ja einen besonders unterschätzten Skill, den er übersehen hatte.

Matt und Liz kamen bei Kelley vorbei, um sich zu verabschieden. Der Mann war begeistert vom Ende des Krieges und davon, was es für die Expansion seines Handwerks bedeutete.

„Ich und ein paar andere Handwerker bleiben hier. Eigentlich die meisten von uns. Wir werden eine Zeit lang für das Königinnentum arbeiten, unter der Bedingung, dass wir den Rift, aus dem diese Dinger sind, zuerst bekommen." Er rieb sich den Ring. „Das ist ein fantastisches Geschäft."

Der ältere Mann strahlte. „Apropos, wir gründen unsere eigene kleine, informelle, gildenähnliche Struktur. Es geht hauptsächlich darum, einzigartige Manatypen zu tauschen. Du willst doch mitmachen, oder?"

Matt sah sich bereits die zugeschickten Informationen an und nickte, als er akzeptierte. Die Regeln waren einfach und fair. Manatypen konnten bewertet und geteilt werden, mussten aber im offenen Forum veröffentlicht werden, damit jeder sie sehen konnte. Der Verkauf wurde zwischen den beteiligten Parteien abgewickelt, und es konnten beliebige Einschränkungen gemacht werden.

„Das ist perfekt. Ich freue mich, wenn ich es ergänzen kann. Ich brauche viele verrückte Typen, mit denen ich experimentieren kann."

Kelley grinste. „Oh, ich weiß. Da der Krieg vorbei ist, ist das Königinnentum froh, eine Reihe von Pfadgänger-Handwerkern zu beherbergen, und verlagert bereits Ressourcen dorthin. Wir werden Dinge herstellen, die fast keine Gewinnspanne bringen, aber das ist vorerst in Ordnung."

Matt wusste, dass es sich bei der fraglichen Ressource um persönlichere Manasteine handelte, die mit einem Manatyp geprägt werden konnten. Kelley und alle anderen Handwerker würden eine große Anzahl davon brauchen, selbst an einem so kleinen Ort wie dem Königinnentum.

„Sag mir Bescheid, wenn weitere gute Wachstumsgegenstände aus dem Rift auftauchen."

Kelley lachte. „Das hoffen wir. Es ist nicht einmal annähernd wahrscheinlich, aber wir hoffen es trotzdem."

Sie unterhielten sich noch ein paar Minuten, bevor Kelley zu einer Besprechung gerufen wurde und gehen musste.

Die drei gingen die Straße hinunter, als sie plötzlich zwischen den Wolken in der Luft schwebten. Aster jaulte auf, weil sie keinen Boden mehr unter den Füßen hatte. Sie versuchte, in seine Arme zu springen, konnte sich aber nur drehen, was ihr Jaulen nur noch verstärkte.

„Guten Tag, Kinder." Eine Frau mit kurzen, schwarzen Haaren, die so dunkel waren, dass sie lila aussahen, erschien. Sie hatte geschlitzte, violett schimmernde Augen und lächelte sie an, während zwei andere sie flankierten.

Sie gestikulierte und sagte: „Ich bin Luna, eure neue Teammanagerin."

Als sie keine Reaktion sah, zeigte sie auf einen Mann, der ein Schild hochhielt, auf dem: „Hallo! Schön, euch kennenzulernen!" stand.

„Das ist Kurt. Er ist stumm, also müsst ihr lesen, was er sagt. Wenn ihr die KI benutzen wollt, ist das in Ordnung, aber nur, solange ich nicht in der Nähe bin. Kurt ist mein Assistent, und er ist verdammt gut in seinem Job."

Die kleine Frau zeigte auf die verbliebene blonde Frau. „Das ist April. Sie ist unsere Verbindungsperson. In einem normalen Managementteam wäre sie diejenige, die mit euch zusammenarbeitet, während wir", Luna gestikulierte zwischen sich und Kurt, „mit verschiedenen Teams zusammenarbeiten."

Sie schüttelte den Kopf. „So arbeite ich nicht. Ich arbeite immer nur mit einem Team zusammen, und den größten Teil eurer Ausbildung bekommt ihr direkt von uns beiden. April hilft uns bei der Terminplanung, bei der Öffentlichkeitsarbeit und dabei, euch zu neuen Persönlichkeiten zu machen. Nichts davon ist einfach. Sie wird sich auch um eure alltäglichen Bedürfnisse kümmern. Das heißt aber nicht, dass sie euch den Hintern abwischen wird, also übertreibt es nicht mit ihrer Hilfsbereitschaft."

Kurt hielt ein Schild hoch, auf dem stand: „Könnt ihr uns bitte eure Talentdaten mitteilen?"

Matt war überrascht, dass sie nicht schon Zugang hatten, aber der stumme Mann schüttelte den Kopf, während Luna erklärte: „Talentberechtigungen sind *absolut*. Niemand kann eure Talente einsehen, es sei denn, ihr erlaubt es ihm. Ohne sie können wir nur vage Vermutungen anstellen, indem wir euren Geist spüren."

Er, Liz und Aster unterhielten sich ein paar Sekunden lang still. Sie waren sich einig, dass sie es richtig machen mussten und dass ihre Ausbilder mit harten Zahlen besser fahren würden als mit Vermutungen.

Gemeinsam tauschten sie ihre Informationen aus, was bei Kurt und Luna ein leises Gemurmel und das Kritzeln von Notizen auslöste.

Schließlich schnappten die beiden nach Luft und Kurt schrieb: „Matt, es ist gut, dass dein Mana ein echtes Double ist. Wir hatten schon befürchtet, dass es nachlässt. Das gibt dir nach ein paar Tiers Wachstum eine erstaunliche Vielseitigkeit, und du wirst irgendwann ein Monster von einem Magier sein."

Luna warf ein, während er die Seiten umblätterte und zu schreiben begann: „Aber das ist auch ein Problem. Du wirst noch mehr Zeit investieren müssen, um deine Skills auszubauen und zu lernen, wie man sie einsetzt. Es gibt schlimmere Probleme. Es bedeutet nur, dass du mehr Arbeit investieren musst."

Kurt klappte seine Tafel auf. „Die Mana-Konzentration wird dir in Zukunft schaden, aber wenn du den Rift wiederherstellen kannst, können wir das schaffen. Es wird teuer und zeitaufwändig, aber wir wollen nicht, dass du dabei zu weit zurückfällst."

Ein Umblättern zeigte den nächsten Text. „Mana-Kontrolle ist etwas, woran du noch arbeiten musst. Das wird immer schwieriger, wenn dein Mana-Pool in plötzlichen Sprüngen massiv ansteigt. Wir suchen nach Möglichkeiten, wie du mit dem Problem der Manaverdopplung umgehen kannst, aber auf lange Sicht wird das wahrscheinlich kein Problem sein. Wir haben ein paar potenzielle Lösungen in petto, aber die sind frühestens ab Tier 25 relevant."

Luna zeigte auf Liz. „Dein Talent ist unkomplizierter, aber es hat ein Potenzial, das Matt fehlt. Du solltest versuchen, es zu verstehen und wirklich eins mit dem Blut zu werden. Außerdem solltest du mehr unorthodoxe Skills wie [Feuerspucker] ausprobieren. Das war ein guter Drop."

Kurt hielt ein Zeichen für Aster hoch. „Du bist ziemlich normal, aber dein Konzept ist eine Abwandlung der normalen Eisblutlinie, was sehr nützlich ist. Du kannst mit Eis- oder Wassermagie alles machen, was du willst. Das gibt dir zwar weniger Raum zum Wachsen, aber du kannst eine Meisterin deines Elements werden."

Luna hielt einen Finger hoch. „Apropos wachsen."

Um die Frau herum tauchten Dutzende Notizblöcke auf und schwebten dann in Stapeln vor den dreien. Der von Matt war größer als er selbst, und soweit er sehen konnte, waren die anderen Stapel genauso groß. Erschwerend kam hinzu, dass die Notizen in einer kleinen, aber sauberen Handschrift geschrieben waren, die jeden freien Platz auf den sichtbaren Seiten ausfüllte.

„Das sind die Notizen, die ich im Laufe des letzten Jahres, in dem ich euch drei beobachtet habe, gesammelt habe."

Sie zeigte mit dem Finger auf Matt, wobei ihr Ton etwas strenger und strafender wurde. „Du hast zu viele Möglichkeiten und bist im Kampf vielseitig einsetzbar. Dein Mana-Pool schränkt dich zwar jetzt ein, aber nicht für immer. Wir müssen sowohl an deinem Nahkampf als auch an deiner magischen Kampfkunst arbeiten, wenn du nicht in ein dunkles Loch gestoßen und gezwungen werden willst, einen Planeten zu versorgen. Oder zwanzig."

Luna schien zu zappeln, als sie vor Aster erschien, die zwischen Matt und Liz stand.

„Und du, Fräulein ‚wackelt viel mit dem Hintern'. Das ist zum Festhalten, nicht zum Angeben. Du musst dir eine Rolle in der Gruppe aussuchen und auf sie hinarbeiten. Du kannst nicht ewig in einem Rucksack bleiben."

Aster unterbrach die ältere Frau mit einem Kläffen und Knurren. „Ich mag Rucksack! Er ist gemütlich."

Luna grinste böse. „Das ist mir egal. Wenn du nützlich sein willst, musst du dich *nützlich machen*. Du hast mit deiner Intelligenz einen gewaltigen Vorteil, und wir müssen ihn ausnutzen."

Sie wandte sich an Liz. „Und du. Du bist eine Magierin mit kurzer bis mittlerer Reichweite, mit deinem Lustknaben und dem Handschuh. Übrigens eine gute Idee, den zu machen. Das war eine kreative Nutzung deiner Zeit, obwohl du auch schockierendes Glück hattest." Sie nickte Matt und Aster zu. „Du hast nicht die Probleme, die die meisten anderen Elementarmagier haben. Du hast deine

Ressourcen überall dabei und kannst einfach etwas töten, um den Stein ins Rollen zu bringen."

Liz öffnete den Mund, aber Luna hielt einen Finger hoch, der verlangte, sie nicht zu unterbrechen.

„Du musst dich entscheiden, ob du eine Magierin bleiben oder dich für einen mehr nahkampforientierten Stil entscheiden willst. Oder du wählst beides, damit du vielseitiger bist und mehr Situationen abdecken kannst."

Liz hob fragend ihren Finger, woraufhin Luna zustimmend nickte.

„Ich habe mich gerade gefragt, wer ‚G' ist. Die erste Nachricht, die du geschickt hast, war mit ‚G' unterschrieben, aber keiner deiner Namen beginnt mit einem G." Sie zuckte mit den Schultern und fügte hinzu: „Scheint seltsam zu sein."

Luna bellte ein Lachen und Matt entging nicht, dass auch Kurt ein Lächeln zuckte.

„Ich hatte Angst, dass du meinen Namen erkennen könntest. Als du nicht reagiert hast, nachdem ich mich vorgestellt hatte, wurde mir klar, dass deine Eltern dir wohl nichts von mir erzählt haben. Selbst wenn sie es getan hätten, hätte ich damit leben können. Aber wenn du bei meiner ersten Nachricht gewusst hättest, wer ich bin, hättest du gewusst, dass ich dich die ganze Zeit über beobachten würde. Das wollte ich nicht."

Alle drei mussten verwirrt geguckt haben, denn Luna grinste breit und zeigte dabei viel zu viele Zähne.

„Ich bin zwar schon eine Weile im Ruhestand, aber ich war vor langer Zeit die Managerin deiner Eltern."

Liz stöhnte. „Heißt das, dass sie hier bleiben werden? Ich habe mit ihnen vereinbart, dass sie nicht vor Tier 10 auftauchen. Aber ich traue ihnen zu, dass sie sagen, dass sie dich besuchen, um mich zu sehen."

„Ha! Nein, auf keinen Fall. Deine Eltern würden nicht einmal auf demselben Planeten wie ich leben, wenn sie es vermeiden könnten. Das letzte Mal, als ich sie gesehen habe, haben sie meinen Mittagsschlaf mit einem ihrer kleinen Vorspiele ruiniert, also habe ich deine Mutter dazu gebracht, Wärmelampe zu spielen und deinen Vater dazu, meinen Garten für ein paar Jahre zu gießen. Seitdem habe ich sie nicht mehr gesehen."

Liz' Augen wurden immer größer, während Luna sprach, bis es fast schon komisch war.

„Ich bin ehrlich gesagt überrascht, dass sich deine Eltern nie über mich beschwert haben."

Liz lehnte sich vor und lachte. „Oh, das haben sie. Ich kenne die Geschichte, aber sie nannten dich nur die ‚vogelfressende Schlampe'."

„Ah, ja, deine Mutter war noch ein kleiner Flammenspatz, als ich ihr Team übernommen habe. Die anderen Vögel um sie herum zu fangen und zu fressen, war für sie eine große Motivation, härter zu trainieren." Sie fing Asters Blick auf. „Muss ich das auch mit Füchsen machen?"

Aster schüttelte heftig den Kopf und atmete aus.

Luna drehte sich wieder zu Liz um. „Deine Eltern waren riesige Versager, was ich mit dir wiedergutmachen will. Sie waren faul und haben nur rumgealbert. Das werde ich nicht tolerieren, weder in der einen noch in der anderen Form. Nicht noch einmal. Nicht bei *einem* von euch."

Liz schüttelte den Kopf. „Nein, das ist perfekt! Ich hasse es, wie sie einfach herumstolzieren und sich weigern, etwas ernst zu nehmen. Und wenn du hier bist, bedeutet das, dass sie mir nicht nachspionieren. Damit bin ich einverstanden. Ich bin mir ziemlich sicher, dass sie das getan haben. Ich hatte schon mehr als einmal das Gefühl, beobachtet zu werden."

Sie schaute zu Matt, der immer noch Vorbehalte hatte, aber zu einem anderen Thema. „Also, wie lange beobachtest du uns schon?"

Luna zuckte mit den Schultern. „Einen Monat oder so, nachdem dieser Ermittler, wie auch immer er hieß, sich gemeldet hat."

Matt zuckte zusammen. Das bedeutete, dass sie sein Talent bei der Arbeit gesehen hatte. Im ersten Moment wollte er sich verkrampfen, aber er hatte ihr bereits die genauen Details mitgeteilt. Was machte es schon, wenn sie ihm dabei zusah, wie er Rifts erstellte? Das führte ihn zu seiner zweiten Frage. „Und wie oft hast du uns beobachtet?"

„Die ganze Zeit. Ich bin über Tier 40. Ich kann eine Ameise auf der anderen Seite des Planeten im Schlaf von einem Ast fallen sehen."

Matt wurde bei diesem Gedanken rot. Luna verstand anscheinend und lächelte nur. „Ja, ich habe euch beiden beim Sex zugesehen. In den Heften dreiundsiebzig und vierundsiebzig stehen Notizen, wie ihr das für euch beide verbessern könnt."

Matt spürte, wie er so rot wurde, dass seine Ohren sich heiß anfühlten. Er musste dem Drang widerstehen, die [Gecrackte Phantomrüstung] zu aktivieren, um sich zu verstecken. Zu wissen, dass ein Wesen eines höheren Tiers einen spüren konnte, war eine Sache. Dass sie ihren Sex kritisierte und Vorschläge aufschrieb, eine ganz andere Sache.

Um das Thema zu wechseln, fragte Matt: „Warum Notizbücher? Warum schickst du uns nicht einfach ein Infopaket?"

Luna grinste auf die Frage hin und sagte: „Ich habe ein *Problem* damit, wenn sich Menschen zu sehr auf ihre KI verlassen, das macht einen faul und vorhersehbar." Sie drehte sich zu Kurt um und schlug ihm einen kleinen Stapel Zettel aus der Hand, von denen der erste eine Abschrift von dem zu sein schien, was sie gerade gesagt hatte. „Ich werde nicht die ganze Schimpftirade halten, wir haben uns gerade erst kennengelernt. Außerdem wurde es nach dem zwölften Mal langweilig, die Karten für die Rede zu zeigen, während ich sie halte. Versucht mal, originell zu sein."

Matt schaute April an, die bis dahin geschwiegen hatte, und fragte: „Weißt du, wie es weitergeht? Was sollen wir tun? Ich weiß nicht, wie ein Managementteam eigentlich funktioniert."

April hatte eine sanfte Stimme, die vom Wind getragen wurde. „Ich weiß, dass wir ein paar Empfehlungen für dich haben, aber letztendlich bist du nicht gezwungen, unsere Angebote oder Befehle anzunehmen. In Wirklichkeit sind es nur gute Vorschläge. Ich weiß, dass sie wollen, dass ihr durch das Königinnentum zurückreist und auf einem Tier 10-Planeten eure erste ...", sie zögerte eine Sekunde, „Ausbildung macht. Wir haben jemanden gefunden, der euch drei vor allem beim Nahkampftraining helfen kann. Danach haben wir eine Liste von Leuten, die ihr besuchen könnt. Bei eurem Alter und eurem Tier ist es laut Luna besser, wenn ihr an den Grundlagen arbeitet, als euch in ein höheres Tier zu begeben. Wenn wir erst einmal ein paar Grundlagen mit euch erarbeitet haben, glaube ich, dass sie vorhat, euch schnell auf Tier 8 zu bringen und mit euren", sie schaute zu ihrer Insel hinüber, „Treibexperimenten zu beginnen."

„Was ist mit den Belohnungen für den Krieg? Wir haben noch ein paar Punkte übrig, aber den Gegenstand, den ich wollte, habe ich gekauft." Matt versuchte, seine Sehnsucht nach dem [gecrackten Durchbruch] nicht durchscheinen zu lassen, aber er merkte, dass es ihm nicht gelang.

Luna drehte sich um und deutete mit dem Finger auf Matt. „Ich hätte dich den Skill nicht oft benutzen lassen, selbst wenn du ihn gekauft hättest. Er ist zu stark für deine derzeitigen Skills. Nein, es ist besser, dass du ihn nicht bekommen hast. Außerdem wird die normale Version für dich sowieso bald besser sein."

Liz lehnte sich vor. „Warte, hast du Sara gesagt, sie soll ihn kaufen?"

Luna schüttelte den Kopf. „Nein. Ich habe mich kein einziges Mal in den Krieg eingemischt, weder für noch gegen dich. Ich habe nur beobachtet und echte Todesfälle verhindert."

Dadurch fühlte Matt sich besser, bis Luna sagte: „Wenn du meine Meinung hören willst, Matt, solltest du alle Tier 8- und 14-Skills zur Elementarmanipulation kaufen. Ich erwarte nicht, dass du jemals die Finesse erlangst, die ein fokussierter Magier haben sollte, aber ich möchte, dass du in der Lage bist, jeden Magier in dem kleinen Raum um dich herum zu schlagen oder zu managen. So kannst du verhindern, dass du zu früh aus dem Kampf genommen wirst. Besorge dir außerdem [Mana-Ladung] und [Mana-Hieb]. Verlasse dich nicht länger auf die Runen auf deinem Schwert. Du lässt zu viel Schaden auf dem Tisch liegen, und mit Tier 7 wirst du in der Lage sein, sie zu wirken. Außerdem verschwendest du Platz auf deinem Schwert, den du für Verzauberungen nutzen kannst, für die es noch keine Skills gibt. Gib deine zusätzlichen Punkte für alles aus, was du willst. Es ist mir egal."

Sie zeigte auf Liz. „Du musst die gleichen Dinge bekommen. Behalte sie in deinem äußeren Geist, damit sie nicht durch dein Talent verändert werden. Du musst nicht großartig mit ihnen sein. Du musst sie nur haben. Besorge dir auch alle Skills, von denen du glaubst, dass sie sich ändern und dir nützlich sein könnten."

Aster erhielt einen Blick, der ihr sagte, dass sie die gleichen Dinge besorgen musste, und aus Asters Ohrenzucken schloss sie, dass sie verstanden hatte.

Luna wandte sich wieder an Matt. „Wenn du noch Punkte übrighast, tausche sie einfach gegen Reichspunkte ein, auch wenn die Umrechnung schrecklich ist. Dann kaufe [Distanzheilung], denn der Kriegsladen ist leer. Ich habe vor, dass du das brauchen wirst."

Sie schaute nach unten und zur Seite, als ob jemand ihren Namen rief, und hörte eine Minute lang zu, bevor sie sich wieder dem Trio zuwandte.

„Wie ich bereits sagte, werden wir euch neue Identitäten geben. Masken allein sind nicht sicher genug. Außerdem will Baxter seine Kinder in dieselbe Richtung lenken. Seht die Reise als Urlaub an, denn es ist der letzte, den ihr bekommt, bis ihr meine Standards erfüllt oder Tier 25 erreicht und den Pfad abschließt."

Damit fanden sie sich in der Menge wieder, aus der sie verschwunden waren. Matt schaute sich um und da er niemanden sah, den sie kannten, schickte er eine Nachricht an Melindas Team, dass sie anscheinend zusammen unterwegs waren.

Matt nahm Liz' Hand in seine eigene, während er Aster in der anderen hielt, und machte die vorgeschlagenen Einkäufe zusammen mit dem Runenlager bis Tier 25.

Sie machten alle Sinn und es war nicht so, dass sie es sich nicht leisten konnten. Geld würde nie ein Thema sein, und er musste dieses Problem überwinden. Tier 14-Skills zu kaufen, lag zwar immer noch außerhalb seiner Preisklasse, aber das Wissen, dass seltene Tier 8-Skills zu Preisen von Tier 14 verkauft wurden, reichte aus, um sicherzustellen, dass es zumindest möglich war.

Zusammen mit dem, was er über die Herstellung von Gegenständen und die Verwendung von aspektierten und subaspektierten Manatypen gelernt hatte, war er sich sicher, dass er seinen Erfolg bei der Herstellung neuer Skills wie [Kupferhaut] wiederholen konnte. Es ging nur darum, Tier 7 oder Tier 8 zu erreichen, sodass er schnell Tier 8-Rifts herstellen und aufladen konnte, um das Droppen von Skills zu garantieren.

Trotz des katastrophalen Kriegsendes, das sich eher wie eine Niederlage als wie ein Sieg anfühlte, hatte er das Gefühl, dass sich die Dinge zum Guten wenden würden. Sie bekamen eine Pause und konnten sich in den nächsten Monaten mit Freunden entspannen. Es war schade, dass Conor, Annie und Emily nicht dabei waren, aber er hatte das Gefühl, dass sich die Dinge wieder einmal ändern würden.

Sein Leben vor dem Pfad des Aufstiegs war eintönig und langweilig. Es war alles andere als das, seit er den PlayPen verlassen hatte.

Er freute sich auf die Zukunft, ganz gleich, was sie bringen würde. Es waren nur Herausforderungen, die es zu meistern galt, und er glaubte immer mehr daran, dass die drei über alles triumphieren konnten, was das Leben, der Pfad oder Luna ihnen zuwarf.

Kapitel 33

Emmanuel schaute sich in seinem Büro um, ganz in Gedanken versunken.

Er hatte Tausende Skills gecrackt, ohne Erfolg, bevor er sich anderweitig umsah.

Mehr als eine Person sammelte aus den unterschiedlichsten Gründen seltsame, gecrackte Skills. Manche taten es eher als Hobby und versuchten, einzigartige Rifts zu finden oder zu erstellen, die die Funktion der Skills komplett veränderten.

Andere, die er missbilligte, nutzten die seltenen und einzigartigen Rifts als Rekrutierungsmittel. Sie dienten als Bestechungsgelder, um Leute, denen die neuen Skills perfekt passten, auf die Seite des Schöpfers zu locken, zusammen mit strengen Verträgen.

Es war nie illegal, aber die Verträge konnten restriktiv sein. Sie besagten im Wesentlichen, dass die Person, die den Vertrag akzeptierte, etwas wirklich Einzigartiges und unglaublich Wertvolles erhielt. Diese Definition ermöglichte es dem Besitzer der Skills, Menschen fast für immer an seine Sache zu binden.

Dort fand er die Antwort auf sein Melinda-Problem.

Herzog Frederic Macheteuil war die Ursache für einige der aktuellen Probleme des Reiches. Er gehörte zu einem alten Adelsgeschlecht, das neutral geblieben war, als Emmanuels Großmutter den Thron von der vorherigen Dynastie übernahm.

Die Patrioten waren alle während der Herrschaft seiner Großmutter gesäubert oder zum Aufstieg gezwungen worden. Ihre Anhänger und die neutralen Parteien hatten jedoch eine besondere Entschädigung erhalten und waren von den geltenden Regeln ausgenommen worden.

Seine Großmutter war ein Monster gewesen und hätte Duke Waters einen Strich durch die Rechnung machen können. Mit Tier 48 hatte sie eine Eingebung, die sie auf Tier 49 katapultierte und es ihr ermöglichte, den Kaiser der damaligen Zeit zu töten.

Die Lücken zwischen den Tiers wurden immer größer, je höher ein Kultivierender aufstieg. Die Tiers, in denen man ein Talent verdiente oder ein Konzept brauchte, waren immer Wasserscheide-Tiers, in denen es noch schwieriger war, die Lücke zu schließen.

Großmutter Agatha war eine Wucht, mit der sich nur wenige vergleichen konnten. Er kannte nur Aufzeichnungen über die Frau, aber sie hatte eine korrupte Dynastie entthront und dann die internen Streitigkeiten niedergeschlagen, die beinahe zu einem Bürgerkrieg geführt hätten. Die meisten der wichtigen herzoglichen Familien versuchten, den Thron zu besteigen und verursachten ein Chaos inmitten eines Machtkampfes.

Die Situation spitzte sich zu, als ein Adliger sich heimlich mit den damals etwas stärkeren Sekten traf und ein Bündnis vorschlug. Er hatte die über sie herrschenden Tier 50 davon überzeugt, gegen eine unbekannte Entschädigung an seinem Übernahmeplan mitzuwirken.

In einem für die damalige Zeit erschütternden Ereignis halbierte seine Großmutter die Tier 50, woraufhin er sich in Panik zurückzog. Agatha machte sich daran, die Familien, die den Putsch unterstützt hatten, auszulöschen. Dieses Ereignis festigte das Imperium als eine Macht, mit der man nicht zu spaßen hat, aber es hat auch eine Zielscheibe auf ihren Rücken gemalt.

Die Sekten nahmen ihren Verlust nicht auf die leichte Schulter und sagten, dass ihr Tier 50 im Begriff sei, aufzusteigen, was er auch in kurzer Zeit tat. Der neue Tier 50 war dem Imperium gegenüber unglaublich aggressiv und erklärte ihm während seiner dreißigtausendjährigen Herrschaft neun Kriege.

Die meisten endeten unentschieden, ohne dass auf beiden Seiten Land getauscht wurde, und nur mit vergossenem Blut. Um diese Kriege mit Geld und Leichen zu finanzieren, musste seine Großmutter einige Zugeständnisse machen, um die übrigen Adelsfamilien zu überzeugen, sie zu unterstützen.

Sie führte viele neue Veränderungen ein, die schließlich das Fundament für den Erfolg des Imperiums bilden sollten. Aber diese Veränderungen hatten ihren Preis.

Als Gegenleistung für die Änderung des Pfads des Aufstiegs, der nun auch Bürgerliche zuließ, und die Reduzierung der strengen Anforderungen für die Rekrutierung neuer Leute, war sie gezwungen, die Steuerpolitik zu reformieren und diese Mittel durch ihre eigenen Delve-Gewinne zu ersetzen.

Das Verbot für neu gegründete Adelsfamilien, alle außer ihren Erstgeborenen von den Sitzen der Macht auszuschließen und jedem zu erlauben, einen Adligen in seiner Position herauszufordern, führte zu noch mehr Gegenwind. Als Reaktion darauf musste sie eine Ausnahmeregelung für die Adligen dieser Zeit schreiben. Sie erklärte, dass sie, ihre Häuser und das Land, das sie direkt besiedelten, von diesen Regeln ausgenommen waren.

Wie heute drohten die Adligen der Vergangenheit subtil damit, zu den anderen

Großmächten zu gehen und sich vom Imperium abzuspalten. Seine Großmutter konnte gegen einen Tier 50 kämpfen, aber wenn es zwei waren …

Sie wollte es nie herausfinden und verzichtete deshalb darauf, die Adligen zu sehr zu bedrängen. Ein Trend, dem sein Vater gefolgt war. Das tat er selbst übrigens ebenfalls. Aber er versuchte langsam, ihre Machtbasis zu untergraben, und die Adelsfamilien wussten das.

Diese Bedrohung hatte Agatha dazu veranlasst, sich an das damals ähnlich mächtige Konglomerat der Gilden zu wenden und einen Waffenstillstand, einen Vertrag und ein offizielles Verteidigungsbündnis anzubieten. Es war selten, dass sich zwei Großmächte verbündeten, da sie sich normalerweise gegenseitig um Territorium und Ressourcen bekämpften. Noch seltener schlossen *zwei Nachbarn* ein Bündnis, denn besiedeltes Land musste nicht umkämpft oder aufgestockt werden. Die meisten Allianzen waren daher reine Zweckbündnisse, die nur für einen einzigen Konflikt Bestand hatten. In der Regel wurden sie geschlossen, um eine gemeinsame Bedrohung oder einen Rivalen auszuschalten.

Das bedeutete nicht, dass die beiden Großmächte nicht ihre Differenzen hatten, aber ihr Bündnis war auf die Probe gestellt worden und hatte nie geschwankt. Selbst als das Reich am schwächsten war und sich von den Unruhen erholte, die durch die vielen Veränderungen verursacht wurden, die seine Großmutter durchführte.

Als sie zu Zeiten seines Vaters aufzusteigen begannen, kamen sich die beiden Mächte immer näher, und die Gilden waren die ersten, die ähnliche Veränderungen durchführten. Dass sie nur die fünfte Großmacht blieben, lag an einer Reihe von Unglücken. Ihre beiden letzten Gebietsgewinne hatten nur Welten mit niedrigen Tiers hervorgebracht. Das Ausbleiben von Zugewinnen höherer Tiers führte zu Engpässen bei der Produktion von Kämpfern ähnlicher Tiers, was zu einer scheinbaren Stagnation führte. Welten mit niedrigem Tier hatten ihren Nutzen, aber sie wurden nur besiedelt, um Verbindungen zu den wertvolleren Welten mit höherem Tier zu schaffen.

In Wahrheit waren die Gilden der Sekte damals dicht auf den Fersen und standen kurz davor, sie an relativer Macht zu überholen, auch wenn sie deutlich kleiner waren.

Sein Vater und der letzte Tier 50 der Gilde waren beide losgezogen, um die Weiten des chaotischen Raums zu erforschen, und hatten gemeinsam eine Tier 39-Welt gefunden und zurückgebracht, was zu einem Wiederaufleben des Delves und mehr Zusammenarbeit führte.

Die Macht war es, die die unteren Tiers daran hinderte, auszubrechen und ihre eigenen Königreiche zu gründen. Tier 50 war eine harte Grenze in diesem Reich, und solange es nur einen einzigen Tier 50 gab, waren alle unter dessen Macht gezwungen.

Emmanuel war selbst Tier 50, was eine nicht zu übersehende Stärke bedeutete. Er konnte jeden seiner Adligen ohne Frage und mit Leichtigkeit töten. Wenn er wollte, dass sie sterben, würden sie es tun. Aber das würde die anderen Adligen dazu bringen, sich in die Arme der anderen Großmächte zu begeben und das Reich zu spalten.

Die anderen Großmächte waren immer auf der Suche nach neuem Land, und die

Planeten der hohen Tiers waren sehr begehrt. Wenn er die Veränderungen zu schnell vorantrieb, würden sich die Adligen zusammenschließen und zu einem ihrer Nachbarn überlaufen.

All die Kompromisse, die seine Großmutter eingegangen war, verursachten auch heute noch Probleme. Trotz all des Guten, das sein Vater getan hatte, war er kein Kämpfer gewesen. Seine Großmutter wählte ihn als ihren Erben, weil er eine standhafte Persönlichkeit war und über die Fähigkeit verfügte, Netzwerke zu knüpfen und Politik zu machen.

Das bedeutete nicht, dass er schwach war. Sein Vater war stark, aber er war einfach nicht der kampforientierteste Kultivierende. In Wahrheit war er bestenfalls ein Sucher mit mittelmäßigen Skills. Seine Fähigkeiten beruhten eher auf seinen Skills als auf seinen Talenten.

Sein Vater hatte große Anstrengungen unternommen, um die Missbräuche der Menschen unter Tier 15 einzuschränken, sodass die einfachen Menschen ein erstaunliches Leben führen konnten, frei von den meisten Sorgen. Das hatte Emmanuel zu seiner eigenen Politik inspiriert, nach der es den höheren Tiers nicht zustand, sich einzumischen. Sie waren Wegweiser und Beschützer, *der Schutzschild für alle*, nicht kleinliche Tyrannen, die versuchen, das Leben der Schwächeren zu bestimmen.

Nach Tier 15 wurden die Regeln außerhalb der Städte weniger durchgesetzt, und zu Emmanuels Schande wurden die Regeln nach Tier 35 eher wie lockere Richtlinien behandelt. Er und seine Vorfahren hatten dafür gesorgt, dass das Niederkämpfen, ohne vorher angegriffen worden zu sein, ein Todesurteil war, aber nur lebende Menschen konnten die Angriffe melden.

Es war nicht hilfreich, dass seine Adligen an den alten Methoden festhielten und sich nur selten einmischten. Die meisten glaubten oder behaupteten, dass das Recht des Stärkeren über allem stehe und es daher nicht ihre Aufgabe sei, einzugreifen.

Zwei seiner Königsleute waren Adlige und wurden von der Oppositionsfraktion unterstützt, während sie gleichzeitig adlige Anliegen vertraten. Rusty und Tur'stal waren während ihres Aufstiegs von Adelshäusern gefunden und unterstützt worden und hatten sich gegen alle Reformen gewehrt, die zu hinderlich waren.

Harper verhielt sich absichtlich neutral und überließ Emmanuel allein die Unterstützung von Mara und Leon. Sie waren gute Freunde und unterstützten seine Veränderungen, aber sie waren unzuverlässiger als frisches Gebäck. Sie dazu zu bringen, bei einem Treffen der Adligen aufzutauchen, war wie Zähne ziehen, als würden sie sich aktiv verstecken.

Das kam den gegen ihn verbündeten Adligen zugute, aber es war auch der Grund, warum er ihnen so schnell Rifts zuweisen konnte, um Tier 48 zu erreichen. Die Adligen hatten nichts dagegen, dass er zwei Verbündete hatte, die sich nicht an der Hofpolitik beteiligen wollten. Selbst seine schärfsten Gegner wollten, dass das Reich stark blieb, und niemand konnte die Kampffähigkeiten des Paares leugnen. Und da die Großmächte nur zwei Tier 48 haben durften, war er froh, sie auf seiner Seite zu haben.

Die beiden kümmerten sich mehr um ihr persönliches Vergnügen, als dass sie ihr ganzes Wesen auf das Wohl des Imperiums ausrichteten.

Emmanuel seufzte. Das war nicht fair. Sie widmeten alle Gewinne aus dem Delve ihm und den Steuern, und ihre Anwesenheit bei den Versammlungen war nicht unbedingt nötig, denn sie hatten die Anweisung, immer mit ihm zu stimmen. Trotzdem war er bei den Versammlungen deutlich im Nachteil.

Als Kaiser hatte er drei Stimmen. Eine für jedes der Königreiche, denen er vorstand, und eine zusätzliche Stimme, weil er Kaiser war. Mit den Stimmen von Mara und Leon hatte er fünf, gegen die zwei von Rusty und Tur'stal und die einzige Enthaltung von Harper. Theoretisch sollte er damit alles durchsetzen können, was er wollte. Aber die Königreiche von Rusty und Tur'stal machten fast vierzig Prozent der Planeten der hohen Tiers aus und waren bei weitem die größten Machtbasen.

Dadurch war er gezwungen, für die meisten Dinge zumindest ihre zaghafte Unterstützung zu benötigen. Und es ist ihnen hoch anzurechnen, dass sie Reformen, die sich nicht auf die Macht oder die Privilegien des Adels auswirkten, außerordentlich unterstützten.

Herzog Frederic Macheteuil war der Grund, warum er in der Bredouille steckte. Das Reich war in so kurzer Zeit so groß geworden, dass es bereits an der Zeit war, einen weiteren König in den Rat zu holen. Duke Frederic Macheteuil war der stärkste Nicht-König, der sich für Politik interessierte. Mit Tier 46 hatte er die nötige Stärke, um diese Rolle auszufüllen, und er war bei den alten Blutfamilien sehr beliebt, weil er die adlige Macht behalten wollte.

In einem seiner wenigen Fehler hatte sein Vater Frederics Vater das Herzogtum eines der äußeren Systeme gegeben, in dem ein Tier 35-Planet gefunden wurde. Zunächst schien der Deal großartig zu sein, denn die Adelsfamilie musste ihren derzeitigen Besitz aufgeben, um das neue Land zu bekommen. Damals war das ein Grund zum Feiern, aber jetzt war es Emmanuel ein Dorn im Auge, denn er ließ Frederic dafür kämpfen, in einen königlichen Stand erhoben zu werden.

Emmanuels Vater hatte sich geweigert, dem Antrag stattzugeben, mit der Begründung, der Sektor sei nicht genug ausgebaut, was Frederic und die anderen Adligen akzeptierten. Es gab eine lange Tradition, nur in Gebieten königliche Sitze zu vergeben, die den Standards der inneren Welten entsprachen. Frederics Vorfahren hatten mit dieser Begründung den Aufstieg eines Rivalen zur Macht verhindert, also konnte sich seine Fraktion auch jetzt nicht dagegen wehren.

In einem erwarteten Schritt, den er aber nicht verhindern konnte, investierten sie große Mengen an Ressourcen in den Sektor. Sie zogen schnell Siedler unter Tier 15 und auch einige höhere Tiers in die neuen Regionen.

Sie befolgten sogar seine Gesetze und Erlasse zur Behandlung unter Tier 15 buchstabengetreu. Die Dinge liefen so gut, wie er es sich nur wünschen konnte, und das war das Problem. Frederic war trotz all seiner Fehler kein böser oder dummer

Mann. Er war ein Befürworter der Reformen, die Emmanuel bei seiner Thronbesteigung durchgesetzt hatte, um die Steuern der Adligen wieder zu erhöhen, damit die Einnahmen wieder in ihre Welten und in den Pfad investiert werden konnten.

Emmanuel war besorgt darüber, dass ein weiterer König nach dem alten System arbeiten würde und dass dies eine weitere erstklassige Position für einen korrupten Adligen wäre, der nach Frederics Aufstieg in das höhere Reich die Macht übernehmen könnte.

Emmanuel seufzte, als er darüber nachdachte, ob es sich lohnen würde, den Mann aufzusuchen.

Am Ende musste er es tun. Er hatte so viele nützliche Skills für den Fall, dass seine derzeitigen Hoffnungsträger vom Pfad abfielen oder am Tier 10-Turnier teilnahmen.

Vor allem Melinda war eine zu wertvolle Ressource, um sie nicht zu pflegen.

Ihr Wachstum mit ihrem Talent war eine seiner höchsten Prioritäten. Er wünschte sich, sie würde sich auf andere Dinge als die Heilung des Alters konzentrieren, wie es ihre derzeitige Obsession war, aber er würde sich nicht einmischen. Das wäre nicht nur ein Verstoß gegen seine Prinzipien – er war kein Tyrann –, sondern würde auch die Gefahr bergen, sie zu unterdrücken, was er sich nicht leisten konnte.

Trotzdem war er immer wieder zu ihr gefahren, sobald sie ein neues Tier hatte, um die neueste Version ihres Talents zu bekommen. Es war so stark, dass es sein Tier 3 in Situationen ersetzte, in denen er sich nicht im direkten Kampf befand. Attentäter wurden nicht erwartet, aber sie waren selten und konnten jederzeit zuschlagen, und die Fähigkeit, jemandem in seiner Nähe das Leben zu retten, war eine zu nützliche Kraft.

Der betreffende Skill war [gecracktes Miasma].

[Miasma] war ein Tier 20-Skill, der beim Wirken ein riesiges, giftiges Gas mit großer Wirkung erzeugte. Das war für sich schon beeindruckend, aber nichts Außergewöhnliches. Meistens wurde er mit gefährlicheren Gift-Skills kombiniert, um deren Reichweite zu erhöhen. Je nach den anfänglichen Mana-Kosten hielt sich der Skill stunden- oder tagelang im Wirkungsbereich. Und wenn er nicht ausgeleitet wurde, blieben die Giftstoffe bis zu einer Woche im Körper.

Die gecrackte Version hatte nur eine einzige Änderung, die sie für andere Leute unbrauchbar machte. Sie war ein Heilungsskill, der genauso funktionierte wie der Originalskill. Theoretisch waren alle AOE-Heilungsskills fantastisch, aber dieser war ebenso schwach wie langanhaltend. Normalerweise war das kein Problem, aber einen Körper zu heilen, der bereits unter der Wirkung eines Heilzaubers stand, war dutzendfach schwieriger. Es war nicht unmöglich, aber es war ein unnötiger Mehraufwand für die nachfolgenden Heiler.

Melindas Überheilung hatte dieses Problem nicht.

Er musste Moon ein Dutzend Mal kontrollieren.

Für Melinda wäre ein Heilungsskill, der eine Woche anhielt, ein entscheidender

Vorteil. Anstatt dass der aktive Skill spätere Heilzauber behinderte, würde jeder Heiler, der jemanden mit dem aktiven Zauber behandelte, in den Genuss von Übergesundheit kommen. So könnte Melinda den Zauber auf ganze Armeen anwenden, die dann durch das anhaltende Miasma gehen und für die nächste Woche praktisch unsterblich werden könnten. Dabei hatte er noch nicht einmal die fehlende Heilungszeit einkalkuliert, die auf den höheren Tiers Jahrzehnte dauern kann.

Emmanuel brauchte den Skill, es sei denn, er wollte warten, bis Matt mit seinen Rift-Experimenten einen neuen Skill entwickelt hatte. Aber obwohl die Experimente des Jungen vielversprechend waren, wollte er nicht so lange warten oder riskieren, dass sich die Situation mit seinen Adligen änderte. Er und seine Leute kannten zwar nicht die Kombination, mit der Matt die [Kupferhaut] hergestellt hatte, aber mit genügend Mana und Versuchen konnten sie sie mit Gewalt erzwingen. Mana, für das er nicht wirklich das Budget hatte.

Vielleicht könnte Alex sie aus einem Rift herauslocken, wenn sie wüssten, wo sie suchen müssten ... aber nein.

Das Imperium brauchte diese Skills.

Er wusste nur nicht, wie er den Skill bekommen konnte, ohne Melindas Existenz zu verraten oder Jahrtausende des Fortschritts rückgängig zu machen. Frederic war für seine harte Verhandlungsführung bekannt.

Emmanuel schickte eine Nachricht an seine Frau, um ihr mitzuteilen, dass er gehen würde. Als sie antwortete, riss er durch die Realität und in den chaotischen Raum.

Für ihn waren die wütenden Winde der zersetzenden Energie nicht einmal ein Ärgernis, und er konnte weiter als fast jeder andere durch die Wirbel der Macht sehen. Er orientierte sich und suchte den direktesten Weg zu Fredrics Herzogtum und ignorierte die Machtlinien, die die Welten miteinander verbanden. Es war schneller, direkt durch den Raum zu gehen.

In nur einem Monat inspizierte Emmanuel die miteinander verbundenen Welten dieser neuen Region. Mit seiner Wahrnehmungsfähigkeit von Tier 50 konnte er ein halbes Dutzend Welten und all ihre Bewohner auf einmal erfassen und untersuchen.

Er musste sein Tier 25-Talent in eines verändern, das es ihm ermöglichte, seinen Verstand in Portionen aufzuteilen, damit er die Informationen in einem angemessenen Tempo erfassen konnte. Aber er war sehr froh über die Fortschritte.

Es gab keinen offensichtlichen Machtmissbrauch und keine Anzeichen dafür, dass die Bürger misshandelt wurden. Die Welten um ihn herum gediehen und wuchsen. Es war alles, was er sich wünschen konnte.

Verbrechen und dergleichen kamen vor, aber das war nur die menschliche Natur. Die schlimmsten Vergehen, die er beobachtete, wurden aufgezeichnet und an die zuständigen Behörden weitergeleitet, um sicherzustellen, dass die Schuldigen bestraft wurden. Es gab nichts Ungeheuerliches, über das man sich aufregen musste.

Emmanuel wiederholte seine Handlungen mit jeder neuen Welt, die er während seiner einmonatigen Reise passierte. Jemand in einem hochmodernen, chaotischen

Raumschiff bräuchte ein Jahr, um diese Strecke zurückzulegen, und noch länger, wenn er es aus eigener Kraft versuchen würde, aber das war ein Vorteil, wenn man ganz oben war.

Wenn er wollte, könnte er jede der Welten um ihn herum mit einem Gedanken auslöschen.

Macht war gefährlich, und er fragte sich zum millionsten Mal, ob es nicht besser wäre, wenn es keinen Anbau gäbe. Seine Frau Carissa hielt ihn für verrückt, weil er diese Idee überhaupt in Erwägung zog. Aber er dachte sich, wenn alle ähnlich schwach wären, wären sie wirklich gleich und niemand könnte seine Macht missbrauchen.

Als er bei einem hellen Lichtfleck in der Leere ankam, schickte er höflich einen Wahrnehmungsstrang und stieß absichtlich auf die stärkste Wahrnehmung des Planeten.

Er hätte mit seiner größeren Macht den Planeten unbemerkt inspizieren können, aber es war die höflichste Art, mit jemandem auf seinem Heimatplaneten Kontakt aufzunehmen.

Ein Strang der Wahrnehmung stach aus dem realen Raum heraus und bot eine offene, aber fragende Einladung.

Emmanuel bemerkte, wo sich Duke Frederic Macheteuil aufhielt, und raste durch den Raum, um ihn in einem Wohnzimmer zu treffen. Es war klar, dass er sich gerade in den Raum teleportiert hatte, um Emmanuel bei seiner Ankunft zu treffen, denn die Dienstmädchen eilten in die nächste Küche, um Köstlichkeiten zuzubereiten.

Duke Macheteuil stand auf und verbeugte sich tief bei Emmanuels Ankunft. Er behielt diese Haltung bei, als er sagte: „Wie immer ist es mir eine Freude, Euch zu empfangen, mein Herr. Mein Zuhause ist Euer Zuhause."

Emmanuel wartete auf den richtigen Zeitpunkt und antwortete in der traditionellen Weise: „Erhebe dich, mein treuer Gefolgsmann. Ich beschütze, was mir gehört, entweder durch Bevollmächtigte oder direkt. Nur gemeinsam bleibt das Reich stark. Erhebe dich, und lass uns sprechen."

Die beiden setzten sich, als der Tee gebracht wurde und die Formalitäten erledigt waren.

Da es sich um eine Tier 35-Welt handelte, musste Emmanuel sich keine Sorgen machen, dass er aus Versehen ein unkontrolliertes Loch in den chaotischen Raum riss und den Planeten zerstörte, aber er bewegte sich trotzdem kontrollierter als Frederic.

Während sie am Tee nippten, erkundigte sich Frederic ein wenig. „Es ist immer eine Freude, wenn Ihr uns besucht, aber ich muss fragen, ob es sich um einen offiziellen oder einen persönlichen Besuch handelt."

„Beides. Es war an der Zeit, diese Region meines Territoriums in Vorbereitung auf die Integration in ein Königreich zu inspizieren. Außerdem war ich auf der Suche nach einigen praktischen Skills in deiner Sammlung."

Er wollte das Zuckerbrot anbieten, um das zu bekommen, was er wollte, und nicht die Peitsche, die er zu benutzen bereit war.

Mit dem Tier 50-Talent seines Vaters überprüfte er die nächsten Sekunden der Zeit und überprüfte die verschiedenen Möglichkeiten in absteigender Wahrscheinlichkeit. Als er nichts Ungewöhnliches sah, beobachtete er Fredrics Reaktionen.

Der Duke nickte. „Ich war mir sicher, dass Ihr die Fortschritte sehen würdet, die wir in den letzten paar tausend Jahren gemacht haben, und unserer Bitte bald nachkommen würdet, aber es ist gut, dass wir Eure Erwartungen erfüllt haben."

Emmanuel wollte spötteln. Der Mann sagte im Grunde, dass es gut war, dass Emmanuel gezwungen sein würde, ihn und diese Region der Welten früher oder später zu einem richtigen Königreich zu erheben. Ob es ihm nun gefiel oder nicht. Und es würde ihm keinen Gefallen tun, wenn er es zu früh tun würde.

„Ich bin froh, dass du und deine Adligen so fleißig gearbeitet und jeden Überschuss in Schach gehalten habt."

Frederic lächelte nur. „Wir versuchen immer, das Beste zu tun." Als er sah, dass Emmanuel nicht einverstanden war, lenkte er ein: „Nicht alle von uns sind sich unserer Verpflichtung so bewusst. Das gebe ich zu, aber kein System ist perfekt. Ich halte meine Adligen an der kurzen Leine, im Gegensatz zu anderen Orten."

Der Tier 46 schnaubte. „Es gibt keine unkontrollierten Riftbrüche auf einem Planeten, den ich kontrolliere."

Emmanuel nickte dem Mann zu. Das stimmte. Nur mit Frederics Unterstützung war es ihm gelungen, nach der Katastrophe von Lilly Reformen gegen solche Nachlässigkeiten durchzusetzen. Auch das Gesetz mit der Klausel, dass Adlige ihren Titel und ihre Privilegien nur dann verloren, wenn die folgenden Katastrophen mindestens sechzig Prozent so zerstörerisch waren wie die von Lilly, war nur durch sein Eingreifen zustande gekommen.

Trotzdem war es eine gute Reform gewesen. Das konnte Emmanuel zugeben.

„Ja. Ich habe deine Welten inspiziert und nur die normalen Verbrechen gefunden, die man erwarten würde. Ich muss dich loben, dass du deine Gefolgsleute unter Kontrolle hast."

Der Smalltalk ging weiter, als sie über Expansionsrouten und den Austausch verschiedener Ressourcen sprachen – normale und alltägliche Dinge zwischen Königreichen. Die meisten Abmachungen waren fair und gleichberechtigt, aber bei ein paar wichtigen Dingen hatten beide die Oberhand. Emmanuel hatte zwei Königreiche an Ressourcen zur Verfügung, Frederic dagegen nur ein einziges neues Königreich.

Als das geklärt war, kam Frederic auf das zweite Thema zu sprechen, nachdem er Emmanuel zu seinem Tresor geführt hatte.

Sie durchquerten eine Schicht nach der anderen, bis sie eine massive Tür aus Tier 47-Stahl erreichten. Selbst Emmanuel bräuchte Zeit, um so viel Metall zu durchbrechen, und das war auch alles, wofür es gedacht war. Nichts konnte einen verzweifelten Kultivierenden aufhalten, außer jemand Stärkeres.

Der Tresor sollte nur jeden aufhalten, der dumm genug war, damit Frederic und seine Wachen hereinstürmen und sie überwältigen konnten.

Der ausgedehnte Raum war riesig und sie schlenderten herum, während Frederic die verschiedenen Dinge zeigte, die er im Laufe der Jahre gesammelt hatte. Die meisten waren eher einzigartig als nützlich, aber das war ja auch zu erwarten. Nützliche Dinge wurden benutzt.

Schließlich erreichten sie den Bereich des Tresors, in dem die gecrackten Skills aufbewahrt wurden.

Frederic winkte und sagte: „Und so kommen wir endlich zu meiner wertvollsten Sammlung. Einzigartige gecrackte Skills mit verschiedenen Effekten. Je einzigartiger oder spezieller sie sind, desto mehr schätze ich sie." Er seufzte auf eine Art und Weise, die Emmanuel für echt hielt, auch wenn sie einstudiert war.

„Und die gleichen, die du benutzt, um Menschen an dich zu binden."

Frederic zuckte mit den Schultern. „Ich zwinge niemanden, und ich hindere sie auch nicht daran, an Macht zu gewinnen und aufzusteigen. Das bricht alle Verträge, und sie behalten den Skill. Wenn etwas perfekt ist, was ist dann ein kleiner Dienst? Ich behandle meine Mitarbeiter mit Großzügigkeit und Rücksichtnahme, und es gibt selten jemanden, der sich wirklich beschwert." Als er sah, dass sie einen lange eingeübten Weg einschlagen würden, winkte er ab. „Wenn Ihr Euch nicht sicher seid, welche Skills Ihr braucht, könnt Ihr Euch gerne umsehen, aber wenn Ihr Euch die Skills aussuchen wollt, die Ihr braucht, kann ich gerne mit Euch verhandeln."

Sie begannen mit eher gewöhnlichen Skills, um die sie feilschen wollten. Es gab zwei Dutzend vielversprechende Jugendliche, die Emmanuel beim nächsten Pfadgänger-Turnier mit besonderen, gezielten Belohnungen auszeichnen wollte, und das würde helfen, die Skills zu verschleiern, die er eigentlich von Frederic bekommen wollte.

Vince und Adam brauchten beide nur gecrackte Skills mit geringerer geistiger Belastung. Das war leicht zu bekommen, aber es war schwer, gute Skills zu finden, die zu ihrem hybriden Kampfstil passten.

Tiffany war eine Nahkämpferin, die [Gecrackter Schwerer Schlag] mit einem gecrackten Aspekt brauchte, um wirklich zu glänzen, und er wollte ihn ihr hier besorgen.

Nur sehr wenige Skills konnten es aushalten, dass ein Teil ihrer Struktur zur Leere verdreht wurde, und angesichts der *unermesslichen* Seltenheit echter Leere-Skills war dies eine perfekte Belohnung für sie.

Bradley versuchte beharrlich, seine Skills aus der Lava auf geschmolzenes Metall anzuwenden, und eine [Manipulation von gecracktem Metall], mit der das Material wie eine Flüssigkeit bewegt werden konnte, würde ihm sehr helfen, wenn er es geschafft hatte.

Die anderen würden entweder spezielle Gegenstände bekommen, um weiter aufzusteigen, oder Tier 20-Skills. Wenn man die Zahlen erhöhte, würde Melindas Skill hoffentlich verborgen bleiben.

Emmanuel hatte bereits die Skills gefunden, die er wollte, und mit einer Willensanstrengung und einer Machtdemonstration durchbrach er die Beschränkungen um ihre Kisten und brachte sie dazu, zwischen ihnen zu schweben.

Er hatte sie nicht gestohlen, aber er hatte gezeigt, dass er einen klaren Vorteil hatte und sich nicht auf böswillige Verhandlungen einlassen würde.

Die ersten waren leicht zu erhandeln, da sie eher dazu dienten, Frederics Sammlung zu vervollständigen, als alles andere. Sie waren kaum von echtem Wert. Zu Emmanuels Verärgerung griff der Mann mit viel mehr Enthusiasmus zu [Gecracktes Miasma].

„Ja. [Gecracktes Miasma], ein wirklich seltener Crack. Ein Schadensskill, der sich in Heilung verwandelt. Einzigartig."

Sie wussten beide, dass es kein Unikat war. Nur selten.

„Ja, das ist in der Tat ein toller Fund, wenn auch nicht seltener als [Gecrackter harter Schlag], würde ich sagen."

Frederic lächelte. „Wenn Eure Majestät den Skill persönlich braucht, werde ich sie gerne verschenken. Aber ..." Er brach ab, um zu sehen, ob Emmanuel lügen würde.

Der Mann wollte herausfinden, ob es einen neuen aufstrebenden Stern im Imperium gab, der ein Talent hatte, das der Kaiser zu seinem Vorteil nutzen konnte. Das Geschenk wäre nicht umsonst, sondern ein Gefallen, was viel schlimmer war. Es war auch ein Weg, um herauszufinden, ob Frederic den Preis zu hoch ansetzen konnte, um dann zu versuchen, die junge Person, mit der der Skill zusammenwirken sollte, für sich zu gewinnen.

Emmanuel würde den Mann eher umbringen, bevor er Melinda unter seine Fuchtel geraten lassen würde.

Trotzdem musste er es vermeiden, zu lügen. „Nein. Wie du vermutest, ist es für einen jungen Menschen, der ihn gut gebrauchen kann."

Als er sah, dass das Lächeln des Mannes raubtierhaft wurde, setzte Emmanuel seine Kräfte ein.

Ein bisschen.

Die Realität bebte für einen Moment und der erweiterte Raum wurde auseinandergerissen, als die Verzauberungen unter der Belastung zu versagen begannen.

„Versuch nicht, mit mir Spielchen zu spielen, Frederic. Das werde ich in diesem Fall nicht tolerieren. Was willst du für diese Skills?"

Selbst unter Strom blieb Frederic ruhig.

„Ich würde gerne wissen, wer die jungen Nachwuchskräfte sind. Ich möchte dasselbe tun wie Ihr. Sie früh auf meine Seite bringen und aufziehen. Tut nicht so, als würdet Ihr etwas anderes tun. Ich verstecke nur meine Bindungen nicht. Und Ihr sagt, ich sei der Schlimmste."

„Ich bin nicht so wie du. Ich zwinge niemanden, mir zu dienen." Als er sah, dass der Mann Einspruch erheben wollte, hob Emmanuel die Hand: „Ich will nicht bestreiten, dass du deine Leute gut behandelst. Aber ich zwinge niemanden dazu, meine Leine zu akzeptieren. Du solltest wissen, wie viele deiner Wächter auf dem Pfad waren. Du hast sie alle weggeschnappt, sobald sie abgefallen sind."

Frederic nickte daraufhin. Es stimmte also doch. Der Pfad des Aufstiegs war ein fruchtbares Rekrutierungsfeld für Adelshäuser und Gilden, und Emmanuel ließ sie ungehindert von denen nehmen, die abfielen. Die einzige Einschränkung, die er machte, betraf die Jugendlichen, die den Pfad vollenden wollten. Sie waren ein nationales Gut, das nicht angetastet werden durfte.

Er hatte mehr als einen Adligen getötet, weil er versucht hatte, Light und Shadow vom Weg abzubringen.

Frederic seufzte. „Wenn Ihr die Skills ohne Bedingungen für Eure Aussichten haben wollt, möchte ich, dass Ihr alle Eure Reformen, die auf den Adel abzielen, für die nächsten fünftausend Jahre stoppt."

Emmanuel widerstand dem Drang, zu fluchen. Er hoffte, obwohl er wusste, wie unwahrscheinlich das war, dass der Mann einfach nach seinem eigenen Königstitel fragen und es dabei belassen würde. Doch das war zu weit gedacht. Emmanuel hatte nur dreißigtausend Jahre als Herrscher, und eintausend waren bereits vorbei. Ein Sechstel seiner Zeit für einen einzigen Skill zu verlieren, war unentschuldbar.

Er wollte die alten Adligen gut unter Kontrolle haben und ein Gleichgewicht für die Gilden schaffen, während die neuen meritokratischen Adligen, die ihm und der Zentralregierung gegenüber loyaler waren, mehr Macht hatten.

Diesmal schüttelte Emmanuel den Kopf. „Das ist zu lang. Zweitausend Jahre, und ich werde dich während der Sitzung sofort in den Adelsstand erheben."

Frederic versuchte zu erwidern, dass der Deal zu unfair sei, aber Emmanuel blieb standhaft.

„Das ist nicht genug. Diese Skills sind einmalig. Ich kann mich nicht so einfach von ihnen trennen."

Emmanuel dachte nach und holte [Kupferhaut] hervor. Auch sie war ein Unikat, zumindest solange, bis Matt mehr davon herstellte. Wenn der Junge zu lange brauchte, würde er andere Leute damit beauftragen, aber sein Mana-Budget wurde bereits mehr als alles andere durch Versprechen zusammengehalten. Alles kostete Mana, und es gab immer Möglichkeiten, mehr davon zu verwenden.

„Das ist [Kupferhaut], ein einzigartiger Tier 8-Skill. Er ist eine scheinbare Abwandlung von [Eisenhaut], aber ein Tier niedriger. Einzigartig."

Frederics Augen funkelten vor Interesse, aber er versuchte, sich zu zieren. „Aber der Skill wird in Zukunft aus Rifts gezogen werden. Jetzt ist er selten. Er wird es nicht für immer bleiben."

Emmanuel schüttelte den Kopf. „Nein, der Skill galt damals nicht als einzigartig, und da sein Geburtsort nur Tier 6 war, wurde der Rift entweder aufgestockt oder aufgelöst. Sie sind sich nicht sicher, da er Teil einer Chargenerhöhung war. Auf jeden Fall ist der Rift verschwunden und der Skill ist der einzige, der übrig geblieben ist."

Das weckte Frederics Interesse, und Emmanuel wusste, dass er ihn zumindest in diesem Punkt hatte.

Schließlich einigten sie sich darauf, dass zweitausend Jahre lang keine Änderungen an den Adelsprivilegien ohne Frederics Zustimmung vorgenommen werden durften. Eine Bedingung, der sie beide leicht zustimmen konnten. Es musste sich etwas ändern, und wenn Frederic zustimmte, würden die Adligen, die ihm folgten, sich anpassen. Der Deal beinhaltete auch Frederics sofortigen Aufstieg zum König, wobei Emmanuel ihm bei einigen öffentlichen Reden und Unterstützungsbekundungen für sein neues Königreich zur Seite stand. [Kupferhaut] war das i-Tüpfelchen, das es ihm ermöglichte, die Jahre des Zustands zu überbrücken.

Frederic war schließlich ein Sammler, und der Skill war ein Preis, auf den er nicht einfach verzichten konnte.

Keiner von beiden war mit dem Deal zufrieden und so wussten beide, dass keiner von ihnen über den Tisch gezogen wurde.

Er glaubte, dass Matt noch vor Ablauf von zweitausend Jahren hoch genug im Rang sein würde, um das Gesicht des Reiches zu verändern. Dann könnte er das Geschäft mit den Adligen abschließen und denjenigen, die ihm treu ergeben sind, die Vorteile unbegrenzter Macht vorenthalten.

Emmanuel bereiste das neue Königreich und traf verschiedene Adlige und Bürgerliche, als die Nachricht vom Ende des Pfadgänger-Krieges eintraf.

Alles schien normal, bis er sah, was Mara und Leon getan hatten.

Er musste sich weigern, vor der Menge das Gesicht zu verziehen, als er den Bericht mit der hohen Priorität erhielt. Sie liebten es, ihm Probleme zu bereiten.

* * *

Brice, der ehemalige König des Sieben Sonnen-Vasallenstaates des Imperiums, der seinen Abdankungsbefehl beim Verlassen des realen Raums abgeschickt hatte, flog durch den chaotischen Raum, während die Wut noch immer heiß in seiner Brust brannte.

Die Turbulenzen im chaotischen Weltraum taten ihr Übriges dazu, dass sein Ein-Mann-Schiff im Nicht-Wind hin und her geworfen wurde, bis es sich beruhigte.

Seine Wut wurde nur noch größer, als er ging. Alle seine jüngsten Probleme hatten mit den Pfadgängern angefangen. *Die Pfadgänger* hatten sich in den Plan seiner idiotischen Familienmitglieder verwickelt, Vertragsarbeiter zu nehmen, und dann hatten die *Pfadgänger* den Krieg in seinem Gebiet verursacht.

Er hielt es für ein gutes Zeichen, als er bemerkte, wie sich der chaotische Raum in den Anschein von Flammen verwandelte, als Reaktion auf jemanden, der stark genug war, dem ungezähmten Raum seinen Willen aufzuzwingen.

Da er nicht gewillt war, mit jemandem zu interagieren, der so stark war, begann er, aus dem Gebiet zu fliegen, als er bemerkte, dass die Flammen heißer wurden und begannen, ihm zu folgen.

Seine Sorge schlug in Alarm um, und er flog mit voller Geschwindigkeit voraus, nur um sich umzudrehen und eine Frau mit flammenden Haarfedern zu sehen.

Als er merkte, dass er nicht entkommen konnte, begann er zu fragen, warum er gejagt wurde, doch dann wurde sein Schiff von einer riesigen Kralle ergriffen. Im nächsten Moment war sein Schiff um ihn herum zerbrochen und die Klauen hatten sich direkt um ihn gewickelt.

Seine Rippen und Arme zerbrachen wie trockene Zweige, denn die erdrückende Kraft wurde von einem Kultivierungsdruck begleitet, der seinen Geist auszulöschen drohte.

Er versuchte zu fragen, warum, aber er konnte sich nicht einmal genug konzentrieren, um seine KI zu benutzen.

Die Frau sah ihn mit geneigtem Kopf an, der ihn eher an einen Raubvogel erinnerte, der sich fragt, wie er am besten die weichen Teile seiner Mahlzeit herauspicken kann, als an einen Menschen. In diesem Moment setzte er die Teile zusammen. Das war Mara, die Königin der Bestien und der weiterentwickelten Menschen. Eine Tier 48.

„Bist du König Brice?"

„Ich ..."

Die Kralle wurde fester. „Mach dir keine Mühe. Ich weiß es schon. Ich bin ziemlich wütend auf dich."

Der chaotische Raum um sie herum flackerte orange und flammte auf.

Als Mara eine Antwort erwartete, ließen ihre Krallen nach, und Brice konnte sagen: „Du hast einen höherrangigen Tier angegriffen. Der Kaiser wird dich dafür töten."

Sie schüttelte ihr flammendes Haar. „Nein, das denke ich nicht. Eher fressen und wieder ausspucken. Ich wurde schon mal verprügelt."

Die Klaue um ihn wurde fester, als sie sich nach vorne lehnte. „Ich überlege tatsächlich, ob ich dich einfach essen soll. Das würde so viele Probleme lösen. Aber ich werde es nicht tun. Ich bin mir sicher, dass du viele Feinde hast, die nur darauf warten, dich zu köpfen. Deine eigene Familie zum Beispiel. Ich kann nicht glauben, dass du sie tatsächlich so behandelst. Als ob sie entbehrlich wären."

Die Flammen loderten um sie herum, und selbst Brices volle Kraft konnte sie nicht in Schach halten. Das Inferno begann seine Haut zu verkohlen.

„Ich schätze meine Kinder. Sie sind das Wichtigste für mich. Was denkst du, wie ich mich gefühlt habe, als meine jüngste Tochter mich um einen Gefallen gebeten hat, um einem Freund zu helfen?"

Die verrückte Schlampe klatschte in die Hände und lächelte. „Ich war ekstatisch! Freunde! Sie hatte so wenige, als sie aufwuchs, dass ich mir Sorgen um sie gemacht habe. Und dann war da noch der ganze Schlamassel mit ihrem Erwachen, aber das hat sie jetzt hinter sich gelassen und jetzt hat sie sogar einen Freund, der gut genug ist, dass sie ihn um einen Gefallen bittet. Wie wunderbar! Sie hat auch ihre Beziehung zu meinem zukünftigen Schwiegersohn auf diesem Planeten offiziell gemacht. Ich wollte sie in meine Sammlung aufnehmen und ihr ein Denkmal setzen. Was glaubst du, wie ich reagiert habe, als ich erfuhr, dass du überall abgereichertes Kupfer zur

Explosion gebracht hast!? Es wird *Jahre* dauern, bis er wieder in seinem ursprünglichen Zustand ist! Es kann nicht Teil meiner Sammlung sein, wenn es nicht makellos ist, oder?“

Brice versuchte zu sprechen, aber die Kralle wurde fester. „Aus dem Bericht habe ich gesehen, dass du mit deinem kleinen Plan sogar bereit warst, einige Menschen zu töten. Du hast Glück, dass die Armee die Zünder deines Sohnes für den Sprengstoff übersteuert hat. Der arme Junge war so in Panik, dass er es tatsächlich getan hat.“

Mit einer gewaltigen Anstrengung keuchte er: „Es gibt immer Verluste. Ich ...“

Die Kralle wurde noch fester. „Offensichtlich bist du viel zu dumm. Vielleicht sollte ich dich doch einfach töten. Ständig verschwinden Menschen im chaotischen Raum ...“ Mara schien einen Moment lang zu überlegen, schüttelte dann aber den Kopf. „Nein. Ich habe eine viel bessere Strafe.“

Sie strahlte Macht aus und ihre Stimme hatte Autorität, als sie sagte: „Ehemaliger König Brice vom Vasallenreich der Sieben Sonnen. In meiner Autorität als Königin befehle ich dir, in einer Aufräummannschaft an der alten Grenze zu dienen, um sie nach dem letzten Krieg wiederherzustellen. Das ist nicht verhandelbar, denn ich halte dich für schuldig, planetenschädigende Munition auf einer bald bewohnbaren Welt eingesetzt zu haben. Du magst das Gesetz befolgt haben, aber ich finde, dass du gegen den Geist dieses Gesetzes verstoßen hast, während du das Leben von Tausenden von Pfadgängern riskiert hast.“

Da er nicht gezwungen werden wollte, für wer weiß wie lange Planeten zu säubern, versuchte er zu protestieren. „Ich verdiene meine Belohnung dafür, dass ich das Imperium stellvertretend vergrößert habe. Ich ...“

Mara unterbrach ihn. „Ja, das tust du, und daran kann nicht einmal ich etwas ändern. Aber mit meiner Vollmacht verschiebe ich deine Entschädigung, bis deine Bestrafung abgeschlossen ist. Wenn du dich nicht meldest, wirst du wie ein Verbrecher behandelt und zur Strecke gebracht.“ Sie lächelte ein hoffnungsvolles Lächeln, als sie endete: „Bitte lauf weg. Ich werde dich jagen, sogar bis in eine andere Großmacht. Teste mich. Bitte.“

Brice wurde weggeschleudert und verlangsamte sich in dem unkontrollierten chaotischen Raum, während er sich auf die Heilung konzentrierte. Er wollte in den unruhigen Raum fliehen, um zu entkommen, aber das war nur eine erste Reaktion.

Er würde zu viel verlieren. Nein, es war besser, sie zu melden und zu versuchen, den körperlichen Angriff als Hebel zu benutzen, um die Strafe zu verringern. Es war auch viel wahrscheinlicher, dass es funktionierte. Die Frau war zu weit gegangen und hatte ein halbes Dutzend Gesetze gebrochen. Auch wenn Gesetze zwischen zwei Menschen über Tier 15 weniger streng gehandhabt wurden, hatte sie sie dennoch gebrochen.

Wahrscheinlich hatte sie recht und würde nicht getötet werden, aber er könnte dafür kämpfen, die Strafe zu verringern, weil sie ihn bereits bestraft hatte.

Er konzentrierte sich immer noch auf die Heilung, als sich der chaotische Raum erneut zu verändern begann. Er befürchtete, dass es Mara war, die zurückkam, um den Job zu beenden, wie er es getan hätte, als er bemerkte, dass es ein Blitzanwender war.

Zu seiner Verblüffung sah er, wie ein einzelner Mann eine ganze Welt herumschleppte. Es fühlte sich an wie ein Tier 7-Planet, und sie kämpften sich durch den chaotischen Raum. Sie zogen eine *Welt* gegen den Strom. Brice konnte eine Welt nicht *mit der Strömung* durch den chaotischen Raum ziehen. Zumindest nicht mehr als ein paar Meter. Er hatte es einmal mit einer Tier 2-Welt als Machtdemonstration getan und hatte Jahre gebraucht, um seinen überforderten Geist zu erholen.

Es dauerte nicht lange, bis er die Nachricht gelesen hatte, um herauszufinden, wer der Mann sein musste.

„Wenn ich mit dem Schleppen fertig bin, trete ich dir in den Arsch, weil du meiner Tochter den Spaß verdorben hast!"

Brice beschloss, dass es viel besser war, sich am Terraforming-Standort zu melden und irgendwo unterzutauchen, wo selbst diese beiden Verrückten es nicht wagen würden, gegen ihn vorzugehen.

* * *

Nach der Party und der Beileidsbekundung war Königin Diana mit ihrer neuesten Schwester regelrecht betrunken.

Die Abschiedsworte ihres Vaters ärgerten Cori immer noch, aber sie überzeugten sie davon, dass es nur Getöse war und dass er ihr nur wehtun wollte.

Es hatte größtenteils funktioniert und sie hatten sich eine Woche lang mit gutem Essen und noch besserem Wein vollgestopft.

Selbst ihre unsterblichen Körper konnten nur eine bestimmte Menge an Strafe und Missbrauch aushalten. Zusammen mit ihrer fast verheilten, aber immer noch vorhandenen Wunde fühlte sich Diana zwar wund, aber gut.

Das war, bis sie und alle ihre Schwestern durch den chaotischen Raum gerissen wurden und plötzlich vor Mara standen.

Diana verbeugte sich sofort tief, während sie ihren Schwestern Botschaften schickte, die dem Beispiel folgten.

Technisch gesehen waren sie ebenbürtig, denn sie waren beide Königinnen. Der einzige Adlige, vor dem sie sich verbeugen musste, war der Kaiser und Leon, ihr direkter Lehnsmann. Maras Ehemann. Sogar das Land, über das sie herrschten, war von unterschiedlicher Größe und Qualität. Dianas gesamtes Königinnentum hatte die Größe von vielleicht zwei Herzogtümern im Reich selbst. Mara hingegen kontrollierte Dutzende von Herzogtümern. Nur ein Narr würde sich vor der wahren Macht nicht verbeugen.

Ganz zu schweigen von den Unterschieden in den Tiers. Eine Tier 35 könnte genauso gut ein Kind sein, wenn sie vor einem Tier 48 stand.

„Steht auf! Steht auf!" Mara klang gut gelaunt, was Dianas Sorgen weitgehend zerstreute. Die Befürchtung, dass ihre Tochter etwas gesagt hatte, war zwar immer noch da, aber sie ließ nach.

„Wie kann ich helfen, Königin Mara? Wir werden tun ..."

Mara winkte mit einem Arm, der leicht zu einem Flügel wurde. „Bitte, Liebes. Ich kümmere mich nicht um die Formalitäten. Ich will den Planeten kaufen."

Diana hielt inne, als sie die Worte wiederholte, die die Königin vor ihr gerade gesagt hatte. Es ergab keinen Sinn.

„Wir geben euch gerne die Herrschaft über den Planeten, wenn ihr das wollt. Ich ..."

„Nein, nein, nein. Ich will den Planeten mitnehmen. Meine Tochter hat hier ihre ersten Erfahrungen gemacht, und ich möchte ihn zu meiner Sammlung hinzufügen. Ich möchte den Planeten mit nach Hause nehmen. Sie hat hier echte Freunde gefunden! Ich kann diesen Ort nicht aufgeben."

Diana geriet in Panik. Dieser Planet war die einzige Verbindung zu dem Tier 20-Planeten nebenan, und wenn sie die Verbindung verlieren würden, würde der Tier 20-Planet in den chaotischen Raum abdriften. Dann hätten sie alles verloren.

Diana versuchte herauszufinden, wie sie die Frau abwimmeln konnte, ohne sie zu verärgern: „Wir würden euch den Planeten geben, wenn wir könnten, aber es gibt einen Tier 20 Sprung weiter. Wir werden den anderen Planeten verlieren, wenn ihr diesen nehmt. Große Dame, bitte, ich flehe dich an, uns nicht etwas verlieren zu lassen, wofür wir so hart gekämpft haben."

Mara schnaubte über sie. „Ich bin kein Arschloch. Mein Mann bringt in diesem Moment einen Ersatzplaneten her. Einen neuen Tier 7-Planeten. Wir setzen ihn einfach ein, bevor wir gehen."

Sie starrten sich einen langen Moment lang an, während Diana sich fragte, ob sie richtig gehört hatte. Sie kannte Leon. Der Mann war stark. Das musste er auch sein, um König zu bleiben, aber einen Tier 7-Planeten über ihren Wahrnehmungsbereich hinaus zu bewegen, dürfte fast unmöglich sein.

Sie schaute stromaufwärts, um zu sehen, ob er den Planeten nur hinübergeleitet hatte. Das wäre viel glaubwürdiger, aber ihr geistiger Blick zeigte ihr das Gegenteil. Es war nichts da.

Sie fand ihn jedoch dabei, wie er eine Tier 7-Welt *stromabwärts* zog.

Diana war sprachlos, als ihr Verstand zum Stillstand kam.

Mara drückte ihr eine Tasche an die Brust, und jeder ihrer Schwestern.

Diana griff aus Reflex danach und wäre beinahe abgedriftet, denn die höherrangigen Steine hatten genug spirituelle Vorstellungskraft, um zu versuchen, abzudriften – mehr, als sie leicht stabilisieren konnte. Ihre niederrangigen Schwestern hatten nicht so viel Glück, und sie spürte, dass Mara ihnen beistand.

„Fünf Tier 45-Manasteine für jeden. Außerdem zahle ich jedem auf dem Planeten einen Manastein, der fünfzehn Tiers über ihnen liegt."

Als sie sah, dass die Frau innehielt und sie mit gesenktem Kopf ansah, nickte Diana.

„Das ist mehr als großzügig, große Dame. Wir werden sofort mit der Evakuierung beginnen. Ich ..."

Mara winkte sie ab. „Wenn der andere Planet fertig ist, bringe ich alle rüber." Sie sah sich auch die Verbindung zwischen der Tier 6- und Tier 20-Welt an. „Ich werde auch die Fallen dort beseitigen. Hat der Idiot das gemacht?"

Ohne auf eine Antwort zu warten, fuhr Mara fort: „Vielleicht hätte ich ihn töten sollen."

Zur gleichen Zeit ertönten im chaotischen Raum eine Reihe von Explosionen. Sie drehte sich zu Cori um, die ihren Beutel mit Manasteinen abgegeben hatte, um bei ihnen zu bleiben, anstatt in den chaotischen Raum abzudriften.

„Hey, Mädchen. Dein Vater ist ein richtiger Arsch. Wenn du ihn töten willst, musst du viel stärker werden, und zwar bald. Ich habe ihn für diesen kleinen Stunt zum Planetenreinigungsdienst verdonnert, aber das wird ihn nicht daran hindern, für immer aufzusteigen."

Cori öffnete ihren Mund, aber Leon kam vor Anstrengung schnaufend an. „Ich bin hier." Er keuchte noch mehr, bevor er fortfuhr: „Haben wir eine Abmachung getroffen?"

Mara verwandelte ihr Kampfgewand in ein knappes Dienstmädchenoutfit und begann, seine Stirn mit einem kleinen Tuch zu tätscheln, während sie ihre Brust in seinen Arm drückte.

Die komische Szene wurde durch die gewichtigen Worte „Jawohl! Alles verkauft. Ich mache den Tausch und bringe die Leute weg."

Es gab einen Flammenblitz, und die beiden Welten schienen für eine Sekunde im Raum zu verschmelzen, bevor die Tier 7-Welt die Tier 6 ersetzte. Sogar die Verbindungen wurden übertragen.

Mara erstarrte, als Diana eine starke Wahrnehmung spürte, die die Menschen auf der neuen Welt untersuchte, und Mara sah Diana an. „Ähm, hast du zufällig einen Zettel mit Trainingsanweisungen bekommen?"

Diana hielt inne. Sie *hatte* tatsächlich einen bekommen. Das hatte jeder auf dem Planeten. Sie waren gut und gingen auf die größte Schwäche eines jeden ein und gaben ihm gleichzeitig Tipps, wie er sich verbessern kann. Die Anweisungen für Sara waren so gut, dass Diana wirklich beeindruckt war. Prägnante Informationen über ihren allgemeinen Kampfstil und Tipps für ihr angehendes Konzept. Und dann war da noch die Notiz für sie, in der sie darauf hingewiesen wurde, was sie tun muss, um ihren eigenen Aspekt zu bekommen.

„Ja, möchtest du es sehen?"

Mara schrie: „Nein!" Sogar ihr gefiedertes Haar stand ab.

Leon sah aus, als würde ihm schlecht werden, als sie sich einander zuwandten.

„Sag mir, dass sie das unserem kleinen Mädchen nicht antun würden!?" Leon schien irgendjemanden um Bestätigung zu bitten, während Mara aussah, als würden ihre Flammen gleich erlöschen.

„Wie sollen wir sie ausspionieren, wenn die verrückte Katze da ist? Sie wird versuchen, uns hart arbeiten zu lassen!“

Die beiden schauten sich erschrocken um, als ob sie wüssten, dass sie jemand beobachtete.

Schließlich sagten sie gleichzeitig: „Lass uns hier verschwinden.“

Mit einer Willensanstrengung zog Mara alle auf dem Planeten um, und dann flogen die beiden los, wobei Leon den Planeten wegschleppte.

„Kreisch!“

Das letzte Wort von Mara verwirrte Diana noch mehr. Die Frau hatte „Kreisch“ *gesagt*. Sie hatte das Geräusch nicht gemacht, sondern es gesagt.

Die beiden waren ... seltsam.

Als Diana ihren neuen Planeten betrachtete, lächelte sie. Er war wunderschön, aber die Tier 45-Manasteine würden eine ganze Menge wert sein. Sie würden sowohl den Wert ihres Königinnentums als auch ihre persönliche Ausrüstung erhöhen.

Im Großen und Ganzen hatten sie gut abgeschnitten.

Sie fragte sich, ob es einen anderen Planeten gab, den das verrückte Paar kaufen wollte.

* * *

Die Geschichte geht weiter in Der Pfad des Aufstiegs Buch 4.

Vielen Dank, dass Sie Der Pfad des Aufstiegs Buch 3 gelesen haben.

Wenn Ihnen das Buch gefallen hat, wird die Geschichte hier fortgesetzt:

Der Pfad des Aufstiegs Buch 4.

So bleiben wir in Verbindung!

Abonnieren Sie meinen Newsletter, um über Neuerscheinungen, exklusive Inhalte und Sonderangebote informiert zu werden:

fiendspublishing.de/newsletter-litrpg

Erhalten Sie frühen Zugang, um Übersetzungen einiger der führenden LitRPG-Titel zu bewerten. Für unser Beta Team anmelden:

fiendspublishing.de/beta-team

Verbinden Sie sich auch mit mir auf Facebook:

facebook.com/fiendspublishingde

Den Beginn dieser LitRPG-Fantasy-Hitserie von Noret Flood mit mehr als 50 Millionen Views auf Royal Road sollte man nicht verpassen! Genießen Sie diese besondere Variante der LitRPG/GameLit, bei der Skillwachstum und das Pfadsystem Einzelpersonen ermöglichen, ihr Wachstum unendlich individuell anzupassen. Es gibt Klassen, Skills, Level und seltene Objekte, mit denen alle Fans von RPGs vertraut sind.

Beginnen Sie die Serie Die Legende von Randidly Ghosthound noch heute!

KAMIKAZE POTATO
EIN
AUSGESTOßENER
IN EINER
ANDEREN WELT
EIN FANTASY-LITRPG-ABENTEUER
I: Menschlicher Wahnsinn

Von Joshua Dalzelle, dem Autor der Bestseller-Serie „Omega Force“, kommt eine ganz neue Zukunftsvision für die Menschheit.
Erleben Sie den vielversprechenden Beginn einer epischen militärischen SF-Trilogie und sehen Sie, wie sich die Welt in naher Zukunft entwickeln könnte.

Beginnen Sie die Saga der Schwarzen Flotte noch heute!

KEN LOZITO
GENESIS
ERSTE KOLONIE – BUCH EINS

Omega Force von Joshua Dalzelle ist eine epische militärische SF-Saga, die den Abenteuern von Jason Burke folgt. Er ist ein einsamer Mensch im Weltraum, der sich zusammen mit fünf Aliens als Söldner versuchen will. Ihre Aufgabe: Denen helfen, die sich nicht selbst helfen können, und nie einen Auftrag annehmen, der gegen ihren Ehrenkodex verstößt.

Beginnen Sie die Omega-Force-Serie noch heute!

JEFFERY H. HASKELL
WIDER ERWARTEN
GRIMMS KRIEG, BUCH 1

Printed in Poland
by Amazon Fulfillment
Poland Sp. z o.o., Wrocław

37049616R00303